KB240579

독학 **편입논술**

독학 편입논술

분석적 이해　비판적 평가　창의적 적용

논증 평가 항목

김태희 지음

지상사 Jisangsa

독학 편입논술

발행일 2018년 4월 30일 1판 1쇄 발행

지은이 김태희
발행인 최봉규

발행처 지상사(청홍)
등록번호 2002년 8월 23일 제2017-000075호
주소 서울 용산구 효창원로64길 6(효창동) 일진빌딩 2층
우편번호 04317
전화번호 02)3453-6111 **팩시밀리** 02)3452-1440
홈페이지 www.jisangsa.co.kr
이메일 jhj-9020@hanmail.net

ⓒ 김태희, 2018
한국어판 출판권 ⓒ 지상사(청홍), 2018
ISBN 978-89-6502-282-4 (13800)

이 도서의 국립중앙도서관 출판시도서목록(CIP)은 e-CIP홈페이지(http://www.nl.go.kr/ecip)와
국가자료공동목록시스템(http://www.nl.go.kr/kolisnet)에서 이용하실 수 있습니다.
(CIP제어번호: CIP2018009418)

글, 특히 논술문을 잘 쓰기 위해서는
어떤 요건을 갖추어야 할까?

다른 무엇보다 '**지식, 문장력, 논증력**'을 갖추어야 한다. 먼저 **한 편의 잘 쓴 글을 작성하는데 지식이 큰 역할을 담당한다는** 사실은 무척 중요하다. 지식은 무엇을 어떻게 써야 할 것인가에 대한 구상 과정에 관여할 뿐 아니라, 글의 내용과 수준은 물론이고 그 깊이까지 결정한다. "아는 만큼 생각하고, 아는 만큼 쓸 수 있다"라는 말이 있듯이, 현상과 세계를 깊게 분석할 수 있는 다양하고 풍부한 지식은 글을 잘 쓰기 위한 필수 항목이다.

좋은 글을 쓰는데 빠질 수 없는 또 다른 요소는 문장력이다. 책과 경험을 통해 얻은 풍부한 지식을 독자에게 효과적으로 전달하기 위해서는 문장의 힘이 필요하다. 좋은 지식을 아무리 많이, 잘 갖추고 있더라도 그것을 글로써 적절히 표현하지 못한다면, 그 글은 결코 좋은 평가를 받을 수 없다. 한 편의 좋은 글, 잘 쓴 글은 **자신의 생각과 배운 지식을 문자로 정확히, 적절하게 표현할 수 있는 문장력에서** 비롯된다. 문장력을 기르기 위해서는 좋은 글을 많이 읽고, 문장 기술의 기본 원칙을 준수하면서 글을 자주 써보는 것이 효과적이다.

그러나 다른 무엇보다, 논술문을 잘 쓰기 위해서는 논증력을 잘 갖추어야 한다. 논증력은 자신의 주장을 타당한 근거를 들어 논리적·체계적으로 증명할 수 있는 사고 능력을 일컫는다. 주어진 문제 상황을 논리적으로 해결하는 능력, 즉 **문제 상황과 관련한 자신의 주장을 적절한 근거를 제시하며 설득력 있게 표현하는 논증 글쓰기 실력은 논술 합격·불합격을 결정짓는** 가장 중요한 요소라 할 수 있다.

대입논술과 편입논술에서 글을 잘 쓰기 위한 필수 조건인 지식의 습득과 문장력의 확충은 논술을 공부하는 학생 스스로 알아서 할 일이다. 지식과 문장력을 높이기 위해 각자 열심히 노력하다보면 실력은 부지불식간에 향상된다.

하지만 정작 논술 합격·불합격을 가름하는데 가장 결정적인 요인으로 작용하는 논증력은 그렇지 않다. 논증력은 학생 각자의 논리적 사고력에 전적으로 기대는데, 이는 상당 부분 타고난다고 해도 과언은 아닐 듯하다. 예를 들어 논술의 객관식 시험이라 할 수 있는 법학적격시험(LEET) 추리 논증 문제를 풀어보면, 성적은 연령의 높고 낮음, 지식의 많고 적음과는 별 관계없음이 확인된다. 믿지 못하겠다면, 한 번 직접 풀어보기 바란다.

편입논술의 경우, 이를 준비하는 많은 학생들은 정말이지 열심히 공부한다. 논술과 관련한 배경 지식도 풍부하다. 그런데 그럼에도 불구하고 논증력은 뜻밖에도 수준 이하인 학생들이 많다. 그런 학생들은 논술문을 작성할 때 배운 지식을 많이 풀어내는 것이 곧 논증력을 드러내는 것이라고 착각한다. 하지만 이는 절대 그렇지 않다. 지식과 사고력은 다른 차원의 문제이다.

실제, 논증력은 논술 평가에서 가장 결정적인 요인으로 작용한다. 논제의 요구에 맞게 문제 상황을 올바로 논증하는 능력이야 말로 논술 합격을 위한 필수 요건, 진정으로 논술로 대학을 바꾸고자 하는 학생이라면 반드시 논증력을 높여야 한다. 논증력은 하루아침에 길러지지 않지만, 그렇다고 극복 못할 이유 또한 없다. 논술 공부의 포인트는 이것이다.

이 책은 거의 대부분 논증력을 높이는 방법적인 요령에 대해 설명한다. 따라서 편입논술을 뚫고 그토록 바라는 대학에 합격하고자 열심히 노력하는 학생이라면, 이 책을 만난 것을 행운으로 여기기 바란다. 단언컨대, 이 책을 따라 열심히 공부하다보면, 논증력은 점차 오르고 그와 더불어 논술 실력도 눈에 띄게 향상될 것이라고 확신한다. 이것, 믿어도 좋다.

이 책은 철저히 편입논술에 포커스를 맞췄다. 편입논술 합격을 위해 필요한 많은 것들을 꾹꾹 눌러 채워 넣었다. 이 책은 전체 8장의 단원으로 구성되었지만, 굳이 순서대로 공부할 필요 없다. 각 단원을 따로 공부하는데 불편함이 없도록, 겹겹이 그리고 자세히 설명했다. 때문에 다소 내용이 중복된다며 뭐라 하는 학생이 있다면, 오해하지 말기 바란다.

이 책을 바짝 당겨 읽으며 공부하는 것만으로도 독해력 향상은 어느 정도 보장할 수 있도록 조처한 때문이자, 상황과 조건에 맞게 글 내용을 자세히 풀어쓰고자 한 필자의 배려 때문이니, 그렇게 알고 받아들일 것을 부탁한다. 이 책이 독학으로 논술 공부하는 학생들을 위해 쓴 것임을 분명히 밝혀두며, 그런 필자의 의도를 이해하기 바란다. 그렇게 해서 이 책을 읽으며 공부하는 동안 논술과 관련한 개념과 이론과 사례를 확실히 머릿속에 집어넣을 수 있을 것이다.

제1장은 문장력을 높이기 위한 방법적인 요령에 대해 설명한다. 생각 밖으로 글 솜씨가 서투른 학생들이 많은데, 이런 학생일수록 이 부분을 결코 소홀히 하거나 지나치지 말고 거듭 살펴 공부하면서 자신의 현 위치를 확인하기 바란다.

또 부록에서 대입논술·편입논술에 꼭 나오는 핵심 개념어를 일람표로 만들어 빠짐없이 명기했다. 이를 필자의 졸저 『대입논술-편입논술에 꼭 나오는 핵심 개념어 110』과 연결해 가면서 공부하기 바란다. 논술 개념어를 모르고 시험장에 들어간다면, 그건 떨어지기를 바라는 것과 다름없단 사실을 반드시 염두에 두기 바란다.

끝으로, 이 책 안에는 상당수의 대입·편입논술 기출문제와 필자 예시 답안이 사례로 들어있는데, 이 문제들을 직접 풀어가면서 공부한다면 공부의 효과를 더욱 높일 수 있을 것이다. 하여, 책에 예시한 논술 문제와 필자 예시 답안 전체를 필자가 운영하는 논술카페(김태희의 논술학개론, http://cafe.naver.com/thkimmikht)에 따로 한 꼭지로 만들어 올려놓을 터이니, 이를 꼭 활용하기 바란다([부록2] 사례별 기출 문제 및 예시 답안 리스트 참조).

모쪼록, 논술을 공부하는 학생들의 건승을 빈다.

김태희

목차

Part 1 논술 합격 답안 작성의 기술

Part 2 논술문 작성을 위한 글쓰기 방법론

Part 6   논술 합격 답안의 요건

Part 7   논증 강화와 논거 확장

Part 8   체계적인 논술 답안 작성 요령

논술 합격
답안 작성의 기술

원고지 사용법에 맞는
'바른 문장 쓰기의 기술'

논술자인 학생들은 평가자의 입장에서 자신이 작성한 답안지를 냉정히 들여다 볼 필요가 있다. 학생들은 논술 답안을 채점할 때 겪게 될 평가자의 고된 수고를 생각하고, 그들의 부담을 덜어줄 수 있도록 논술 답안 작성에 최대한 성의를 다해야 한다.

이를 위해서는 원고지 사용법과 글씨체에 특히 주의를 기울일 필요가 있는데, 다음 성균관대의 설명은 이에 대한 언급이다.

■ **답안의 내용 외에 글씨체, 맞춤법, 띄어쓰기도 채점에 영향을 미치나요?**

실질적인 답안의 내용 외에 채점에 영향을 미치는 부분은 거의 없습니다. 중요한 것은 문제에서 요구한 내용을 조리 있게 서술하는 것입니다. 글씨체는 중요하지 않으나 **누구나 알아볼 수 있도록 써야** 합니다. 그리고 답안을 작성하다가 중간에 필기도구를 바꿔서는 안 되니 처음에 신중하게 생각하는 것이 좋습니다. 맞춤법 및 띄어쓰기는 **기본적인 소양이니** 평소에 잘 훈련해 두는 것이 좋겠지요. 답안 작성 후 훑어보고 필요한 부분은 **직접 퇴고해도** 됩니다. 이 역시 고친 내용을 알아볼 수 있게만 작성하면 문제가 되지 않으니 퇴고를 망설이지 마세요. 시험 전에 퇴고에 필요한 기본적인 교정 부호를 익혀 둔다면 보다 깔끔한 답안을 작성하는데 도움이 될 겁니다. (성균관대 논술가이드)

(1)또박또박 글씨체

어떤 답안지는 너무나도 무성의하고 부주의하게 기술된 탓에 글 내용은 둘째 치고 글자를 판독하기 어려울 지경이다. 또 어떤 답안지는 평가자가 힘들여 읽을 수는 있지만, 글씨 판독에 너무 많은 신경을 쏟은 나머지 정작 글 내용에 관심을 기울일 여유가 없을 지경이다.

답안 평가자는 지금 엇비슷한 글 수십, 수백 개를 읽고 있다. 이때 깨끗한 글씨체로 작성한 답안은 평가자의 채점 부담을 덜어 주고 그들로부터의 호감을 이끌어 낼 수 있다. 하지만 알아볼 수 없을 정도로 글씨체가 엉망인 답안일 경우에는 그렇지를 못하고 평가자를 힘들게 만든다. 평가자가 내 글씨를 알아보지 못하면 결국 논술자인 내가 손해 볼뿐이다.

논술 답안을 작성할 때 많은 학생들은, 처음에는 한껏 정성을 담아 글을 쓰지만, 뒤로 갈수록 점점 더 글씨체가 나빠지는 현상이 나타난다. 글을 읽어 글씨를 알아볼 수 없다거나, 답안 후반부로 갈수록 글씨체가 점점 더 나빠진다면, 평가자로부터 좋지 않은 인상을 주게 될 것은 불을 보듯 뻔하다. 만약 논술을 공부하는 주변의 다른 학생들이 내 글을 읽어 무슨 글자를 썼는지 잘 모르겠다고 말한다면, 반드시 그 나쁜 글씨체를 고쳐 바로잡아야 한다.

명필은 못 되더라도 **깨끗하고 읽기 쉬운 글씨체로 정성껏 답안을 작성하자.** 평가자에게 할당된 많은 분량의 답안지를 생각할 때, 그들에게 논술 답안 평가는 제한된 시간 안에 끝내야 할 중노동이라는 사실을 명심하자. 글씨 때문에 불이익을 받거나 평가자가 나쁜 선입견을 갖지 않도록 글씨를 또박또박 깨끗하게 쓸 수 있도록 최선을 다하자.

논술 시험을 치를 때 아무런 지시가 없으면 **진한 연필로 써라(연필 두께는 0.9mm 필기용 샤프에 연필심의 진하기는 B등급 이상을 추천한다).** 볼펜으로 쓰면 글을 고치기 어렵다. 될 수 있으면 볼펜보다는 연필을 사용하여 글을 써라. 글씨체가 나쁜 학생일수록 원고지 칸을 가득 채울 만큼 크게, 또박또박 써라. 남들이 쉽게 읽을 수 있느냐 없느냐가 글씨를 깨끗이 쓰는 기준이라고 생각하고, 글을 알아보기 쉽게 쓸 수 있도록 노력하자.

특히 다음에 유의하면서 글을 쓰자. 받침 글자가 분명치 않아서 글씨를 읽지 못하는 경우가 많다. 'ㄴ·ㄷ·ㅌ'과 'ㄹ'을 구별할 수 없으며, 'ㅁ'과 'ㅂ'을 구별하기 어려운 경우가 많다. 이밖에도 'ㄹ·ㅆ·ㅍ'을 휘갈겨 써서 이 단어가 글자 안에 들어 있는지 아닌지 알 수 없거나, 설령 들어 있어도 무슨 글자인지 알아볼 수 없는 경우가 많다. 또 첫 소리로 'ㅈ'과 'ㄷ'을 비슷하게 흘려 쓰는 경우도 많다. 모음에서 'ㅓ·ㅜ'를 빨리 쓰느라고 'ㄱ' 모양처럼 쓰고, 'ㅏ·ㅗ'는 'ㄴ' 모양처럼 쓰는 경우도 있다. 모음의 내리긋는 획에서 윗부분을 'ㄱ'자처럼 심하게 구부리기도 한다. 이 모든 것들이 글씨를 알아보기 어렵게 만드는 요인임을 깨닫고, 이런 받침일수록 좀 더 또박또박 정확히 쓰려고 노력함으로써, 남들이 내 글을 좀 더 알아보기 쉽게 만들자.

다음은 좋은 논술 답안을 쓰기 위해 알고 있어야 할 핵심 내용에 대한 중앙대의 설명이다.

■ 답안을 읽는 채점자들이 답안의 내용을 집중할 수 있도록 하라.

(2)올바른 원고지 사용법

최소한의 원고지 사용법조차 올바로 지키지 않은 논술 답안을 접할 때, 평가자들은 이를 어떻게 받아들일까? 글 내용은 둘째 치고 자기 멋대로 글을 쓰는 불성실한 학생으로 오해받기 십상일 것이다. 무릇 시험은 내가 아닌 남에게 평가를 받는데 그 목적이 있음을 분명히 깨닫는다면, 논술 답안 평가 '규칙'의 하나인 원고지 사용법과 원고지 교정 부호 원칙을 반드시 준수하면서 글을 써야 한다는 사실의 중요성을 인식할 수 있을 것이다.

대입논술(이제부터 신입학 논술과 편입학 논술을 통칭하여 '대입논술'이라 부르기로 하자) 답안 작성을 위한 원고지 사용 규칙에서 가장 중요한 것은 다음 두 가지다. 하나는 단락을 **명확히 '구분'하면서** 글을 쓰는 것이고, 다른 하나는 **제시문을 '특정'하면서** 글을 쓰는 것이다. 이 두 가지가 중요한 이유는 대단한 그 무엇이 아니다. 오로지 평가자의 채점 편의를 위한 때문이다.

그와 더불어 알고 있어야 할 것은 평가자들은 글에 관한한 전문가란 사실이다. 그들은 한꺼번에 많은 답안을 그것도 동시에 처리(평가)해야 하는 탓에 다음과 같은 방식으로 학생들이 작성한 논술 답안을 읽으면서 글 내용을 평가하게 된다.

먼저, 평가자들은 논술 시험을 치른 학생들이 제출한 답안을 접하고는 처음에는 개별 답안을 개략적으로 훑어 읽는다. 그러고는 글 내용을 자세히 읽어볼만한 가치가 있다고 판단되는 답안(즉, 합격 답안으로 받아들일 만한 답안)과 그렇지 않은 답안(불합격 답안)으로 빠르게 분류한다. 이 때 평가자의 글 읽는 속도는 생각 이상으로 무척 빠르다. 그렇다고 불성실하게 답안을 살피는 것 또한 아니다. 말했듯이, 평가자인 교수들은 속된 말로 글로 밥벌이하는 사람들로, 글에 관한한 전문가란 사실을 결코 잊어서는 안 된다. 필자의 경우, 학생이 작성한 1000자 분량의 답안 전체를 살펴 글 내용을 가늠하고 평가하는데 채 1분이 걸리지 않는다. 평가자들 또한 필자와 별반 다르지 않을 것이다.

학생들이 작성한 답안을 처음 접할 때, 평가자들은 마치 답안을 스캔하듯이 빠르게 읽어 내려간다. 이때 평가자들은 글을 '의미 단위'로 묶어 빠르게 읽으면서 그 안에 담긴 정보를 동시에 그리고 한꺼번에 처리하게 되는데, 그 의미 단위가 바로 '단락'이다. 만약 학생들이 단락을 명확히 구분하면서 답안을 서술하지 않을 경우, 평가자들은 이를 어떻게 받아들일까? 이는 답안을 빠르게 읽고 정보를 한꺼번에 처리하려는 평가자의 글 읽기 본능을 가로막음으로써, 평가자들의 답안 채점을 무척 힘들고 불편하게 만들 것이다.

제시문의 '특정' 또한 같은 이치이다. 만약 학생들이 제시문을 특정하지 않은 채 답안을 서술할 경우, 그들이 논제의 요구에 맞게 답안을 올바로 작성했는지를 살피기 위해 평가자는 글에 무척이나 집중해야 한다. 그런데 평가자가 살펴 처리해야 학생 답안이 한둘이 아닌 상황에서 그들이 굳이 그런 수고를 감내하려 들까?

학생들이 작성한 답안 가운데, 글(답안)을 읽어 무슨 뜻인지(논술자인 학생들이 무얼 말하려고 하는지) 잘 이해되지 않거나, 글의 흐름이 자꾸 끊기는 탓에 답안의 앞부분으로 돌아가 내용을 다시 살펴 확인해야 한다거나, 어디까지가 제시문 내용이고 또 어디까지가 논술자인 학생의 생각인지 도무지 가늠이 안 되거나, 어디에선가 읽어본 듯 익숙하고 게다가 여러 학생들에게서 엇비슷한 유형으로 드러나는 판에 박힌 답안이라든가, 글을 읽을 수 없을 정도로 글씨체가 나빠 글 내용에 신경 쓸 겨를조차 없다면, 평가자들은 그런 식으로 작성한 일체의 답안을 빠짐없이 걸러내려고 들 것이다. 그런 답안은 평가할 필요조차 없다고 느끼는 것이다.

그렇게 해서 불합격 답안을 전부 걸러낸 다음, 이어서 좀 더 읽어 볼만한 답안이라고 판단되는 것만을 추린 후, 여러 교수들이 이를 돌려가며 읽으면서 답안 내용을 세밀히 살피게 된다. 보통 2~3명의 교수가 답안을 돌려가며 읽으면서 학생 글을 평가하게 되는데, 이때 평가자인 교수들은 글의 내용면에서의 오류를 파악하는데 중점을 두면서 글을 보다 주의 깊게 살핀다. 그런 다음 합격 답안을 채택하는 것이다.

따라서 이렇게 생각해보자. 정말이지 죽을힘을 다해 작성한 자신의 답안이 제대로 평가를 받지 못하고 불합격 답안으로 싸잡아 처리되면서 곧바로 쓰레기통으로 들어가고 만다면, 그것처럼 억울하고 안타까운 일이 또 있을까? 그것도 단순히 글씨가 엉망인 탓에 또는 원고지 사용법을 준수하지 않아 평가자로부터 눈 밖에 난다면, 이것을 어떻게 받아들여야 할까?

명심할 것. 평가자들은 학생들이 생각하는 것만큼 너그럽지 않다. 오히려 까칠하기까지 하다.

내가 애써 작성한 글을 평가자가 마치 자기가 쓴 글 대하듯 읽을 것이라고 생각한다면, 그런 섣부른 기대는 하지 않는 게 좋다. 평가할 학생들은 차고 넘친다.

그렇더라도 그리 걱정할 필요는 없다. 글씨체와 띄어쓰기, 맞춤법이 논술 평가의 핵심은 아니기 때문이다. 논술자인 학생 자신의 생각과 견해가 무엇인지를 글에서 확실히 밝히고, 그것들을 얼마만큼 설득력 있게 풀어낼 수 있는가 여부가 더 중요하다. 다만 평가자가 논술자인 학생들에게 기대하는 것은 글쓰기에 필요한 최소한의 규칙으로 이를 잘 준수하면서 글을 쓰는 것만으로도 충분하며, 평가자들로부터의 나쁜 선입견을 막을 수 있다. 그 최소한의 규칙은 다음과 같다.

㈎단락 띄기

단락(글의 처음 부분 포함)의 첫 칸은 띄어야 한다. 단락의 첫 칸을 제외하고는 어떤 경우에도 첫 칸을 띄어서는 안 된다. 원고지의 첫 칸을 비운다는 것은 새로운 단락이 시작된다는 약속이다. 따라서 단순히 띄어쓰기를 위하여 단락 구분과 관계없는 곳에서 원고지 첫 칸을 비울 경우에는 단락이 올바로 구분되지 못하면서 글 내용의 혼동을 일으킬 위험이 있음을 깨닫고(단락은 생각의 단위로, 하나의 단락에는 하나의 작은 주제를 담는다는 점을 상기할 것), 단락 띄기에 각별히 신경 써야 한다(단락 쓰기의 중요성에 대해서는 뒤에 자세히 설명한다).

원고지의 우측 마지막 칸에서 문장이 끝난 경우, 마침표를 원고지 바깥에 적어야 한다. 마침표를 원고지 첫 칸에 넣을 수 없으며, 띄어쓰기도 할 수 없다(참고로, 담화 내용을 원고지에 적는 경우에는 첫 칸을 띄어야 하지만, 논술에서는 대화체의 글을 서술하지 않는 것이 일반적이다). 또 오른편 난의 여백에 '띄움표(∨)'를 할 필요도 없다.

| 끝 | 난 | | 경 | 우 | | 마 | 침 | 표 | 를 | | 원 | 고 | 지 | | 바 | 깥 | 에 | | 적 | 어 | 야 | | 한 | 다 | . |

※출처: 서강대 2015 논술가이드북

㈏제시문 특정

제시문 표기는 다음 항목이 모두 허용된다.

ㄱ 제시문 (가)는 … 원고지 8칸

ㄴ 제시문(가)는 … 원고지 7칸

ㄷ 제시문 ⑺는 … 원고지 6칸

ㄹ 제시문⑺는 … 원고자 5칸

ㅁ (가)는 … 원고자 4칸

ㅂ ⑺는 … 원고지 2칸

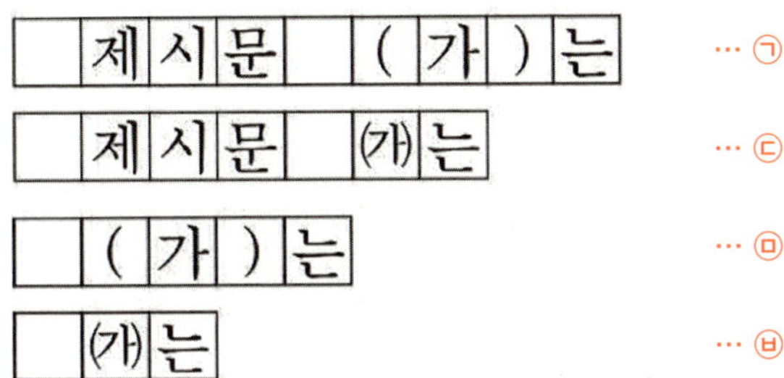

※출처: 서강대 2015 논술가이드북

위 예에서 ㉠은 하나의 문장 부호가 한 칸을 차지한다는 원칙을 지킨 표기이지만, 짧은 논술문에서 제시문을 특정하는 지시어가 차지하는 비중이 너무 큰 게 단점이다(그 점에 있어서는 ㉡ 또한 같다). ㉢은 (가)를 하나의 문장 부호로 취급한 형식으로써 원고지 칸을 아낄 수 있다는 장점이 있지만, 이 역시 제시문을 특정하는 지시어가 차지하는 비중이 너무 큰 단점이 있다(그 점에 있어서는 ㉣ 또한 같다). ㉤, ㉥은 제시문이란 용어를 생략하고 특정 지시어만을 표기한 것인데, 이때 ㉥은 글씨가 너무 작아져 평가자가 이를 판독하는데 어려움을 겪을 수 있다.

제시문 지시어가 원고지에서 차지하는 칸 수 및 판독 여부를 두루 살펴 고려할 때, **㉤의 방법으로 제시문을 특정하면서 서술하는** 것이 가장 무난하다. 따라서 이 방법을 사용할 것을 권장한다. 물론 위 표기 방법 가운데 어느 것을 선택해도 상관없지만, 어떤 표기 방법을 사용하든 **일관되게 표현하는** 것이 중요하다. 만약 그렇지 않고 답안 여기저기에서 제시문 기호를 불규칙하게 표기할 경우, 자칫 인식의 혼동을 일으키면서 이를 사용코자 하는 당초의 의도와 효과를 그만큼 반감시킬 수 있다.

특히 고려대는 논술 답안을 쓸 때 제시문을 반드시 특정해야 한다고 말하면서도 그와 동시에 원고지에 제시문이란 단어를 남발하는 것을 불필요한 행위로 간주하면서 다음과 같이 강조하고 있다. 따라서 학생들은 이것이 뜻하는 바를 잘 귀담아 들을 필요가 있다.

(다) 문장 부호

한글은 원고지 한 칸에 한 자씩 쓴다. 알파벳의 경우, 대문자는 한 칸에 한 자씩 쓰며, 소문자는 한 칸에 두 자씩 쓴다. 숫자는 한 칸에 두 자씩 쓴다. 이때, 한 칸에 두 자씩 이어 쓰는 숫자는 끊어지는 느낌이 들지 않아야 하고, 숫자가 홀수로 이루어진 경우에는 앞에서부터 두 자씩 끊어서 쓴다. 이는 영어 알파벳의 경우에도 마찬가지다.

문장 부호는 한 글자로 취급된다. 따라서 문장 부호는 한 칸에 하나씩 표기하는 것을 원칙으로 한다. 따옴표('', "")와 묶음표(( ), 〈 〉) 다음은 띄어쓰기 원칙에 따라 '조사' 등이 나오면 이어 쓰고, 그 외의 경우에는 한 칸을 비운다. 따옴표와 묶음표는 대상이 되는 내용의 앞 칸과 뒤 칸에서 한 자씩 차지한다. 논술에서 묶음표는 가급적 사용하지 않는 것이 좋다.

문장 부호가 잇달아 나오거나, 문장 부호와 숫자가 연이어 나올 때에는 각각 다른 칸에 쓴다. 글자가 오른쪽 끝 칸을 차지하여 문장 부호를 적을 칸이 없을 때에는, 문장 부호를 오른쪽 끝 칸 다음의 여백에 적는다. 요컨대 **온점(.), 반점(,), 물음표, 느낌표 등은 새 줄의 첫 칸에 써서는 안 됨을** 반드시 유념해야 한다.

따옴표, 묶음표처럼 두 부호가 한 짝을 이루는 문장 부호들은 줄 끝에서 시작되는 것을 피한다. 오른쪽 끝 칸을 비워 두고서라도 다음 줄 첫 칸에서부터 문장 부호를 열어 준다. 이는 원고지를 수월하게 읽을 수 있도록 하려는 까닭이다.

| A | C | E | 는 | | 20 | 11 | 년 | 에 | | 시 | 작 | 된 | | ad | va | nc | ed |

※출처: 서강대 2015 논술가이드북

	마	침	표	를		하	나	의		문	자	로		취	급	하	여		마	침	표	를		찍
고		다	음		칸	을		띄	우	는		경	우	도		있	으	나		최	근	에	는	
마	침	표	를		찍	은		후		다	음		칸	을		비	우	지		않	는		것	이
일	반	적	이	다	.		분	량		상	의		손	실	을		막	기		위	해	서	다	.	이
역	시		전	체		글	에	서		일	관	된		형	식	으	로		나	타	나	야		한
다	.																							

※출처: 서강대 2015 논술가이드북

㈜교정 부호

학생들은 교정 부호에 맞게 논술 답안을 작성하기보다는 지우개로 열심히 지워가며 글의 잘못 쓴 부분을 고치려 든다. 물론 이런 방법으로 글을 쓰는 것도 나쁘지 않다. 그렇더라도 이런 식으로 글을 고치고 다듬는 것이 과연 최선의 방법인가에 대해서는 한번쯤은 생각해볼 필요가 있다.

글 전반(글 전체)이 내용면에서 잘못되었을 경우에는 이를 지우개로 지우고 새롭게 다시 쓰는 것이 좋다. 하지만 문장의 일부라든가 글자의 어느 한 부분을 고치고 다듬을 경우에는 굳이 그럴 필요 없다. 교정 부호에 맞게 글을 정성껏 고치고 다듬으면 그것으로 충분하다. 고친 내용을 알아볼 수 있게만 글을 쓰면 평가자들은 이를 전혀 문제 삼지 않는다.

글을 다 쓰고 난 이후에 교정 부호에 맞게 고쳐 쓴 답안에 대해, 평가자들은 이를 오히려 더 높게 평가할 수도 있다. 그만큼 학생이 **끝까지 신경 써가며 글의 완성도를 높이기 위해 노력한 것으로** 간주할 수 있으며, 실제 그런 경우가 더 많다.

이때 다음 교정 부호를 사용하여 문장을 고치고 다듬는다면, 문장의 완성도를 높이고 답안을 보다 깔끔하게 작성하는데 크게 도움이 될 것이다. 특히 다음의 교정 부호에 신경 써서 답안을 작성하기 바란다. 주의할 것은 원고지 화면에 아무렇게나 줄을 긋거나 까맣게 칠을 해서는 절대 안 된다. 반드시 정확한 교정 부호를 사용하여 틀린 부분을 고쳐 바로잡도록 한다.

기 호	쓰 임	보 기
✓	글자 고치기	우리의 바램 람
✍	삭제하기	인간의 관계를 돈독히
⌐	줄 바꾸기	"내일, 학교에서 만나자." 철수는 친구에게 말을 했다.
⋁	여러 글자 고치기	아름다운 아름답게 믿어보는 것을
∨	사이 띄우기	나날이 푸르러가는
⋁	글자 넣기	푸르른 하늘을 한 점 부끄럼 없기를
⌒	사이 붙이기	아낌 없이 주는 나무
⊢	내어쓰기	녹음을 스쳐오는 맑고 향기로운
⊣	들여쓰기	혜택에는 제한이 없다.
∽	자리 바꾸기	천천히 걸음을 옮겼다.
⤸	줄 잇기	철수는 환한 미소를 지었다. 마음은 날아갈 듯 가뿐했다.

※출처: 대교협

㈐띄어쓰기

띄어쓰기의 원칙은 단순하다. **'단어'를 기준으로 띄어 쓰면** 된다. 어디서 띄어 쓸지를 판단할 때 그 글이 '단어인지, 아닌지'를 판단하면 된다. 옆 말(글)과 다른 단어이면 그 말(글)을 띄어 쓰고, 그것이 단어가 아니면 붙여 써야 한다. 그렇게 해서 단어의 경계가 어디냐 하는 것만 정확히 안다면, 띄어쓰기는 그리 어렵지 않다.

그런데 국어는 단어의 경계를 정확히 알기 어려운 경우가 적지 않다. 구(문구)와 합성어(단어)를 구분하기 어려운 경우도 있고, 똑같은 형태가 어떤 때에는 단어의 자격을 갖고 사용되고, 또 어떤 때에는 단어의 자격을 갖지 못하기도 한다. 게다가 단어의 자격을 갖는지를 학생들이 판단하기 어려운 경우도 있다.

국어에서 단어는 흔히 품사와 같은 뜻으로 쓰인다. 품사로는 '명사, 대명사, 수사(이를 체언이라

한다)', '동사, 형용사(용언)', '부사, 관형사(수식언)', '감탄사(독립언)', '조사(관계언)' 등 모두 9개의 품사가 있다. 다만 품사 중에서 '조사'는 홀로 쓰이면 그 의미가 드러나지 않아 앞말에 붙여 써야 한다. 다음 예를 보자.

철수는 새 신발을 물끄러미 쳐다보았다.

위 문장에서 '철수, 신발'은 명사이고, '새'는 관형사(체언을 꾸며주는 말), '물끄러미'는 부사(용언을 꾸며주는 말), '쳐다보(다)'는 동사이다. 각각 품사가 다르기 때문에 띄어 쓴 것이다. 그리고 '-는', '-을'은 조사로 명사 앞에 붙여 쓴다.

한편, 문법 용어 중에는 '접사'와 '어미'라는 것이 있다. 접사는 단어의 앞이나 뒤에 붙어서 품사를 바꾸거나 의미를 달리하는 기능을 하는 형태소이다. 접사는 홀로 쓰이지 못하기 때문에 앞이나 뒤에 오는 말에 붙여 쓴다. 또 '먹-어', '많-지만', '보-았-고'의 '-어', '-지만', '-았', '-고' 등의 어미는 동사나 형용사(용언)에 붙어 시제나 문장 연결, 문장 종결 등의 기능을 하는데, 이들도 홀로 쓰이지 못하기 때문에 앞말에 붙여 쓴다. 중요한 것은 **'접사'와 '어미'는 단어가 아니므로 '띄어 쓰지 않는다(즉, 붙여 쓴다)는** 점이다. 여기까지의 설명을 통해 알 수 있듯이, 글자(또는 단어)가 자립적인 요소를 담은 것인지 의존적인 요소를 나타내는 것인지 여부를 판정하는 것이 띄어쓰기를 결정하는 중요한 기준이 된다.

띄어쓰기를 구분하는 것은 결코 쉽지 않을뿐더러, 상당한 문법적 지식이 필요하다. 때문에 앞서 설명한 것처럼, 단어인지 아닌지만 잘 구별할 수 있으면 그것으로 충분하다. 공식적으로는 사전을 찾았을 때 그 말이 표제어에 실려 있으면 단어이고 그렇지 않으면 단어가 아니다. 따라서 띄어쓰기를 잘하려면 사전을 찾아보는 것만으로도 어느 정도는 해결될 수 있음을 깨닫고, 평소 글을 쓸 때 모르는 단어가 있으면 이를 사전을 찾아 확인하는 등으로, 올바르게 띄어쓰기하려고 노력할 필요가 있다.

참고로, 원고지에 띄어쓰기를 할 때, 문장 부호 다음 칸도 비우는 것이 원칙이나, 예외적으로 **반점(,), 온점(.), 쌍점(:), 줄표(—) 다음에는 한 칸을 비우지 않는다.** 이것 역시 반드시 유념하기 바란다.

[띄어쓰기 사례]

①의존 명사는 띄어 쓴다.

- 것 → 쓰는∨**것**이 중요하다.

- 지 → 마을을 떠난∨**지** 20여 년이 지났다.

- 수 → 나는 노래를 잘할∨**수** 있다.

- 뿐 → 먹을∨**뿐**이다. (관형사형+의존 명사), 여자**뿐**이다. (명사+조사)

- 데 → 주웠던∨**데** 놓아라. (관형사형+의존 명사)

  얼굴은 예쁜**데** 몸이 뚱뚱하다. (종속적 연결어미 '-ㄴ데')

  물이 없는**데** 어디 놓았지? 저기 있는데. (연결·종결형 어미 '-ㄴ데')

- 대로 → 하는∨**대로** (관형사형+의존 명사), 법**대로** (명사+조사)

- 만큼 → 필요한∨**만큼**(관형사형+의존 명사), 그 결과**만큼**(체언+조사)

②조사는 그 앞말에 붙여 쓴다.

→ 꽃이, 꽃마저, 꽃밖에, 꽃에서부터, 꽃으로만, 꽃이나마, 꽃처럼, 어디까지나, 거기도, 멀리는, 웃고만

③관형사는 체언과 띄어 씀을 원칙으로 한다.

→ **새**∨옷, **여러**∨친구, **좋은**∨연필, **헌**∨책, **한**∨남자, **어느**∨날, **이**∨물건, **맨**∨꼭대기

(3)답안 작성 분량

논술자인 학생들은 문제와 함께 제시하는 적정 '분량'에 맞게 답안을 작성해야 한다. 만약 이를 어기면 평가의 불이익을 받거나, 심지어는 불합격 답안으로 처리된다. 출제자는 학생들이 "얼추 이 정도의 분량에 맞추어 답안을 쓰면 되겠지"하는 막연한 생각에서 답안 작성 분량을 제시하지 않는다. 문제의 물음에 맞게, 논제의 요구를 따라 여러 차례 예시 답안을 작성하고, 그것들을 종합하여 적정한 분량을 산정한다.

그렇기에 그 분량은 답안의 충실성과 긴밀히 관계된다. 만약 논술 제출자가 지정한 적정 분량을 미처 다 채우지 못할 경우, 그 답안은 논제의 요구의 충족 여부를 떠나 그만큼 내용면에서 부실함을 드러내는 것과 다를 바 없다. 만약 제시한 적정 분량을 초과하여 답안을 작성한 경우, 이역시 글(제시문) 내용의 핵심을 압축하지 못하고 장황하게 서술하면서 내용면에서 부실한 답안으로 평가받는다.

많은 경우, 학생들이 작성한 답안에는 논제의 물음과는 동떨어진 불필요한 내용, 부적합한 내용이 글의 여기저기에 깔려 있다. 설상가상으로 주어진 적정 분량마저 다 채우지 못할 경우, 그 답안은 내용면에서 부실해진다. 제시한 분량을 크게 넘긴 답안 역시 마찬가지로, 이 역시 알맹이 없는 장황한 서술로 치달으면서 논제의 물음에 대한 대답을 불분명하게 만든다. 어느 것이든, 부실 답안으로 치닫기는 매한가지다.

학생들은 답안 분량을 채우려는 욕심에 **논제의 물음과는 동떨어진 글을 쓸데없이 장황하게 서술하는** 경우가 많다. 또 앞글에서 서술한 내용을 살짝 말만 바꿔 다시 끼워 넣거나, 심지어는 같은 내용의 문장을 답안의 말미에 그대로 재진술하는 경우도 있다. 하지만 이런 식으로 작성한 답안은 비록 분량을 다 채웠다 하더라도 내용면에서는 여전히 부실함을 드러내는 것이기에, 채점자로부터 결코 좋은 평가를 받을 수 없다. 학생들이 하지 말아야 할 행동의 하나가 바로 이것이다.

평가자가 요구하는 답안은 논제의 요구를 빠짐없이 채우면서, 그것도 적정 분량에 맞게 서술한 그런 답안이다. 이런 답안은 내용면에서나 형식면에서 어느 것 하나 빠지지 않는다. 문제가 지정하는 적정 분량에 맞게 답안을 작성하자.

논술 답안 작성 초기에서 해야 할 가장 중요한 작업은 **발문의 물음을 꼼꼼히 읽고, 그 문제의 논지, 즉 출제자의 의도를 정확히 파악한 후, 그것에 맞게 적정 답안을 작성할 수 있도록 준비를 철저히 하는 것이다. 특히 단락별 적정 글자 수 안배에 신경** 써야 한다. 만약 그렇지 않고 별 생각 없이 답안을 작성할 경우, 그 답안은 형식은 물론이고 내용면에서 평가자의 기대를 충족할 수 없음을 반드시 명심해야 한다.

02

평가자가 싫어하는
답안을 피하는 '문장의 기술'

앞서 평가자가 싫어하는 글(답안)로 '원고지 사용법조차 지키지 않은 문장', '알아볼 수 없게 마구 휘갈겨 쓴 문장'을 지적하고, 그 올바른 글쓰기 방법에 대해 설명했다. 글의 내용면에서의 옳고 그름은 뒤로하고, 이제부터 평가자가 진짜 싫어하는 글이란 과연 어떤 것이고, 이런 글에서 벗어나기 위해서는 또 어떻게 해야 하는지에 대해 알아보자.

이를 위해서는 먼저 논술 평가자인 교수의 말을 들어봐야 할 것 같다. 다음은 각 대학의 교수들이 논술 채점 과정에서 느낀 점을 토로한 내용이다. 이를 읽는 것만으로도 평가자가 논술 답안에서 무엇을 원하고 또 무엇을 기피하는지를 확인할 수 있을 것이다. 참고로 아래 내용은 예전 고전 논술을 시행할 때의 언술로, 지금의 편입논술과 딱 들어맞는 지적이도 하다.

어쩌면 그렇게 다들 똑같은지 신기할 정도다. 학생 절반 이상이 학원이나 과외에서 "이런 문제가 나오면 이렇게 써라"는 식으로 공부한 티가 역력하다. 배운 그대로 암기화해 일반화된 유형을 쓴 게 눈에 보인다. '기·승·전·결'이나 '서론·본론·결론'을 이끌어 내는 방식이 틀에 박혀 있다. 이런 경우는 내용이 아무리 좋아도 중간 점수조차 얻기 어렵다. '개성적인 것'이란 바로 '자기 지식에 기반한 것', '실제 읽어서 느낀 것'을 말한다. 학생들이 글에서 제시문 내용을 단순히 인용하는 경우가 적지 않다. 이럴 때 채점자들은 "과연 제시문 내용을 알고 글을 썼을까?"라는 의문을 가진다. 두서없이 남의 것을 나열한 글에서는 개성이 나올 수 없다. 학원 다이제스트 식으로 요약하거나 잘 모르는 것을 아는 것처럼 써서는 안 된다. 사고력을 통해 자기만의 독특한 생각을 전개하는 게 좋다. 이를 위해서는 그 리듬에 맞는 **문체**가 있기 마련이다. 내 경우엔 특정 모범 답안보다 이 '개성적인 논리와 거기에 맞는 문체'를 높이 산다. 또 문법적으로 어긋난 비문이나 맞춤법이 틀린 글은 당연히 감점 요인이다. 글의 전체적인 인상에도 영향을 주게 된다. (서울대 모 교수)

채점자들이 답안지 하나를 채점하는 시간은 그리 길지 않다. 많은 글들을 채점하다 보면 저절로 글의 전체

위 교수들의 따끔한 지적을 한마디로 정리하면 이렇다. 생각과 사고를 글로 표현할 수 있는 능력인 **올바른 '문장력'은 좋은 글을 쓰기 위한 가장 기본적인 요소이며**, 이를 제대로 갖추지 못한 학생들의 삭성 답안은 결코 좋은 평가를 받을 수 없다.

따라서 출제자로부터 좋은 평가를 받으려면, 먼저 문장력부터 가다듬을 필요가 있다. 이를 위해서는 무엇보다 **문장을 난해하게 만드는 요인부터 없애야** 한다. 쓸데없이 긴 글, 한 문장에 여러 개념을 담은 글, 문장 구조가 복잡한 글, 문장 필수 성분이 생략된 글, 문장의 호응 관계가 깨진 글, 부적절한 어순의 글, 문장 구조가 복잡한 글은 문장을 이해하기 어렵게 만드는 요인이다.

다음으로 **비논리적인 문장을 기술하지 말아야** 한다. 비논리적인 문장은 글쓴이의 생각이 통일되지 않거나 표현력이 부족할 때 나타난다. 부적절한 접속 관계를 이루는 글, 지나치게 복잡하고 긴 글, 주절 앞에 놓인 종속절이 지나치게 긴 글, 문장 성분 간의 부적절한 호응을 이루는 글, 시제가 불일치하는 글, 문장 안에서 주어나 화제가 바뀐 글, 부적절한 단어나 어구를 사용한 글에서 문장은 논리성을 잃는다. 따라서 이 모든 것들을 적극 고쳐 바로잡을 수 있어야 한다.

⑴비문_ 문장 구조가 어색하고, 문장 성분 간 호응이 안 되는 글

비문(非文)은 '문법에 맞지 않는 문장'을 일컫는다. 특히 문장의 기본 구조가 잘못될 경우에는 글 내용의 이해가 어렵고 글이 어딘가 모르게 어색해 보이게 된다. 글을 쓰다 보면, 또는 글을 읽다 보면 자신이 보기에도 왠지 어색하고 무슨 뜻인지 잘 모르는 문장이 나올 때가 있는데, 이런 문장의 경우에는 거의 예외 없이 비문이라고 생각하면 된다.

비문의 종류는 다양하다. 가장 흔한 비문은 **'주어와 서술어' 또는 '목적어와 서술어'가 서로 호응하지 않는** 경우이다. 문장 구조가 복잡하거나 문장이 길어질 때 자신도 모르게 이러한 비문을 쓰게 된다. 특정 부사어에 따라붙는 서술어가 있는데, 이 호응 관계가 맞지 않을 때에도 비문이 된다. 한 문장 내에서 시제가 맞지 않는 경우에도 비문이 된다.

모든 글말에서는 주어와 서술어가 분명하게 드러나야 그 뜻이 분명해진다. 그럼에도 불구하고 주어와 서술어의 연결이 잘못되었거나 불분명한 경우, 혹은 무리하게 탈락시킨 경우를 주변의 많은 글에서 볼 수 있다. 또 어떤 경우에는 주어와 서술어의 연결 관계가 너무나 복잡하여 그 문장을 여러 번 되풀이하여 읽어야 그 뜻이 겨우 파악되는 경우도 있다.

이 모든 것들이 잘못된 문장을 만들거나 문장의 의미 파악에 어려움을 주는 요인이 되므로, 글을 쓸 때 세심한 주의를 필요로 한다. 특히 다음을 주의해야 한다.

㈎주어를 빠뜨린 문장

우리말(국어)은 외국어에 비해 주어가 자주 생략된다. 하지만 우리말(글)이라고 해서 아무 때나 주어를 생략할 수 있는 것은 아니다. 필요한 주어를 빠뜨리면 문법적으로 어색한 문장이 되거나 뜻이 제대로 전달되지 않는 경우가 많다.

문장에서 주체를 알 수 없으면 이를 밝혀야 의미는 뚜렷하게 전달된다. 말에서는 주어를 쉽게 생략하지만, 글에서는 이를 밝혀야 한다. 생략한 목적어도 글에서는 찾아 밝히도록 해야 한다. 이는 **문장을 짧게 쓰면** 모두 해결된다.

논술문을 쓸 때에는 필요한 주어를 찾아 이를 명확히 밝히거나 또는 이를 채워 넣어야 의미 전달이 확실하고, 글 이해의 혼란을 막을 수 있다. 서술어의 경우 역시 이와 다르지 않다. 서술어는 대부분의 문장에서 가장 핵심이 되는 부분이므로, 서술어가 생략되는 일이 없도록 더욱 주의를 기울여야 한다.

다음 [예문1]은 그 예로, 주어가 생략되면서 의미 전달이 잘 이루어지지 않는 경우이다. 따라서 각 문장에 '성취동기'라는 주어를 채워 넣어야 글의 의미는 보다 분명해진다.

[예문1] 이러한 성취동기는 국가 경제의 성장을 위해서뿐만 아니라 개인의 진취적 생활을 위해서도 반드시 필요하다. 그러므로 개인 생활의 밑바탕에서 작용하여 그 근본을 좌우하는 생활 철학의 기본 문제라고 할 수 있다. 아닌 게 아니라 개인의 성취를 현실화하는 토대로서도 필수적인 존재인 것이다. (글쓰기 소프트, 김해식, 새길)

→ 이러한 성취동기는 국가 경제의 성장을 위해서뿐만 아니라 개인의 진취적 생활을 위해서도 반드시 필요하다. 그러므로 **성취동기는** 개인 생활의 밑바탕에서 작용하여 그 근본을 좌우하는 생활 철학의 기본 문제라고 할 수 있다. 아닌 게 아니라 **성취동기는** 개인의 성취를 현실화하는 토대로써도 필수적인 존재인 것이다.

⒃주어와 서술어가 일치하지 않는 글

좋은 글은 무엇보다도 문장 성분 간의 호응을 이루어야 한다. 호응은 문장에 한 요소가 나타나면 다른 요소 또한 반드시 나타나야 하는 '제약 관계'를 말한다. 주어는 그것에 합당한 서술어가 있어야 하고, 목적어나 부사어 역시 마찬가지다. 그리고 서술어는 그것에 맞는 주어가 반드시 있어야 하고, 때에 따라서는 목적어와 부사어를 요구하기도 한다. 이때 가장 크게 문제되는 것은 주어와 서술어의 호응 관계다.

주어와 서술어는 문장을 이루는 기본 요소이다. 어떤 문장이든 주어와 서술어를 갖추어야 하며, 이들은 서로 짝을 이루면서 호응 관계를 유지해야 한다. 주어와 서술어의 어느 한쪽이 없거나 두 요소가 호응 관계를 유지하지 못하면 결코 온전한 문장을 이룰 수 없다.

주어와 서술어가 일치하지 않으면 글이 부자연스럽고, 의미 전달에 문제가 발생한다. 문장을 길게 만들면 주어와 서술어가 일치하지 않거나 주체가 모호해지기 쉽다. 주어와 목적어의 호응 관계가 분명하지 못한 경우에 이런 현상은 자주 발생한다. 따라서 이를 해결하기 위해서는 주어와 서술어 사이에 가급적 다른 말(글)들을 많이 끼워 넣지 말아야 한다.

글을 쓰다 보면 자신도 모르게 글을 생략하는 경우가 많다. 다음 [예문2] 글에서, 주어와 서술어 사이에 호응을 이루지 못하는 것은 서술어 부분을 지나치게 생략했기 때문이다. 따라서 문장 내의 '공통분모였다'를 '공통분모 때문이었다'로 고치는 것이 좋다. 이처럼 '서술어' 부분을 너무 생략할 때 주어와 서술어의 불일치는 자주 일어난다.

[예문2] 시드니의 명물 하버브리지를 오르면서 문득 뉴욕의 슬럼가 코스가 생각난 것도 희소성과 스릴감이라는 <u>공통분모였다</u>(→공통분모 때문이었다). (논술여행, 권오문, 가삼)

아래 [예문3]의 '담겨져 있다'의 주어는 '상흔'이므로, 상위 문장의 주어인 '사실은'에 해당하는 서술어가 없다. 따라서 '…는 것이다' 정도의 서술어를 문장의 맨 뒤에 보충해 주어야 한다.

[예문3] 한데 주목할 사실은 그렇게 약간 냉소적으로 말하는 그 억양들 속에는 하나같이 지나간 세월의 상흔(傷痕)이 <u>담겨져 있다</u>. (→담겨져 있다는 것이다)

한편, 주어와 서술어가 호응하지 않는 문장은 많은 경우 '조사' 사용에 문제가 있음이 발견된다. [예문4]는 '구속했다'와 '구속 영장을 신청했다'를 동일한 서술 형태로 생각함으로써 문장 구성상의 오류를 범했다. 여기서 '2명'을 '2명에 대해'로 바로 잡아야 한다.

[예문4] 서울 관악경찰서는 1일 장홍양 씨 등 <u>2명</u>을 특수강도 혐의로 구속 영장을 신청했다. (→2명에 대해)

㈐복잡한 주술 관계

복잡한 주술 관계도 의미 전달의 왜곡과 불일치를 불러오는 주된 요인이다. 문법적으로 잘못된 문장을 쓰는 것도 문제지만, 설령 문법적으로 잘못이 없다고 할지라도 주어와 서술어의 관계가 복잡한 경우에는 그 문장의 뜻을 파악하는데 상당한 어려움을 겪게 된다. 이는 긴 문장에서 특히 많이 일어나는데, 문장이 너무 길어지게 되면 글을 읽는 도중에 앞 내용을 놓쳐버리거나 심지어는 주어가 무엇인지조차 잊고 마는 경우도 발생하게 된다.

따라서 글을 쓸 때 주술 관계가 너무 복잡하지 않도록 해야 한다. 특히 다음 세 경우에 주의할 필요가 있다.

첫째, **주어와 서술어의 간격을 좁혀야** 한다. 주어와 서술어의 간격이 너무 떨어져 있으면 글을 쓰거나 읽는 도중에 무엇이 주어였던가를 잊는 경우가 생길뿐 아니라, 어느 서술어의 주어인지 판단하기 힘들다. 그 점에 있어서는 목적어 또한 마찬가지다.

대개는 겹문장(복문)을 만들 때 이런 문제가 자주 발생한다. 문장에서 주어가 나오고 이어서 작은 문장을 안은 다음 글 말미에 서술어를 붙이니까, 주어와 서술어가 멀어진다. 그럴 때에는 서술어의 대상(주어와 목적어)을 호응하는 서술어 앞쪽으로 옮겨 놓는 것이 좋다. [예문5] 또는 문장을 몇 개로 갈라, 될 수 있는 한 주어와 서술어를 가까이 놓는 것이 좋다. [예문6]

[예문5]는 글 내용은 복잡하지 않으나, 주어와 서술어가 너무 떨어져 있어 글을 이해하기 어렵게 만든 경우이다. 이를 바로잡아 주어를 서술어 가까이에 놓으면, 글의 이해도는 한층 높아진다. [예문6]은 글 내용은 그다지 복잡하지 않으나, 주어와 서술어가 너무 떨어져 있고, 게다가 둘 사이에 여러 인명과 장소명이 섞여 있기 때문에 전체적으로 읽기 어려운 글이 되고 말았다. 이런 문장은 위 교정 글처럼 **문장을 둘로 나누면** 훨씬 이해하기 쉬워진다. 주어와 서술어 사이는 가능한

너무 멀지 않아야 하며, 수식어는 가급적 수식되는 말 가까이에 놓아야 의미는 좀 더 분명해진다.

둘째, **문장 도중에 주어를 바꾸지 말아야** 한다. 한 문장 안에서 주어를 바꾸는 것은 읽는 사람의 이해를 방해하므로 되도록 삼가야 한다. 만약 어쩔 수 없이 주어를 바꾸어야만 할 경우에는, 그 주어를 생략하지 말고 분명하게 나타내는 것이 좋다.

[예문7] 제롬의 노력의 목표는 오로지 알리사의 덕(德)에 견줄 만한 청년이 되는 것뿐이었고, 그러기 위해서는 속세의 온갖 어려움을 내버리고 성서에서 가르치는 '좁은 문'으로 들어가는 괴로움을 따르지 않으면 안 되었다.

→ … 그러기 위해 제롬은 속세의 온갖 어려움을 내버리고 성서에서 가르치는 '좁은 문'으로 들어가는 괴로움을 따르지 않으면 안 되었다.

[예문8] 소련은 당초 7일로 예정된 세바르드나제 외무장관의 방북을 연기해 달라는 평양의 요청을 묵살하고 오히려 남북회담의 북측 대표단이 출발하기 하루 앞서 평양을 방문했다.

→ … 오히려 남북회담의 북측 대표단이 출발하기 하루 앞서 세바르드나제 외무장관이 평양을 방문했다.

[예문7]은 쉼표를 경계로 하여 앞 절과 뒷 절의 주어가 바뀌고 있다. 곧 앞 절의 주어는 '목표는'인데 비해 뒷 절의 주어는 명시되어 있지 않다. 물론 글의 전후 관계로 보아 '제롬은'이 주어라는 것을 알 수 있지만, 이것이 명백하게 드러나 있지 않음으로 해서 좋지 않은 글이 되고 말았다. 이 경우에는 비문이라고까지는 할 수 없겠지만, [예문8]처럼 비문법적인 문장을 이루는 경우도 있으므로 주의해야 한다.

[예문8]은 주서술어인 '묵살하고'와 '방문했다'의 주어는 윗글만을 놓고 보면 '소련은'인 것처럼 보인다. 그러나 뒷 절의 주서술어인 '방문했다'의 주어가 '소련은'이 될 수 없음은 명백하다. 따라서 '방문했다'의 주체인 '세바르드나제 장관이'를 글에 명시해야 한다.

셋째, **불명확한 주술 관계를 피해야** 한다. 주술 관계가 비교적 명확하다 할지라도 그것이 여러 번 되풀이되면, 그 문장의 내용 파악은 그만큼 어려워질 수밖에 없다. 주술 관계가 글에 명확히 드러나 있지 않을 때 역시 우리로 하여금 혼란을 겪게 만든다.

[예문9] 쿠릴 열도 4개 도서의 반환 문제는 노르웨이, 스웨덴, 중국과의 국경 문제 회담이 20여 년 동안 계속된 점을 상기시키면서 반환 문제를 둘러 싼 회담을 서두르는 것은 유익하지 못하다는 것을 명확히 했다.

[예문9]에서 주어로 쓰인 것은 ‘문제는, 회담이, 서두르는 것은’의 셋이고, 서술어로 쓰인 것은 ‘계속된, 상기시키면서, 둘러 싼, 서두르는, 유익하지 못하다, 명확히 했다’의 여섯이다. 그렇게 해서 예문에는 주술 관계가 아주 복잡하게 나타나고 있는 탓에 글 내용이 얼른 머리에 들어오지 않는다.

이런 경우에는 주술 관계를 하나하나 따져보고 그 의미를 찾아내는 수밖에 없다. 서술어의 개수가 많으므로, 이를 따라가면서 주어를 찾아보기로 하자. 먼저, ‘계속된’의 주어가 ‘회담이’라는 것과, ‘유익하지 못하다’의 주어가 ‘서두르는 것은’이라는 사실은 명백하다. 다음으로, ‘둘러 싼’의 주어는 명시적으로 본문에 나와 있지 않지만, ‘반환 문제를 둘러 싼’이라는 관형절이 수식하고 있는 머리 명사 ‘회담’임을 쉽게 알 수 있다. ‘서두르면’에 이르면 문제는 더욱 복잡해지는데, 이때 ‘회담 당사국들이(혹은 회담 당사자들이)’ 정도의 주어를 상정해 볼 수 있겠다.

그러나 ‘상기시키면서, 명확히 했다’의 주어에 해당하는 것을 찾아내기는 아예 불가능한 것처럼 보인다. 혹시 ‘문제는’이 주어가 아니냐고 할지 모르지만, ‘문제는… 상기시키면서… 명확히 했다’와 ‘문제는… 상기시키면서’, ‘문제는… 명확히 했다’가 모두 비문인 것으로 보아, 이들 서술어의 주어로 ‘문제는’을 상정하기는 어려울 것 같다. 결론적으로 말해서 [예문9]는 ‘문제는’의 서술어도 없고, ‘상기시키면서’와 ‘명확히 했다’의 주어도 명확하지 않은 비문법적인 문장의 다발이라 할 수 있겠다.

(2)생략과 중복이 많은 글

글의 좋고 나쁨은 상당 부분 어휘력에 의해 좌우된다. 글을 쓸 때 생각의 흐름이 자주 끊기거나 생각이 막히는 것은 어휘력 부족에서 비롯되는 경우가 많다. 단어를 많이 아는 것도 어휘력이지만, **단어를 정확하게 사용하는** 것 또한 어휘력이다. 논술문에서 자신의 견해와 주장을 올바로 전달하기 위해서도 적절한 어휘나 개념 사용은 필수적이다.

따라서 문장을 정확히 하려면 그 문장을 구성하는 기본 단위인 단어를 적절히 선택해야 한다. 문장에 필요한 요소를 빠뜨린다거나, 반대로 불필요한 군더더기를 덧붙인다면 결코 온전한 문장이 되지 못한다. 또 어순을 틀리게 해도 문법적으로 옳지 않은 문장이 된다. 단어 하나를 잘못 써도 문장 전체가 부적절한 문장이 될 수 있다.

어떤 단어가 문장 내의 어떤 다른 요소(단어 및 어구)와 어울릴 때, 그 단어는 선택의 제약을 받는다. 이때 단어를 잘못 선택하여 좋지 못한 문장으로 만드는 경우가 많은데, 한편의 빼어난 글을 쓰기 위해서는 무엇보다도 어휘 선택에 신중을 기해야 한다. 적절한 단어 하나하나가 결국 좋은 문장을 만들고 좋은 글을 이룬다는 사실을 반드시 알고 있어야 한다.

특히 **문장 성분의 무분별한 생략이나 지나친 중복으로 문장 구조가 어색해져서는 안 된다.** 그 이유를 사례를 들어가며 설명하면 다음과 같다.

㈎너무 긴 수식어

우리말 가운데 관형어, 부사어와 같은 수식어는 문장의 뼈대를 이루는 주어나 서술어를 적절히 꾸며주고 또 그 의미를 한정하는 역할을 한다. 다시 말해 수식어에 의해 꾸밈을 받는 말글, 곧 피수식어는 수식어가 있음으로 해서 그 글의 내용이 좀 더 구체적으로, 자세히, 제한적으로 표현된다.

그러나 이는 수식어를 적절히 구사했을 때 그렇다는 것이고, 만일 문장을 아름답게 꾸민답시고 수식어를 마구 남발한다면 문제는 심각해진다. 그렇게 되면, 무엇보다도 문장이 길어져 내용 파악이 힘들뿐 아니라, 그만큼 잘못된 문장이 될 가능성도 커진다. 이를테면 우리말과 우리글에서는 주어와 서술어 사이에 부사적 수식어가 오게 되는데, 이 부사적 수식어가 길어질 경우 주어와 서술어의 간격이 벌어지면서 이해하기 어려운 문장이 되고 만다.

[예문10] 노 대통령은 <u>또 북한 개방 문제에 대해</u> 고르바초프 대통령에게 <u>페레스트로이카 정책을 북한에도 적용시켜</u> 북한이 개방 정책을 채택하도록 영향력을 행사해 줄 것을 요청하고 남북 대화의 재개 및 남북통일 여건 조성에 협력해 줄 것을 강력히 요청할 계획이다. (논술여행, 권오문, 가심)

→ <u>북한 개방 문제와 관련하여</u>, 노 대통령은 북한이 <u>페레스트로이카 식의</u> 개방 정책을 채택하도록 영향력을 행사해 줄 것을 고르바초프 대통령에게 요청했다. 그와 더불어 남북 대화의 재개 및 남북통일 여건 조성에 협력해 줄 것을 강력히 요청할 계획이다.

[예문10]은 긴 부사구가 삽입되면서 복잡한 문장이 되고 말았다. 좀 더 자세히 말하면, 부사구 내의 부사어 및 수식어가 길어지면서 문장이 복잡해졌다. 따라서 글의 일부를 과감히 삭제하거나, 또는 문장을 다시 배열함으로써 문맥이 통하게 만들어야 한다.

요컨대, 수식하는 글이 너무 길면 문장의 핵심이 흐려져서 글의 집중력이 떨어지고, 비문이 될 가능성은 훨씬 높아진다. 그러므로 어쩔 수 없는 경우가 아니면, 문장을 몇 개로 나누고 수식어도 적절하게 배열하여, 읽는 사람이 혼란을 일으키는 일이 없도록 해야 한다. 한 문장에 하나의 개념 또는 사실을 담아야 한다는 글쓰기의 기본 원칙을 잊어서는 안 된다.

[예문11]은 '용공적으로'라는 부사어가 잘못 쓰였기 때문에 내용이 불분명해지고 표현이 잘못된 경우이다. 곧 그 표현으로 인해서 '반미적인 그러한 분자들같이 몰려고 하는 것이 용공적'이라는 뜻이 더 강해진 것이다. '몰려고 하는'의 주체는 정부 당국일 텐데, 정부 당국이 '용공적'일리는 없으므로 '용공적이고'로 고치는 것이 좋겠다.

수식어의 지나친 남발은 문장을 쓸데없이 늘리는 요인이 될 뿐 아니라, 그로 말미암아 글의 이해를 어렵게 만들 수 있으므로 각별한 주의가 요구된다. 이밖에도 수식어의 어순이 잘못된 경우라든지, 부사어가 체언을 수식하는 등의 잘못이 따를 수 있다. 그러므로 수식어를 쓸 때에는 그것의 적절성 여부와 함께 문법적 요소도 고려해야 한다.

㈑ 지나치게 생략한 글

글을 쓸 때, 머릿속 생각의 흐름에만 지나치게 의존한 나머지 정작 글에 반드시 들어가야 할 문장 성분을 빠뜨리는 경우가 많다. 하지만 문장에서 필요한 성분을 구성하는 필수 단어를 생략하게 되면, 이것이 글의 자연스런 흐름을 가로막음으로써 글을 이해하기 어렵게 만든다. 꼭 있어야 할 문장 성분을 생략하면 뜻이 불분명하고 이해하기 어려운 문장이 된다.

글을 짧게 써야 한다는 강박이 지나치게 되면 문장 성분을 무분별하게 생략하려 들고, 이것이 결과적으로 문장 구조를 어색하게 만든다. 하지만 그래서는 안 된다. 말했듯이, 모든 글에서는 글의 뼈대를 이루는 성분, 즉 주어와 서술어, 목적어가 분명하게 드러나야 그 뜻이 명확히 이해된다. 이를 염두에 두고, 글을 쓸 때 문장에서 필요한 성분은 반드시 드러내야 하며, 그것도 정 위치에 배열할 수 있도록 힘을 쏟아야 한다.

 인위적으로 단시일 내에 <u>바꾸려면</u> 많은 문제가 생길 수밖에 없다. (글쓰기의 기초, 고려대학교 출판부)

[예문12]는 '바꾸려면'의 목적어가 없는 탓에 '바꾸려면'의 대상이 되는 단어를 주변 문맥에서 찾거나 추론해야 하므로, 독자가 글을 자연스럽게 읽는데 방해가 된다. 또 문장 안에 목적어를 집어넣더라도 '바꾸려면'을 '바꾸면' 또는 '바꾸려들면'으로 바로잡아야 글의 의미 전달은 보다 명확해진다.

㈜동일 의미의 어구 반복

동일한 의미를 갖는 어구의 반복은 피하도록 한다. 같은 단어를 반복하거나 비슷한 어휘를 중복해서 쓰는 것은 바람직하지 못하다. 이런 식으로 글을 쓰면 문장에 군더더기가 많아진다. 글의 군더더기가 없어야 평가자에게 깔끔한 인상을 줄 수 있을뿐더러, 의미 전달은 보다 확실해진다.

[예문13] 이 같은 발상은 <u>멀리 내다보지 못하는</u> <u>근시안적인</u> 태도이다. (→ 멀리 내다보지 못하는, 또는 근시안적인)

[예문14] 그러므로 사회 구조가 도대체 무엇을 의미하는가를 <u>전문적으로</u> <u>깊이</u> 다루려고 하면 할수록 도리어 <u>혼미의 벽에 부딪치는 느낌을 주는</u> <u>딜레마</u>를 맞게 된다. (글쓰기의 기초, 고려대학교 출판부)
→ 그러므로 사회 구조가 도대체 무엇을 의미하는가를 깊이 다루려고 하면 할수록 도리어 <u>혼미의 벽에 부딪치는 느낌을</u> 맞게 된다. 또는 그러므로 사회 구조가 도대체 무엇을 의미하는가를 전문적으로 다루려고 하면 할수록 도리어 <u>딜레마의 상황을</u> 맞게 된다.

[예문13, 14]는 한 문장 안에 같거나 비슷한 의미를 갖는 어구를 반복하여 사용함으로써, 글 내용을 불필요하게 반복하고 있는 문장들이다. [예문13]의 '멀리 내다보지 못하는'과 '근시안적인', [예문14]의 '전문적으로'와 '깊이', '혼미의 벽에 부딪치는 느낌을 주는'과 '딜레마'는 의미가 중복되는 표현들이다. 따라서 자연스러운 표현을 위해서는 둘 중 어느 하나를 빼는 것이 좋다.

㈜얽힌 구문

하나의 문장에서 주어와 서술어의 관계가 한 번만 이루어진 것을 '단문'이라 하고, 두 번 이상 이루어진 것을 '복문'이라 한다. 복문은 주어진 문장이 절(節)의 형태로 다른 문장 속에 안겨 있는 경우와 여러 문장이 나란히 이루어져 있는 경우로 나눌 수 있다. 전자를 '내포문'이라 하고, 후자를 '접속문'이라 한다. 내포문과 접속문은 문장의 길이를 늘이는 주된 요인일 뿐 아니라, 각각의 어미 하나하나마다 고유한 뜻이 있고 또 문법적인 제약을 받으므로, 그 사용에 각별히 주의할 필요가 있다.

글에는 단문과 복문이 뒤섞여 있는 것이 일반적이다. 주어와 서술어가 하나로 이루어진 단문은 단일 명제를 담고 있어 개념을 명확히 전달할 수 있는 이점이 있다. 그러나 단문이 연속하여 계속되면 자칫 생각의 흐름은 단절되고 글을 읽는데 방해를 줄 수 있다.

이런 이유로, 논술문을 작성할 때는 복문을 자주 쓰게 되는데, 복문은 논리적인 인과 관계를 따라 여러 명제를 하나의 문장 안에 넣어 표현할 수 있는 장점이 있다. 그러나 복문 역시 여러 명제를 나열하는데 급급하여 적절한 접속 어미를 선택하지 못하게 한다든지, 여러 명제를 연결하는 과정에서 자칫 흐름을 놓쳐 호응을 이루는 성분 중 어느 하나를 빠뜨리는 오류를 범하게 만들 수 있다.

이는 결과적으로 단어와 단어, 문장과 문장을 얽히게 만듦으로써, 글의 흐름을 자주 끊을뿐더러, 글의 이해를 어렵게 만든다. 그러므로 복문의 장점과 단점을 고려하여 생각을 정확히, 효과적으로 표현할 수 있도록 문장 구성에 특별한 주의를 기울여야 한다. 특히 글을 효과적으로, 체계적으로 질서 있게 나열할 수 있도록 신경 써야 하는데, 이를 위해서는 다음을 고려할 필요가 있다.

■ 적절한 접속 어미의 사용

접속 어미는 여러 명제를 하나의 문장 속에 엮어 넣을 때 가장 중요한 역할을 담당한다. 접속 어미는 절과 절을 연결하여 한 문장 안에 몇 개의 명제를 담아내는 수단이기도 하지만, 사건이나 상황이 어떤 식으로 얽혀있는지를 알려주기도 한다. 만약 접속 어미의 사용이 적절치 않으면, 글의 흐름은 깨지고 논리는 제각각 흩어지게 된다.

[예문15] 이 호칭이 겨우 2세 황제로 끝났으나 전체주의 체제에서 절대 권력의 정점으로 황제 호칭이 <u>걸맞고</u>, 주변에 식민 국가들을 거느릴수록 이 호칭을 선호 계승했다. (→걸맞으므로)

[예문16] 어린 아이의 눈으로 세상을 이해하려는 부분이 <u>인상적이었으며</u>, 친구에게 추천하였다. (→인상적이어서) (우리말과 글쓰기, 이화여대 출판부)

[예문15, 16]은 이유, 역접, 조건 등을 표시하는 적절한 어미가 있는데도 불구하고, 앞 뒤 문장을 단순 나열하는 접속 어미 '-고/-며'를 사용하여 문장이 어색해진 경우이다. 따라서 '걸맞고'는 '걸맞으므로'로, '인상적이었으며'는 '인상적이어서'로 바로잡아야 한다.

■ 문법적으로 대등 것의 병치(동질성이 파괴된 문장)

둘 이상의 문장을 접속하거나 나열할 때 그 구조는 같거나 비슷해야 한다. **둘 이상의 문장이 병치될 때는 문법적으로 대등한 자격을 갖는 글을 연결해야** 자연스럽다. 접속문을 구성하는 두 문장이 동질적으로 접속되지 않음으로써 비문법적인 문장을 만들지 않도록 조심해야 한다.

[예문17] 각 방송사에서 <u>절대적이며</u> 정확성이 완벽하다고 생각할 수 없는 시청률을 가지고 장사를 해서는 안 된다. (→절대적이지 않으며)

[예문18] 과도한 <u>두뇌 싸움이나</u> 넘을 수 없는 벽을 뛰어넘으려는 도전 정신이 현대인을 억누르고 있다. (→두뇌 싸움과)

[예문17, 18]은 '-며', '-나'로 연결된 두 구절의 구조가 동질적이지 않아 어색한 경우이다. 이러한 현상은 문장이 길어질 때 자주 나타나는 것이기에 문장을 단문으로 잘라 서술하면 문제의 대부분은 해결된다.

■ 문장 성분의 공유 관계(부당하게 생략된 접속문)

접속되는 두 문장 가운데 어느 일부를 잘못 생략할 경우에도 비문이 된다. 동일한 내용이 겹칠 경우에 어느 하나를 생략하는 것은 자연스러운 일이다. 그러나 글의 일부를 생략한 이후의 문장의 나열과 접속은, 문장 성분의 공유 관계에 맞게 새롭게 조정되어야 한다. 따라서 문장 성분의 공유 관계가 올바로 성립할 수 있도록 나열·접속되는 두 구절의 문장 구조를 확인하는 글쓴이의 세심한 배려가 필요하다. 접속문을 만들면서 공통 요소가 아닌 것조차 생략하는 실수를 범해서는 안 된다.

[예문19] 부드러운 감촉과 미키마우스 그림이 귀엽다. (→감촉이 부드럽고)

[예문20] 아침에는 주로 빵과 우유를 즐겨 마시는 편이다. (→빵을 즐겨 먹고 우유를 즐겨 마시는)

[예문19]는 내용상 동질성(옷의 장점)을 갖고 있으나, 감촉과 디자인이 둘 다 귀여움의 대상은 아니어서, 서술어와 호응되지 않는 어색한 문장이다. [예문20]은 '빵' 때문에 어색하므로, 밑줄 친 부분을 중문으로 바꿔 서술하는 것이 자연스럽다.

■ 논리적인 흐름을 고려한 나열(부적절한 어순의 문장)

여러 명제를 연결할 때에는 이들 사이의 논리적인 흐름을 고려해야 한다. 글을 쓰기 위해 개요를 짜고 그것의 논리적인 흐름이 맞는지를 몇 번씩 고민했다면, 실제 글을 쓰면서 앞 뒤 문장의 흐름을 자연스럽게 만들려고 노력해야 한다는 사실에 쉽게 수긍할 수 있을 것이다.

[예문21] 학생들이 사회에 나가서도 자신의 능력을 충분히 발휘할 수 있으려면, 학원을 전전하지 않고서도, 학교가 책임을 져야 한다. (→학원을 전전하지 않도록)

[예문22] 학교 측에서 학생들의 요구를 들어준다면 이번 협정서는 우리의 영원한 자랑이자 학생들에게 열렬히 환영을 받을 것이다. (→우리의 영원한 자랑으로 학생들에게 열렬히 환영을 받을 것이다)

[예문21]은 중간에 삽입구를 없애고 부사구로 바꾸어야 할 예문이며, [예문22]는 협정서의 효과가 어떤 순서로 나타나는 지를 고려하여 수정해야 할 예문이다.

(3)평가자가 정말로 싫어하는 글

평가자가 정말로 싫어하는 글은 따로 있다. **'쓸데없이 멋 부리며 쓴 글', '모르는데 아는 척 하며 쓴 글', '출제 의도와는 상관없이 자기 멋대로 쓴 글', '학원의 유형 학습을 답습한 정형화된 답안'**(이에 대한 설명은 생략한다)이 그것이다. 이런 식으로 문장을 엮어 작성한 답안은 평가자에게 속된 말로 '매를 버는' 형국으로 치달을 수 있다. 답안 평가자들은 이런 식으로 작성한 답안과 맞닥뜨리게 되면 글 내용의 충실함을 떠나서 무조건 이를 경원시하려 든다.

논술을 공부하는 학생들이 하지 말아야 할 가장 나쁜 글쓰기 습관이 이와 같은데, 이것들을 바로 잡는 것에서부터 논술문 작성 연습은 시작된다. 그 핵심을 간략히 설명하면 다음과 같다.

㈎쓸데없이 멋 부리며 쓴 글

많은 학생들은 수준에 맞지 않거나 문맥에 어울리지 않는 단어를 억지로 쓰려 드는 경우가 종종 있다. 글의 여기저기에 어려운 단어를 적어가며 글을 좀 더 그럴듯하게 꾸미려고 들지만, 이것이 오히려 좋은 글을 망치고 마는 경우가 생각 이상으로 많다.

문장이 어려워지는 것은 다음 셋 가운데 어느 하나에서 비롯된다. 자신도 잘 모르는 것을 쓰고 있는 경우, 알고 있어도 그것을 적절한 용어로 설명하기 어려운 경우, 한 번에 많은 내용을 담으려는 생각에 단어 욕심을 부리는 경우가 그것이다.

알기 쉬운 문장, 이해하기 쉬운 문장을 써라. 글을 쓰다 보면 글 뜻이 머리에 잘 들어오지 않을 때가 있다. 그럴 때는 대부분 자신도 잘 모르는 글 내용을 쓰고 있는 경우이다. 자기 스스로도 글 내용을 잘 모르기 때문에 이것을 감추려는 마음에서 어려운 글, 현학적인 글을 사용하여 자신의 부족한 부분을 감추려고 든다.

하지만 그래서는 안 된다. 글에 관한한 전문가인 교수들이 이를 모를 리 없다. 자기가 확실히 안다고 생각하는(확신하는) 단어를 구사해야 한다. 문장의 의미가 머리에 잘 들어오지 않을 때는 차라리 그 부분을 삭제하거나, 좀 더 깊게 생각하여 무슨 말을 하고 싶은지를 정리한 뒤에, 적절한 용어를 구사하면서 글을 써야 한다. 글은 무엇보다 자연스러운 것이 가장 좋다는 사실을 반드시 알고 있어야 한다. 덧붙여 논리적인 글일수록 멋 부리면서 글을 쓰려 들어서는 안 된다. 논리적인 글은 생각이 가는대로 자유롭게 쓰는 글이 결코 아니라는 점을 명심할 것. 논리적으로 쓰되, 학생답게, 수준에 맞게, 쉬운 글로 써라.

[예문23] 나는 그녀의 마음 <u>깊숙한 근저에 자리 잡은 은폐성을 부수고</u> 그 속에 내 영상을 <u>각인시키기</u> 위해 <u>각고의</u> 노력을 기울이고 있다. (글쓰기 소프트, 김해식, 새길)

→ 나는 그녀의 마음 <u>깊숙이 자리 잡고 있는 벽을 부수고 그녀의 마음속에</u> 내 영상을 <u>새기기</u> 위해 <u>피나는</u> 노력을 기울이고 있다.

[예문24] 이 같은 미온적인 처리는 <u>법조인들에게 스스로 몸가짐을 삼가게 하는 자계(自戒)의 해이 현상을 초</u>래할 수 있다.

→ 이 같은 미온적인 처리는 <u>법조인들의 조심스러운 몸가짐을 해이하게 만든다.</u>

[예문23, 24]는 지나치게 현학적인 표현이다. 어려운 용어를 사용했다고 좋은 글이 되는 것은 아니다. 만약 논술문을 작성하는 학생들이 이 같은 글을 썼다면, 평가자인 교수들은 이를 두고 학생들이 "쥐뿔도 모르면서 공연스레 어려운 글을 써가며 멋 부리려고 든다"라고 생각하게 된다. 위 예시처럼 고쳐 쓰면, 평가자들은 그 글을 보다 친근하게 받아들이면서 글 내용을 좀 더 이해하려고 마음먹을 것이다.

㈜모르는데 아는 척하며 쓴 글

모르는데 아는 척하며 쓰는 글 역시 평가자의 눈 밖에 날 뿐이다. 답안 평가자인 교수들은 논술 답안을 읽고 논술자가 무언가를 알고 쓰는 것인지, 아니면 뭘 모르면서 이를 감추고자 얼버무리면서 쓰는 것인지를 단박에 포착한다.

학생들이 모르는데 아는 척하며 글을 쓰려 드는 이유는 다음 셋 가운데 어느 하나이다. 논제의 물음이 무엇인지 도무지 모르겠다거나, 제시문이 어려워 글 내용을 이해하지 못한다거나, 용어의 의미를 제대로 이해하지 못한 때문이다.

많은 경우, 학생들은 자신의 이러한 결점을 감추고자 쉽게 써도 될 것을 일부러 어렵게 쓰는 경향을 보이는데, 이는 자신의 섣부른 지식을 자랑하려는 가벼운 짓이다. 글에서 그럴 분위기가 아닌데도 불구하고 일부분만 어렵게 쓴다면, 글의 전반적인 흐름이 틀어져 그 부분이 짐짓 어색해진다.

논술 답안을 쓸 때, 제시된 글감의 여기저기를 무분별하게 발췌하여 두서없이 답안에 나열하려 드는 것 또한 모르는 것을 아는 척하는 속보이는 행동에 지나지 않다. 글이 표면적으로는 그럴듯해 보이지만, 제시된 글감의 내용적인 의미를 이해하지 못한 채 글 내용의 일부를 그대로 따와 자신의 답안에 단순 나열하는 것이기에, 논제의 물음을 벗어난 서술에 불과할 뿐이다.

[예문25]는 학생이 직접 작성한 답안의 첫 단락이다. 이때 제시문의 핵심 용어와 관련하여, 이 학생은 그 말뜻이 갖는 의미와 전체적인 맥락을 고려하지 않은 채 별다른 고민 없이 차용하면서 글 내용을 기술했다. 가령 "브리콜라주가 오리지널 텍스트와 분리된 결과로 설명할 수 있다"라는 표현은 사실 그 자체로는 제시문 내용의 동어반복에 불과하다. 브리콜라주가 무엇이고, 그것이 오리지널로부터 분리되는 것이 어떤 의미인지, 그리고 그것이 관련한 다른 제시문 내용과 어떤 점에서 만나는 것인지를 설명해야 함에도 불구하고, 단순히 제시문 내용의 일부를 단순 나열하면서 뭔가 아는 척하며 글을 썼다고밖에 말할 수 없다. (서강대 답안 평가의 일부이다.)

제시문에 실린 용어의 의미가 어려울수록 학생들은 추상적이고 관념적인 어휘를 남발하려 드는 경향이 있다. 표현이 추상적이라는 것은 논리성이 부족하다는 말과 일맥상통하는 면이 있다. 추상적이고 관념적인 표현일수록 글의 의미가 머릿속에 잡히지 않고, 모호하며, 과장되고, 구름 잡는 식의 표현으로 치닫는다.

그럼에도 불구하고 많은 학생들은 추상적인 어휘를 남발하면서 자신의 생각을 적절히 표현하지 못하는 우(遇)를 범하고 있다. 글의 의미가 이해되지 않을수록 학생들은 어휘의 뜻이 모호하고, 대상이 분명치 않으며, 부적절한 용어를 사용하게 된다. 하지만 그래서는 안 된다. 구체적인 어휘를 골라 사전적인 의미를 살핀 후, 이를 통해 자신이 전달하려는 생각을 분명히 밝혀야 한다. 또 자신이 주장하는 논점(관점)을 분명히 드러내야 한다. 글 내용이 어려울수록 어휘 선택에 신중을 기하고, 필요한 어휘와 용어를 적재적소에 사용할 수 있어야 한다.

㈐출제 의도와 상관없이 자기 멋대로 쓴 글

논술자가 평가의 불이익을 전적으로 감내해야 하는 글을 굳이 쓸 필요는 없다. 단순한 암기 위주의 단편 지식이나 정형화된 답안으로는 좋은 성적을 기대하기 어렵다. 제시문 내용에 충실하지 않은 채, 섣부른 지식을 활용하여 논제의 물음 및 출제자의 의도와는 상관없이 자기 멋대로 답안을 서술하는 경우가 많다. 하지만 이는 글의 이해력이 떨어진 것으로 간주되어 평가의 불이익을 받는다. 제시문 내용을 확실히 이해한 후, 이를 논제의 물음에 맞게 활용하면서 답안을 작성해야 한다.

출제자가 요구하는 대답의 핵심이 빠져 있는 답안은 아무리 글을 잘 써도 좋은 평가를 받을 수 없다. 평가자의 관점에서 볼 때, 출제자의 의도를 정확히 이해하지 못한 채 자신의 주장만을 내세우는 답안은 제시문 전체를 이해하지 못한 상태에서 어느 한 부분만 확대 해석한 것으로 간주될 뿐이다. 문제와 제시문을 읽고 논제가 요구하는 사항이 무엇인지 정확히 파악한 후 그것에 맞게 답안을 서술해야 한다.

발문의 물음을 따라 기계적으로 단락을 구성하면서 단순 나열식으로 서술한 글, 하나의 통일된 글이 아닌 개별 단락을 작위적으로 결합하여 서술한 글 역시 좋은 평가를 받지 못한다. 논제의 물음에 대한 대답과 발문의 물음을 나열한 순서가 일치 또는 불일치하는가에 대한 고민 없이, 그리고 제시된 각 지문이 글 전체 또는 논제의 물음에 대한 대답에서 어떤 역할을 담당하는 지에 대한 고민 없이, 논술자가 문제의 질문을 따라 생각 없이 그리고 습관적으로 답안을 작성할 경우, 단락과 단락 또는 같은 단락 내의 각 문장은 유기적으로 연결되지 못하면서 제각각 따로 놀게 된다.

단순한 분량 늘리기 식의 수사적 서술 역시 좋은 평가를 받을 수 없다. 글 내용을 단순 명료하게, 그것도 문제 해결 과정에 맞게 꼭 필요한 것만을 기술해야 함에도 불구하고, 학생들은 지정 답안 분량을 채워야 한다는 심적 강박과 부담감이 지나친 나머지, 분량을 질질 늘려가며 답안을 작성하려 든다. 하지만 그런 식의 글쓰기는 단순히 사족을 덧붙이는 격이어서 논의의 핵심을 흐트러뜨리는 우를 범할뿐더러, 결국에는 논제의 요구와 지시를 충족하지 못하고 변죽만 울리는 답안으로 치닫게 된다. 이런 나쁜 습관은 결국 논술 평가에서 감점으로 이어지고 만다는 사실을 깨닫고, 이를 고쳐나갈 수 있도록 부단히 노력해야 한다.

03

평가자의 마음을
움직이는 '설득의 기술'

좋은 글, 잘 쓴 글이란 무엇이고 또 어떤 것일까? 앞서 누차 강조했듯이, 좋은 글의 출발점은 정확한 용어를 구사하는 것에서부터 시작된다. 문장을 바르게 쓰기 위해서는, 개념을 명확히 규정하는 용어, 이해하기 쉬운 용어, 혼동하거나 오해할 소지가 적은 용어, 어문 규범에 맞는 용어를 적절히, 효과적으로 잘 구사할 수 있어야 한다. 무엇보다 사전적인 의미의 단어와 용어를 사용하여 쉽고, 간결하고, 짜임새 있고, 확실하고, 솔직하게 글을 써야 한다.

문장을 바르게 써야 글의 의미는 정확히 전달될 수 있다. 올바른 문장이란 문장의 필수 성분을 갖춘 문장, 문장 성분 간의 호응이 제대로 된 문장, 앞뒤 문장 사이의 논리적인 관계가 명확하게 드러나는 문장을 일컫는다.

좋은 문장이 되려면, 글에서 **주장하려는 내용이 명확히 드러나야 하며, 이를 뒷받침하는 근거가 구체적이고 확실하며 설득력이 있어야** 한다. 또 **앞뒤 문장의 흐름이 논리적이며 통일성을 이뤄야 하고, 글 전체와 각 단락이 유기적으로 긴밀하게 관계 맺어야** 한다. 무엇보다, 글을 통해 **자신이 전달하려는 핵심 논지를 주제 개념을 활용하여 분명히 드러낼 수 있는 글이어야** 한다. 글의 중심 내용을 젖혀 놓고 다른 부분이 강조되어서는 안 된다.

결국 명확한 주제, 논리 구성, 전체와 부분의 논리의 짜임새, 단락의 설정, 표현력, 논증력, 주·술 관계의 호응, 용어의 정확성 등, 좋은 글을 쓰기 위한 기본 조건을 갖추어야 잘 쓴 논술문이라 할 수 있다. 이러한 조건을 충족하려면 되도록 **문장을 쉽고, 짧게 써야** 한다.

(1) 쉽게 써라

좋은 글이란 글쓴이의 생각과 감정과 논리를 효과적으로 표현하고 전달하는 글이다. 논술문은 독자인 평가자의 이해를 전제로 하기 때문에 쉽게, 명료하게 써야 한다. 쉽고 간단히 쓸 수 있는 내용을 굳이 복잡하고 어렵게 표현함으로써 글을 길게 늘어뜨리고 의미를 파악하기 어렵게 만드는 경우가 많다. 글쓴이인 논술자의 의도가 무엇인지, 글의 주제가 무엇인지를 평가자가 파악하기 어렵거나, 문장 구조가 복잡해 평가자의 머리를 정신없게 만든다면, 그 글은 실패한 글이 되고 만다.

글은 단박에 읽혀야 한다. 단박에 읽히는 문장이 좋은 글이다. 좋은 문장은 독자가 단박에 읽고 이해할 수 있는 글이다. 무슨 뜻인지 모르게 문장을 비비 꼬아 놓은 탓에 그 문장을 이해하기 위해 다시 글 앞으로 되돌아와서 읽어야 한다거나, 부적절한 단어로 인해 글 내용을 잘못 해석하게 된다면, 그것은 결코 좋은 글이 아니다. 글 주제와 구성 체계를 아무리 훌륭하게 짰더라도 생각의 단위라 할 수 있는 문장을 올바르게 쓰지 않으면 헛일이다.

쉽게 써도 될 것을 일부러 어렵게 쓰는 것은 자신의 지식수준을 자랑하는 가벼운 짓이다. 난해한 용어나 불필요한 단어, 외래어나 속어 등을 남발한다면 평가자는 이를 외면한다. 추상적이고 현학적인 표현은 평가자의 이해를 가로막을 뿐이다. 모호한 문장 역시 피해야 한다. 그러려면 **한 문장에는 하나의 의미만을 담아야** 한다. **한 단락에는 하나의 중심 생각만을 담아야** 한다.

[예문26] 시행착오를 반복할 것이 명약관화하다.

→ 같은 잘못을 거듭할 것이 뻔하다.

[예문27] 공장 책임자는 그 사실에 대해 언급을 회피했다.

→ 공장 책임자는 그 사실에 대해 말하기를 꺼렸다.

자신이 가장 잘 알고 있는 것, 가장 쓰고 싶은 것을 쓴다는 기분으로 글을 써야 한다. 의식적으로 잘 쓰려고 하지 마라. 그럴수록 글쓰기는 힘들어진다. 자신의 글에 스스로 지치게 된다. 나중에는 자기가 쓴 글을 자기도 무슨 소리인지 모르게 된다. 자신감 없이 억지로 쓴 글은 표가 난다. 어설프고 힘이 없다.

글을 쓸 때 한꺼번에 많은 것을 담아야겠다는 욕심에서 무리수를 두는 학생들이 많다. **많은 것**

을 한 문장에 담으려는 욕심을 버려야 한다. 한 문장에 많은 것을 담아 표현하려다 보면 제대로 하나를 담지도 못한다.

논술자인 학생이 평가자인 교수를 깜짝 놀라게 할 만한 내용을 담아 글로 표현하기란 결코 쉽지 않다. 논술 답안에 심오한 내용을 담기는 힘들다. 그렇다고 뻔한 결론으로 평가자의 입맛을 맞추려고 해서도 안 된다. 적당히 쓰지 말고 최선을 다하되, '나'를 보여준다는 기분으로 써라. **글쓴이의 진정성이 우러나오는** 글이 좋은 글이다.

글자 수를 채워야 한다는 강박에 짧은 글을 길게 늘이려 들어서는 안 된다. 오히려 주어진 분량보다 조금 더 써서 내 글을 일정한 수준으로 다듬어 깎는다고 생각하라. 그렇게 되면 글 전체에서 군살이 빠지고, 요점만 남으며, 짜임새가 생긴다.

잘 쓴 글은 형식면에서 잘 짜이고, 내용면에서 잘 다듬은 글이다. 이를 위해서는 먼저 글 내용에 대해 충분히 구상한 다음, 그 구상한 내용을 한 편의 개요로써 짧게 정리하면서 체계적으로 논리의 틀을 잡아나간다. 이어서 독자(평가자)가 쉽게 이해할 수 있도록 용어를 정확히 구사하면서 글을 쓰고, 글 내용에 모순이 없도록 문장을 다듬을 필요가 있다. 좋은 글을 쓰고 싶다면, [예문26과 예문27]처럼 **적절한 어휘를 선택하여, 가능한 이해하기 쉽게** 써라.

(2)짧게, 간결하게 써라

좋은 문장, 쉬운 문장은 어휘, 구문, 표현면에서 한 번 읽어서 얼른 이해될 수 있는 바른 문장을 일컫는다. 바른 문장은 **표현이 온전하고 글의 흐름이 적절한 문장을** 말한다. 쉽고 바른 문장을 쓰기 위해서는 문장을 짧게 써야 한다. 좋은 문장, 쉬운 문장은 주제, 구성, 표현이 모두 뚜렷해야 한다. 그러려면 짧고 간결하게 써라.

자신의 주장을 명확히 전달하는 데 목적을 둔 논술문은 가능한 짧고 간결한 문장을 구사해야 한다. 문장이 길어지면 자칫 의미의 혼동을 불러일으킬 뿐 아니라, 자신의 견해와 의미를 정확히 전달하지 못한다. 특히 논증과 관련 없는 단순한 설명 글, 이를테면 개념을 설명하고 개념을 규정하면서 **논술 답안의 도입부를 이끌고 나가는 글일수록 가능한 짧게 써야** 한다. 자칫하다 가는 주객이 전도되어, 설명만 앞세우고 논증은 부실하게 기술할 수 있기 때문이다.

문장을 길게 서술하면 문법적으로 오류를 범할 가능성이 높으며, 정작 다뤄야 할 내용은 뒷전으로 밀리고 엉뚱한 쟁점이 끼어들 수도 있다. 내용이 중복되거나 불필요한 부분은 과감하게 제거하면서 **문장을 가능한 짧게 쓰되, 내용을 간결하게 정리하여 효과적으로 표현할 수 있어야** 한다. 이를 [예문28]을 통해 확인할 수 있을 것이다.

[예문28] 제시문(가)에서는 정치적 요인이랑 법적 요인은 삶의 질과 매우 밀접한 관련이 있다고 말하였다. 그 나라의 법의 제도가 얼마나 안정적이고, 법률에 대한 진행이 예측 가능한 방식으로 이루어져 있는지 등등에 따라서 그 나라의 삶의 질은 차이가 난다는 것이다. 그리고 제시문(나)에서는 민주주의가 그 나라 국민들의 삶의 질을 개선하는 데 도움이 된다는 것을 증명하기 위하여 20개 나라의 법치지수, 민주주의 지수, 그리고 인간계발 지수를 모아놓았다. 여기서 법치지수는 법원과 정부의 결정이 얼마나 법에 의거해 있는지를 보여 주고, 민주주의 지수는 각 나라의 시민들이 얼마나 정치적 권리를 누리고 있으며, 시민적 자유를 누리고 있는지를 보여 준다. 마지막으로 인간계발 지수는 그 나라의 평균적 수명, 교육 수준, 그리고 소득 수준을 토대로 그 나라 국민들의 삶의 질을 측정한 지수이다. (서울대 논술 문제에 대한 학생 작성 답안의 도입 부분)

→ (가)에 따르면, 국민의 삶의 질은 그 국가의 정치적·법적 요인에 크게 좌우 된다. 즉 민주주의가 정착되어 법률과 제도가 확립되고, 국민의 다양한 정치 참여가 보장되어야만 국민의 삶의 질은 높아진다.

거듭되는 얘기지만, 문장은 가능한 짧아야 한다. 문장이 짧다는 것은 곧바로 논의의 핵심부터 치고 들어간다는 의미와도 같다. 장황한 표현을 피하고 곧바로 요점을 말하는 것이다. 서툰 수식을 하려들 때 문장은 장황해지고 글 내용은 모호해진다. 문장이 짧아야 글을 읽는 호흡이 빨라지며, 글 내용을 이해하기 쉽고, 글의 의미에 대해 선명한 인상을 남긴다.

문장이 간결하지 못하고 길어지는 것은 다음 세 가지 이유 때문이다. 샛길과 돌아가는 길이 많고, 주제가 도중에 분열하며, 정해진 글자 수를 채우기 위해 글에 쓸데없이 사족을 덧붙이기 때문이다. 특히 수식어를 지나치게 사용한다거나, 문장에 삽입구를 넣는다거나, 하나의 문장 속에 다른 내용을 잔뜩 욱여넣으려 든다거나, '-하여서, -하는데, -했더니' 등 용언의 연결 어미를 많이 사용하는 경우에 문장은 좀처럼 짧아지지 않는다. 이 모든 것들이 글의 이해를 방해하고 논리의 흐름을 깨뜨리는 요인으로 작용한다는 사실을 잘 알고 있어야 한다.

그렇다면 한 문장의 길이는 어느 정도가 적절할까? 짧고 간결한 문장은 **20~50자 정도가 적당하며, 한 문장이 50자를 넘지 않도록** 해야 한다. 보통 30자 안팎의 문장이 가장 좋다고들 한다. 문장 길이가 원고지 두세 줄을 넘기면 문맥을 파악하기 어렵다. 워드프로세서를 기준으로 2줄(50자 전후)을 꽉 채우거나 초과하는 문장 역시 마찬가지다. 문장을 길게 늘여가며 한 문장에 두 개 이상의 생각을 담으면, 논의의 방향이 흩어져 문맥이 늘어지고 논점을 벗어나기 쉽다. 문장이 길어 이를 읽는 평가자를 불편하게 만들면 안 된다. 글이 길어질 것 같으면 이를 두세 문장으로 나누어라. 단박에 읽힌다.

[예문29] 2010년은 전통적인 중국 세수로 호랑이 해이며 인류가 21세기로 진입한 두 번째로 10년이 시작되는 첫해로, 이 한 해는 세계적으로도 중요하지만 중국에도 매우 중요하다. (상상과 창조의 글쓰기, 경희대학교 출판문화원)

→ 2010년은 전통적인 중국 세수로 호랑이 해다. 인류가 21세기로 진압한 뒤 두 번째 10년이 시작되는 첫해이기도 하다. 이 한 해는 세계적으로도 중요하지만 중국에게도 매우 중요하다.

[예문29]의 문장은 23개의 어절로 이루어져 있다. 문장을 이해하는데 있어서의 핵심 성분은 서술어다. 한 문장 안에 서술어가 몇 개가 있다는 것은 정보가 그만큼의 개수로 담겨 있다는 뜻이다. 한 문장 안에 서술어가 지나치게 많으면 독자는 그 정보를 한 번에 다 기억하기 어렵고, 글을 읽는 동안 뒤에 새롭게 오는 정보 때문에 앞 정보를 잊고 만다. 이를 피하려면 예문의 교정 글처럼 문장을 쪼개야 한다.

한편 **문장이 너무 짧아도 딱딱한 느낌을 줄 수** 있다. 지나치게 짧은 문장이 계속되면, 글의 흐름이 자주 끊기면서 오히려 글의 이해와 몰입을 방해할 수 있다. 그리고 문장이 자칫 무미건조해질 수 있다. 이를 아래 [예문28]의 중앙일보 박보균 대기자의 글을 통해 확인할 수 있을 것이다.

글쓰기에 관해서라는 대한민국에서 둘째가라면 서러울 정도의 실력을 갖춘 분의 글임에도 불구하고 이를 읽는 데 불편함을 느낄 정도라면, 논술자인 학생들이 지나치게 짧은 글로 서술했을 때 글과 논리의 연결의 흐름이 어떠할지를 짐작하는 것은 그리 어렵지 않을 것이다. 대기자의 명문을 필자 같은 하찮은 범인이 손대는 것은 경우에 어긋나는 것이라고 생각하기에, 글 수정은 생략한다.

[예문30] 권력은 독선이다. 그것은 권력의 속성이다. 편견도 커진다. 그 상황은 권력 성공의 장애물이다. 그것은 5년 대통령제의 낯익은 장면이다. 권력 독선의 제어 장치가 마련돼야 한다. 그것이 유능한 권력의 조건이다. 파르헤시아(parrhesia)가 있다. 고대 그리스 시대의 용어다. 그 단어는 아테네 직접 민주주의 세계의 정치·윤리 덕목이다. 파르헤시아는 대담한 직언이다. 두려움 없이 권력자에게 진실을 말하는 행위다. 그것은 권

강조할 것은 이것이다. 간결체니 만연체니 하는 용어에 얽매일 필요 없이, **누구나 읽어서 쉽게 이해할 수 있을 정도의 문장을 작성해야** 한다. 이때 글이 길고 글 내용이 장황해지면 자칫 논리의 모순과 내용의 불일치가 일어난다. 이것이 올바른 글 이해를 방해한다는 사실을 분명히 깨닫고, 될수록 글을 짧고 간결하게 써야 한다.

글을 쓸 때 가급적 단문을 많이 사용하라. 복문이 많으면 어구가 서로 어떻게 관계하는지를 파악하기 어렵고, 글 내용은 선뜻 이해되지 않는다. 명확한 문장을 쓰는 첫걸음은 올바른 어휘의 선택과 문장들의 상호 관계에 주의하는 것이다. 그러려면 짧게 써라.

(3)명확하게 써라

좋은 글, 잘 쓴 글은 글 내용이 명확하다. 일반적으로 다음을 가리켜 명확한 문장이라 말한다. 글쓴이가 의도하는 바가 독자에게 정확히 전달되는 문장, 글 내용이 막히지 않고 술술 잘 읽히는 문장, 논리가 일관되고 글의 체계가 질서 정연한 문장, 사용한 소재 및 제재가 주제와 부합하며 논지에 적절한 문장이 그것이다.

글 내용이 명확한 문장을 기술하기 위해서는 우선 머릿속에서 글 전체의 윤곽을 그려낼 수 있어야 한다. 만일 글을 써내려가다가 어딘가에서 막히게 되면, 전부를 버리고 다시 시작하는 것이 오히려 효과적일 수 있다. 그만큼 글의 구상과 논리의 체계가 들어맞아야 문장을 명확하고 명쾌하게 쓸 수 있다.

이때, 문장을 명확히 기술하는 첫 번째 조건은 알기 쉬운 용어를 사용하는 것이다. 그리고 문장 길이를 짧게 하는 것이다. 문장 길이와 더불어 문장의 명확성을 좌우하는 것은 단락 구성으로, **단락을 적절하게 나누어 가며 글을 써야** 글 내용은 더욱 명확해진다. 단락을 명확히 구분하면서 글을 쓰는 것은 무척 중요하기에, 뒤에 자세히 설명한다.

단호한 문장이 좋다. 자신 없는 문장보다는 확신에 찬 문장이 좋다. 애매하고 모호하며, 자신 없이 머뭇거리며 쓰는 글은 글쓴이의 겸손함이나 예의 바름을 보여주기 보다는 글의 신뢰도를 떨어뜨릴 뿐이다. 단호하게 쓴 글이라고 해서 그것이 건방지단 의미는 아니다. 판단은 독자인 평가자가 한다. 그러므로 짐짓 자신의 주장을 흐리게 하는 표현을 삼가라.

문장을 명확히 쓰려면 다음 사항에 특히 유의할 필요가 있다. 이는 이제까지의 설명을 전부 아우르는 것이기도 하다.

■ 추측 표현을 쓰지 않는다

'~인 것이다', '~인 듯하다'와 같은 추측성 표현은 글쓴이가 자기 글에 확신이 없다는 느낌을 줄뿐더러, 독자의 판단을 흐리게 만드는 요소다. 여기에다 '~라고 하지 않을 수 없다', '~이 없는 것은 아니다'와 같은 이중부정까지 가세할 경우, 문장은 더욱 모호해진다. 확실하지 않은 사실은 차라리 쓰지 말거나, 내용을 정확히 알아본 후 써야 한다. 추측성 표현은 명확한 문장을 기술하는데 가장 큰 적이다. 단정적인 용어를 사용하여 글을 써라.

[예문31] 주말 내내 서해안에 강풍을 동반한 폭우가 <u>쏟아졌다고 한다.</u> (→쏟아졌다)

[예문32] 인생은 옳고 그름의 문제로 결정되지 않는 게 <u>많은 것 같다.</u> (→많다)

■ 부정확한 표현은 삼가라

글은 정확해야 한다. 논술문은 특히 정확성을 기하면서 써야 한다. 만일 글에 비과학적이거나 비논리적인 내용이 담겨 있거나, 또는 제시한 근거가 내용면에서 잘못됐다면 평가자로부터 신뢰를 받지 못할 것이다. 불확실한 내용을 자신의 상상력에 기대어 추측하면서 쓰면 안 된다. 글은 반드시 사실 확인 과정을 거치면서 내용(의미)을 정확히 기술해야 한다.

[예문33] 뒷산에서 <u>뻐꾹새 우는 소리</u>에, 흥부는 빈 제비집을 쳐다보며, <u>제비가 돌아오기를</u> 고대했습니다. (뻐꾸기 우는 시기는 5월 이후, 제비가 오는 시기는 4월 이전 무렵이다) … 옛날 초등학교 4학년 국어 교과서에 실린 글

■ 지시대명사의 사용은 가급적 피한다

지시대명사란 사물이나 장소를 가리키는 대명사로, '그', '이것', '저것', '어디', '무엇' 등을 지칭한

다. 만약 글에 '이것은', '그것은'이라고 적혀 있으면 독자는 '이것, 그것이 무엇을 가리키는가'를 생각하며 읽어야 하기 때문에 번거롭고, 그로 인해 글을 잘못 이해하는 경우도 많다. 따라서 가급적 지시대명사의 사용을 삼가되, 부득이 지시대명사를 사용할 때에는 가장 가까운 어구를 가리키는 것으로 한정할 필요가 있다. (이 책에서 필자가 곧잘 사용하는 표현방법이기도 하다.)

[예문34] 한국의 기후는 남국의 <u>그것보다</u> 따뜻하다.

→ 한국의 기후는 남국보다 따뜻하다. 한국이 남국보다 기후가 따뜻하다.

[예문35] 한국의 조선 산업이 일본의 <u>그것</u>에 비해 경쟁력이 강하다.

→ 한국의 조선 산업이 일본에 비해 경쟁력이 강하다. 한국은 조선 산업에서 일본에 비해 경쟁력이 강하다.

■ 주제가 불분명한 피동 표현은 피한다

우리말에는 능동적으로 행동할 수 있는 주체를 한정하고 있기에, '피동 표현'은 될 수 있으면 쓰지 않는다. 예를 들어 한 문장에 주체가 둘 이상 들어 있으면 여러 조건을 따져 그중 하나를 능동의 기준으로 삼는다. 글에 피동 표현이 많은 것은 우리나라가 그동안 겪은 사회문화적인 요인 및 정치적인 상황에서 비롯되며, 이로 인해 능동의 주체를 숨기거나, 주체로 나서지 않으려는 심리가 작동한 때문이다. 따라서 글에 피동 표현이 자주 나오는 것은 글쓴이가 그 글에 대해 자신 없어 하거나 책임을 회피하려는 데서 비롯되는 것이라고 생각하면 된다. '~이 주목된다', '~으로 생각된다'와 같은 피동형 표현은 주체를 불분명하게 설정함으로써 글을 모호하게 만들므로, 이를 고쳐 바로 잡아야 한다.

[예문36] 동네 사람들에 의해 꼬마가 천재로 <u>불리어진다</u>.

→ 동네 사람들이 꼬마를 천재로 부른다.

[예문37] 결국 불법 건물로 밝혀져 말썽을 <u>빚고 있다</u>.

→ 결국 불법 건물로 밝혀져 말썽이 되고 있다.

■ **다의적, 중의적인 단어는 의미가 명확한 단어로 바꾼다**

한 문장이 두 가지 뜻으로 해석되면, 그 문장은 올바른 글 읽기에 걸림돌이 된다. 글쓴이는 하나의 뜻으로 글을 썼는지 모르지만, 글을 읽다보면 두 가지 의미가 담겨 있는 경우가 있다. 이런 글은 정확한 표현을 바탕으로 글 내용을 바로 잡아야 그 뜻이 명확해진다. 그와 더불어 아래와 같이 어순을 조절하거나, 정보를 추가하거나, 불필요한 정보를 삭제하거나, 쉼표를 적절하게 사용하면 중의성은 제거된다. 자신이 쓴 문장을 이리저리 고쳐서 가장 쉽고 가장 정확하게 뜻이 전달되도록 글을 써야 한다.

[예문38] 사람들이 많은 도시를 다녀 보면 재미있는 일이 많다. (상상과 창조의 글쓰기, 경희대학교 출판문화원)

→ 사람들이, 많은 도시를 다녀 보면 재미있는 일이 많다.

　사람들이 많은, 도시를 다녀 보면 재미있는 일이 많다.

　사람들이 많이 사는 도시를 다녀 보면 재미있는 일이 많다.

　많은 도시를 다녀 보면 재미있는 일이 많다.

■ **과장되거나 주관성이 농후한 문장은 피한다**

글은 객관적으로 기술되어야 한다. 특히 논술문은 정확하고 객관적인 사실을 독자에게 전달하는데 그 목적이 있다. 따라서 이를 위해서는 과장되거나 주관이 담긴 단어는 될 수 있는 한 피하는 것이 좋다. 글을 쓸 때 특히 조심해야 할 것은 필자 자신의 주관이 담긴 단어를 남발하는 것이다. '가장', '아주', '몹시', '절대로', '굉장히', '엄청나게', '너무', '확실히'와 같은 극단적이거나 지나친 의미를 갖는 부사어 및 주관성이 강한 어휘를 사용하여 내용을 강조하는 경우가 있는데, 이는 글의 객관성을 잃게 만들고 독자의 판단을 흐리게 할 뿐이기에 가급적 삼가는 것이 좋다.

[예문39] <u>초메가톤급</u> 파장을 몰고 올 '부도 처리 결정'에 정부가 개입하지 않았을 리 만무하기 때문이다.

→ 큰 파장을 몰고 올 '부도 처리 결정'에 정부가 개입하지 않았을 리 없다.

[예문39] 대학들이 <u>광적으로</u> 영어 강의를 확대하는 데에는 이유가 있다.

→ 대학들이 저마다 영어 강의를 확대하는 데에는 이유가 있다.

■ **불필요한 '~적'은 사용하지 않는다**

없애버려도 의미가 달라지지 않는 접미어는 붙이지 않는다. 아래 예문처럼 '형식적'은 '형식'으로, '내용적'은 '내용'으로 고쳐도 글의 이해에 전혀 문제되지 않는다. 글을 읽어 불필요하다고 생각되는 낱말 또는 형태소는 과감히 삭제한다.

[예문40] 이 대작은 형식적으로는 추상적이나 내용적으로는 표현주의적인 추상표현주의 화가의 작품 세계를 단적으로 보여준다.

→ 이 대작은 형식으로는 추상적이나 내용으로는 표현주의적인 추상표현주의 화가의 작품 세계를 단적으로 보여준다.

■ **'것이다'를 남용하지 않는다**

'것이다'라는 표현은 어떤 대상과 사물을 대신 지지하거나, 자신의 주장이나 정보의 확실성을 강조하는 기능을 한다. 문장 끝에 붙여 '~는(-ㄴ) 것'이라는 명사절을 만들 때 많이 쓰인다. '~것이다'라는 표현이 중복되면 오히려 글이 부자연스럽고 경박해 보인다. '~것이다'를 남발한다고 해서 주장이나 정보가 확실해지는 것 또한 아니다. 오히려 이를 삭제하거나 줄인 문장이 훨씬 더 의미가 잘 전달된다. 따라서 '~것이다'라는 문구는 문장 앞에서 한 말을 다시 부연해서 설명하거나, 주어와 술어의 호응을 지키기 위해 필요한 경우, 그리고 문장에 힘을 주고 의미를 강조할 때에만 제한적으로 쓰는 것이 좋다.

[예문41] 한식은 영양가가 풍부하다는 것과 약간 맵다는 것이 특징이라는 것이다.

→ 한식은 영양가가 풍부하고 약간 매운 것이 특징이다.

　한식은 영양가가 풍부하고 약간 맵다는 것이 특징이다.

[예문42] 인내와 노력만이 영광된 내일을 가져올 수 있는 것이다.

→ 인내와 노력만이 영광된 내일을 가져올 수 있다.

글을 쓰다 보면 능동문을 쓸 것인지 수동문을 쓸 것인지 판단하기 어려운 경우가 있다. 이때, 행위나 사건의 주체가 주어 자리에 오는 능동문이 자연스럽고 우리말 특성에 어울린다. 수동문은 문장이 길어진다. 게다가 행위의 주체를 숨겨 소극적이라는 느낌을 준다. 또 번역 투의 문장이라는 의심을 받는다. 이중 피동을 쓸 가능성도 있다.

하지만 글을 쓰다 보면 능동문만으로 글을 쓰기 어렵다. 행위의 주체뿐 아니라 행위의 대상이 주어가 되기도 한다. 그뿐 아니라 추상적인 개념이 주어가 되기도 한다. 이럴 경우 능동문이 아닌 수동문을 더 많이 쓰게 된다.

그렇다면 어떻게 해야 할까? 언제 능동문을 쓰고 또 언제 수동문을 써야 할까? 이럴 때에는 '이 글이 무엇(또는 누구)에 관한 글이냐'를 기준으로 판단하는 것이 좋다. 즉 이 글이 A에 관한 것이라면 A가 주어이고 B에 관한 것이라면 B가 주어이다. 또 '무엇(또는 누구)에 관한 글'이라고 할 때 그 '무엇(또는 누구)'은 글쓴이뿐 아니라 독자도 이미 알고 있는 대상이다. 익숙한 주체, 말하려고 하는 대상이 주어가 되면 능동문이냐 수동문이냐 하는 문제는 자연스럽게 해결된다.

문장의 성격상 능동문은 '생각, 제안, 증명, 주장'과 같이 글쓴이나 주체의 판단 및 행위가 중심이 된다. 수동문은 객관적인 상황이나 진술이 중심이 된다. 그렇기 때문에 글의 성격에 따라 능동문과 수동문의 성격은 달라진다. 이를 [예문43]을 통해 확인할 수 있을 것이다.

[예문43] 우리는 무선 주파수를 매5초 간격으로 측정하였다. (능동문: 주관)

무선 주파수는 매5초 간격으로 측정되었다. (수동문: 객관)

열대 우림이 경제적 이익을 위해 계속 파괴된다면, 생태계 전체가 손상될지도 모른다. (수동문: 객관)

벌목업자들이 경제적 이익을 위해 열대 우림을 계속 파괴한다면, 그들은 생태계 전체를 손상시킬지도 모른다. (능동문: 주관)

또한 행위는 명사가 아닌 동사로 표현하는 것이 쉽게 읽힌다. 행위를 사물화 내지는 대상화하여 명사로 표현할 수도 있다. 하지만 이럴 경우 수식어가 많아지기도 하고 또 주어가 불분명해지기도 한다. 행위를 동사로, 사물을 명사로 표현하는 것이 이해하기 쉽다.

[**예문44**] 외무 장관의 <u>보고</u>가 있겠습니다.

→ <u>외무 장관이</u> 보고하겠습니다.

[**예문45**] <u>단기적 경제 이익을 달성하기 위한 열대 우림의 계속적 파괴</u>는 생태계 전체의 손상을 야기할 수 있다.

→ <u>열대 우림이</u> 단기적 경제 이익을 달성하기 위해 계속 파괴된다면, 생태계 전체가 손상될지도 모른다.

수동문을 쓰되 이중 피동은 피하라. 의미가 중복되는 표현을 피해야 하는 원칙을 따를 때, 이중 피동은 불필요하다.

[**예문46**] 많은 독자들에게 <u>읽혀지는</u> 책이다.

→ 많은 독자들에게 <u>읽히는</u> 책이다.

논의의 핵심을 명확히 전달하는 '구성의 기술'

논술문을 평가할 때는 내용적인 측면과 형식적인 측면 모두를 살피게 된다. 잘 쓴 논술 답안은 그 내용이 뛰어날 뿐 아니라 그것이 올바르게 전달될 수 있도록 훌륭한 형식까지 함께 갖추어야 한다. 내용이 참신하고 깊이가 있어도 형식을 제대로 갖추지 못했다면 글로써의 가치는 떨어진다. 형식은 잘 갖췄지만 내용이 부실해도 마찬가지다. **형식과 내용을 모두, 제대로 갖춘** 글이 잘 쓴 글, 좋은 글이다.

그렇다면 논술문의 입장에서 볼 때 잘 쓴 글의 내용과 형식은 어떠할까? 먼저 **내용면에서 충실성과 독창성을 갖춰야** 한다. 논제가 요구하는 사항을 빠짐없이 기술함으로써 평가 기준을 만족시켰을 때 그 내용은 충실한 것이며, 문제의 해결 방법이 참신하거나 독특한 관점을 지향할 때 그 내용은 독창적이라 할 수 있다.

　내용이 충실한 글을 쓰기 위해서는 무엇보다 묻고자 하는 주제, 좀 더 정확하게 말한다면 그 주제에 담긴 핵심 개념·이론 및 어휘·용어에 대해 많이 알고 있어야 한다. 또한 그 주제에 대해 깊은 문제의식을 갖고 있어야 함은 물론, 그에 상응하는 통찰력도 동시에 갖추고 있어야 한다.

　하지만 관련한 정보와 배경지식을 아무리 재주껏 응용한다한들 문제가 완전히 해결되는 것은 아니다. 따라서 그 여백을 메울 수 있는 능력이 필요한데, 그것이 바로 상상력과 창의력이고, 독창성은 그런 능력을 극대화할 때 발현된다.

　독창성은 평범한 사실 혹은 당연히 받아들여지고 있는 현상에 대한 의심에서 출발한다. 단순한 현상 이해에 머물지 않고 보다 깊고 보다 다각적인 차원에서 그 현상을 분석하고 평가하려는 반성적 사고가 그것인데, 그 과정에서 자신의 주장에 깊이를 더함은 물론, 그 주장이 정당화될 수 있도록 비판적으로 사고함으로써 독창성에 최대한 접근할 수 있다.

　잘된 글을 쓰기 위해서는 글의 형식적인 측면 또한 중요하다. 여기서 글의 형식적인 측면이란 주로 **표현의 명료성과 논리의 일관성을** 일컫는다. 요컨대 자신이 밝히고 싶은 내용을 어떻게 하면 효과적으로 전달할 수 있는가가 핵심이다.

　글의 표현이 명료하다는 것은 그만큼 글로 표현하는 주장이 애매모호하지 않다는 의미다. '애매'란 다의적(多意的)이란 뜻으로, 하나의 표현이 두 가지 이상의 의미로 해석될 경우에 그 표현을 애매한 표현이라고 말한다. 애매한 표현은 글을 읽는 이로 하여금 혼란에 빠뜨림으로써 궁극적으로는 글 자체의 신뢰를 깨뜨린다. 따라서 반드시 하나의 표현이 하나의 의미를 갖도록 글 내용을 명확히 표현해야 한다.

　또한 '모호'란 구체적으로 전달되는 정확한 정보가 없다는 의미다. 표현의 의미가 흐릿해서 도무지 감을 잡을 수 없거나, 아니면 제멋대로 해석될 여지가 있는 경우, 그 표현은 모호한 표현이다. 이는 자기중심적인 태도에서 비롯된 결과로, 그만큼 글쓴이인 내 머릿속의 정보가 독자에게 제대로 전달되지 못한 때문이기에, 자신의 주장을 명료하게 밝히려면 '나(논술자)'가 아닌 '독자(평가자)'의 입장에서 생각하고 접근해야 한다.

　따라서 잘된 글, 즉 논리적인 글을 위해서는 애매하거나 모호한 어휘들을 피해야 한다. 문장과 문장, 단락과 단락이 서로 무리 없이 긴밀하게 연결되도록 만들고, 글의 어느 부분도 논점에서 벗어나지 않도록 세심한 주의를 기울여야 한다. 똑같은 내용이더라도 문장을 어떻게 쓰는 것이 더 잘 이해될지, 글과 단락을 어떻게 구성해야 내 생각이 효과적으로 전달될지를 치열하게 고민하면서 써야 한다.

이를 위해서는 평소 독서를 통해 나와 마주하는 세계를 깊고 넓게 통찰할 수 있는 안목을 길러야 한다. 또한 지식과 경험을 통해 통찰한 것들을 개념화하여 체계적으로 생각하는 습관을 들이는 한편, 그렇게 해서 명료화한 사고를 일관된 논리 체계 속에 담아 표현할 수 있도록 훈련해 나가야 한다.

한 편의 잘 쓴 논술문을 작성하기 위해서는 특히 다음을 신경 써야 한다. 여기서는 그 핵심만을 간략히 설명하며, 그 세부 내용에 대해서는 이 책의 구석구석에서 구체적인 사례를 들어가며 자세히 설명한다.

■ 좋은 논술문과 나쁜 논술문의 예

좋은 논술문	나쁜 논술문
• 간결하고 압축된…	• 글이 산만하고 중언부언하는…
• 논리적이고 명확한…	• 일방적인 주장 위주이거나 독단적인…
• 합리적이고 논증적인…	• 해석을 잘못해서 제 것으로 못 만든…
• 전문 용어가 정확하게 구사된…	• 글의 연관성이 없고 논리가 비약적인…
• 문장 진행을 안내해 주는 말과 연결어 등이 적절해서 잘 읽히는…	• 논리적으로 결함이 있는…
• 생각과 형식이 자신의 것인…	• 명확한 근거가 없이 주장만 나열하는…
• 글의 전달과 인용이 정확한…	• 추상적이고 감정적이며, 구체적이지 못한…
• 글의 흐름이 세련되고 매끄러운…	• 문장 구성과 논지, 서술이 불분명해 읽기 어려운…
	• 남의 것을 자기 것인 양 무비판적으로 쓰는…
	• 이야기 전달과 인용이 부정확한…

(1) 명제부터 써라

논술 답안은 **글의 첫 부분에 '명제(命題)'부터 분명하게 드러나야** 한다. 명제는 뒤에 자세히 설명하겠지만, 글(발문의 물음)의 핵심을 축약한 하나의 문장이다. 논술 답안을 작성할 때 글의 중심 생각이나 견해를 집약한 명제를 가장 먼저 내세운 뒤, 이를 뒷받침하는 글을 갖고 글 내용을 논리적으로 이끌고 나가게 된다. 논술에서 명제를 밝혀 드러내는 작업은 글의 성패를 좌우할 만큼 중요하다.

논술문에서 명제는 **전체 글의 '주제문'과 단락의 중심 생각을 이루는 '소주제문'이라** 할 수 있다. 따라서 논술 답안에서 명제는 여러 개 있을 수 있다. 명제는 일반적으로 발문의 물음, 즉 논제의 요구를 내용과 형식에 맞게 분절하여 이끌어낼 수 있는 것이기에, **각 단락의 첫머리에는 명제**(즉, 글의 결론 또는 중심 주장)**가 분명하게 드러나야** 한다. 당연히 글은 두괄식을 지향하며, 논증은 연역 추론의 형식을 띠는 것이 일반적이다.

이를 다음 [사례1] 문제의 필자 예시 답안을 통해 확인할 수 있을 것이다. [사례1]은 문제에서 '요약하라', '비교하라', '비판하라', '근거를 제시하라'는 다수의 논증 지시어가 주어졌으며, 그렇게 해서 복합 논제를 해결하라는 과제를 제시하고 있다. 따라서 논술자인 학생들은 발문의 물음을 ⓐ, ⓑ, ⓒ, ⓓ의 문항 순으로 구분하여 순차적으로 답하면서 논술 답안을 작성해야 한다.

일반적으로 ⓐ, ⓑ, ⓒ, ⓓ의 각 물음에 대한 대답은 단락을 구분해가며 기술되는데, 아래 필자 예시 답안 각 단락의 밑줄 친 부분이 바로 명제에 해당한다. 이때 첫 단락의 명제는 답안 전체의 주제문이 되고, 이어지는 단락의 명제들은 단락별 소주제를 담는다.

만약 제시문을 읽고 이 명제들을 정확히 찾아 밝히지 못한다거나, 명제의 핵심만을 간추려 서술하지 못한다거나, 각각의 단락 첫머리에 명제가 분명하게 드러나지 않는다면 어떻게 될까? 평가자는 논제의 물음과 제시문을 제대로 이해하지 못한 것으로 간주하여 낮은 평가를 내리게 된다. 잘 쓴 논술 답안을 위해서는 문장 첫머리에 반드시 명제부터 밝혀야 한다. 그리고 **명제는 간결하되, 구체적으로 진술되어야** 한다.

[사례1] ⓐ(가)와 (나)의 주장을 각각 **요약**하고, ⓑ그 **공통점과 차이점을** 쓰시오. 그리고 ⓒ(가)와 (나)의 관점 가운데 하나를 택하여 (다)에 형상화된 '주인 여자'의 태도를 **옹호**하거나 **비판**하고, ⓓ그 논리적 **근거를** 쓰시오. (한양대 2017 인문 수시)

(가), (나)는 경제적 관점에서의 '사회 정의'에 대해 묻는다. (가)는 전통적 자유주의 관점에서 '소유권적 정의'를 옹호한다. 자유 시장 경제에서 개인의 자유로운 선택에 의해 성취한 재산권은 어떠한 이유로든 침해받을 수 없는 것이기에, 분배 정의 실현을 이유로 국가가 나서 소유권자의 부를 인위적으로 재편하려 들어서는 안 된다고 주장한다. 한편 (나)는 평등적 자유주의 관점에서 '분배 정의'를 주장한다. 사회구조적으로 불평등은 불가피하기 때문에, 불평등을 억지로 평등하게 만들기보다는 모든 사람에게 공정한 기회 균등을 보장하는 것이 더 실질적이지만, 그렇더라도 차등의 원리에 따라 최소 수혜자에게 최대 이익이 되도록 불평등을 조정

하는 것이 '공정'으로서의 정의의 원칙에 부합한다고 주장한다.

<u>(가), (나)는 경제적 불평등은 사회 구조상 불가피하다고 보는 점에서 공통된 관점을 지향하지만, 그럼에도 사회적 이익의 분배 방안을 놓고 다음과 같은 차이점을 드러낸다. 즉, (가)는 소유권적 자유권은 천부적인 권리이자 배타적인 권리이기 때문에 어떠한 경우에도 국가가 나서서 이를 제한할 수 없다는 입장이다. 반면, (나)는 더 큰 자유, 즉 분배 정의 실현을 위해서는 경제적 불평등을 완화하는 방향으로 개인의 소유권적 자유를 일부 제한하는 차등의 원칙을 두어야 한다고 본다</u> … ⓐⓑ

(다)는 최근 우리 사회의 현안으로 떠오르고 있는 고령화 사회의 노인 문제의 어두운 이면을 보여 준다. 식당 주인여자는 칠순의 홀로된 노인이 날마다 식당을 찾아와 쓸쓸히 식사를 하는 것이 안쓰럽다. 그러던 어느 날 노인으로부터 자신이 식당에 며칠 들리지 않으면 친구에게 전화를 걸어달라는 부탁을 받는다. 이에 사회의 특혜를 받은 가진 자들이 나서서 노인처럼 어려운 사람을 도와야 세상이 좋아질 것 아니겠냐고 한탄하면서, 할 수만 있다면 노인의 여생을 돌보고 싶다는 선행 의지를 다진다.

<u>'공정'으로서의 정의를 지향하는 (나)의 관점에서 볼 때, (다)에 형상화된 식당 주인 여자의 태도는 정의의 원칙에 부합하는 태도이다.</u> 고령화 사회로 진행될수록 우리는 어느 누구든 홀로 사는 노인처럼 사회에서 가장 불리한 사람이 되어 피해를 입을 수 있는 상황에 처할 수 있다. 이런 상황에서 구성원들은 개인의 이익을 높이려들기보다는 피해를 최소화하는 방향으로 나아가는 것이 전체를 위해 이롭다. 즉, 어쩔 수 없이 불평등을 택하게 될 때, 가장 불리한 사람이 가능한 많은 이익을 보는 불평등을 선택하는 것이 구성원 모두에게 이익이 된다. 따라서 노인과 같은 사회적 약자에게 최소한의 복지를 누릴 수 있도록 그 권리를 법으로 보장할 수 있어야 하는데, 이를 위해서는 소득과 권력 등 사회·경제적 불평등은 차등의 원리에 따라 최소 수혜자에게 최대의 이익이 되도록 조정해야 한다. 그런 점에서 볼 때, <u>가진 자들이 사회적 약자를 도와야 한다는 식당 여자 주인의 태도는 분배 정의 실현 차원에서 공정하며, 바람직한 공동체적 가치관이라고 말할 수 있다</u> … ⓒⓓ

(2) 논리적으로 이치에 맞게 써라

논술은 논리적 사고력을 측정하는 시험이다. 논리적 사고는 주장에 대한 근거를 찾는 과정이자 그 주장에 대해 적절한 이유를 찾고 물어보는 '생각의 힘'이다. 즉 결론에 해당하는 어떠한 주장을 받아들이거나 거부할만한 충분한 이유와 근거가 있는지를 신중하게 생각하여 판단하는 것이 곧 '논리적 사고'다.

따라서 논리적 사고를 깨우치기 위해서는 '결론(주장)'과 '결론을 뒷받침하는 전제(근거·이유)'의 관계를 정확히 이해해야 한다. 이때 '논리가 타당하지 않다'는 것은 주장과 근거, 곧 결론과 전제를 연결하는 요소(즉, 논리) 그 자체가 부당하며, 논리적인 상관관계(양방향적인 관계성)가 설득력이 떨어짐을 의미한다. 다시 말해 결론의 기초가 되는 판단 근거인 **'전제' 자체를 잘못 내세움으로써**, 논증이 설득력과 타당성을 잃은 경우를 일컫는다.

이는 논술 공부에서 중요한 의미를 갖는다. 논술에서 '논리가 타당하다'는 의미는 전제의 진위 여부로서의 '논리적이다'라는 의미가 아니라, 전제가 '이치에 맞을 것 같은 느낌'으로서의 그 무엇이라 할 수 있다. 즉 전제가 사실처럼 느껴지는 이유나 증거, 그리고 결론을 뒷받침하는 전제가 갖는 충분한 근거가 그것이다. 그만큼 논술자의 주관성을 배제할 수 없다는 의미로, 논증을 올바르게 펼치기 위해서는 논술자가 주장하는 것들을 사실적 근거를 따라 이치에 합당하도록 객관화할 수 있어야 한다.

따라서 논술에서 말하는 '논리가 타당하다'는 의미로서의 논리적 사고는 곧 **논리적으로 이치에 맞게** 생각하고 **판단하는** 의미로써의 그 무엇과도 같다. 그만큼 논증을 이끌고 나가는 생각의 힘으로서의 논리적 분석 능력을 필요로 하며, 지문에 드러난 진술을 무턱대고 받아들이지 않는 '비판적 사고'로 연결된다. 즉 비판적 사고는 스스로 생각하는 힘으로, 결론이 타당한지 또는 전제가 올바른지(참, 거짓 여부가 아니다), 이 둘을 끊임없이 되물어가며 생각하는 논리적인 분석 능력이자 체계적인 사고 능력이다.

결국 '논리적으로 타당하다'는 것은 곧 **결론의 타당함과 더불어 그 결론의 뒷받침 근거인 전제가 충실함을** 뜻한다. 이는 비판적 사고를 통해 구현된다. 즉 비판적 사고는 '비판적으로 생각할 줄 아는 이해 능력을 기르는 사고 훈련의 한 영역'으로, 논리적 추론 능력과 그 궤를 같이 한다.

여기까지를 이렇듯 장황하게 설명한 이유는 분명하다. 대입논술은 결국 **논증의 타당성을 뒷받침하는 근거, 다시 말해 논거를 얼마만큼 충실하고 적절하며 설득력 있게 제시할 수 있는가에 대한 지적 역량을 묻는** 것이기 때문이다. 논술 평가 항목의 하나인 독창성이란 것도 따지고 보면 사례, 반증, 유추 등을 통해 논거를 충실하게 뒷받침함으로써 논증을 한층 도드라지게 구성하는 것에서 비롯된다고 말할 수 있다.

논거의 충실성은 논술 답안에서 단박에 드러난다. 만약 전제로부터 결론으로 나아가는 과정까지의 논리의 일관성에 어딘가 모르게 허점이 드러나고, 게다가 결론과 전제가 서로 이치에 들어맞지 않는다면, 그것은 틀림없이 논거가 잘못됐거나 부실한 때문이다. 최상위권 대학 논술 합격의 가장 큰 관건은 **빈틈없는 논거 제시 능력이라고** 보면 틀림없다.

(3)불필요한 정보를 담지 말라

잘된 논술 답안을 작성하려면 **논제에서 요구하는 사항을 모두 충족해야** 한다. 평가자가 이해하기 쉬운 글을 쓰려면 **논제의 물음과 관련한 부분만을 체계적으로 정리하여 글을 쓰고, 그 외의 군더더기는 가차 없이 제거해야** 한다. 논의의 핵심과는 무관한 정보를 나열하면, 이것이 평가자로 하여금 글 내용을 올바르게 이해하기 어렵게 만든다.

학생들이 불필요한 정보를 답안에 담는 가장 큰 이유는 **글(제시문)의 중요한 부분과 중요하지 않은 부분을 구별할 수 있는 능력이 딸리기** 때문이다. 이는 많은 경우 지문 독해 능력 부족에서 비롯된다. 논의의 핵심만을 답안에 담으려면, 글의 중요한 부분과 그렇지 않은 부분을 구분해가며 읽으면서 중심 내용에 집중하고, 글의 '부분-전체' 구조의 짜임을 살펴가며 중심 단락과 중심 문장을 정확히 찾아내야 한다.

하지만 많은 학생들은 그렇지를 못하다. 글(제시문)의 불필요한 부분을 답안에 그대로 담거나, 글 내용을 이해 못해 글의 중심 생각을 논제의 물음에 맞게 재구성하지 못하면서 논의의 핵심에서 벗어나고, 글의 중요한 부분을 찾지 못해 요약할 부분이나 강조할 부분을 구분하는데 실패하고 만다. 게다가 **요약으로 간단하게 넘어가도 되는 부분과 충분히 설명해야 하는 부분을 구분하지 못하면서**, 글 전체의 맥락을 고려하지 못한 채 서둘러 답안을 작성한다.

그렇게 해서 많은 학생들에게서 나타나는 현상은 다음과 같다.

■ 용두사미

글로 자기 생각을 표현하는 능력이 떨어지는 학생에게서 나타나는 전형적인 특징이다. 그리고 독해력이 딸린 학생들에게서 나타나는 특징이기도 하다. 무엇을 어떻게 써야할지를 모르겠기에 지문의 특정 구절을 마구잡이식으로 따와 두서없이 나열하는데 급급하다. 그렇게 해서 정작 밝혀야 할 핵심은 뒷전인 채 서론만 장황하게 기술하게 된다.

그 결과는 어떠할까? 대부분의 경우, 이어지는 뒷부분, 그러니까 논증의 핵심 부분은 마치 구렁이 담 넘듯 흐지부지 어영부영 끝을 맺고 만다. 한마디로 논증 글에 논증이 없단 얘기로, 당연히 불합격 처리된다.

■ 두루뭉수리

논증 글쓰기의 핵심은 논제의 물음을 살펴 논증 구조를 명확히 파악하는 데 있다. 이를 위해서는 무엇보다 지문에서 **논제를 해결하는데 도움이 되는 정보와 부적절한 정보를 분리할 수 있어야** 한다. 그런데 지문을 읽고 그것을 판별해낼 수 있는 능력이 떨어질 경우, 전체 논증은 한데 뭉뚱그려져 두루뭉수리하게 서술되는 양상을 보인다. 논의의 핵심을 모르는데 글에서 그 부분을 어떻게 찾아 논증할 수 있단 말인가. 그저 두루뭉수리하게 적당히 쓸밖에.

이런 현상이 나타나는 가장 큰 이유는 논제의 물음이 잘 이해되지 않고, 주제 개념을 적절한 용어로 찾아 밝히지 못하고, 논증을 구성하는 능력이 떨어지기 때문이다. 논증은 개념어와 개념어를 중심으로 연결되면서 구체화된다. 좀 더 엄밀히 말하면, '주제'를 묻는 상위 개념어와 그 주제의 핵심 쟁점을 묻는 하위 개념어가 글의 뼈대를 이루고, 그 뼈대를 '논거'라는 곁가지로 충실하게 이어붙일 때, 그것이 곧 잘된 논증, 잘 쓴 논술 답안이다. 그리고 그런 식으로 서술한 답안은 글의 흐름이 매끄럽고, 글 전체의 구성 체계 또한 일사분란하다.

■ 횡설수설

이때, 글을 읽고 이를 해석할 때, 글을 구성하는 뼈대와 곁가지가 뒤섞이면서 무엇이 주장이고 또 무엇이 그것을 뒷받침하는 근거인지를 도통 사리 분별하지 못하고, 심지어는 그 뼈대와 곁가지를 잘못짚어 엉뚱한 대답을 하는 학생들이 있다. 이것이 곧 횡설수설하면서 기술한 답안이다.

많은 경우, 이는 논리적 사고력 부족 때문에 일어난다. 다시 말해, 글의 핵심을 파악하여 이를 논증 형식으로 구성할 수 있는 능력이 딸린 탓에, 앞뒤 안 가리고 마구잡이식으로 논리를 펼치면서 글을 쓰는 것이다. 어렸을 때 글 좀 써봤다는 학생들 가운데 논리적 사고력이 부족한 학생이 대개 이런 식으로 글을 쓰게 된다. 이들 가운데는 지문을 제대로 읽지 않고 자기 나름의 주관에 빠져 자의적인 해석으로 치닫는 학생들이 적지 않다. 하지만 논술 답안을 평가하는 교수들은 결코 이를 좌시하지 않는다. 글에 대한 이해는 물론 논증력이 부족한 것으로 간주하고 이 학생들의 답안에 나쁜 평가를 내린다.

그렇게 해서 작성한 답안은 애매하고 모호해진다. 그만큼 자기주장이 글에 명확히 드러나지 않으며, 구체적으로 전달되는 정확한 정보 또한 딱히 없다. 이때 학생들은 자신의 부족함을 만회하고자 안간힘을 쓰게 된다. 그리고 급기야는 있는 말 없는 말, 되도 않는 온갖 주장을 갖다 붙여가며 글에 한껏 멋을 부리려고 든다. 어디서 주워들었을 법한 개념어를 마구잡이식으로 글에 끼워 넣는다거나, 이해하지 못할 관념적인 수식어를 들먹여가며 그것이 마치 절대 지식인 양 호도한다. 그럴수록 글은 더욱 애매모호해지게 마련이다.

이런 이유로, 모르면서 아는 체하는 식으로 멋을 부려가며 글을 쓰는 행위는 절대 피해야 한다. 오직 아는 범위 내에서 생각을 꾹꾹 눌러가며 글을 써야 하며, 그것도 학생답게 써야 한다. 공연스레 아는 체하며 글재주를 뽐낸다고 한들, 그 글을 평가하는 교수들이 이를 모를 리 없을 뿐더러, 오히려 자신의 논리적 사고력이 떨어진다는 사실을 감추기 위한 일종의 기만행위로밖에는 달리 간주하지 않는다.

이 모든 현상이 나타나는 것은 결국 글을 읽고 해석하는 능력이 떨어지기 때문이다. 설령 어느 정도 지문 독해력을 갖췄다 하더라도, 논증하는 능력으로써의 논리적 사고력이 부족한데다가, 특히 적절하고 타당한 논거를 제시할 수 있는 역량이 떨어질 때, 답안은 중언부언하는 양상으로 치닫는다. 그럼에도 많은 학생들은 일단 답안은 다 채워야겠기에 어떻게든 논의를 끌고나가려 드는데, 그렇게 해서 작성한 답안은 같은 주장과 같은 근거를 반복해서 되풀이하는 동어반복으로 나타난다.

어찌 보면 앞서 설명한 용두사미의 끝맺음, 두루뭉수리 글, 횡설수설하는 주장, 애매모호한 표현은 모두 논제의 물음에 대한 핵심 답변을 파악하지 못한 채 그저 답안 분량을 채우기에 급급한 데서 비롯된 당연한 귀결이다. 한마디로, 자기주장 없이 중언부언하고 있는 것이다. 글의 알맹이가 없이 한 얘기 하고 또 하고를 반복해가며 중언부언함으로써, 글의 형식은 물론 내용으로도 부실함을 드러내고 만다. 그럴수록 글 내용은 오히려 더 혼미해지게 마련이며, 논리 역시 갈수록 미궁 속으로 빠져들게 된다.

그렇게 해서 작성한 답안은 읽어도 무슨 말을 하는지 도무지 사리 분별이 안 되며, 글의 주장과 그 근거가 무엇인지 파악할 길이 없다. 한데, 자기만의 사고에 갇혀 자기만의 언어로 작성한 동문서답하는 식의 글을 평가자가 읽어 후한 점수를 줄 거라고 생각하면, 이는 참으로 커다란 착각이자 오산이다. 대부분의 경우 이런 식으로 작성한 답안은 채 읽기도 전에 걸러지고 만다. 기를 쓰고 논술 공부한 결과물이 이렇듯 쓰레기처럼 버려지고 만다면, 그건 너무 억울하지 않은가.

이런 식으로 답안을 작성하는 학생일수록 독해와 요약 공부에 좀 더 힘을 쏟아야 한다. 제시문의 올바른 독해를 위해서는 다른 무엇보다 지문에 담긴 중요 개념이 어떻게 사용되고 있는 지를 잘 살펴야 한다. 이는 글을 좀 더 심층적으로 분석하고 글을 좀 더 잘 이해하기 위해서도 필요하다.

그와 더불어, 글 내용의 핵심을 정확히 찾아 자기 글로 작성할 수 있는 역량을 길러야 한다. 그런 노력 과정이 따른다면 논술 답안을 작성할 때 불필요한 정보는 제거되고, 글의 핵심만을 정확히 찾아 이를 논제의 물음에 맞게 체계적·논리적으로 서술할 수 있을 것이다.

(4)단락을 명확히 구분하라

내용과 형식이 잘 조화된 논술 답안은 단락 구분이 명확하고, 적절하다. 원고지 처음 한 칸의 공백을 두고 새 행이 시작되어 다음 새 행이 시작되기 직전까지를 단락이라고 한다. 행을 바꾸어 단락을 구분하는 것은 거기에서부터 새로운 논의가 시작된다는 것을 알려 독자로 하여금 글 내용을 좀 더 명료하게 이해하도록 돕기 위한 조처이다.

한 편의 글이 몇 개의 작은 이야기로 이루어졌을 때, 그 작은 이야기 하나하나를 시각적으로 묶어주는 것이 곧 단락이다. 문장을 논리적·체계적으로 연결하고 배열하여 하나의 분명하고 명확한 생각의 덩어리를 구성하게 되는데, 이것이 바로 단락이다. 따라서 단락은 **글쓴이가 표현하고자 하는 생각을 독자가 알기 쉽게 묶어 놓은 생각의 기본 단위라고** 할 수 있다.

단락은 소주제를 담은 문장(명제)과 이것의 진위를 가리기 위해 순차적으로 나열하는 뒷받침 문장(전제)들로 이루어진 구조이다. 이 두 가지 요소가 제대로 갖추어져야만 단락은 온전히 제구실을 한다. 소주제(문)가 없이 뒷받침 문장만 늘어서 있다면, 그런 식으로 문장을 구성한 단락은 마치 노른자가 없는 달걀처럼 글에 알맹이가 없다. 뒷받침 문장이 없거나 내용면에서 빈약할 경우 역시 마찬가지다. 마치 뼈만 앙상하게 드러나는 몰골처럼, 글의 모양을 제대로 갖추기 어렵다. 어느 경우든 단락을 올바르게 구성하지 못한 것임은 두말할 것도 없다.

단락은 글 내용을 체계적으로 구성하는데 꼭 필요하며, 논술문 작성에서 단락을 구분하며 글을 쓰는 것은 무엇보다 중요하다. 대입논술에서 단락을 구분하는 것은 그다지 어렵지 않다. **문제의 요구에 맞게, 논제의 물음에 맞게 단락을 명확히 구분**하면 된다. 독자는 단락을 통해 글 내용을 보다 명확하고 분명하게 이해한다.

만약 단락을 적절히 구분하면서 글을 쓰지 못하면, 독자(평가자)는 자신의 생각을 정리하는데 어려움을 겪을 수 있다. 또 중요한 내용이 명확히 강조되지 못하면서 의미가 잘못 전달될 수 있다. 따라서 논술 답안을 작성할 때에는 반드시 단락을 어떻게 구성하고 단락 안에 어떤 내용을 담을 것인지를 고민해야 한다.

단락 구성과 단락 배열, 그리고 그에 따른 글의 흐름과 글의 짜임은 무척 중요하기에 뒤에 자세히 설명하고, 여기서는 단락을 이루는 데 있어 가장 중요한 원리에 대해 간략히 살핀다.

그것은 **하나의 단락에는 하나의 중심 생각만을 표현해야** 한다는 것이다. 한편의 글(논술 답안)이 하나의 주제로 집약되는 어떤 통일된 이야기이듯이, 단락도 어떤 통일된 이야기를 담은 문장들의 모임이다. 그러므로 단락에는 그 전체를 꿰뚫는 중심 생각 또는 중심 개념이 있어야 한다. 단락의 중심 생각은 글의 중심 주제와 구별하여 흔히 소주제라고 한다. 소주제를 완결된 문장으로 진술할 때 이를 소주제문라고 하며, 소주제문을 분명하게 드러내기 위하여 동원된 문장들을 뒷받침 문장이라고 한다.

하나의 단락 안에는 명확한 하나의 소주제(문)만을 가지고 있어야 함을 원칙으로 한다. 한 단락에 두 개 이상의 소주제가 들어 있거나 또는 소주제가 명확하지 않으면, 단락을 통한 의미 전달은 그만큼 효과가 떨어진다. 따라서 단락을 구성할 때에는 표현하고자 하는 바가 무엇인지를 분명히 결정하고, 그것에 초점을 맞추어 글 내용이 명확히 드러나도록 해야 한다. 중요한 것은 단락을 구성할 때는 각 단락의 중심 내용이나 소주제를 뒷받침할 수 있는 **합당한 '근거'를 제시할 수 있어야** 한다는 것이다.

부연하면, '소주제문+뒷받침문장'이 하나의 단락을 구성한다. 소주제가 두 개라면 본문은 두 개의 단락으로 이루어진다. 그러나 원칙적으로 이런 식으로 단락을 구성하는 것이 좋다는 얘기지 반드시 그렇게 해야 한다는 것은 아니다. 논술 답안을 작성할 때는 문제에서 요구하는 답안 분량을 따라 적절히 단락을 구성하면 된다. 이를테면 500자 내외의 짧은 답안을 요구하는 경우에는 두 개의 소주제를 다루더라도 굳이 이를 나눌 필요 없이 하나의 단락으로 묶어 서술해도 상관없다. 또 동일한 관점에서 여러 대상을 나누고 쪼개어 설명할 경우에는 그렇게 해서 글 내용이 길어지더라도, 그 관점(논점)을 소주제로 하여 글 전체를 하나의 단락으로 묶어 서술하는 것이 더 효과적이다. 대입논술에서는 **논제의 요구와 지시를 따라 단락을 나누면서 답안을 작성하는 것이** 가장 무난하다.

그와 더불어 개개의 문장들이 아무리 좋고 또 내용면에서 뛰어나더라도, 그 문장들을 모아 놓은 단락이 제대로 구성되지 않으면 독자는 그 글을 쉽게 읽고 쉽게 이해할 수 없다. 따라서 학생들은 이 같은 사실을 분명히 알고 글을 써야 한다. 여러 개의 문장들이 모여 이루어지는 단락을 올바르게 구성하기 위해서는 문장들 나름의 질서인 **통일성과 긴밀성을 확보할 수** 있도록, **단락의 전개와 글의 짜임에 신경 써야** 한다. 단락과 단락이 형식과 내용면에서 통일성과 긴밀성, 연속성이 강해야 짜임새 있는 글이 되고, 글 주제는 보다 잘 부각되며, 좀 더 설득력 있는 글이 될 수 있음을 반드시 명심해야 한다.

그렇게 해서 각 단락이 자연스럽게 배열될 수 있도록 논리적인 선후 관계에 따라 단락들을 배치하고, **적절한 연결어를 넣어주어야** 한다(가능하면 연결어 없이 각 단락이 물 흐르듯이 이어지는 것이 좋다). 글의 내용이나 논리의 흐름상 앞 단락과 뒤 단락이 꼬리에 꼬리를 물고 긴밀하게 이어져야 한다. 이는 논제의 물음을 따라 단락을 구성하고, 단락과 단락 간의 연결의 흐름을 살피는 것만으로도 충분하다.

05

글 내용이 한 눈에
들어오는 '표현의 기술'

어떻게 하면 잘 쓴 글, 좋은 논술 답안을 쓸 수 있을까? 다른 무엇보다 좋은 내용을 담은 글을 써야 한다. 그렇다면 좋은 내용의 글이란 무엇인가? 한마디로 **논제의 요구를 꽉 채운 글을** 말한다. 이에 대한 논의는 앞으로 충실히 다룰 것이기에 여기서는 생략하고, 다만 잘 쓴 논술 답안을 위한 표현의 기술에 대해 그 핵심만을 간략히 추려 설명한다.

적절한 어휘를 선택하고 어법에 맞는 문장을 구사하며, 문장과 문장을 매끄럽게 연결하여 하나의 완결성 높은 단락을 구성하고, 나아가 그 단락들을 서로 유기적으로 연결하면서 한 편의 논술문을 완성할 수 있는 능력은 하루아침에 얻어지지 않는다. 수많은 시행착오와 각고의 노력 없이는 안 된다.

특히 규범에 맞으면서도 일정한 논리 체계를 지닌 글을 쓴다는 것은 논술에서 매우 중요하다. 규범에 맞지 않거나 글에 논리성이 결여될 경우, 글쓴이 자신이 글로써 말하고자 하는 바와 독자가 그 글을 통해 받아들이는 바는 서로 일치할 수 없다.

그런데 이처럼 어법에 맞고 논리 정연한 글을 쓰면, 글쓴이 자신이 의도하는 바를 만족할 만큼 글 내용을 독자에게 전달할 수 있을까? 그것은 결코 아니다. 왜냐하면 하나의 내용을 전달하기 위해 쓸 수 있는 어법에 맞는 문장은 언제나 여럿이기 때문이다. 예컨대 '나는 모른다'라는 말을 '나는 잘 모릅니다'라고도 쓸 수 있고, 때에 따라서는 '나는 모른다니까요'라고도 할 수 있다. 이것은 어느 것이 더 옳은가, 그른가의 문제가 아니라, 단지 어느 것이 더 적절하고 효과적인 언어 대응인가 하는 선택의 문제이다.

논술자인 학생들은 논술 답안을 작성할 때, 자신의 생각을 평가자에게 일단 정확히 전달하려고 노력해야 한다. 그러나 그것만으로는 부족하다. 자신이 말하려는 바와 독자가 받아들이는 바의 거리를 완전히 좁히기는 어렵다. 이 거리를 최대한 좁히려는 노력 내지는 그 방법이 이른바 '표현 기술'이다. 표현 기술은 단순한 수사나 겉치레가 아니다. 그것은 글을 쓰는 동안 나타나는 언어적인 문제를 발견함과 동시에 새롭게 다시 시작되는 또 다른 언어적인 문제를 해결하면서 나아가는 일련의 글쓰기 과정이자, 글을 최종적으로 마무리하는 단계의 하나이다.

이 표현 기술은 '문체'에 의한 것과 '수사법'에 의한 것, 두 가지가 있다. 논술문은 객관적인 사실 전달에 그 목적을 두는 것이기에 굳이 수사법에 대해 세세히 알 필요도, 신경 쓸 필요도 없다. 따라서 여기서는 논술문에 사용되는 문체의 표현 기술과 바람직한 용어 사용으로서의 일반 수사법만을 놓고, 이를 간략히 설명한다.

(1) 설명과 논증에 적합한 문체를 구사하라

문체(文體)는 '글쓴이가 자신이 전달하고자 하는 것에 독자를 되도록 가까이 끌어들여, 그들이 글 내용을 충분히 이해하고 공감하게끔 배려하는 표현적인 수사법' 정도로 생각하면 된다. 그런 의미에서 볼 때, 문체는 '표현하기' 기술을 뜻한다고도 볼 수 있다. 같은 내용을 전달하더라도 어떤 단어들을 선택하고 또 그 단어들을 어떻게 적절히 배열할 것인가, 그리고 관련한 수사법을 얼마만큼 효과적으로 활용할 것인가에 따라 글 내용의 전달 효과는 크게 달라지게 마련이다. 이때 글쓴이가 언어의 의미 전달 효과를 극대화하기 위해 사용하는 표현 기술 일체를 문체라고 생각하면 된다.

글은 우선 언어 규범을 지키고, 논리적인 하자가 없어야 한다. 그러나 정확성이나 논리성만으로는 글쓴이와 독자 사이의 거리를 더 이상 좁힐 수 없는 경우가 많다. 정확하고 논리적인 글에 적절한 표현 기술까지 더해야만 글쓴이와 독자의 거리는 최대한 좁혀질 수 있다.

논술문을 쓸 때 글쓴이는 감정이나 주관을 배제하고 중립적이며 객관적인 입장을 지키도록 노력하지 않으면 안 된다. 이를 통해 사실은 사실 그대로 전달되고, 제시하는 주장이나 의견은 객관적인 타당성을 얻을 수 있어야 한다. 이를 위해 글쓴이는 가급적 비유적인 표현이나 현학적인 수사를 자제하는 한편, **사전적이며 지시적인 언어를 사용토록** 해야 한다. 문장의 길이는 **되도록 짧은 편이** 좋으며, 문장의 통사 구조 역시 **겹문장(복문)보다는 홑문장(단문)을 위주로** 구사하는 것이 효과적이다.

짧고 간결한 문장, 지시적 단어의 사용, 쉽고 대중적인 언어의 선택, 짜임새 있는 단락 구성, 일관성과 통일성을 갖춘 글 구조 등, 설명글과 논증글의 문체가 공통적으로 지니고 있는 특징을 잘 살려 한편의 잘된 논술문을 작성해야 한다.

(2)용어를 일관되게 사용하라

　잘된 글은 글의 의미 전달에 꼭 필요한 용어만을 골라 이를 적절히 반복하면서 기술되는 반면, 잘못된 글은 여러 생각들을 떠올릴 때마다 새로운 용어를 두서없이 사용하면서 기술된다. 예를 들어 아래 [예문47]의 '잘못된 사례'를 보면, '학생들의 비문학 독해 점수가 올라가지 않는 이유'는 '… 이런저런 이유로 문제를 찍기 때문이다'라는 식으로 새로운 언어를 계속 나열하고 있다. 그 결과 주어와 서술어가 호응하지 않음은 물론, 전제와 결론 사이의 연결이 끊어지면서 결론의 근거(전제이자 이유)가 불투명해지고 말았다.

　물론 동일한 중심 구절을 거듭 사용하면서 글을 이어나가는 것은 글 내용이 반복된다는 느낌을 줄 수 있다. 그렇더라도 **논리는 전제들 사이나 전제와 결론 사이의 분명한 연결에 의존한다는** 사실을 고려한다면, 각각의 생각에 대해 하나의 용어를 일관되게 사용할 수 있어야 한다. 가장 긴밀하게 짜인 언어적 표현을 구사하는 것이 좋은 글임을 고려한다면, 신중하게 선택된 용어들로 생각을 분명하게 표현하고, 그 용어들을 그대로 반복하면서 글을 전개해 나가야 한다.

[예문47] 학생들의 비문학 독해 점수가 올라가지 않는 이유의 하나는, 지문이 길고 어려워 이해해 가며 읽는 법을 몰라 몇 번씩 읽다가 시간이 모자라서 결국 문제를 푸는 것이 아니라 찍기 때문이다. (대치동 모 국어논술학원 소개 전단 내용의 일부)

→ 비문학 독해 성적이 오르지 않는 가장 큰 이유는 지문이 길고 난해하여 학생들이 이를 읽어도 쉽게 이해되지 않기 때문이다.

(3)용어가 확실하지 않으면 구체화하라

　평가자들이 반드시 지적하는 사항의 하나가 있는데, 그것은 바로 **맥락에 맞지 않는 용어를 사용하는 답안이 많다**는 것이다. 실제, 많은 수험생들이 용어의 의미를 제대로 이해하지 못한 채 답안을 작성함으로써, 굳이 밝히지 않아도 될 결점을 스스로 내보여 감점을 당하고 있다.

　용어나 어휘의 의미를 제대로 모른다는 것을 평가자인 채점 위원들에게 알릴 이유는 하등 없다. 논술자인 학생들이 어려운 용어를 답안에 드러내려는 태도는 자신의 지적 수준이 높고 답안이 질적으로 뛰어나다는 것을 과시하기 위함이다. 그렇더라도 글의 맥락적인 이해에서 벗어난 용어의 오용과 남발은 평가자들이 싫어하는 표현 오류이기에 점수를 까먹는 요인이 될 뿐이다. 제대로 이해하지 못한 용어나 어휘는 답안에 쓰지 않아야 한다. 용어의 의미를 정확히 모르지만, 그럼에도 그 의미가 반드시 답안에 명기되어야 할 경우, 그 의미를 자기 글로 진솔하게 풀어쓰는 것이 득점면에서 오히려 더 낫다.

모호한 용어보다는 **구체적이고 분명한 용어를** 사용하라. 용어의 의미를 지나치게 넓히거나 좁히려 들지 말고 의미 그대로 정의하라. 다의성의 오류를 저지르면 안 된다. 예를 들어 [사례48]은 용어의 개념 규정이 잘못됐으며, 게다가 글 내용에 감정이 실렸다. 태아와 아기는 분명 같지 않은데도 불구하고 같은 의미로 사용하고 있으며, 더군다나 '살해'라는 단어를 사용함으로써 다분히 판단하는 사람의 논증을 흐리게 만들 소지를 열어두었다. 모호한 용어를 사용한 개념 규정은 이른바 '설득적 정의의 오류'에 빠지게 만든다.

용어가 확실하지 않으면, 이때 내릴 수 있는 선택은 두 가지다. 사용하지 않거나, 구체화하여 밝히거나.

[예문48] 낙태는 아기를 살해하는 것을 의미한다. (잘못된 예)

→ 낙태는 아기가 태어나기 전에 인위적으로 임신을 중단시키는 것을 의미한다. (이 보다는 잘된 예)

→ 낙태는 태아가 아직도 생활 능력을 갖지 않은 시기에 어떠한 이유로 임신이 중절 또는 사산되어 인공적으로 태아를 제거하는 것을 말한다. (더 잘된 예)

(4)부적절한 어휘, 불명확한 문장을 사용하지 말라

자기주장을 명확하게 전달하려면 **의미를 명료한 어휘를 구사하고, 내용이 구체적인 용어를 사용해야** 한다. 이때 '절대로, 반드시, 꼭, 단연코, 분명히, 언제나, 결코, 의심할 여지없이, 더할 나위없이' 등의 단정적인 어휘는 피해야 한다. 논리의 설득력을 높이기보다는, 상대방이 주장을 받아들이도록 강요하는 것으로 비춰질 수 있기 때문이다.

[예문49] 현재 우리가 해야 할 가장 중요한 일로 제시할 수 있는 것은 <u>환경보호의 노력이다.</u>

→ 환경보호를 위한 노력이다.

[예문50] 개인의 자유를 억압하고 침해하는 행위는 민주주의 사회에서는 <u>결단코 있을 수가 없는 일이다.</u>

→ 있어서는 안 되는 일이다.

(5)쉼표를 적절히 활용하라

쉼표는 문장 속에서 짧은 휴지(休止)를 표시하는 문장 부호로, 호흡 조절과 글 읽기의 편의를 위해 사용된다. 문장 부호에서 가장 중요한 것은 쉼표다. 쉼표를 찍지 않거나 잘못 찍으면 어려운 문장이 되거나 잘못 읽힌다.

[예문51] 지금까지 후분양 아파트는 수도권 이외의 <u>지역에서만</u> 철골조 아파트는 25~28평을 초과하는 평형에 대해서만 분양가 제한을 받지 않았다.

→ 지금까지 후분양 아파트는 수도권 이외의 지역에서만, 철골조 아파트는 25~28평을 초과하는 평형에 대해서만 분양가 제한을 받지 않았다.

[예문52] 이 씨는 작년 4월 대한그룹 대출비리 사건과 <u>관련한</u> 홍길동 전 회장 등으로부터 1억5천만 원을 받은 혐의로 구속됐다.

→ 이 씨는 작년 4월 대한그룹 대출비리 사건과 관련, 홍길동 전 회장 등으로부터 1억5천만 원을 받은 혐의로 구속됐다.

위 [예문51]은 '지역에서만' 뒤에, [예문52]는 '관련' 뒤에 쉼표를 찍으면 금방 이해되는 글로 바뀜을 알 수 있다. 쉼표는 가려 찍어야 한다. 쉼표를 찍어야 할 곳에 찍지 않는 것도 문제지만, 굳이 필요하지 않은데도 아무데나 마구 찍는 것도 문제다. 독자는 글을 읽을 때 쉼표가 있는 곳에서는 무의식적으로 한 박자 쉬게 마련으로, 필요 없는 쉼표 사용은 오히려 속독을 방해한다.

따라서 글에 쉼표를 찍을 때에는 이로 인해 글 뜻을 잘못 이해하게끔 만들어서는 안 된다. 또한 읽는 사람의 편의를 생각해서 꼭 필요한 부분에만 쉼표를 찍도록 한다. 글을 쓸 때에는 쉼표를 찍지 않음으로써 오독(誤讀)이 되지는 않을지, 쉼표를 잘못 찍음으로써 의미가 달라지지는 않는지 등을 잘 살펴야 한다.

일반적으로 **긴 수식어의 경계에서, 역순일 때, 글쓴이가 꼭 필요하다고 생각하는 곳에** 쉼표를 찍으면 글의 의미는 보다 분명해진다. 긴 수식어의 경계란 일반적으로 문장에서 동사를 포함한 중심적인 부분(술부)을 뺀 나머지를 뜻한다. 단, 수식어의 길이와 상관없이 술부와 바로 앞의 수식어 사이에는 쉼표를 찍지 않는다. 이때 역시 수식어가 길지 않으면 굳이 쉼표를 찍을 필요 없다. [예문53]에서는 수식어의 경계에 쉼표를 찍었다.

　[예문53]에서는 '그녀는' 뒤에 쉼표를 찍었는데, 이는 글 구조가 '역순일 때 찍는다'는 원칙에 따른 것이다. 예문에서 '그녀는'이라는 주어를 강조하려고 이를 앞으로 끌어냈는데, 그럴 경우 글이 역순이 되기 때문에 쉼표가 필요하다. 반면 [예문53]의 바로잡은 글에서는 수식어가 길지 않아 굳이 쉼표를 찍지 않아도 의미 전달에 무리가 없다.

　한편, 오해 방지를 위해 쉼표를 찍는 경우도 있다. 오해 방지란 글의 의미 단위를 잘못 분류할 가능성을 방지한다는 것이다.

　[예문54]는 두 개의 해석이 가능한데, 당황한 것이 김 씨인가 '나'인가 하는 부분에 오해 소지가 있다. 의미를 바르게 전달하려면 바로잡은 글의 둘 중 어느 한 곳에 쉼표를 찍어야 한다.

(6)대등한 요소로 문장을 접속하라

　한 문장 안에 성분을 나열하는 경우, **대등한 자격을 가진 성분으로 글 내용을 구성하는** 것이 좋다. 이를테면 명사구와 동사구를 접속하면 의미의 균형이 틀어지고 만다. 아래 [예문55] 문장은 '미적 감각'이라는 명사구와 '작품을 새롭게 해석할'이라는 동사구가 접속하여 글의 균형이 깨진 경우이다. 접속하는 문장 성분이 대등한 자격을 갖도록 글을 고쳐 바로잡아야 한다. 또 [예문

56]에서 알 수 있듯이, 명사구는 명사구끼리, 동사구는 동사구끼리 접속하는 것이 좋다.

[예문55] 예술 작품을 분석하려면 <u>미적 감각과 작품을 새롭게 해석할 수 있어야 한다.</u>

→ 예술 작품을 분석하려면 미적 감각과 작품을 새롭게 해석할 수 있는 능력을 가지고 있어야 한다.

[예문56] 외국인 인구의 증가로 <u>문화적인 갈등이나 정체성을 상실하는 문제가 발생한다.</u>

→ 외국인 인구의 증가로 문화적으로 갈등하거나 민족의 정체성을 상실하는 문제가 발생한다.

→ 외국인 인구의 증가로 문화적인 갈등이나 정체성 상실의 문제가 발생한다.

(7)문장을 확실히 하는 수식법

수식어와 피수식어의 위치 관계에 의해 문장의 의미가 완전히 달라지는 경우가 있다. 작성한 문장을 다시 읽었을 때 뜻이 잘 통하지 않으면, 수식어와 피수식어의 위치가 바른지 점검해 보아야 한다.

■ 주어·목적어를 서술어 가까이에 둔다

전체 문장의 주어부와 서술어가 멀리 떨어져 있으면 어느 서술어의 주어인지 판단하기 힘들다. 목적어도 마찬가지다. 홑문장이 아주 길어질 것 같으면 주어·서술어 사이에 수식어를 많이 끼우지 말아야 한다.

대개는 겹문장을 만들 때 이런 문제가 자주 발생한다. 주어가 나오고 이어서 작은 문장을 안고 끝에 서술어를 붙이니까, 주어와 서술어가 멀어진다. 그럴 때는 서술어의 대상(주어와 목적어)을 호응하는 서술어 앞쪽으로 옮겨 놓는 것이 좋다. 물론 목적어 앞에 주어를 놓는 것이 우리말의 일반적인 순서이므로, 문장을 짧게 쓸 때는 '주어+목적어/보어+서술어' 순서로 써야 한다.

[예문57] <u>우리는</u> 여성들이 더 적극적으로 사회 활동에 참여할 수 있도록 그들의 능력을 인정해야 한다.

→ 여성들이 더 적극적으로 사회 활동에 참여할 수 있도록 우리는 그들의 능력을 인정해야 한다.

다른 방법으로 해결할 수도 있다. 전체 문장 속에서 작은 문장을 안고 있지 말고, 관형형 어미를 줄이는 대신에 연결 어미로 작은 문장을 차례로 이어나가면, 문장은 자연스러워지고 의미는 뚜렷해진다. 그러나 문장을 짧게 쓰는 것이 가장 좋은 방법이다(예문57).

참고로 관형절은 우리말을 어색하게 만들며, 문장이 길어지면 의미를 쉽게 전달하지 못한다. 특히 안긴문장을 결합하여 겹문장을 만들 때, 관형사형 어미를 쓰지 않고 연결 어미를 붙여 상황을 차례로 쪼개면 문장이 길어져도 뜻을 쉽게 전달할 수 있다. 게다가 우리말은 동사·형용사가 발달한 탓에, 관형어보다 오히려 부사어를 활용하는 게 더 적절하다(예문58).

■ 수식어가 가능한 피수식어 가까이에 둔다

글의 이해를 위해서는 피수식어 바로 앞에 수식어가 오는 문장이 좋다. 수식어가 수식받는 말(피수식어)에서 멀리 떨어져 있으면, 수식·피수식의 관계가 분명하지 않고, 수식어가 꾸미는 말이 무엇이지 찾기 어려워진다(예문59). 수식어 뒤에 피수식어가 두 개 이상 오거나, 여러 수식어가 한 체언을 꾸며줄 때 수식·피수식의 관계는 모호해진다. 또 수식어가 어디에 오느냐에 따라 뜻이 달라지기도 한다(예문60).

수식어에는 서술어를 수식하는 부사어, 주어나 목적어를 수식하는 관형사(어)가 있다. 따라서 부사어는 서술어 바로 앞에, 관형어는 주어나 목적어(즉, 명사구) 바로 앞에 오도록 한다(예문61, 62).

[예문61] <u>이러한</u> 검찰의 주장은 <u>전혀</u> 설득력을 갖추지 못하였다.

→ 검찰의 이러한 주장은 설득력을 전혀 갖추지 못하였다.

[예문62] 골치 아픈 조직 내의 서열 관계가 문제다.

→ 조직 내의 골치 아픈 서열 관계가 문제다.

본래 우리말에서 수식어는 피수식어 앞에 놓이게 되어 있다. 긴 수식어(관형절)는 되도록 한 문장으로 독립시켜라. 이 역시 문장을 짧게 하면 해결할 수 있다. 글을 써놓고 수식·피수식의 관계가 이상하면 쉼표(반점)를 활용하여 수식과 피수식의 관계를 구별하라.

■ 긴 수식어는 앞에, 짧은 수식어는 뒤에 둔다

아래 [예문63]에서 '취재진이 몰려 있는 곳을', '재빨리', '돌아보지도 않고'는 모두 '달려갔다'에 걸린다. 이럴 때는 긴 수식어는 앞에, 짧은 수식어는 뒤에 두도록 글을 써야 한결 이해하기 쉽다.

[예문63] <u>취재진이 몰려있는 곳을</u> <u>재빨리</u> <u>돌아보지도 않고</u> 달려간 선수들.

→ 취재진이 몰려있는 곳을 돌아보지도 않고 <u>재빨리</u> 달려간 선수들.

■ 구(句)와 단어가 동시에 다른 단어를 수식할 때는 구를 앞에 두고, 단어를 뒤에 둔다

예를 들어, '기쁜 길게 쓰인 편지'보다는, '기쁘다'고 하는 단어를 '길게 쓰인'이란 구(句) 뒤에 써서 '길게 쓰인 기쁜 편지'라고 쓸 때, 글은 좀 더 이해하기 쉽다.

■ 위의 순서를 지킬 수 없을 때에는 쉼표를 넣어 알아보기 쉽게 한다

어감이나 내용상 앞서 설명한 순서를 따르지 못하는 경우가 있다. 그럴 때는 수식어 사이에 반점(쉼표)을 찍으면 보다 알기 쉬운 문장이 된다. 예를 들어, 앞의 예에서 '길게 쓰인 편지가 기쁜 것이다'하는 느낌을 나타내고 싶을 때는, '기쁜, 길게 쓰인 편지'로 표현한다.

06

글쓰기 역량을
끌어올리는 '글 고치기의 기술'

짧은 시간에 좋은 글을 쓰기는 어렵다. 여러 번 글을 다듬고 고치기를 반복하는 과정에서 더 나은 글은 탄생한다. 글쓰기 자체가 하나의 과정이므로 고쳐 쓰고 다시 쓰기를 반복할수록 더 좋은 글로 이어진다.

글쓰기는 그 자체가 '다시 쓰기'라는 말이 있다. 이는 글을 쓰고 난 후 문장을 좀 더 세련되게 가다듬는 '퇴고'의 의미와는 조금 다르다. 모든 글쓰기는 완성된 결과물이 아니고, 치열하게 고쳐 쓰고 다시 쓰는 과정 그 자체다. 글을 쓰면서 고치고 다듬기를 반복하는 과정에서 일어나는 머릿속 생각이 중요하다. 글을 끊임없이 수정하는 과정에서 무엇을 어떻게 써야 자신의 글이 더 나아질 수 있는지를 배우는 것이 중요하다.

글을 고쳐 쓰고 다시 쓸 때에는 자신의 글쓰기 행동과 생각 습관의 잘잘못을 다시금 확인해야 한다. 그리고 논술 문제를 풀이할 때처럼 '무엇'에 대해 이를 '어떻게' 해결하면서 글을 고쳐 쓰고 다시 쓸 것인가를 치열하게 고민해야 한다. 이를 서강대는 다음과 같이 설명한다.

어느 부분에 중점을 두고	이를 어떻게 고쳐 쓰고 다시 쓰나
■ 단락 내 문장의 비중	내용의 위계에 따라 문장 분배
■ 문장 간결성	중요한 것일수록 더 간결하게 더 명확히
■ 자기 관점의 확인	텍스트에서, 자기 사고에서 거듭 확인
■ 주제의 초점화, 치밀한 기술	자기 글의 분석→확인→수정

※출처: 서강대 2016 논술가이드

[서강대가 제시하는 다시 쓰기 방법]

■ 단락 다시 쓰기

자신이 이미 써놓은 단락을 분석하고 다시 쓰는 활동이다. 먼저 가장 중요한 문장을 찾아보자. 출력본인 경우는 색깔 펜을 활용하고 워드 문서인 경우에는 형광펜 기능이나 메모 기능을 활용할 수 있다. 그리고 단락 속의 문장들이 '중요한 문장'과 내용상 연결되는지를 확인해 보자. 단락 속의 문장은 중요한 내용이라고 생각하는 것(소주제문)을 중심으로 모여야 한다. 당연해 보이는 이론이지만, 실제 글에서는 내용의 분리가 일어나거나 소주제문이 부록처럼 쓰인 경우가 많다. 자신의 단락이 어떤 상태인지 확인하고 이를 재편하는 과정을 훈련하는 것이 좋은 논술을 쓰기 위해 필요하다.

■ 문장 다시 쓰기

간결한 문장을 써야 한다는 것은 낯선 덕목이 아니다. 그런데 자신의 글에서 문장을 간결하게 하는 것은 어렵다. 모든 문장을 단문으로 쓴다고 글이 좋아지는 것은 아니기 때문이다. 간결한 문장을 만드는 연습은 단락 속에서 중요한 문장을 찾고 이를 간결하고 명확하게 하는 일에서부터 하는 것이 좋다. 즉, 중요한 문장은 간결하게 제시하는 습관을 들이는 것이다. **중요한 문장을 간결하게 하고 나면 무엇인가 빠진 느낌이 들 수 있다.** 이를 다음 문장에서 보충해 가는 것이다. 이 방법이 소주제문과 뒷받침 문장의 관계를 구성하는 방식이다.

■ 관점의 확인

초고를 완성한 후나 글을 쓰는 과정에서 지속적으로 자신의 관점이나 주제를 확인하는 것이 중요하다. 대개 주제문을 완성하고 글을 쓴다고 생각하지만 그렇지만도 않다. 많은 사람들이 글을 쓰면서 미처 발견하지 못하였던 자신의 관점이나 주장을 발견한다. 그래서 글쓰기가 사고의 도구라고 말하는 것이다. **글을 쓰면서 지속적으로 자신의 주장이나 관점이 무엇인지 확인해야 한다.** 주장이나 관점은 자신이 써 놓은 글에서 발견하는 경우도 있고, 쓰는 과정에서 이루어지는 사고를 확인해서 확정하는 경우도 있다. 이 과정을 거쳐야 탄탄한 논술을 쓸 수 있게 된다.

■ 주제의 초점화

자신의 관점이나 주제를 확인하였으면 나머지 요소들이 그 관점이나 주제를 강화하는 방식으로 기술되었는지 확인하고 조정하는 과정이 뒤따라야 한다. 이를 위해 필요한 사고가 '역할이나 기능'에 대한 판단이다. 자신의 글을 구성하고 있는 부분이 주제 부각을 위해 어떤 기능을 하고 있는가를 판단해야 그 부분의 위계를 결정하고 글 속에서의 비중을 고려할 수 있게 된다. 이 과정이 '어떻게' 하는가에 대한 사고이며 자신의 글쓰기 개선을 위한 방법론을 익혀가는 과정이 된다.

(1) 글 고치기

글쓰기는 **'생각하기-쓰기-고쳐 쓰기'의 과정이라** 할 수 있다. 글에 최종본이란 없다. 자신이 쓴 글은 항상 부족하며 미완성이라는 생각을 가져야 한다. 글을 고치고 가다듬는 과정을 싫어하고 멀리하는 학생들은 결코 좋은 글을 쓸 수 없다. **글쓰기는 글 고치기의 과정이라 해도 과언은 아닐 정도로** 중요하다.

글 고치기의 목적은 무엇보다 글의 완성도를 높이는데 있다. 고쳐 쓰기는 단순히 틀린 글자를 바로 잡거나 문장의 표현을 고치는 정도에서 끝나서는 안 된다. 글자 교정과 같은 작은 부분에서부터 글의 맥락, 단락 구성, 논의 방향, 글 전체의 구조를 재구성하고 변화시키는 것에 이르기까지, **글 전체를 대상으로 해야** 한다.

그런 점에서 볼 때, 고쳐 쓰기는 자신의 글을 독자(타자)의 눈으로 보는 최초의 '거리 두기'라 할 수 있다. 자신의 글을 냉정하게, 새로운 시각에서 바라보고 생각하는 과정에서 글 내용은 좀 더 객관적으로 파악되고, 이를 토대로 여러 번 다듬고 고쳐 쓰는 과정에서 글의 완성도는 좀 더 높아지고, 보다 잘된 글로 거듭난다.

고쳐 쓰기(다시 쓰기에서 고쳐 쓰기로 가는 과정)**는 여러 번의 절차를 거쳐야** 한다. 단어 수준에서의 고쳐 쓰기, 문장 수준에서의 고쳐 쓰기, 단락 수준에서의 고쳐 쓰기, 글 전체 수준에서의 고쳐 쓰기가 그것이다. 이 가운데 글 전체 수준에서의 고쳐 쓰기가 가장 중요하다. 이는 글의 초점, 글의 형식과 내용, 단락과 단락의 연결, 문장의 배열 등 글의 모든 영역에 걸쳐 이것이 당초 설정했던 목표를 효과적으로 달성하고 있는가를 확인하고, 필요하다면 글을 완전히 다시 쓸 정도로 수정하는 과정이기 때문이다.

이에 비해, 문장 구조, 단어 선택, 문법, 문장 부호를 가다듬는 것과 같은 문장 수준에서의 고쳐 쓰기는 일종의 편집 과정에 해당한다. 편집 과정 역시 글 전체의 논리적인 흐름을 명확히 하고 문장의 의미를 보다 정확히 하는 효과가 있지만, 그 정도로는 글 전체 수준에서의 고쳐 쓰기에 못 미친다. 실제, 글 전체 수준의 다시 쓰기를 반복하다 보면 문장 수준의 고쳐 쓰기를 할 필요가 없을 정도로 글의 완성도는 높아진다. 문장 수준의 고쳐 쓰기를 위한 방법적 요령에 대해서는 이미 앞에서 설명했다.

[고쳐 쓰기 전 과정에서 유의해야 할 점]

- 같은 문장이나 문구, 단어는 과감하게 삭제하거나, 달리 표현할 것.
- 불필요한 부분은 과감하게 삭제할 것.
- 제3자인 평가자의 입자에서 검토할 것.
- 컴퓨터 화면에서 교정하지 말고 종이에 프린트해서 읽을 것.
- 소리 내어 읽으면서 글 내용을 바로잡을 것.
- 글 전체 수준에서 단어 수준에 이르기까지 여러 번에 걸쳐 고쳐 쓸 것.

글 전체 수준에서 고쳐 쓸 때는 글 내용을 전체적인 관점에서 살펴보아야 하는데, 논술문 작성을 위해서는 특히 다음 사항에 유의해야 한다.

[글 전체 수준에서 고쳐 쓰기]

- 글에 나타난 주제 및 관점이 문제의 물음과 논제의 요구와 일치하는가?
- 글 전체가 일관된 주제로 통일되어 있는가?
- 글에 암묵적으로 내포된 관점(논점)은 올바로 파악되고, 적절한 용어로 기술되어 있는가?
- 설명할 부분과 논증할 부분을 명확히 구분하고, 각각의 진술 방식에 맞춰 서술되고 있는가?
- 주제, 제재, 소재가 상호 관련되어 있는가?
- 개념과 개념의 위계와 흐름이 적절하게 이뤄지고 있는가?
- 글 전체가 논제의 요구에 맞게 균형 있게 서술되어 있는가?
- 단락과 단락의 긴밀성이 유지되고 있는가?
- 글의 흐름은 매끄러운가?

논술에서 단락 쓰기는 무척 중요하다. 단락은 생각의 덩어리이자 글의 뼈대를 구성하는 의미 단위이다. 단락은 글을 구조화하기 위한 수단이다. 모든 단락은 하나의 구체적인 주제(및 소주제)를 다뤄야 한다. 각 단락은 다른 단락과는 다른 생각을 담고 있어야 한다. 단락은 논제의 요구에 정확히 부합해야 하며, 논제의 지시에 맞춰 단락을 구분해야 한다. 좋은 글을 쓰기 위해서는 단락을 잘 구분하고 단락별로 글 내용을 잘 다듬어야 한다. 단락 수준에서 고쳐 쓸 때는 다음과 같은 점에 유의해야 한다.

[단락 수준에서 고쳐 쓰기]

- 각 단락들이 글 전체와 잘 연결되어 있는가?
- 각 단락들이 논제의 요구에 맞게 유기적으로 연결되어 있는가?
- 각 단락에 중심 문장이 있고, 개념적으로 전체와 통일성, 일관성이 있는가?
- 단락의 분량은 논제의 요구에 맞게 적정한가?
- 단락의 첫머리에 명제가 분명히 밝혀져 있는가?

문장 수준에서 글을 수정할 때는 문장과 문장의 연결, 문법, 표현 방법 등이 집중적으로 검토되어야 하는데, 이때 유의할 점은 다음과 같다.

[문장 수준에서 고쳐 쓰기]

- 문장은 어법에 맞게 표현되었는가?
- 각 문장들이 논리적, 체계적으로 연결되어 있는가?
- 문장은 간결하고 정확하게 표현하고 있는가?
- 문장 부호는 적절하게 사용되었는가?

각 문장 안에서 단어 선택이 적절한지 다시 살피고 고쳐 쓰는 단계이다. 이 경우 자신에게 다음과 같은 질문을 던질 필요가 있다.

[단어 수준에서 고쳐 쓰기]

- 글 내용과 관련하여 알맞은 단어가 선택되었는가?
- 맞춤법과 띄어쓰기, 문장 부호는 올바르게 되어 있는가? 오자, 탈자는 없는가?
- 부적절한 단어를 사용하지 않았는가? 더 적절한 단어로 바꿀 수는 없는가?
- 무의미하게 반복되는 단어는 없는가?
- 지나치거나 수준에 맞지 않거나 이해하기 난해한 단어를 사용하고 있지는 않은가?

고쳐 쓰기를 할 때에는 '글 전체→단락→문장→단어' 고쳐 쓰기 순으로 작업이 진행된다. 물론 이 모든 작업은 동시에, 한꺼번에 이루어지는 것이 일반적이다. 때문에 고쳐 쓰기는 **부분보다는 전체를 살피는 작업이 선행되어야** 한다. 그 이유는 문장 또는 단락 수준에서의 고쳐 쓰기부터 먼저 매달리다 보면 이후의 전체 수준에서의 고쳐 쓰기 단계에서 이전에 애써 고친 문장이나 단락을 통째로 들어내야 하는 경우가 발생할 수 있기 때문이다.

이런 이유로, 시중 논술학원에서 진행되고 있는 '첨삭 지도'는 지나치게 형식적이며, 게다가 실효성도 떨어진다. 글 전체에 대한 고쳐 쓰기가 이루어지지 않고 문장, 어휘 차원의 단순한 문구 수정에 그치는 것이 대부분이기 때문이다.

하지만 그런 식으로 글을 고치고 다듬는다고 한들, 글쓰기 능력은 좀처럼 향상되지 않는다. 글 내용의 전체 또는 글의 상당 부분이 잘못되었는데도 불구하고 단순히 몇몇 문장이나 단어를 고치는 것으로 글쓰기 실력이 향상되기를 기대한다면, 그것은 커다란 오산이자 착각이다.

이를 다음 [사례2]의 ①의 한 논술학원의 첨삭 글과 ②의 필자 예시 답안을 통해 확인할 수 있을 것이다(이 사례와 관련한 내용 설명은 뒷장에서 부연한다). ①의 학생 답안은 '평가하라'는 논제의 요구를 이해하지 못하면서, 논증글이 아닌 단순 설명글로 작성한 것이다. 그럼에도 학생 글의 밑줄 친 부분에서 확인할 수 있듯이, 이 학생은 적어도 '무엇'에 대하여 논증해야 하는지는 알고 글을 썼다.

그런데 당혹스런 것은, 학생 작성 답안에 대한 모 논술학원의 온라인 첨삭 내용이다. 글의 밑줄 친 부분이 첨삭 지도의 핵심인 것 같은데, 이는 논제의 물음을 전혀 이해하지 못한 채, 두루뭉수리하게 에두르며 설명한 글이라 할 수 있다. 논술 강사 자신조차 제시문 내용과 논제의 물음을 잘 모르는 상태에서 행해지는 동문서답식의 첨삭 지도, 과연 이런 식의 첨삭 지도를 받아 글쓰기 실력을 올릴 수 있기는 하는 걸까?

[사례2]는 '인과관계와 상관관계의 혼동에 따른 오류 가능성에 대한 제시문 (다)의 연구 결과를 바탕으로 제시문 (라)의 주장을 평가하라'는 것이 논제의 요구이다. 이때 논제 해결의 핵심 포인트는 다음과 같다. 이는 (라)에 담긴 약탈적 범죄를 유발하는 세 요인인 '동기화된 범죄자(가해자), 적당한 목표물(피해자), 보호자의 부재'가 그것의 판단 준거인 (다)의 '인과관계와 상관관계의 혼동'과 어떤 관계 맺음을 하는지를 깊게 생각한 후, 그 대답을 '평가하라'는 과제에 맞게 논증하는 것이다. 그렇게 해서 이 세 요인이 다름 아닌 '범주의 오류', 다시 말해 특정 대상(개별 요인)에 국한된 사례를 대상 전체에 확대 적용하는 오류를 범하고 있음을 간파해야 한다. 그리고 그것에 맞게

끔 논증을 끌고 나가야 한다. 이를 필자 예시 답안(②의 밑줄 친 부분)을 통해 확인한다면, 논술 강사의 첨삭 관련 글 내용(①의 밑줄 친 부분)이 얼마만큼 부실하고 또 모호한지를 가늠할 수 있을 것이다.

[사례2] 제시문 (다)의 연구 결과를 **바탕으로** (라)의 주장을 **평가**하시오. (연세대 2016 사회 편입 문제2-2)

① 제시문 〈라〉는 범죄율에 영향을 줄 수 있는 최소한의 세 가지 요소가 동기가 있는 위반자, 적절한 대상 그리고 범죄에 대항할 수 있는 보호자 부재라고 말한다. 이 세 요소들 중 하나만 없어도 성공적으로 범죄를 예방할 수 있는데, 만약 이 세 요소가 다 갖춰지게 되면 범죄율이 크게 증가할 것이라고 주장한다. 제시문 〈다〉의 연구를 통해서 CCTV가 범죄 예방에 상당 부분 효과가 있다는 것을 알 수 있는데, 이는 구조적인 부분이 범죄의 가능성에 영향을 준다는 제시문 〈라〉의 논지와 유사하다. 하지만 위의 세 요소들이 충족되어도 개인이 범죄를 일으킬 수 있는 상황 자체를 통제할 수 있는 변수가 존재한다면 범죄율을 낮추는데, 큰 영향을 줄 수 있음을 간과하고 있다… **[학생 작성 답안]**

→ 해당 발문에서도 먼저 제시문 (다)의 도구 제시문을 바탕으로 제시문 (라)에 적용하는 유형이기에 우선 제시문 (다)의 속성에 대해 명확하게 정의한 후, 이후 제시문 (라)에 적용해 주시는 것이 좋습니다. 제시문 (라)에 적용하는 부분에서는 단순히 구조적 부분에 설명하는 것이 아니라 **각 속성들 중 어느 하나가 부족할 때 발생하는 범죄율은 어떠한지, 3가지 속성 이외에도 주변 지역으로의 전이가 가능할 수 있다는 점들 등을 제시할 수도** 있습니다. 이외에 범죄 상황에 대한 통제 변수가 존재할 수 있다는 것도 학생이 새롭게 제시한 논의이기에 추가적으로 이것이 무엇인지에 대해 입증해 주시는 것이 좋습니다… **[학생 작성 답안에 대한 모 논술학원의 온라인 첨삭 내용]**

② (라)는 '약탈적 폭력에 의한 범죄'에 대해 설명한다. 약탈적 범죄는 누군가가 의도를 갖고 타인 및 타인의 재산에 위해를 가하는 위법 행위로, 사람들의 일상 활동 속에서 날마다 일어나는 구조적인 범죄이다. 우리가 일상에서 직접적으로 맞닥뜨리게 되는 약탈적 범죄는 **'동기화된 범죄자(가해자), 적당한 목표물(피해자), 보호자의 부재'**라는 세 요인이 특정 시간 및 공간과 맞닥뜨릴 때 발생할 가능성이 높다. 이 세 요인 중 어느 하나만 미흡해도 이는 약탈적 범죄를 실패로 이끌 수 있지만, 반대로 특정 시간과 공간에 목표물이 표적화되거나 보호자가 부재하였을 경우에는 이것이 범죄자의 범행 유인을 끌어 올려 결과적으로 범죄율을 크게

높이게 된다.

(다)의 연구 결과는 (라)의 주장이 **인과관계와 상관관계를 구분하지 못하고 혼동**하여 사용함으로써, 그에 따른 오류를 범하고 있음을 보여준다. (라)는 '동기화된 범죄자(가해자), 적당한 목표물(피해자), 보호자의 부재'라는 세 요인이 원인이 되어 약탈적 범죄가 발생하게 된다고 주장한다. 하지만 이 세 요인은 모두 '**개인**(가해자, 피해자, 보호자)'에 국한되는 것으로, 따라서 (라)는 약탈적 범죄의 발생 원인이 **특정 '개인' 즉 인적 요인에서 비롯되는 것으로 판단하는 오류를 범하고 있다.**

하지만 약탈적 범죄를 유발하는 원인을 **개인적인 요인으로 한정하여 설명할 수는 없다.** 예를 들어 성범죄나 금융 사기와 같은 약탈적 범죄의 경우에는 **사회·문화적인 요소나 환경적인 요인**이 원인이 되어 일어나는 경우가 빈번하다. 게다가 **생물학적 원인, 심리학적 원인, 사회학적 원인**이 복합적으로 작용하여 발생하는 경우가 일반적이기에, 범죄를 유발하는 제 요인간의 인과관계를 확인하는 것은 그만큼 불분명하고 또 어렵다. 이런 이유로, (라)의 주장을 전적으로 받아들이는 것은 타당하지 않다. 범죄를 유발하는 다른 요인과의 상관관계를 더욱 살펴 따져가며 판단함으로써, 주장의 신뢰성을 높여야 한다… **[필자 예시 답안]**

덧붙여 설명할 것이 있다. **글은 마치 파동과도 같아서 문장이나 단어의 어느 일부를 고치게 되면 주변의 다른 문장, 심하게는 글 전체를 고쳐 바로잡아야 글 전체가 한 방향을 이루며**, 또한 논리적으로도 일관될 수 있다. 많은 경우, 일단 작성한 글은 이를 새롭게 다시 쓰는 것보다 글의 일부를 고쳐 바로잡는 것이 더 어려운데, 이것이 무얼 의미하는지를 한번쯤은 깊게 생각해 봐야 한다. 나의 생각과 남의 생각을 바꿀 수 없듯이, 생각의 흐름을 담은 글은 남의 힘을 빌려도 그 근본을 바꾸기는 어렵다. 첨삭은 자기 스스로 머리를 싸매가며 하는 것이지, 결코 남이 해주는 것이 아니다.

이해를 돕기 위해 아래 [사례3]을 살펴보자. [사례3]의 ①은 필자에게 논술 수업을 듣는 학생이 작성한 답안으로, 두 번 고쳐 쓰기(다시 쓰기)를 한 글이며, 내용면에서 나무랄 데 없는 글이다. 그렇게 해서 글 내용의 전반이 논제의 물음을 대체적으로 충족하였기에 이를 필자가 다시 고쳐 바로잡으면서 첨삭한 글이 ②이다.

그럼에도 ①에서, ⓐ는 '대등한 요소로 문장을 접속하라'는 지시에 어긋난 글이고, ⓑ는 '표현이 모호한 글'이며, ⓒ는 '주어–서술어'가 호응되지 않는 비문이고, ⓓ는 '의미 전달이 불완전한 글'이라 할 수 있기에, 각각을 일일이 바로 잡았다. 게다가 글 곳곳에 어딘가 부정확하고 어색한 부분이 있어 이를 바로잡았는데, 그렇게 해서 글 전체에 손을 댄 꼴이 되고 말았다.

고쳐 쓰기를 하여 내용을 바로 잡은 글임에도 불구하고 글 교정에 이렇듯 손이 많이 간다는 사실을 깨닫는다면, 일선 학원에서 이뤄지고 있는 첨삭 지도란 것이 얼마만큼 부실하고 또 그다지 효과가 없음을 가늠할 수 있을 것이다. "닥치고 글만 쓰는 바보"로 만들기 딱 십상인 것이 지금 논술학원에서 행해지고 있는 첨삭 지도인데, 그런 식의 공부로는 글쓰기 실력은 절대 늘지 않는다.

[사례3] '고통'의 관점에서 제시문 (가), (나), (다)의 논지를 **비교 분석**하시오. (연세대 2015 인문 편입 문제1)

① (가), (나), (다)는 고통에 대한 다양한 관점이 나타난다. 먼저 (가)와 (나)는 고통을 받아들이는 '태도'에서 차이난다. (가)의 화자는 운명론적 관점에서 가난을 인식하고 수용하는 반면, (나)의 화자는 수용소에 갇힌 자신의 처지를 극복해내려 한다…ⓐ (가)의 화자는 가난을 자신의 운명이자 자연스러운 결과로 본다. 이는 자신의 가난을 바라고 사주한 사람이 없다고 보기 때문이다…ⓑ 반면 (나)는 수용소에 갇힌 상황과 그에 따른 고통이 누군가가 자신을 고통에 빠뜨리려는 악의적인 의도의 결과임을 안다…ⓒ 이를 인식한 화자는 고통을 그대로 수용할 수 없는 것이며 고통으로부터 적극적으로 벗어나려 한다. 이렇듯 고통스러운 상황에 대해 (가)는 소극적인, (나)는 적극적인 대응 방식을 보이는데, 이는 인간이 고통의 원인을 외부에서 발견하느냐의 여부에 따른 결과적 차이로 볼 수 있다.

다음으로 고통의 상황에서 '인간의 모습'이 어떻게 나타나는지에 따라 (나)와 (다)는 차이를 보인다. (나)와 (다)에서는 모두 전쟁이나 폭력적 상황에 노출된 개인의 본성이 나타난다. 반면 (다)에서는 겉으로는 용맹해 보이나 연약한 인간의 모습이 보여 진다. (나)의 화자는 부정적 상황에 굴복하지 않고 이성적으로 상황을 판단하고 대처한다. 이는 고통의 상황에도 불구하고 자신의 존엄성을 지켜내고 생존하려는 인간의 투철한 극복 의지를 보여준다. 반면 (다)에서는 평소와 달리 전쟁 상황에서 폭력적인 모습으로 변모한 인간이 나타난다. 이는 인간이 비이성적 상황에서 자신 또한 이성을 상실해야 삶을 살아갈 수 있었기 때문에 선택한 것이다…ⓓ 이러한 모습은 더욱 인간의 존엄을 지켜내려는 (나)와 달리 생존을 위해서라면 자신의 비인간성도 임시적으로 허용하는 인간의 회피적이고 이기적인 본성을 보여준다… **[학생 작성 답안]**

② (가), (나), (다)는 고통에 대한 다양한 관점이 나타난다. 먼저 (가)와 (나)는 고통을 받아들이는 '태도'에서 차이난다. (가)의 화자는 운명론적 관점에서 가난을 인식하고 고통을 수용하는 반면, (나)의 화자는 강한 자기 의지로 수용소에 갇힌 자신의 고통스런 처지를 극복해내려 한다…ⓐ (가)의 화자는 가난을 자신의 운명

한 가지를 더 덧붙이자면, 글의 질적 수준을 높이려면 **자기 글의 '나쁜 버릇'부터 찾아 이를 바로잡아야** 한다. 이때 가장 효과적인 방법은 **자신이 쓴 글을 직접 소리 내어 읽는** 것이다. 자기 글을 자기가 의외로 모르고 있는 경우가 많다. 그 점에 있어서는 필자 또한 다를 바 없다. 그토록 많은 글을 쓰고 또 책을 펴냈건만, 필자의 글을 다시 소리 내어 읽을 때마다 글의 허점이 보이고 오타가 눈에 들어온다. 한마디로 대략 난감이다.

　사기가 쓴 글을 읽어 이를테면 '것이다'라는 문구가 자주 반복되는지, '너무'라는 난어를 낳이 사용하는 것은 아닌지, '것 같다'를 빈번히 쓰는지, 수식어가 과한지, 접속사가 많은지, 나열이 많은지를 찾아보라. 자기 글에서 나쁜 점을 발견할 수 있다면, 그 학생은 이미 글을 잘 쓰는 학생이다. 자기 글에서 문제점을 발견할 수 있는 수준에까지 올라서야 하는데, 이때 자기가 직접 쓴 글을 소리 내어 읽어본다면, 글 솜씨는 크게 향상할 것이다.

⑵글 전체 수준에서 고쳐 쓰기

문장 고쳐 쓰기가 언어적인 면, 곧 글의 형식적인 면에서의 자구 수정이라면 글 전체 수준에서의 고쳐 쓰기는 글의 내용면에서의 문장 교정이다. 그런 점에서 볼 때, 글 전체 수준에서의 고쳐 쓰기는 '다시 쓰기'라 할 수 있다. **글 내용이 잘못됐으면 처음부터 다시 써야지, 어느 일부분만 고친다고 해서 글 전체를 바로잡을 수는 없는** 노릇이다.

고쳐 쓰기를 제대로 수행하기 위해서는 마치 글을 처음 대하면서 읽듯이 자신의 글을 읽을 필요가 있다. 독자의 입장에서 읽어야 한다는 뜻이다. 자신의 글에 거리를 확보하고 객관화하면서 검토해야 글의 허점을 찾을 수 있다.

글 전체 수준에서 하는 고쳐 쓰기는 다음 4가지 원칙을 따른다.

■ 빼기_ 삭제의 원칙

글을 쓰다보면 불필요한 문장이나 단어를 사용하는 경우가 많다. 글 내용에 있어서도 주제와 무관한 내용을 전개하는 경우가 있다. 이는 한꺼번에 많은 내용을 글에 담으려는 욕심에서 비롯된 현상이다.

강조하지만 고쳐 쓰기의 핵심은 '빼기'다. **불필요한 내용은 남김없이, 과감하게 제거한다.** 그 자체로는 의미를 담고 있을지 모르지만 글 전체에 기여하지 못하는 내용은 과감하게 지운다. 힘들여 쓴 부분을 지우는 일은 감정적으로 견디기 어렵지만, 견뎌내야 한다. 그렇게 해서 불필요한 내용이나 문장을 삭제하면 글에 꼭 필요한데도 불구하고 빠진 것들이 무엇인지 알아내 이를 채워 넣을 수 있다. 그런 노력을 통해 글 내용의 충실성은 물론이고 글 전체의 통일성과 긴밀성을 유지할 수 있다.

■ 더하기_ 첨가의 원칙

글에서 **필요한 내용은 추가로 더하거나 보태가며 꽉 채워 넣어야** 한다. 그러려면 먼저 불필요한 글부터 과감하게 삭제해야 한다. 혹자는 그렇게 되면 글이 지나치게 짧아지고 글 내용이 보잘 것 없어진다고 걱정한다. 하지만 그럴수록 불필요한 내용부터 전부 삭제해야 새롭게 채워 넣어야 할 것들이 머릿속에 떠오르게 된다.

그런 다음, 주제가 충분히 부각되지 않거나 논제의 물음에 대해 좀 더 설명해야 할 부분, 논리적으로 비약이 되거나 근거가 좀 더 필요한 부분을 찾아 이를 보충한다. 글을 고칠 때 추가적인 서술이 필요하면 그 부분을 첨가토록 한다. 글 내용을 꽉 채우려면, 먼저 불필요한 것부터 삭제하라.

■ 다시 배열하기_ 재구성의 원칙

글 고치기에서 가장 중요한 것은 글 내용을 체계적으로 잘 구성했는지 여부이다. 문장 표현과 단어 사용이 아무리 정확하더라도 글의 체계를 잡지 않으면 결코 좋은 글이 될 수 없다. 특히 **단락을 적절히 나누어가며 글 내용을 구성하는** 것이 중요하다. 단락을 잘 나누어 쓴 글은 독자로 하여금 부담 없이 글을 읽게 만든다. 따라서 글 고치기에서는 글 구성과 단락 구분부터 먼저 확인하는 것이 좋다. 글 구성과 단락 구분이 올바르지 않다고 생각되면 문장이나 단락을 재구성하여 이를 바로 잡아야 한다.

흐름에 맞지 않는 문장이나 단락은 재배열한다. 글의 흐름이 끊기거나 논리 전개가 뒤엉켜 있는 부분을 흐름에 맞도록 재배열한다. 어떻게 하면 논제의 물음에 맞게 단락을 효과적으로 구성할 수 있는지, 문장과 문장의 흐름을 매끄럽게 이어갈 수 있는지, 논증 형식에 맞추어 주장과 타당한 근거를 체계적으로 내세울 수 있는지를 고민하다 보면, 글 구조는 체계가 잡히고 글 내용은 더할 나위 없이 충실해진다.

■ 앞뒤 잇기_ 조화의 원칙

글의 처음과 끝 부분은 서로 조화를 이루어야 한다. 글의 끝 부분은 처음에 언급했던 것과 문맥적으로 연결되어 있어야 한다. 그렇게 해서 단어와 단어의 연결에 신경 쓰다 보면, 문장과 문장, 단락과 단락의 흐름은 보다 매끄럽고 자연스러워 진다.

특히 **단락과 단락의 연결의 흐름이 좋아야** 하는데, 이때 문장 수준의 고쳐 쓰기는 그리 신경 쓸 필요 없다. 글 전체의 논리와 논증 구조를 염두에 두고 한편의 완성된 글을 만든다는 생각으로 수정하기를 거듭하다 보면, 한 편의 좋은 글, 잘 쓴 논술 답안을 완성할 수 있다.

07

글 내용의 핵심을
간파하는 '지문 독해의 기술'

글(제시문)은 어떻게 읽어야 할까? 어떻게 하면 글을 읽으면서 **글의 '중요한' 부분과 '중요하지 않은' 부분**을 효과적으로 가려낼 수 있고 또 **글의 '부분–전체' 구조**를 단박에 파악할 수 있을까? 그리고 논술 문제를 풀어나가는데 **'도움이 되는' 정보와 '그렇지 않은' 정보**를 구분하여 살필 수 있을까?

[논술 제시문 독해의 포인트]

- **주제 개념**을 중심으로 **개념과 개념의 관계를 파악**하면서, 글의 전체 흐름과 논리 체계를 읽어낸다. 그렇게 되면 글의 **'부분–전체' 구조**가 단박에 파악된다…'개념 범주화 학습'

- 개념과 개념의 관계에 따라, **문장 또는 단락을 하나의 생각의 단위로 뭉뚱그려가면서**, 글을 의미 단위로 읽는다. 그렇게 되면 글의 **중요한 부분과 중요하지 않은 부분**을 가려낼 수 있다…'구조 독해'

- 단락을 중심으로 글을 의미 단위로 읽으면서, **중요하다고 확신하는 정보만을 찾아** 자세히 꼼꼼히 읽는다. 그렇게 되면 **한꺼번에 많은 정보량을 처리**할 수 있을 뿐 아니라, 글을 읽는 속도와 지문 독해력은 크게 향상된다…'선택적 글 읽기'

(1)핵심 개념부터 잡아라

글을 잘 읽기 위해서는 먼저 글에 담긴 **핵심 개념부터 잡아야** 한다. 즉, 글의 **'주제'가 무엇인지부터** 찾아 살펴야 한다. 이는 글을 읽어 글의 핵심을 이루는 '뼈대'와 이를 보충 설명하는 '곁가지'를 구분하는 데 더할 나위 없이 중요하다. 글에 담긴 많은 정보를 놓고 학생들은 혼란을 겪게 되는데, 그 주된 이유는 **핵심 개념을 파악하지 못한 채 막연히 글을 읽기** 때문이다. 양파 껍질을 벗기듯이 한 겹 한 겹 글의 불필요한 내용(즉, 글의 곁가지로서의 '해설' 부분)을 제거하면서 대상의 본질에 다가갈 때, 글의 중심 생각이자 주제 의식을 담은 핵심 개념은 곧바로 파악 가능하며, 글 전체의 의미 또한 어렵지 않게 읽어낼 수 있다.

핵심 개념(또는 핵심어·주제어)을 모르고 글을 읽다가는 그 개념에 종속된 하위 개념(유개념과 종개념, 또는 세부 지시어)을 찾아 밝히기란 결코 쉽지 않으며, 각각의 어휘에 대한 개념적 의미를 분석하는 것 또한 생각 이상으로 어렵게 느껴질 수 있다. 핵심 개념은 글의 중심 단락, 중요 문장에 들어있으며, 주제어를 담게 마련이다. **단락 전체에 여러 번 반복하여 가장 많이 나오는 어휘가 곧 핵심 개념을 담은 주제어일** 가능성이 높다. 주제어와 핵심 개념의 파악은 곧 지문 해석에 있어서의 열쇠를 얻는 것이자, 일종의 출입문을 찾는 것과 같다.

논술로 출제되는 제시문은 핵심 개념을 담고 있다. 이는 **'정의(定義)'의 진술 방식을 중심으로 설명해 놓은 경우가** 일반적이기에, 이것부터 찾아내야 한다. 따라서 지문을 읽고 그 안에 담긴 핵심 개념부터 찾아 그 사전적(辭典的) 의미를 이해한 후, 이를 토대로 이어지는 글의 어딘가에 명기된 하위의 세부 개념과 그 논리적 진술을 전부 그리고 빠르게 찾아냄으로써, 지문 전체의 의미를 가능한 빨리 파악할 수 있어야 한다.

(2)글의 흐름과 짜임새를 이해하며 읽어라

다음으로 **글의 '짜임'을 파악하며 읽어야** 한다. 이를 위해서는 각 단락별로 기술된 **정보를 빠르게 분류할 수** 있어야 한다. 글에 실린 수많은 정보들을 내용과 형식에 따라 체계적으로 분류하지 않은 채로 글을 읽으면 생각이 정돈되지 못하고 시간도 많이 걸린다. 이때 분류의 기준으로 제시되는 것은 다음 두 가지다.

먼저 **내용면에서의 글의 뼈대를 이루는 '중심 문장'과 중심 문장의 근거가 되는 곁가지 '해설' 부분인 '뒷받침 문장'으로 분류하는** 것이다. 일반적으로 하나 또는 둘 이상의 단락이 합쳐져 하나의 완결된 지문을 구성한다. 하나의 단락에는 중심 생각을 담고 있는 중심 문장과 그 중심 문장의 근거가 되는 여러 개의 뒷받침 문장이 있다. 중심 문장에는 그 단락의 주제를 담은 어휘가 들어있거나, 그 단락의 중심이 되는 내용이 들어있다.

한편 중심 문장을 제외한 나머지 글 묶음인 뒷받침 문장은 **'예시, 부연, 상세화'의 방법을 사용하여 중심 문장이 담고 있는 내용을 보충 설명하거나, 구체화하거나, 강조하는** 역할을 담당한다. 따라서 글을 읽어 중심 문장과 뒷받침 문장을 찾아낸 후, 둘이 서로 어떻게 얽혀 있고 또 어떤 관계 맺음을 하는가를 살피면 단락 전체의 내용은 하나의 생각으로 뭉뚱그려진다.

　　형식면에서의 정보의 분류는 설명글의 다양한 '진술 방식'을 이해하는 데 있다. 논술 제시문은 다양한 설명의 진술 방식을 사용하여 글 내용을 구성한다. 단일한 설명의 진술 방식을 사용하여 개별 문장(또는 단락)을 구성하기도 하고, 설명의 여러 진술 방식을 뒤섞어가면서 문장과 문장을 결합하여 단락을 구성하기도 한다. 제시문은 크게 **'정의', '비교와 대조', '분류와 구분', '예시'**라는 설명의 진술 방식을 사용하여 문장과 문장, 단락과 단락을 구성하고 또 구분하는 것이 일반적이다.

　　설명의 진술 방식을 이해하면서 글을 읽는 것이 중요한 이유는 **'사실 판단'과 관련한 정보를 신속하고 효율적으로 처리할 수** 있기 때문이다. 개별 단락 안에 담긴 정보들은 설명의 진술 방식에 따라 어떤 기술(記述)적인 특징과 범주적인 특성을 갖게 마련이다. 따라서 이것들을 잘 파악하면서 글을 읽는다면, 글 전체의 의미 구조(글 전체의 의미 구조를 파악하며 읽는 글 읽기를 '기능 독서'라고 하고, 독해 방법을 '구조 독해'라고 한다)는 물론이고 개별 전개 내용까지 어렵지 않게 포착할 수 있다.

(3)글을 눈으로 보는 동시에 생각하며 읽어라

　　끝으로 글을 **'분석'하면서 읽어야** 한다. 이때 중요한 것은 의문을 갖고 스스로에게 끊임없이 되물어가며 글을 읽는 것이다. 글쓴이의 견해는 무엇인지, 글에 생략된 사실·사건·의견이 있는지, 사실적 진술 정보와 그 의미 관계를 정확하게 이해하고 있는지, 전체 의미와 핵심 내용을 체계적으로 파악하고 있는지, 사실을 근거로 내용을 추론하고 또 상황에 적용할 수 있는지, 등등 글에 담긴 많은 것들을 파악하려 애쓰면서 글을 깊게, 세밀하게 읽어야 한다.

　　정리하면, 글 읽기 수준을 높이기 위해서는 글을 빠르고 정확히 읽어내는 힘을 길러야 한다. 이를 위해서는 먼저 **지문을 개략적으로 빠르게 훑어 읽으면서 글의 성격과 구조·구성, 글의 소재와 주제, 글의 짜임과 대강의 줄거리를 파악해 나가야** 한다(이것을 '통독通讀', 즉 훑어 읽기라고 한다). 이후 **글을 좀 더 깊고 세밀하게 읽으면서 문장과 문장, 단락과 단락의 관계를 파악하고, 단락 내에서 중요한 단어를 찾은 후 그 핵심어가 담긴 문장을 중심으로 단락별 요지를 머릿속에 체계적으로 정리하여 기억할 수 있어야** 한다(이것을 '정독精讀', 즉 뜻을 새겨가며 자세히 읽기라고 한다).

　　글을 잘 읽는다는 것은 **글의 내용과 구조, 그리고 글의 핵심**(글의 '중심 생각'으로, 글의 중심 내용, 글의 의미, 글의 요지를 포괄한다)**을 빠르고 정확히 파악하는데** 있음을 분명하게 깨닫고, 그야말로 치열하게 '생각하며 읽는' 훈련을 통해 독서 속도와 독해 능력을 높여나가야 한다. 독서력은 그렇게 노력하는 과정에서 시나브로 향상된다.

논술문 작성을 위한 글쓰기 방법론

글에 대한 이해

논술문(논술 답안) 작성은 글에 대한 이해로부터 시작한다. 글을 구성하는 요소들은 다양하다. 일반적인 글이든 문학적인 글이든, 학술적인 글이든 논리적인 글이든 관계없이, 사람들은 주제, 구상, 개요, 단락, 구성, 어휘 등 글쓰기에 필요한 여러 요소들을 머릿속에 체계적으로 정리하면서 한 편의 글을 완성하게 된다.

글의 완성 단계에서 고려할 수 있는 글쓰기 방법에는 **설명, 논증, 묘사, 서사**가 있는데, 각각의 글쓰기 방법(문장의 작법)을 '문장 기술 방법'이라고 말한다. 이를테면 설명글은 설명의 방법을 중심으로 기술한 글을 말한다.

'설명'은 대상에 대한 개념 및 논리 관계를 독자에게 이해시키려 들 때 주로 사용하는 글쓰기 방법이다(객관적 사실을 전달). '논증'은 대상의 진실이나 진리를 증명하고자 할 때 사용하는 글쓰기 방법이다(이치에 맞게 주장). '묘사'는 글을 쓰는 사람이 경험한 대상의 이미지를 독자에게 생생하게 전달하고자 할 때 사용하는 글쓰기 방법이다(대상의 모습을 재현). '서사'는 대상이나 사건의 진행 과정을 시간의 경과에 따라 기술하고 그 인과관계를 규명하는 것을 목적으로 하는 글쓰기 방법이다(사건의 경과를 서술).

이 네 가지 글쓰기 방법 가운데 어느 하나에 좀 더 치중하면서 글을 쓸 때, 그것의 결과는 설명글, 논증글, 묘사글, 서사글의 형태로 나타난다. 한 편의 글이 한 가지 글쓰기 방법으로만 전개되는 경우는 거의 없다. 설명문·해설문·논설문과 같은 설명적인 글에서는 주로 **설명과 논증의 글쓰기 방법을** 활용하게 되고, 시·소설·수필과 같은 창작적인 글에서는 묘사와 서사의 방법을 위주로 글을 서술하게 된다.

한편, 글쓰기의 일반적인 유형으로는 창작적 글쓰기, 설명적 글쓰기, 비판적 글쓰기가 있다. 창작적 글쓰기는 시·소설 등의 문학 작품에서 드러나는 글쓰기 유형으로, 글쓴이의 삶의 체험이나 느낌, 정서 등을 효과적으로 표현하기 위해 묘사와 서사의 글쓰기 방법을 주로 사용한다. 설명적 글쓰기는 설명문과 해설문에서 나타나는 글쓰기 유형으로, 객관적인 사실의 전달을 위해 설명의 글쓰기 방법을 사용한다. 비판적 글쓰기는 논설문과 논술문에서 나타나는 글쓰기 유형으로, 필자가 자신의 주장을 합리적인 이유를 들어 독자를 설득하는 것을 목적으로 하며, 이를 위해 설명과 논증의 방법을 사용하여 논제(명제, 주장)의 진위 여부를 증명하는 글을 기술하게 된다.

이상의 설명에서 알 수 있듯이, 대부분의 글은 어떤 하나의 글쓰기 유형이나 문장 기술(記述)방법에만 전적으로 의지해서 작성되는 것은 아니다. 한 편의 완결적인 글을 읽어 확인할 수 있듯이, 글의 전달 효과를 높이기 위해 글쓰기의 여러 유형과 문장 기술 방법을 한데 뒤섞어 사용하는 경우가 많다. 따라서 각각의 의도와 목적에 맞는 좋은 글을 쓰기 위해서는 먼저 글쓰기 유형에 맞는 문장 기술 방법을 이해하고, 이를 효과적으로 구사할 수 있는 능력을 길러나가야 한다.

[논술에서 글을 읽고 쓸 때 사용하는 다양한 글쓰기 방법]

(1)글쓰기의 방법(문장 기술 방법)_ **설명, 논증, 묘사, 서사**

(2)설명의 진술 방식_ **정의와 지정, 예시와 인용, 비교와 대조, 분류와 구분, 분석과 종합, 논증과 추론, 묘사적 설명과 서사적 설명**

(3)논증의 방법(추론 방식)_ **연역 추론**, 귀납 추론, 유추(유비추리), 변증법적 추론

(4)논제 서술 과제의 진술 방식(논증 지시어)_ 요약하라, 설명하라, 비교하라, 비판하라, 해석하라, 평가하라, 견해를 제시하라…

- **요약하라**_ 논제의 물음에 대한 대답을, 다양한 '설명'의 진술 방식으로 글 요지를 압축, 설명하라(객관적 설명).

- **설명하라**_ 논제의 물음에 대한 대답을, 다양한 '설명'의 진술 방식을 사용하여, 논증 지시어의 요구에 맞게, 객관적으로 논증하라(이때의 논증은, 설명적 논증에 가깝다).

- **비교하라**_ 논제의 물음에 대한 대답을, '설명'의 진술 방식 가운데 특히 '비교와 대조'의 방법으로 논증하라(설명적 논증에 가깝다).

- **해석하라**_ 논제의 물음에 대한 대답을, 다양한 '설명'의 진술 방식을 사용하여, 논증 지시어의 요구에 맞게, 객관적으로 논증하라(설명적 논증에 가깝다).

- **비판하라**_ 논제의 물음에 대한 대답을, 다양한 '설명'의 진술 방식을 사용하여, 논증 지시어의 요구에 맞게, 비판적으로 논증하라(설명적 논증에 좀 더 가깝다).

- **평가하라**_ 논제의 물음에 대한 대답을, 다양한 '설명'의 진술 방식을 사용하여, 논증 지시어의 요구에 맞

게, 비판적으로 논증하라(설득적 논증에 가깝다).

- **견해를 제시하라_** 논제의 물음에 대한 대답을, 다양한 '설명'의 진술 방식을 사용하여, 논증 지시어의 요
구에 맞게, 논술자의 의도와 생각을 좀 더 드러내며 논증하라(설득적 논증).

설명적 글쓰기
– '무엇'에 대한 설명글의 기술

여기까지의 설명을 염두에 두고, 이제부터 대입논술은 어떤 글쓰기 방법을 채택하고 또 논술 답안을 작성하기 위해서는 무엇을 어떻게 해야 하는지를 살펴보자. 논술은 **어떤 주제에 대한 자신의 생각이나 주장을 논리적으로 풀어내는** 글쓰기다. 논술문은 객관적인 근거와 합리적인 논리로 문장을 구성하여 자신의 생각이나 주장을 조리 있게 펼쳐내는 글을 말한다. 따라서 논리적 사고력과 논리 정연한 글쓰기 솜씨는 좋은 논술, 잘 쓴 논술문의 전제 조건이 된다.

논리적 서술을 근간으로 하는 논술은 추론(즉, 논증)을 기반으로 한다는 점에서 논설문이나 해설문의 형태를 띠며, 부차적으로 논제에 대한 개념적 이해를 돕기 위해 설명문의 형태를 띤다. 따라서 논술은 창작적 글쓰기가 아닌, **비판적 글쓰기와 설명적 글쓰기를 아우르는** 형태의 글쓰기라 할 수 있다. 즉 어떤 주장을 제기하고 왜 그 주장이 정당한가에 대해 논증하거나, 지금 우리 사회에서 일어나고 있는 제 현상에 대해 이를 어떻게 해석하고 설명하고 예측할 것인가를 논의하는 글쓰기라 할 수 있다. 이런 문장을 기술하는 방법에 있어서는 **정확한 사실 전달과 자기 견해의 논리적인 전개가** 무엇보다 중요하다.

한편 문장의 작법에서 논술문이 갖는 의미는 **설명과 논증의 방법을 중심으로 문장을 기술한다는** 점이다. 즉 논술문은 개별적이고 주관적인 관점에서 서술하는 글쓰기인 서사와 묘사의 기술 방법이 아니라, 글을 읽는 그 누구도 부정할 수 없을 정도로 보편적이고 객관적인 관점에서 서술할 수 있도록, 설명과 논증의 기술 방법을 사용하여 작성한 글이다.

한편의 논술문을 쓰기 위해서는 특히 **'정의, 분류, 비교, 분석'과 같은 설명의 체계적인 진술 방식과 '주장과 근거'를 묶은 논증의 구체적인 진술 방식을 중심으로** 글을 전개해 나가되, 그것도 적절한 위치에 적절한 방식으로 글 내용을 기술할 수 있어야 한다. 즉 논술문은 설명의 방법과 논증의 방법을 결합하여 기술한 일련의 글 묶음이라 할 수 있다.

설명은 사물이나 개념에 관하여 이를 알기 쉽게 풀이하는 문장 기술 방법으로, 내용 이해와 지식 전달을 목적으로 한다. 설명은 어떤 문제(주제 개념)에 대하여 그 개념과 정의, 그 원인이나 성립 요소 또는 성립 요인, 구조의 분석 등을 밝혀 해석하고 해명하는 것을 목적으로 한다. 즉 설명은 논술문의 주제를 명확히 밝히기 위해 보편적으로 사용하는 문장 기술 방법으로, **설명의 방법을 사용하여 논의로써 설정된 주제를 명확하고 효과적으로 드러내기 위한 대표적인 작법(문장 전개 방법)이 바로 '개념 정의'**, 곧 개념을 올바르게 규정하면서 글 내용을 기술하는 것이다.

따라서 개념에 대한 정확한 의미를 모르거나 또는 개념을 올바로 규정할 수 없으면, 논술문을 쓸 때 막연한 지레짐작으로 언어를 구사하게 된다. 이것이 의사 전달의 왜곡을 일으키는 원인이 되는데, 논술문에서 주제 관념에 대한 개념 정의를 중요시하는 이유가 이와 무관하지 않다. 논술문 작성은 주제 개념에 대해 명확히 '규정'한 후, 그 의미를 '정의'의 진술 방식으로 압축, 서술하는 것에서부터 출발한다.

다음 [사례1]의 필자 예시 답안의 밑줄 친 부분은 비판 대상이자 주제 개념인 '심신이원론'을 '정의'의 진술 방식으로 간략히 정리한 것이다. 이 정의된 내용을 (가), (나), (다)의 관점에서 '비판하라'는 것이 논제의 물음이다.

[사례1] 제시문 [가]~[라]를 **근거**로 하여, [마]를 **비판**하라. (서강대 2015 인문1 수시 문제1)

(마)는 **'심신이원론'**의 관점을 따른다. <u>인간은 정신과 육체로 분리된 세계를 살아가며, 둘은 존재 방식이나 인지 방법에서 차이 날뿐만 아니라 서로 상호 작용하지 않고 각기 독립적으로 활동한다고 말하면서 활동한다. (마)는 존재하는 모든 것들은 서로 독립된 이질적인 두 개의 근본 원리로 구성되어 있다는 이원론적 사고방식을 취한다.</u> (이하 중략)

설명문의 경우, 글 내용을 전개하는 대표적인 작법의 하나인 '정의'의 진술 방식만으로는 설명하기 애매하거나 설명이 부족한 경우에는 다른 진술 방식을 사용하여 정의를 확장할 수 있다. 이를 '확장된 정의'라고 하는데, 예시와 인용의 방법, 비교와 대조의 방법, 분류와 구분의 방법, 분석과 종합의 방법 등을 사용하여 정의(定義)를 확장할 수 있다.

다음 [사례2]의 필자 예시 답안은 문제의 물음(ⓐ에 해당하는 부분)과 관련하여, 주제 개념인 '공정으로서의 정의(正義)'를 실현하기 위한 핵심 쟁점 두 가지에 대해, 이를 '분석과 종합'의 진술 방식을 사용하여 개념적 정의를 확장하며 글 내용을 기술한 것이다.

[사례2] ⓐ제시문 [가]에서 다루는 문제와 관련한 **두 논점을 [나]~[바]에서 찾아 정리하고,** ⓑ이를 논거로 **활용**하여 국가가 [가]의 문제를 해결할 때의 <u>어려움을 **논의**한 다음,</u> ⓒ그 난관을 어떻게 극복할 수 있을지에 대한 <u>자신의 **견해를 논술**하라.</u> (서강대 2016 인문 모의 문제1)

(가)는 **'분배 정의를 통한 사회 정의 실현'**이라는 국가의 책무를 강조한다. 자본주의 경제 체제가 발달할수록 빈부 격차는 심화되고 사회적 약자가 소외되는 등 많은 사회 문제가 발생한다. 따라서 이를 해결하기 위해서는 국가가 나서 복지 제도를 적극 확대해 나감으로써, **'공정'으로서의 정의**를 실현해야 한다고 주장한다.
이러한 문제를 해결하기 위해서는 다음 두 가지가 쟁점이 된다. 즉 '어떤 식으로 부를 분배할 것인가'하는 **분배에 대한 공정한 기준 설정**과 '어떻게 구성원들로부터 사회적 합의를 이끌어낼 것인가,' 즉 **개인의 자유와 평등의 조화,** 효율성과 형평성 간의 균형을 통해 구성원 전체의 만족을 여하히 끌어낼 수 있을 것인가의 문제가 따른다… ⓐ (이하 중략)

대입논술에서 문제 안에 자주 전제되는 다음과 같은 다양한 조건들이 곧 '확장된 정의'에 대한 물음이라 할 수 있다. 논술 출제자인 대학은 확장된 정의를 통해 제시문 독해와 요약 능력을 검증함으로써 논제 및 지문 **이해의 충실성(이해력)과 표현의 정확성(표현력)이라는** 논술의 중요한 평가 요인을 논술자인 학생들로부터 확인하려 든다.

- 특정 제시문의 관점에서…
- 제시문들을 종합하여…
- 제시문에서 논거를 찾아…
- 주어진 자료를 활용하여…

논술문에서 여기까지가 바로 **다양한 설명의 진술 방식으로 구현된 설명적 글쓰기 부분으로, 제시문의 정확한 독해와 정제된 요약**이 관건이 된다. 대입논술은 발문(發問)에서 주제어(주제 개념)를 직접 드러내 놓거나, 또는 주어진 제시문 안에서 찾아 밝힐 것을 요구하고 있기에, 이를 적절한 용어로 서술하는 것은 그리 어렵지 않다.

하지만 알고 있어야 할 것은 다음과 같다. 뒤에 자세히 설명하겠지만, 지문을 읽어 **하위 주제어(쟁점·관점을 담은 세부 주제어)를 찾아 밝히는 것은 그리 간단치 않다는** 사실이다. 실제 이것들을 찾아 밝히는 것이 논술 문제 풀이에 있어서의 첫 번째 해결 과제이자 관건임을 생각할 때, 교과 과목에 실린 핵심 주제어·개념어는 물론이고 하위의 주요 개념어(논제의 관점·쟁점·논점을 담은 개념어)까지 빠짐없이 숙지하고 있어야 함의 중요성은 아무리 강조해도 지나치지 않다.

따라서 한편의 좋은 논술문을 쓰기 위해서는 먼저 **주제부터 분명히 설정(파악)하고**, 이어서 **그 주제가 제시하는 핵심 쟁점을 체계적으로 정리한** 후, 이것들이 글(답안)에 명확히 드러나도록 서술해야 한다. 논의할 쟁점(논점, 관점)의 명확한 설정은 바로 논술문의 논리적 진술 구조(논증)를 구체화하는 데 있어서의 일종의 출입문과도 같기 때문이다.

우리나라 대입논술의 가장 큰 특징의 하나가 이것인데, 여기에는 분명한 이유가 있다. 바로 출제 및 채점 편의를 위한 때문이다. 논술 주제 개념은 일반적으로 추상적·관념적 사고를 담은 탓에 이를 개념적으로 좀 더 명확히 서술할 수 있도록 조처해야만 답안은 논리로써 구체화되고 강한 논증으로 구현될 수 있다. 즉 주제 개념에 종속된 하위 개념어를 논의의 핵심 쟁점(관점)으로 하여 이를 논제에 설정해 놓는 한편, 수험생들이 **이를 적절한 언어로 개념화하여 서술할 수** 있도록 한 것이 현행 대입논술의 가장 큰 특징이자 논술자인 학생들이 해결해야 할 중점 과제이다.

예를 들어 '인간행동의 도덕적 판단'을 주제로 하여 한편의 논술문을 작성할 경우, 이를테면 그 주제 개념을 담은 하위 개념어(철학이론)인 '의무론적 윤리설과 목적론적 윤리설'의 관점에서 논증을 펼쳐야 주제 개념은 보다 뚜렷이 부각되고 강한 논증이 펼쳐질 수 있다. 만약 그렇지 않고 그저 지레짐작으로 논리를 전개해나갈 경우, 논리는 물론 내용면에서 그만큼 허결함을 드러내게 된다.

비판적 글쓰기(논증 글쓰기)
– 이를 '어떻게' 해결할 것인가에 대한 논증글의 기술

그렇게 해서 논술 주제가 밝혀지고 관점·쟁점이 파악되었다면, 다음으로 해야 할 일은 **논제의 요구와 지시를 따라 논증을 어떻게 효과적으로 구성하고, 글(답안)을 여하히 논리적·체계적으로 서술해 나갈 것인가를 살피는** 작업이다. 논제는 '논증에 의하여 그 진리와 진위를 밝혀야 할 명제(주제 개념과 논점을 담은 사실적 판단의 진술)를 명료하게 구분하고 규정하는 진술문'을 말하는데, 이때 문제 안에 다음과 같은 다양한 논증 지시어(논제 서술 과제의 진술 방식)가 주어진다.

- 요약하라(이것만, '설명글'을 기술하라는 발문 지시어다)
- 설명하라
- 비교하라
- 비판하라
- 평가하라
- 견해를 제시하라

이러한 논증 지시어는 '분석적 이해-비판적 평가-창의적 적용'이라는 일련의 논증 평가 항목에 대한 해결 과제를 묻는 것이라 할 수 있다. 이를 편의상 **'논제 서술 과제의 진술 방식'**이라고 규정하자. 일선 논술학원에서는 이를 두고 '논제 유형'이라고들 말하는데, 이는 적절치 않다. 논제 유형은 개념(예를 들어, 인간 본성의 근원 – 이기적인가 이타적인가), 사실(경제 민주화 – 시장 경제에 긍정적인가 부정적인가), 가치(윤리적 가치 판단 – 동기주의를 따를 것인가 결과주의를 따를 것인가), 정책(복지 문제 – 보편복지냐 선별복지냐) 가운데 어느 한 차원을 주제로 하여 묻는 질문 형식으로써의 그 '무엇'에 해당하는 영역이지, 이를 '어떻게' 해결할 것인가에 대한 구체적인 대답과 관련한 서술 부분은 아니기 때문이다.

논증은 어떤 주제나 쟁점에 관한 주장을 제시하고 근거를 통해 그러한 주장이 옳음을 증명하는 설명의 진술 방식 가운데 하나다. 논증은 **주장(결론)과 근거(전제), 그리고 그 주장이 옳음을 증명하는 과정(추론)'으로** 구분된다. 따라서 논증은 '주장과 근거가 포함되어 있는 문장의 집합'으로 정의할 수 있으며, 논증 글쓰기는 논증 형식에 맞게 '주장-근거'를 추론하는 진술 방식이라 할 수 있다. 논술문에서 **주장은 '논지'라고 하며, 근거는 '논거'라고** 한다. 그리고 결론과 전제를 이어주는 무형의 요소가 '논리'이며, 그 증명 과정, 즉 **전제에서 결론을 도출하는 사고 과정을 '추론'이라** 한다.

추론은 넓은 의미에서 '결론을 뒷받침하는 방법 및 유형', '결론과 전제를 이어주는 사고', '논리적 사고'를 포함하며, **어느 것이든 논증을 강화하는 요소로** 작용한다. 즉, 추론은 논증 강화를 위한 논리의 재구성 과정이자, 문제 해결 능력으로서의 논리적 사고력이라고 보면 된다. 논증 강화를 위해 확보된 논거를 토대로 자신의 주장과 그 근거를 제시하는 추론 방법에는 연역적 추론과 귀납적 추론이 있는데, 논술에서는 주장부터 먼저 밝히는 연역적 추론을 사용하여 글을 쓰는 것이 일반적이다. 논증은 논술에서 아주 중요하기에 따로 자세히 설명한다.

여기까지가 이해됐다면, 논술문(대입논술 답안)은 특정 '주제'에 대한 개념적 설명과 그 주제가 묻는 핵심 '쟁점(관점)'에 대한 적절성 여부를 출제자가 지정한 진술 방식에 맞게, 그리고 타당한 근거를 들어가며 논증하는 일련의 글 묶음으로 구성됨을 알 수 있을 것이다. 이는 문제와 제시문 간의 연관관계 속에서 규정되는데, 이것을 논의에 맞게 체계적으로 정리한 진술이 곧 '논제'이다.

대입논술 문제에서 제시하는 논제는 **'전제 조건(주제 개념을 따라)+분류·비교·분석(관점·쟁점을 파악한 후)+논증(논증 지시어에 맞게 논제 서술 과제를 진술하라)'**이라는 물음 형식을 갖는데, 그렇게 해서 대입논술은 어느 정도는 글쓰기의 방향성을 드러내게 된다. 이는 논술 채점의 편의성과 평가의 공정성을 기하려는 대학의 의도에서 비롯된 것으로, **발문의 물음을 논제의 요구에 맞게 해석하여 논술 답안을 작성하기 편하게끔 재구성하는 과정을 '논제 분석'이라고** 한다.

이를 다음 사례를 통해 확인할 수 있을 것이다. [사례3]은 '건국대 2017 인문 모의' 문제와 필자 예시 답안으로, ⓐ의 부분이 설명의 다양한 진술 방식을 사용하여 작성한 글이며, ⓑ의 부분이 논제 서술 과제의 진술 방식(즉, 논증 지시어)으로 작성한 글이다. 그렇게 해서 논술 답안에는 '주제(상대주의)-관점(주관·보편·절대 vs. 객관·특수·상대)-논증(해석하고, 설명하라)'라는 논제의 요구가 빠짐없이, 체계적으로 서술되어야 한다.

[사례3] ⓐ[가]와 [나]의 논지를 **바탕으로** ⓑ[다]에 나타난 <u>사회 현상에 대해 **논술하시오.**</u> (건국대 2017 인문 모의 문제1)

(가), (나)는 **인식의 상대성**을 강조한다. (가)의 공정 무역이 공정하지 않고 '착한 초콜릿'이 결코 착하지 않듯이, 어떤 사회 현상에 대한 판단은 상대주의 관점에서 모든 가능성이 열려있어야 한다. 또한 (나)처럼 사물을 고착된 그 무엇으로 보지 않고 보다 큰 관점에서 파악해야 하며, 이를 위해서는 극단적인 사고에서 벗어나 철저히 현실적인 기반 위에서 상호 관계를 따져 살펴야 한다… ⓐ ['예시'와 '정의'의 진술 방식을 사용하여 작성한 설명글]

(다)의 〈표1, 2〉는 가격 경쟁력의 비교 우위에도 불구하고 전통 시장이 해마다 대형 마트에 시장을 잠식당하는 역설적인 상황을 보여준다. (가), (나)의 상대주의 관점에 따를 경우, (다)에 나타난 사회 현상은 다음 두 가지 측면에서 설명될 수 있다. 먼저 이는 (가)처럼 경쟁이 밖으로 드러나는 것과는 달리 공정하지 않으며, 대형 마트의 상술이 약자인 전통 시장의 몫을 착취한 결과로 볼 수 있다. 특히 〈표2〉에서 알 수 있듯이, 대형 마트의 제품 가격이 전통 시장의 그것보다 높음에도 불구하고 대형 마트가 다양한 광고 및 판촉 기법을 동원해 소비자를 현혹시킨 결과로 볼 수 있다. 다른 한편으로는 (나)처럼 규모의 경제를 통한 유통 합리화의 결과라는 큰 틀에서 생각할 수 있다. 즉 대형 마트가 소비자에게 보다 신선하고 다양한 제품을 대량으로 유통하고 반품 및 교환 등 서비스를 강화함으로써 고객 편리성을 높인 결과, 고객들이 자발적으로 대형 마트를 선택한 결과로도 볼 수 있다… ⓑ ['설명하라'는 논증 지시어에 맞게 작성한 논증글]

정리하면, 논술은 **설명하고 논증하는**(즉, 설명할 부분은 설명하고, 논증할 부분은 논증하는) 글쓰기다. 논술은 '무엇'에 대해 이를 '어떻게' 해결할 것인가를 논리적으로 서술한 글 묶음으로, 그 '무엇'에 해당하는 부분이 바로 대입논술에서 문제 안에 주어지는 **'전제되는 조건'으로서의 주제와 관점에 대한 '확장된 정의'를 설명하는** 글이며, '어떻게'에 해당하는 부분이 **논제 서술 과제의 구체적 진술로써의 논증** 글이다.

즉 제시문을 읽고 논제의 물음을 따라 있는 그대로의 사실을 기술하고, 그 사실의 의미나 원인을 설명하고, 그것에 대한 자기주장을 논리적으로 증명하는 글이 곧 논술로 논제(문제의 요구 조건과 논제 서술 과제의 진술 방식)에 맞추어 순차적으로 서술하면 그것으로 한편의 체계적이고 완결적인 논술문이 완성된다. 이때, 한편의 좋은 논술문을 쓰기 위해서는 다른 무엇보다 논증이 강하고, 타당하고, 건전하며, 설득력이 있어야 하는데, 그 구체적인 구현 방법이 바로 **설명과 논증의**

진술 방식이다. 이때 설명글로 대표되는 '개념 정의'는 한두 문장으로 이루어지는 것이 일반적이지만, 논증은 글 전체를 관통하여 이루어진다는 점에서 그 성격이 다소 차이를 보인다.

이렇게 해서 [사례3] 문제의 설명을 정리한 것이 아래의 표로, 논술 문제 풀이는 **'출제 의도 파악=문제 분석=논제 분석'의 등가 관계로 구조화됨을** 이해할 수 있을 것이다. 참고로 말과 글을 풀어 나가는 것을 '기술', '서술', '진술'이라고 하는데, 이 셋은 같은 의미로 쓰인다고 받아들이면 된다.

	조건	비교	논증
문제의 물음	(가), (나)의 논지를 바탕으로	[제시문들을 분류·분석·비교한 후]	(다)에 나타난 사회 현상에 대해 논술하라
논제의 요구	…의 조건하에	제시문을 분류·분석·비교하여	…의 진술방식을 사용하여 논증하라
출제 의도	'무엇'에 대해	논제의 요구에 맞게	이를 '어떻게' 해결하라
글쓰기 방법	설명글(설명의 진술 방식으로 작성)		논증글(논제 서술 과제의 진술 방식으로 서술)

논술 제시문의 재진술
– 설명하고, 논증하라

논술로 출제되는 글감, 다시 말해 제시문은 어떤 글일까? 논술에서 제시문으로 나오는 글들은 보통 인문, 사회 및 자연을 포함하여 고전에서부터 현대문에 이르기까지 다양하다. 그렇기에 제시문은 설명, 논증, 묘사, 서사라는 다양한 문장 기술 방법을 사용하여 글의 내용을 풍부하게 만들뿐 아니라, 글의 형식 또한 저마다의 특징을 갖는다.

그렇기에 알고 있어야 할 것은 이것이다. 논술 제시문은 여러 장르에서 발췌·출전한 것이기에 문장의 기술 방법 또한 저마다 다를 수밖에 없다. 글의 기술 방법이 다르다는 것은 곧 **개별 지문의 표현 방식이 다르다**는 것이고, 이는 **글에 담긴 핵심어 또는 핵심 정보가 제시문별로 저마다 달리 표현된다는** 의미다.

이를 반영하듯, 숙명여대는 논술가이드에서 제시문에 대해 이르기를 "논술에서 제시문들을 출전하는 것은 저자의 사상을 보여주기 위한 것이 아니라, 논술자인 학생들의 읽기 능력을 평가하기 위한 때문이다"라고 설명한다. 이를 통해 알 수 있듯이, 논술 문제 풀이의 관건은 제시문을 얼마만큼 분석적이고 비판적으로 읽어낼 수 있는가에 달렸다. 더불어 글을 읽어 **제시문에 담긴 핵심 내용을 한두 문장으로 압축하여 요약할 수** 있는가, **파악된 내용의 요점을 자신의 관점에서 얼마만큼 효과적으로 재구성하여 진술할 수** 있는가가 논술 공부에서 중요한 포인트임을 알 수 있다.

따라서 학생들은 논술을 공부할 때 항상 질문을 던지면서 제시문을 읽는 훈련을 할 필요가 있다. 예를 들어 '왜' 이런 논의가 필요한지, 주장은 타당한지, 그 주장은 주어진 상황과 관련하여 어떤 의미를 지니는지 등에 대해 질문을 던지면서 읽어야 한다. 이러한 습관은 글을 비판적으로 읽을 수 있는 능력을 향상시킨다고 논술을 출제하는 대학들은 강조한다.

여기까지의 설명이 이해됐다면, 저마다 문장 기술 방식을 달리하는 제시문들을 읽을 때 학생들은 무엇을 추가적으로 공부해야 하는지를 깨달을 수 있을 것이다. 그것은 **글의 핵심 내용을 담은 '설명'글로 요약하는** 글쓰기 연습이다. 제시문을 문제의 요구에 맞게 읽어내는 능력은 글의 요약을 통해 검증되며, 그 핵심 내용은 누구도 부정할 수 없을 정도로 **객관적인 사실을 담은 설명글로** 기술된다. 그리고 이를 토대로 논제의 요구에 맞추어 **설명을 요구하는 부분은 설명글**(아래 사례의 경우에는 제시문에서 대조 관계에 놓이는 핵심 정보를 추출하고 핵심 정보들을 연결하는 글 읽기가 선행되어야 한다)로, **논증을 요구하는 부분은 논증 형식에 맞는 글**(아래 사례의 경우에는 제시문에 담긴 핵심 쟁점에 대한 자기 견해와 그 타당한 근거 제시 능력이 중요하다)로 서술하는 것이 논술 문제 풀이의 핵심이자, 논술 답안 작성의 포인트다.

이를 아래의 [사례4]의 필자가 작성한 제시문 요약글과 예시 답안를 갖고 설명하면 다음과 같다. 제시문(가), (나), (다)는 설명글을 중심으로 기술한 사상서와 교과서의 일부를 발췌한 지문이다. 이와 달리 제시문(라)는 유명 소설 내용의 일부로서, 묘사글을 중심으로 기술한 지문이다. (가), (나), (다)는 글의 핵심 내용을 요약하기란 그리 어렵지 않지만 (라)는 등장인물을 중심으로

한 갈등 상황을 세밀히 묘사한 것이기에 그 중심 생각을 설명글로 요약하기란 결코 쉽지 않다. (라)의 내용을 요약하여 설명글로 기술한 것을 '묘사적 설명'이라고 한다.

[사례4] ⓐ[다]의 **두 입장**을 [가]와 [나]의 관점에서 **대비**하고, ⓑ이를 바탕으로 [라]의 **쟁점**에 대한 <u>자신의 견해를 논술하라</u>. (서강대 2015 인문 모의 문제1)

[가]

모든 종의 경우 필시 수많은 저해 요인이 작용하여 그 종의 평균 개체 수, 심지어는 생존 자체까지도 결정한다. 어지럽게 자라나는 수풀을 보고 있노라면, 그 식물들의 상대적인 수와 종류가 우연히 그렇게 되었다고 생각하고 싶은 마음이 절로 든다. 이 얼마나 어리석은 생각인가! 미국에서 어떤 지역의 숲을 벌채하고 나니 그 자리에 전혀 다른 식물들이 돋아났다는 이야기를 누구나 들어봤을 것이다. 반면 과거 미국 남부에 있는 고대 인디언 지역의 나무를 모두 베어버렸는데, 이후 같은 자리에 같은 나무가 자라나 해당 지역의 수림은 그 주위의 처녀림과 똑같은 종이 자라나고 있음을 보여주고 있다. 이를 종합해 볼 때, 해마다 수천 개의 씨앗을 뿌리는 온갖 종류의 수목들 사이에 얼마나 치열한 **경쟁**이 벌어지고 있었는지를 알 수 있다.

생존 경쟁은 같은 종의 개체들 사이에서 가장 심할 것이다. 그들은 같은 먹이를 필요로 하며 똑같은 위험에 노출되기 때문이다. 같은 종의 변종도 경쟁은 똑같이 심할 것이다. 좀 더 정확히 말하면, 같은 속(屬)의 종들은 보통 습성과 체질, 구조 모두 거의 비슷한 까닭에, 그들끼리 서로 경쟁이 붙게 될 때에는 항상 다른 속(屬)의 종과 벌이는 경쟁보다 일반적으로 더 심각하다.

–찰스 다윈, 『종의 기원』

(가)의 관점 요약:
같은 종의 개체들 사이에서 생존 경쟁이 가장 심하게 일어나는 이유는 습성, 체질, 구조의 동질성 때문으로, 결국 치열한 생존 경쟁에서 이긴 종만이 살아남게 된다… **'경쟁'**을 강조

[나]

동물 세계나 인간 사회에서 **협동**이 무척 자주 일어난다는 것을 종종 관찰할 수 있다. 이기적 개체들이 서로 협동을 하는 것은 호혜성 때문이다. 동물이 호의를 베풀면 그 호의를 입은 상대는 나중에 그에게 보답함으로써 양쪽 모두에게 이익이 된다. 두 개체 간에 상호 작용하는 횟수가 누적될수록 협동의 확률은 더욱 높아

진다.

코스타리카 흡혈박쥐는 낮에 고목에 매달려 있다가 밤이 되면 짐승을 찾아가 몰래 살갗에 작은 상처를 내고 조용히 피를 빨아먹는다. 그러나 마땅한 대상을 찾지 못할 경우에는 자주 배를 곯곤 한다. 박쥐는 60시간 동안 피를 먹지 못하면 아사 위기에 처하는데, 다행히 그들은 하루 필요량 이상의 피를 빨아두었다가 잉여분은 다시 토해내서 다른 박쥐에게 줄 수가 있다. 이들 박쥐는 같은 장소에 여러 마리가 함께 서식하여 주고받음을 반복한다. 과거에 피를 제공한 박쥐는 그 상대로부터 피를 보답 받는다. 남은 피를 주지 않은 박쥐는 다음에 피를 얻지 못한다. 박쥐들은 이 규칙을 성실하게 준수하고 있는 것으로 보인다.

–매트 리들리, 『이타적 유전자』

(나)의 관점 요약:

이기적 개체들이 서로 협동하는 것은 상대로부터의 보답을 기대하기 때문으로, 호혜성에 기반한 협동은 장기적으로 양쪽 모두에게 상생을 가져다준다… **'협력'**을 강조

[다]

기업 활동의 가장 중요한 목적은 <u>**이윤 극대화**</u>이다. 우선 개개인이 사회 이익이 아니라 자기 이익을 추구할 때 공공의 편익이나 사회적 부를 극대화할 수 있다고 말하는 견해가 있다. 이윤 극대화 추구를 기업의 주된 목적으로 볼 경우, 합법적인 기업의 이윤 추구 활동 자체가 개인의 삶에 필요한 재화와 서비스, 그리고 일자리를 제공하며, 더 나아가 사회 전체의 부를 증진할 것으로 기대한다. 기업이 사회적 책임을 간과하고 이윤 극대화만 추구할 경우 장기적으로 보면 비효율적이라는 견해도 있다. 기업이 <u>**사회적 책임**</u>을 이행할 때 소비자의 신뢰를 얻을 수 있고 이를 통해 기업의 장기적 이익과 효율성에 기여할 수 있다는 것이다.

–『고등학교 생활과 윤리』 교과서

(다)의 두 입장 요약:

- 기업의 영리 추구는 기업뿐만 아니라 개인 및 사회 전체의 부를 증진시킨다… **기업의 이윤 추구**를 강조
- 기업이 사회적 책임을 간과하고 이윤만 추구할 경우 장기적으로 비효율을 초래할 수 있다… **기업의 사회적 책임**을 강조

[라]

사용자 2: "임금은 지난 2월에 이미 인상 조정이 되었고, 그 조정에 따라 지급하고 있어요. 상여금도 작년 연
말에 지급했어요."

근로자 1: "일방적인 인상이었습니다. 지급된 상여금도 상여금이라는 이름을 붙일 수 없을 정도였어요. 한 달
잔업 수당 정도였습니다."

사용자 2: "여러분은 연장 근로 수당을 다 받죠? 본사 사람들을 가 봐요. 밤 아홉 시, 열 시까지 연장 근무를
하면서도 말 한 마디 안 해요."

근로자 1: "그들은 배운 사람들입니다. 비교할 수가 없어요. 저희들은 배운 사람들에게 아무 기대도 걸지 않
아요. 그들은 또 연 육백 퍼센트의 상여금을 받습니다. 마땅히 받아야 할 연장 근로 수당을 못 받
는 것도 그들이 잘못하는 일예요. 그들이 잘못하는 것을 저희들에게 말씀하실 필요는 없습니다."

사용자 5: "안 되겠군."

사용자 1: "지부장은 사용자와 근로자의 이해관계가 아주 상반되는 거로 믿고 있죠?"

근로자 1: "지금, 은강에선 그래요."

사용자 1: "잘못 알고 있어요. <u>사업이 잘되면 이익을 보는 것은 여러 근로자들이어요.</u>"

근로자 1: "<u>근로자들만의 이익 이어서는 안 됩니다. 노사 간의 이익 이어야 합니다.</u> 이것이 저희들의 이상예
요. 지금은 너무 불공평합니다. 공평해야 산업 평화가 이루어집니다."

[……]

사용자 5: "왜 쟤로 하여금 산업 평화 운운하게 놔둬야 되는지 알 수가 없습니다."

사용자 3: "앉으세요."

사용자 1: "다시 말하지만 여러분이 잘못 알고 있어요. 회사가 이익을 올리면 그 이익 전체를 몇 사람이 나누
어 갖는 줄 아는데 아주 위험한 생각이어요. <u>기업 이윤은 사회로 환원되고, 종업원 봉금으로 지급
되고, 주주 배당금으로 나가고, 기업 자체 축적금으로 공정하게 배분되는 겁니다.</u>"

근로자 1: "그런 말씀을 하실 줄 알았습니다."

사용자 1: "준비한 말이 있으면 해 봐요."

근로자 1: "<u>종업원에게 정당한 임금을 지급하지 않고 올린 수치스러운 이윤을 어느 사회에 어떻게 환원합니
까?</u> 그 이윤을 또 어떤 주주들에게 나누어 주고, 그 끔찍한 이윤을 축적해 또 뭘 하려는 거죠? 그
런 기업은 더 이상 자라면 안 된다는 생각을 저희들은 하고 있습니다. 정확히 말하면 근로자에게
인간다운 생활을 할 수 없는 임금을 지급하고 기계를 돌린 이상 그것은 이윤이 아닙니다. 다른 말

로 불러져야 돼요. 얼마 전에 우리 회장님께서 불우한 사람들을 위해 해마다 이십억 원을 내놓으시겠다고 하신 기사를 신문에서 읽었습니다. 신문 기자들 앞에서 웃고 계신 회장님 사진도 보았습니다. 부공장장님 말씀대로 공정했다면 있을 수 없는 일입니다. 여러 공장의 근로자들에게 먹고, 자고, 일만 하다 해고 통지를 받으면 나가라고 일방적인 희생을 요구한 기업이 새삼스럽게 사회에 뭘 내놓겠다는 것은 기만입니다. 국민의 지탄을 피하려는 속임수에 불과해요. 저희들은 회장님이 설립하신 사회 복지 재단의 이사 명단도 구해 보았습니다. 그분들에게 기대를 걸어보고 싶었습니다. 그 기대도 깨져 버렸습니다."

-조세희, 「난장이가 쏘아올린 작은 공」

(라)의 쟁점 요약:

(라)는 임금을 놓고 사용자와 근로자 간에 벌어지는 상반된 이해관계와 그에 따른 갈등 상황을 보여준다. 사용자는 회사의 이익이 곧 종업원의 이익이라고 말하면서 기업의 이윤 추구가 우선되어야 한다고 주장한다. 반면, 근로자는 회사의 이익은 노사 간의 이익이기에 기업 이윤만 추구하는 사용자가 종업원에게 정당한 임금을 지급하지 않고 기업 이윤의 사회 환원을 들먹이는 것은 자기기만이자 속임수에 불과하다고 주장한다… **[묘사적 설명]**

[필자 예시 답안]

(다)에 따르면, 기업 활동의 주된 목적은 경쟁을 통한 이윤 극대화와 협력을 통한 사회적 책임의 이행으로 구분된다. (다)의 두 입장은 (가), (나)의 관점에서 볼 때 다음과 같이 평가될 수 있다. 먼저 기업의 '이윤 극대화'를 지지하는 입장은 (가)의 관점에서 볼 때 타당하다. 같은 종의 개체들 사이에서 치열하게 일어나고 있는 생존 경쟁에서 결국 이긴 종만이 살아남게 되듯이, 기업은 이윤 극대화를 통해 충분한 경쟁력부터 확보해야 기업뿐만 아니라 개인 및 사회 전체의 부를 증진시킬 수 있다. 한편 기업의 '사회적 책임'을 옹호하는 입장은 (나)의 관점을 지지한다. 이기적 개체들이 호혜성에 기반하여 서로 협동하는 것이 장기적으로 양쪽 모두에게 상생을 가져다주는 것처럼, 기업이 사회적 책임을 이행할 때 소비자의 신뢰를 얻고 이를 통해 기업의 장기적 이익과 효율성에 기여할 수 있다… ⓐ … **[설명글]**

(라)는 임금을 놓고 사용자와 근로자 간에 벌어지는 상반된 이해관계와 그에 따른 갈등 상황을 보여준다. 사용자는 회사의 이익이 곧 종업원의 이익이라고 말하면서 기업의 이윤추구가 우선되어야 한다고 주장한다. 하지만 근로자들은 이에 대항하여, 회사의 이익은 노사 간 공동의 이익이며, 따라서 기업 이익의 사회 환원

을 들먹이기에 앞서 불공평한 임금 구조부터 시정되어야 한다고 주장한다. 종업원들의 이러한 주장은 구성원들이 호혜성에 근거하여 서로 협동할 때 장기적으로 양쪽 모두에게 상생을 가져다준다는 (나)의 관점에서 볼 때 타당하다. 더군다나 (가)에서 말했듯이, 약육강식이 지배하는 경쟁 시장에서 살아남으려면 일의 효율성을 높이고 노사 관계를 안정시키는 등으로 기업의 체질을 강화해야만 하는데, 이는 사용자가 근로자의 이익을 우선하여 힘쓸 때 가능하다. 결국 기업 이익의 사회 환원은 사용자가 종업원에게 정당한 임금을 지급하는 것에서부터 출발하며, 이를 통해 기업이 사회적 책임을 다할 때 기업은 지속적으로 성장하고 개인 및 사회 전체의 부는 증가하게 된다… ⓑ … **[논증글]**

05

글의 내용과 형식

　논술 답안 작성 능력, 특히 논증 글쓰기 실력은 텍스트(제시문)를 분석적·비판적으로 읽는 연습과 텍스트(논술 답안)를 논리적·체계적으로 작성하는 훈련 과정이 함께 이루어져야 향상된다. 이때 텍스트를 작성할 때 중요한 것은 **문장과 문장 간의 논리적인 연결을 통해** 논지의 일관성과 통일성을 유지하고, **글(단락)과 글(단락)의 체계적인 배열**로 논제의 요구를 합리적으로 해결하려는 노력이다.

　좋은 논증글(논술 답안)이란 신뢰할 만한 전제와 그것으로부터 귀결되는 주장들의 관계가 정합적이며, 글 전체가 체계적이고 자기 완결적인 그런 글이다. 논증글은 글 내용은 물론이고 글의 형식 또한 무척 중요하다. 특히 논술 답안은 논증을 구성하는 방법(추론 방식)을 준수하면서 서술해야 한다. 왜냐하면 논증에는 일정한 규칙과 절차가 있기 때문으로 이를 지키지 않으면 그 논증은 불완전하거나 잘못되어 타당성을 얻지 못한다.

　그렇기에 논증에는 '논리학적으로 증명한다'는 의미와도 연결된다. 이때 말하는 논술문은 특정한 종류의 이론과 원리를 분석하고 명제화한 후 이것들을 계획적·체계적으로 배열하는 학문인 논리학의 방식으로 쓴 글이라는 의미이다. 강조하려는 것은 논증글은 글의 내용뿐 아니라 형식 또한 무척 중요하다는 것이다.

논증 글쓰기에서 글의 체계와 논리 구조를 따지는 이유가 이 때문이다. **글의 체계 및 단락 구성은 글과 글, 문장과 문장 간의 논리적인 연관관계와** 긴밀히 관계되고, 이는 **머릿속 생각을 체계화·조직화하는데서** 비롯된다. 글을 어떻게 체계적으로 구성할 것인가의 문제는 논제를 향해 논증할 내용을 어떻게 논리적으로 배열할 것인가의 문제와 직접 연결되어 있다. 만약 글의 형식, 다시 말해 글의 체계와 구성이 깨진 경우, 논증을 이루는 글은 뒤죽박죽 두서없이 연결되면서 글의 논리적인 흐름을 깨뜨리고 만다.

이를 다음 [사례5]를 통해 확인할 수 있을 것이다. ①은 〈고려대 2015 인문 모의〉 문제와 관련하여 '기술 발전과 사회 발전과의 관계'를 주제로 한 학생이 작성한 논증글의 일부이다. 이를 읽고 확인할 수 있듯이, 글이 두서없이 배열된 탓에 논리적인 흐름이 깨지고, 그렇게 해서 어느 것이 주장 글인지 가늠하기 어렵게 만들었다. 필자가 글의 배열을 바로 잡은 것이 ②로, 이것만으로도 글은 한결 이해하기 쉬워진다. ③은 이를 토대로 글 내용의 일부에 살을 보태가며 논증을 강화한 것으로, 이를 통해 ②의 "기술은 사회적 기준에 부합해야 한다"를 주장 글로 채택하면 내용 면에서 모호해 진다는 사실을 알 수 있을 것이다. 엄밀히 말해, 이 문장은 논증의 근거(전제)가 되는 것이 더 적절하며, 따라서 ②에 덧붙여 근거로부터 주장으로 나아가는 정당한 이유를 확실하게 제시함으로써, 자신의 주장을 분명히 밝힘과 동시에 글의 논증 구조를 더욱 강화할 필요가 있다.

[사례5] 제시문 (1)과 (2)를 **활용**하여 사회 발전에 관해 **논술**하시오. (고려대 2015 인문 모의 문제1)

① 기술 발전이 항상 합리적으로 이루어지는 것은 아니다. 기술은 경제적 이익이 되거나 기득권의 요구, 혹은 사회적 가치관에 부합해야 사회적으로 수용된다. 기술은 사회적 기준에 부합해야 한다. 현재 상용화된 기술들이 지배계층이나 자본주의적 이해관계에 맞게 채택되어 보급된 것일 수도 있다. 기술 발전은 사회 발전에 기여할 수 있더라도 진정한 척도는 될 수 없다… **[학생 작성 답안의 일부]**

② 기술 발전이 항상 합리적으로 이루어지는 것은 아니다. 현재 상용화된 기술들이 지배계층이나 자본주의적 이해관계에 맞게 채택되어 보급된 것일 수도 있다. (때문에) 기술 발전은 사회 발전에 기여할 수 있더라도

논술 공부에서 학생들이 가장 힘들어하는 부분이 바로 논증과 관련한 것이다. 제시문을 읽고 무엇을 논의해야 할지 생각은 대충 정리되었는데, 그럼에도 그 정리된 생각을 어떻게 체계적으로 문장에 담아 표현해야 할지 모르겠다는 학생들이 많다. 논증 능력이 생각의 힘이자 사고력의 또 다른 표현임을 고려한다면, 좋은(잘된) 논증 구조로 글 내용을 구성하고 문장을 배열할 수 있도록 하는 것은 오로지 글을 쓰는 학생의 능력에 달렸다고 해도 과언은 아닐 것이다.

이런 이유로 많은 학생들은 논증을 구성할 내용을 특정 구조로 파악하거나, 어떤 유형화한 방식으로 글 내용을 꿰맞추려 든다. 하지만 틀에 박힌 구성 형식에 맞추어 글을 쓰는 것은 주어진 논제의 대답과는 동떨어진 글로 치닫거나, 내용면에서 부실한 글로 이어질뿐더러, 형식적으로도 글 내용이 뒤죽박죽 엉망이 되고 만다.

글의 구성, 특히 논증 구조는 어떤 구조화된 틀이라는 형식에 억지로 꿰맞추려고 들어서는 안 되며, 철저히 글의 논리적인 흐름을 따라야 한다. 구조화할 것은 머릿속 생각의 흐름 그 자체이지, 마치 모범 답안이 있는 듯이 특정 형식에 맞추어 유형화한 괄호 넣기 식의 대답이 결코 아니다. 머릿속 생각의 논리적인 흐름에 맞춰 글을 쓰다보면 글 내용은 물론이고 형식면에서의 글의 구성 및 배열은 일관되고 체계적인 방향으로 질서가 잡힌다. 중요한 것은 의식의 흐름을 따라 생각의 체계를 바로 세우는 것으로, 이는 "많이 읽고, 많이 쓰고, 많이 생각하는" 것밖에는 달리 방법이 없다.

그렇게 해서 글을 읽을 때에는 그 안에 담긴 **지식과 정보를 구조화·조직화하여 그 핵심을 체계**

적으로 생각할 수 있는 힘을 키우는 한편, 글을 쓸 때에는 **생각을 체계화한 후 이를 구조화·조직화하면서 글을 서술할 수 있는** 능력을 부단히 연마해야 한다. 그런 과정을 거치면서 글을 거듭 읽고 거듭 써나가다 보면, 글의 내용과 형식은 마치 동전의 양면과도 같다는 사실을 확인할 수 있을 것이다. 다시 말해, 글의 내용과 형식은 결코 분리될 수 없는 하나로, 둘은 머릿속 생각을 구조화하고 체계화하는 과정에서 함께, 동시에 향상된다.

다음은 내용과 형식을 아우르는 논술 답안 작성의 일반 원칙을 예시한 것으로, 이를 잘 숙지하는 것만으로도 얼마든지 잘 쓴 한편의 논술 답안을 완성할 수 있을 것이다. 따라서 그 방법적 요령을 잘 숙지할 필요가 있다(이에 대한 설명은 뒷장에서 계속된다). 명심할 것. 논술을 잘하려면 글(제시문) 안에 담긴 지식과 정보를 구조화·조직화하여 해석하는 능력과, 그 해석된 결과를 머릿속 생각으로 체계화하여 분석·정리하는 능력을 높이는데 힘을 쏟아야 한다. 이를 위해서는, 글에 대한 정확한 이해가 다른 무엇보다 중요하다. 글에 대한 이해 없이 "닥치고 글만 쓰는 바보가 되지 말라"는 이유가 여기 있다.

[논술 답안의 내용과 형식]

⑴**내용** 논제의 요구에 대한 대답을 발문의 물음을 따라 순차적으로 기술

⑵**형식** 설명(설명글)+논증(논증글)

①**설명**

핵심 내용(주제 및 관점) **요약:** '정의'의 진술 방식을 사용하되, 확장된 정의의 진술 방식을 병행하여 기술

②**논증**

ⓐ**논증 방법(추론 방식)**의 결정: 주로, 연역 추론 방식을 통해 논증할 내용을 체계적으로 기술

■ 논리 전개 방식1: **주장+근거**

■ 논리 전개 방식2: **주장+정당한 이유+근거**

■ 논리 전개 방식3: **주장+근거+정당한 이유+뒷받침 설명**

ⓑ**논증 구조의 유형화: 근거로부터 주장으로 나아가는 정당한 이유의 추론**

■ 일반화에 의한 논증: 인문사회 관련 지문

■ 원인–결과에 의한 논증: 자연과학 지문

■ 유추에 의한 논증: 문학 관련 지문

■ 권위에 의한 논증: 시사 및 정보 관련 지문

■ 표본에 의한 논증: 사례 및 자료 관련 지문

ⓒ**논제 서술 과제(논증 지시어)**의 해결: 예를 들어, **'비교하라'**는 논증 지시어의 경우,

■ 비교의 설명 방식 결정: 비교 대상별 기술 방식(일괄 비교) 또는 비교 기준별 기술 방식(항목 비교)

■ 비교의 속성에 맞게 기술: 정해진 기준 하에 **공통점과 차이점**을 구조화하여 글 내용을 기술

■ 비교의 기본 원칙을 따라 글 내용을 체계적으로 기술:

• 비교 대상별 개별 속성의 **범주가 공정**할 것

• 비교 대상별 개별 속성의 **층위가 동등**할 것

• 비교 대상별 개별 속성의 **배열이 일치**할 것

• 비교 대상별 개별 속성의 내용면에서의 **양적·질적 수준이 동일**할 것

PART

3

논술의 핵심을 구성하는 논증의 기술

01

논제
– 논증할 '거리'의 진술

대입논술은 뒤에 자세히 설명하겠지만, 출제의 방향성이 분명히 정해져 있다. 대입논술은 논술자인 학생들의 자유로운 생각을 묻는 게 아니다. 대입논술은 '무엇'에 대해 이를 '어떻게' 해결할 것인가에 대한 일련의 과제를 제시하고 그것에 맞게 답안을 작성하는 형태로 문제를 출제한다. 그 과제는 문제와 제시문에 다 들어 있다. 특히 **제시문을 통해 논술의 틀을 제한하고 글의 방향성을** 제시한다. 대입논술의 가장 큰 특징은 이것으로 대학이 논술 문제 풀이에서 '제시문의 연관 관계 파악'을 그토록 강조하는 이유가 바로 여기 있다.

문제와 제시문을 읽고 논술자인 학생들이 해결해야 하는 논술 과제는 '논제'의 형태로 환원된다. 논술자인 학생들은 문제를 읽고 그것이 묻는 바를 제시문과 견주어가며 살핀 후, 핵심 해결 과제를 '논제의 진술로 재구성'하는 과정을 거치면서 논술 답안을 작성해야 한다. 논술 문제 풀이의 시작은 **발문의 물음을 논제의 진술로 재구성하는 것에서부터** 출발한다. 따라서 먼저 '논제란 무엇인가'에 대해 살펴보는 것이 순서일 듯하다.

대입논술에서 논제는 '논의해야 하는 주된 중심 주제'라는 단순 정의로부터 그 외연이 확대된다. 대입논술에서 말하는 '논제(論題)'는 주어진 문제의 큰 주제의 틀 안에서 각각의 분항에 담긴 "무엇에 대해"에 해당하는 과제(공통 주제와 그 주제에 대한 논·쟁점으로서의 관점)와 이를 '어떻게 해결'할 것인가에 대한 서술(논제 서술 과제를 담은 논증 지시어)로 구성된다. 이때 '무엇'에 해당하는 부분이 바로 문제에서 다루어야 할 주제 개념을 담은 '논제'의 물음이고, '어떻게'에 해당하는 부분이 곧 '논증'을 구성하는 입증 자료에 대한 대답이라고 보면 된다.

따라서 논제는 논증을 통해 타당성을 밝혀야 할 **'명제'가 있다. 즉 논의해야 할 핵심 쟁점을 명료하게 규정하고 지시하는 판단의 진술이라** 할 수 있다. 다시 말해, 논제는 **논증을 통해 따져 밝혀야 할 핵심 과제를 담은 진술을 발문의 물음에 맞게 재구성한** 것이라고 보면 된다. 좀 더 쉽게 말한다면, 논제는 **발문의 물음을 재해석하여 논술 답안 작성에 편리하도록 재구성한 짧**

은 **진술문이라** 할 수 있다. 결국 논제의 물음에 답하려면, 설명할 내용('무엇'에 해당하는 부분)과 논증할 내용('어떻게 해결'할 것인가에 해당하는 부분)을 결합하여 글 내용을 기술해야 함을 알 수 있다.

여기까지의 설명을 바탕으로 다음 [사례1]의 문제를 예로 들어 보자. 사례의 문제에서 제시문 (바)는 서구 중심의 오리엔탈리즘적인 사고에 대해 설명하는 글이다. 또 제시문(다), (라), (마)는 각각 정치적, 사회·경제적, 문화적 측면에서의 세계화의 긍정적 혹은 부정적 측면을 서술한 내용의 글이다. 물론 이는 문제와 제시문, 제시문과 제시문 간의 연관관계를 살펴 밝혀낸 결과로, 이를 통해 대학에서 강조하는 '출제 의도'에 맞게 답안을 작성하라는 요구는 곧, 문제와 제시문을 읽고 논제를 찾아 밝힌 후 그것에 맞게 답안을 작성하라는 요구라는 사실을 이해할 수 있을 것이다.

[사례1] ⓐ제시문 [바]의 **관점을 바탕으로**, ⓑ제시문 [다], [라], [마]에 나타난 **상황을 평가하시오.** (경희대 2017 인문 모의 문제2, 제시문 생략)

따라서 'ⓐ의 관점을 바탕으로 ⓑ에 나타난 상황을 평가하라'는 발문의 물음을 답안 작성을 위해 논리적으로 재구성하면, '(바)의 서구 중심의 오리엔탈리즘적인 사고의 관점에서 (다), (라), (마)의 상황에서 드러나는 세계화의 긍정적·부정적 측면에 대해 각각 평가하라'는 문장으로 정리할 수 있겠다. 이것이 [사례1] 문제를 논술 답안 작성을 위해 재구성한 문장으로써의 '논제의 진술'이다.

논술 문제를 풀 때 가장 먼저 해야 할 중요한 과정은 **문제와 제시문을 읽고 논제의 물음을 명확히 하는** 것이다. 즉 **발문의 물음을 논제로 재구성하는** 작업을 통해 **'주제'를 찾아 밝히고,** 하위 주제로서의 논의의 대상과 판단의 기준이 되는 **'관점'들을 올바르게 설정하고,** 이어서 논제 서술 과제를 담은 **논증 지시어의 의미와 진술 범위를 명확히 규정하는** 일련의 판단 과정이 그것이다.

02

논증
– 이치에 맞게 주장하기

다음으로, '논증'의 의미에 대해 살펴보자. 대입논술에서 논제의 물음에 답하기 위해서는 글쓴이가 주장하는 내용이 올바르다는 것을 증명하는 과정, 즉 '입증'이 필요하다. 이때 **주장과 입증이 함께 이루어지는 것을 '논증(論證, 논리적 증명)'이라고** 한다.

즉 논증은 어떤 논제에 대한 자신의 주장 및 그 주장을 뒷받침하기 위한 근거나 증거를 제시하고, 이를 통해 그 주장의 타당성을 논리적으로 합리화하는 진술 방식(물론 논증은 설명의 진술 방식 가운데 하나이다)을 말한다. 따라서 논증은 논리적 이치를 따지기 위한 **'주장과 근거' 또는 '전제와 결론'으로 이루어진 일련의 글 묶음(문장)으로** 구성된다(따라서 논증은 전제와 결론으로 이루어진 명제들의 집합이라고 말할 수 있다).

예를 들어, 대입논술의 '비평하라'는 논제 서술 과제(논증 지시어)는 논증 글쓰기의 형태로 구현된다(그 점에 있어서는 '설명하라', '비교하라'는 논제 서술 과제 역시 마찬가지다). 즉 논증 과정을 따라 논리적으로 타당한 순서를 밟아가며 체계적으로 글을 서술해야 한다. 일반적으로 논증은 다음 요건을 충족해야 한다.

(가)논의해야 할 **쟁점**이 있어야 한다.
(나)쟁점을 **명제**로 드러내야 한다.
(다)명제는 **공정**하고 **명료**하여 선입견이나 편견이 있어서는 안 된다.
(라)명제는 둘 혹은 그 이상의 주장이나 판단을 가져서는 안 된다.

논증을 설명하기에 앞서 먼저 논술문에서 말하는 명제와 문장의 관계를 밝히면 다음과 같다. 논술문을 이루는 문장은 명제를 나타낸다. 이때 명제는 참 또는 거짓으로 구분되는 생각을 문장으로 기술한 것으로, 사물이나 사건에 관한 정보라는 성격뿐 아니라 참과 거짓을 가릴 수 있는 논증적인 특성도 함께 갖추고 있어야 한다. 이를 뒤집어 말하면, 문장은 명제의 언어적 표현으로 **'근거 제시'가 가능한 합리적이고 논리적이며 체계적인 글이 곧 논술문에서 말하는 문장이다.** 다시 말해, 대입논술에서 논제의 물음에 대한 대답은 논의의 핵심만을 간추려 기술되는 것이므로, 논술 답안으로 작성하는 문장은 논지와 논거, 주장과 근거, 결론과 전제라는 일련의 명제의 집합이라 하겠다. 굳이 이를 설명하는 이유는, 적어도 대입논술 답안을 작성하는데 있어서는 쓸데없는 군더더기 문장을 기술해서는 안 된다는 점을 강조하기 위해서다.

다시 본론으로 돌아와서, 논증 과정은 논제에서 논의해야 할 핵심 쟁점(뒤에 설명하겠지만, 이를 '논점'이라고 한다)을 담은 '명제'의 설정에서부터 시작하여, 그 명제를 합리적으로 '추론'하고 타당한 논거를 제시하는 방향으로 진행된다. 즉 논증은 **명제, 논거, 추론**을 통해 이루어진다. 이를 간략히 살피면 다음과 같다.

논증을 하려면 먼저 논증할 과제부터 설정해야 한다. 그 과제에는 어떤 '쟁점'이 담겨 있다. 따라서 논증을 하려면 논의할 쟁점부터 분명히 해야 한다. 다시 말해, **논증할 과제의 타당성을 논리적으로 증명해 낼 수 있는 쟁점, 곧 '명제'를 설정하는 것에서부터** 논증은 시작된다.

논증에는 어떤 '명제(命題)'가 들어 있다. 명제란 **'판단의 진술'로, 논증하려는 핵심 사실이나 주장에 대한 판단을 문장으로 기술한** 것이다. 그 판단이 바로 **'논제의 요구이자 논의를 통해 따져 밝혀야 할 핵심 과제를 추려 기술'한** 것으로, 곧 논증을 통해 논의해야 할 핵심 쟁점에 대한 언술이다. 명제는 이를테면 **'논제에서 특히 논하여 주기를 바라는 소주제적인 개념(즉, 관점·논점)'을 담은** 진술이다. 그 명제의 가장 상층부가 바로 **논증할 과제의 결론, 즉 논증의 '주장(결론)' 부분에** 해당하거나, 때로는 **글 전체의 주제문이 되기도** 한다.

글쓴이가 평가자에게 받아들이기를 요구하는 의견, 곧 글쓴이의 주장은 논증에서 명제의 형식으로 제시된다. 그래서 명제에 대한 파악이 없으면 글의 요점이 흐려지고, 논증 또한 성공하기 어렵다. 논술에서 '논점 이탈'이 이를 두고 하는 말이다.

이를 이해하기 위해 다시 앞의 [사례1] 문제를 살펴보자. '②에 나타난 상황을 평가하라'는 발문의 물음이 곧 논증할 내용으로 이때 (다), (라), (마)의 상황에서 드러나는 세계화의 긍정적·부정적 측면에 대한 각각의 평가 결과(즉, 긍정적인 관점이냐, 부정적인 관점이냐)를 명제로 밝힌 서술이 곧 논증의 주장(결론)에 해당한다. 아래 필자 예시 답안의 둘째 단락 이후의 도입부에 서술된 ⓑ, ⓒ, ⓓ가 그것이다(첫째 단락의 ⓐ 역시 명제이며, 객관적인 사실의 전달을 목적으로 하는 설명글을 이끄는 제시문(바)의 결론이자, 글의 주제문에 해당한다).

참고로 아래 필자 예시 답안을 통해 알 수 있듯이, 논증에서 명제(즉, 주장과 결론)는 하나일 수도, 여럿일 수도 있다. 그 개수는 논제의 요구 또는 논증의 질적 수준에 따라 결정되는 것이 일반적이다. 중요한 것은 명제는 문제(논제)에서 반드시 언급해 주기를 바라는 출제자의 질문에 대한 대답과도 같기 때문에 **단락 수와 동일하게 설정된다고** 보면 된다. 즉 하나의 단락에는 하나의 명제가 들어 있고, 이것이 각 단락의 도입부에 놓여 결론부터 이끌어 내는 연역 추론의 논증 형식을 구성하게 된다. 그 자세한 설명은 뒤에 논한다.

[사례1 문제의 필자 예시 답안]

<u>(바)는 왜곡된 이데올로기로서의 '오리엔탈리즘'적인 사고를 보여준다</u>…ⓐ 문명과 발전을 이념적 목적으로 하는 서구적 세계화의 원리는 국가 간 무한 경쟁을 통해 지배와 통제의 위계 구조를 구축하기 위한 수단으로 규정된 서양 중심의 사고방식이다. 국가를 단순히 문명과 진보라는 이분법적 구조로 정형화·범주화하여 인식하고 받아들이는 서구적 근대성은 국가 간 정치적·사회적·문화적 차이와 다양성을 인정하지 않을 뿐 아니라, 문명과 진보를 상징하는 보편 가치를 위해 그 밖의 다른 개별 가치는 철저히 억압되고 통제되어야 하는 타자화의 대상으로 인식한다. (바)의 관점을 따를 경우 (다), (라), (마)에 나타난 상황은 다음과 같이 평가될 수 있다.

<u>(다)는 정치적 측면에서의 세계화의 부정적 상황을 보여준다</u>…ⓑ 소말리아를 제외한 다른 아프리카 국가들의 이름은 서구에 의해 자의적으로 붙여진 일반 명사에 불과한데, 이는 나라별로 각자 고유한 민족적·지역적 정체성을 담은 고유 국가명이 무시된 채, 단지 서구 제국주의가 자신들의 시각에서 아프리카 국가들을 '검은 인종, 흑인들의 나라'라고 편 가르기하며 한데 싸잡아서 부정적으로 이름붙인데 따른 것이다. 따라서 <u>(다)의 이 같은 상황은 (바)의 관점에서 볼 때 서양의 제국주의가 아프리카를 지배하기 위한 식민주의를 정당화·합리화한 데 따른 정책적 결정의 일환으로 서양이 아프리카 각국의 고유한 지역적 정체성을 억압하고 날조하는 왜곡된 이데올로기로서의 오리엔탈리즘 사고의 단면을 보여준다.</u>

<u>(라)는 경제적·사회적 측면에서의 세계화의 긍정적인 상황을 보여준다</u>…ⓒ 지역을 기반으로 소규모의 자급자족 경제 체제는 시장이 확대됨에 따라 늘어나는 수요에 대응하지 못하고 근대적 대규모 공업체제로 전환되었으며, 세계 시장을 배경으로 생겨나는 새로운 욕구를 충족시키기 위해 국가 간 교류가 더욱 활성화되면서 세계는 하나의 문화권으로 통합되고 있다고 주장한다. 따라서 <u>(라)는 세계화가 정치·경제·사회·문화 등 전 분야에 걸쳐 국가 간 지배와 통제의 위계 구조를 강화하고 타자를 억압하는 기제로 작용한다고 주장하는 (바)의 관점과는 달리, 세계화에 따른 자본주의 발전이 세계를 하나의 생활권과 문화권으로 통합함으로써</u>

경제적 풍요함과 사회적 안정, 문화 다양성 등 많은 긍정적인 결과를 가져온다고 주장한다.

(마)는 문화적 측면에서의 세계화가 가져올 부정적인 측면을 경계하는 논리적 지반을 제공한다…ⓓ (마)의 화자는 눈이 많이 내린 겨울밤에 국수 만드는 일로 들떠 있는 마을 사람들의 정겨움을 소소하게 표현하면서, 가난하지만 서로 돕고 서로 어울리면서 살아가는 민중의 소박한 삶의 모습을 회상하고는 그리움에 젖는다. (마)의 평화롭고 순박한 공동체적 삶의 모습은 (바)처럼 문명화된 문화만이 우월하고 고상하며 인간적이라는 편협한 사고에 일침을 가한다. 각 사회의 문화 사이에 존재하는 차이는 상대적인 것으로, 세계 문화라는 관점에서 문화 다양성을 인정하고 받아들일 때 진정한 세계화는 가능함을 보여준다.

대입논술에서 논증력이 얼마만큼 중요한지는 다음의 서울대가 제시한 논술 평가 기준을 통해 확인할 수 있을 것이다.

논증력이란 주장과 논거의 논리적 연관성, 논의 전개의 일관성 등을 의미한다. 논증력은 크게 논거 설정 능력과 논거 구성 능력으로 구분된다.

논거 설정 능력의 세부 평가 기준은 다음과 같다. 논거는 정확하게 설정되어 있는가? 주장에 대한 논거는 적절하고 분명한가? 주장과 논거는 논리적으로 타당성을 갖추고 있는가? 논제에 대한 분명한 견해를 표현하고 있는가? 견해가 제시문의 논의에 의해 적절히 뒷받침되어 있는가?

논거 조직 능력의 세부 평가 기준은 다음과 같다. 전체 논의 전개에 정합성 및 일관성을 유지하고 있는가? 제체 논의 전개에 있어 논리의 비약은 없는가? 글의 내용은 체계적이고 조직적으로 전개되고 있는가?

논점
– 출제자의 의도

논증할 대상으로써의 의미 있는 명제가 되기 위해서는 다음 원칙을 충족해야 한다. 첫째, 명제는 **단일해야 하며**, 구체적인 증거에 의해 확인될 수 있는 것이어야 한다. 명제가 복잡해지면 논점이 흐려질 수 있다. 따라서 한 문장에서 둘 이상의 관념(주장, 생각, 견해)이 제시되었다면, 그것들은 각각 별개의 명제로 취급되어야 한다.

둘째, 명제는 **선입견 또는 편견이 없는** 보편타당성을 지녀야 한다. 곧 명제는 객관적이고 타당한 증거에 의해 뒷받침될 수 있어야 한다. 이를 위해서는 개인의 주관적인 의견을 배제하고 공정성과 객관성에 따라 명제를 설정해야 한다.

셋째, 명제를 구성하는 **용어는 명확해야 하며**, 그 내용에는 논리적으로 어떠한 모순도 없어야 한다. 따라서 명제를 설정할 때에는 용어의 개념을 규정하여 고정시키고, 그것이 의미하는 바를 정확히 한정할 필요가 있다.

위의 세 조건을 충족하여, **어떤 명제가 논증하기에 충분할 정도로 완전할 때, 그 명제를 일컬어 '논점(論點)'이라고** 한다. 대입논술에서, 각 제시문 및 주어진 자료와의 연관성을 토대로 이를 발문의 물음에 맞게 분석하여 파악된 논제의 핵심 부분, 또는 논의의 요지(논지)가 바로 논점이다(논점_논의의 중심이 되는 문제점이나 요점, 논지_논의의 요지 내지는 주장하는 그 무엇, 둘 다 비슷한 개념이다). 즉, '무엇'(즉, 논제의 물음)을 '어떻게 해결'(논증)할 것인가에 대한 결과물로, 논증에 있어서의 주장 및 결론 부분이 곧 논점에 해당한다. 참고로 **논지 파악과 논점 확정은 대입논술에서 가장 중요한 출제 의도이자 해결 과제로**, 그 이유는 이 책의 뒤에 자세히 설명될 것이다.

참고로 대입논술에서 논점은 주제 개념에 더해, 관점·쟁점과 같은 범주의 의미로 받아들여도 무방하다. 관점·쟁점은 논제에서 반드시 논해 주기를 바라는 세부적인 소주제이자, 작은 개념을 담은 논의와 논쟁의 중심 과제로, 논점과 내용적·의미상으로 겹칠 수 있다. 이때, 논점은 문제에서 설정한 논제에 따라 논의의 중심을 집약한다는 점에서 서로 대립되는 요소를 강조하는 '쟁점'

과 의미를 달리하지만, 명제를 구성하는 판단의 준거라는 점에서 논점·관점·쟁점을 같은 의미로 보아도 무방하다.

아래의 [사례2] 필자 예시 답안에서 밑줄 친 부분이 논증해야 할 명제들의 진술(문장)이다. 각각의 명제에는 논점이 포함되어 있으므로 그것을 발견하고 확정해야 한다. '긍정과 부정'이라는 상반된 쟁점(관점)이 그것이다. 이때 ⓐ의 명제는 논술 답안의 주제문이 되고 ⓑ, ⓒ는 '비교하라'는 논제 서술 과제에 대한 논증의 결론(주장)이 된다. [사례2]처럼 논점에는 찬성과 반대, 긍정과 부정처럼 서로 대립하거나 양립하는 이슈나 문제점을 담고 있는 경우, 이것을 '쟁점' 또는 '관점'이라고 한다. 물론 이 역시 논점의 범주에 포섭된다.

[사례2] 과학기술에 대한 〈제시문 4〉와 〈제시문 5〉의 **입장 차이**를 중심으로 각 제시문의 논지를 **비교 서술**하시오. (한국외대 2017 인문1 수시 문제3)

〈4〉, 〈5〉는 과학 기술이 인간과 환경에 미치는 영향에 대해 상반된 입장을 보인다…ⓐ 〈4〉는 과학 기술 발전을 **부정적으로** 본다…ⓑ 〈4-가〉의 과학 기술의 합리성을 중시하는 사고는 기술 발전을 인간 목적을 위한 도구적 수단으로 인식함으로써, 궁극적으로는 인간과 자연을 착취하고 지배하는 나쁜 결과를 낳는다고 비판한다. 또한 〈4-나〉의 과학 기술 발달로 야기되는 환경 파괴를 막고 인간과 자연의 조화와 공존을 도모하려면 인간 중심의 기술 결정론적인 사고로부터 생태 중심주의 사고로의 전환이 필요하다고 주장한다.
반면 〈5〉는 과학 기술의 발전에 **긍정적인** 입장을 취한다…ⓒ 〈5-가〉처럼, 과학 기술 발전은 인간의 삶을 편리하고 풍요롭게 하며, 현대 사회로 발전할수록 인간은 더욱더 과학 기술에 의존하는 삶을 살아가게 된다. 또한 〈5-나〉의 이종 장기 이식의 예에서 알 수 있듯이, 과학 기술의 발전은 난치병 치료를 가능하게 함으로써 인류의 건강 복지를 증진하는 바람직한 결과를 가져온다. … **[필자 예시 답안]**

논제의 물음으로서의 그 '무엇'에 대해 논증할 때에는 하나 또는 그 이상의 논점이 확정되어야 한다(물론 이는 논제의 요구와 지시에 귀속된다). 어떤 명제든 그 **명제에는 논점(논의의 요지)이 포함되어 있으므로 그것을 발견하고 확정해야** 한다. 이를 위해서는 먼저, 제시문별로 글 내용의 핵심을 파악한 후 논증하려는 사실이나 주장(사례2의 경우, 과학 기술에 대한 제시문들의 '입장 차이'가 그것이다)과 견주어 이를 명제(이때의 명제는 말 그대로 판단의 진술이다)로써 나열한다. 그리고 이어서 그 명제가 내포하는 논점들을 발견하는 대로 열거한다. 그런 다음, 그 논점들을 같은 것과 다른 것, 필요한 것과 불필요한 것 등으로 나누고 취사선택하면서 종횡으로 질서 있게 체계화한다. 이 것을 **'논점의 확정'** 과정이라고 한다.

앞 [사례2]의 경우에는 명제가 단일하여 논점을 확정하기 쉽다. 하지만 아래 [사례3] 필자 예시 답안의 밑줄 친 부분(명제)에서 확인할 수 있듯이, 명제가 내포하는 논점들이 많고 다양할수록, 그것들을 일일이 찾아 취사선택하면서 논점을 확정해야 하기에, 논술 답안 작성은 그만큼 험난해 진다. 연세대 논술 문제의 체감 난이도가 높은 이유가 바로 이 때문으로, 출제자의 의도를 찾기란 생각만큼 간단치 않다.

[사례3] 제시문 (다)의 연구 결과 **바탕**으로 (라)의 <u>주장을 **평가**하시오</u>. (연세대 2016 사회 편입 문제2)

(라)는 '약탈적 폭력에 의한 범죄'에 대해 설명한다. 약탈적 범죄는 누군가가 의도를 갖고 타인 및 타인의 재 산에 위해를 가하는 위법 행위로, 사람들의 일상 활동 속에서 날마다 일어나는 구조적인 범죄이다. 우리가 일상에서 직접적으로 맞닥뜨리게 되는 약탈적 범죄는 '동기화된 범죄자(가해자), 적당한 목표물(피해자), 보호 자의 부재'라는 세 요인이 특정 시간 및 공간과 맞닥뜨릴 때 발생할 가능성이 높다. 이 세 요인 중 어느 하나 만 미흡해도 이는 약탈적 범죄를 실패로 이끌 수 있지만, 반대로 특정 시간과 공간에 목표물이 표적화되거 나 보호자가 부재하였을 경우에는 이것이 범죄자의 범행 유인을 끌어 올려 결과적으로 범죄율을 크게 높이 게 된다.

<u>(다)의 연구 결과는 (라)의 주장이 상관관계와 인과관계를 구분하지 못하고 혼동하여 사용함으로써, 그에 따 른 오류를 범하고 있음을 보여준다</u>. (라)는 '동기화된 범죄자(가해자), 적당한 목표물(피해자), 보호자의 부재'라 는 세 요인이 원인이 되어 약탈적 범죄가 발생하게 된다고 주장한다. 하지만 이 세 요인은 모두 '개인(가해자, 피해자, 보호자)'에 국한되는 것으로, 따라서 (라)는 약탈적 범죄의 발생 원인을 '사람'에 한정하여 판단하는 오 류를 범하고 있다.

<u>그렇더라도 약탈적 범죄를 유발하는 원인을 개인적인 요인으로 한정하여 설명할 수는 없다</u>. 예를 들어 성범 죄나 금융 사기와 같은 약탈적 범죄의 경우에는 사회·문화적인 요소나 환경적인 요인이 원인이 되어 일어나 는 경우가 빈번하다. 게다가 생물학적 원인, 심리학적 원인, 사회학적 원인이 복합적으로 작용하여 발생하는 경우가 일반적이기에, 범죄를 유발하는 제 요인 간의 인과관계를 확인하는 것은 그만큼 불분명하고 또 어렵 다. 이런 이유로, <u>(라)의 주장을 전적으로 받아들이는 것은 타당하지 않다. 범죄를 유발하는 다른 요인과의 상관관계를 더욱 살펴 따져가며 판단함으로써, 주장의 신뢰성을 높여야 한다.</u> … **[필자 예시 답안]**

논점은 논제 분석 과정을 거치면서 확정된다. 논제 분석을 통해 명제를 확정하는 작업, 즉 논점 (및 논지)을 얼마만큼 정확하게 파악하느냐 여부가 곧 논증의 성패를 좌우한다. 만약 명제를 잘못 파악하여 논점을 이탈한 경우에는 이후의 모든 논증 과정은 그야말로 무용지물이 된다. 제시문 의 올바른 독해가 중요한 이유가 이 때문이다.

이때, 제시문의 주장(글의 요지)이 무엇인지를 확인하는 과정은 '의미의 재해석'을 통한 명제 설 정(즉, 논점 설정과 논지의 재구성)을 위해 특히 중요한데, 이를 위해서는 글 내용을 개념화하여 생 각한 후 이를 짧은 글(한두 문장)로 요약·정리할 수 있어야 한다. 즉, 제시문의 중심 생각을 전문 용어나 핵심 어휘를 사용하여 구체적이면서도 명확하게 표현할 수 있어야 논제의 요구에 부합하 는 논점을 정확히 파악할 수 있다.

글(제시문)에서 중심 생각(글의 요지)을 살펴 이를 의미 있는 명제로 언어화·개념화할 때는 먼저 중심 문장이나 중심 단락이 어떤 것인지 부터 파악한 후, 이어서 그 안에 담긴 핵심 단어나 어휘 가 무엇인지를 찾아 이를 중심으로 하나의 문장을 완성한다. 이때 확실히 이해하고 있지 못한 단 어를 함부로 사용한다거나, 개념이 불분명한 어휘를 사용하면 전체 문장의 논점과 논지가 흔들리 기 쉬우니 주의해야 한다.

한편, 제시문과 출제 의도는 밀접하게 관계되며, 출제 의도의 파악은 곧 제시문별 논지 파악으 로부터 명제 설정(즉, 논의점 또는 세부 주제의 설정)으로 나아가는 첩경이 된다. 따라서 출제 의도와 는 무관하게 제시문만 갖고 논지를 파악하려 들거나 또는 명제를 설정하려 들지 말고, 항상 출제 의도를 염두에 두고 이에 근거하여 제시문별 핵심 논지를 파악한 후, 그것에 맞추어 논점을 명확 히 설정할 수 있어야 한다.

제시문별 논지와 논점은 하나일 수도, 여럿일 수도 있다. 만약 연세대 논술 문제처럼 특정 제시 문에서 다수의 논점을 이끌어 내면서 논제의 물음에 답해야 하는 경우는 문제 해결이 특히 어렵 다고 강조했다. 게다가 논점을 스스로 설정하고 또 언어화하여 논증해야 하는 탓에 그 체감 난이 도는 상당하다.

끝으로 강조할 것이 있다. 논술 문제 풀이에서 논점(쟁점·관점) 파악이 중요한 가장 큰 이유는 이것이 **논제의 핵심 개념(주제 개념)을 상세함으로써 제시문의 중심 내용과 좀 더 구체적으로 연 결될 수 있도록 하는 연결 고리의 역할을** 담당하는 한편, 이를 통해 논증을 한층 강화하는 기능 을 떠맡고 있기 때문이다. 그리고 무엇보다 문제에서 관점을 드러내는 개념이나 핵심어가 주어지 지 않은 탓에 논술자인 학생들이 제시문을 읽고 이를 직접 찾아 밝혀야 하기 때문이다. 실제 논제 분석력은 올바른 '논점 파악'과 파악된 논점별로 제시문을 구분하여 살필 수 있는 능력이라고 해도 과언은 아닐 것이다. 만약 이것에 실패한다면, 논증은 깨지고 논리는 제자리를 찾지 못하게 된다.

이와 관련하여, 고려대는 논술 시험 후 발표한 채점 후기에서 "요구되는 항목에 대하여 분명한 답을 주는 것이 필요하다. 공통 주제와의 연관관계를 무시한 채 자기 생각의 논술을 뒤섞어서 서술하는 것보다는 각각에 대해서 명확하게 서술하는 것이 더 좋은 평가를 받을 수 있다"라고 밝히면서 문제에서 '논점'을 명확하게 추출하고 '논점별'로 답안을 명확히 체계적으로 서술할 것을 강조하고 있다.

논거
– 추론과 논증을 뒷받침하는 근거들

어떤 명제에 대해 논증할 때는 논거를 명확히 제시해야 한다. **명제의 타당성을 뒷받침해 주는 구체적인 증거를 '논거(論據)'라고** 한다. 논거는 증명해야 할 판단의 이유로써 선택되는 논의의 근거, 즉 논리적인 주장을 펼치기 위해 제시문에서 가져다 쓰는 증거물이다. 다시 말해, 논증에 있어서의 '전제', '근거' 부분으로 증거에 의하여 명제를 입증하는 재료를 논거라고 한다.

논거는 자기주장이 왜 옳은지에 대한 증거로서, 제시문에서 인용되는 논거가 모든 사람에게 수용될 수 있을 만큼 확실하고 일관성이 있는가 하는 것이 논술 답안의 논리성을 판단하는데 있어서의 중요한 관건이자 평가를 가늠하는 잣대가 된다.

논증 과정에서 논거는 대단히 중요한 의미를 갖는다. 아무리 그럴듯한 명제(즉, 주장과 결론)를 내세운다고 해도 그것의 타당성을 논리적으로 뒷받침해 줄 수 있는 구체적이고 분명한 논거를 제시하지 못하면, 합리적이고 설득력 있는 논증을 이끌어 낼 수 없기 때문이다. 또 논거가 불확실하거나 불충분할 경우에는 논증을 통해서 얻어진 결론의 의미는 크게 약화된다. 따라서 효과적인 논증을 위해서는 출제자가 제시한 명제의 타당성을 뒷받침하는 구체적인 논거들을 충분히 확보하지 않으면 안 된다.

이처럼 논거는 논리적인 논술 답안 작성을 위한 핵심 요소이자 필수 요건으로 **논증 능력은 자기주장을 논거에 담아 일관성 있게 뒷받침할 수 있는가** 여부에 달렸다. 이런 이유로 자기주장과 무관한 논거를 제시해서는 안 되며, 사례나 인용을 통해 자기주장을 입증할 때 역시 반드시 그 주장을 뒷받침하는 적절한 사례나 인용을 활용하도록 해야 한다. 단순 서술이나 인과적 설명을 피해야 하는 이유가 여기 있다.

논증을 할 때 자기 의견이나 자기주장을 뒷받침할 만한 논거를 충분히 확보하는 것이 무엇보다 중요한데, 논거를 많이 대면 댈수록 자기주장은 논리적이고 설득력을 갖게 된다. 그렇더라도 논거는 논제에서 벗어나지 말아야 하며, 또한 객관적이고도 사실적이어야 한다. 설득력이 떨어지고 타당하지 않은 논거 제시는 자칫 논리성 결여로 이어질 수 있다.

이와 반대로 논거가 빈약하면 설득력이 떨어지고, 논리의 비약이 심하다는 평가를 받을 수 있다. 즉, 논거가 약한 글은 논리가 떨어지고 자칫 논리의 비약으로 흐를 수 있다. 주장만 있고, 근거가 없다는 지적이 이를 두고 하는 말이다.

논거에는 '사실 논거'와 '의견 논거'가 있다. 객관적으로 검증될 수 있는 구체적인 사실이나 일반적인 진리를 사실 논거라고 하고, 신뢰성을 지닌 전문가나 권위 있는 사람의 견해에 의존하는 것을 의견 논거라고 한다. 사실 논거는 믿을만한 근거에 의하여 단적으로 증명되거나 검증될 수 있는 것이어야 한다. 한편 의견 논거는 권위 있는 전문가가 이미 제시한 적이 있는 의견과 글쓴이 자신이 생각한 의견으로 나눌 수 있는데, 후자의 경우에는 무엇보다 객관성을 지녀야 한다. 대입논술에서 '설명하라'는 논증 지시어는 설명적 논증을 요구하는 것이기에 사실 논거를 중심으로 논증을 구성하고, '비평하라'는 논증 지시어는 설득적 논증을 요구하는 것이 일반적이다. 그렇더라도 대체로 글쓴이의 생각을 담은 의견 논거를 중심으로 논증을 구성하게 된다.

대입논술은 결국 **논거 제시 능력을 통해 드러나는 사고력을 묻고 평가하는** 시험으로 논술 합격은 논거를 얼마만큼 효과적으로 일관되게, 충실하게, 타당하게, 체계적으로, 설득력 있게 제시했는가 여부에 의해 판가름 난다고 해도 과언은 아닐 것이다.

논증에서 '논거'를 제시할 때 반드시 유의해야 할 사항은 다음 두 가지다. 실제, 이는 논술 합격·불합격을 가늠하는 척도가 되는데, 그 이유를 [사례4] 예시 답안을 통해 확인할 수 있을 것이다.

첫째, 논거를 제시할 때, **제시문 내용을 단순 나열하는 식으로 서술해서는 안 된다.** 이런 글을 '인과적 설명(위장 논증)'이라고 하는데, 이는 엄밀히 말해 '논증' 글이 아니다. 인과적 설명은 제시문 내용을 단순 나열하는 것이기에, 자기주장을 내세우지도 정당화하지도 못할 뿐더러, 제시문 내용을 '동어반복'하는 것에 다름없다.

논술 답안을 작성할 때 제시문 내용을 그대로 옮겨와 단순 나열하는 것은 논증의 원칙에 위배될뿐더러, '자기주장을 논거에 의거하여 일관성 있게 뒷받침하고 있는지 여부'를 판단하는 능력인 논증력(좀 더 엄밀히 말하면, 논리적 추론 능력)이 부족함을 드러내는 가장 나쁜 글쓰기다.

논증을 논리적인 이치를 따져 설명하는 일련의 글 묶음이라고 하는 이유는, 논증의 근거가 주장을 얼마만큼 잘 뒷받침하는지 여부를 따질 수 있기 때문이다. 흔히 주장만 펴고 이를 뒷받침하는 타당한 근거를 제시하지 못하는 경우가 많은데, 그것은 사람을 전혀 설득하지 못하는 글쓰기다. 논증 글에서 논지(주장, 결론)의 설득력은 논거(근거, 전제)의 확실성에 의존하며, 논거는 일말의 논란의 여지가 없어야 한다.

논술의 성패가 논거 제시의 내용면에서의 풍부함에 달렸다는 뜻이 이를 두고 하는 것으로 좋은 논증은 궁극적으로는 탄탄한 '논거' 제시에 달렸음을 반드시 알고 있어야 한다. 즉, 논증의 핵심은 **어떤 명제에 대하여 그 뒷받침 논거를 얼마만큼 논리적, 객관적으로 서술하는가** 여부에 달렸다.

[사례4] [가]와 [나]에 나타난 **현상**을 [다], [라], [마]를 **활용**하여 **분석**하고, … (서강대 2017 인문 모의 문제1)

① [가]에서는 스테이시가 인터넷에 올린 사진이 대학 당국에 알려져 교사가 될 수 없는 상황이 나타나 있다. 먼저 스테이시가 올린 사적인 사진이 다른 교사와 대학 당국에까지 공적으로 알려진 것은 [다]의 사적 영역과 공적 영역의 경계가 허물어진다는 주장으로 설명할 수 있다. 둘째로 대학 당국과 다른 교사는 스테이시의 사진만으로 스테이시가 사진을 찍을 당시의 상황, 즉 오리지널 텍스트의 맥락을 파악할 수 없다. 이는 [라]의 브리콜라주가 오리지널 텍스트와 분리된 결과로 설명할 수 있다. 마지막으로 스테이시가 친구들에게 보여주기 위해 자신의 사진을 올린 것으로 보아 스테이시는 [마]의 디지털 네이티브처럼 자아 표현에 충실하고 대중 지향적이라고 말할 수 있다.

[나]에서는 쑨즈강의 죽음이 언론에 보도되어 전과 달리 중앙정부의 재조사로 그의 죽음과 연루된 사람들이 죄를 치르는 상황을 보여준다. 이 상황은 먼저 [마]로 설명할 수 있다. 쑨즈강의 부모님이 그의 억울한 죽음

을 알리기 위해 그들의 의견을 언론에 알렸기 때문이다. 둘째로 이 상황은 [다]로도 설명이 가능하다. 쑨즈강의 죽음이 언론에 한번 보도되자 다른 언론들이 잇따라 이 사건을 보도했기 때문이다. 이는 모든 정보가 노출되고, 쌍방향의 정보 전달이 이루어진다고 볼 수 있다… (중략) … **[서강대 제시 모의 논술 평가 중위권 학생의 작성 답안A]**

② 제시문 [가]의 스테이스 스나이더는 '알 권리'에 의해 손해를 입었다. 그녀는 단순한 친목을 목적으로 술에 취한 모습을 인터넷에 표현하였다. 하지만 처음의 의도가 친구와의 친목이었어도 인터넷에 올라온 사진 한 장만으로는 그 맥락을 알 수 없다. 그렇기에 그녀의 사진은 '학생들에게 유해한 모습을 보여 직업윤리에 어긋나는 행위'를 하였다고 해석될 수 있다. 후에 그녀는 그 사진을 삭제함으로써 그 모습을 없애려고 했으나 그녀가 사진을 업로드한 순간 홈페이지의 DB에 저장되어 자신의 홈페이지에서는 그 사진을 삭제하여도 인터넷 자체에서는 삭제할 수가 없게 되었다. 즉, 잊혀지기에 실패한 것이다.

반면에 제시문 [나]의 쑨즈강 사건은 '알 권리'에 의해 진상이 밝혀지게 되었다. 맨 처음, 쑨즈강 사건의 진실을 규명한 것은 언론이었지만, 그 확산은 인터넷에 의한 것이었다. 그리고 인터넷에서 자신의 의견을 표현하는 세대들에 의해 중국 정부 또한 여론이 자신들을 비난하고 있음을 파악하여 진상 규명에 힘을 쓰게 된다. 정부와 쑨즈강 부모 간의 사적인 영역이라고 할 수 있는 부분이 공적인 영역으로 확산되어 나타난 긍정적인 영향이다… (중략) … **[서강대 제시 모의 논술 평가 중~하위권 학생의 작성 답안B]**

③ (가), (나)는 정보 사회에서 나타나는 상반된 '소통' 양상을 보여준다. (가)는 정보화가 가상공간에서의 소통에 미치는 부정적 측면에 대해 설명한다. 즉, 가상공간에서 실행된 사적 행위의 결과물은 개인의 의도 및 의지와는 다른 목적으로 무분별하게 유통될 수 있다고 말한다. (라)는 이를 뒷받침한다. 이에 따르면, 정보 사회에서 사람들은 디지털 정보가 쏟아내는 무수한 정보 가운데 불필요한 지식은 버리고 필요한 것만을 연결 지어 새로운 지식을 만들어 내는 경향을 보인다. 즉, 사람들은 정보 생산자의 의도와는 다른 맥락에서 끊임없이 정보를 재해석하려 드는데, 그렇게 해서 생성된 정보는 당초의 의도와는 얼마든지 다른 의미로 유통되고 또 사실을 왜곡함으로써, 개인은 그에 따른 많은 피해와 불이익을 볼 수 있다.

반면 (나)는 인터넷 가상공간은 시공간을 초월한 평등하고 신속한 정보 교류를 통해 결집성이 강한 네트워크형 조직을 형성한다면서, 그것이 갖는 소통의 긍정적인 측면을 역설한다. 이는 (다), (마)를 통해 확인된다. (다)에 따르면 정보 사회는 시공간을 초월한 정보의 공유와 유통을 통해 사적 공간을 공적 공간으로 확장·재편한다. 사적 영역과 공적 영역의 경계가 허물어짐으로써, 개인은 사적인 공간에서도 얼마든지 공적인 영향력을 행사할 수 있게 된다. (마)는 이러한 현상을 가속하는 주체에 대해 설명한다. 디지털 네이티브 세대는 대중 지향적이고 자아 표현에 충실한 성향을 보이며, 기성세대와는 전혀 다른 소통 방식과 사고 양식을 통

논의를 좁히기 위해, 위 [사례4] 문제의 밑줄 친 부분의 물음만을 놓고 각각의 작성 답안을 평가하면 다음과 같다. 발문의 물음은 '(가), (나)의 정보 사회에서 나타나는 상반된 소통 양상을 (다), (라), (마)에 담긴 중요 개념을 적용하여 분석하라'는 논제의 진술로 재구성된다. 여기서 '분석하라'는 논증 지시어는 '분석의 진술 방식으로 논제의 물음을 논증하라'는 질문으로, 논술자인 학생들은 제시문 내용을 갖고 분석한 결론(명제, 즉 긍정적 상황과 부정적 상황)을 증거(즉, 논거)에 의거하여 논증하되, 이를 논리적·객관적으로 서술하라는 의미로써의 '설명적 논증' 방식으로 답안을 서술해야 한다.

여기서 '설명적 논증'에 대해 부연할 필요가 있을 듯하다. 설명적 논증이란 논증을 구성하는 주된 부분, 특히 결론(주장)에 해당하는 명제의 판단 근거를 **전적으로 출제자가 제시한 지문에서 찾은 후, 이를 바탕으로 자신의 생각을 더하면서 논증을 펼친** 글을 일컫는다. 때문에 자기주장 및 그 근거를 온전히 자기 머릿속 지식과 생각으로부터 이끌어 내는 '설득적 논증'과는 차이를 보이며, 논술 문제를 풀 때 출제자의 의도를 간파하기 위해 부단히 노력해야 하는 이유가 여기 있다.

그렇기에 중요한 것은 제시문을 통해 확보된 논거를 해석하고 의미를 부여함으로써, 이를 '뒷받침 근거 자료'로써 적절히 활용하는 작업이다. 이를 위해서는 제시문별 논거의 핵심 내용을 정확히 파악해야 함은 물론 **논거와 논거 사이의 관계를 제대로 알고 이를 드러내야** 한다. 논거와 논거 사이의 관계를 드러내면서 하나의 결론을 이끌어 내는 과정을 '추론'이라고 하는데, 이는 이어서 자세히 설명한다.

논증의 추론 과정은 제시문 요약 과정과 흡사하다. 제시문을 요약하기 위해서는 글을 분석하여 체계적으로 정리하는 과정을 거쳐야 한다. 논술로 출제되는 제시문은 기본적으로 '하나의 생각 단위'를 담은 글 묶음으로 구성되는 것이 일반적이다. 즉, 제시문 내용 전체를 아우르는 핵심 메시지는 하나인 것이다(이를 글의 요지, 즉 '논지'라고 한다).

이때, 제시문을 올바르게 요약하기 위해서는 다음 두 과정을 거쳐야 한다. 첫째, **제시문에 대한 '해체'**의 과정이다. 글의 중요한 부분(핵심 논지를 담은 부분)과 중요하지 않은 부분(핵심 논지를 설득력 있게 전개하는 데 필요한 구체적인 상술인 부연, 뒷받침 자료, 사례 등, 글의 해설을 구성하는 부분)을 구분하여 핵심 논지 이외의 다른 구성 요소를 순차적으로 제거해 나가는 과정이 이에 해당한다.

제시문 내용의 해체를 통한 핵심 논지 파악은 제시문별로 개별적으로 실행된다.

둘째, 제시문 내용을 해체한 후 **이를 다시 '재구성'하는** 과정이다. 개별 제시문에서 추출한 핵심 논지들을 **주제 개념을 따라 하나로 통합하고, 이를 다시 논제의 물음과 논증 형식을 따라 질서 있게 배열하는 논리의 재구성 과정을 거치면서** 제시문 요약은 완성된다.

즉, 논증의 추론 과정은 다음 세 과정을 거쳐 완결된다. '제시문의 핵심 내용을 **해석**(제시문을 관통하는 핵심 논지를 명제와 뒷받침 근거로써 각각 선택하는 과정)→해석된 내용의 핵심을 타당한 논거로써 활용할 수 있도록 **재해석**(선택된 핵심 논지들을 논제의 주제 개념에 맞게 해체하여 논거를 타당하고, 충실하게 세우는 과정)→다시 논제의 물음에 맞게 논리적으로 **재구성**(개별 제시문에서 추출된 핵심 논지들을 논제의 요구에 맞춰 하나로 다시 묶는 과정)'하면서 논증할 내용을 체계적으로 서술하는 과정을 밟는다.

그 과정에서 각각의 제시문별 핵심 내용은 주제 개념에 맞추어 통합되고, 명제(논점)는 분명하게 드러나며, 논거는 누구라도 부정할 수 없을 정도로 객관화되며, 논증은 타당함과 충실함, 그리고 설득력을 갖게 된다. 그 결과 글 전체가 '수미상관(首尾相關)'하면서 논리 정연하고 세련된 표현의 한편의 체계적인 논술 답안은 완성된다. 이를 (3)의 필자 예시 답안을 통해 확인할 수 있을 것이다.

[사례4]의 답안①은 이런 기본 원칙을 망각하고, 제시문 내용을 제대로 해석하지 못한 상태에서 지문의 일부를 그대로 인용한 후, 이를 문제의 물음을 따라 적당히 꿰맞추면서 서술하고 있다. 그 결과 논증은 깨지고, 구성과 형식, 사용되는 어휘, 심지어 내용상의 오류에 이르기까지 많은 부분에서 문제점을 드러내고 말았다. 이를 다음 서강대 채점 총평을 통해 확인할 수 있을 것이다.

… 용어를 사용할 때, 그 말이 가진 의미와 전체적인 맥락을 고려하지 않은 채 별다른 고민 없이 단어를 사용하는 경우가 있다. 가령, 첫째 단락에서 "브리콜라주가 오리지널 텍스트와 분리된 결과로 설명할 수 있다"는 표현은 사실 그 자체로는 **제시문 [라]의 동어반복에 불과하다**. 브리콜라주가 무엇이고, 그것이 오리지널로부터 분리되는 것이 어떤 의미인지, 그리고 그것이 제시문 [가]와 어떤 점에서 만나는 것인지를 설명하지 않으면 안 된다…

…이 답의 또 다른 문제는 하나의 문장을 충분히 설명하지 않은 채, 다음 문장으로 넘어간다는 것이다. 하나의 생각의 단위가 충분히 뒷받침 되지 않고, 새로운 생각을 담은 문장과 연결되는 것이다. 흔히 **이를 중심 문장의 나열이라고 말하며, 글의 논리를 저해하는 가장 심각한 원인이기도** 하다. 논술은 단순한 서술형 답

둘째, **'자의적인 해석'에 빠져 불합리한 '논거'를 제시하는 것도 절대 금물이다.** 논거는 그 성격 상 명제(즉, 주장과 결론)의 정당성을 강화하기 위해 제시되는 것이므로, 출제자의 의도를 무시하고 자기 멋대로 논증을 펼치는 것을 삼가야 한다. 좋은 논증은 **전제와 결론 사이에 정당화의 관계가 성립하는** 논증이라 할 수 있다.

출제자가 왜 이 문제를 출제했는지, 각각의 제시문이 전체 글에서 어떤 역할을 해야 하는 지에 대한 고민 없이, 그리고 어떤 식으로 논증을 구성해야 잘된 논증이 될 수 있을 것인가를 숙고하지 않고 그저 습관적으로 문제의 조건에만 맞춰서 기계적으로 답안을 서술한다면, 그런 답안 속에 '나'만의 깊은 사유가 담길 여유가 없다.

그런 식으로 작성한 답안을 대하면, 출제자는 그 답안을 작성한 학생이 논제의 물음과 관련한 지식이 부족한 탓에 이를 감추려는 의도에서 그와 같은 글을 쓰고 있다고 생각하거나, 제시문 내용을 이해하지 못한 탓에 글 내용을 대충 얼버무리려고 든다고 여기거나, 아니면 자신이 알고 있는 알량한 지식을 어떻게든 활용하고 싶다는 생각에서 과욕을 부리는 것은 아닌가 하고 의구심을 갖게 된다. 대개 이런 답안은 '논점 이탈', '논리의 비약', '논리 부족'과 같은 많은 문제점을 드러내면서, 출제자의 의도를 충족하지 못한 부실 답안으로 간주되어 결코 좋은 평가를 받지 못한다.

[사례4]의 답안②가 바로 그와 같은데, 이런 글을 읽고 있자면 마치 소설의 어느 한 장면을 읽고 있는 듯한 느낌을 받게 된다. 논리도 없고, 내용도 부실하고, 그렇게 해서 '주장만 있고, 논거는 없다'는 지적을 받게 된다. 이를 이어지는 다음의 서강대 채점 총평을 통해 확인할 수 있을 것이다.

추론
– 사고력을 가늠하는 잣대

어떤 명제를 증명할 충분한 논거를 확보했더라도, 그것의 정당성 여부를 밝혀 타당한 결론을 이끌어 내지 않으면 안 된다. **전제에서 결론을 이끌어 내는 사고 과정을 '추론(推論)'이라고** 한다. 명제의 정당성을 밝히기 위해서는 감정이나 권위에 얽매이지 않고 자신의 생각을 명확하고 일관성 있게 정리하여 올바른 결론에 이끌 수 있도록 사고하는 과정이 필요한데, 이러한 논리적 사고 과정을 추론이라고 한다. 정리하면 추론은 **'어떤 명제를 논거(즉, 전제)에 의거하여 결론이 도달하기까지 논술하는 일련의 사고 과정'** 내지는 **'기존의 명제들로부터 유의미한 결과를 유도해 나가는 논리적인 서술 과정'**을 뜻한다.

우리가 무언가를 생각할 때에는 추론에 의지할 수밖에 없다. 그런 의미에서 추론은 논증의 핵심을 이룬다고 말할 수 있다. 이때 만약 추론이 글쓴이 멋대로 이루어진다면, 그 추론을 통해 얻은 결론의 타당성은 쉽사리 인정받기 어렵다. 즉, 잘못된 논증이 된다. 추론의 과정과 절차는 지극히 합리적이고 객관적이어야 하며, 모든 사람들이 인정할만한 보편성을 지녀야 한다.

논증의 전제(논거)와 결론(명제)을 어떻게 연결하면서 둘을 논리적·체계적·합리적·순차적으로 배열할 것인가에 따라 추론은 크게 '연역적 추론(연역 논증)'과 '귀납적 추론(귀납 논증)'으로 나뉜다.

연역 논증은 논리적 규칙에 의하여 전제로부터 필연적으로 새로운 결론을 이끌어 내는 사고 과정을 말한다. 대개 일반적인 지식이나 보편적인 원리를 전제로 하여 특수한 지식이나 원리를 도출해 내는 방법으로 '삼단논법'이 가장 대표적인 사례이다.

연역 논증에서는 전제가 결론에 대해 결정적인 근거를 제공한다. 즉, 결론의 내용은 이미 전제에 함축되어 있다고 본다. 그렇기 때문에 연역 논증에서 전제들이 모두 참이라면, 결론은 반드시 옳다. 즉, 연역 논증은 전제와 결론 간의 논리적인 비약이 없다고 주장되는 논증이므로, 연역 논증은 주장의 확실성을 보장하기 위해 주로 활용된다.

한편, 귀납 논증은 경험에 기초한 둘 이상의 특수 명제에서 새로운 일반 명제를 도출해 내는 방식으로, 유비 논증(유추), 열거에 의한 귀납, 인과 논증 등이 있다. 그럴듯한 증거를 제시함으로써 결론이 옳다는 것을 증명하는 방법이 그것이다. 즉, 귀납 논증은 결론이 옳다는 것을 증명하기 위해 그럴듯한 증거를 전제로 제시함으로써, 주장을 뛰어넘어 그것이 갖고 있는 지식을 확장한다.

귀납 논증에서 꼭 기억해야 할 것은, 전제가 결론에 대해 근거를 제시하기는 하지만, 결정적인 근거가 아니라 개연적인 근거를 제공할 수 있을 뿐이라는 것이다. 즉, 귀납 논증은 그 논증이 아무리 성공적이더라도, 전제와 결론 사이에는 논리적인 비약이 있을 수밖에 없다. 따라서 귀납 논증에서는 전제들이 모두 참이라고 해도 결론이 반드시 참이라고 기대할 수 없다.

대입논술에서 주로 사용하는 추론 방식은 '연역 논증'이다. 이때 논증은 논리적 추리(추론) 과정에서 **먼저 결론(즉, 명제)부터 배열하고 이어서 순차적으로 전제가 등장하는 형식을** 취한다. 그렇게 해서 논증 구조를 나타내는 용어(접속 지시어)는 '왜냐하면 ~때문이다'라는 '전제 지시어'를 사용하게 된다(귀납 논증의 경우에는 '그러므로 ~이다'라는 '결론 지시어'가 접속 지시어로 사용된다).

글 구성이 연역적이면, 글(단락)의 맨 앞에 강조하고자 하는 내용(즉, 주제문과 소주제문)을 펼쳐 놓음으로써, 평가자로 하여금 글 내용을 훨씬 쉽게 파악할 수 있도록 돕는다. 논술자인 학생 역시 핵심 논지에서 벗어나지 않도록 주의하면서 글을 이어나갈 수 있기에, 논술 답안 작성에 여러모로 효과적이다.

다음 [사례5]는 연역 논증(연역 추론)의 방식으로 작성한 논술 답안이다. 아래 필자 예시 답안에서 ⓐ, ⓑ는 논증의 결론(주장) 부분이며, ⓒ, ⓓ는 전제(근거)에 해당한다. 이때 괄호의 접속 지시어(전제 지시어)는 논증을 구성하는 명제의 일부분은 아니다. 접속 지시어는 결론과 전제를 소개하고 논증의 틀을 갖추게 하는 역할을 담당할 뿐이다. 따라서 논증을 표준 형식으로 다시 풀어 쓸 때에는 가급적 접속 지시어를 생략하는 것이 좋다. 글을 읽어 논증을 파악할 때에는 접속 지시어를 빠짐없이 채워 넣어가며 해석하는 한편, 논증 글을 쓸 때에는 가급적 불필요한 접속 지시어는 생략한다.

다시 논의의 본론으로 돌아와서, 논증이 타당하고 건전한지 여부를 확인하기 위해서는 적절한 논거가 제시될 수 있어야 하는데, 이때 효과적으로 논거를 제시하는 방법의 하나로 '추론'이 동원된다. 즉, 추론은 구체적인 사실이나 확실한 근거를 제시하여 논증하기 보다는 잘 알려지고 쉽게 인정할 수 있는 사례를 바탕으로 이후의 판단을 유추해 내는 논증 과정이다. 또한 추론은 지문에 담긴 특정 개념이나 원리, 핵심 주제어를 갖고서 이것이 어떤 뜻으로 사용되고 있는지를 파악하여 그 의미를 확장함으로써, 타당하고 설득력 있는 결론으로 나아가게 만드는 일련의 논증 과정이다. 그렇기에 논증은 추론을 통해 실현되며, 추론은 논증을 이끄는 주된 수단이 된다.

이해를 돕기 위해 사례를 몇 가지 들어 보자. [사례6~7] 지문에서 다음과 같은 결론을 추론할 수 있는가? 있다면, 그 이유(근거)는 무엇인가?

[사례6] 추론1

모든 미학 체계는 어떤 특수한 정서를 느끼는 개인적인 경험에서 출발한다. 이러한 정서를 유발하는 대상들을 우리는 예술 작품이라고 부른다. 예술 작품에 의해서만 촉발되는 독특한 정서가 존재한다는 것에 감수성 있는 사람들이라면 모두 동의한다. 이와 같은 특수한 종류의 정서가 존재한다는 사실, 그리고 이 정서가 회화, 조각, 건축 등 모든 종류의 예술에 의해서 촉발된다는 사실은 누구도 부인할 수 없다. 이 정서가 '미적 정서'이다

결론: 누가 어떤 대상에서 미적 정서를 느끼지 못한다면, 그는 감수성 있는 사람이 아니거나 그 대상이 예술
이 아니다. (출처, 웰 메이드 LEET, 법문사).

- 답_ 있다. 그 이유는 "예술 작품에 의해서만 촉발되는 독특한 정서가 존재한다는 것에 감수성 있는 사람
  들이라면 모두 동의한다"는 전제(논거)에 의한다. 예술은 미적 정서가 따라야만 하므로, 그러한 미적 정서
  가 없다면 그것은 예술 작품이 아니거나, 또는 그가 미적 정서에 대한 감수성이 없는 사람이기 때문이다.

[사례7] 추론2

옛날 중국의 정전법(井田法)은 대단히 훌륭한 제도였다. 경계(境界)가 한결같이 바로 잡히고 모든 일이 잘 처
리되어 온 백성이 일정한 직업을 갖게 되고, 병사를 찾아서 긁어모으는 폐단이 없었다. 지위의 귀천과 상하
를 논할 것 없이 저마다 그 생업을 얻지 못하는 사람이 없으므로 이로써 인심이 안정되고 풍속이 순후해졌
다. 장구한 세월을 지내오면서 국운이 잘 유지되고 문화가 발전되어 간 것은 이러한 토지 제도의 기반이 확
립되어 있었기 때문이다. 후세에 전제(田制)가 허물어져서 토지 사유의 제한이 없게 되니, 만사가 어지럽게
되고 모든 것이 상반되었던 것이다.

결론: 정전제가 무너진 것은 대토지 소유 현상이 확산되었기 때문이다. (출처, 웰 메이드 LEET, 법문사).

- 답_ 없다. "전제가 허물어져서 토지 사유의 제한이 없게 되니, 만사가 어지럽게 되고 모든 것이 이에 상반
  되었던 것"이라고만 나와 있지, 왜 정전제가 허물어졌는지에 대한 이유가 명기되어 있지 않았기에 알 수
  없다.

추론은 제시문을 읽고 그 너머의 생각을 읽어낼 수 있는 힘으로, 이는 그만큼 복합적인 사고력
과 치밀한 논리적 판단력을 필요로 한다. 그리고 그 힘은 **독해력으로부터** 나온다. 만약 독해력을
제대로 갖추지 못했다거나, 글을 읽더라도 자기만의 사고(편견과 선입견)에 갇혀서 좀처럼 빠져나
오지를 못한다면 제시문을 올바로 이해하고 해석할 수 없다. 추론을 요하는 난해한 글의 경우에
는 특히 그렇다.

올바른 추론을 위해서는 먼저 독해에 기반한 글의 **내용적인 이해가 선행되어야** 하며, 이것에
기초할 때만이 글 내용을 토대로 한 합리적인 추론은 가능하다. 이런 이유로 추론에는 글의 **맥락
적인 이해가 따라야** 하는데, 이는 글에 명시적으로 드러난 내용뿐 아니라 그 글에 담긴 저자의
의도와 감정은 물론이고, 글과 관계된 시대적 배경지식, 사회의 경향 및 이와 관련한 다른 사람들
의 의견까지를 포함하는 포괄적인 이해를 필요로 한다. 이를 통해 글에 담긴 숨은 전제와 함축의

의미까지도 추론하여 파악할 수 있어야 제시문의 정확한 독해는 가능하다.

따라서 글의 맥락적인 이해를 위해서는 문제와 제시문에 들어있는 주제와 논제, 핵심 쟁점에 대한 이해는 물론이고, 이를 토대로 제시문 내용을 논증 구조로 파악하고 해석할 수 있어야 한다. 그렇더라도 고전의 원문을 그대로 발췌하여 제시문으로 출제한 경우 이를 읽고 글 내용을 올바르게 해석하기란 결코 쉽지 않다. 이런 경우에는 문제에 담긴 출제 의도는 물론, 다른 제시문에 실린 핵심 어휘나 개념, 심지어는 제시문의 출전이나 저자의 사상까지를 망라해가며 서로 비교하고, 파악하고, 해석하면서 글 내용을 정확히 읽어낼 수 있어야 한다.

이를 위해 글(제시문)을 읽으면서 그 글에서 필자가 주장하는바(논지)는 무엇이고, 필자가 어떤 관점에서 어떤 생각으로 글을 썼는지를 치밀하게 분석한다. 그리고 이를 토대로 독자 자신이 느낀 생각을 연장할 경우 어떤 사고에까지 이를 수 있는지를 고민하면서 글을 거듭 읽는다. 대입논술로 출제되는 제시문의 상당수는 고전·명저에서 발췌된 것이어서 그만큼 필자가 시대적인 문제의식을 갖고 치열하게 고민한 것이다. 따라서 그 내용적인 이해는 무척 어렵다.

당연히 저자의 생각을 파악하여 그것을 내 생각으로 연장하는 것은 결코 쉽지 않은 과정이다. 방법은 없을까? 결국 **모든 문제의 답은 제시문에 들어 있으며**, 지문 독해력을 키우는 게 관건이라는 사실을 깨달아야 한다. 비록 제시문에 드러나지 않는 문맥이나 내용이라 하더라도, 결국 제시문의 내용을 따라가다 보면 만나게 되고 또 만날 수밖에 없는 것들이기 때문이다.

제시문의 치밀한 독해가 중요한 이유가 이 때문이다. 따라서 제시문을 읽고 또 읽기를 반복하되, 문제(또는 논제)와 제시문 간의 맥락적인 관계 속에서 글 내용을 파악할 수 있도록 부단히 노력해야 한다. 그 과정에서 요구되는 것은 바로, 비판적 사고를 통해 글 내용의 어디까지가 옳고 어디부터가 그른지를 하나하나 능동적이고 반성적으로 따져보는 태도인데, 이는 논증 분석 및 논증 평가를 위해서도 무척 중요하다.

무릇 "좋은 논술이란 주어진 제시문들의 의미와 관계를 정확하게 파악하고, 그것들로부터 이끌어 낸 자신의 문제의식과 생각을 논리적으로 구체화하는 글"이라는 서강대 입학 담당자의 말마따나, 합격 답안과 불합격 답안은 사실상 바로 이 지점(논증 능력)에서 갈린다. 좋은 내용(잘된 논증)은 좋은 형식(올바른 추론 방법)을 통해서만 나타날 수 있다는 사실을 잊어서는 안 된다.

06

논증의 체계화

　여기까지의 논의를 정리해보자. 논술에서 논술자가 자신의 주장(물론 이는 논제의 물음과 제시문 내용에 철저히 귀속된다)을 논리적으로 증명할 수 없다면 그것은 설득력을 잃는다. 그것은 논술이 아니라 일방적인 주장에 지나지 않다. 논술 답안이 설득력을 갖기 위해서는 사실을 바탕으로 자신의 주장을 논리적으로 입증해야 한다. 주장을 논리적으로 입증하는 것을 논증이라고 한다. 논술은 반드시 이러한 논증 과정을 거쳐야 한다.

　논술문에서 어떤 주장을 펼쳐 독자를 설득하려면 그 주장의 근거가 되는 명제(결론, 논점)들을 충분히 설명할 필요가 있다. 그러한 설명의 토대를 마련하지 않고 논리적인 추론만을 제시하면 그 설득 효과는 잘 드러나지 않는다. 논술문이 설명글과 밀접한 관계를 가지면서 글 내용이 펼쳐지는 이유가 이것이다.

　논증은 어떤 문제에 대한 의견이나 판단의 대립이 있어야 한다. 어떤 문제가 있고, 그 문제에 대한 대립 구조나 대립 가능성을 갖는 것이 논증의 기본 조건이다. 그리고 논증의 목적은 이러한 문제를 해결하는 것이다. 어떤 명제에 대해 독자의 이해를 돕고 독자를 설득하는 것은 바로 이러한 문제 해결을 의미한다.

　의견 및 주장의 대립은 논증을 다른 서술 방식과 구별하는 조건이다. 그러나 논술문에서 순수한 형태의 논증만으로 이루어지는 경우는 거의 없다. 다른 서술 방식, 특히 '설명'의 도움을 많이 받는다. 왜냐하면 그 주된 의도는 독자에게 확신을 주고 독자를 설득하는데 있기 때문이다. 논술에서 글의 진술 방식을 이해하는 것이 중요한 이유가 이 때문으로, 아무리 훌륭한 사상, 판단, 의견, 주장이라 하더라도 그것을 표현하는 효과적인 글쓰기 방법을 모른다면 독자(평가자)를 설득할 수 없다.

　논증은 논증할 문제를 설정해야 한다(대입논술의 경우, 문제에서 주어진다). 논증은 어떤 명제를 가져야 한다(대입논술의 경우, 제시문에 다 들어 있다). 명제란 판단의 진술이다. 곧 판단을 문장으로 만드는 것이다. 명제는 '주어-술어-목적어'로 된 문장으로 간략하게 기술된다. 그것은 글쓴이인 논술자가 선택한 형식이지만, 그렇더라도 독자인 논술 평가자가 만들어 놓은 출제 의도에 철저히 귀속된다. 명제의 설정에는 다음 세 원칙이 지켜져야 한다. 명제는 단일해야 하고, 명확해야 하며, 선입견 또는 편견이 없는 것이라야 한다.

명제를 이해했다고 해서 곧바로 논증에 들어갈 수 없다. 명제는 단일해야 하지만, 단일한 명제에는 많은 문제가 내포되어 있다. 논증하기 위해서는 그러한 문제를 찾아내지 않으면 안 된다. 그러한 문제들이 하나의 명제를 논증하기에 충분한 것일 때, 곧 명제에 대한 본질적인 문제들일 때, 그것을 '논점'이라고 한다. 명제를 논증하기 위해서는 몇 가지 본질적인 논점들을 찾아내어 그것들을 일단 열거해 보아야 한다.

논증에서는 몇 가지 논점들이 확정되어야 한다. 논점의 확정은 명제(결론, 주장)를 파악하는 과정을 통해 이루어진다. 어떤 명제든 명제에는 논점이 포함되어 있으므로 그것을 발견하고 확정해야 한다. 논점에는 찬성과 반대, 긍정과 부정, 찬성의 이견, 곧 대립이나 충돌이 내포되어 있다. 먼저 명제 속에 내포된 그러한 논점들을 발견하는 대로 열거한다. 그런 다음에는 같은 것과 다른 것, 필요한 것과 불필요한 것 등을 나누어 질서 있게 체계화해야 한다. 이러한 작업을 '논점의 확정'이라고 한다.

명제는 증거에 의해 입증되어야 한다. 증거 없는 명제의 논증은 성립할 수도 없고, 아무도 그것을 받아들이지 않을 것이다. 증거에 의해 명제를 입증하는 재료를 '논거'라고 한다. 모든 증거는 사실과 의견으로 이루어진다. 전자를 사실 논거, 후자를 의견 논거라고 한다. 사실 논거는 확실성 있는 자료에 의하여 검증될 수 있거나, 입증될 수 있는 것이라야 한다. 한편 의견, 특히 권위 있는 의견 역시 객관적으로 검증되어야 한다.

추론은 어떤 명제를 논거에 의하여 결론에 도달하기까지의 일련의 진술 과정을 의미한다. 추론은 명제와 그것을 입증하는 논거가 있어야 하고 자료에서 출발하여 결론에까지 이르는 논술의 과정이 포함된다. 추론의 방법에는 연역법과 귀납법 등이 있다.

알고 있어야 할 것은 추론의 방법을 따른 글(논증) 내용의 기술 역시 설명의 방법을 사용한다는 점이다. 예를 들어 민주주의의 근본이념을 자유, 평등, 인간 존엄성으로 분석한 것은 이른바 개념적 '분석'이고, 민주주의와 전체주의, 자본주의와 사회주의를 비교한 것은 '대조'이다. 이것은 모두 설명의 한 방법(진술 방식)들이다.

정리하면, 논증은 주장과 근거로 이루어지는 글(명제)의 집합으로, 주장은 결론이며 근거는 그 결론을 뒷받침하는 전제·이유·원인 등으로 표현된다. 그리고 제시문 간의 연관성을 토대로 이를 발문의 물음에 맞게 분석하여 파악한 논제의 핵심 부분, 또는 논의의 요지(논지)가 곧 논점으로 논증에 있어서의 주장 및 결론 부분에 해당하는 명제가 이것에 해당한다. 논증을 파악하는 과정을 추론이라고 한다.

여기까지의 설명을 토대로 논증을 체계화하는 방법적 요령에 대해 살펴보자. 논술자인 학생들이 잘 쓴 논술 답안을 작성하지 못하는 가장 큰 이유는 논증 능력이 딸리기 때문이다. 특히 **논증을 체계화하여 논리적으로 서술하는 능력이 떨어지기** 때문이다. '논증의 체계화'는 제시문을 읽고 찾아낸 논점과 논거들을 하나의 주장(결론) 밑에 조리 있게 구성하는 작업을 일컫는다. 제시문을 읽고 애써 찾아낸 논점과 논거가 아무리 정확하다 할지라도 그것들을 일관된 논리로 체계화하여 꿰지 못한다면 결코 좋은 논증을 구성할 수 없다. 논증할 내용을 체계화하는 작업은 잘 쓴 논술 답안을 위한 실질적인 출발점이다.

글의 논리 구조를 이해한 후 글 내용의 핵심을 논증 형식으로 체계화하기 위해서는 '논증 분석'을 필요로 한다. 논증 분석은 논증을 확정하고 논증을 합리적으로 재구성하는 것을 말한다. 이는 논증이 타당하게 전개되고 있는지를 판단하기 위한 것으로, 논증에서 주어진 논거가 확실하게 드러날 수 있도록 확정된 형식으로 논증을 전개하는 것을 뜻한다. 즉, 논증을 재구성하기 위해서는 제시문을 읽고 그 안에 들어있는 논증 구조를 파악한 후, 이를 표준 형식으로 재작성해야 한다. 표준 형식이란 논증을 전제(근거)와 결론(주장)의 형태로 구성하는 것을 의미한다.

(1)주장의 확정

논증할 내용을 구성하고 또 이를 체계화하는 과정에서 가장 중요한 것은 '주장(결론)을 확정'하는 것이다. 이때 주장은 논증의 초점이므로 하나로 집약되어야 한다. 하나의 논증에서 두 주장을 한꺼번에 밝히면 글의 초점이 흐려질 수밖에 없다. 하나의 주장을 펼쳐나가다가 거기에서 파생된 지엽적인 문제를 거론한다면, 앞글에서 제시한 논증 구조는 허물어진다. 주장을 논증 항목별로 또는 논증할 내용별로 통일해야 글 내용은 명확해진다.

거듭 강조하지만, 논술 답안을 작성할 때 가장 중요한 것은 '주장(결론)'을 확정하는 작업이다. 논증글에는 반드시 논술자의 주장이 제시되어야 한다. 주장(결론)은 논증의 핵심을 이루는 중심 명제로 논증을 구성하려면 먼저 주장부터 확정해야 한다. 주장 없이는 근거(전제)를 제시할 수도 발전시킬 수도 없다.

이때, **주장을 확정하기 위해서는 그 주장(결론)을 뒷받침하는 근거(전제)를 함께 갖추어서 제시해야** 한다. 이를 위해서는 논증의 기본 구조를 구성하는 설명의 틀을 잘 짜야 한다. 논증은 주어진 논제의 물음에 답하기 위해 구성된 문장들의 논리적인 결합으로, 피설명항을 이루는 문장과 설명항을 이루는 문장들로 이루어진다. 그리고 이 둘을 잘 결합하여 설명의 틀을 짠다면 논증은 무척 쉬워진다. 피설명항을 담은 문장이란 설명되어야 할 주장이나 결론을 일컫는다. 설명항을 이루는 문장이란 피설명항을 설명하기 위해 제시되는 근거를 일컫는다. 쉽게 말해, 주장(결론)은 피설명항 문장, 근거(전제)는 설명항 문장에 각각 해당한다.

만약 여러 단락으로 구성된 지문에서 논증을 이끌어 내는 경우라면 어떠할까? 이때에는 각 단락별 중심 주장 글이 글 전체의 결론에 해당하는 글과의 관련성을 갖도록 논증 구조를 재구성할 필요가 있다. 단락의 전체 논증에서 근거로 제시된 설명항 문장들은 단락의 개별 논증에서는 각각 설명되어야 할 명제(피설명항, 주장)에 해당한다. 곧, 전체 논증의 설명항 문장들은 개별 논증에서 피설명항의 위치로 이동한다. 다시 말해, 개별 단락의 중심 주장 글의 어느 하나는 전체의 주장(결론)이 되어 피설명항 문장으로 자리하고, 그 밖의 문장들은 그 근거가 되어 설명항으로 이동한다.

그렇다면 논술 문제처럼 다수의 글감(제시문)을 주고 어떠한(이를테면 '설명하라') 논증을 이끌어 내라는 요구를 접한 경우라면 어떠할까? 이 역시 마찬가지다. 논제의 물음에 대한 대답을 이끄는 전체 논증(즉, 논제의 물음에 대한 논리적 진술)에서 근거로 제시하는 설명항 문장들(논거)은 제시문의 개별 논증(즉, 제시문별 논증 구조 파악)에서는 각각 설명되어야 할 명제(피설명항, 주장)에 해당한다. 곧, 전체 논증의 제시문별 설명항 문장들은 개별 논증에서 피설명항의 위치로 이동한다. 물론, 다 그런 것은 아니며, 어디까지나 논제의 요구를 따라 이동할 뿐이다. 이를 앞 [사례1] 문제의 필자 예시 답안을 통해 확인할 수 있을 것이다.

중요한 것은, **어떠한 논증글도 핵심(주장)을 설명해야 할 부분이 있다는** 사실이다. 그 핵심을 잡아내기만 하면 논증은 쉽게 체계가 잡힌다. 이때 설명항을 이루는 문장은 피설명항의 진술을 직접 뒷받침하는 '근거'에 해당하는 부분(주장을 믿을만한 것으로 만들어 주는 원인으로서 주어진 정보나 증거, 자료)과 그 근거가 주장을 뒷받침한다는 것을 정당화하는 '이유'에 해당하는 부분(근거로부터 주장으로 나아가는 이유와 구체적 증거를 담은 뒷받침 설명)으로 나눌 수 있는데, 이들을 전부 합쳐 '전제'라고 한다. 이때 특히 집중할 곳은 전자인 '근거'에 해당하는 부분이다.

그 이유를 다음 [사례8]을 통해 설명하면 이렇다. 아래의 논증글은 어떤 제시문을 읽고 "현 경제 상황을 통해 정부가 기준 금리를 인상해야 한다"라는 주장을 논증 형식으로 구성한 것이다. 이때 논증의 진위를 따지기 위해 중요한 것은 현 경제 상황이 경기 순환 국면에서 인플레이션에 해당하는지의 여부의 확인이다. 만약 인플레이션이 우려된다는 것이 사실이라면, 그 대책으로 정부의 기준 금리 인상을 주장하는 것은 타당하다. 그렇다면 실제 논증글에서 파악해야 할 내용의 핵심은 최근의 여러 경제 지표에 대한 분석이다. 따라서 이를 분석하기 위해서는 글(제시문)을 읽고 그 안에 들어있는 '전제1(세부 근거)'에 대한 명확한 이유(구체적 증거를 담은 뒷받침 설명까지)를 찾아 밝힐 수 있도록 노력함으로써 "기준 금리를 올리면 인플레이션을 막을 수 있다"라는 '전제2(정당한 이유)'를 이끌어 낼 수 있어야 한다. (제시문에 전제2의 '정당한 이유'에 대한 직접적인 언급이 없다고 생각할 것)

[사례8] 논증을 구성하는 문장

- **피설명항(결론):** 한국은행은 기준 금리를 인상해야 한다.

- **설명항(전제):**

- 전제2(정당한 이유): 기준 금리를 올리면 인플레이션을 막을 수 있다.

- 전제1(세부 근거): 현 경제 지표는 인플레이션 상황을 나타낸다.

현 경제 지표는 인플레이션 상황을 나타낸다. 기준 금리를 올리면 인플레이션을 막을 수 있다. (그러므로) 한국은행은 기준 금리를 인상해야 한다…귀납 추론

한국은행은 기준 금리를 인상해야 한다. (왜냐하면) 기준 금리를 올리면 인플레이션을 막을 수 있다. 현 경제 지표는 인플레이션 상황을 나타낸다… 연역 추론

이상의 설명을 통해 알 수 있듯이 논증의 **'주장(결론)'은 이를 직접적으로 뒷받침하는 타당하고 충실하며 확고한 전제를 갖추어서 함께 제시할 때 비로소 확정될 수 있다. 논증의 설득력은 근거가 주장을 확실하게 뒷받침하는 강한 논증에서** 나온다. 설득력 있는 강한 주장을 펼치려면 주장의 타당성을 증명하는 근거를 충분히 제시해야 한다. 근거 없이 주장만을 내세워서는 안 된다. 자신의 주장을 효과적으로 입증하기 위해서는 그 주장에 대한 적절한 근거를 보여줌으로써 완벽한 논증을 만들어내야 한다.

다시 말해, 근거가 주장을 확실하게 뒷받침하려면 **근거로부터 주장으로 나아가는 '정당한 이**

유' 및 그 이유를 다시 지지하는 구체적 증거를 담은 '뒷받침 설명(해설)'이 튼튼하고, 논의의 흐름이 논리적인 순서를 따라 체계적으로 구성되어야 강한 논증이 된다. 즉, 주장과 근거를 제시하는 일련의 문장과 문장 간의 논리 체계와 구성 관계를 명확히 설정하여 논증의 타당성을 확고히 하는 것이 좋은 논증의 핵심이다. 어떤 결론(주장, 논지)을 뒷받침하는 전제 글 묶음(근거+이유+뒷받침 설명)을 '논거'라고 하는데, 좋은 논증은 궁극적으로는 탄탄한 '논거' 제시에 달렸다. 만약 그 연결 고리가 부실하거나 논의의 흐름이 체계적이지 못하면 논거를 효과적으로 제시할 수 없어, 결국 논증은 깨지고 만다.

[논증을 구성하는 요소]

- **주장_** 논증의 결론
- **근거_** 주장을 뒷받침하는 이유, 원인, 전제
- 근거로부터 주장으로 나아가는 **이유_** 근거가 주장을 뒷받침한다는 것을 정당화하는 충분한 이유, 즉 논증의 타당성 여부
- **뒷받침 설명_** 근거나 정당한 이유 등을 다시 지지하는 구체적 증거

(2)논증을 이끌어 내는 방법

이때 정당한 이유와 뒷받침 설명은 모두 결론(주장)을 지지하는 근거를 포괄적으로 구성하는 부분으로, '조건'이나 '양보', 적절한 '예시' 등을 포함한다. 여기서 논증의 중심 내용(주장과 근거)을 뒷받침하는 내용 전체를 일원화하여 '해설'로 부르기로 하자. 해설은 제시된 근거가 주장을 적절하게 뒷받침하도록 만들어 주는 기준, 즉 주장에 대한 적절한 근거임을 보장하는 역할을 한다. 글(제시문)을 읽고 논증을 구성하는 요소 가운데 근거로부터 주장으로 나아가는 '정당한 이유'와 그 '뒷받침 설명'을 이끌어 내는 중요한 단서를 찾아낼 수 있어야 한다. 그렇게 해서 논증은 **주장-근거-해설**의 구조로 거듭 정리되는데, 이때 주장은 논증의 결론, 근거와 해설(정당한 이유+뒷받침 설명)은 논증의 전제라고 보면 된다.

[논증을 이끌어 내는 방법]

- 방법1: **'주장(결론)-근거(전제)'**… 제시문이 하나 또는 두 문장(또는 단락)으로 구성되고, 이에 더하여 단일한

논지와 논거로 이루어진 형태의 단순 논증 구조 분석

- 방법2: '**주장—정당한 이유—근거**'… 제시문이 다수의 문장(또는 단락)으로 구성되거나, 다수의 주장 글로 구성되어, 논지에 맞게 다수의 논거를 유기적으로 연결하는 형태의 단일 및 복합 논증 구조 분석

- 방법3: '**주장—근거—해설(이유+뒷받침 설명)**'… **함축(숨은 결론), 숨은 전제, 예시, 인용, 부연, 보충, 한정, 반증** 등 논증의 타당성을 높이기 위한 다양한 추론 및 설명 방법을 통해 논거의 질적 수준을 높여가며 연결하는 형태의 복합 논증 구조 분석

- 방법4: '주장1—근거1—주장2(**반론**)—근거2(**재반론**)'… 제시문들을 둘로 나누어 하나는 주장을 뒷받침하는 논거로 삼고 다른 하나는 반대 논거로 하여 논증을 구성하는 경우, 또는 같은 제시문 안에서 주장과 그 주장의 반대 입장에서 제기될 반론을 이끌어 내면서 논증을 구성하는 경우, 그 반론을 잠재울 수 있는 재반론을 도출하여 논증을 강화하는 형태의 논증 분석

다음은 각각의 논증 방법으로 작성한 필자의 예시 답안(및 그 일부)이다.

[사례9] 제시문 [가]와 제시문 [나]에서 현실 세계에 대하여 비현실 세계가 갖는 의미를 <u>각각</u> **논**하시오. (이화여대 2018 인문 모의 문제1)···**논증 방법1**

(가)는 '증강 현실'이라는 가상의 비현실 세계가 실물의 현실 세계를 보다 세련되고 풍부하게 만드는 역할을 한다···**(주장)** 증강 현실 시스템은 현실 세계의 이미지나 배경에 3차원 가상 물체를 겹쳐 보여주는 기술로, 사용자와의 상호 작용을 통해 현실 세계에 대한 보다 나은 현실감과 다양한 부가 정보를 제공한다···**(근거)** 한편 (나)는 '꿈'이라는 몽환의 비현실 세계가 사람들로 하여금 세속의 현실 세계에 좀 더 충실할 수 있도록 돕는다···**(주장)** (나)의 승려 조신은 꿈에서 평소 사모하던 한 여인과 결혼하지만, 극심한 가난과 자식의 죽음, 그리고 아내와의 이별을 경험하면서 그가 꿈꿔왔던 세속적인 욕망을 이루기가 얼마나 힘들고 또 허무한 것인지를 깨닫고, 참회의 마음으로 수행에 전념한다···**(근거)**

[사례10] 제시문 (사)에 나타나는 돈키호테 식의 리더십이 가져올 수 있는 긍정적인 **효과**를 제시문 (아)의 논지를 토대로 **설명**하라. (중앙대 2018 인문 모의 문제3)···**논증 방법2**

(아)는 '창조적 파괴'에 대해 설명한다. 기업가 정신을 통한 끊임없는 창조적 파괴 과정에서 경제는 성장하고 기업 혁신은 이루어진다. (아)의 관점에서 볼 때, (사)의 돈키호테 리더십은 미래가 불확실하고 위험 부담이 큰 새로운 영역에 도전하는 기업가 정신에 상응한다···**(주장)** (사)의 자기 확신에 빠져 앞뒤 가리지 않고 돌진

하는 돈키호테는 일견 무모한 리더십의 전형으로 보이지만, 분별없고 외골수인 그의 행동은 두려움 모르는 모험심의 발로이자, 목표한 것들을 기필코 이루고자 하는 열정의 화신으로 재해석될 수 있다…**(이유)** 돈키호테의 리더십은 미지의 세계를 개척하여 혁신을 이끄는 기업가의 창의적인 리더십을 일깨운다…**(근거)**

[사례11] 제시문 [마]에서 논한 실존과 본질의 관계를 **바탕**으로, 제시문 [바]의 등장인물 네오를 **분석**하시오. (이화여대 2018 인문 모의 문제2-2)…**논증 방법3**

… (바)의 등장인물 '네오'는 (마)에서 말한 '주체적 존재'로서, 자기 앞에 펼쳐진 미래의 가능성을 스스로 선택하고 현실의 부조리한 면들을 극복하는 실존적 주체로서의 삶을 살아간다…**(주장)** 영화에서 진짜 인간 네오는 인공 지능 컴퓨터가 지배하는 가상현실 공간인 '매트릭스'의 굴레로부터 세계를 구하려 가짜 인간들과 사투를 벌인다…**(근거)** 네오가 가상현실에서 벗어나 진짜 인간으로 행동할 수 있었던 것은, 주체적 존재로서 자기 삶을 스스로 선택하는 한편, 그러한 자신의 선택과 결단, 믿음과 사랑을 통해 자신을 어떤 존재로 만들어가야 하는지를 아는 실존적 존재였기 때문이다…**(이유)** 주인공 네오는 자기가 왜 살며 어떻게 살 것인가를 치열하게고민하고 반성하며 살아가는 현대 사회의 대자적 지식인의 전형이라 할 수 있다…**(뒷받침 설명)**

[사례12] 제시문 (라)에 소개된 사건 이후 화산 폭발에 대비하는 항공기 운항 정책을 수립한다고 가정하자. 제시문 (가)에 소개된 두 입장 중 하나를 **택**하고, 이 입장에 **근거**하여 정책을 수립하시오. (연세대 2017 사회 편입 문제2-1)…**논증 방법4**

(가)의 잠재 위협을 최소화하는 '사전 예방 정책' 수립 원칙에 따라 화산 폭발에 대비하는 항공기 운항 정책을 수립하는 것이 보다 효과적인데, 그 이유는 다음과 같다.

이는 무엇보다, 인간 생명과 관련한 위협에 대해서는 효율성이 아니라 윤리적인 고려가 우선되어야 하기 때문이다…**(주장)** 항공기 운항과 관련하여서는 단순히 '비용—편익'을 계산하여 안일하게 사전 예방 조치를 취하기보다는, 생명권의 보호라는 보편적 가치 판단에 따라 잠재적인 환경 위협을 최소화하는 방향으로 정책을 수립할 필요가 있다. 때문에 비록 화산 폭발로 인해 발생하는 규소 분진이 비행기 엔진 작동을 마비시킬 가능성이 낮더라도, 그것을 확증하는 명확한 과학적 증거가 없는 상황에서 확실한 예방책을 마련하지 않고 운행하는 것은 옳지 않다. 게다가 기상 상황에 따른 불확실성이 남은 상태에서는 더 그렇다…(근거)

물론 항공 산업 분야는 정밀한 과학적 분석을 통해 철저하게 위험이 통제되고 관리되는 분야이기에 그만큼 사고 발생 가능성은 매우 낮은 사실, 그리고 비행금지 규제 조치로 인한 손실이 무척 크다는 이유로 굳이 비과학적인 사전 예방을 할 필요가 있느냐고 주장할 수 있다…**(반론) 그렇더라도** 위험은 이미 발생한 재앙이 논증 분석의 핵심은 논증 구조를 여하히 잘 파악할 수 있는가 하는 것이다. 아무리 복잡한 논증이라 하더라도 위 세 가지 방법(+방법4)을 통해 논증 구조를 표준화하여 파악할 수 있으며, 궁극적으로는 **'주장-근거-해설'의 논증 구조로 글 내용의 핵심을 파악하면** 된다. 따라서 제시문을 읽고 그 안에 들어있는 논증 구조를 찾을 때에는 굳이 형식에 얽매이지 말고 먼저 중심 주장 글부터 파악하기 위해 노력할 필요가 있다. 이후 그 주장을 뒷받침하는 적절한 근거를 도출하고, 이어서 그 근거를 설명하는 논리적인 연결 고리를 분명히 밝힘으로써, 타당하고 적절한 논증을 구성할 수 있도록 글쓰기 연습을 하면 된다.

⑶제시문을 읽고 논증 구조를 찾아내는 요령

글의 접속 관계는 논증 구조를 파악하는데 무척 유용하다. 문장과 문장, 단락과 단락은 [부가, 전환, 해설, 근거]라는 접속 관계를 통해 논리적 인과관계를 맺는데, 그에 따라 글 전체에서 논의되는 핵심 내용이 어디에 위치하고 있는지가 규정된다. 그리고 그 핵심 내용은 **'주장'과 '근거' 또는 '결론'과 '전제'라는 논증 구조를** 이룬다. 따라서 이 둘의 관계를 염두에 두고 제시문 내용 전체를 살피면, 제시문에 들어있는 논증 구조(즉, 글의 중심 생각 내지는 핵심 내용)는 큰 어려움 없이 파악된다.

하지만 글의 구조가 워낙에 복잡하게 얽혀있고 또 글의 논리 역시 변화무쌍하게 전개되는 것이 일반적이기에, 글을 읽고 그 안에 담긴 논증 구조를 정확히 파악해 내기란 쉽지 않다. 이런 이유로 글에 내재된 논의의 짜임새, 즉 논증 구조를 올바르게 파악하기 위해서는 [부가, 전환, 해설, 근거]의 접속 관계를 사용하여 논의를 효과적으로 정리해 나갈 필요가 있다. 즉, 논의의 줄기를 먼저 끄집어내고, 이어서 가지와 잎을 붙여나가야 제대로 된 나무 모양이 나오는 것이기에, 이와 반대여서는 결코 논증 구조를 제대로 파악할 수 없다.

따라서 먼저 글의 논증을 구성하는 중심 부분과 곁가지 부분을 정확히 구분해 낼 수 있어야 한다. 이를 위해서는 먼저 중심을 이루는 '주장 글(결론)'부터 찾아야 하는데, 이는 다음 과정을 통해 살피면 된다.

- (1)해설과 근거부터 찾아 정리하여 '주장 글'만을 따로 표시한다.
- (2)표시한 '주장 글'을 '부가' 또는 '전환' 관계로 접속한다.

논증을 구성하는 문장은 하나 또는 다수의 문장으로 구성되어 있으며, 여러 문장으로 만들어진 글 묶음이 합쳐져 하나의 주장을 향하는 경우도 있다. 편의상 이를 '주장 글 묶음'이라고 하고, **그 중심이 되는 문장을 '주장 글'이라고** 하자. 한편 전체 글이 여러 단락으로 구성된 경우에는 단락별로 '주장 글'이 있을 수 있는데, 이때 역시 앞의 두 과정((1)과 (2))을 통해 우열을 가리면서 글 내용을 살펴 연결하면 된다. 이때 '주장 글'에 밑줄을 그어 표시하고, 해설이나 근거에 해당하는 부분은 괄호로 묶으면 글의 논의가 정리되고 논증 구조가 드러나게 된다.

이렇게 해서 '주장 글 묶음'을 갖고 다음 세 가지 방법으로 '결론(주장 글)'을 알아낼 수 있는데, 이는 아래 [사례13]을 통해 확인된다.

- (1)주장 글 묶음 내의 주장 A와 B가 부가(A+B)의 관계일 때, 그것은 내용적으로는 한 묶음이 된다. 이때 A 와 B 중에 내용을 더 압축적이면서도 정확하게 표현하고 있는 쪽을 '주장 글'로 한다.
- (2-1)주장 글 묶음 내의 주장 A와 B가 전환의 관계이되 귀납적 관계에 놓일 때(A→B, 그러므로), 기본적으로 주장하고 싶은 것은 B이고, A는 그 정당화를 위해 사용되고 있다. 따라서 '주장 글'은 B이다(이때 A는 근거·전제 글이 되는 경우가 일반적이다).
- (2-2)주장 글 묶음 내의 주장 A와 B가 전환의 관계이되 연역적 관계에 놓일 때(A←B, 왜냐하면), 기본적으로 주장하고 싶은 것은 A이고, B는 그 정당화를 위해 사용되고 있다. 따라서 '주장 글'은 A이다(이때 B는 근거·전제 글이 되는 경우가 일반적이다).

[사례13] 논증 구조 찾기

[논술 공부에서 중요한 것은 좋은 글을 많이 읽는 것이다. (그리고) 다양한 접속 표현에 주의하면서 읽는 것

덧붙여 제시문을 읽고 주장 글, 중심 주장 글을 파악하는 요령에 대해 설명하면 다음과 같다. 그것은 글을 읽어 **먼저 주장과 근거를 제외한 해설(보충 설명을 포함한 설명글 전반)과 관련한 부분부터 찾아 이를 큰 괄호로 묶어 덜어내는** 작업을 실행하는 것이다. 이런 식의 글 읽기는 글의 중심 생각을 파악하는데 무척 효과적이다. 왜냐하면 글의 대부분은 해설을 담은 문장 및 단락으로 이루어져 있기 때문으로 이 부분을 제외한 후 나머지 글을 읽게 되면 글의 핵심, 곧 주장 글이 담긴 문장과 단락이 한눈에 들어오게 된다.

그렇더라도 알고 있어야 할 것이 있다. 앞서 강조했듯이, 글(제시문)의 해설 부분에는 논증 구성 요소 가운데 근거로부터 주장으로 나아가는 '정당한 이유'와 그 '뒷받침 설명'을 이끌어 내는 중요한 단서가 들어 있다. 따라서 이를 잘 살펴야 글의 중심 내용(주장과 근거)을 명확히 찾아 밝힐 수 있고, 또한 전제에서 결론으로 나아가는 과정의 정당한 이유를 빈틈없이 채워 넣을 수 있다(이를 '논거의 확장'이라고 한다). 이 점을 반드시 염두에 두고 글을 읽어야 한다.

논증은 여러 구조를 띤다. 예를 들어, 한 가지 전제가 결론을 뒷받침하는 단순 논증 구조, 두 가지 이상의 전제가 합쳐져서 결론을 뒷받침하는 다중 논증 구조, 두 가지 이상의 이유가 독립적으로 결론을 뒷받침하는 다중 논증 구조, 중간 결론과 최종 결론 등 여러 개의 논증이 함께 나타난 복합 논증 구조가 그것이다. 어느 것이든 논증이 둘 이상의 전제를 갖는다면, 그것의 재배열은 길어지고 또 복잡해진다. 따라서 논증 구조를 가능한 단순화할 필요가 있다.

(4)타당한 전제의 선택

논증 분석(논증 구성 및 논증의 체계화)을 통해 논증 구조를 단순화할 때 추가적으로 알고 있어야 할 중요한 것들은 다음과 같다. 먼저, 하나의 주장을 뒷받침하기 위해 전제들을 모두 따져볼 필요는 없다. 지나치게 많은 전제는 오히려 논증의 초점을 흐리게 함으로써 주장을 분명하게 부각하는데 실패하고 만다. 게다가 자칫 전제 자체를 잘못 세울 경우 논증은 설득력과 타당성을 잃게 된다.

논증을 구성하는 모든 요소가 다 제시되어야 하는 것은 아니다. **주장과 근거, 그리고 해설(정당한 이유+뒷받침 설명)은 논증의 핵심이자 글의 논리적인 뼈대를 구성하는 기본 요소지만,** 이 가운데 주장과 근거를 제외하고는 필요 없다고 생각되거나 의미가 중복되는 느낌이 든다면, 설정한 전제의 일부를 과감하게 생략하는 것이 좋다. 강한 논증을 위해서는 논증 구조를 단순화해야 하며, 논제의 요구(특히 고려해야 할 것이 적정 글자 수)에 맞추어 적절하게 전제를 내세우면 그것으로 충분하다.

이런 이유로 어떤 결론(주장)을 뒷받침할 수 있는 여러 전제(근거)가 있을 때 그 전제를 전부 사용한다고 해서 반드시 설득력 있는 논증이 완성되는 것은 아니며, 오히려 약한 전제는 사용하지 않는 편이 더 나을 수 있다. 이를테면 여러 전제들이 있고, 그 전제들 모두가 결론과 직접적인 관련을 맺고서 그 결론을 뒷받침하는 상황이더라도, 전제를 전부 사용하기 보다는 오히려 전제의 수를 제한할 때 논증의 초점은 보다 뚜렷해지고, 논증의 확실성은 더욱 강화된다. 논증이 상대를 설득하는 진술 방식임을 생각할 때, 상대가 주목하는 논제에 적합한 방식으로 적절한 전제를 선택해 가며 논증을 이끌어 낼 수 있어야 한다.

요는, 여러 전제(근거, 즉 논거)가 주어졌을 때, 그 전제들이 서로 어떤 관계에 있느냐에 따라 논증은 얼마든지 복잡해 질 수 있다는 사실이다. 일련의 전제가 인과관계를 가질 때 그 전제들은 적절한 순서에 따라 배열되는데, 만약 전제가 여럿이게 되면 결론(주장, 즉 논지) 역시 복잡해져 결국 좋은 논증을 기대하기 어렵다. 아래의 예는 하나의 논증에서 전제를 여럿 끌어들임에 따라 어떤 전제를 이유로 어떤 결론에 도달하게 됐는지를 판단하기 복잡하게 만든 경우로, 이런 식의 논증은 피해야 한다.

말굽에 대어 붙이는 쇳조각인 편자에서 못이 빠져나왔기 때문에, 편자가 떨어졌기 때문에, 말이 절뚝거렸기 때문에, 말이 넘어지면서 장군을 내동댕이쳤기 때문에, 장군이 체포되었기 때문에 전투에서 패했다.

요컨대, 가장 뚜렷한 논증, 가장 강한 논증은 **하나의 결론을 지향하는** 논증으로, 이를 위해서는 전제와 결론, 주장과 근거로 이루어진 단 두 개의 명제만을 사용함으로써, 논증 구조를 단순하게 가져갈 수 있어야 한다. 그렇게 해서 논증을 구성하는 기본적인 두 요소인 전제와 결론이 글 안에서 올바르게 자리 잡고 있는가를 확인하고, 전제에 담긴 내용이 결론의 실현 가능성을 얼마만큼 설득력 있게 뒷받침하느냐를 파악하는 것이 올바른 논증을 위한 핵심 관건이다.

하지만 그렇더라도, 다수의 주장 글을 담은 복잡한 내용의 긴 지문의 경우, 이를 읽고 글의 중심 생각을 논증 구조로 단순화하기란 결코 쉽지 않다. 지문마다 결론은 하나지만, 전제는 여럿일 수 있기 때문이다. 이때 어느 한 지문의 중심 생각은 당연히 글 전체의 결론과 전제를 대표한다. 한편, 하나의 지문에도 여러 개의 논증 구조(결론-전제)를 담을 수 있다. 어떤 특정 지문이 복합 논증을 구성하는 경우인데, 이때 복합 논증을 대표하는 전제와 결론이 그 지문의 중심 주장과 뒷받침 근거가 된다. 지문이 복잡하거나 글 내용이 다각적·심층적이면, 논증 구조는 논점을 따라 여럿으로 세분화될 수 있다(연세대 '비교하라'는 서술 논제의 제시문이 이에 해당한다).

따라서 **논증할 내용을 뚜렷하게 드러내기 위해서는 논증 구조를 단순화할** 필요가 있다. 이때 **논의의 핵심을 이루는 전제는 절대 빠뜨려서는 안 되며**, 논증을 구성하는데 반드시 포함해야 하는 전제들은 그것들을 서로 유기적으로 연결하면서 합리적·체계적으로 재구성해야 한다. 다음은 이를 염두에 두고 위의 예시를 단순한 논증 구조로 다시 정리한 경우인데, 아래 글처럼 논증 구조를 단순화했음에도 불구하고 논증은 얼마든지 힘이 실린다.

말에서 떨어진 장군은 적군에게 체포되었고, 그 결과 (지도자를 잃은 우군은) 전투에서 패했다.

이런 이유로 논증을 구성하는데 꼭 필요하지 않은 전제에 대해서는 이를 과감히 정리할 필요가 있다. 특히, 주장과의 관계가 필연적이지 못하거나 또는 주장을 뒷받침하는 정도가 약한 근거인 경우, 그리고 아무리 좋은 전제이더라도 타당한 근거 자료를 제시하기 어려운 경우에는 이를 과감히 배제한다.

(5) 생략된 전제의 보충

논의를 재구성하는 과정을 통해 논증(즉, 글의 주장과 근거를 담은 중심 생각)을 더욱 강화하거나 타당하게 만들려면 앞서 말한 것처럼 전제를 재구성할 필요가 있다. 이때 글을 읽는 독자가 합리적으로 수용할 수 있는 명시적인 전제를 덧붙여야 하는데, 만약 글(제시문)의 어딘가에 숨겨진 전제가 있다면 반드시 이를 찾아 보충해야 한다. 그 부분이 출제 의도를 내포하고 있을 가능성이 높기 때문이다.

글(제시문)에서 논리가 분명하거나 당연하다고 생각되는 전제를 생략한 채 논의가 펼쳐진 경우, 그 생략된 전제를 '**숨은 전제**'라고 한다. 숨은 전제가 포함된 지문의 경우, 이를 보충하면 명백하게 타당한 논증 구조를 내세울 수 있을 뿐더러, 그 과정에서 논증은 논리적으로도 탄탄해진다. 숨은 전제를 찾아 이를 표면에 내세우면 논증할 내용의 핵심은 보다 분명하게 드러난다. 다음은 그 사례이다.

[사례14] 숨은 전제의 파악

오늘날 세계 많은 나라들이 사형 제도 자체를 폐지하거나 사형 제도를 유지하면서도 사형의 집행을 유예하고 있다. 우리나라도 2007년 12월이면 10년 동안 사형수들에 대한 사형을 집행하지 않음으로써 사실상의 사형 폐지국이 된다. 그동안 사형 제도의 존폐에 대해서는 상반된 입장이 팽팽히 맞서왔다. 사형 폐지론자들은 사형 제도가 인간 생명의 불가침성에 반하고 오판 가능성이 있다는 이유로 폐지하자고 주장해왔다. 반면, 사형 존치론자들은 사형을 대체하는 그 어떤 형벌도 사형과 대등한 범죄 예방의 효과를 갖지 못했기 때문에 여전히 사형 제도는 범죄를 억제하고 있다는 이유로 사형 제도의 존속을 주장해왔다. 그럼에도 불구하고 그 과정에서 국민들의 법의식과 법 감정은 사형 제도의 폐지를 지지하는 쪽으로 서서히 변화한 것은 분명하다. 그렇다면 이제 사형 제도는 폐지되어야 한다. 남은 일은 우리나라의 법질서에서 사형 관련 법 규정을 완전히 제거함으로써 사형제의 폐지를 입법적으로 제도화하는 것이다.

[사례14]의 제시문은 사형 제도에 대한 찬반 논의를 다루고 있는데, 각각의 주장을 정리한 후 글쓴이가 내세우고자 하는 중심 주장을 결론으로 그 밖의 주장을 전제로 내세워 논증의 핵심 내용을 정리하면 다음과 같다.

전제1(사형 폐지론자의 입장)_ 인간 생명의 불가침성에 대한 침해와 오판 가능성을 들어 반대

전제2(사형 존치론자의 입장)_ 최고의 범죄 예방 효과임을 이유로 들어 찬성

숨은 전제_ 법제도는 국민의 법 감정과 법의식에 기초해야 한다.

결론_ 국민들의 법의식과 법 감정이 사형 폐지로 변화했기 때문에 사형 폐지를 주장

논술 답안을 작성할 때, 글(제시문)의 숨겨진 전제를 찾기 위해서는 논증이 제시되고 있는 전체 맥락을 파악해야 한다. 어떤 논증이 부적절한 논증인가, 아니면 타당하지만 여러 전제들을 생략

하고 있는 논증인가는 전적으로 그 **논증의 맥락을 고려하여 판단할** 일이다. 즉, 논리가 일관되면 그 논증이 비록 전제를 생략하고 있더라도 좋은 논증이 된다. 여기에 숨은 전제까지 찾아 넣으면 한층 탄탄한 논증 구조를 갖추며, 전제에서 결론으로 이어지는 논리가 일관되고 있는지의 파악 또한 한결 쉬워진다. 이처럼 논술 실력은 숨은 전제를 찾아 넣는 등으로 꽉꽉 채워 **빈틈없는 논증 구조로 만드는데** 달렸는데, 결국 좋은 논증을 위해서는 많은 전제 가운데서 뺄 건 빼고, 찾아 더 할 건 더해가며 논증 구조를 매끄럽게 가다듬어야 함을 이해할 수 있을 것이다.

숨은 전제를 효과적으로 파악하기 위해서는 논제가 제시하는 맥락에서 접근할 필요가 있다. 이를테면 논제가 묻고자 하는 서로 다른 관점은 무엇인지, 또는 서로 대립하는 전제를 내세운 경우 이것으로부터 도출하고자 하는 결론이 무엇인지를 잘 생각해서 파악해야 한다. 그 과정에서 생략된 전제를 덧붙일 경우에는 한정된 관점에서보다는 폭넓은 차원에서 이를 일반화할 수 있어야 한다. 글에서 생략된 전제를 논증 구조에 맞게 덧붙일 때는 한정된 시각에서 글 내용을 살피기보다는 폭넓은 차원에서 이를 일반화할 수 있어야 한다.

⑹숨겨진 결론의 파악

숨은 전제의 파악과 함께 **숨은 결론**을 알아내는 것 역시 중요하다. 저자가 무슨 의도를 갖고 글을 썼는지가 글의 표면에 분명하게 드러나지 않을 경우, 이것을 확인해야만 글의 의미를 정확히 이해하고 또 저자가 지향하는 주제 의식이나 관점이 무엇인지를 파악할 수 있다. 그 의미하는 바가 곧 숨은 결론인데, 때때로 저자는 자신이 지향하는 주제 의식이나 글을 쓴 목적, 말하고자 하는 관점이 무엇인지를 글에 명시적으로 밝히지 않은 채, 이를 암묵적으로 전제하여 글을 쓴다.

따라서 글을 정확히 이해하기 위해서는 글의 숨은 의도, 즉 글이 '**함축**'하는 바가 무엇인지 찾아야 하는 경우도 많다. 함축이란 숨은 결론, 드러나지 않았지만 궁극적으로 말하고 싶은 주장이자 **글의 속뜻**을 말한다. 그렇기에 이것을 확인하려면 글의 **맥락적인 이해**가 무엇보다 중요하다. 여기서 맥락적인 이해라 함은 글에 담긴 속뜻을 파악해 내는 것으로서, 글에 담긴 **작가의 주제 의식이나 가치관, 시대적 상황 등 텍스트 밖의 요소를 포괄하는** 개념이다.

맥락적인 이해의 중요성을 프랑스의 구조주의 철학자 롤랑 바르트의 기호학의 의미를 차용하여 간략히 설명하면 다음과 같다. 바르트에 따르면, 언어의 형식을 이루는 '기표(記標)'와 내용을 구성하는 '기의(記意)'라는 의미 작용 사이에서 관계하여 인간의 감정이나 느낌 또는 주관적 가치로 구조화된 의미가 곧 함축이다. 그렇기에 함축의 과정에서 작가의 의도적인 선택이 개입될 수밖에 없는데, 그렇게 해서 작가가 의도하는 바에 따라 그 의미는 얼마든지 달라질 수 있다.

즉, 글에 담긴 어떤 주장(진술)에 대한 '기표'와 '기의' 사이에는 함축을 통해 은밀하게 숨겨져 있는 개념적 의미 차이가 있을 수 있다. 따라서 글의 의미를 제대로 이해하려면 글을 구성하고 있는 전체 상황 속에서 하나하나 속뜻을 읽어내야 한다. 예를 들어 "잘 논다"라는 주장은 정말로 '잘 논다'는 긍정적인 의미인지, 아니면 말 그대로 '놀고 있네'라는 식의 부정적인 의미인지를 글을 읽고 속뜻을 파악할 수 있어야 한다.

다음 [사례15]는 〈2013 건국대 인문 수시〉에 출제된 제시문의 하나이다. 아래 제시문의 요약 글을 통해 알 수 있듯이, "정체성은 문화를 통해 형성되는 것이기에, 세계화에 따른 문화침탈은 공동체적 동질성을 저해하고 정체성의 위기를 가져온다"라는 논지를 담고 있다. 그렇더라도 이것만으로는 주어진 논제를 제대로 해결하기 어려우며, 글에 담긴 함축된 의미를 파악할 수 있어야 한다. 즉, 제시문을 읽고 "정체성을 굳건히 하려면 각자가 자신의 개성과 문화적 주체성을 잃지 말아야 한다"는 숨은 결론, 즉 함축의 의미를 읽어낼 수 있어야 한다.

[사례15] 함축의 파악

정체성이란 사람들에게 자신의 존재 의의를 부여해 주는 의미 체계라 할 수 있다. 그것은 실존적인 지평에서 내면을 탐구함으로써 확보될 수 있지만, 대개의 경우 사회적 자아를 구성함으로서 획득된다. 이때에 일정한 의미의 질서를 형성함으로써 정체성 형성에 중요한 기반이 되는 것이 문화다. 즉, 다른 집단과는 구분되면서 내부에서 공유하는 전통이나 스타일 등의 상징체계를 매개로 사람들은 자기 정체성의 내용을 사회적으로 구성하는 것이다. 거기에서 얻어지는 소속감과 유대감은 개개인이 사회로 통합되어 안정된 삶을 영위하는 데 매우 긴요한 심리적 자원이 된다. 그런데 세계가 지구촌이라는 개념으로 확대됨에 따라 정체성의 위기를 겪는 사람이나 집단들이 많아지고 있다. 사람, 상품, 정보 등이 국경을 넘어 점점 자유롭게 넘나들 수 있게 되면서 일정한 사회적. 지리적 범위를 경계로 형성되어 있던 공동체적 동질성을 유지하기가 어려워지고 있기 때문이다. 정보 통신 기술의 고도화와 시장의 자유화 경향에 따라 정보와 상품을 통해 전달되는 문화의 영향력은 갈수록 막강해지고 있다. '문화 침투' 또는 '문화 제국주의'라는 표현에서 나타나듯이, 단순히 문화 전달이 아니라 문화적 상호 작용에서 불균형한 권력 구조의 문제도 첨예하게 대두되고 있다. 특히 점점 힘을 잃으면서 소멸되거나 다른 사회에 동화되는 소수 민족들처럼 <u>다문화 사회 속에서 자기 자신의 입지와 존속성이 흔들리는 집단들의 경우 문화적 정체성은 심각한 도전을 받을 수밖에 없다.</u> (건국대 2013 인문 수시).

함축의 의미를 파악하는 것은 글의 주장(결론)을 올바로 이해하기 위해 아주 중요하다. 맥락에 따라서는 전혀 다른 함축적인 의미를 가질 수 있으며, 만약 이것을 정확히 해석하지 못할 경우에는 말 그대로 논점을 이탈하고 만다.

이처럼 글의 진정한 의미를 이해하기 위해서는 숨은 전제와 함축의 파악이 중요함을 이해할 수 있을 것이다. 당연히 논증에서 숨은 전제가 무엇인지, 함축을 담고 있지는 않은지, 또 그것들을 어떻게 찾아내고 파악할 수 있는지를 살펴야 하는데, 그 논리적 사고 과정이 바로 '추론'이다. 그 설명은 이미 앞에서 끝냈다.

(7)논거의 확장

불필요한 전제에 대한 정리가 끝났다면, 이어서 채택한 전제들을 보완하여 결론(주장)을 뒷받침하는 확실한 근거로 발전시켜나가는 단계로 넘어간다. 그렇게 해서 선택된 전제가 곧 '논거'이다. 논거 확정 단계의 첫 작업은 **선택된 전제를 완전한 명제(즉, 문장)로 만드는** 것이다. 그 다음으로 명제화한 논거가 독자를 충분히 설득할만한 세부 근거나 자료를 갖췄는지를 살핀 후, 그 부족한 부분을 채워 넣는다. 끝으로 채택·보완한 논거들을 연결하여 하나의 완결된 논증글로 매끄럽게 다듬고, 글을 질서 있게 체계적으로 배열한다. 이로써 개별 논거들을 구체화하여 결론(주장)과의 관련성을 높이는 방향으로의 논증 구성은 완결된다.

논증 구조를 파악하는데 있어서의 가장 중요한 문제는, **논술자 자신의 해석에 근거한 주장을 어떻게 정당화할 것인가** 여부이다. 논증 구조를 파악하고 논증 구조를 만들 때에는 다음을 특히 염두에 두어야 한다.

논증에서 그 구성 요소별 기술 순서에 대한 원칙은 없다. 상황에 따라 근거를 먼저 제시하고 주장을 내세울 수도 있고, 주장을 먼저 내세운 다음 근거와 해설을 제시할 수도 있다. 논제의 요구와 상황에 맞도록 논증 구성 요소를 제시하는 것이 가장 적절한 순서라고 보고, 그것에 맞게 논증할 내용을 논리적·체계적으로 서술하면 된다. 어느 경우든 **논술자가 갖고 있는 생각의 흐름을 평가자에게 가장 분명하게 보여주는 순서로 글(논증)을 전개해 나가야** 한다. 그 가장 자연스런 순서를 찾기 위해서는 **논증을 구성하는 문장들을 여러 차례 다시 배열하면서, 그리고 생각에 생각을 거듭하면서 어떻게 하면 전제들을 가장 잘 배열할 수** 있는가를 치열하게 고민하면서 글을 써야 한다. 논증 글을 잘 쓰려면, 다음을 명심할 것. "생각의 흐름을 가장 자연스럽게 보여주는 순서로 글 내용을 서술하라."

이 단원의 논의의 핵심을 거듭 정리하면 다음과 같다. 논증 파악의 핵심은 중심 주장(주장 글이자, 전체 글의 결론)이 무엇인지를 파악하기 위해 노력하는 데 있다. 논증을 재구성하게 되면, 즉 글의 중심 주장을 하나의 명제로 다시 정리하면서 글을 쓰다보면, 결론을 찾아내는 일은 좀 더 쉬워진다. 따라서 논증을 재구성하는 과정에서 명제(논제)를 더욱 분명하게 표현하기 위해서는 **전제와 결론을 서술문으로 다시 작성해보고, 둘 간의 논리적 의미 관계를 맥락으로 파악할** 필요가 있다.

논증의 결론과 전제를 찾아내는 일은 완전히 분리되어 진행되는 것은 아니다. 논증의 전제(근거)를 찾아내는 것은 곧 **지문 안에 담긴 결론(주장)을 참(타당하다)이라고 생각하는 이유를 찾아내는** 것과 같다. 따라서 논제의 지시를 따라 논의를 펼치되, 무엇보다 **결론이 옳다고 믿는 이유가 무엇일까를 스스로 질문하고 그것에 답할 수** 있어야 한다. 문장 중에 이러한 질문에 대답이 되는 명제가 있다면, **이것이 논증의 전제일** 가능성이 높다.

전제를 찾아낼 때 역시 앞서 말한 것처럼 글의 전반적인 구조를 파악하는 것이 도움이 된다. 따라서 이 역시 앞서 설명한 [부가, 전환, 해설, 근거]라는 접속 관계를 통해 논리적 인과관계를 파악하되, 어디까지나 중심 주장과 관련하여 그 연관성을 파악하는데 주력해야 한다.

이상의 설명에서 알 수 있듯이, 논증을 잘하려면 주장(즉, 결론)하려는 내용을 분명히 하되, 그 주장의 타당성을 논리적으로 입증하면 그것으로 충분하다. 따라서 올바른 논증을 위해서는 객관적이고 합리적인 논거를 충분히 설득력 있게 제시하고, 논리적 추론 과정의 타당성을 확보하는 것이 관건이다.

결국 좋은 논증은 다른 사람을 설득하기 위한 자신의 주장이 얼마나 논리적으로 타당한지 여부에 달렸으며, 따라서 그 주장은 설득 가능한 근거를 담아 합리적인 방식으로 제시되어야 한다. 그런 점에서 논증 글쓰기는 곧 **'합리적인 주장과 타당한 객관적인 근거를 담은 논리적인 서술'**이라고 할 수 있는데, 합리적이고 설득적인 논증을 위해서는 특히 다음에 유의해야 한다.

[설득적합리적 논증을 위해서는]

- 주장은 내용적으로 타당해야 한다.

- 주장을 감정적으로 내세우지 않으며, 장황하지 않게 진술해야 한다.

- 논제는 정확하고 구체적이어야 한다.

- 논거는 누구나 수긍할 수 있도록 명백해야 한다.

- 논증은 명료하고 합리적이어야 한다.

- 논증한 것 이상을 주장하지 않아야 한다. 중언부언하거나 근거 없는 논증은 금물이다.

- 가장 효과적인 논증은 하나의 결론을 지향하는 논증이다.

07

제시문 유형별 논증 구조의 파악

논증에서 근거(전제)와 주장(결론)이 결합되는 방식, 즉 **근거로부터 주장으로 나아가는 타당한 '이유'에 대한 서술 방식을 따라 다양한 형태의 논증 구조를 이끌어 낼 수** 있다. 예를 들어 동원 가능한 유사한 사례들을 들어 근거가 주장을 지지하는 것이 왜 충분한 이유가 되는지를 밝히거나, 또는 몇몇 사례들을 일반화하면서 자신의 주장을 정당화할 수 있다. 또 주장과 근거가 원인과 결과의 관계에 있음을 밝힘으로써 근거가 주장을 지지하는 이유를 제시할 수도 있다.

논증 구조를 파악할 때 이를 어느 정도 유형화하여 살피는 것은 논술 공부에 무척 효과적이다. 많은 경우, 글(제시문)은 형식 구조 및 내용 구성에 따라 몇 가지 유형으로 나누어 살필 수 있다. 따라서 그것에 맞게 논증 구조를 유형화하여 살피면, 논증의 핵심을 파악하기 한결 쉬울뿐더러, 논증할 내용을 보다 체계적으로 기술할 수 있다.

글(제시문)을 읽고 그 핵심 내용을 논증 구조로 어떻게 유형화할 수 있는지, 그리고 그것을 어떤 영역에서 어떻게 효율적으로 활용할 수 있는지를 살피면 다음과 같다. 참고로 이제부터 설명하는 내용은 필자가 『논증과 글쓰기(이광모·이황직·서정혁 공저, 형설출판사)』의 글 내용을 차용하여 재구성한 것임을 밝힌다.

(1)일반화에 의한 논증

일반화에 의한 논증은 선택된 예를 일반화하여 주장의 정당성을 논증하는 방식으로, 인문·사회 관련 지문에서 주로 사용되는 설명글의 기술 방식이다. 지문 안에서 몇 가지 선택한 사례를 일반화하여 주장하고자 하는 내용을 이끌어 낸다.

[사례16] 일반화에 의한 논증

1966년 인도네시아 열대림은 1억 4400만 ha였고, 숲은 인도네시아 면적의 77%를 차지하였다. 그중 수마트라 섬의 캄파르 반도는 20여 년 전만 해도 가장 다양한 생물종이 살아가는 잘 보존된 열대 우림이었다. 그러나 지구의 허파와도 같았던 이곳은 불모의 땅으로 변해가고 있다. 매일 축구장 400개에 해당하는 숲이 사라져 이미 수마트라 섬의 숲 85% 정도가 사라졌다. 또 개발하는 과정에 숲이 타면서 엄청난 양의 이산화탄소를 내뿜는 배기가스의 배출구로 전락해 버리고 말았다. 그 결과 인도네시아는 최근 20년 사이 삼림 파괴국 1위, 중국과 미국에 이은 이산화탄소 배출국 3위라는 불명예를 안게 되었다. 열대 우림 파괴의 주범은 다국적 기업과 기름야자 농장이다. 이들은 대규모 플랜테이션을 위해 인공 운하를 만들고 곳곳에서 법으로 금지된 삼림 방화를 자행하였다. 또한 기름야자에서 나오는 팜유를 생산하려고 농장을 만들면서 열대림을 파괴하고 있다. 팜유는 과자, 아이스크림, 초콜릿, 식용유, 화장품, 비누, 윤활유, 재생에너지에 이르기까지 다양한 용도로 사용된다. (서강대 2018 인문 모의 출제 지문)

위 [사례16] 글에서 제시되고 있는 논증의 핵심을 정리하면 다음과 같다.

열대 우림 파괴의 주범은 다국적 기업과 기름야자 농장이다… **주장(결론)**
그들은 대규모 플랜테이션을 위해 삼림 방화를 자행하고 열대림을 파괴하고 있다… **이유(전제2)**
인도네시아는 자국의 산림 자원 개발에 따른 배기가스의 배출구로 전락했다… **근거(전제1)**

열대 우림 파괴의 주범은 (개도국이 아닌 선진국 소유의) 다국적 기업이다. 그들은 대규모 플랜테이션을 위해 (개도국 내의) 삼림 방화를 자행하고 열대림을 파괴하고 있다. 인도네시아는 산림 개발 과정에서 내뿜는 배기가스의 배출구로 전락했다.

(2) 원인-결과에 의한 논증

다음 글에서 드러나는 논증 구조를 살펴보자. 이에 따르면, 글에 제시된 몇 가지 사례를 일반화하여 주장을 도출한 것은 아니다. 이 논증에서 근거와 주장은 원인과 결과라는 형식적인 관계를 갖는다.

[사례17] 원인-결과에 의한 논증

미국의 매사추세츠 종합병원에서 의료 분야 인공 지능 개발을 주도하고 있는 데이비드 팅 박사는 <u>인공 지능이 기존에 의사가 하던 일의 많은 부분을 하게 될 것</u>이라고 전망했다. 그렇다고 <u>인공 지능이 의사를 대체하는 것은 아니고 보완하는 것이다.</u> 인공 지능이 필요한 기록을 단번에 찾아내고 진료 추적까지 해줌으로써 의사는 잡무에서 벗어나 고차원적인 일을 할 수 있다. 인공 지능이 의사의 믿음직한 파트너로 활동하는 것이다. 의사는 환자를 진료할 때 컴퓨터가 알아서 데이터를 기록하기 때문에 환자에게 더 집중할 수 있다. <u>그 덕분에 환자는 의사에게 더욱 정교한 상담을 받을 수 있고, 세계 어디에서나 보편적인 치료를 받을 수 있게 될 것이다.</u> (성균관대 2017 인문 수시 출제 지문)

위 [사례17] 글에서 제시되고 있는 논증의 핵심을 정리하면 다음과 같다.

환자는 의사에게 더욱 정교한 상담을 받을 수 있고, 보편적인 치료를 받을 수 있게 될 것이다⋯ **주장(결과)**
인공 지능이 의사를 대체하는 것은 아니고 보완하는 것이다⋯ **이유**
인공 지능이 기존에 의사가 하던 일의 많은 부분을 하게 될 것이다⋯ **근거(원인)**

인공 지능 기술의 발전으로 사람들은 보다 높은 수준의 서비스를 제공받는다. 인공 지능 기술은 인간의 일자리를 대체하기보다는 인간의 업무를 보완한다. 인공 지능은 인간의 저차원적인 업무를 대신한다.

이러한 형태의 논증은 **자연과학적 탐구에서 전형적으로** 사용된다. 그 이유는 자연과학자들은 어떤 주어진 현상을 설명하면서, 그 원인이 무엇인지를 밝히는데 힘을 쏟기 때문이다. 어떤 주장을 하면서 정당화한 상태의 원인을 제공하는 것은 곧 그 주장의 신뢰성을 제공하기에 충분한 근거가 된다.

(3)유추에 의한 논증

자연과학적 탐구에서 다루는 '원인-결과'의 논증 형식으로는 파악하기 어려운 여러 상황 속에서는 또 다른 형태의 논증이 필요하다. 특히 둘 이상의 예시를 들어가며 일반화하는 논증은 예외적인 논증 방법(추론 방식)을 규정할 수 있다. 이를테면 지문에 제시된 여러 개의 예시를 나열하면서 논증을 뒷받침하기보다는, 하나의 특정한 예로부터 또 하나의 다른 특정한 예로 나아가는 논증 방법을 취할 수도 있다. 그 과정에서 둘 이상의 예시가 이러저러한 측면에서 비슷하므로, 다른 특정 측면에서도 비슷할 것이라는 추론이 가능해진다.

[사례18] 유추에 의한 논증

골렘의 도시 프라하에서 활동하던 소설가 카렐 차페크는 1920년 『로섬의 만능 로봇』이라는 작품에서 처음으로 '로봇'이라는 단어를 사용했다. 로봇은 체코어로 '강제 노동', '노예'를 뜻하는 '로보타'(Robota)에서 왔다. 이 희곡에서 로봇들은 로섬의 공장에서 인간을 위해 일하도록 고안됐는데, 반란을 일으켜 인간을 정복한다. 그런가 하면 영화 〈메트로폴리스〉에 등장하는 '기계 인간'은 인간과 기계의 근본적인 차이를 묻는다. 기계 같은 삶을 사는 인간과 인간 같은 생각을 가진 기계. 누가 더 불쌍한 것일까?

우리는 인간의 한계를 뛰어넘는 지능을 가진 기계로 다시 한 번 수천, 수만 배 더 편하고 더 나은 삶을 살기를 원한다. 보치오니 같은 미래파 화가들도 인간보다 기계, 사랑보다 속도를 선호했다. 물질과 자동차와 엔진. 촌스럽고 유치하고 시시콜콜한 인간들의 이야기는 잊어야 한다고. 무슨 일이 있어도 모던해야 한다고. 과거를 버리고 미래를 숭배해야 한다고. 하지만 인간은 두렵다. <u>우리보다 더 강하고, 똑똑하고, 현명할 미래의 기계를 나약한 인간이 통제할 수 있을까?</u> 인간의 명령에 절대적으로 복종해야 할 기계들은 인간을 어떻게 바라볼까? <u>인간은 기계를 지배할 자격이 있을까?</u>

수많은 할리우드 영화에서 기계는 지능을 가지는 순간 인간을 공격하고 멸종시키려고 달려든다. 운 좋아봐야 컴퓨터에 연결돼 인간이 여전히 지구를 지배하고 있다는 꿈을 꾸며 살게 한다. 그래서일까? 세계적 로봇공학자 모라베츠는 주장한다. <u>인간이 동물을 지배하듯, 인간보다 우월한 기계가 인간을 지배하는 것은 지극히 당연한 일이라고.</u> 기계들이 선심을 베푼다면 우리는 애완동물 정도로 계속 살아남을 수 있을 것이라고.

(경희대 2018 인문 모의 출제 지문)

위 [사례18] 글에서 제시되고 있는 논증의 핵심을 정리하면 다음과 같다.

기계는 인간보다 더 강하고, 똑똑하고, 현명하다… **근거(상황1)**

나약한 인간은 기계를 지배할 자격을 잃었다… **이유**

인간이 동물을 지배하듯, 인간보다 우월한 기계가 인간을 지배하는 것은 당연하다… **주장(상황2)**

위 유형의 논증은 비교되는 두 상황이 본질적으로 같은 특성을 갖기 때문에 하나의 상황 속에서 발견되는 현상들은 다른 상황에서도 발견될 것이라는 전제 속에서 성립된다. 즉, 이는 엄격하게 원인을 밝혀야 하는 과학적 탐구나 인문·사회적 현상의 고찰에서 사용되기보다는 여러 상황이 제시되는 문학 영역에서 많이 사용되는 형태의 논증일 뿐 아니라, 실제 우리의 일상적인 대화 속에서 빈번히 사용되는 논증이다.

서로 다른 대상이나 과정, 또는 체계가 일정한 면에서(곧, 그 구조, 기능, 속성 관계 등) 유사하거나 일치할 때, 그 유사성이나 동일성에 의거하여 그것들이 다른 측면에서도 서로 유사하거나 일치할 것이라고 추론해 내는 것을 '유추(유비추리)'라고 한다. 즉, **같은 종류의 것 또는 비슷한 것에 토대를 두고 다른 사물(대상)을 미루어 추측하는** 것을 유추라고 한다. 예를 들어 어떤 사물들의 형태, 색깔, 무게 등이 서로 같다는 생각에 기초하여 기타의 성질, 이를테면 맛이나 촉감 등도 같거나 비슷하리라고 판단하는 경우, 이를 유추라고 한다. 또 어떤 사람이 그동안 성실하고 모범적인 가정생활, 학교생활을 해왔다는 사실에 기초하여, 그가 앞으로도 사회에 나가 모범적이며 성실하게 살아갈 것이라고 추측하는 경우 역시 유추에 해당한다.

유비(상이한 대상들이 일정한 특징면에서 보이는 상응, 상사, 일치의 관계)에 기초한 추론, 곧 유추는 대상에 대한 우리의 인식 능력을 확장하게 만드는 유용한 사고방식이다. 하지만 부정확한 지식과 정보에서 비롯된 유비 추론은 자칫 그릇된 결론을 이끌어 낼 수 있다. 따라서 유추에 의한 논증에 있어서는 무엇보다도 대상에 대한 정확한 지식과 정보, 그리고 대상들 사이의 내적 인과관계에 대한 충분하고 풍부한 지식이 전제되어야 하며, 유추 과정 역시 객관적이고 타당한 절차를 거쳐 진행되어야 한다. 글(제시문)의 독해 능력이 중요한 이유가 여기 있다.

(4)권위에 의한 논증

일상생활 속에서 전개되는 많은 논증들은 사실은 권위에 기대고 있다고 해도 과언은 아닐 것이다. 이를테면 우리가 신문 기사를 갖고 어떤 주장을 하거나, 아니면 전문가의 견해에 의지하여 주장을 하는 것은 모두 권위에 의한 논증이라 할 수 있다.

이때 관건은 그 논증이 얼마만큼 신뢰받는 권위에 근거하고 있는가이다. 만일 사회 내에서 상당한 수준의 신뢰와 지지를 받는 인물, 기사, 보고서, 학술 연구 등이 주장의 근거로 활용된다면, 이때 주장은 어느 정도 설득력을 지니게 될 것이다.

중요한 것은 유추에 의한 논증과 마찬가지로, 그 권위의 진위를 가릴 수 있는 판단 능력이다. 이를 위해서는 권위에 대한 정확한 지식과 정보가 전제되어야 하며, 권위의 진실성에 대한 추론 과정 역시 객관적이고 타당한 절차를 거쳐 수행되어야 한다.

[사례19] 권위에 의한 논증

<u>내가 사는 동네에서 경제 이론과 경제 현상은 일치하지 않을 때가 많다.</u> 예를 들어 경제학 정설에 따르면 사람들은 이기적이고 합리적이라 물건을 살 때 싼 가격을 찾는다. 그러나 우리 동네 모퉁이에서 서로 경쟁하는 점포들은 똑같은 제품이라도 매우 다른 가격으로 판매한다. 흥미로운 점은 소점포 중 일부는 크고 효율적인 점포보다 가격이 전반적으로 더 높은데도 장사가 잘된다는 사실이다. <u>시장은 최저 가격으로 판매하는 기업을 선호한다는 이론은 우리 동네에서 적용되지 않는 것처럼 보인다.</u> <u>우리 동네 주민들과 점포 사이의 관계는 의사소통, 신뢰, 즉 인간관계를 바탕으로 한다.</u> (동국대 2016 인문 모의 출제 지문)

위 [사례19] 글에서 제시되고 있는 논증의 핵심을 정리하면 다음과 같다.

내가 사는 동네에서 경제 이론과 경제 현상은 일치하지 않을 때가 많다… **근거**

시장은 최저 가격으로 판매하는 기업을 선호한다는 이론은 우리 동네에서 적용되지 않는다… **이유**

우리 동네 주민들과 점포 사이의 관계는 의사소통, 신뢰, 즉 인간관계를 바탕으로 한다… **주장**

경제 행위에 크게 영향을 미치는 것은 신뢰라는 상호성에 바탕을 둔 인간관계다. 가격이 개인의 경제적 선택에 전적으로 영향을 미치는 것은 아니다. 경제 이론과 경제 현상은 일치하지 않을 때가 많다.

(5)표본에 위한 논증

제시된 몇 가지 표본에 의거하여 자신의 주장을 정당화하는 논증하는 경우도 있다. 다음은 〈서강대 2015 인문 수시〉 출제 지문의 하나로, "제시문 [바]의 주장의 근거로서 제시된 도표의 타당성을 논의하라"는 것이 논제의 요구이다.

[사례20] 표본에 의한 논증

합계출산율과 여성 고용률의 관계: <u>여성 고용률이 높은 나라에서 대체로 합계출산율이 높은 경향이 나타난다</u>. ※ 주: 멕시코와 터키는 제외(멕시코: 합계출산율 2.40, 여성 고용률 45.8%; 터키: 합계출산율 2.46, 여성 고용률 28.4%). (서강대 2015 인문 수시 출제 지문 및 자료)

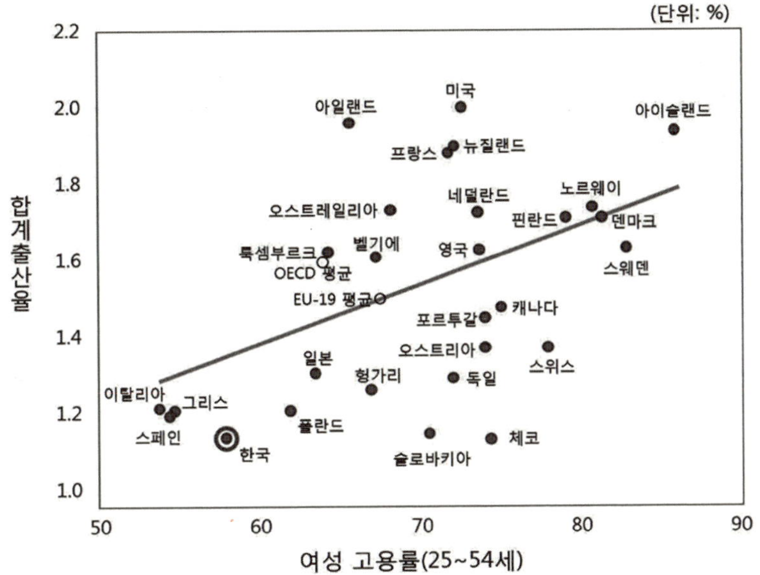

위 [사례20] 글에서 제시되고 있는 논증의 핵심을 정리하면 다음과 같다.

(바)의 주장: 여성 고용률이 높은 나라에서 대체로 합계출산율이 높은 경향이 나타난다… **전제**

도표에 따르면, 출산률과 고용률의 상관관계는 높지 않다… **이유(및 뒷받침 설명)**

이상을 고려할 때, 도표는 (바)의 주장을 입증하기에 타당한 근거로 내세우기 어렵다… **결론**

위 예시는 선택된 표본(자료)을 근거로 하여 일반적인 주장을 하는 형태의 논증 구조를 갖는다. 표본에 의한 논증에서 그 표본은 특정한 형태의 구체적인 사례일 수도 있고, 또는 추론을 가능케

하는 예측 지표일 수도 있다. 어느 것이든 표본(자료)에 대한 정확한 이해와 해석이 따라야만 올바른 논증을 구성할 수 있다.

지금까지 살펴본 논증 구조는 기본 유형별로 편의상 구분한 것일 뿐이다. 실제 제시문 분석을 통해 논증 구조를 파악할 경우, 제시된 논증 유형(추론 방식)의 어느 하나가 딱 들어맞는 경우는 많지 않다. 여러 유형의 논증들을 함께 생각하면서 파악해야 하는 경우가 일반적이다. 따라서 하나의 글(제시문)에서 하나의 논증 유형만을 사용하여 논증 체계를 구조화하는 것은 옳지 않다. 논증의 구성을 단순화할 뿐 아니라, 전제로부터 결론으로 나아가는 과정에 허점을 보이면서 잘된 논증을 망칠 수 있다.

논증 구조가 같더라도 주어진 전제로부터 반드시 동일한 결론에 도달하는 것은 아니다. 그 이유는 **비록 전제를 올바로 내세웠더라도 이후 결론으로 나아가는 과정까지의 추론을 잘못했거나 또는 결론을 잘못 설정한 후 그것에 도달하는 과정을 억지로 꿰맞추려 들었기** 때문이다. **전제 자체를 잘못 내세웠을 경우** 역시 당연히 잘못된 결론에 이르게 된다. "논리는 만드는 것이다. 논리는 세우는 것이다"라는 말의 의미를 깨닫는다면, "논증 구조=생각의 체계=논리적 사고력"이란 사실을 이해할 수 있을 것이다.

따라서 **논증 구조와 논리 체계는 전적으로 논술자의 지적 역량과 사고 능력에 기댈 수밖에 없**다는 사실을 분명히 인식할 필요가 있다. 그리고 이를 바탕으로 제시된 지문에 담긴 논증 구조를 분명하게 드러낼 수 있도록 함으로써, 논증을 보다 체계적으로 구성할 필요가 있다. 이를 위해서는 앞서 여러 차례 강조했듯이, 글의 이해와 해석 능력을 높여나가는 한편, 글의 **핵심 내용을 머릿속 생각으로 체계적으로 조직화·구조화하는** 연습에 힘을 기울여야 한다.

08

논증 분석 과정 요약

제시문을 읽고 이를 논증 형식으로 재구성하기 위해서는 어떻게 해야 할까? 일반적으로 다음 단계를 밟아가며 순차적으로 해결하는 것이 효과적이다.

첫째, 논제의 물음을 따라 결론, 즉 주장을 찾는다. 결론은 보통 글의 맨 뒤에 온다거나 하는 식으로 막연하게 어림잡기보다는 앞서 설명한 논증 구조 파악 훈련을 통해 이를 정확히 포착할 수 있어야 한다. 논증 분석에서 **주장(결론)의 확정은** 무척 중요하다.

둘째, 결론을 찾았다면, 그 결론을 이끌어 낸 이유에 대해 항상 '왜?'라고 물어보고, 이 물음을 해소할 수 있는 **근거**를 찾아야 한다. 앞서 근거가 주장을 확실하게 뒷받침하려면 근거로부터 주장으로 나아가는 정당한 '이유' 및 그 이유를 다시 지지해주는 '뒷받침' 설명이 튼튼해야 강한 논증이 된다고 했다. 만약 '왜?'라는 물음에 대한 답변이 궁색할 경우, 이는 그만큼 주장의 타당성을 입증하는 논리가 약한 때문으로 보면 틀림없다.

이때 제시문에 담긴 구체적인 사례와 근거를 찾아 주장의 타당성을 입증해야 하는데, 여기에는 **실증, 예증, 반증, 추론** 등의 방법이 동원된다. 실증은 확실한 증거와 정확한 데이터를 제시하는 방법이며, 예증은 어떤 사실에 대해 실례를 들어 제시하는 방법이다. 반증은 어떤 주장에 대하여 그것을 부정하는 증거 또는 어떤 사실에 반대되는 증거를 제시함으로써 자신의 주장을 입증하는 것을 말한다. 추론은 앞서 말한 것처럼 사실적 판단을 근거로 새로운 판단을 유추해내 입증하는 과정을 말한다. 이 모든 방법을 통칭하여 **'논거 제시'**라고 하는데, 전제(근거)를 뒷받침하는 정당한 이유를 밝히는 것은 곧 설득 가능한 타당한 논거 제시 과정이라고 보면 된다.

셋째, 이렇게 해서 찾은 근거가 곧 전제가 된다. 논증을 할 때 전제는 여러 개 나올 수 있으며, 전제와 결론의 순서가 뒤바뀔 수도 있다. 또한 전제들 사이에도 관계가 있을 수 있는데, 이를테면 어떤 전제는 바로 앞 전제의 근거가 되기도 한다. 만약 전제가 둘 이상일 경우에는, **그 관계가 상호 의존적인지 또는 독립적인지를 파악하여 우열을 다투거나 순서를 결정해야** 논리는 매끄럽게 연결된다. 따라서 전제들 간의 인과관계를 살펴 논리의 전후를 가다듬을 필요가 있는데, 이때 유용하게 활용되는 것이 바로 '접속 관계'로, 논증 분석을 위해 결론과 근거를 찾을 때에는 결론 지시어와 근거 지시어의 활용이 요긴하다.

넷째, **숨은 전제는 없는지** 살핀다. 논증이 매끄럽지 못하거나 전제에서 결론으로 나아가는 과정에서 글의 논리가 어딘지 모르게 이상하다면, 글에 숨은 전제가 들어있기 때문이라고 보면 된다. 제시문을 읽는 도중 이해가 되지 않는 글과 맞부딪히거나, 글의 논리의 흐름이 끊기거나 비약하는 경우가 그러한데, 이것을 해결하지 않고 스리슬쩍 넘어가려 들어서는 안 된다.

숨은 전제는 곧 필자가 말하고자 하는 암묵적 의도이기에 그만큼 대입논술에서 출제 의도로 구현될 가능성이 높다. 따라서 이것을 해결하지 않고서는 제시문의 올바른 독해는 물론 잘된 논증을 이끌어내기 어렵다. 이를 위해서는 글을 거듭 읽고 치열하게 고민해가며 생각해야 하는데, 이를 통해 글의 전후 맥락을 파악하고 이해하는 과정에서 숨은 전제는 자연스럽게 파악된다.

다섯째, **논증을 올바르게 재구성했는지를** 검토한다. 이를 위해서는 자신의 입장이 아닌, 객관적인 입장에서 논증을 재구성해야 한다. 논거를 과장하거나 왜곡해서도 안 되고, 하지도 않은 주장을 만들어내서도 안 된다. 오직 논증에 필요한 사실만을 글에서 활용하고, 불필요한 논거를 제시하지는 않았는지를 파악하면서 합리적으로 논증을 펼쳐 나가야 한다. 그렇게 해서 상대방을 논리적으로 설득할 수 있도록 논리가 반듯해야 한다. 또한 논리적으로도 오류가 없어야 한다. 논증 과정에서 논점 이탈, 논리의 비약, 논리의 결여 등 주로 내용적인 면에서의 오류가 없는지를 반드시 확인해야 한다.

이처럼 논증의 재구성을 통한 논리적 글쓰기는 올바른 판단, 옳은 주장, 곧은 논리가 굳게 정립되어야 한다. 이때 올바른 판단은 제시문에 담긴 주제와 논제에 대한 명확한 개념적 이해를 옳은 주장은 논증에 대한 객관적인 타당성을 곧은 논리는 전제에서 결론으로 나아가는 과정의 설득력을 각각 담아 논리적 사고로 표현해 내는 것을 의미한다.

[논증 재구성 과정]

- 논제에 의거해서 결론을 찾는다.

- 결론을 찾았으면, '왜?'라고 물어본다.

- 찾은 근거를 전제로 내세운다.

- 숨은 전제가 없는지 살핀다.

- 논증을 올바르게 재구성했는지 검토한다.

다음 [사례21] 글을 읽고, 논증 형식에 맞게 글의 핵심을 이끌어 내 보자.

[사례21] 집단기억 (이화여대 2013 사회 수시 출제 지문)

특정한 사진이 자아내는 친숙함은 현재와 얼마 안 된 과거를 둘러싼 우리의 감각을 형성한다. 사진은 감각의 옳고 그름을 판단하는 일종의 기준점을 제시하며, 그러한 판단의 근거를 나타내는 일종의 토템 기능을 한다. 말로 된 표어보다 한 장의 사진이 사람들의 정서를 훨씬 더 구체화한다. 나아가 사진은 좀 더 먼 과거를 둘러싼 우리의 감각을 구성하고 교정하는 데에도 도움을 준다. 지금껏 알지 못했던 사진이 유포되어 우리에게 사후적으로 충격을 주는 경우가 그렇다. 오늘날 모든 사람이 알아보는 사진은 그 사회가 한번쯤 생각해 보고자 선택한 것 또는 그렇게 표명된 것을 구성하는 일부이다. 우리는 이런 사고방식을 '기억'이라고 부르지만, 이것은 결국 일종의 허구이다. 정확하게 말하자면 집단적 기억이란 존재하지 않는다…ⓐ 그것은 집단적 죄의식과 같이 그럴듯한 관념일 뿐이다. 모든 기억은 **개인적이며 다시 만들어질 수 없다.** 기억이란 것은 그 기억을 가지고 있는 개개의 사람이 죽으면 함께 죽는다…ⓑ 우리가 집단적 기억이라고 부르는 것은 과거의 것을 그대로 떠올리는 것이라기보다 일종의 계약에 가깝다. 사진은 어떤 일의 중요성이나 발생원인 등에 관한 이야기를 우리 마음속에 고착시킨다. 중요한 공동의 관념을 담고 있는 예측 가능한 생각과 감정을 촉발하는 **재현적 이미지**, 실증 기록으로서의 이미지를 만드는 것은 이데올로기이다…ⓒ, ⓓ 곧장 포스터로 만들 수 있는 사진들, 가령 원자폭탄 실험 뒤에 생긴 버섯구름, 링컨 기념관에서 연설하고 있는 마틴 루터 킹 2세, 달에 착륙한 우주 비행사 등의 사진들은 중요한 사건들의 핵심을 전달해 주는 시각적 등가물이다.

모더니즘의 세기에 들어와 예술이 박물관에 모셔지게 될 무엇인가로 새롭게 규정됐듯이 오늘날에는 무수히 많은 사진들이 수집되어 박물관 또는 그와 비슷한 각종 시설에서 전시되고 보존된다. 공포의 순간을 모아놓은 각종 기록물들 가운데 집단 학살을 담아 놓은 사진이야말로 제도적으로 가장 발달된 기록물이다. 대중을 위해서 이러한 역사적 자취를 기록해 놓는 가장 핵심적인 이유는 그렇게 기록된 범죄를 사람들의 의식 속에 계속 자리 잡게 하기 위해서이다. 사람들은 이것을 '기억'이라고 부르지만, 엄밀히 말해 이것은 계산된 거래에 가깝다…ⓔ 사람들의 고통과 순교를 담은 사진들은 죽음, 좌절, 그리고 희생을 상기시켜 주는 것에서 나아가 생존의 기적까지 일깨워 준다. 사람들은 자신들의 기억을 찾아가기를, 그리고 새롭게 되살리기를 원한다. 오늘날 수많은 희생자들에게 기념관은 자신들이 겪은 고통을 알기 쉽게 연대기적으로 일목요연하게 정리하여 이야기해 주는 일종의 사원과도 같은 곳이다

[사례21]의 글을 논증 형식에 맞게 재구성하면 다음과 같다. 참고로 사례처럼 관념적인 수사

더미로 이루어진 난해한 글감은 이제 제시문으로 자주 출제되지 않는다. 이런 글은 글의 논증 구조를 파악하기 어려울뿐더러, 글의 핵심이 한눈에 들어오지 않는다. 당연히 글을 요약하기가 상당히 까다로운데, 그렇더라도 제시지문의 ⓐ~ⓓ에 해당하는 글을 읽고 아래와 같이 논증을 재구성할 수 있도록 거듭 연습해 보기 바란다.

09

사실과 의견의
구분이 중요한 이유

글(제시문)을 읽어 그 의미를 파악할 때에는 글에 실린 있는 그대로의 '사실'(글 속에 나타나 있는 내용 그 자체로, '사실적 진술'이라고 한다)과 화자의 개인적인 '의견'(글쓴이의 주관을 담은 것으로, 사실에 바탕을 둔 판단의 표현 및 예측, 또는 어떤 사안에 대한 개인적인 감정의 표현이 이에 해당한다)을 정확히 구분할 수 있어야 한다.

글(제시문)을 읽을 때 **'사실'과 '의견'을 구분하는** 것은 무척 중요하다. 무엇보다 **논증의 진위를 올바로 따지기** 위해서다. 사실(사실적 진술)은 검증 가능하고 진위 여부를 파악할 수 있다. 이에 비해 의견(글쓴이의 주관)은 검증이 불가능하며, 그 진위를 따지기 어렵다. 의견에는 사실에 바탕을 둔 타당한 의견과 사실에 바탕을 두지 않은 타당하지 못한 의견이 있는데, 이 둘을 구분할 수 있어야 올바른 논증은 가능하다.

　논증은 어떤 주어진 판단이 옳고 확실한지를 이유를 들어 입증하는 문장 기술 방식이다. 논증은 분명하지 않은 사실이나 대상을 놓고 그 진위 여부를 증명함과 아울러 읽는 이로 하여금 논술자가 증명하는 바를 믿고 받아들일 것을 촉구한다. 따라서 올바른 논증을 위해 논술자는 먼저 **글(제시문) 내용을 사실(객관적 진술)과 의견(글쓴이의 주관)으로 구분하여 파악한** 다음, 사실은 사실 그대로 기술하고, 의견은 그 진위 여부를 따져 이를 검증한 후 기술할 수 있어야 한다. 만약 그렇지 않고 글쓴이의 의견을 무비판적으로 받아들일 경우, 논술 답안을 작성할 때 논증의 핵심인 전제(근거)로부터 결론(주장)으로 나아가는 추론 과정(즉, 입증 과정)은 제자리를 못 찾고 결국 잘못된 논증으로 이어지고 만다.

　사실과 의견의 구분은 **글(제시문) 내용의 핵심을 정확히 파악하기 위해서도** 중요하다. 글 내용의 핵심은 곧 **논증(여기서의 논증은 제시문에 담긴 논증글에 해당하는 부분을 말한다)을 구성하는 요소이기도** 하다. 글(제시문)에 담긴 글쓴이의 중심 생각(의견)은 곧 글의 결론과 그 뒷받침 근거, 곧 핵심 내용(논의할 내용의 핵심 요지)에 해당할 가능성이 높으며, 논술자는 논술 답안을 작성할 때 **이를 논증의 중요한 전제(근거)로써 내세우게** 된다.

(1)사실과 견해를 구분한다

　따라서 논술자가 글에 실린 글쓴이의 중심 생각을 정확히 파악하고 그 진위 여부를 올바르게 따져 살피는 것만으로도, 논증을 위한 기초 작업, 즉 **논술자 자신의 주장을 내세우기 위한 전제로서의 명제(논점)의 설정은** 가능해진다. 이런 이유로, 글을 읽을 때 논술자는 글쓴이의 의견을 잘 살피되 특히 글에서 논증을 구성하는 부분(중심 주장과 그 뒷받침 근거)을 정확히 파악할 수 있어야 한다. 글의 정확한 독해와 올바른 요약이 중요한 이유가 이 때문으로 글을 읽어 글쓴이의 중심 생각을 한 문장으로 정리하여 요약할 수 있어야 한다. 이것이 곧 글의 핵심 논지로, 논술 답안을 작성할 때 논증의 전제로 내세우게 되는 경우가 일반적이다.

　제시문 독해와 요약의 핵심은 다양한 설명의 진술 방식으로 이루어진 일련의 글 묶음에서 글 전체의 중심 생각에 해당하는 부분(논증을 구성하며, 논증의 전제로써 활용된다)과 뒷받침 설명 부분(결론을 뒷받침하는 글 묶음으로, 이제부터 이를 **'해설'**이라고 부르기로 한다)을 찾아 구분한 후, 각각의 꼭 필요한 부분만을 선택하여 이를 체계적으로 정리하는 데 있다. **글의 중심 생각이 글(지문)**

전체의 핵심을 이루는 부분으로서의 '주장과 근거(결론과 전제, 논지와 논거)'에 해당한다면, 해설은 이를 뒷받침하는 사실적 진술과 관련하여 지문의 상당 부분(실제, 거의 대부분)을 구성한다. 이렇게 놓고 볼 때, 제시문은 글의 내용면에서 '주장-근거-해설'로 구분된다.

따라서 제시문을 올바로 해석한다는 것은 **먼저 글쓴이의 주된 견해이자 중심 생각을 담은 핵심 내용(즉, 주장과 근거)부터 찾아 밝힌 후**, 이어서 그 핵심 내용을 충실히 뒷받침할 수 있도록 **글의 해설 부분에 담긴 사실적 진술을 빈틈없이 찾아 살피는 과정을** 포함한다. 그렇게 해서 글 내용의 핵심을 간추려 재구성한 것이 글이 곧 제시문 '요약'이다.

이해를 돕기 위해 사례를 하나 들어 설명하면 다음과 같다. 다음 [사례22]는 〈고2 수능 국어 출제 지문〉의 하나로, '분배 정의' 실현과 관련한 유명 정치 사상가들의 견해를 담은 글이다. 아래 예시된 지문의 앞 네 단락(①)은 설명글로 정의, 비교, 대조, 분류와 같은 설명의 다양한 진술 방식을 중심으로 작성한 '사실적 진술'을 담은 일련의 글 묶음이란 걸 알 수 있다.

한편, 마지막 단락(②)은 소득 재분배 정책 실행에 대한 글쓴이의 '견해'를 위주로 작성한 글로, 글 전체의 중심 주장과 이를 뒷받침하는 근거를 담은 글 묶음으로 이루어졌음을 알 수 있다. 전체 지문은 설명글을 중심으로 논증글이 혼합된 형태로(논술문은 그와 반대다), 이때 논증글은 경험과 사실에 기초한 둘 이상의 명제로부터 새로운 일반화된 명제를 이끌어 내는 방식인 '귀납 논증'을 사용하여 기술했음을 알 수 있다.

특히 ⓐ처럼 설명의 방법 가운데 '비교와 대조'의 진술 방식을 사용하여 글을 쓰면 논점이 분명하게 드러나게 된다. 이것을 설명하는 이유는 수능 국어 비문학은 한 지문 안에서 단락과 단락을 비교하면서 내용면에서의 차이점을 살필 것을 요구하는 것과 달리 대입논술에서는 제시문을 여러 개 주고 각각을 비교 또는 대조해가며 논점 차이를 해석할 것을 요구한다는 점에서 다를 뿐이란 걸 강조하기 위해서이다.

[사례22] 분배 정의 (고2 수능 국어 출제 지문)

[가] 【재화를 생산하기 위해서는 생산에 필요한 요소를 사용해야 하고, 요소를 사용하려면 대가를 치러야 한다. 그런데 그 대가가 같지 않기 때문에 사회 구성원들 사이에는 소득의 불균등이 생기기 마련이다. 그러나 소득의 불균등이 심화될 경우 소득 계층 간에 갈등이 생겨 사회 발전을 가로막을 수 있다. 그래서 많은 국가에서는 소득의 재분배를 통해 이를 고치려고 한다. 이러한 소득 재분배 정책에 대한 정당성 여부나 허용 범위에 관해서는 여러 견해가 제시되었는데, 벤담·롤스·노직의 견해가 대표적이다.

[나] 벤담(J. Bentham)은 국가가 사회 전체의 총효용이 극대화되도록 소득 재분배 정책을 입안·실천해야 한다고 주장한다. 이것은 고소득자 소득의 일부를 저소득자에게 이전해 주면 사회 전체의 총효용이 증가한다는 생각에 바탕을 두고 있다. 그러나 소득이 높다는 이유로 세금을 많이 내게 하면 고소득자는 일을 덜하게 된다. 또 국가의 소득 재분배 정책이 실패하거나 완전하지 못하여 시행하는 과정에서 비효율이 생길 수도 있다. 이런 이유로 벤담은 국가의 소득 재분배 정책은 지지하지만, 모든 사람이 부를 균등하게 나누어야 한다는 생각에는 찬성하지 않는다.

[다] 롤스(J. Rawls)는 국가가 최하위 소득 계층에 가장 큰 혜택이 돌아가도록 정책을 입안·실천해야 한다고 주장한다. 만약 사회 구성원 모두가 자신이 어떤 소득 계층에 속할지 모르는 상태에서 소득을 분배한다면, 구성원들은 자신이 최하위 소득 계층에 속할지도 모른다는 생각에 불안해할 것이다. 롤스에 의하면 이 경우 구성원들은 최하위 소득 계층에 최대한의 혜택을 주려고 한다는 것이다. 그래서 롤스는 최하위 소득 계층에 소득을 넘겨주어야 한다고 말한다. <u>요컨대, 벤담이 사회 전체의 총효용을 극대화하고자 하는 차원에 초점을 두고 있다면, 롤스는 최하위 소득 계층의 소득을 극대화하고자 하는 차원에 초점을 두고 있다</u>…ⓐ**(비교와 대조의 기술 방식으로 쓴 설명글)**

[라] 노직(R. Nozick)은 소득의 창출자는 사회가 아니고 사회 구성원이기 때문에 국가가 구성원들의 소득을 강제로 재분배할 이유와 권리가 없다고 주장한다. 노직은 소득의 크기가 아니라 소득을 얻는 과정이 중요하기 때문에 소득을 얻는 과정이 공정하다면 결과가 아무리 불균등하더라도 국가는 이에 관여해서는 안 된다고 말한다. 즉, 노직은 소득 형성의 기회가 사회 구성원에게 균등하게 보장되는 한 그 결과로 형성된 소득을 사회가 인위적으로 재분배할 이유가 없다고 본다. 따라서 국가는 소득을 얻을 수 있는 기회를 평등하게 보장하기만 하면 된다고 주장한다. **}**…①설명글(사실… 설명의 다양한 진술방식으로 쓴 글 묶음)

[마] **[**어느 사회든 분배냐 성장이냐를 놓고 논란을 벌일 수 있다. 그러나 <u>소득 재분배는 쉬운 문제가 아니다</u>…**(주장1)** 왜냐하면 부를 평등하게 분배하려고 하면 할수록 구성원들의 일하려는 의욕이 감퇴되어 전체적인 부의 크기가 줄어들 수 있고, 반대로 소득 불균등이 심하면 소득 계층 간에 갈등이 생겨 사회 발전을 가로막을 수도 있기 때문이다. 또한 구성원 간의 소득 격차를 어느 정도까지 인정할 것인가도 어려운 문제다…**(근거)** 결국 소득 재분배 문제는 어떤 견해를 전적으로 따르는 것보다는 이런 견해들을 논의의 바탕으로 삼아 구성원들이 합의해 가는 것이 바람직하다…**(주장2)** **]**…②논증글(견해… 논증의 방식으로 쓴 설명글 묶음)

   다음은 위 지문을 필자가 요약한 글이다. 만약 '지문 내용을 요약하라'는 논제의 요구가 주어졌을 경우, 요약한 글은 철저히 객관적으로 서술되어야 한다. 당연히 글 전체는 설명의 다양한 진술 방식을 구사하여 기술한 설명글이 중심을 이루며, 글에 담긴 글쓴이의 견해 역시 작성된 그대로 의 사실적 진술로써 정확히 서술되어야 한다.

이때 만약 '설명하라'와 같은 논증 지시어(논제 서술 과제의 진술 방식)가 문제의 물음 안에 주어 졌을 경우에는 그 지시를 따라 요령껏 글을 쓰면 된다. 이 경우 논술자의 개인적인 의견을 보태가 며 설명적으로 논증하되, 글 내용은 철저히 객관적으로 서술해야 한다. 즉, 다음과 같이 글 내용 을 요약·서술하면 된다. 위 [사례22]를 대입논술 출제 지문이라고 생각하고 논술 답안을 작성할 경우, 아래 요약 글의 ②(즉, [마]의 요약)에 해당하는 부분이 바로 글쓴이의 주장을 논술자가 객관 적으로 판단한 후 이를 설명의 진술 방식으로 기술한 글이라고 보면 된다.

[지문의 핵심 내용 요약(+설명)]

【정치 철학자들은 분배 정의를 다양한 시각에서 바라본다. 벤담과 롤스는 분배 정책에 있어서의 국가의 역 할을 강조하지만, 다음 면에서 차이난다. 벤담은 공리주의 입장에서 사회 전체의 효용이 극대화되는 방향으 로의 재분배 정책에 초점을 두는 반면, 롤스는 최하위 계층의 소득 극대화에 초점을 두고 정책을 펼쳐야 한 다고 주장한다. 한편 노직은 개인의 역할을 중시한다. 그는 개인이 소득을 얻는 과정이 공정하다면 결과 역 시 정당한 것이기에, 국가가 나서 이를 인위적으로 재분배할 권리는 없다고 강조한다.】…①설명글(사실적 진 술… 설명의 다양한 진술 방식으로 글 내용을 객관적으로 서술한 글 묶음) 【어느 사회든 소득 재분배 정책의 실행에 는 많은 논란과 갈등이 따를 수 있다. 따라서 이를 해결하고 분배 정의를 실현하기 위해 구성원들은 관련한 정치적 논의를 토대로 사회적 합의를 이끌어 낼 수 있도록 적극 노력해야 한다.】…②설명적 논증글(이치에 맞 게 주장… 지문 [마]의 화자의 주장을 설명의 진술 방식을 사용하여 객관적으로 서술한 글 묶음)

(2)분석적·비판적 글 읽기가 중요하다

대입논술은 먼저 **사실 관계**('무엇'에 해당하는 부분으로 주제에 대한 이해와 개념화를 돕는 글감이 제 시된다)를 확인하고 이해한 후, 그것을 특정 관점에 맞게 **평가하고 적용**('어떻게'에 해당하는 부분으 로, 논제의 요구에 맞춰 논증할 것을 규정하는 물음으로서의 다양한 논제 서술 과제의 진술 방식이 제시된 다)할 것을 요구한다. 즉, 먼저 사실을 확인하는 내용을 묻고 이어서 이를 바탕으로 그 내용에 대 한 가치 평가나 해결 방안을 묻는 문제가 출제된다. 예를 들어 "제시문 간의 관계를 밝히고, 그에 대한 자신의 견해를 논술하라"는 식의 물음이 그것이다.

현행 대입논술이 이처럼 '분석적 이해-비판적 평가-창의적 적용'이라는 일련의 다면적·다각적인 사고 능력을 묻는 시험이라는 것은 곧, 논제의 요구를 설명의 다양한 진술 방식과 논증의 진술 방식(즉, 논제 서술 과제를 담은 논증 지시어)을 사용하여 답안을 작성하되, 두 진술방식을 긴밀히, 유기적으로 연결해 가며 글 내용(논의의 핵심)을 서술해야 함을 의미한다.

이것을 이해하기 위해 다시 [사례22]의 지문으로 되돌아가 생각해보자. [사례22]의 지문을 갖고, '[가], [마]를 요약한 후, 이를 활용하여 [나], [다], [라]를 비교 분석하시오'라는 논술 문제를 만들었다고 가정해보자([사례23]이 그것으로 필자가 만든 문제다). 또는 '소득 재분배 정책에 대한 다양한 시각 차이를 보이는 제시문 [나], [다], [라]를 비교 분석하시오'라는 문제라고 가정해도 상관없다. 전자는 문제에서 주제를 드러내지 않은 채 이를 제시문을 읽고 찾아 밝히라는 요구이고, 후자는 문제에서 이를 직접적으로 밝힌 것일 뿐, 다른 것은 없다. 이때 이 글을 읽는 학생들은 대입논술에서 [가]~[마]의 지문이 각각 별도로 주어졌다고 생각하기 바란다. 다음은 그렇게 해서 작성한 필자의 예시 답안으로 수능 국어 지문을 갖고서도 얼마든지 논술 공부할 수 있음을 깨달을 수 있을 것이다.

[사례23] ⓐ[가], [마]를 요약한 후, ⓑ이를 활용하여 [나], [다], [라]를 비교 분석하시오.

(가), (마)에 따르면, 어느 사회든 소득 재분배 정책의 실행에는 많은 논란과 갈등이 따를 수 있다. 따라서 이를 해결하고 분배 정의를 실현하기 위해 구성원들은 분배 정의에 대한 정치 철학자들의 다양한 시각을 살펴 가며 논의할 필요가 있으며, 이를 토대로 바람직한 대안을 만들고 사회적 합의를 이끌어 내야 한다고 주장한다…ⓐ

(가), (마)의 관점에서 볼 때, (나), (다), (라)는 소득 재분배 정책에 대한 정당성 여부나 허용 범위에 대한 다양한 시각 차이를 드러낸다. 먼저 소득 재분배 정책에 대한 정당성 여부에 있어 (나), (다)는 소득 재분배 정책을 지지하면서 국가의 역할을 강조하는 반면, (라)는 '자유주의' 입장에서 개인의 이익을 침해하는 국가의 인위적 개입에 반대한다. (나)의 벤담과 (다)의 롤스는 소득 불균등이 심화될 경우 계층 간 갈등이 생겨 사회 발전을 가로막을 수 있다고 말하면서, 국가가 적극 나서 소득 재분배를 이뤄야 한다고 주장한다. 반면, (라)의 노직은 개인이 소득을 얻는 과정이 공정하다면 결과 역시 정당한 것이기에 국가가 나서 이를 인위적으로 재분배할 권리는 없다고 강조한다.

한편, (나)와 (다)는 국가의 역할을 강조하지만, 그럼에도 소득 재분배 정책의 수혜 대상과 허용 범위를 놓고 다음과 같은 차이를 보인다. (나)의 벤담은 '공리주의' 입장에서 사회 전체의 효용을 극대화하는 방향으로의 위 예시 답안에서 확인할 수 있듯이 '(가), (마)를 활용하여'란 전제 조건은 '제시문을 읽고 그것에 들어있는 핵심 내용을 정리하여 논의해야할 요지(주제와 관점·논점)를 정리하고, 이를 바탕으로 이어지는 물음인 논제 서술 과제에 대한 방향성을 제시하라는' 의미이다. 이때 이 전제 조건을 해결하기 위해 학생들은 각자의 주관적인 생각이나 판단을 글에 끌어들여서는 안 되며, 오직 주어진 제시문 내용을 그 누구도 부정할 수 없을 정도로 객관적으로 간추려 서술해야 한다(이 부분이 곧 논제가 묻는 공통 주제에 대한 '개념 정의'에 해당한다). 그리고 이어서 이를 토대로 제시문 (나), (다), (라)의 내용을 '비교하라'는 논증 지시어(논제 서술 과제)를 따라 자신의 주장을 증명하고 정당화하라는 것(즉, 공통점과 차이점의 규명)이 곧 이 문제의 해결 과제이다.

따라서 위 예시 답안의 ⓐ의 '사실적 진술'에 해당하는 부분(즉, 주제에 대한 개념 정의)은 설명의 다양한 진술 방식을 사용하여 그 누구도 부정할 수 없을 정도로 객관적으로 서술하는 한편, 이후의 논술자의 자기주장에 해당하는 ⓑ의 부분은 논제 서술 과제의 다양한 진술 방식(즉, 논증 지시어)에 맞게 자기 논리로 타당하게 서술하되 논증의 형식을 따라야만, 대입논술에서 요구하는 올바른 답안을 작성할 수 있다.

서강대는 '논술문의 특성'을 다음과 같이 규정하고 있는데, 이는 논증에 앞서 제시문의 해석부터 정확성을 기해야 한다는 뜻과 같다. 만약 제시문에 담긴 사실 관계를 올바로 파악하지 못하고 자기 멋대로 해석하거나 잘못 이해할 경우, 이어지는 논의는 객관성을 잃고 논리는 힘을 잃고 만다. 글의 앞에서부터 잘못 되었는데, 뒷부분이 올바로 서술될 리가 없을 것이다.

대입논술은 '답이 있는 시험'이란 말이 이를 두고 하는 것이라 하겠다. 여기서 말하는 '답'이란 논제의 엄격한 형식성에서 비롯되는 의도된 물음의 결론으로, 결국 이는 논제와 제시문, 제시문과 제시문 간의 연관관계 속에서 파악되고 또 드러나게 된다. 이 연관관계를 정확히 파악하려면 글의 사실관계와 논증 구조를 객관적으로 살피려는 노력이 다른 무엇보다 중요하다.

지금까지의 논의를 정리하는 의미에서, 좀 더 부연 설명하면 이렇다. 각각의 논술 제시문 안에는 글쓴이의 의견이나 명제(즉, 논제의 물음으로, 주제 개념에 대한 판단의 진술)에 대한 주장과 근거와 보충 설명이 함께 들어 있다. 따라서 글을 읽어 먼저 논증의 핵심을 이루는 주장과 근거부터 찾아 밝히고(여기까지의 과정을 **'논증 찾기'**라고 한다), 이후 이를 설명의 다양한 진술 방식을 사용하여 글 내용을 논리적으로 서술해야 한다. 이때 그 주장과 근거를 입증하기 위한 뒷받침 글을 추가적으로 채워 넣어야 논증은 비로소 완성된다(여기까지의 과정을 **'논증의 재구성'**이라고 한다).

이때 논증을 제외한 부분 역시 설명의 다양한 진술 방식으로 서술된 글 묶음으로 그것에 담긴 핵심 내용이 주장을 뒷받침하는 세부 근거로서의 해설 부분으로 차용된다. 즉 논증은 지문을 구성하는 설명글 가운데 **그 핵심 내용을 논리적 추론에 근거해서 전체 내용의 주장과 그 근거를 밝혀 발라낸** 부분이고 해설은 주장을 지지하는 사실적 근거를 진술하고 아울러 그 이유나 원인을 보충하기 위해 동원되는 부분이다. 이렇게 놓고 보면 **논증은 글의 뼈대이고, 논증의 뒷받침 해설을 포함한 일체의 설명글은 글의 뼈대에 붙은 곁가지라고** 말할 수 있다.

이는 대단히 중요한 의미를 갖는다. 글을 읽어 그 핵심과 지엽, 뼈대와 곁가지를 뒤바꿔서 또는 뒤섞어 가며 생각한다면 어떻게 될까? 결코 올바른 논증이 될 수 없을뿐더러, 글 내용에 대한 사실 판단 역시 부정확해진다. 따라서 이제까지의 설명은 잊더라도 글(제시문)을 읽어 그 핵심을 정확히 그리고 객관적으로 파악해야 만이 올바른 논증 글쓰기가 된다는 것을 반드시 기억하기 바란다.

이렇게 놓고 보면, 지문 독해의 기초이자 핵심은 결국 분석적 글 읽기를 통해 글쓴이의 사상적 지반을 논리 정연하게 추적하는 과정이라 할 수 있다. 결국 관건은 논리적 사고력, 즉 글의 내용적인 옳고 그름을 이치를 따져가며 판단할 수 있는 생각의 힘에 달렸음을 이해할 수 있을 것이다.

따라서 이렇게 정리될 수 있겠다. 제시문을 분석해 가며 읽는 목적은 곧 지문에 담긴 **'주장+근거+해설'** 부분을 찾아 구분하고, 각각을 논제의 물음에 맞게 재구성하여 서술할 수 있는 능력을 키우는 데 있다. 이것이 곧 대입논술에서 묻는 지문 독해의 핵심이자, 논증 글쓰기의 요체이다.

잘 쓴 논술문은 주장과 근거라는 논증 구성 요소를 담아 서술된다. 논증은 그 주장을 지지하는 합당한 논리와 타당한 근거를 확보할 수 있어야 한다. 이때 논증을 올바르게 파악하기 위해서는 먼저 제시문에 대한 정확한 해석을 통해 **사실(사실적 진술)과 의견(글쓴이의 주장)을 구별해 낼 수 있어야** 한다. 즉, 사실은 사실 그대로 정확하게 기술하고 **의견은 비판적으로 재해석하여 이를 객관적으로 서술해야** 한다. 세간에서 말하는 '합리적 의심'이 이를 두고 하는 말일 게다.

그래야만 **사실과 의견 가운데 글의 핵심이자 뼈대를 이루는 부분으로서의 논증을 구성하는 요소, 즉 주장과 근거는 정당화되고 받아들여질 수 있으며, 주장과 근거 간에는 논리적인 연관성을 갖게** 된다. 만약 그렇지 않고 글쓴이의 의견 그대로를 주장과 근거의 전부 또는 어느 일부분으로 하여 답안을 서술했을 경우에는, 이는 글쓴이의 견해를 무비판적으로 수용하는 것이기에 이로 인해 발생할 수 있는 편견과 선입견을 배제할 수 없으며, 주장과 근거 간의 논리적 연관성은 그만큼 떨어질 수 있다. 반드시 명심할 것.

[제시문 독해 및 논증 글쓰기 과정]

⑴지문을 읽고… 글을 해석할 때… 지문에 담긴 사실과 의견을 구분하여… 사실은 사실 그대로, (화자의) 의견은 객관적으로 재해석한다… **지문 독해**

⑵지문을 읽고… 논증 분석할 때… 먼저 글의 논증(주장과 근거)부터 파악하고… 이어서 사실 판단에 근거하여 논증을 뒷받침하는 해설(설명)을 논증함으로써 (자기) 주장·견해를 객관화시킨 후… 제시문을 **요약**한다… **논증 찾기**

⑶논증 분석에 맞춰… 논술 답안을 쓸 때… 대입논술에서 문제 안에 **전제되는 조건의 해결 과제**인, '무엇'에 해당하는 부분에 대해… 이를 제시문 요약을 참조하여… '확장된 정의'를 설명글로 기술(주제 개념과 세부 관점에 대한 기술)한다… **논증의 재구성①**

⑷논술 답안을 쓸 때… '어떻게'에 해당하는 부분에 대해… 이를 **논제 서술 과제의 진술 방식(즉, 논증 지시어)에 맞춰**… 논증의 형식을 따라 논리적으로 서술한다… **논증의 재구성②**

⑸논술 답안을 쓸 때… 논증 지시어에 맞춰… 서술한 논증이 건전하고, 타당하며, 충실한지를 확인하고… 자의적으로 또는 지문을 그대로 따와 서술한 글이 아닌지 여부를 확인하는 한편, 추론을 통해 논증에 있어서의 논리적인 틈새를 빈틈없이 채운다… **논증 평가**

10

논술 답안 작성 포인트와
글 전개의 기본 원칙

(1) 논술 답안 작성 포인트

여기까지의 설명을 총 정리하는 의미로 논술문(논술 답안) 작성의 포인트를 되짚어 살펴보자. 논술 답안은 설명글과 논증글로 글 내용을 구성한다. 각각의 글 묶음은 설명의 방법, 다시 말해 설명의 진술 방식과 논증의 진술 방식을 중심으로 글과 글, 문장과 문장을 이어가며 단락별 글 내용을 전개한다. 논증의 진술 방식 역시 설명 방법의 하나로, 다만 '주장과 근거'라는 논리 체계를 담은 글이라는 점에서 다른 설명의 진술 방식과 차이를 보일 뿐이다. 다시 말해, 논증의 진술 방식을 중심으로 글 내용을 전개하는 논증글 역시 설명글에 포섭되기는 마찬가지다.

설명글은 객관적인 사실 전달을 통해 독자(평가자)의 '이해'를 구하는 글이고, 논증글은 이치에 맞게 주장함으로써 독자로부터의 '설득'을 얻고자 하는 글이라는 점에서 차이를 보일 뿐, 설명글이나 논증글이나 둘 다 추상적인 개념들 사이의 논리적인 관계를 풀이하고 따져 살피는 글이란 점에서 본질적으로 같다. 대입논술에서 설명글은 '정의', '상술', '예시'의 진술 방식을 중심으로 글(제시문)의 중심 내용을 '해설'하는 글이라면, 논증글은 그 해설(설명글)을 바탕으로 논술자가 자신의 '주장'을 '뒷받침 근거'를 들어가며 논리적으로 '입증'하는 글이라 하겠다.

대입논술은 문제, 즉 발문의 물음을 통해 '무엇'에 대해 이를 '어떻게' 해결할 것인가를 묻는다. 이때 '무엇'에 해당하는 부분이 논제의 물음을 담은 주제 개념과 관련한 내용이고, '어떻게'에 해당하는 부분이 논제 서술 과제(논증 지시어)의 진술과 관련한 내용이다. 문제를 읽어, 그와 동시에 제시문과의 연관관계를 살펴 읽으면서, '무엇'에 해당하는 물음과 '어떻게'에 해당하는 물음을 찾아 밝힌 후 이를 하나의 문장으로 바꾸어 서술한 것이 곧 '논제'다. 말하자면, 논제는 발문의 물음을 재해석하여 논술 답안 작성에 편리하도록 재구성한 진술이라고 보면 된다. 발문의 물음을 논제의 진술로 확정하는 과정을 '논제 분석'이라고 한다.

‘무엇’에 해당하는 부분은 ‘정의’의 진술 방식을 중심으로 글(제시문)의 핵심 내용(주제 및 관점과 관련한 부분)을 설명글로 기술한다. 그 작성 포인트는 글의 핵심 내용만을 간략하게 ‘요약’하면서 체계적으로 기술하는데 있다. 한편 ‘어떻게’에 해당하는 부분은 ‘논증’의 진술 방식을 중심으로 논의할 내용을 조리 있게 정리하고, 순차적으로 질서 있게 ‘배열’하면서 논증글로 작성한다. 그 작성 포인트는 논의에 맞는 적절한 논증 방법(추론 방식)을 선택하여 글의 구성 체계를 확립하고, 문제에서 제시한 논제 서술 과제(논증 지시어)의 지시적 속성 및 문장 기술의 기본 원칙을 따라 글 내용을 논리적으로 전개해 나가는 것이다.

논증에는 일정한 규칙과 절차가 있다. 논증에 있어서의 규칙은 논증의 방법, 즉 ‘추론 방식’을 말하는 것이고, 절차는 어떤 명제를 논거(즉, 전제)에 의거하여 결론으로 이끌어내기까지의 일련의 사고 과정, 곧 논리적 ‘추론 과정(논리 전개 방식)’을 일컫는다. 이러한 규칙이나 절차를 무시한 논증은 불완전하거나 잘못되어 타당성을 얻지 못한다. 불완전하거나 잘못된 논증은 설득의 효과를 발휘할 수 없다. 규칙과 절차를 지킬 때 논증은 타당하고 설득력을 얻는다.

논증글은 ㉮**‘주장-근거(주제와 소주제를 담은 중심 문장과 그 뒷받침 문장)’의 글 묶음으로**, 이를 ㉯**논제 서술 과제(논증 지시어)의 지시적 속성 및 문장 기술의 기본 원칙을 따라 기술하면서** 논증을 이끌어내되, ㉰**논리적 순서에 따라 뒷받침 문장들을 체계적으로, 질서 있게, 순차적으로 배열한** 글 묶음이다.

㉮의 논증 글 묶음을 이끌어 내는 논리 전개 방식은, ‘결론(주장)-전제(근거)’, ‘주장-정당한 이유-근거’, ‘주장-근거-해설(정당한 이유-뒷받침 설명)’, ‘주장1-근거1-주장2(반론)-근거2(재반론)’의 유형으로 구조화된다.

㉯의 논제 서술 과제의 해결 방법을 ‘비교하라’는 논증 지시어를 예로 들어 설명하면 다음과 같다. 먼저, 비교의 설명 방식을 결정해야 하는데, 이는 비교 대상별 기술 방식(일괄 비교) 또는 비교 기준별 기술 방식(항목 비교) 가운데 어느 하나를 선택한다. 다음으로, 비교의 속성에 맞추어, 논증할 내용을 공통점과 차이점을 따라 구조화하면서 체계적으로 기술한다. 이때 글 내용은 비교의 기본 원칙을 따라 기술되어야 한다. 즉, 비교 대상별 개별 속성의 범주가 공정하고, 층위가 동등하며, 배열이 일치하고, 내용면에서의 양적·질적 수준이 동일하도록 글 내용을 기술해야 한다.

㉰의 글(논증) 내용의 논리적인 배열은 추론 방식, 즉 논리 전개 방식과 긴밀히 관계된다. 이는 기본적으로 ‘일반화(연역 추론)’, ‘구체화(귀납 추론)’, ‘반박 재우기(반론-재반론)’의 세 가지 방식으로 실행된다. 어느 것이든, 가장 자연스럽고 합리적인 순서로 소주제문(결론)과 뒷받침 문장들을 늘

어놓아야 한다는 사실이 중요하다.

⑵글 전개의 기본 원칙

논술 답안을 기술하는 데에는 다음 세 원칙이 적용된다. 이는 설명글이나 논증글을 작성하는 데 있어, 그리고 각각의 글 묶음을 이루는 단락을 짜임새 있게 펼치는데 있어 반드시 따라야 하는 기본 지침이다. 이를 간략히 설명하면 다음과 같다.

㈎통일성의 원칙: 주제·소주제와 뒷받침 문장의 내용적인 일치

통일성이란 하나의 주제(및 소주제: 결론 및 주장) 아래 글 내용이 집약될 수 있도록, **주제(및 소주제) 문장과 뒷받침 문장이 내용적인 일치를 이루는** 것을 말한다. 주제(및 소주제)의 의미와 그 뒷받침 설명은 내용면에서 같아야 한다. 글에 쓰인 모든 재료(소재와 제재)들은 내용면에서 주제(및 소주제)를 떠받드는 것이어야 한다.

이를 위해, '정의', '상세', '예시'와 같은 설명을 이루는 내용과 '주장', '뒷받침 근거'와 같은 논증을 구성하는 내용은 주제(및 소주제) 개념과 일치하고 그것을 발전시키는 방향으로 선택되어야 한다. 만약 이것이 어긋나면 글의 논리 구조와 글의 짜임새는 흐트러지고 만다.

글(과 단락)의 통일성을 이루기 위해서는 다음을 특히 염두에 두고 글 내용을 기술해야 한다. 첫째, 주제(및 소주제)를 되도록 한정된 개념으로 그리고 단일 개념으로 설정해야 글의 초점이 보다 선명하게 드러나고, 글의 집약도가 훨씬 높아진다. 둘째, 주제(및 소주제) 문장은 되도록 간결해야 한다. 이를 위해서는 복잡한 수식어는 피하고 주제(및 소주제)만이 잘 드러나도록 해야 한다. 만약 주제(및 소주제) 문장이 길어지면, 주제(및 소주제) 문장을 먼저 간결하게 내세우고 그 밖에 덧붙이고자 하는 것들은 문장을 달리하여 표현하는 것이 좋다. 셋째, 통일성을 이루려면 무엇보다 목표하는 주제(및 소주제)만을 집중적으로 뒷받침할 수 있도록 글 내용을 구성해야 한다. 곧 그 주제(및 소주제)를 펼치는데 관계되는 내용의 뒷받침 문장들만 늘어놓아야 한다. 주제(및 소주제) 문장을 간결하게 내세우고 그 밖의 내용은 뒷받침 문장으로 활용하여 주제(및 소주제)를 펼쳐 나간다면, 초점이 선명하고 의미가 집약된 문장들로 글 내용을 전개해 나갈 수 있다.

⑷연결성의 원칙: 뒷받침 문장들의 순차적인 배열

논술에서 말하는 연결성의 원칙은 주제(및 소주제) 문장에 이어지는 뒷받침 문장들을 순차적으로 배열하는 것이다. 즉, 글과 글, 논리와 논리 사이의 관계를 자연스럽게 이어가며 문장을 연결함으로써 문맥을 매끄럽게 하는 것을 의미한다. 같은 주제(및 소주제)를 다루는 뒷받침 문장들이라도 그 배열 순서는 다를 수 있다. 그 가운데 가장 자연스럽고 가능한 합리적인 순서로 뒷받침 문장들을 질서 있게, 체계적으로 늘어놓아야, 그 뒷받침 효과는 높아진다.

이를 위해서는 **글의 논리적인 순서에 따른 문장 배열에 특히 신경 써야** 한다. '논리적인 배열'이란 앞뒤 문장이 내용면에서 서로 모순됨이 없이 순리적으로, 자연스럽게, 체계적으로, 질서 있게 이어지는 것을 말한다. 이를 위해서는 단락의 맨 앞에 제시된 주제(및 소주제) 문장을 중심으로 모든 뒷받침 문장들이 내용면에서 무리 없어야 한다. 그렇게 해서 **서로 이어지는 앞뒤 문장들이 내용면에서 서로 관련을 맺으면서 하나의 초점(결론)을 부각할 수 있어야** 한다. 이때 꼭 필요한 곳에 적절한 접속 표현을 사용하면, 그것이 접착제와 같은 구실을 하면서 문장과 문장 간의 논리적인 연결 고리는 더욱 강화된다.

글(논증) 내용의 논리적인 배열은 기본적으로 '일반화(연역 추론)', '구체화(귀납 추론)', '반박 재우기(반론-재반론)'의 세 가지 방식으로 실행된다. 단락의 주제(및 소주제) 문장을 떠받드는 기술방식은 두 가지로 나뉜다. 하나는 각 뒷받침 문장이 주제(및 소주제)의 내용을 직접 펼치면서 병렬적으로 기술하는 것이고, 다른 하나는 뒷받침 문장을 큰 뒷받침 문장과 작은 뒷받침 문장으로 단계적으로 나누어 펼치는 것이다. 어느 것이든, 글의 논리적인 순서에 따른 체계적인 배열이 중요하다.

⑸강조성의 원칙: 주제·소주제를 떠받드는 충분한 뒷받침 근거 제시

논술에서 말하는 강조성의 원칙은 주제(및 소주제)를 독자에게 충분히 이해토록 함과 동시에 그들을 설득할 수 있도록, 그 뒷받침 근거를 충분하고 타당하며 설득력 있게 설명하는 것을 말한다.

이때, 독자가 글의 요점을 충분히 이해하고 납득할 수 있도록 하기 위해서는 주제·소주제를 떠받드는 충분한 뒷받침 근거를 제시할 수 있어야 한다. 논술에서 특히 논증을 구성할 때 논거 제시 능력이 강조되는 이유가 여기 있다.

논제 서술 과제 진술 방식별 답안 작성 포인트

대입논술에서 논증할 내용의 구체적인 물음, 즉 논제 서술 과제는 문제에서 '논증 지시어'로 제시된다. 논제 서술 과제란 논증 글쓰기의 요체인 '무엇에 대해 이를 어떻게 해결할 것인가'의 질문에서 그 '어떻게'에 해당하는 대답의 진술을 유도하는 지시적 물음이다.

문제에는 '설명하라', '비교하라', '비판하라', '견해를 제시하라'와 같은 다양한 논증 지시어가 들어있는데, 이는 '분석적 이해-비판적 평가-창의적 적용'이라는 논증 평가 항목에 대한 일련의 해결 과제를 묻는 것이라 할 수 있다.

따라서 논술자인 학생들은 논제 서술 과제를 담은 구체적인 물음인 논증 지시어에 맞게 논술 답안을 작성할 수 있어야 한다. 만약 그렇지 않고 논술자가 자기 멋대로 답안을 작성하려들 경우, 그 답안은 출제 의도를 벗어나면서 급기야는 논점을 이탈하고 만다. 그 결과가 어떨지는 굳이 말하지 않아도 짐작할 수 있을 것이다.

여기서 주목해야 할 것은, 논증 지시어를 따라 답안을 작성하기까지의 과정이다. 논술 답안을 작성할 때, 논제 서술 과제(논증 지시어)의 이행(즉, 논증 글쓰기)은 철저히 발문의 물음, 다시 말해 **논제의 요구와 지시를 따라야** 한다는 사실이다. 그 요구와 지시는 제시문 해석을 통해 밝혀내야 하는데, 대입논술에서 특정 전제 조건을 담은 제시문(주제 개념과 주제어가 들어 있다), 서로 견주는 대상의 제시문(관점·논점을 담은 핵심어가 들어있다) 등, 문제와 함께 제시문이 여럿 주어지는 이유가 이 때문이다. 우리나라 대입·편입논술 시험은 출제자의 의도(즉, 논제의 물음)에 대해 자신의 견해를 밝히는 유형으로, 그 출제 의도의 파악은 문제와 함께 제시하는 텍스트(제시문)에 대한 이해를 바탕으로 한다는 점을 논술자인 학생들은 반드시 알고 있어야 한다.

결국 논제 서술 과제의 해결은 제시문 간의 연관관계 파악과 함께 **논증 지시어가 갖는 지시적 속성을 따라야** 함을 알 수 있다. 예를 들어 문제에서 '비교하라'는 논증 지시어가 제시된 경우, 이는 비교할 대상간의 '공통점과 차이점'을 명확히 드러내면서 글 내용을 기술하란 지시임을 깨닫고, 그것에 맞게 제시문 내용을 꼼꼼히 읽고 또 제시문 간의 연관관계를 주의 깊게 살펴야 한다.

그와 더불어 **각각의 논증 지시어는 그것에 맞는 논제 서술 과제의 진술 방식을 따라야** 한다. 왜냐하면 논증 지시어별로 그것에 적합한 글의 진술 방식이 있게 마련으로, 그 제시적 진술 요령을 충실히 따를 때 내용면에서도 형식면에서도 완결성이 높은 한편의 논술 답안을 작성할 수 있기 때문이다. 이를테면 '설명하라'는 논증 지시어는 설명하라는 글쓰기의 기본 원칙이 있고 또 '비교하라'는 논증 지시어는 또 비교하라는 글쓰기의 기본 원칙이 있다.

한편 문제에는 '요약하라', '분석하라', '분류하라'와 같은 발문 지시어가 명시적으로 또는 암묵적으로 제시될 수 있는데, 이 역시 각각의 글쓰기의 기본 원칙 내지는 글에서 그것이 갖는 지시적인 속성을 이해할 수 있어야 잘된 논증을 이끌어 내고, 잘 쓴 논술 답안을 작성할 수 있다.

이런 이유로 학생들은 논제의 물음을 따라 답안을 기술하되, 특히 **논증 지시어를 따라 그것에 맞는 적합한 글을 써야** 한다. 그래야만 논증은 바로 서고 논리는 체계가 잡히며, 잘 쓴 논술 답안으로 평가받는다. 이제부터 그 방법적인 요령을 다양한 예시를 들어가며 자세히 설명한다.

발문 지시어(1)
– 요약하라

'요약'이란 글에 담긴 중심 생각을 체계적으로 정리하는 작업이다. 글(제시문)의 핵심 내용을 짧고 굵게 정리하는 작업이 곧 요약이다. 글의 문맥을 정리하여 중요한 내용을 간략하게 기술하는 것이 곧 요약이다. 글쓴이의 생각을, 그 핵심만을 짧게 추려, 글쓴이와 다른 방식, 다시 말해 자신의 언어로 다시 바꾸어 서술하는 것이 곧 요약이다.

그렇기에 요약에서 중요한 것은 글을 읽고 그 핵심 내용을 얼마만큼 잘 찾아낼 수 있느냐 하는 것이다. **그 핵심 내용은 곧 글의 논리적인 뼈대(주장과 근거, 결론과 전제, 논점과 논거)를 이루며, 글의 논증(글 전체의 요지를 담은 글의 중심 생각)을** 구성한다.

그런 점에서 볼 때 요약은 사진보다는 지도를 축소하는 작업에 가깝다. 사진을 축소하면 단지 크기만 작아질 뿐 사진 속 내용은 빠짐없이 다 들어간다. 그러나 지도의 경우에는 다르다. 예를 들어 5천분의 1 지도를 5만분의 1 지도로 축소할 경우, 마을의 작은 건물이나 뒷골목은 사라지고 큰 건물과 큰 길만 남게 된다. 그렇더라도 지도에 담긴 내용의 전체상을 이해하는 데는 크게 어려움이 없다. 따라서 이와 같은 이치가 이를테면 요약을 통해 담아내야 하는 글의 논리적인 뼈대로서의 논증을 구성하는 핵심 요소와 같다고 이해하면 된다.

결국 요약이란 **글의 '핵심 어휘와 중심 단어'를 사용하여 그것들을 논리적·체계적으로 연결하면서 글 전체를 합리적으로 '재구성'하는 지적 활동**이라 할 수 있다. 즉, 요약은 핵심어를 중심으로 제시문을 해체하고 재해석함으로써 글에서 겉으로 드러난 내용뿐 아니라 숨겨진 내용까지 파악하고, 이어서 글의 핵심만을 추려 이를 논리적·체계적으로 **축약하고 재구성함으로써**, 글을 읽는 그 누구도 부정할 수 없을 정도로 글 내용을 객관화하는 서술 작업이다.

논술에서 요약은 글의 핵심 내용을 담은 중심 문장을 찾아내고, 이를 중심으로 글의 논지를 판별하여 해석해 내고, 이를 뒷받침하는 문장을 찾아 타당한 논거를 더하는 등, 일련의 가치 판단과 복합적인 사고 과정을 필요로 한다. 그런 점에서 요약하기는 **독해가 제대로 됐는지에 대한 검증 과정**이기도 하다. 글 내용을 제대로 요약하기 위해서는 글에 대한 독해 능력이 무엇보다 중요한 이유가 여기 있다.

1 '요약하라'의 의미

다음 기출문제 예시를 통해 알 수 있듯이, '요약하라'는 ①, ②처럼 발문의 중간 물음으로 제시되기도 하고, ③~⑥처럼 논제 서술 과제(논증 지시어)로 주어지기도 한다. 만약 ①처럼 특정 지문을 읽고 지정된 글자 수에 맞게 글 내용을 요약하라는 요구를 발문의 물음에 직접 실은 경우라면, 그 제시문은 **글 내용이 어렵고 길며, 글의 구성 또한 복잡한** 것이 일반적이다. 이때 **지문에서 주제 개념이나 세부 개념을 찾아** 이를 적절한 개념어로 서술한 후, 이를 토대로 논제 서술 과제를 해결해야 한다. 말 그대로, 글의 독해와 요약 능력을 중점적으로 평가하겠다는 것으로 답안에서 요약할 분량을 지정하는 경우에는 특히 그렇다.

한편 ③~⑥처럼 발문의 물음으로 '요약하라'는 논제 서술 과제가 제시된 경우는 **지문에 담긴 소주제(관점·논점)를 파악하여 내용별로 분류(구분)한 후, 각각의 요지(논지)를 간략하게 서술하라는** 것이 주된 요구로, 글 내용이 비교적 쉽고 또 글이 짧은 것이 특징이다. 이때 ④처럼 발문에 '요지를 서술하시오'라는 과제가 주어졌다면, 이 역시 '요약하라'와 같은 유형의 물음이라고 보면 된다. 어느 것이든 글의 요지 파악을 묻는 논제 서술 과제는 **제시문 내용을 정확히 이해하고 그 핵심 논지를 짧은 글로 정리할 수** 있는가에 대한 능력을 평가하는데 그 목적을 둔다.

[요약하라 기출문제 예시]

①제시문 ⑴을 **요약**하시오. (고려대 2012 인문 수시B 문제1)

②제시문 [다]와 [라]의 내용을 **요약**하고, '기억'에 대한 관점의 공통점과 차이점을 **설명**하시오. (이화여대 2013 인문2 수시 문제2-2)

③〈제시문1〉~〈제시문6〉은 노동(직업)에 관한 견해를 담고 있다. 제시문들을 상반된 두 입장으로 **분류**하고, 각 입장을 **요약**하시오. (성균관대 2017 인문1 수시 문제1)

④〈제시문1〉과 〈제시문2〉의 공통 주제를 **밝히고**, 각각의 요지를 **서술**하시오. (한국외대 2017 인문2 수시 문제1)

⑤제시문 (가), (나), (다), (라)에는 다양한 대화의 모습이 나와 있다. '진정한 소통'이라는 측면에서 각 제시문에 나타난 대화의 **문제점**과 이러한 문제가 발생하게 된 **근본 원인**을 하나의 완성된 글로 **논술**하시오. (중앙대 2017 인문 모의 문제1)

⑥〈가〉의 필자가 말하고자 한 것을 간추려 적으시오. (숙명여대 2009 인문 수시2 1차 공통문항 문제1)

이제부터 '요약하라'는 논제 서술 과제의 여러 유형과 각각의 요약 글들을 살펴면서, 각각의 특징을 간략히 알아보자.

① 제시문 ⑴을 **요약**하시오. (고려대 2012 인문B 수시 문제1, 400~450자)

⑴ 정통과 이단에 대한 사회적 인식은 시간의 흐름이나 가치관의 변화에 따라 바뀔 수 있으므로 고정불변의 것이 아니다. 어떤 사상이나 역사적 사건, 또는 정치적 인물이 당대에는 정당성을 확보하고 정통으로 평가받으나 후대에는 이단으로 몰리는 경우가 있다. 반대로 당대에는 이단으로 간주되어 탄압과 천대를 받은 사상이나 인물이 후대에 이르러 정당성을 확보하고 사회의 정통으로 인정받기도 한다. 역사적 사건이나 사상, 정치적 인물 등의 정당성 여부를 판단하는 근거는 다양하며, 정당성의 다양한 근거가 차지하는 상대적 중요성은 시대와 사회가 변화함에 따라 바뀌어 왔다.

→ 시대와 가치관의 변화에 따라 정통과 이단에 대한 정당성의 근거를 달리하기에, 그 사회적 인식 또한 언제든지 뒤바뀔 수 있다.

사회 구성원들은 전통과 관습의 관점에서 특정 사상이나 행위의 정당성 여부를 판단한다. 어떤 행위나 사고가 오랜 기간 유지되어 온 전통과 관습의 테두리에서 벗어나지 않는다면 역사의 관성에 의해 정당성을 부여받게 된다. 예를 들어, 오랜 전통을 통해 적장자 계승의 원칙이 관습화된 왕조에서는 새로 등극한 왕이 이전 왕의 적장자일 경우 전례에 따라서 자연스럽게 정당성을 인정받게 된다. 정당성의 근거가 전통이나 관습인 경우에도 그 모호한 부분을 이용해서 새로운 사회 운동을 시도할 수 있다. 그러나 이와 같은 <u>사회 운동이 역 사적으로 누적된 전통과 관습을 심각하게 부정하는 수준에 도달하게 되면 새로운 시도는 사회적 저항에 직 면하게 된다.</u>

→ 사회 구성원들은 오랜 기간 유지되어 온 전통과 관습의 테두리 안에서 사고와 행위의 정당성을 부여하게 된다. 하지만 그 정당성의 근거가 모호한 경우에는 이를 이용해서 새로운 사회 운동을 시도하는데, 그렇 더라도 이것이 전통과 관습을 심각하게 부정하는 수준에 도달할 경우에는 심각한 사회적 저항을 받는다.

또한 사회 운동, 종교, 사상 혹은 정치적 인물의 결정이나 행위가 합리적이라고 인식되는 경우에 대중은 비 교적 거부감 없이 주어진 현실을 수용함으로써 <u>합리성에 기초한 정당성을 부여하게 된다.</u> 합리성은 추상적 개념이기에 다양한 의미와 기준을 가지고 있다. <u>이성에 의한 사고, 객관적 자료에 근거한 판단, 절차의 존중, 목적의 보편적 적합성 등이 합리성의 주요한 요소이다.</u> 예를 들어, 합리성의 원칙이 명확하게 구현된 정치적 현상으로 <u>법치주의나 관료제</u> 등이 있다. 성문화된 법규에 의해 합법과 불법이 명확히 구분되고 법규에 따라 정부의 정책이 결정·집행되는 경우에 정권과 지도자는 법적 체계에 기초한 합리적 정당성을 확보하게 된다. <u>민주주의 사회에서 정부가 명확히 규정된 법규에 의해 업무를 처리하게 되면 그 구성원들은 이를 정당한 것 으로 받아들인다.</u> 그러나 정부가 규정에 위반되는 사업을 비밀리에 혹은 불법적으로 추진하게 되면 이를 부 당한 행위로 간주하여 저항하게 된다. <u>근대 이후 사회가 다양하고 복잡해짐에 따라서 합리성에 기초한 정당 성은 시간이 흐를수록 중요해지는 경향이 있다.</u>

→ 따라서 사회 운동은 이성적 사고, 객관적 판단, 절차적 존중, 합목적성 등의 합리적 요인에 기초할 때만이 그 정당성을 부여받으며, 현대 사회로 올수록 합리성에 기초한 정당성은 보다 중요해지고 있다.

<u>정당성의 중요한 근거로 카리스마를 들기도 하는데,</u> 이 경우 카리스마는 일반인에게서는 발견되지 않는 초 인적 능력을 말한다. 이러한 카리스마는 교육이나 훈련을 통해 습득되는 것이 아니라 타고나는 것이므로 '신 의 선물'이라고 불리기도 한다. 미래를 볼 수 있는 예지력, 전쟁에 나가면 패배를 모르는 영웅적 기세, 손만 대어도 병을 고치는 능력 등이 카리스마의 대표적 사례이다. 어떤 지도자가 초자연적 능력에 기초해서 일반 인이 상상하기 어려운 기적을 일으키는 경우에 자신이 주도한 사회 운동의 정당성을 확보하여 혁명적 변화 를 유발할 수 있다. <u>카리스마에 근거해 정당성을 확보한 경우는 과거의 관습이나 합리성에 기초하고 있지 않</u>

기 때문에 전통의 관점에서 보면 파격적이고 합리성의 관점에서 보면 비이성적으로 보일 수 있다. 또한 카리스마를 지닌 초인적 능력의 소유자가 더 이상 기적을 행할 수 없게 되면 카리스마에 기초한 정당성은 쉽게 무너지는 약점을 가지고 있다. 전쟁의 신으로 불리는 지도자가 적과의 전쟁에서 패하는 경우에 대중은 지도자의 카리스마 효력을 의심하게 되어 정당성에 대한 회의를 가지게 된다. 카리스마는 세습되거나 전수되는 것이 아니므로 카리스마를 소유한 지도자가 사망하면 정당성의 승계에 어려움을 겪는다.

→ 정당성의 또 다른 근거로 카리스마를 들 수 있는데, 이는 타고난 능력을 발휘하여 사회 운동의 정당성을 확보함으로써 혁명적인 변화를 유발할 수 있다. 하지만 이는 관습이나 합리성에 기초하지 않기에 그만큼 정통성이 떨어지며, 그렇기에 상황 변화에 따라 쉽게 무너지는 약점을 갖는다.

전체 요약(400자 내외):

시대와 가치관의 변화에 따라 정통과 이단에 대한 정당성의 근거를 달리하기에, 그 사회적 인식 또한 언제든지 뒤바뀔 수 있다. 사회 구성원들은 오랜 기간 유지되어 온 전통과 관습의 테두리 안에서 사고와 행위의 정당성을 부여하지만, 그 정당성의 근거가 모호한 경우에는 이를 이용해서 새로운 사회 운동을 시도하게 된다. 그렇더라도 이것이 전통과 관습을 심각하게 부정하는 수준에 도달할 경우에는 사회적 저항을 받게 된다. 이런 이유로 사회 운동은 이성적 사고, 객관적 판단, 절차적 존중, 합목적성 등의 합리적 요인에 기초할 때만이 그 정당성을 부여받는다. 정당성의 또 다른 근거인 카리스마는 타고난 능력 발휘를 통해 사회 운동의 정당성을 확보함으로써 혁명적인 변화를 유발할 수 있다. 하지만 이는 관습이나 합리성에 기초하지 않기에 그만큼 정통성이 떨어지며, 상황 변화에 따라 쉽게 무너지는 약점을 갖는다… **[주제: 정통과 이단을 구분 짓는 세 요인_ 전통, 관습, 합리성]** … **[필자 예시 답안]**

② 제시문 [다]와 [라]의 내용을 **요약**하고, '기억'에 대한 관점의 **공통점과 차이점**을 **설명**하시오. (이화여대 2013 인문2 수시 문제1-2)

[다] 의식적 지각(知覺, perception)이 이루어지는 조건을 간단하게 살펴보자. 사실상 모든 지각은 기억으로 가득 차있다. 우리가 감각 기관을 통해 무언가를 즉각적으로 받아들일 때마다 수많은 과거의 경험들을 떠올리고 이것을 새로운 지각과 섞곤 한다. 대부분의 경우 이런 기억들은 우리가 현재 지각하는 것들을 대체하는데, 이런 점에서 지각은 단편적인 암시를 통해 과거의 이미지를 불러오는 신호 역할을 수행할 따름이다. 이로 인해 지각이 편리하고 신속해지기는 하지만 바로 이 점 때문에 여러 가지 착각이 생겨나기도 한다. 기

억으로 존속하는 과거의 이미지들은 현재의 지각과 끊임없이 뒤섞이면서 그것을 대체하기도 한다. 기억이 우리의 경험을 완성할 때마다 과거의 기억은 더욱 풍부해지며, 기억의 양이 늘어날수록 현재의 경험은 점차 덮이거나 가라앉게 된다.

→ 과거에 지각된 경험들이 이미지화된 기억이 현재 경험하는 새로운 지각과 끊임없이 뒤섞여 대체하기에, 과거의 경험에 대한 기억의 양이 늘어날수록 현재의 경험은 희석된다(즉, 경험적 지각에 따른 기억의 양이 풍부해질수록 현재의 경험을 새롭게 지각하려들지 않고 곧바로 기억을 떠올리게 되는데, 이것이 곧 직관이다).

외부 세계에 대한 우리의 지각은 실재적이면서 즉각적인 직관을 기반으로 한다. 그런데 이러한 직관은 그 위에 추가되는 엄청난 기억에 비해 볼 때 하찮은 것에 불과하다. 우리가 경험하는 현재의 직관 자체보다는 예전에 수집되어 저장된 직관들의 모음이 더 큰 도움이 될 때가 많다. 이와 마찬가지로 기억은 연속되는 새로운 경험과 더불어 우리의 판단에 훌륭한 안내자가 된다. 이는 곧 현재의 직관이 수행하는 주된 기능이 기억을 되살리고 그것을 능동적이면서 현실적인 것으로 만드는 데 있음을 잘 말해 준다. 따라서 지각과 그것의 대상이 일치한다는 생각은 이론적으로나 가능할 따름이다. 지각은 기억을 불러오기 위한 하나의 계기에 불과할 뿐이다. 우리의 지각이 얼마나 실재적인가의 여부는 그것이 기억을 불러오는 데 얼마나 도움이 되는가의 정도에 달려 있다. 즉각적인 직관은 실재의 일부로서 현실 세계를 가리키는 단순한 신호에 불과하다.

→ 외부 세계에 대한 우리의 지각은 실재적이면서 즉각적인 직관을 기반으로 하는데, 이때 우리가 경험하는 현재의 기억으로서의 직관 자체보다는 과거의 경험이 지각되어 축적된 기억으로서의 직관이 더 크게 작용한다. 그렇기에 지각은 기억을 불러오기 위한 하나의 계기에 불과하며, 우리의 판단에 절대적인 역할을 하는 것은 어디까지나 기억으로, 특히 경험이 축적된 기억으로서의 직관이 그렇다. 이런 이유로 즉각적인 직관은 즉각적인 기억에 지나지 않기에 현실 세계의 실재를 가리키는 단순한 지각 반응에 불과하다.

핵심요약:
경험적 지각에 따른 기억의 양이 풍부해질수록 우리는 현재의 경험을 새롭게 지각하려들지 않고 곧바로 기억으로 떠올리게 되는데, 이것이 곧 직관이다. 그렇기에 지각은 기억을 불러오기 위한 하나의 계기에 불과하며, 우리의 판단에 크게 작용하는 것은 어디까지나 기억이다. 과거의 경험이 지각되어 축적된 기억으로서의 직관이 그것이다.

[라] 특정한 사진이 자아내는 친숙함은 현재와 얼마 안된 과거를 둘러싼 우리의 감각을 형성한다. 사진은 감

각의 옳고 그름을 판단하는 일종의 기준점을 제시하며, 그러한 판단의 근거를 나타내는 일종의 토템 기능을 한다. 말로 된 표어보다 한 장의 사진이 사람들의 정서를 훨씬 더 구체화한다. 나아가 사진은 좀 더 먼 과거를 둘러싼 우리의 감각을 구성하고 교정하는 데에도 도움을 준다. 지금껏 알지 못했던 사진이 유포되어 우리에게 사후적으로 충격을 주는 경우가 그렇다. 오늘날 모든 사람이 알아보는 사진은 그 사회가 한번쯤 생각해 보고자 선택한 것 또는 그렇게 표명된 것을 구성하는 일부이다. 우리는 이런 사고방식을 '기억'이라고 부르지만, 이것은 결국 일종의 허구이다. 정확하게 말하자면 집단적 기억이란 존재하지 않는다. 그것은 집단적 죄의식과 같이 그럴듯한 관념일 뿐이다.

→ 특정 사진이 자아내는 친숙함처럼 우리의 감각을 구성하고 교정하는 사고방식을 집단적 기억이라고 부르지만, 이는 관념적 허구에 지나지 않다.

모든 기억은 개인적이며 다시 만들어질 수 없다. 기억이란 것은 그 기억을 가지고 있는 개개의 사람이 죽으면 함께 죽는다. 우리가 집단적 기억이라고 부르는 것은 과거의 것을 그대로 떠올리는 것이라기보다 일종의 계약에 가깝다. 사진은 어떤 일의 중요성이나 발생원인 등에 관한 이야기를 우리 마음속에 고착시킨다. 중요한 공동의 관념을 담고 있는 예측 가능한 생각과 감정을 촉발하는 재현적 이미지, 실증 기록으로서의 이미지를 만드는 것은 이데올로기이다. 곧장 포스터로 만들 수 있는 사진들, 가령 원자폭탄 실험 뒤에 생긴 버섯구름, 링컨 기념관에서 연설하고 있는 마틴 루터 킹 2세, 달에 착륙한 우주 비행사 등의 사진들은 중요한 사건들의 핵심을 전달해 주는 시각적 등가물이다.

→ 모든 기억은 개인적이며 개인과 생사를 함께하기에, 우리가 집단적 기억이라고 부르는 것은 공동의 관념을 담아 예측 가능한 생각과 감정을 촉발하려는 의도 하에 만들어진 재현적이고 실증적인 이미지에 불과하다.

모더니즘의 세기에 들어와 예술이 박물관에 모셔지게 될 무엇인가로 새롭게 규정됐듯이 오늘날에는 무수히 많은 사진들이 수집되어 박물관 또는 그와 비슷한 각종 시설에서 전시되고 보존된다. 공포의 순간을 모아놓은 각종 기록물들 가운데 집단 학살을 담아 놓은 사진이야말로 제도적으로 가장 발달된 기록물이다. 대중을 위해서 이러한 역사적 자취를 기록해 놓는 가장 핵심적인 이유는 그렇게 기록된 범죄를 사람들의 의식 속에 계속 자리 잡게 하기 위해서이다. 사람들은 이것을 '기억'이라고 부르지만, 엄밀히 말해 이것은 계산된 거래에 가깝다. 사람들의 고통과 순교를 담은 사진들은 죽음, 좌절, 그리고 희생을 상기시켜 주는 것에서 나아가 생존의 기적까지 일깨워 준다. 사람들은 자신들의 기억을 찾아가기를, 그리고 새롭게 되살리기를 원한다. 오늘날 수많은 희생자들에게 기념관은 자신들이 겪은 고통을 알기 쉽게 연대기적으로 일목요연하게 정리하여 이야기해 주는 일종의 사원과도 같은 곳이다.

→ 많은 사진들에 역사적 기록물로서의 의미를 부여하는 이유는 이것에 대한 기억을 사람들의 의식 속에 자리 잡게 하려는 계산된 의도가 깔린 때문이다.

핵심요약:

특정 사진이 자아내는 친숙함처럼 우리의 감각을 구성하고 교정하는 사고방식을 집단적 기억이라고 부르지만, 이는 관념적 허구에 지나지 않다. 모든 기억은 개인적이며, 따라서 집단적 기억은 어디까지나 특정 이념을 갖고서 만들어진 이미지의 재현에 불과하다(그렇기에 다분히 왜곡되고 조작됐다). 많은 사진들에 역사적 기록물로서의 의미를 부여하여 기억을 강요하는 이유는 사람들의 의식 속에 특정 관념을 자리 잡게 하려는 권력의 계산된 의도가 깔린 때문인데, 그에 따라 기억은 얼마든지 왜곡될 수 있다

(다)에 따르면, 경험적 지각에 따른 기억의 양이 풍부해질수록 우리는 현재의 경험을 새롭게 지각하려들지 않고 곧바로 기억으로 떠올리게 되는데, 이것이 곧 '직관'이다. 그렇기에 지각은 기억을 불러오기 위한 하나의 계기에 불과하며, 우리의 판단에 크게 작용하는 것은 어디까지나 '기억'이다. 특히 과거의 경험이 지각되어 **축적된 기억**으로서의 **직관**이 그것이다. (라)의 특정 사진이 자아내는 친숙함처럼 우리의 감각을 구성하고 교정하는 사고방식을 집단적 기억이라고 부르지만, 이는 관념적 허구에 지나지 않다. 모든 기억은 개인적이며, 따라서 집단적 기억은 어디까지나 특정 이념에 따라 만들어진 **이미지의 재현**에 불과하다. 많은 사진들에 역사적 기록물로서의 의미를 부여하여 기억을 강요하는 이유는 사람들의 의식 속에 특정 관념을 자리 잡게 하려는 **권력의 계산된 의도**가 깔린 때문인데, 그에 따라 기억은 얼마든지 **왜곡**될 수 있다…ⓐ

(다), (라)는 기억은 지각을 이미지화하여 재구성하는 사고 체계로, 개인의 사리 판단에 있어 절대적인 작용을 한다고 보는 점에서 공통된 관점을 보이지만, 그렇더라도 다음 면에서 차이를 보인다. 즉, (다)는 기억을 **경험적 실재**로 보는 반면, (라)는 이를 **관념적 허구**로 본다. (다)에 따르면, 기억은 과거의 경험적 지각이 축적되어 이미지화됨으로써 현재 경험하는 지각을 대체하는 직관으로서의 판단 작용을 한다. 반면 (라)에 따르면, 기억은 어디까지나 사람들의 의식 속에 특정 관념으로 자리 잡게 하려는 의도된 목적을 갖고서 만들어진 재현된 이미지에 불과이기에, 그만큼 집단화되고 획일적인 사고를 강요한다. 그 결과 (다)는 현재의 즉각적인 직관적 기억보다는 과거의 경험적 기억이 축적되고 저장된 직관에 따를 경우 때, 보다 **올바른 판단을 내릴 수 있다고** 보는 반면, (라)는 역사적 기록물로서의 의미를 부여하여 강요된 집단적 기억은 그만큼 개인의 **올바른 판단을 가로막는다고** 본다…ⓑ … **[필자 예시 답안]**

제시문을 요약하는데 있어 중요한 것은, **글의 중심 생각을 찾아 이를 간략히 정리하는** 능력이다. 길고 복잡한 글일수록 글의 문맥을 정리하여 중요한 내용을 간략히 요약할 수 있어야 논의의 핵심을 정확히 짚어낼 수 있으며, 그것에 맞게 올바른 논술 답안을 기술할 수 있다. 참고로 고려대 편입논술은 글이 길고 내용이 어려운 지문을 주고 글 내용을 400자 전후로 요약할 것을 묻고 있기에 요약 글쓰기 공부에 특히 힘을 쏟아야 한다.

제시문이 길게 주어질 경우의 요약 방법은 다음 두 가지다. 만약 지문에서 **단락이 명확히 구분된 경우라면 그것에 맞추어 단락별로 글 내용을 순차적으로 요약한 후, 그 요약된 글을 다시 압축·정리하면** 된다. 사례①이 이에 해당한다.

만약 단락이 명확히 구분되어 있지 않은 지문으로 글 전체의 길이가 너무 길어 내용을 효과적으로 요약하기 어려운 경우라면, **각 문장의 유기적인 관계를 파악하여 두세 개의 단락(3~5 문장 정도로 구성된 형식 단락)으로 임의로 구분하여 글 내용을 짧게 요약한 후, 단락별로 요약된 글을 다시 하나의 단락(내용적으로 관련되는 여러 개의 형식 단락을 한데 묶은 내용 단락)으로 재구성하면서 거듭 정리하면** 된다. 즉, 긴 글을 임의의 '형식 단락'으로 짧게 끊어가며 정리하거나, 또는 내용 면에서 서로 관련되는 형식 단락을 한데 묶어 이를 '내용 단락'으로 분류해 가면서 정리한다. 그런 다음 그 정리된 내용을 서로 연결하면서 글 전체의 요지를 파악하면, 제시문 내용을 한결 쉽게 요약할 수 있다. 사례②는 필자가 이런 식으로 임의적으로 단락을 구분하여 글 내용을 요약한 경우이다. 이때 중요한 것은 지문 내용을 형식 단락과 내용 단락으로 구분하여 살필 수 있는 역량으로, 이는 전적으로 독해력에 달렸다. 그렇더라도 그 한 가지 요령을 생각할 수 있는데, 이는 각 형식 단락의 '접속어'와 '지시어'에 특별히 유의하여 글 내용을 파악하는 것이다. 가령, '예를 들어'라는 접속어는 중심 내용이 아니므로 그냥 지나치거나 또는 앞 단락에 편입한다. 또 '그러나'는 앞 단락과 반대의 이야기가 나타나는 경우이기에, 이 지점에서 단락을 나눌 것을 고려한다. 한편 '요컨대'는 지금까지의 내용이 정리되어 있으므로 매우 중요한 부분으로 살피면서 이 지시어를 중심으로 단락을 구분할 것을 고려한다.

어느 경우든 (단락이 구분되어 있는 경우든, 임의로 설정한 경우든 관계없이) 먼저 각 단락의 중심 문장에 밑줄을 긋고, 그 문장을 중심으로 다른 문장의 중요한 부분을 끌어와 살을 보태면서 글 내용을 채운 후, 그 중심 문장들을 서로 연결한다. 그런 다음 글 전체를 읽어본다. 이때 글 내용이 매끄럽게 논리적으로 이어진다면 그 제시문은 잘 요약된 것이지만, 만약 그렇지를 않고 글의 어딘가가 어색할 경우에는 제시문을 올바르게 요약하지 못한 것이라고 보면 된다.

사례①의 긴 글을 요약하는데 있어서의 핵심 포인트는 다음과 같다. 제시문(1)의 단락별 중심 내용을 적정 답안 분량에 맞추어 요약하되, 저자가 글에서 말하고자 하는 논의의 핵심을 중심으로 글 내용을 체계적으로 기술한다. 즉, 제시문(1)을 읽어 주제 개념은 물론이고 그 주제의 논의를 세분화한 개념인 관점(논점)까지 정확히 도출해낸다. 그렇게 해서 주제는 '정통과 이단을 구분 짓는 세 요인인 전통과 관습, 합리성에 대한 규정', 관점은 '정당성 유무'라는 서술어로 명확히 정리되는데, 이후 이것을 토대로 논제의 요구와 지시를 해결하면 된다. 이를 통해 단독 과제 해결형 제시문의 요약 역시 논제의 물음을 염두에 두고 글 내용을 서술해야 함을 알 수 있을 것이다. ①처럼 문제에서 특정 제시문을 요약할 것을 요구하는 경우에는, 논제의 주제 개념 및 관점까지 찾아 밝힐 것을 요구하는 경우가 일반적이다. 참고로 ①을 주제 개념 및 관점에 따라 글 내용의 핵심을 정리하면 다음과 같다.

- 전통과 관습, 합리성_ 정통으로서의 정당성을 부여받기 위해 반드시 필요한 요건이다.
- 카리스마_ 정당성을 부여받을 수는 있지만, 그 필요적 요건을 충족시키지 못함에 따라 정통성을 갖지 못하고 이단으로 흐른다.

따라서 알고 있어야 할 것은 이것이다. 특정 제시문을 읽어 주제와 관점까지 모두 찾아 밝히는 것은 생각 이상으로 어렵고 또 까다롭다. 이때 그 해결책은 **함께 제시된 다른 지문까지 모두 한꺼번에 살피는** 것이다. 왜냐하면 비록 어떤 한 제시문에는 주제와 관점을 드러내는 단어와 어휘, 문구와 문장을 찾을 수 없거나 설령 찾기 어렵더라도, 다른 제시문의 어딘가에는 주제 개념과 관점을 직접적으로 드러내거나 암시하는 문장이나 문구가 반드시 들어있기 마련이기 때문이다. 논술 문제를 풀 때 '**제시문 간의 연관관계를 파악하는** 것이 중요하다'는 강조가 이를 두고 하는 것으로, 다른 제시문에서 문제 해결의 단서를 찾을 수 있도록 제시된 글을 서로 견주어가며 읽는 연습을 하자.

한편 '요약하고, 비교하라'는 복합 논제 서술 과제를 묻는 ② 역시 ①처럼 지문이 길고, 게다가 글 내용의 파악이 그리 간단치 않다. 글 내용이 어렵다기 보다는 글의 핵심 요지를 찾아낸 후 이를 자신의 글로 소화하여 압축 서술하기 어렵다는 표현이 더 적절할 듯하다. ②는 논술 시험의 근간을 이루는 '독해와 요약'의 중요성을 환기시켜 주는 문제라 할 수 있는데, 이를 통해 '요약은 독해의 검증'이라는 사실을 확실히 깨달을 수 있을 것이다.

　따라서 학생들은 ②와 같은 유형의 문제를 접할 때, '비교하라'는 논제 서술 과제를 해결할 수 있도록 글을 세밀하고 꼼꼼하게 읽으면서 유사점과 차이점을 확실히 파악할 수 있어야 한다. 그런 점에서 볼 때, ②의 '요약하라'는 발문 지시어는 그만큼 학생들의 지문 독해 능력을 확인하겠다는 것이자, 요약을 통해 '비교하라'는 과제 수행을 얼마만큼 잘할 수 있는가를 평가하겠다는 출제자의 의도가 잘 드러난다. ②를 통해 이를 확인할 수 있을 것이다.

③ 〈제시문1〉~〈제시문6〉은 노동(직업)에 관한 견해를 담고 있다. 제시문들을 상반된 두 입장으로 **분류**하고, 각 입장을 요약하시오. (성균관대 2017 인문1 수시 문제1)

제시문들은 노동에 대한 상반된 관점을 담고 있다. (1), (4), (6)은 노동에 대해 **긍정적**으로 바라본다. (4)에서 알 수 있듯이, 노동은 삶의 활력을 주는 '생명의 소리이자 불꽃'과도 같으며, 다른 어떤 것과도 바꿀 수 없는 고귀한 가치이다. 이는 (1)처럼, 노동은 사회적 성취감과 개인적 존재감을 확인하는 통로이자, 국민 경제의 발전을 위한 필수요소임을 의미한다. 즉 (6)처럼, 노동은 인간을 보다 인간답게 하는 행위로, 인간은 노동을 통해 부는 물론 사회적 지위와 명성까지 얻는다.
반면 (2), (3), (5)는 노동에 대해 **부정적인** 입장을 취한다. (5)에서 알 수 있듯이, 노동은 소비와 더불어 인간 생존을 위한 불가피한 순환 과정으로, 삶이 영속되는 한 인간은 결코 노동의 '노고와 고통'으로부터 자유로울 수 없다. 무엇보다 (3)처럼, 자본주의 사회에서 노동은 인간을 상품으로 전락시켜 시장의 변동에 내맡겨지도록 만든다. 그 결과 (2)처럼, 성과와 효율성만을 요구하는 경쟁사회에서 노동은 본질적인 의미를 상실하고 인간의 삶의 여유를 빼앗는다… **[필자 예시 답안]**

　③의 성균관대의 '요약하라'는 발문 지시어는, 제시문을 '두 관점에 맞추어 분류한 후, 각각의 글 내용을 한두 문장으로 요약하라'는 요구이다. 성균관대 논술 문제는 교과 과정의 개념과 이론을 다루고 있으며, 주제(어)를 발문에서 직접 밝히고 있는 것이 특징이다. 게다가 글 내용도 쉽고, 글의 길이도 짧다.
　성균관대 논술은 특정 공통 주제를 바탕으로 3~4개의 문제를 구성하여 출제하는데, 이때 1번 문제는 이후의 문제를 해결하기 위한 뒷받침 문제에 해당한다. 즉, 1번 문제는 특정 주제의 하위 개념을 담은 소주제(관점)를 파악한 후 이를 적절한 개념어로 찾아 밝힌 다음(물론 ③처럼 주제 개념의 '방향성'내지는 '지향점'을 지시하는 서술어로 표현할 수도 있다), 관점별로 제시문을 둘로 나누고 각각의 요지를 50자 전후의 짧은 글로 요약하면 된다. 이런 문제일수록, 글의 올바른 요약은 둘째 치고 양립하는 두 하위 개념(관점)을 정확히 찾아내지 못한다거나, 제시문들을 관점별로 둘로 나누는데 실패하는 경우에는, 이후의 이어지는 문제를 해결하기 어렵게 된다. 그 결과가 어떨지는 굳이 말하지 않아도 짐작할 수 있을 것이다.

③의 '요약하라'는 과제를 해결할 때, 다시 말해 글의 요지를 50자 내외의 짧은 글로 서술하는 데 있어, 대학으로부터 좀 더 높은 평가를 받으려면 다음과 같이 글 내용을 요약하면 된다. 즉, 필자 예시 답안처럼, 인문·사회·경제·문화·예술·과학 등 여러 분야에서 발췌한 **다양한 글감(제시문)을 주제 개념에 맞추어 글 요지를 '통합 및 재구성'함으로써**, 요약의 본질에 다가설 수 있어야 한다. 글을 '요약하라' 또는 '요지를 밝히라'는 지시는 그 글의 핵심 내용을 찾아 이를 자신의 글로 소화해서 압축적으로 표현하라는 요구이자, 제시문의 문장을 그대로 옮기지 말 것을 강조하는 요구란 점, 또한 제시문의 핵심 용어를 사용하여 논지를 분석하되 글에 나타난 주장을 자신의 언어로 바꾸어 표현하라는 요구임을 학생들은 분명히 알고 있어야 한다.

④ 〈제시문1〉과 〈제시문2〉의 **공통 주제**를 밝히고, 각각의 **요지**를 서술하시오. (한국외대 2017 인문2 수시 문제1)

〈1〉, 〈2〉는 공통적으로 **'내면의 만족을 추구하는 행복한 삶'**에 대해 설명한다. 〈1〉에 따르면, 행복은 부·건강과 같은 객관적 조건과 만족감과 같은 주관적 기대 사이의 관계에 의해 결정되며, 주관적 기대에서 오는 심리적 만족감이 행복에 더 크게 작용한다. 한편 〈2〉에 따르면, 의식주와 같은 외적 조건에 상관없이 안빈낙도하는 자세로 자신의 내면의 만족을 추구하는 삶을 살아갈 때, 인간은 진정한 행복을 느낀다… **[필자 예시 답안]**

④는 아래의 한국외대의 설명으로 갈음한다. '요지를 파악하라'는 논제의 요구 역시 '요약하라'는 논제 서술 과제의 하나라고 보면 된다. 참고로 한국외대 인문 논술은 1번 문제에서 영어 지문을 제시하고 있는데, 이는 지문 독해력에 기반한 핵심 요지(공통 주제나 핵심어 포함)의 서술 능력이 곧 출제 의도란 사실을 드러낸다.

요지 파악형 문제는 제시문의 내용을 정확히 이해했는가를 평가하기 위한 문항으로, **글쓴이가 말하고자 하는 핵심 내용을 제한된 글자 수 내에서 간결하게 서술해야 합니다.** 이때 접속어나 연결 어구를 적절히 사용하면 제시문을 자연스럽게 연관시키고 효율적으로 요약할 수 있습니다. 핵심어는 보통 제시문 속에 나타나지만, 반드시 그런 것은 아닙니다. 우회적인 표현이나 예시를 통해 주제를 암시하는 제시문이 주어질 수도 있는 만큼 적절한 어휘를 새롭게 찾아야 할 때가 있습니다. **이 문항에서 범하기 쉬운 실수는 제시문 구절을 그대로 사용하는 것입니다.** 비록 제시문 내 문장이 요지를 적절하게 표현하고 있을지라도 이를 그대로 옮긴다면 독창성이 발휘된 좋은 요약이라고 할 수 없습니다. **다른 표현으로 바꾸거나 제시문에 사용된 다른 핵심어와 연결하여 표현하는 것이 좋습니다…** [한국외대 2018학년도 논술가이드, 문제 유형 Tip]

⑤ 제시문 (가), (나), (다), (라)에는 다양한 대화의 모습이 나와 있다. '진정한 소통'이라는 측면에서 각 제시문에 나타난 대화의 <u>문제점</u>과 이러한 문제가 발생하게 된 <u>근본 원인을 하나의 완성된 글로 논술</u>하시오. (중앙대 2017 인문 모의 문제1)

(가)~(라)는 진정한 소통이 이루어지지 않는 원인과 문제점에 대해 설명한다. (가)의 반복되는 일상의 무기력과 피로감은 나와 타자와의 대화를 가로막고 올바른 소통을 저해하는 요인으로 작용한다. (나)처럼 자신이 추구하던 이상이 좌절되면서 삶에 환멸을 느끼거나 삶의 의지를 상실할 때, 사람들은 타자의 설득에도 불구하고 이를 받아들이기를 거부하고 자신의 입장을 완강히 고수하려 든다. (다)의 매카시즘적인 선동을 맹목적으로 받아들일 때, 사람들은 지배 권력의 조작된 이념에 쉽게 세뇌될 수 있다. (라)처럼 급박한 상황에도 불구하고 양보할 수 없는 확고한 정치적 신념에 따라 각자 자신의 의견만을 앞세울 경우, 좀처럼 합의에 이르지 못하면서 나쁜 결과를 불러올 수 있다.

이처럼 우리 사회에서 소통이 잘 이루어지지 않는 것은 **바쁜 일상과 소외된 삶, 세상에 대한 불신과 환멸, 대중의 무지에서 비롯되는 비판적 사고 부재, 사상과 신념의 충돌**과 같은 다양한 이유에서 비롯된다. 그 결과, **대화를 무미건조하고, 기계적이며, 피상적으로 흐르게 하고, 각자 자신의 입장을 고수함으로써 대화를 단절시키고, 기만과 선동의 언어에 무분별하게 동조함으로써 권력에 쉽게 세뇌되고, 자신의 의견만을 지나치게 앞세움으로써 쉽게 합의에 이르지 못하는** 등의 많은 문제를 드러낸다… [필자 예시 답안]

⑤는 중앙대 인문 논술 1번 문제의 전형이다. 실생활에서 자주 접하는 작은 물음을 주제로 채택하여, 발문에 그 물음이 지향하는 그 '무엇(특정 관점·논점·쟁점·지향점)'을 제시한 후 그것에 맞게 글의 핵심 요지를 요약하면서 하나의 완성된 글로 작성하라는 것이 논제의 요구이다.

따라서 학생들은 제시문을 특정 주제 및 관점에 따라 한두 문장의 짧은 글로 요약하는 한편, 제시문별 핵심 요지를 갈무리하는 적절한 언어를 머릿속에서 끄집어 낼 수 있어야 한다. 그리고 이를 글의 결론부에 서술하면서 끝을 맺어야 한다. 이처럼 중앙대 인문 논술 1번 문제는 글의 요약 능력과 함께 언어적 개념화의 능력을 함께 묻는다.

중앙대 인문 논술 1번 문제 역시 '요약하라'는 논제 서술 과제의 하나로 볼 수 있는데, 이때 특히 주의할 점은 제시문별 요약 글의 분량 배분이다. 무려 4개나 되는 제시문을 핵심 요지별로 요약해야 하는데다가 '서론-본론-결론'의 약식 완성글로 작성해야 하기에, 각 제시문의 핵심 요지는 그야말로 글의 중심 생각만을 압축하여 서술해야 한다. 만약 그렇지 않을 경우, 지시한 답안 분량을 쉽게 초과할 수 있는데, 이것이 감점 요인으로 작용하여 평가의 불이익을 받을 수 있다. 대학은 이를 노리고 그런 식으로 문제를 출제한 것이기도 한데, 이를 ⑤의 필자 예시 답안을 통해 확인할 수 있을 것이다.

⑥ 〈가〉의 필자가 말하고자 한 것을 <u>간추려 **적으시오**</u>. (숙명여대 2009 인문 수시2 1차 공통문항 문제1, 100자±10자)

〈가〉 사람들이 내 글을 보고 '오랑캐의 <u>연호(年號)</u>를 쓴 글'이라고 시비한다는데, 무슨 말인지 모르겠습니다. 나의 책 『열하일기』는 기행문에 지나지 않습니다. 이런 글이 있건 없건, 잘 지었건 못 지었건, **별다른 영향이 없을 글입니다.** 애초에 어찌 『춘추(春秋)』의 의리를 따지며 글을 썼겠습니까? 지금 어떤 사람들이 갑자기 그런 문제들을 가지고 책망한다니, **좀 지나친 것** 같습니다.

아아, 세상에서 청나라 연호를 처음 쓰기 시작할 때에, 우리 동방의 선현들 가운데는 고신(告身) 위에 쓰지 말자고 주장한 분이 있었습니다. 또 사대부 집안에서 무덤에 글을 새기면서 '숭정(崇禎) 기원 후'라고 소급하여 쓴 경우도 있긴 했습니다.

그러나 공사 간의 문서에서는 청나라 연호를 피할 수가 없었습니다. **어쩔 수가 없기 때문**입니다. 그러므로 논밭이나 집을 사들일 때에 그것을 대대로 전하려고 생각하지 않는 것은 아니지만, 그 문서를 작성할 때에는 결국 당시의 연호를 썼습니다. 그러지 않으면 <u>매매가 이루어지지 않기 때문입니다.</u> 이 세상에서 『춘추』의 의리에 가장 엄격한 저 사람들이 장차 "오랑캐의 연호가 붙은 집이라서 살지 않겠다"라고 말할는지, 또 과연 "오랑캐의 연호가 붙은 논밭이라서 그 소출을 먹지 않겠다"라고 말할는지, 나는 아직도 모르겠습니다.

• 핵심 요약:

『열하일기』에서 청의 연호를 썼다는 이유를 들어 비난하는 것은 <u>옳지 않다</u>. 영향력이 크지 않은 단순 기행문이라 굳이 **명분**을 따져가며 글을 쓸 필요가 없었고, 문서상의 **편의**를 위해 <u>어쩔 수 없이</u> 사용했던 점을 고려

⑥은 제시문에 드러난 글쓴이의 주장을 100자 정도의 짧은 글로 '요약하라'는 것이 논제의 요구이다. 예문처럼 **구어체의 문장으로 작성된 지문의 경우에는 글의 핵심 어휘가 쉽게 드러나지 않는 탓에** 글 내용을 체계적으로 요약하기란 생각보다 어렵다.

이런 지문일수록 글의 전체 의미를 포괄적으로 이해한 후 그것에 맞게 글의 핵심 내용을 합리적으로 '재구성'할 수 있어야 한다. 이때 특히 **글쓴이의 주장(견해)을 담은 문장에 주목할** 필요가 있다. 제시문의 '별다른 영향이 없을 글', '좀 지나치다', '어쩔 수가 없기 때문'이란 문구가 그것으로, "왜" 글쓴이가 그와 같은 표현을 했는지를 생각하면서 전체 의미를 유추할 수 있어야 한다. 그리고 그 과정에서 떠오른 생각의 흐름을 집약한 핵심 어휘(와 문구)를 새롭게 만들어 글에 끼워 넣으면, 그 글은 위 사례의 요약 글처럼 자연스럽게 논리적으로 재구성된다.

② 요약의 방법

글의 핵심 내용을 요약하는 과정은 글 내용을 객관적·비판적으로 분석하는 능력을 기르는 데 무척 유용하다. 요약 글쓰기는 글에 대한 이해력을 끌어올리고, 글 내용의 핵심을 자신의 언어로 전달하는 능력을 높인다.

요약하기 과정은 글을 읽어 중요한 부분과 그렇지 않은 부분을 구별할 수 있는 능력은 물론, 글 내용을 논리의 비약 없이 체계적으로 서술하는 역량까지도 담아낸다. 설정된 답안 분량 범위 내에서 해결해야 하는 것이기에 제약이 따르지만, 논제의 물음에 부합하는 사례라든가 증거를 효과적으로 제시할 때에도 요약하기는 매우 중요하다.

글 내용을 정확히 이해하기 위해서는 글을 통해 전달하고자 하는 '정보'를 체계적으로 정리하는 요약적 사고가 필요하다. 학생들이 논술 답안 작성에 쩔쩔매는 이유는 분명하다. 문제와 함께 제시된 지문의 중심 내용을 제대로 이해하지 못하면서, 글 내용의 핵심을 올바로 요약하지 못한 때문이다. 결국 요약을 잘한다는 것은 **글을 정확히 이해하여 글 내용의 핵심만을 간추릴 수 있는 능력이 뛰어나다는** 의미와도 같다. 제시문을 읽을 때에는 핵심어에 집중하여 중요한 부분만을 가려 읽는 '선택적 읽기(focused reading)'를 해야 하는 이유가 여기 있다.

요약의 방법에는 문장으로 서술하면서 글 내용을 요약하는 방법과 주제어를 중심으로 항목화하여 글 내용을 요약하는 방법이 있는데, 대입논술·편입논술에는 전자의 요약 방법이 사용된다. '서술형으로 요약하기'는 **글 내용을 핵심 주제어와 중심 문장으로 정리하고, 이를 연결하면서 한 두 문장 정도로 짧게 요약하는** 것을 말한다. 이때 전체 글의 주제가 부각되어야 하며, 문장과 문장 사이의 논리 관계가 유기적으로 전개되도록 요약해야 한다. 그리고 글 내용을 필요 이상으로 추상화하는 것을 경계해야 한다. 핵심은 군더더기 말을 없애고 중심 문장을 중심으로 가능한 짧게 요약해야 한다는 것이다. 이때 주의할 것이 있다. 각 단락의 핵심 문장 또는 중심 생각, 핵심 내용을 찾아낸 후 이것들을 그저 연결하기만 하면 요약 글이 만들어진다고 생각해서는 안 된다. 제시문의 각 단락이 같은 비중과 동일한 중요성을 가질 경우에는 그런 식의 요약이 타당할지 모르나, 설명과 논증의 핵심을 파악하는데 있어서는 각 단락이 같은 비중으로 중요성을 갖는다는 보장은 없다. 따라서 단락별 요약에 지나치게 매달리지 말고, 글 자체에서 논리적 뼈대가 들어 있는 부분만 추려가며 골라내야 올바른 논증 요약 글이 된다.

다음 [사례1]의 '공공재와 공유 자원에 의한 시장 실패의 원인과 예방책 촉구'를 주제로 한 설명 글이다. 이를 읽고 글 내용의 핵심을 요약해 보자.

[사례1] 2008 고3 3월 모의 18~21번 문제 출제 지문

(단락1) 대부분의 재화는 시장 원리에 따라 소비자가 대가를 지불하고 공급자가 그 대가를 취득한다. 그러나 등대, 가로등과 같은 공공재나 깨끗한 공기, 바다 속의 물고기와 같은 공유 자원은 재화를 이용하는 대가를 지불하지 않아도 되므로 <u>시장 원리에 따라 재화가 효율적으로 배분되지 못한다</u>. 이와 같은 경우를 시장 실패라 하는데, 시장 실패가 발생하면 이를 해결하는 데 드는 <u>사회적 비용이 크기 때문에 사전에 예방하는 것이 중요하다</u>. 그 방법은 재화의 성격에 따라 달라지므로 <u>공공재와 공유 자원을 명확하게 구분할 필요가 있다</u>… **[핵심어- 시장 실패, 공공재, 공유 자원]**

(단락2) <u>공공재는 배제성과 경합성이 없는 재화를 말한다</u>. 배제성이란 사람들이 재화를 소비하는 것을 막을 수 있는 가능성을 말하고, 경합성이란 한 사람이 재화를 소비하면 다른 사람이 소비에 제한을 받는 속성을 말한다. 예를 들어 해안가에 세운 등대가 주는 혜택을 특정한 개인이 누리지 못하게 할 수 없고, 한 사람이 그 혜택을 받는다고 해서 다른 사람의 편익이 줄지도 않는다는 점에서 등대는 공공재가 된다. 공공재가 배제성이 없다는 것은 재화를 생산하더라도 그것을 소비하는 데 드는 비용을 지불할 사람이 없다는 것이므로 누구도 공공재를 공급하려 하지 않는다. 따라서 <u>정부가 사회적 비용과 편익을 따져 공공재를 공급함으로써 시장실패를 예방할 수 있다</u>… **[핵심어- 공공재, 배제성, 경합성]**

(단락3) 공유 자원은 공공재와 같이 배제성이 없어 누구나 공짜로 사용할 수 있지만 경합성이 있는 재화이다. 이에 따라 '공유 자원의 비극'이라는 심각한 문제를 야기한다. 누구든지 자유롭게 사용할 수 있는 목초지가 있다고 하자. 소 주인들은 공짜로 풀을 먹일 수 있기 때문에 가급적 많은 소를 몰고 와서 먹이려고 할 것이다. 자기 소를 한 마리 더 들여와 목초지가 점점 훼손된다 하더라도, 그에 따른 불이익은 목초지를 이용하는 모든 소 주인들이 함께 나누기 때문이다. 그러나 목초지의 풀은 제한되어 있어 어느 수준 이상의 소가 들어오면 목초지는 그 기능을 상실하게 된다… **[핵심어- 공유 자원, 공유 자원의 비극]**

(단락4) 공공재에 의한 시장 실패는 정부가 공공재의 공급 비용을 부담함으로써 쉽게 예방할 수 있다. 하지만 공유 자원에 의한 시장 실패는 위의 예와 같이 개인들이 더 많은 자원을 사용하려고 경합하는 데서 발생하기 때문에 재화의 경합성을 적절하게 조정하는 예방책이 필요하다. 그 구체적인 예방책으로는 정부가 공유 자원의 사용을 직접 통제하거나 공유 자원에 사유 재산권을 부여하는 방법이 있다. 정부의 직접 통제는 정부가 특정 장비 사용의 제한, 사용 시간이나 장소의 할당, 이용 단위나 비용의 설정 등을 통해 수요를 억제하는 방법이다. 사유 재산권 부여는 자신의 재산을 잘 관리하려는 사람들의 성향을 이용하여 공유 자원을 관리하게 함으로써 공유 자원이 황폐화되는 것을 막기 위한 방법이다. 이 두 방법은 정부의 시장 개입이 수반된다는 점에서 통제 방식이나 절차, 사유 재산권 배분 기준에 대한 사회적 합의가 전제되어야 한다. 또한 공유 자원을 사용하는 사람들에 대한 정부의 통제 능력과 개인의 사유 재산 관리 능력을 확보하는 것이 성패의 관건이 된다… **[핵심어- 공유 자원에 의한 시장 실패, 예방책]**

(단락5) 공공재와 공유 자원에 의한 시장 실패는 자원의 왜곡된 배분을 가져와 사회 전체의 효용을 감소시킨다. 또한 재화의 관리가 효율적으로 이루어지지 않으면 재화를 공급하여 얻는 편익이 감소될 가능성이 크다. 따라서 시장 실패가 초래하는 비극을 예방할 수 있는 효율적인 방안을 강구해 구성원의 경제적 후생을 향상시키는 것이 정부의 중요한 경제 정책이 되어야 한다… **[핵심어- 시장 실패 예방책 강구]**

[사례1]의 지문은 경제학의 중요 개념인 '시장 실패'에 대해 설명한 글이다. 지문은 '시장 실패→공공재와 공유 자원→배재성과 경합성→공유 자원의 비극'이라는 일련의 개념(어)를 중심으로 단락별로 순차적으로 논의가 전개되고 있다. 따라서 개념들의 관계를 파악하면서 단락을 하나의 생각의 단위로 하여 빠르게 읽으면, 글 전체의 의미 관계가 파악되고, 그와 동시에 글이 개략적으로 어떻게 구성되고 또 전개되고 있는지를 어렵지 않게 가늠할 수 있다.

이후 핵심 키워드와 밑줄 친 부분을 중심으로 단락을 뭉뚱그려가며 읽으면 된다. 그렇게 해서 단락별 '요지'를 다음과 같이 정리할 수 있는데, 글 전체의 주제어는 '시장 실패', 주제는 '공공재와 공유 자원에 의한 시장 실패의 원인과 예방책 촉구'임을 알 수 있다.

- 단락1_ '시장 실패'를 막으려면 '공공재'와 '공유 자원'을 명확히 구분하여 대처할 필요가 있다.
- 단락2_ '공공재' 부족에 따른 시장 실패는 정부의 '비용—편익' 공급으로 '비배재성'을 해소함으로써 예방
  할 수 있다.
- 단락3_ '공유 자원'은 '경합성'으로 인해 '공유 자원의 비극'을 초래한다.
- 단락4_ '공유 자원의 비극'을 막으려면 경합성을 조절하는 적극적인 예방책이 필요하다.
- 단락5_ 공공재와 공유 자원에 의한 시장 실패를 예방하려면 정부가 나서 효율적 방안을 강구해야 한다.

  설명글 요약할 때 알고 있어야 할 핵심 내용은 다음과 같다. 글은 내용면에서 볼 때 '중심 내용(글의 '결론' 부분으로, '주장'과 '근거'가 이에 해당한다)'과 '해설(결론을 뒷받침하는 설명글)'로 나뉜다. 글의 중심 내용은 중심 단락에 들어있으며, 중심 단락의 중심 문장(또는 단락의 요지)이 글 전체의 '결론'에 해당하는 설명글이다. 이때 결론의 '근거'가 되는 내용은 중심 단락에 들어있을 수도, 다른 단락에 들어있을 수도 있다. 만약 그것이 다른 단락에 들어있을 경우, 그 단락의 중심 문장(또는 단락의 요지)이 결론을 뒷받침하는 '근거(즉, 결론의 전제가 되는 글)'에 해당하는 글이 된다. 나머지 단락은 '해설'에 해당한다고 보면 된다. 그렇게 해서 [사례1]을 정리하면 다음과 같다.

- 단락1(해설1_이유)_ 공공재와 공유 자원 구분의 필요성
- 단락2(해설2_뒷받침)_ 공공재의 특성과 시장 실패의 예방법
- 단락3**(전제)**_ 공유 자원의 특성과 시장 실패의 원인
- 단락4(해설3_뒷받침)_ 정부의 통제에 의한 공유 자원의 시장 실패 예방책
- 단락5**(결론)**_ 공공재와 공유 자원에 의한 시장 실패 예방책 및 효율적인 정책 촉구

  글 전체의 결론이자 중심 생각에 해당하는 글 묶음은 확실한 '논증 구조'를 이루고, 일련의 '논증 체계'를 구성한다. **글의 요약은 이 논증 구조(즉, 주장과 근거)를 중심으로 글의 핵심 내용을 체계적으로 서술한** 일련의 글 묶음이다. 그렇게 해서 [사례]의 지문을 요약할 경우, 논증의 핵심 내용을 담은 '단락5'와 '단락3'만 의미 있을 뿐, '단락1, 2, 4'는 그다지 의미 없다.

  따라서 '단락1, 2, 4'는 논증(주장과 근거)의 해설에 해당하는 부분에서 전제로부터 결론으로 나

아가는 데 있어 반드시 필요한 핵심 내용을 제외하고는 과감히 버려야 한다. 그래야 글의 핵심 내용이 보다 명확히 드러나고 글의 요약은 한결 매끄러워 진다(아래의 지문 요약②). 단락별 요지를 중심으로 논증 글 묶음(주장과 근거를 담은 글의 중심 주장)을 추려 요약하면 다음과 같다.

- 단락1(해설1_전제의 이유)_ 시장 실패 해결을 위한 공공재와 공유 자원의 구분 대처의 필요성… '시장 실패'를 막으려면 '공공재'와 '공유 자원'을 명확히 구분하여 대처할 필요가 있다.
- 단락2(해설2_전제의 뒷받침 근거)_ 공공재의 특성과 시장 실패의 예방… 공공재' 부족에 따른 시장 실패는 정부의 '비용—편익' 공급으로 '비배재성'을 해소함으로써 예방할 수 있다.
- 단락3(전제)_ 공유의 비극이 일어나는 원인… '공유 자원'은 '경합성'으로 인해 '공유 자원의 비극'을 초래한다.
- 단락4(해설3_결론의 뒷받침 근거)_ 공유 자원의 시장 실패 원인과 예방책… '공유 자원의 비극'을 막으려면 경합성을 조절하는 적극적인 예방책이 필요하다.
- 단락5(결론)_ 공공재와 공유 자원에 의한 시장 실패 예방책 및 효율적인 정책 촉구… 공공재와 공유 자원에 의한 시장 실패를 예방하려면 정부가 나서 효율적 방안을 강구해야 한다.

'시장 실패'를 막으려면 '공공재'와 '공유 자원'을 명확히 구분하여 대처할 필요가 있다(단락1). 이때 '공공재' 부족에 따른 시장 실패는 정부의 '비용—편익' 공급으로 '비배재성'을 해소함으로써 예방할 수 있다(단락2). 하지만(단락3). 이런 이유로 '공유 자원의 비극'을 막으려면 경합성을 조절하는 적극적인 예방책이 필요하다(단락4). 공유의 비극으로 인한 시장 실패를 막으려면 정부가 나서 효율적인 방안을 강구해야 한다(단락5)… [지문 요약①_ 단락별 요지 요약]

'공유 자원'은 '경합성'으로 인해 '공유 자원의 비극'을 초래하기 때문에(단락3), 그것으로 인한 시장 실패를 막으려면 정부가 나서 효율적인 방안을 강구해야 한다. (단락5)… [지문의 핵심 내용 요약②]

참고로, 시·소설·수필과 같은 문학 작품을 논술 제시문으로 출전한 경우에 많은 학생들은 글 내용을 요약하는데 큰 어려움을 겪는다. 특히 소설처럼 서사 구조를 따르는 글 내용을 요약하는 데 크게 어려움을 겪는데, 그렇더라도 방법적 요령은 있다. 인물과 사건에 초점을 맞추고 이를 중심으로 핵심 줄거리를 이끌어 내면 된다. 이때, 사건을 요약할 때 자칫 글이 장황해 질 수 있으므로 이를 특히 주의할 필요가 있다. 그 서술 요령은 사건은 주된 갈등 상황을 중심으로 이루어지는 것이 일반적이므로, **등장인물 간 갈등 구조를 중심으로, 논제가 제시하는 주제 개념에 맞추어 서사 구조의 핵심만을 간추리는** 것이다.

이를 아래 [사례2] 제시문과 필자가 작성한 요약 글을 통해 확인할 수 있을 것이다. 참고로 이 논술 문제의 주제는 '평화', 제시문은 김훈의 『남한산성』의 일부이다.

[사례2] 연세대 2017 인문 수시 출제 지문(가)

1636년 12월 청나라가 대군을 이끌고 조선을 침략하자 인조는 남한산성으로 피란한다. 굶고 얼어 죽는 백성이 속출하는 가운데 청나라 장수 용골대가 항복을 요구하는 문서를 성 안에 넣는다.

이조 판서 최명길이 헛기침으로 목청을 쓸어내렸다. 최명길의 어조는 차분했다.

"전하, 적의 문서가 비록 무도하나 신들을 성 밖으로 청하고 있으니 아마도 화친할 뜻이 있을 것이옵니다. 적병이 성을 멀리서 둘러싸고 서둘러 취하려 하지 않음도 화친의 뜻일 것으로 헤아리옵니다. 글을 닦아서 응답할 일은 아니로되 신들을 성 밖으로 내보내 말길을 트게 하소서."

예조 판서 김상헌이 손바닥으로 마루를 내리쳤다. 김상헌의 목소리가 떨려 나왔다.

"화친이라 함은 국경을 사이에 두고 논할 수 있는 것이온데, 지금 적들이 대병을 몰아 이처럼 깊이 들어왔으니 화친은 가당치 않사옵니다. 심양에서 예까지 내려온 적이 빈손으로 돌아갈 리도 없으니 화친은 곧 투항일 것이옵니다. 화친으로 적을 대하는 형식을 삼더라도 지킴으로써 내실을 돋우고 싸움으로써 맞서야만 화친의 길도 열릴 것이며, 싸우고 지키지 않으면 화친할 길은 마침내 없을 것이옵니다. 그러므로 화(和), 전(戰), 수(守)는 다르지 않사옵니다. 적의 문서를 군병들 앞에서 불살라 보여서 싸우고 지키려는 뜻을 밝히소서."

최명길은 더욱 낮은 목소리로 말했다.

"예판의 말은 말로써 옳으나 그 헤아림이 얕사옵니다. 화친을 형식으로 내세우면서 적이 성을 서둘러 취하지 않음은 성을 말려서 뿌리 뽑으려는 뜻이온데, 앉아서 말라죽을 날을 기다릴 수는 없사옵니다. 안이 피폐하면 내실을 도모할 수 없고, 내실이 없으면 어찌 나아가 싸울 수 있겠사옵니까. 싸울 자리에서 싸우고, 지킬 자리에서 지키고, 물러설 자리에서 물러서는 것이 사리일진대 여기가 대체 어느 자리이겠습니까. 더구나……."

김상헌이 최명길의 말을 끊었다.

"이거 보시오, 이판. 싸울 수 없는 자리에서 싸우는 것이 전(戰)이고, 지킬 수 없는 자리에서 지키는 것이 수(守)이며, 화해할 수 없는 때 화해하는 것은 화(和)가 아니라 항(降)이오. 아시겠소? 여기가 대체 어느 자리요"

최명길은 김상헌의 말에 대답하지 않고 임금을 향해 말했다.

"예판이 화해할 수 있는 때와 화해할 수 없는 때를 말하고 또 성의 내실을 말하나, <u>아직 내실이 남아 있을 때가 화친의 때이옵니다.</u> 성 안이 다 마르고 시들면 어느 적이 스스로 무너질 상대와 화친을 도모하겠나이까."

김상헌이 말했다.

"<u>화친은 불가하옵니다.</u> 적들이 여기까지 소풍을 나온 것이겠습니까. 크게 한번 싸우는 기세를 보이지 않고 화(和) 자를 먼저 꺼내면 적들은 우리를 더욱 깔보고 감당할 수 없는 요구를 해 올 것입니다. 이백 년 종사가 신민을 가르쳐서 길렀으니 반드시 의분하는 창의의 무리들이 달려올 것입니다."

최명길이 말했다.

"상헌의 답답함이 저러하옵니다. 창의를 불러 모은다고 꼭 화친의 말길을 끊어야 하는 것이겠사옵니까. 군신이 함께 피를 흘리더라도 적게 흘리는 편이 이로울 터인데, <u>의(義)를 세운다고 이(利)를 버려야 하는 것이겠습니까.</u>"

핵심요약:

청나라의 항복 요구를 문서를 놓고, 주전론자인 김상헌과 주화론자인 최명길은 서로 다른 해결책을 제시하며 대립한다. 김상헌은 싸우는 것만이 당면한 살 길이라고 말하면서 끝까지 항전하자고 주장하는데 반해, 최명길은 일단 화친하고 후일을 도모하는 것이 국익을 위해 이롭다고 주장한다.

❸ 요약의 기본 원칙

글의 요약이 중요한 이유는 이것이 논리적인 글쓰기의 기초가 되기 때문이다. 논술에서 요약이 얼마나 중요한지를 깨닫기 위해서는 다른 무엇보다 직접 대학의 말을 들어봐야 할 것 같다. 다음은 대학에서 강조하는 요약의 기본 원칙에 대한 설명이다.

요약이란 <u>제시문을 **핵심 정보를 중심으로 간략하게 정리하는**</u> 활동을 말한다. 요약을 제대로 하려면 **중요 정보들을 찾아내고 이들 간의 관계를 제대로 이해해야** 한다. 그래서 요약 과정에는 다양한 사고가 관여하며 이러한 사고들은 대학 수업을 제대로 수행하기 위한 기본적 능력이다. 그래서 <u>논술 문제에서는 학생들의 요약 능력을 평가하려는 의도가 반영되어</u> 있다. 요약하라는 내용이 명시적으로 나타나 있지 않았다 하더라도 '요약'은 논술을 위한 기본 능력에 해당하는 것이다. 이런 요약 능력은 수학능력시험의 언어영역 독해를 통

'요약하라'는 논제 서술 과제에서 답안 작성자의 '주관'이 개입될 여지는 없다. 요약은 주어진 제시문 내용을 그 누구도 부정할 수 없을 정도로 '객관적'으로 간추려 정리할 것을 요구하기 때문이다. 논술자 자신의 글이 아닌 다른 사람의 글을 압축하여 글 내용을 효율적으로 전달하는 것이 요약의 관건이며, 글의 요약에 논술자인 학생의 주관이 개입되어서는 안 된다.

그렇더라도 반드시 주의해야 할 것이 있다. 제시문 내용을 그대로 옮겨 써서는 안 된다. 글의 핵심 논지를 찾아낸 후 이를 자신의 글로 소화하여 압축 표현해야 한다. 이를 위해서는 제시문에 나타난 주장을 자신의 언어로 바꾸어 표현할 수 있어야 하되, 제시문에 들어있는 핵심 용어는 반드시 그대로 살려가며 글 내용을 기술해야 한다.

'요약하라'는 논제 서술 과제를 단독 문항으로 출제하는 경우는 이제 별로 없다. 제시문의 난이도가 낮아져 그만큼 요약을 통해 살필 수 있는 독해의 변별력이 떨어졌기 때문이다. 그렇다고 요약의 중요성이 덜해졌다는 뜻은 절대 아니다. 지문이 쉬울수록 요약은 오히려 평가에 더 크게 작용한다.

지난 논술 문제처럼, 제시문을 어렵게 출제했을 때는 글 내용을 제대로 해석하는 것만으로도 논점 이탈을 막을 수 있었고, 실제 이것이 답안을 평가하는데 있어서의 가장 큰 포인트였다. 때문에 논술에서 요약이 차지하는 비중이 절대적이지는 않았다. 요약은 둘째 치고, 지문만 올바르게 해석하는 것만으로도 남들과는 차별화된 답안을 작성할 수 있었다.

하지만 교과 과정의 비교적 쉬운 글들을 갖고 제시문을 구성하는 지금, 요약의 중요성은 더욱 커졌다. **글의 내용은 물론 글의 짜임새까지도 논술 평가의 척도가 됐기** 때문이다. 제시문을 읽고 글의 핵심 내용을 압축하여 얼마만큼 깔끔하게 요약할 수 있는가의 능력이 보다 중요해졌다. 요약은 이제 논술 실력 향상을 위해 갖추어야 할 기본 요건으로, 제시문의 핵심 내용(요지, 논지)을 효과적으로 요약할 수 있어야 논술 실력은 높게 평가받는다.

이것을 반영이라도 하듯, 문제에 들어있는 전제 조건과 지시 사항은 하나같이 '제시문을 읽고 어찌어찌 서술하라'는 기술인데, 이를 '제시문 내용을 정확하게 해석하고, 그 핵심을 올바르게 요약하라'는 주문으로 봐도 크게 무리 없을 것이다. 아래의 예에서 알 수 있듯이, 문제에 담긴 '전제 조건'에는 한결같이 '제시문을 읽고 핵심 내용을 요약하라'는 논제 서술 과제, 좀 더 엄밀히 말한다면 '논제에 담긴 개념을 정의하여 명확히 서술하라'는 논제의 지시사항이 담겨 있음을 확인할 수 있을 것이다.

- <u>(라)의 설명을 이용하여 (가), (나), (다)의 주장을 논의하라.</u> (연세대)

→ (라)를 읽어 이에 담긴 논거를 요약하고…

- <u>(나), (다)를 비교하고 이에 근거하여 (가)의 OO를 해결하기 위한 자신의 견해를 밝혀라.</u> (고려대)

→ (나), (다)를 비교하여 해석한 후 이를 요약하고…

- <u>(가)의 논거를 바탕으로 (나), (다)를 비교 평가하고, OO의 해결 방안을 제시하라.</u> (한양대)

→ (가)를 읽어 그 논거를 요약하고…

- <u>(가), (나)의 문제와 원인을 정리한 후, 해결책으로 제시된 (다), (라)의 한계 설명, 대안을 (마)의 논거로 제시하라.</u> (서강대)

→ (가), (나)를 읽고 핵심 내용을 요약한 후…

만약 문제에서 전제 조건으로 '제시문을 요약하라'는 지시 사항을 묻고 있거나, 또는 '요약하라'

는 지시를 단독 서술 과제로 엮어 출제한 경우라면 어떠할까? 이는 제시문을 읽고 그것에 들어있는 핵심 논지를 제대로 파악하기 어려우니 그만큼 정신 바짝 차리면서 글을 읽어 글 내용을 요약하라는 주문이거나, 제시문에 담긴 논제의 개념 이해가 어려우니 이를 정확히 파악하여 체계적으로 정리하라는 요청이거나, 제시문에 관점을 담은 중요한 힌트가 들어 있으니 이를 똑바로 살펴 찾아내거나 하는 등의 힌트로 받아들이면 틀림없다. 그리고 이 모든 해결은 제시문의 정확한 해석과 올바른 독해에 달려 있음은 물론이다. 이어지는 지시 사항인 제시문의 논증 파악(논증 찾기)과 논증 글쓰기(논증 구성) 역시 마찬가지로, 제시문 독해와 요약 능력은 아무리 강조해도 결코 지나치는 법이 없을 정도로 중요하다.

4 요약의 기본 요령 및 요약할 때 주의할 점 정리

[요약을 잘하려면]

- 논제에서 요구하는 사항에 따라, 글 전체에 담긴 의미를 포괄적으로 파악한다.
- 제시문 속의 핵심 어휘와 중심 단락을 찾는다. 글의 논증 구조를 중심으로 각 단락의 **중심 어휘**와 중심 문장을 찾아 요약한다.
- **핵심 어휘**에 밑줄을 긋고, 그 어휘를 중심으로 논리적으로 연결시켜 이를 하나의 문장으로 정리한다. 그렇게 해서 글 전체를 두세 문장 정도의 50~100자 전후로 요약한다(문제에서 요구하는 분량에 맞게 요약하면 된다. 가령 앞 사례⑤ 중앙대 논술 문제처럼 제시문을 4개 주고 각각을 요약하는 경우라면, 전체 500~550자 분량에서 서론과 결론 부분을 뺀 300~400자 정도에 제시문 3개의 요약 내용을 담아야 하기에 **제시문별로 약 100자 내외, 한두 문장**으로 내용을 압축해서 서술하면 된다. 참고로 한 문장에 들어갈 글자 수는 **약 30~50자 전후**로 하면 무리 없다.
- 제시문이 길고 복잡한 경우 각 문장의 유기적인 관계를 설정하여 두세 개의 단락으로 구분하여 순차적으로 요약한 다음, 이후 이를 다시 한두 문장으로 압축 정리한다. 이때, 가능하면 하나의 단락을 하나의 문장으로 요약하는 게 좋다.
- 어디까지나 구체적이고 정확한 문장으로 완성해야 한다. 이때 **핵심 어휘나 핵심어는 바꾸지 말고** 주어진 그대로 써야 한다. 자칫하다가는 내용이 왜곡되고, 글의 이해가 떨어질 수가 있기 때문이다. 핵심어가 누락될 경우에는 채점의 불이익을 받을 수가 있기에 특히 주의해야 한다.
- 문제에서 특별히 지시하는 분량이 있으면 그 기준에 맞춰서 글 내용을 요약한다.

- 만약 요약 능력이 떨어질 경우에는 각 단락별로 옆 부분에 먼저 간단히 메모를 해가면서 읽어나간 후에 다시 이것을 토대로 문단과 전체를 번갈아 가며 파악하면서 요약하는 게 효과적이다.

[단계별 요약 요령]

(1)제시문의 맥락 파악

- 먼저 글의 종류부터 파악해야 한다. 글 종류에 따라 해석의 방식이 달라질 수 있기 때문이다. 설명문은 대부분 인과관계에 따라 구성되거나 등위 요소가 병렬적으로 나열되는 식의 구성 방식을 보인다. 이에 비해 대입논술은 어떤 문제의식을 주제로 하여 핵심 주장을 먼저 내보이고, 이어서 그 근거를 뒷받침하는 식의 논증 구성 방식을 갖는다. 한편, 문학 작품은 종류나 내용에 따라 해석이 다양할 수 있기에, 제시문의 맥락적인 이해와 분석이 중요하다.

- 이어서 글 전체를 훑어보면서 글 내용의 얼개를 파악한다. 글쓴이는 논제 및 관점과 관련한 많은 힌트를 글 곳곳에 숨겨 놓았기에, 그것들을 찾아내야만 전체 의미 구조와 구성 내용은 한 눈에 들어오고, 글의 핵심 내용이 드러난다.

- 그렇기에 글 내용의 핵심을 파악할 때는 먼저 뒷받침 문장부터 발라내면서 중심 문장의 뼈대를 찾은 다음, 이어서 그 중심 문장의 중심 주장 글을 찾는 식의 **구조 독해를 해나 가는** 것이 효과적이다.

- 글의 구조를 파악하면서 글 내용을 이해하는 '구조 독해'는 글의 올바른 해석은 물론 이후 이것을 중심 내용으로 글 내용의 핵심을 요약할 수 있기에 매우 효과적이다.

(2)출제 의도 및 핵심 내용 파악

- 글의 핵심 내용은 곧 논제와 관점을 담고 있으며, 또한 출제 의도와도 부합한다. 이때 문제를 읽고 출제 의도부터 파악한 후 제시문을 들여다보아야 그 안에 담긴 핵심 내용을 보다 빨리, 그리고 정확히 파악할 수 있다.

- 글의 핵심 내용을 찾기 위해서는 먼저 **핵심 어휘부터** 살핀다. 핵심 어휘는 글 전체의 의미를 파악하는 가장 중요한 키워드인데, 이때 하나의 핵심 어휘에 조응하거나 대응하는 다른 핵심 어휘가 있는지를 확인해야 한다. 핵심 어휘 간의 관계는 글의 구조를 이해하는 중요한 단서를 제공하기 때문이다. 이는 또한 제시문 안에 담긴 대립되는 두 **관점을 파악**하는 데 있어서의 결정적인 힌트가 되기에, 이를 절대 놓쳐서는 안 된다.

- 반복되는 어휘는 그것이 글 전체에 중요한 의미를 갖는 핵심 어휘임을 밝혀주는 것과 같다. 따라서 그 어휘가 제시문에서 갖는 의미를 정확하게 이해하고 이것을 중심으로 핵심 내용을 파악한다.

(3)논제에 대한 필자의 주장과 근거 파악

- 그렇게 해서 핵심 어휘가 집중 배치된 중심 문장을 찾고, 중심 문장 안의 중심 주장 글을 살펴 밑줄을 긋고 예시, 상세, 묘사, 부연 등 부수적인 내용은 전부 삭제하면서 글을 압축해 나가면, 그것이 바로 제시문의 주장이 된다. 이어서 뒷받침 문장의 중심 주장 글을 찾고, 주변의 핵심 어휘를 이어가며 연결하면, 그것이 곧 제시문의 근거가 된다.

- 제시문이 여러 단락으로 구성된 경우, 단락별 핵심 내용을 파악한 후에 그 내용들을 비교하여 주제 단락과 뒷받침 단락을 정확히 판단하고, 이어서 뒷받침 단락들을 갖고 주제 단락에 담긴 중심 주장(결론)의 근거(전제)로 내세울 순위를 정하면서 논리를 질서 있게, 체계적으로 정리해 나간다.

- 이때, 단락들을 연결하는 접속어와 구조어를 살피면 글의 구조 및 핵심 단락을 파악하기 쉽다. 특히 '왜냐하면', '때문이다' 등의 근거를 나타내는 접속 및 구조 지시어는 주장의 근거를 담는 경우가 많아 특히 주의 깊게 살펴야 한다.

(4)자신의 언어로 재구성

- 그렇게 해서 추출한 핵심 어휘들을 조합하면서 단락별 중심 문장들을 연결하면 논증 형식의 틀이 만들어지는데, 이를 토대로 글 내용을 요약하면 그것이 그대로 글 내용의 핵심을 담은 논증 글이 된다.

- 이때 핵심 어휘를 제외한 다른 부분을 자신의 표현으로 바꿔 간결하고 논리적으로 요약하는 창의적인 재구성 능력이 필요한데, 이를 위해서는 글의 핵심을 한 문장으로 압축하여 표현할 수 있도록 꾸준히 연습해 나가야 한다.

[제시지문을 요약할 때의 주의할 점]

- 주어진 글을 단순히 요약하라고 했을 때, 원 글에 없는 내용을 덧보태거나 왜곡해서는 안 된다. **원 글을 비판하거나 자기주장을 덧보태도 안 된다.** 주어진 글을 그대로 인용하거나, 명확한 근거가 없이 일방적인 주장만을 나열해서도 안 된다.

- 객관적인 입장을 견지해야 한다. 요약은 글의 재구성이지 재창조가 아니며, 따라서 자기주장이 개입할 여지는 없다. **객관적이고 중립적인 입장에서 제시문 자체의 논리적인 설명만을 담아내야** 한다.

- 글 전체를 단숨에 읽고 곧바로 요약하는 것은 옳지 않다. 글 내용을 단박에 통찰하기 어려울뿐더러, 그것이 가능할 정도로 수준 낮은 제시문은 주어지지 않는다. 요약의 핵심은 어디까지나 독해력에 있음에 유념하여, 주어진 제시문을 충분히 읽고 글 전체의 요지를 파악해 낼 수 있어야 한다.

- 제시문을 요약할 때는 반드시 출제된 문제를 읽은 후, 어디까지나 **그 문제에서 요구하는 논제에 맞게 요**

약해야 한다. '도입–논거–주장' 내지는 '주장–근거' 순서로 요약 글을 작성해야 한다는 식으로 사고를 구조화하려 들 경우, 이는 오히려 요약에 도움이 되지 않는다. 어디까지나 **글 전체 요지 파악이 중요하며, 이를 토대로 글 전체 내용을 어떻게 담아 요약할 것인가가** 관건이 된다.

- 제시 글에서 글쓴이가 드러내려는 주장과 논거가 분명하지 않다거나, 숨은 의도나 전제가 있다거나, 글이 너무 어려워 독해가 안 되는 등으로, 글 내용을 요약하기 어렵더라도 당황해서는 안 된다. 이 경우, **주어진 제시문 간의 연관관계 속에서 글 내용을 유추하여 파악하는 등으로 요약의 어려움을 해결할 수** 있음은 물론이다. 예를 들어 제시문을 서로 양립하는 관점으로 묶어 각각을 요약·비교·비판하라는 식으로 논제 서술 과제를 제시하는 경우가 많은데, 이때 문제와 함께 주어진 제시문 전체의 연관관계 속에서 핵심 내용을 파악함으로써 논제의 물음을 해결해 낼 수 있어야 한다.

- 특히 영어 지문의 경우, 원문이 그대로 출제되는 경우가 많아 그만큼 이를 해석하기 어려울 수 있으며, 이로 인해 글 내용을 제대로 요약하지 못하는 경우가 많다. 따라서 이 경우 역시 **제시문 간의 연관관계 속에서 글 내용의 핵심을 파악하는** 것이 무엇보다 중요하다. 영어 지문의 경우, 이를 그대로 직역한 후에 요약할 경우에는 자칫 글의 두서가 없거나 핵심 내용을 빠뜨릴 수 있다. 이 역시 글 전체의 의미를 파악하면서 의역과 직역의 중간선에서 요약하는 게 효과적이다.

- **서술의 논리성 및 완결성에 유의해야** 한다. 제시문 내용의 일부만을 담았거나, 마치 요점 정리하듯 중요 문장 몇 개만을 골라 옮겨 쓰거나, 글 내용을 단순히 압축하여 서술해서는 안 된다. 글의 논증 구조, 즉 주장과 근거가 분명하게 드러나도록 글 내용을 합리적으로 재구성해야 한다.

- 사소하거나 불필요한 내용은 과감히 덜어낸다. 중요하다고 생각되는 내용이더라도 반복되거나 잉여적인 부분은 삭제한다. 하위어는 상위어에 맞게 적절한 언어로 바꾸거나 윤색한다. 너무 구체적인 내용은 논증할 내용에 맞게 일반화하여 표현한다.

[논술 제시문을 읽고 순차적으로 요약하는 방법적 요령]

[개념(주제어)→논제(주제+관점)→논증(논자+논거)→재구성]

- 먼저 문제부터 읽고 지문별로 중요한 개념어를 찾아, 그것이 다른 용어들과 어떤 관계를 맺고 또 어떤 의미로 사용되고 있는지를 파악한다. – **핵심 개념어(단어)에 동그라미 치기**

- 이어서 제시문을 훑어가며 개략적으로 살피면서, 제시문에 담긴 관점을 파악한다. **–논제(공통 주제+관점 +논제 서술 과제)의 파악**

- 제시문 간의 연관관계를 파악하여 논제에 들어갈 내용을 밝히고 논제를 분명히 한다. **–논제 분석**

- 논증 구조에 맞게 단락을 표시한다. **─글의 논증 구조(주장─근거─해설) 파악**

- 중심 주장 글이 들어간 문장을 찾아낸다. **─중심 문장 찾기**

- 중심 문장에 담긴 주장 글을 찾아 밑줄 친다. **─핵심 주장(논지)의 파악**

- 단락별로 논증의 근거를 담고 있는 문장을 찾아 밑줄 친다. **─주장을 뒷받침하는 근거(논거)의 파악**

- 문장과 문장의 연관관계 속에서 논증 형식에 맞게 재구성한다. **─주장과 근거(논지와 논거)의 논리적 연결**

- 논제 서술 과제를 따라 전체 논증을 분석하고 평가한다. **─논제 서술 과제에 맞게 논증을 재구성**

02

발문 지시어(2)
─ 분류하라, 분석하라, 적용하라

'분류'와 '구분'은 어떤 대상이나 개념의 특성을 명확하게 이해할 수 있도록 구성 요소들을 일정한 기준에 따라 묶거나 쪼개어 나가면서 설명하는 방식이다. 즉, 분류와 구분은 여러 대상들(또는 개념)을 일정한 원리에 따라 나누면서 대상들 상호 간의 관계나 각 대상이 전체에서 차지하는 위치를 드러내는 설명의 진술 방식의 하나이다. 분류와 구분은 범위가 큰 대상(이나 핵심 개념)을 간략하고 일목요연하게 정리하는데 효과적이다.

대상을 나누어서 개별적으로 구체화하고 그것에 질서를 부여하면서 설명하는가. 또는 대상을 공통된 특성을 중심으로 같은 차원에서 나누어 설명하는가에 따라 전자를 '**분류(分類)**'라 하고 후자를 '**구분(區分)**'이라 한다. 분류는 하위 개념에 속하는 여러 개체의 공통점을 추상화하여 그보다 더 큰 갈래로 묶어 나타냄으로써 그 개체들의 어떠함을 분명하게 알리는 설명 방법을 말한다. 이와 달리 구분은 상위 개념에 속하는 어떤 무리들의 공통적인 특성을 기준으로 그보다 더 작은 부분들로 나누어 기술함으로써 그 무리의 어떠함을 분명하게 밝히는 설명 방법이다.

즉, 어떤 대상들을 나눌 때, 하위 개념(종개념)을 상위 개념(유개념)으로 묶어나가는 것을 '분류'라고 하고, 상위 개념을 하위 개념으로 갈라나가는 것을 '구분'이라 한다. 예를 들어, 생물을 '동물'과 '식물'로 나누는 것은 구분에 해당하고, '척추동물'과 '무척추동물'을 동물로 묶는 것을 분류라고 한다. 분류를 하려면 구분이 되어 있어야 하고, 구분을 하려면 분류가 이루어져야 하므로, 분류와 구분은 항상 짝을 이룬다. 이런 이유로 대입논술에서는 굳이 둘을 구분하지 않고 '분류'라는 표현으로 단일화해서 사용하는 경우가 일반적이다.

분류(와 구분)는 비교적 규모가 큰 대상이나 **개념을 포괄적으로 이해하는데** 적합한 설명 방법이다. 구성 요소들 사이에 일정한 질서를 부여하여 대상을 조직화함으로써, 이해하기 어려운 대상 속의 숨은 질서를 찾아내어 독자의 이해를 돕는 설명의 방법이 바로 분류다. 분류(와 구분)는 특히 **어떤 주제 개념을 '분석'하는 도구로 쓰이는** 경우가 많다. 어떤 주제를 특정 관심사나 일정 유형으로 나누어(분류하여) 논의하거나 평가할 수 있도록 조처하기 때문이다.

규모가 큰 대상이나 개념을 설명할 때, **먼저 그것을 적절하게 분류하고, 그런 다음 분류된 항목들을 비교나 예시, 정의의 방법으로 설명하게** 되는 경우가 많다. 이를 보여주는 대표적인 글감이 바로 〈수능 국어 출제 지문〉인데, 다음 사례 글을 읽어 이를 확인할 수 있을 것이다. 글을 들여다보면, 굵은 글씨의 개념(어)을 단락별로 '비교'하면서 설명하고 있는데, 이때 글의 밑줄 친 부분은 각각의 개념에 대해 이를 '정의'의 방법으로 설명한 글이다. 또 [ ] 부분은 '예시'의 방법을 통해 개념을 부연 설명한 부분이다.

[사례1] 휴리스틱

사람들은 하루에도 수많은 일들을 판단하면서 살아간다. 판단을 할 때마다 필요한 모든 정보를 수집하여 이용하고자 하면, 정보를 수집하는 것도 힘들뿐더러 그 정보를 처리하는 것도 부담이 된다. 그렇기 때문에 <u>사람들은 과거 경험을 바탕으로 어림짐작을 하게 되는데, 이를 **휴리스틱**이라고</u> 한다. 이러한 휴리스틱에는 대표성 휴리스틱과 회상 용이성 휴리스틱, 그리고 시뮬레이션 휴리스틱 등이 있다.

대표성 휴리스틱은 <u>어떤 대상이 특정 집단에 속할 가능성을 판단할 때, 그 대상이 특정 집단의 전형적인 이미지와 얼마나 닮았는지에 따라 판단하는 경향을 말한다.</u> [우리는 키 198㎝인 사람이 키 165㎝인 사람보다 농구 선수일 가능성이 높을 것이라 판단한다.] 이와 같이 대표성 휴리스틱은 흔히 첫인상을 형성할 때나 타인에 대해 판단을 할 때 작용한다. 그런데 대표성 휴리스틱에 따른 판단은 그 대상이 가지고 있는 특정 집단의 전형적인 속성에만 주목하여 이루어진 것이다. 따라서 이러한 판단은 신속한 결정을 내리는 데 도움이 되기도 하지만, 항상 정확하고 객관적인 것이라고 보기는 어렵다.

회상 용이성 휴리스틱은 당장 머릿속에 잘 떠오르는 정보에 의존하여 판단하는 경향을 말한다. [사람들에게 작년 겨울 독감에 걸린 환자들이 얼마나 많았는지 물어보면, 일단 자기 주변에서 발생한 사례들을 떠올려 추정하게 된다. 이러한 추정은 적절할 수도 있지만, 실제 발생 확률과는 다를 수도 있다. 사람들은 최근에 자신이 경험한 사례, 생동감 있는 사례, 충격적이거나 극적인 사례들을 더 쉽게 회상한다. 그래서 비행기 사고 장면을 담은 충격적인 뉴스 보도 영상을 접하게 되면, 그 장면이 자꾸 떠올라 자동차보다 비행기가 더 위험하다고 생각하게 되는 것이다. 그러나 이것은 실제 사고 발생 확률을 고려하지 못한 잘못된 판단이다.]

시뮬레이션 휴리스틱은 과거에 발생한 특정 사건이나 미래에 일어날 일들을 마음속에 떠올려 그 장면을 상상해 보는 것이다. [범죄 용의자를 심문하는 경찰관이 그 용의자의 진술에 기초해서 범죄 장면을 머릿속에 그려보는 것이 이에 해당한다. 이때 경찰관은 그 용의자를 범인으로 가정해야만 그가 범죄를 저지르는 장면을 머릿속에 떠올려 볼 수 있다. 이러한 가상적 장면을 자꾸 머릿속에 떠올리다 보면, 그 용의자가 정말 범인인 것처럼 생각하게 된다. 그래서 그가 범인임을 입증하는 객관적인 증거를 충분히 수집하기도 전에 그를 범인이라고 판단할 가능성이 높아지는 것이다.]

이처럼 휴리스틱은 종종 판단 착오를 낳기도 하지만, 경험에 기반하여 답을 찾는 효율적인 방법이라고 볼 수도 있다. 일상생활에서 우리의 판단과 추론이 항상 합리적인 사고 과정을 거쳐 일어나는 것은 아니다. 우리는 '결정을 위한 시간이 많지 않다'는 가정을 무의식적으로 하고 있다. 휴리스틱은 우리가 쓰고 싶지 않아도 거의 자동적으로 작용한다. 그리고 수많은 대안 중 순식간에 몇 가지 혹은 단 한 가지의 대안만을 남겨 판단하기 쉽게 만들어 준다. 이런 점에서 인간은 '인지적 구두쇠'라고 할 만하다. (2017. 3월 고1 국어 모의 문제 16~19 출제 지문)

1 '분류하라'는 지시어의 의미

대입논술은 '분류하라'는 지시어가 의미하는 바를 정확히 이해할 필요가 있다. 대입논술에서, 발문의 물음에는 "주어진 조건 하에+제시문들을 읽고+이를 '분류·비교·분석'하여+논제 서술 과제(요약하라, 비교하라, 설명하라, 비판하라…는 논증 지시어)를 해결하라"는 명시적·암묵적인 지시 이행 사항이 실려 있다.

이때, **'제시문들을 읽고, 이를 분류·비교·분석하라'**는 암묵적 지시에 주목할 필요가 있다. 왜냐하면 우리나라 대입논술의 가장 큰 특징의 하나가 바로 이것으로, 문제와 함께 제시한 여러 지문을 서로 견주어 살피면서(즉, 분류·비교·분석하면서) 주어진 논제 서술 과제를 해결하는 것이 대입 논술의 중점 평가 방법이다.

논술 시험을 치르는 학생들은 문제와 제시문을 읽으면서, ㉮논제의 물음을 주관하는 '주제 개념'을 확인한 후, ㉯**제시된 지문들이 주제 개념과 어떠한 연관관계를 맺고 있는지를 분류·비교·분석하는** 작업을 수행하고, ㉰그 과정에서 주제 개념의 공통된 특징을 상세한 의미로서의 **개념적인 '종차(種差) 관계'를 갖는 하위 개념('관점·논점·쟁점'을 담은 개념어 및 관련 상당어구)을 대상별(즉, 제시문)로 찾아 밝힌** 다음, ㉱이어서 대상별 관점·논점의 핵심 내용을 구성하는 '논의점(논지와 논거)'을 파악하고, ㉲논의한 것들을 한데 모아 논제 서술 과제의 진술 방식(논증 지시어)에 맞게끔 체계적으로 글을 써나가면, 그것으로 논술 답안은 완결된다.

따라서 알고 있어야 할 중요한 사실은 이것이다. 즉, **비교·분류·분석할 대상은 바로 논제가 묻고자 하는 제시문별 소주제를 담은 '관점'이란 사실을 잘 알고 있어야** 한다. 관점(논점)은 논제에서 다루고자 하는 소주제이자 세부 개념을 담은 논의와 논쟁의 핵심 안건으로 교과 과정에서 중요하게 다루는 중심 이론과 핵심 개념에 대한 하위의 개념어가 바로 관점을 담은 용어라고 보면 된다. 관점은 이를테면 '이기심과 이타심, 적극적 자유와 소극적 자유, 일원론과 이원론, 기능론과 갈등론'처럼 이항대립적인 의미를 갖는 개념어, 또는 '긍정과 부정, 절대와 상대, 주관과 객관'처럼 대상을 서로 지칭하는 뚜렷한 방향성과 특정한 지향점을 견주면서 용어로 명확히 정리되는 경우가 일반적이다.

이때, **제시문을 읽고 관점을 담은 개념 및 관련 용어를 확실히 찾아 밝히라는 요구가 바로 '분류하라'는 지시어다.** 따라서 발문에 '분류하라'는 지시어가 명기되어 있든 그렇지 않든 관계없이, 제시문들을 비교·분류·분석하는 것은 논술 문제 풀이를 위한 중요한 과정의 하나라고 인식하고, 제시문에 실린 제 관점을 파악하는데 온 힘을 쏟아야 한다.

'분류하라'는 지시어는 그 자체만으로는 단독 논제 서술 과제가 되지 못한다. 다른 논제 서술 과제를 해결하기 위한 뒷받침 역할을 담당할 뿐이다. 이를테면, 다음과 같이 '제시문들을 분류하여… 주제 개념의 하위 개념인 관점·논점을 찾아 밝힌' 후, 그것에 근거하여 '주어진 논제 서술 과제를 해결하라'는 전제 요건으로서의 역할을 담당한다.

제시문들을 분류한 후… 핵심 논지 또는 내용을 **요약하라.**

각각의 입장을 **설명하라.**

두 관점을 **비교하라.**

그 **근거를** 제시하라.

어느 한 입장에서 다른 한 입장을 **비판하라.**

['분류하라' 기출 문제 예시]

①〈제시문1〉〜〈제시문6〉은 노동(직업)에 관한 견해를 담고 있다. 제시문들을 상반된 두 입장으로 **분류**하고 각 입장을 요약하시오. (성균관대 2017 인문1 수시 문제1)

②제시문 (가)〜(바)를 비슷한 주장을 담은 내용끼리 **분류**하고 각 제시문을 **요약**하시오. (경희대 2017 사회1 수시 문제1)

③제시문 [가]의 주장을 250자 내외로 요약한 뒤, 주된 견해나 관점이 [가]와 **다른** 제시문을 [나]〜[라]에서 모두 찾아 [가]와 각각 어떻게 차이가 나는지 구체적으로 밝히시오. (서울시립대 2017 인문1 수시 문제1)

④〈가〉와 〈나〉에 드러난 문제 상황의 공통점과 차이점에 대해 서술하고 〈다〉의 '타자'에 관한 두 가지 **입장을** 참조하여 〈가〉에 나타난 아버지 세대와 아들 세대의 바람직한 관계에 대해 논하시오. (숙명여대 2017 인문2 수시 문제2)

⑤제시문 (가), (나), (다), (라)에서 '진실(사실)'을 알게 되었을 때 나타나는 태도'와 '그 태도로 인해 나타나는 결과'를 **각각 찾아서** 하나의 완성된 글로 **논술**하시오. (중앙대 2017 인문1 수시 문제1)

만약 '분류하라'는 지시어가 발문의 물음으로 특정된 경우, 이는 어떤 의미일까? 한마디로, **'관점'을 명확히 찾아 밝히고, 그것에 맞게 제시문들을 둘로 나누라는** 의미다. 주제 개념을 따라 제시문들을 하위의 두 개념으로 명확히 구분한 후 각각을 적확한 개념어로 명기한다거나, 또는 제시문들을 주제 개념의 방향성이라든가 지향점을 담은 적절한 언어로 찾아 밝힌 후, 그것에 맞게 주어진 제시문을 둘로 구분하라는 요구가 그것이다.

여기서 반드시 알고 있어야 할 것은 다음과 같다. 문제에서 '분류하라'는 지시어가 분명하게 명기되어 있는 경우, 발문에서 주제 개념을 밝혔든 그렇지 않든 관계없이, 양립하는 두 입장(관점)을 파악하여 이를 적절한 개념어(또는 관련 상당어구)로 밝히지 못한다거나, 또는 두 입장에 맞게 제시문들을 구분해 내는데 실패한다면, 논제 서술 과제(논증 지시어)에 대한 대답(진술)의 질적 수준에 관계없이 논술 답안은 낮게 평가된다. 그 이유는 말하자면, 이는 곧 정답의 방향성을 궤도 이탈한 것으로 간주되기 때문이다. 그리고 그 결과를 좀 더 직설적으로 말한다면, 불합격 답안으로 처리될 가능성이 아주 높음을 의미한다.

이를 아래의 [사례2]의 필자 예시 답안을 통해 확인할 수 있을 것이다.

[사례2] 제시문 [가]~[마]를 비슷한 주장을 담은 내용끼리 **분류**하고, 각 제시문을 **요약**하시오. (경희대 2016 사회 모의 문제1)

제시문들은 **인식론적 관점**에서 다음과 같이 구분된다. (가), (라)는 모든 사람들에게 보편적으로 적용되는 인식 일반이 존재한다고 하여, **'절대주의'** 관점을 갖는다. (가)에 따르면, 이 세상 밖 저편에 존재하는 참된 세계이자 절대 진리인 선의 '이데아'에 도달할 때, 인간은 현실의 불완전한 모방에서 벗어나 진정한 삶의 의미를 깨닫게 된다고 주장한다. (라)의 도덕 법칙은 인간이 인간인 이상 반드시 해야만 하는 절대적 행위 규정으로, 인간은 도덕 법칙을 정언 명령으로 받들어 행동해야 한다고 강조한다.

한편 (나), (다), (마)는 인식은 사람에 따라 상황에 따라 달라지는 상대적이고 주관적인 것에 불과하다고 하여, **'상대주의'** 입장을 취한다. (나)처럼 자기 집단의 관습을 최선의 것이라고 믿고 타문화를 배척하려 들기보다는, 상대주의 관점에서 다른 집단의 관습을 인정하고 받아들여야 한다고 주장한다. (다)에서 형형색색 제각각인 씨감자가 인디오족을 살렸듯이, 바람직한 공동체적 삶을 위해서는 문화의 다양성을 인정하고 받아들여야 한다고 역설한다. (마)의 르네 마그리트가 말했듯이, 그림을 해석하는데 있어서의 절대 기준은 없으며, 사람들 각자가 이를 보고 받아들이는 방식으로 이해하면 된다고 강조한다… **[필자 예시 답안]**

[사례3] 〈제시문1〉~〈제시문6〉은 노동(직업)에 관한 견해를 담고 있다. 제시문들을 <u>상반된 두 입장으로</u> **분류**하고, (제시문의) 각 입장을 **요약**하시오. (성균관대 2017 인문1 수시 문제1)

제시문들은 '노동'에 대한 상반된 관점을 담고 있다. (1), (4), (6)은 노동에 대해 **긍정적**으로 바라본다. (4)에서 알 수 있듯이, 노동은 삶의 활력을 주는 '생명의 소리이자 불꽃'과도 같으며, 다른 어떤 것과도 바꿀 수 없는 고귀한 가치이다. 이는 (1)처럼, 노동은 사회적 성취감과 개인적 존재감을 확인하는 통로이자, 국민 경제의 발전을 위한 필수요소임을 의미한다. 즉 (6)처럼, 노동은 인간을 보다 인간답게 하는 행위로, 인간은 노동을 통해 부는 물론 사회적 지위와 명성까지 얻는다.

반면 (2), (3), (5)는 노동에 대해 **부정적인** 입장을 취한다. (5)에서 알 수 있듯이, 노동은 소비와 더불어 인간 생존을 위한 불가피한 순환 과정으로, 삶이 영속되는 한 인간은 결코 노동의 '노고와 고통'으로부터 자유로

[사례2]는 문제에서 주제 개념을 직접 밝히지 않았다. 게다가 주제 개념이 철학의 중요 개념인 '인식론'과 관련한 것이어서, 제시문들을 읽고 이를 설명하는 '절대와 상대'라는 개념을 찾아 밝히는 것은 생각만큼 쉽지 않다. 결국 [사례1] 문제는 학생들의 글 내용의 정확한 독해와 요약에 기반한 개념화의 능력을 평가하는데 목적을 두고 있음을 알 수 있다. 따라서 학생들은 제시문을 꼼꼼히 읽고 글의 핵심 논지를 파악하기 위해 노력하는 한편, 주제 및 관점과 관련한 핵심 개념을 설명하는 단서를 제시문에서 찾아낼 수 있어야 한다.

[사례3]은 문제에서 주제 개념을 밝힌 데다, 글 내용도 쉬운 편이라 제시문들을 상반된 두 입장으로 분류하는 것은 그리 어렵지 않다. 게다가 두 입장(관점)이란 것도 주제 개념의 방향성과 관련한 것이어서, 이를 단순히 '긍정적 또는 부정적'이란 용어로 개략적으로 밝히는 것만으로도 충분하다. 참고로 성균관대 논술 1번 문제는 공통 주제의 두 관점을 구분한 후 이를 짧은 글로 요약할 수 있으면 그것으로 충분한데, 그 이유는 이 문제가 이어지는 다른 문제의 해결을 위해 필요한 기본적인 내용을 담아 출제한 것이기 때문이다. 그 기본 내용이 바로 '관점' 파악과 관련한 것으로, 대개 이런 문제의 제시문일수록 지문 난이도는 그리 높지 않다.

그렇더라도 알고 있어야 할 것이 있다. 이런 문제일수록 제시문의 핵심 논지를 주제 개념 및 양립하는 두 관점에 맞게 일관된 방향으로 서술할 수 있어야 한다. 무슨 뜻인가 하면, 정치·경제·사회·문화·예술·과학 등 다방면에서 발췌·출제한 제시문들을 주제 개념에 맞게 '일이관지(一以貫之)'하여 통합하고 재구성하면서 글 내용을 기술해야 한다는 것이다. 그래야만 답안 전체는 내용면에서 일관되고 또 논리적으로도 한 방향으로 향하고, 답안의 체계와 구성을 돋보이게 만든다. 그리고 그런 식으로 작성한 글이 당연히 잘 쓴 답안으로 평가받게 된다.

② 분류와 구분의 기본 원칙

다시 돌아와서 분류와 구분에 대해 살펴보자. 분류란 어떤 대상들을 그것들이 지니고 있는 **질적 공통요소(공통된 특징이나 속성을 말한다)에 따라 나누는** 것인데 비해, 구분은 하나의 대상이나 개념을 그것을 구분하는 **성분(이 역시, 공통된 특징이나 속성을 말한다)에 따라 나누는** 것이다. 즉, 분류가 대상들을 그보다 높은 층위의 공통 요소에 따라 나누는 작업을 가리킨다면, 구분은 한 단계 낮은 층위의 공통 요소에 따라 대상을 나누는 과정을 가리킨다. 가령 여러 민족의 언어를 비교하여 그들이 지닌 질적 공통 요소에 따라 우랄 알타이어족, 인도 유럽어족 등의 어족으로 나누는 것이 분류에 해당된다면, 한국어를 지역적인 차이에 따라 몇 개의 방언으로 나누는 것은 구분에 해당된다. 앞서 분류와 구분은 굳이 차이를 두지 않고 한데 싸잡아서 같은 의미로써 사용된다고 말했다.

만일 글에 실린 여러 사실·대상·현상·개념·생각을 다룰 때, 그것들이 서로 다르기는 하지만 그럼에도 어떤 관련성이 발견될 때에는, 그것들의 공통되는 특징이나 속성에 기초하여, 분류해 나가게 된다. 가장 간단한 분류는 **카테고리별로 사실·대상·현상·개념·생각을 배분하는** 것이다. 보통의 상식적인 분류는 이런 방식을 따른다.

대상을 카테고리별로 체계적으로 생각하려면, 어떤 공통된 특징을 찾아서 위로 분류해 올라가든지, 이를 세분화하면서 아래로 내려가야 한다. 이때, 먼저 대상의 **'공통된 특징(질적 공통요소)'을 찾는 것은** 분류에서 매우 중요하다.

대입논술의 경우, **어떤 대상이 지닌 질적 공통 요소는 바로 그 대상을 설명하는 '개념'이라** 할 수 있다. 따라서 어떤 대상을 분류(또는 구분)한다는 것은 그 대상을 구성하는 공통 요소인 개념들 사이에 일정한 질서를 부여하거나 숨은 질서를 찾아내는 것이다. 그렇기에 이는 곧 그 **'대상의 개념을 조직화'한다는** 뜻과 같다. (이를 '개념 범주화'라고 한다.) 즉, 대상의 개념을 조직화한다는 것은 곧 개념과 개념의 관계(차이점)를 살펴 그 종차 관계를 명확하게 설정하는 작업이라 할 수 있다. 앞서 분류와 구분은 **어떤 주제 개념을 분석하는데 유용한 도구로** 사용된다고 강조한 것이 바로 이를 두고 하는 말이다.

이런 이유로 분류를 잘하려면 글 구조를 잘 이해해야 한다. 어떤 의미에서 볼 때, 글을 읽거나 쓰는 행위는 **'개념들의 관계'를 파악하여 이를 질서 있게 배열하는 과정이라** 할 수 있다. 독해력은 글을 읽어 개념들의 '관계'를 파악하는 힘에서 나온다고 말할 수 있다. 또 글을 목적과 용도에 맞게 쓴다는 것은 곧, 글에 담긴 **'핵심 개념'을 찾아 짧게 요약하고**, 그 개념적인 의미를 서로 비교하고 분석하는 등으로 생각에 생각을 거듭하면서, **개념들의 관계를 '체계적'으로 정리하는** 과정이라 할 수 있다.

여기서 '핵심 개념', '관계', '체계적'이란 말에 주목할 필요가 있다. 먼저, 대입논술 답안은 논제의 물음에 맞게 작성되어야 하는데, 이때 논제의 물음은 **"주어진 조건 하에+제시문을 읽고+내용을 분류·비교·분석한 후+ 논제 서술 과제(논증 지시어)에 맞게 논증하라"**는 요구로 정리된다. 이런 식으로 문제의 물음을 제시문과의 연관관계를 살펴 파악한 후 논제의 요구에 맞게 재정리하는 것을 '논제 분석'이라고 한다.

논제 분석이 잘되면, 발문의 물음은 **"조건(주제 개념)+비교(관점을 담은 세부 개념들)+논증(세부 개념의 상세로서의 논지와 논거 파악)"**의 형식으로 거듭 정리된다. 따라서 논제 분석을 잘하려면 먼저 제시문에 들어있는 제 개념들의 관계를 여하히 잘 파악하고, 각각을 일반 개념어 또는 자기 언어로 표현할 수 있어야 한다. 아무튼 이것 하나만은 꼭 기억할 필요가 있다. 만약 대입논술에서 '분류하라'는 논증 지시어가 발문의 물음으로 주어졌다면, '비교 대상 제시문에 들어있는 양립하는 관점(세부 개념)을 찾아 밝힌 후, 이를 적절한 개념어로 서술하라'는 요구라고 머릿속에 확실히 각인할 필요가 있다.

이때 알고 있어야 할 것은 다음과 같다. 분류는 논·쟁점에 대해 합리적인 탐구를 촉진할 수 있으며, 논증을 구성하는데 크게 도움을 줄 수 있다. 그럼에도 분류를 할 때 자칫 **'상투적인 유형화' 로 치달을 수 있다.** 대상을 지나치게 단순화·일반화하여 분류하는 데서 비롯되는 상투적인 유형화는 대상들의 개별 속성 차이를 고려하지 않고 단순히 어떤 고정된 틀에 대상을 꿰맞추게 만들 위험이 있다.

무슨 뜻인가 하면, 주어진 제시문들을 자신이 알고 있는 특정 주제, 특정 관점에 맞게끔 대상을 억지로 꿰맞추고 또 기계적으로 적용해 가면서 대상들(제시문 또는 제시문에 담긴 관점)을 분류하려 들어서는 안 된다는 것이다. 같은 제시문일지라도 교과목에서 다루어진 내용과 대입논술에서 다루고자 하는 내용은 차이날 수 있기 때문이다. 따라서 학생들은 제시문에 대한 선행 지식을 배제하고 고정관념에서 벗어나, **오직 제시문에 들어 있는 핵심어(키워드)에 집중하면서 글을 읽고, 그 해석된 결과를 따라 대상을 체계적으로 분류해야** 한다. 오직 제시문 내용에 근거하여 대상을 개념적으로 분류해 나가야 한다.

대상과 개념을 상투적으로 유형화해 가면서 분류하는 나쁜 습관에서 벗어나려면, 대상에 대한 설명 과정에서 이를 어떤 방식으로 나누고 묶어서 서술하는 것이 효과적인지를 잘 알고 그것에 맞게 적절히 대응할 수 있어야 한다. 이때 중요한 것은 **대상을 효과적으로 나누는 '기준'을 올바르게 설정하고 또 일관되게 범주화하는** 것이다. 다시 말해, 대상을 분류할 때는 항상 분류 목적이 분명해야 하고, 그 분류 목적을 좇아 분류 기준을 명확히 설정해야 한다.

거듭 강조하지만, **분류나 구분의 기준은 명확하고 단일해야** 한다. 이때 일관된 분류 기준은 답안을 서술하는 동안 끝까지 유지되어야 하며, 누락되거나 중복되는 요소가 없어야 한다. 그래야만 논제 분석 이후의 이어지는 논증 구성은 일관되고 효과적인 방향으로 나아갈 수 있다는 사실을 반드시 명심해야 한다.

❸ 분석하라

분류와 비슷한 개념으로 '분석(分析)'이 있다. 분류와 분석은 엇비슷한데, 그 이유는 그 출발점이 같기 때문이다. 분류는 대상의 그룹(논술의 경우, 주제 개념)에서 출발하여 그것들을 적당한 작은 그룹(논점과 논지)으로 편성하는 것이다. 이에 비해 분석은 하나의 대상(논술의 경우, 주제 개념)에서 출발하여, 그것의 구성 요소(논점과 논지)를 밝히면서 그 대상을 풀어가는 것이다. 결국 대입논술에서 분류와 분석은 대상(개념)을 나누고 쪼개가며 설명하는 방법이란 점에서 엇비슷하다. 그렇더라도 다음 면에서 분석은 분류와 차이를 보인다.

'분석(分析)'은 어떤 대상이나 개념을 구성하고 있는 각 요소를 잘라가며 설명하는 문장 기술 방식이다. 즉, 분석은 어떤 대상이나 개념의 개별적인 구성 성분이나 요소, 성질이 어떻게 이루어지고 있는지를 분명하게 알리기 위해, **어떤 특정한 관점에 따라** 대상과 개념을 나누면서 각 요소의 내용을 드러내 밝히는 설명의 진술 방식이다.

분석은 구성 요소를 나누어 살피는 것이기 때문에 분류(구분)처럼 구성 요소가 반드시 동위(同位)의 개념일 필요는 없다. 분석은 대상이나 개념을 나누어서 이해하는데 초점을 두는 것이 아니라, 전체를 이해하기 위해서 **각 요소를 나누어 그들 간의 유기적인 관계를 살피는데** 초점을 둔다. 예를 들어 소설 작품을 분석한다고 할 때, 소설의 개념적인 구성 요소를 이루는 인물·사건·배경과 기법적인 구성 요소인 구성·시점·문체가 각각 어떤 특성을 보이며, 각 구성 요소들이 유기적으로 얽혀서 어떠한 주제를 전달하게 되는지를 살펴보는 과정이 바로 분석이다.

분석은 대상의 본질과 그것을 이루고 있는 구성 요소들(논술의 경우, 개념과 개념의 관계) 사이의 내적 관련성을 깊게 이해하는 데 도움을 준다. 이때 분석에서는 **전체와 부분의 유기적인 연관성에 대한 고려가 전제되지 않으면, 대상에 대한 올바른 이해는 불가능해진다는** 점을 유념해야 한다. 왜냐하면 전체(대입논술에서 주제 개념을 담은 '논제'의 방향성을 일컫는다)와의 연관성을 고려하지 않은 분석은 자칫하면 대상을 단순히 그 구성 요소들로 환원시키고(부분, 즉 주제와는 동떨어지게 '관점'별로 개념적인 의미가 제각각 따로 놀고), 그것들의 단순한 총합을 대상과 동일시하는 오류에 빠질 수 있기 때문이다(주제 개념과 하위 개념 간의 논리의 불일치를 불러온다).

무슨 뜻인가 하면, 분류가 잘못되면 **'개념과 개념' 간의 범주와 층위의 불일치가 일어나면서 주제 개념과 하위 개념 간의 개념적인 사고의 간극이** 발생하지만, 분석이 잘못되면 **각 개념에 담긴 '논지와 논거'의 불일치가 일어나면서 내용면에서의 논리적인 오류가** 일어난다. 그런 점에서 볼 때, '논점 이탈'은 주로 분류가 잘못된 데서 비롯되는 것이라면, '논리의 비약', '논리의 구체성 결여', '논거 부족'은 주로 '분석'이 잘못된 데서 비롯된 것이라 할 수 있다.

따라서 '분류'와 '분석'을 잘해야 잘 쓴 논술 답안을 작성할 수 있음을 이해할 수 있을 것이다. 특히 연세대 '비교하라'는 논제 서술 과제처럼 논점을 세분화하여 대상을 비교해야 하는 경우에는, **'분석'의 방법을 통해 대상(제시문)의 연관관계를 세밀히 파악할 수 있도록** 힘을 쏟아야 한다.

대부분의 논리적인 성격의 글은 원인과 결과의 분석에 충실한 글이라 할 수 있다. 어떤 대상의 원인과 결과를 설명하는데 가장 많이 쓰이는 '인과 분석'은 어떤 사건 또는 현상이 왜 일어났으며, 그 영향은 어떠한가를 논리적으로 설명하는 글쓰기 방식이다. 이때 논리적인 인과성을 분석할 때는 원인과 결과를 너무 단순화해서는 안 된다. 인과의 맥락을 너무 단순하게 제시하는 분석은 충분한 설득력을 갖지 못한다.

따라서 글 내용을 분류할 때는 중요 원인과 부차적 원인, 내부 원인과 외부 원인, 직접 원인과 간접 원인 등을 세심하게 가릴 줄 알아야 한다. 그와 더불어 여러 원인들을 단순히 나열하는데 그치는 것이 아니라, 그것들을 **일정한 기준에 따라 구분(분류)하여 어떤 대상이나 사건을 보다 체계적으로 분석할 수 있어야** 한다.

4 적용하라

발문에 '적용하라'는 지시어가 들어 있다면, 이는 특정 제시문의 논지를 따라 다른 제시문 내용을 설명하라 또는 논증하라는 요구로써 주어지는 경우이다. '적용하라'는 지시어는 둘 이상의 제시문의 연관관계 속에서 이뤄지는 내용 분석 및 논증 능력을 논술자에게 묻기 위해 동원된 지시적 물음이다.

'적용하라'는 지시를 이행할 때 중요한 것은 문제와 더불어 주어지는 제시문들 간의 역할을 규정하는 작업이다. **적용 대상 제시문과 적용 기준 제시문을 파악하는** 과정이 그것으로 이는 발문의 물음을 통해 확인할 수 있다.

즉, 발문의 지시 및 이행 사항을 살피면, 특정 제시문(들)은 설명과 논증을 위한 대상으로, 그리고 다른 제시문(들)은 설명과 논증을 위한 기준 내지 분석 도구로 주어진 것임을 알 수 있다. 따라서 문제와 함께 주어진 여러 제시문들이 각각 어떠한 역할을 하는지부터 파악한 후, 적용 대상과 적용 기준에 따라 구분되는 제시문 간의 관계에 기초하여 문제를 풀어나가면 된다.

다시 말해, **적용 기준 역할을 하는 특정 제시문에 들어 있는 다양한 정보 및 해석된 결과(자료 해석형 문제)의 핵심을 파악한 후, 그 파악된 내용을 따라 적용 대상 제시문들을 비교·분류·분석한다.** 이후 **적용 기준 제시문을 통해 파악된 내용(관점·논점·쟁점이 그것이다)을 토대로 적용 대상 제시문별 글 내용을 통합(해석), 재해석 및 재구성하면서 논제 서술 과제를 해결하면**, 그것으로 한편의 논술 답안은 완결된다.

여기까지의 설명을 통해 알 수 있듯이 '적용하라'는 발문 지시어는 앞서 말한 것처럼, '문제에서 제시문 간의 관계 설정을 규정짓는 다양한 전제 조건'이라 할 수 있다. 그 자세한 내용은 이미 앞에서 설명했으므로 생략하고, 다만 한 가지 알고 있어야 할 것이 있다.

그것은 적용 기준 지문과 적용 대상 지문 간에는 필연적인 연관관계를 맺고 있다는 사실이다. 그리고 문제에서 적용 기준을 담은 제시문을 특정하여 '전제조건'으로 제시하는 것이 일반적이다. 문제의 '전제 조건'에 해당하는 부분은 공통 주제에 대한 '핵심 개념', 더 나아가 그것이 지향하는 근본 물음으로서의 '관점·쟁점', 또는 제시문의 '핵심 논지'와 관련한 내용이다.

따라서 그것들을 **제시문들 간의 연관관계를 분석하면서 정확히 파악하되, 그 연결 고리라 할 수 있는 개념과 개념의 관계를 체계적으로 질서 있게 이어 나가면서 논제 서술 과제를 해결하면**, '적용하라'는 발문 지시어의 요구 및 지시는 올바로 이행된 것으로 평가받을 수 있다.

논증 지시어(1)

– 비교하라

　'비교'와 '대조'는 둘 이상의 대상을 향해 무엇이 같고 무엇이 다른가를 드러내는 설명 방법이다. 즉, 비교와 대조는 두 개 이상의 대상을 설명하는 데 있어 서로의 관계를 염두에 두고 공통점과 차이점을 기술함으로써 각 대상의 특성을 드러내는 설명 방법이다. '**비교(比較)**'는 어떤 것이 다른 것과 어떻게 같은가, 혹은 어떻게 다른가를 보여줌으로써 그 어떤 것을 설명하는 진술 방식이다. 이때, 유사점보다는 차이점을 특히 강조하는 경우를 일컬어 '**대조(對照)**' 또는 '**대비(對比)**'라 한다.

　비교는 어떤 판단이나 결정을 내릴 때 효과적일 뿐 아니라, 그 대상의 특성을 파악하는 데에도 크게 도움이 된다. 어떤 대상을 다른 것과 비교하면 그 본질이나 특성은 더욱 잘 드러나게 된다. 효과적인 비교를 위해서는 무엇보다 **비교 대상(및 비교 기준)을 잘 정하고**, 이를 중심으로 **유사점과 차이점을 구체적으로 나열해 가며 기술해야** 한다. 이때, 설명 대상과 비교 대상은 언제나 동일한 속성을 공유해야 한다.

　다음은 〈한국외대 2018학년도 논술가이드〉에 실린 '비교 분석형' 문제 풀이의 Tip이다.

비교 분석형 문제에 효과적으로 대처하기 위해서는 무엇보다도 논제를 정확히 파악하는 것이 중요합니다. 자료를 꼼꼼하고 세밀하게 읽고, 논제에 맞추어 각각의 주장과 근거를 요약, 정리하는 작업이 필요합니다. 다음으로 **비교 분석의 기준을 정해야** 합니다. 무분별하게 여러 기준을 나열하기 보다는 몇 가지 특징적인 비교 분석 기준을 제시하되, 글 전체를 염두에 두고 핵심 쟁점으로부터 세부적 쟁점으로 나아가야 합니다. **정해진 기준 하에 공통점이나 차이점을 구조화하여 체계적으로 서술해야** 합니다. 두 대상에 대한 비교는 일반적으로 대조의 의미도 포함되므로 공통점뿐만 아니라 차이점도 설명할 필요가 있습니다. 또한, 글을 전개함에 있어 소주제별, 항복별로 구분하여 **개념상 같은 층위에서 견주어야만** 효과적인 기술이 될 수 있습니다.

1 비교의 방법

비교를 통한 설명 방법, 다시 말해 유사점이나 차이점을 나열하는 글의 진술 방식(기술 방식·서술 방식)은 다음 두 가지 중 하나이다. '**비교 대상별 기술 방식**'과 '**비교 기준별 기술 방식**'이 그것이다. 전자는 이를테면 대상 (가)에 대해 일괄적으로 기술한 후 이어서 대상 (나)에 대해 기술하는 방식이고, 후자는 비교 기준에 따라 (가)와 (나) 두 대상을 차례로 번갈아 가며 기술하는 방식이다. 즉, 전자는 먼저 대상 (가)의 속성 a, a' …를 전부 열거하고 난 후, 대상 (나)의 속성 b, b' …를 열거하여 비교하는 방식이다. 한편, 후자는 대상 (가)의 속성과 대상 (나)의 속성을 a·b, a'·b' …처럼 교대로 열거하면서 비교하는 방식이다. 따라서 전자는 '**일괄 비교**', 후자는 '**항목 비교**'라 할 수 있겠다.

만약 제시문 (가)와 (나)가 주어졌을 때, 그리고 두 제시문에서 공유하는 비교 기준을 A, B라고 설정할 때, (가), (나)에 담긴 비교 대상의 개별 속성(a와 a', b와 b')을 찾아 기술한다면, 비교의 설명 방법은 다음과 같은 흐름을 따르게 된다.

- **비교 대상별 기술 방식_ 대상 (가)의 a, a' vs. 대상 (나)의 b, b'**
- **비교 기준별 기술 방식_**
  - **비교 기준 A에 따라… 대상 (가)의 a vs. 대상 (나)의 b**
  - **비교 기준 B에 따라… 대상 (가)의 a' vs. 대상 (나)의 b'**

다음 [사례1, 2]는 '비교하라'는 논제 서술형 문제(논제 서술 과제)의 전형을 보여준다. 문제와 제시문을 읽고 각각을 '비교 대상별 기술 방식' 또는 '비교 기준별 기술 방식'에 따라 답안을 작성할 수 있어야 하는데, 그렇게 해서 답안에 어떤 내용이 담겨야 하고 또 어떤 흐름을 따라 논의가 펼쳐져야 하는지를 필자 예시 답안을 통해 확인할 수 있을 것이다.

[사례1] 제시문 [가]와 [나]에 나타난 '공존의 방식'을 <u>**비교**</u>하시오. (이화여대 2017 사회 수시 문제1-1)

(가), (나)는 '공존'하는 삶의 다양성을 보여준다. (가)의 라다크 사람들은 타자와 갈등하고 마찰을 일으키기보다는 배려와 관용을 통해 더불어 함께하는 삶의 방식을 택하고 있다. 개인보다는 공동체를 중시하는 라다크

적인 삶은 타자와 '공존'하는 삶의 방식이 개인은 물론 공동체의 안정을 유지하는데 더 효과적이라는 확신에 근거한다. (나)의 자연 생명체는 한정된 자원을 놓고 서로 경쟁하기보다는 상부상조의 전략을 통해 공생하는 전략을 추구한다. 일례로 지의류는 균류와 조류가 합쳐서 진화한 새로운 생물종이라고 생각될 정도로, 생물종 간의 공생의 정도는 긴밀하게 얽혀있다. … **[비교 대상별 기술 방식으로 작성한 학생 답안]**

① (가), (나)는 삶의 의미를 **'공존'의 가치**에 두고 있는 점에서 공통되지만, 다음 면에서 차이를 보인다. (가)는 공존을 추구하는 삶의 방식을 **인간 본성적인 측면**에서 찾는 반면, (나)는 이를 **생물 진화론적 관점**에서 인식한다. (가)는 **'이타심'을 추구하는 인간의 사회적 본성**이 타자와 협력하고 공존하는 삶으로 이어진다고 하여, 인간의 사회적 행위에 초점을 두고 구성원 간의 상호작용에 주목한다. 반면, (나)는 **장래의 보답을 기대하며 남에게 도움을 주는 '호혜적 이타주의'**가 결과적으로 공생이라는 바람직한 결과를 가져온다고 하여, 공존을 적자생존을 위한 생태계의 자연스런 현상이라고 받아들인다... **[비교 대상별 기술 방식으로 작성한 필자 예시 답안1]**

② (가), (나)는 삶의 의미를 **'공존'의 가치**에 두고 있는 점에서 공통되지만, 다음 면에서 차이를 보인다. (가)는 공존을 추구하는 삶의 방식을 인간 **본성적인 측면**에서 찾는다. 즉, **'이타심'을 추구하는 인간의 사회적 본성**이 타자와 협력하고 공존하는 삶으로 이어진다고 하여, 인간의 사회적 행위에 초점을 두고 구성원 간의 상호작용에 주목한다. 반면, (나)는 이를 **생물 진화론적 관점**에서 인식한다. **장래의 보답을 기대하며 남에게 도움을 주는 '호혜적 이타주의'**가 결과적으로 공생이라는 바람직한 결과를 가져온다고 하여, 공존을 적자생존을 위한 생태계의 자연스런 현상이라고 받아들인다. … **[비교 대상별 기술 방식으로 작성한 필자 예시 답안2- 문장의 배열만 달리한 글]**

[사례2] 제시문 [바]와 제시문 [사]에 나타난 '통제 방식'을 **대비**하여 **논하시오.** (이화여대 2016 인문1 수시 문제 3-2)

(바), (사)의 통제방식은 지배 권력이 다수의 피지배 계층을 효과적으로 규율할 수 있지만, 그럼에도 인간 본성을 역행하는 바람직하지 못한 통제 방식이란 점에서 공통적이다. 하지만 (바), (사)는 다음 면에서 차이를 갖는다.
첫째, **감시와 통제 방법**에서 차이난다. (바)의 감시와 통제는 간접적이고 은밀하며 비대칭적인 시선으로 이뤄지는 반면, (사)의 그것은 직접적이고 강압적이며 대면적인 모습으로 나타난다. (바)의 권력은 보이지 않는 생활영역에서 그리고 일상의 세세한 부분까지 우리의 신체를 감시·통제하고 있는데 비해, (사)의 권력은 강력한 처벌과 상벌주의를 법으로 명문화하여 공포함으로써 직접적으로 규제를 가한다. 둘째, **통제를 통한 규율 효과**면에서 차이난다. (바)는 개인 스스로 자기 검열해 가며 규율에 복종하는 것이기에 자신이 감시당하고 통제받고 있다고 인식하지 못하는 반면, (사)는 신체형 및 노역과 같은 강력한 육체적 형벌에서 비롯되는 것이기에 개인은 이에 즉각적으로 반응하게 된다. 셋째, **통제가 미치게 될 사회적 파급 효과**에 있어서도 차이 난다. (바)는 일상의 모든 공간에서 개인은 모두 그리고 언제나 감시 가능한 공간 안에 묶이게 됨으로써 구조 권력이 원하는 질서 안에 빠짐없이 포섭되고, 그에 따라 사회적 효율성은 극대화된다. 반면 (사)는 강한 체벌을 통한 규율 효과가 신속하게 사회 전체로 퍼져나감으로써 단기간에 정국을 안정시킬 수 있지만, 그 과정에서 백성을 두려움으로 내몰면서 많은 사회 불안을 야기하고, 상호 감시 체계를 강화하면서 서로가 서로를 믿지 못하는 불신 풍조를 조성하는 결과를 초래한다. … **[비교 기준별 기술 방식으로 작성한 필자 예시 답안]**

위 [사례1, 2]의 필자 예시 답안을 통해 알고 있어야 할 중요한 포인트는 다음과 같다. 대입논술 문제의 발문에서 '비교하라'는 논제 서술 과제를 담은 지시어가 주어졌다면, 이는 제시된 둘 이상의 지문(제시문)의 내용을 서로 견주어 살피면서, ㉮문제의 지시와 요구(즉, **비교 목적**)에 맞게끔, ㉯동등한 **비교 대상** 또는 **비교 기준**을 선택(설정)하고, ㉰이에 부합하는 비교 내용, 즉 비교 대상 서로 간의 '**공통점**'과 '**차이점**'을 찾아 밝히라는 요구다.

이를 대입논술에 맞게 풀어 설명하면 다음과 같다. '비교하라'는 논제의 지시를 이행하기 위한 핵심 해결 과제는 다음 순서를 따르면 된다. 먼저, ㉮비교할 이유와 의의를 분명히 하기 위해 먼저 '**주제 개념**'부터 **파악하고**, 이어서 ㉯제시문들의 '**연관관계**'를 살펴 비교 대상 또는 비교 기준을 명확히 설정한다. 이때, 비교 대상의 설정은 문제와 함께 주어지는 제시문을 비교 기준 및 비교 내용에 맞게 '특정'하는 것이고, 비교 기준 설정은 비교할 논점을 대상(즉, 제시문)별로 상세하여 적절한 '개념어(**관점·논점·쟁점**)'로 찾아 밝히거나 또는 이를 자기 언어(개념어 관련 상당 어구)로 재구성하여 기술하는 것이다. 마지막으로 ㉰비교할 내용을 밝히기 위해 각 제시문에 들어있는 비교 대상별 '**공통점과 차이점**'을 **구체적으로 파악하여 논제의 물음을 정확히 기술한다.**

② 비교와 대조의 기본 원칙

대입논술의 '비교하라'는 논제 서술 과제를 해결하기 위해서는 다음 세 원칙을 따라야 한다.

⑴**비교 목적_** 문제의 요구와 지시가 분명해야 한다… **주제 개념** 파악

⑵**비교 대상_** 개별 속성의 범주와 층위가 동등하고, 동일하며, 공정해야 한다… **제시문** 특정

 #**비교 기준_** **논점**이 명확해야 한다…논의점**(관점·논점·쟁점)**의 설정

⑶**비교 내용_** 유사점이나 차이점을 구체적으로, 일관되게 제시해야 한다… **공통점과 차이점** 기술

⑴목적에 맞는 비교 대상을 선택하라

많은 경우, 비교 대상은 처음부터 분명하게 정해져 있는 것은 아니다. 비교 대상은 비교하는 '목적'이 무엇인가에 따라 달라진다. 이를테면 '중국 음식'을 주제로 글을 쓰는 것이라면, 경쟁 관계에 있는 자장면과 짬뽕을 비교 대상으로 선정해야 적절하다. 그러나 '대표적인 서민 음식'을 주제로 글을 쓰는 경우라면 어떨까? 이때는 짬뽕보다는 삼겹살이 자장면의 비교 대상으로 더 적절할 것이다. 또 '면'을 주제로 대상을 비교하는 것이 글의 목적이라면 어떨까? 이때는 자장면과 스파게티, 자장면과 우동, 자장면과 잔치국수를 비교하는 것이 좀 더 설득력을 갖게 된다.

이처럼 비교 대상은 목적에 따라 달라질 수 있으므로, 대상을 선택하기 이전에 먼저 '무엇을, 어떻게 비교할 것인가'하는 목적을 분명히 해야 한다. 이때 '무엇'에 해당하는 부분이 바로 논술에서 논의코자 하는 주제 의식(주제 개념)이고, '어떻게'에 해당하는 부분이 바로 비교를 통한 설명 방법, 다시 말해 유사점이나 차이점을 나열하는 두 방식인 '비교 대상별 기술 방식'과 '비교 기준별 기술 방식'이다.

대입논술의 경우, '비교 목적'은 '주제 개념'을 담은 논제의 물음이 지향하는 그 무엇이라고 보면 된다. 따라서 '비교하라'는 논제 서술 과제를 해결하기에 앞서, 주제 개념은 무엇이며, 그 주제 개념의 궁극의 지향('출제 의도'라고 보면 된다)은 또 무엇인지를 살펴 확인해야 한다. 이를 위해서는 **문제의 요구와 발문의 지시 사항을 반드시 확인하고, 그 지시를 따라 제시문을 비교해야** 한다. 만약 그렇지 않을 경우, 비교 설명은 발문의 물음과는 동떨어지게 자의적 해석으로 흐를 수 있으며, 결국에는 논점 이탈로 치닫고 만다.

이때, 아래의 대입논술 기출 문제에서 알 수 있듯이, 비교 목적, 즉 주제 개념은 발문에서 드러나는 경우가 일반적이다. 따라서 학생들은 철저히 주제 개념의 시각에서 제시문을 읽고, 그것에 맞추어 비교할 대상을 설정해야 한다. 만약 아래 예시의 ④, ⑥, ⑦처럼 발문에서 주제 개념이 드러나지 않을 경우에는 어떻게 해야 할까? 이때는 제시문을 읽고 그 안에 담긴 주제 개념을 파악

한 후, 이를 관련한 적절한 용어로 찾아 밝혀야 한다. 특히 ⑦처럼 주제 개념을 담은 특정 제시문을 주고 먼저 글 내용부터 요약할 것을 요구하는 경우라면, 주제 개념이 낯설거나 어려워서 이를 개념화하기란 상당히 까다롭다고 보면 틀림없다.

[대입논술 '비교하라' 논제 서술형 기출 문제 예시]

① 제시문 [가]와 [나]에 나타난 '공존의 방식'을 **비교**하시오. (이화여대 2017 사회 수시 문제1-1)

② 제시문 (가), (나), (다)는 평화에 대한 다양한 주장을 포함하고 있다. 각 제시문을 **비교·분석**하시오. (연세대 2017 인문 수시, 1,000자 안팎)

③ 과학기술에 대한 〈제시문 4〉와 〈제시문 5〉의 **입장 차이**를 중심으로 각 제시문의 논지를 **비교 서술**하시오. (한국외대 2017 인문1 수시 문제3)

④ 제시문 [가]와 [나]의 내용을 **요약**하고, 논지의 차이를 **서술**하시오. (경희대 2017 사회 편입 문제1)

⑤ 제시문 [가]와 [나]에 나타난 사춘기를 바라보는 시각을 **대비**하여 논하시오. (이화여대 2017 인문1 모의 문제1)

⑥ (가)와 (나)의 주장을 각각 **요약**하고, 그 **공통점과 차이점**을 쓰시오. 그리고 (가)와 (나)의 관점 가운데 하나를 택하여 (다)에 형상화된 '주인 여자'의 태도를 옹호하거나 비판하고 그 논리적 근거를 쓰시오. (한양대 2017 인문 수시)

⑦ 제시문 [가]의 주장을 250자 내외로 **요약**한 뒤, 주된 견해나 관점이 [가]와 다른 제시문을 [나]~[라]에서 모두 찾아 [가]와 각각 어떻게 차이가 나는지 **구체적으로 밝히시오.** (서울시립대 2017 인문 수시 문제1)

⑧ 제시문 (가), (나), (다), (라)에서 '진실(사실)을 알게 되었을 때 나타나는 **태도**'와 '그 태도로 인해 나타나는 **결과**'를 각각 찾아서 하나의 완성된 글로 **논술**하시오. (중앙대 2017 인문2 수시 문제2)… 발문에서 비교 기준을 미리 설정하여 제시한 경우이다.

⑨ 제시문 (가)를 바탕으로 제시문 (나), (다), (라)의 여행자가 밑줄 친 장소에서 느낀 낯섦의 이유들을 **논하**고, 여행에서 얻은 것들을 **설명**하시오.(홍익대 2017 인문 수시 문제1)… '설명하라'에 '비교하라'는 내용이 담길 수 있다.

⑩ 〈제시문1〉~〈제시문7〉은 기술 발전에 따른 사회 변동에 관한 견해를 담고 있다. 이 제시문들을 서로 다른 **두 입장으로 분류**하고, 각 입장의 **논지를 정리**하시오. (성균관대 2017 인문3 수시)… '분류하라' 역시 크게 생각할 때, '비교하라'의 범주에 속한다.

(2) 동등한 비교 대상을 선택하라

　비교 목적, 즉 주제 개념에 맞게 비교 대상을 선택하되, **대등한 범주의 대상을 공정하게 비교하는** 것은 '비교하라'는 논제 서술 과제를 해결하기 위해 무척 중요하다. 예를 들어 그리스인과 중국인은 대등한 비교 대상이 되지만, 그리스인과 황인종 전체, 백인종과 중국인은 적절한 비교 대상이 될 수 없다. 그리스인과 황인종, 백인종과 중국인은 서로 다른 범주에 있으므로 적절한 비교 대상이 되기 힘들며, 설령 이들을 비교한다고 한들 그 비교 자체는 무의미해진다.

　비교할 대상들은 그 속성이 **'같은 범주, 같은 층위에 속하는'** 것이어야 한다. 어느 하나가 다른 하나를 포괄하는 개념이 되어서도 안 되고, 상위 개념과 하위 개념이 뒤섞여서도 안 된다. 논지를 전개할 때 개념(어)별(즉, 비교 대상 또는 비교 기준)로 항목과 범주, 층위를 구분하여 나눈 후 대상을 다루는 것이 효과적이다.

　범주나 층위뿐 아니라 **'공정성'도 염두에 둘** 필요가 있다. 만약 동서양의 문화적 차이를 비교하는 것이 목적이라면, 그리스와 중국은 동서양 문화의 발상지로서 대등한 자격을 지니므로 공정한 비교가 될 수 있다. 그러나 이때 그리스인과 태국인을 비교하거나 체코인과 중국인을 비교하는 것은 공정한 비교가 될 수 없다. 반면, 다양한 문화의 비교가 목적이라면 그리스, 중국, 체코, 태국 등 모든 나라의 국민은 동등한 자격을 지니고 있어 적절한 비교 대상이 될 수 있다.

　비교의 공정성은 **우열을 가리기 위한 목적일 경우에** 더욱 민감하다. 강아지와 고양이는 사람들이 가장 선호하는 반려동물로서 우열을 가리기 어려운 동등한 자격을 가지고 있다. 따라서 비교 자체도 의미 있고, 비교를 통해 의미 있는 결론을 얻을 수 있다. 그러나 강아지와 개미의 비교는 어떨까? 개미는 반려동물로써의 요건을 거의 갖추지 못했으므로 비교가 불가능할뿐더러, 굳이 둘을 비교하지 않아도 경험적으로 강아지가 반려동물로 좀 더 적합함을 알 수 있다. 이는 범주는 대등할지 모르나 공정성에 문제가 있어 비교 자체가 의미가 없는 경우이다.

　이상의 설명을 염두에 두고, 다음 [사례3]의 필자 예시 답안을 살펴보자. 비교 목적, 즉 주제 개념은 '경제적 관점에서의 사회 정의 실현'에 대한 고찰, 비교 대상은 '전통적 자유주의 관점에서의 소유권적 정의(가) vs. 평등적 자유주의 관점에서의 분배 정의(나)'이다. 그렇게 해서 공통점은 '경제적 불평등은 사회 구조상 불가피하다(공통점)'로 차이점은 '소유권적 자유권은 국가가 나서서 이를 제한할 수 없다(가) vs. 경제적 불평등을 완화하는 방향으로 개인의 소유권적 자유를 일부 제한해야 한다(나)'라는 비교 내용을 중심으로 답안을 기술했다.

아래의 필자 예시 답안을 통해, 비교 대상별 속성을 언어적·개념적으로 같은 범주, 같은 층위에서 논의하였음은 물론, 비교의 공정성을 정확히 따져가며 기술했음을 알 수 있을 것이다. 그리고 이를 통해 논술 답안의 내용면에서의 충실함과 형식면에서의 체계성을 확인할 수 있을 것이다.

[사례3] (가)와 (나)의 주장을 각각 요약하고, 그 **공통점과 차이점을 쓰시오**. (한양대 2017 인문 수시)

(가), (나)는 **경제적 관점에서의 '사회 정의'**에 대해 묻는다. (가)는 **전통적 자유주의 관점**에서 **'소유권적 정의'를 옹호한다.** 자유 시장 경제에서 개인의 자유로운 선택에 의해 성취한 재산권은 어떠한 이유로든 침해받을 수 없는 것이기에, 분배 정의 실현을 이유로 국가가 나서 소유권자의 부를 인위적으로 재편하려 들어서는 안 된다고 주장한다. 한편 (나)는 **평등적 자유주의 관점**에서 **'분배 정의'**를 주장한다. 사회 구조적으로 불평등은 불가피하기 때문에, 불평등을 억지로 평등하게 만들기보다는 모든 사람에게 공정한 기회 균등을 보장하는 것이 더 실질적이지만, 그렇더라도 차등의 원리에 따라 최소 수혜자에게 최대 이익이 되도록 불평등을 조정하는 것이 '공정'으로서의 정의의 원칙에 부합한다고 주장한다.

(가), (나)는 **경제적 불평등은 사회 구조상 불가피**하다고 보는 점에서 공통된 관점을 지향하지만, 그럼에도 **사회적 이익의 분배 방안**을 놓고 다음과 같은 차이점을 드러낸다. 즉, (가)는 **소유권적 자유권**은 천부적인 권리이자 배타적인 권리이기 때문에 어떠한 경우에도 **국가가 나서서 이를 제한할 수 없다는** 입장이다. 반면, (나)는 더 큰 자유, 즉 **분배 정의** 실현을 위해서는 경제적 불평등을 완화하는 방향으로 개인의 **소유권적 자유를 일부 제한하는 차등의 원칙을 두어야** 한다고 본다… **[필자 예시 답안]**

(3)기준에 부합하는 비교 내용을 구성하라

비교 목적에 맞는 비교 대상을 정했다면, 다음으로는 어떤 것(측면)을 비교할 것인지에 대한 글 내용을 구성해야 한다. 같은 대상을 비교하더라도 비교 기준에 따라 비교 내용은 달라지기 때문이다.

여자와 남자를 비교한다고 해보자. 여자와 남자의 공통점과 차이점은 무수히 많이 있을 수 있으며, 비교 기준에 따라 생물학적 측면, 심리학적 측면, 사회적 측면, 언어적 측면, 경제적 측면 등 다양한 시각에서 비교할 내용을 생각해 볼 수 있다. 비교하는 두 대상 사이에는 유사점이나 차이점 등 다양한 비교 내용이 있을 수 있지만, 그 내용이 모두 의미 있는 것은 아니다. 비교의 기준이 무엇인가에 따라 결정될 결론을 염두에 두고 비교할 내용을 구성할 필요가 있다.

비교할 내용을 구성할 때에는 유사점과 차이점이 구체적이면서도 선명하게 드러나도록 하되, **유사점보다는 차이점을 보다 분명히 드러내면서** 답안을 작성해야 한다. 유사점은 곧 제시문의 공통된 논지를 의미하는 경우가 일반적이어서 하나의 논의점(관점·논점)을 지향한다. 때문에 주제 개념을 연장하여 살피면, 그것이 곧바로 유사점(공통된 논지)으로 이어지는 경우가 일반적이다.

이에 비해 차이점은 여러 개의 논의점을 지향하기에 이를 찾아 밝히는 것은 생각만큼 쉽지 않다. 차이점을 밝힐 때는 비교 기준을 중심으로 글 내용을 명확히 대조하면서 기술할 수 있어야 한다. 비교 기준별로 논의의 궤를 같이하는 제시문들 간에도 차이점은 존재할 수 있는데, 그 세세한 부분까지도 분명히 찾아 밝혀야 한다. 물론 전체적인 맥락에서 논의점은 일관되고, 같은 방향이어야 한다.

❸ 비교 기준 설정이 어려운 이유

'비교하라'는 논제 서술 과제에서 특히 주목해야 할 것은 '비교 대상'과 '비교 기준'의 관계이다. 먼저 비교 대상을 설정하는 것은 간단하다. 제시문 그 자체를 비교 대상으로 하여 글 내용을 일괄적으로 비교하면서 공통점과 차이점을 밝히거나(비교 대상별 기술 방식), 또는 비교 기준을 설정한 후 그것에 맞게 제시문별 특정 글 내용을 비교 대상으로 하여 공통점과 차이점을 드러내면 된다(비교 기준별 기술 방식).

이때 앞 [사례1]과 [사례2] 가운데 어느 방법으로 서술하여도 상관없다. [사례1]의 '비교 대상별 기술 방식'은 가장 일반적인 비교 서술 방법으로 글 내용의 핵심을 깔끔하게 요약·정리하는 능력과 뒷받침 글(전제)을 내세울 수 있는 역량을 갖추어야 비교 논증은 힘을 받는다. 만일 이런 능력이 딸리면 논증은 제자리를 찾지 못하면서 지리멸렬해지고, 글 전체의 체계는 뒤죽박죽 엉망이 되고 만다.

까다로운 것은 **'비교 기준별 기술 방식'과 관련한 '비교 기준'의 설정이다.** 왜냐하면, 연세대의 '비교하라'는 서술 과제처럼 주제를 개념화하여 생각하기 어렵고 또 지문 난이도가 높을수록, 비교 기준을 정확히 설정하는 것은 생각 이상으로 어렵기 때문이다. 설령 비교 기준을 어찌어찌하여 잘 설정했더라도, 그 비교 기준을 따라 비교 대상별로 비교할 내용을 세밀히 논증하는 것은 간단치 않다. 논제의 궁극의 물음을 담은 **논의점을 정확히 잘 설정한 후, 그것에 맞추어 글 내용**

을 심층적·다면적으로 비교하고 분석해 가며 논증해야 한다. 이를테면 [사례2, 3, 4]에서처럼 '통제 방식', '사회 정의', '소통'과 같은 형이상학적 물음은 논술 주제로 채택할 경우, 그 주제를 세분화해 가며 논의점, 즉 비교 기준을 설정하기란 결코 쉬운 일이 아니다(그런 의미에서 볼 때, **비교 기준의 설정은 '관점의 상세', '관점의 세분화'**라고 말할 수 있다).

이때 비교 기준은 제시된 지문 전체를 놓고 상호 연관관계를 따져 살펴야 한다. 하지만 문제는 그 비교 기준이란게 제시문에 직접 드러나지 않는 경우가 일반적이어서, 그만큼 글 내용을 따라 생각에 생각을 거듭하면서 자세히 살펴야 비로소 파악될 수 있다. 게다가 애써 찾아낸 비교 기준을 개념적으로 잘 정리하여 **이를 '자기 언어화'하는 과정을 거쳐야** 하는 경우(세부 논점을 설정하는 경우가 그것이다)도 있는데, 이렇게 되면 상황은 더욱 어렵고 복잡해진다. 만약 비교 기준을 잘못 설정한다거나 또는 개념화(및 자기 언어화)에 실패할 경우, 비교 대상별 논의가 중복되면서 자칫 '혼동의 오류'를 불러올 수 있다. 또 비교 기준을 잘못 설정하여 비교 대상을 속성과 범주별로 동등하게 처리하지 못할 경우, 공정한 비교가 되지 못하면서 비교 자체를 애매하고 모호하게 만들 수 있다.

이런 이유로 '비교 기준별 기술 방식'을 사용하여 논술 답안을 작성할 경우에는 그만큼 비교 기준을 명확히 설정하고, 더불어 이를 정확한 용어로 개념화하여 서술할 수 있어야 한다. 이를 다음 [사례4]의 예시 답안 ②와 ③의 비교를 통해 확인할 수 있을 것이다.

[사례4] 제시문 [가]와 [나]에 나타난 '소통'에 대한 **관점을 비교 분석**하시오. (건국대 2010 인문 수시 문제1)

① (가), (나)는 '소통'에 대해 설명한다. (가)에 따르면, 소통은 나와 타자 간의 공통된 감정의 표현이다. 소통은 자유로운 상상력을 통해 서로의 감정을 공유하는 과정에서 타자의 마음을 정확히 읽고 비판적으로 재해석함으로써, 개인의 주관적인 편견이나 욕망, 목적에 휘둘리지 않도록 하는 상호 촉진 활동 과정이다. (나)의 '배경 공유의 기대' 가설에 따르면, 우리의 일상적인 대화는 나와 타자 간의 진술되지 않은 암묵적인 문화적 가정들을 공유하고 있음을 전제로 한다. 따라서 우리가 이러한 대화의 관행을 당연시하지 않고 진술의 진위 여부를 정확히 파악할 때까지 계속 탐색하려만 든다면, 타자와의 진정한 의사소통은 불가능해진다.

(가), (나)는 소통은 나와 타자와의 관계에 근거하여 생각과 감정과 행동을 공유하려는 상호 촉진 활동이라고 보는 점에서 공통적이지만, 다음 면에서 차이를 보인다. (가)는 소통은 나와 타자와의 공통된 감정의 표현으로 내가 타자의 입장에서 상상력과 지성을 촉진하는 활동이며, 따라서 소통에는 개인의 타자에 대한 이해와

배려의 마음이 크게 작용한다. 반면 (나)는 소통은 사회화의 과정에서 자연스럽게 습득된 의사 표현 행위로 사람들 상호 간에 문화적으로 공유된 관행으로서의 대화의 의미를 자연스럽게 받아들이고 따르는 행위이며, 그렇기에 소통에는 타자와의 사회적 관계 맺음이 크게 작용한다. … **[비교 대상별 기술 방식으로 작성한 필자 예시 답안]**

② (가), (나)는 '소통'에 대해 설명한다. (가), (나)는 공통적으로 소통은 나와 타자와의 관계에 근거하여 생각과 감정과 행동을 공유하려는 상호 촉진 활동이라고 주장한다. 그럼에도 (가), (나)는 다음 면에서 차이를 보인다. 먼저 **소통의 '본질'**에 대해, (가)는 이를 개별 의식 작용으로 보는 반면, (나)는 사회화의 산물로 인식한다. (가)는 소통은 나와 타자와의 공통된 감정의 표현으로 개인의 타자에 대한 이해와 배려의 마음이 크게 작용한다고 본다. 반면 (나)는 소통은 사회화의 과정에서 자연스럽게 습득된 의사 표현 행위로 타자와의 사회적 관계 맺음이 크게 작용한다고 본다. 그 결과 **진정한 소통을 이루기 위한 '요건'**으로 (가)는 상대방의 마음을 헤아리는 열린 자세를 강조하는 반면, (나)는 인간의 사회적 행위에 초점을 맞추면서 구성원 간의 상징적 상호작용에 주목한다. (가)는 내가 아닌 타자의 입장에서 상상력과 지성을 촉진하는 한편, 이를 통해 타자의 말에 귀를 기울이고 상대의 의견을 존중하는 열린 마음을 가져야 한다고 본다. 반면, (나)는 소통은 한 사회의 가치와 문화에 따라 행동하는 것으로 각인된 다른 사람의 모습, 즉 '일반화된 타자'의 시선을 염두에 두고 관행적으로 반응하는 행위라고 하여, 사회화의 과정에서 자연스럽게 습득된 문화 유전자의 역할을 강조한다. … **[비교 기준별 기술 방식으로 작성한 필자 예시 답안]**

③ 두 제시문은 모두 **소통**이 이루어지기 위한 조건으로 **'공유'**가 필요하다고 주장한다. 그러나 이러한 **공유에 있어 구체적인 내용, 필요 요소와 공유 성격에서 차이를 보인다.**
우선 **공유의 구체적인 내용**에 있어서 (가)에서는 타자에 대한 이해와 자기반성이 공유의 조건임을 강조한다. 반면 (나)에서는 사회적 의미인 문화적 공유가 조건이라고 주장한다. 다음으로 이러한 조건에 **필요한 요소로**써, (가)는 공통감이라는 인간의 잠재 능력을 들고 있다. 공통감은 자유로운 상상력과 지성의 상호 촉진 활동으로 발휘된다. 반면 (나)에서는 '배경 공유의 기대'가 전제된 상태에서 소통이 형성되며, 이 때 탐색 절차는 무의미하다#. 마지막으로 **공유의 성격**을 보자면, (가)는 공유 능력을 인간의 본성으로 보는 반면, (나)에서는 사회적으로 획득된 것으로 본다는 차이점이 있다. … **[비교 기준별 기술 방식으로 작성한 학생 작성 답안]**

[사례4]의 ②는 비교 기준을 각각 '소통의 **본질**'과 '진정한 소통을 이루기 위한 **요건**'으로 설정

한 후, 각각을 '개별 의식 작용 vs. 사회화의 산물', '열린 마음 vs. 상징적 상호작용'으로 개념화하여 정리하면서 글 내용을 체계적으로 비교·서술하고 있다.

한편 ③은 각각 '소통 공유에 있어서의 구체적인 **내용**_ 타자 이해와 자기반성 vs. 문화적 공유', '소통 공유에 필요한 **요소**_ 공통감 vs. 배경 공유의 기대', '소통 공유의 **성격**_ 인간의 본성 vs. 사회적으로 획득'으로 설정한 후, 글(제시문) 내용을 비교·서술하고 있다. 그렇게 해서 기술한 ③의 무엇이 문제인가를 살피면 다음과 같다.

우선 주제 개념인 '소통'을 놓고 이를 '소통 공유'라는 하위 개념으로 외연을 축소함으로써, 이어지는 비교 기준을 설정하기 어렵게 만들었다. 이는 비교 기준을 지나치게 도식적으로 설정한 후, 이것에 맞추어 비교할 내용을 욱여넣어가며 기술한데 따른 결과라고 보면 된다. 참고로 예시 답안 가운데 "배경 공유의 기대가 전제된 상태에서 소통이 형성되며, 이때 탐색 절차는 무의미하다"라는 부분은 제시문의 일부를 답안에 그대로 끌어와 서술한 것으로, 이는 제시문 내용을 올바로 이해하지 못했거나 또는 논지의 핵심을 정확히 요약하지 못한 때문이라고 밖에는 달리 해석될 수 없다.

다음으로 ③은 비교 기준별로 내용 설명이 중첩되고 있는데, 이는 비교 기준과 비교 대상, 비교 대상과 비교 내용 간 개별 속성의 범주와 층위가 맞지 않기 때문에 일어나는 현상이다. 한마디로 같은 비교 기준을 놓고 같은 내용을 그것도 말만 조금씩 바꿔가며 거듭 비교 서술한데서 비롯된 결과이다. ③은 개별 비교 기준을 '소통의 **본질**_ 타자 이해와 자기반성 vs. 문화적 공유', '소통의 **발현 동기**_ 보편 감정 vs. 배경 공유의 기대', '소통의 **근원**_ 인간의 본성 vs. 사회적으로 획득'으로 설정하는 것이 더 적절할 듯한데, 그렇게 해서 이를 살피면 소통의 '본질'과 소통의 '근원'이란 비교 기준은 결국 같은 비교 내용을 담게 마련이다. 따라서 ③은 '소통의 **본질**_ 인간 본성에서 비롯되는 타자 이해와 자기반성 vs. 사회적으로 획득한 문화의 공유', '소통의 **발현 동기**_ 보편 감정 vs. 배경 공유의 기대'로 축약하는 것이 오히려 글 내용이 명확할 뿐더러, 형식면에서도 글이 체계를 갖추면서 보다 효과적으로 비교·서술된다.

④ '비교'할 때의 유의 사항

일괄 비교(비교 대상별 기술 방식)와 항목 비교(비교 기준별 기술 방식) 가운데, 어느 방식으로 설명 글을 비교하더라도, 다음 사항에 특히 유의할 필요가 있다. '비교하라'는 서술 과제 해결의 핵심 포인트는 바로 이것으로, 관련한 많은 문제를 직접 풀어가며, 그 방법적 요령을 익힐 필요가 있다.

⑴대상 (가)에서 언급된 항목과 대상 (나)에서 언급된 항목은 대등한 자격을 지녀야 한다.

… 개별 속성의 **범주가 공정**할 것.

⑵대상 (가)에서 언급된 항목은 반드시 대상 (나)에서도 언급되어야 한다.

… 개별 속성의 **층위가 동등**할 것.

⑶대상 (가)에 관련된 항목들의 서술 순서는 대상 (나)의 경우에도 지켜야 한다.

… 개별 속성의 **배열이 일치**할 것.

⑷대상 (가)를 언급한 부분과 대상 (나)를 언급한 부분의 분량은 가능한 비슷해야 한다.

… 개별 속성의 **내용**면에서의 **양적·질적** 수준이 동일할 것.

먼저, '비교하라'는 논제 서술형 문제는 '요약하라'와 마찬가지로 **'객관적'으로** 답안을 작성해야 한다. 이는 아래의 '고려대 채점 후기'를 통해 확인된다.

두 항목을 비교할 때에는 비교 대상이 되는 각 항목의 특성을 밝힌 후, 두 항목 간의 차이점과 공통점을 검토해 나가야 한다. 비교의 초점은 비교 대상 중 **어느 한쪽에 편중되어서는 안 되며** 양자를 포괄하는 객관적 타당성을 지녀야 한다. 따라서 비교로부터 전개되는 논의는 마땅히 객관성을 지향하여야 한다. 비교 주체가 어떤 판단을 내릴 경우에도 비교 대상들로부터 **근거를 확보**해야 한다. 합당한 논리와 객관적 근거를 확보하지 못한 채 성급하게 자신의 주관을 노출한다면 온전한 비교가 되기 어렵다. (고려대 논술가이드)

객관적이라는 말의 의미는 다음과 같다. 글의 요지를 전달하거나 설명할 때, 전달자인 글쓴이의 주관이 개입할 여지는 없다. 심지어는 '자신의 관점에서 비판하라'는 지시 역시 '반드시 비판점을 찾아내야 하거나, 또는 반드시 비판해야 한다는 점에 구속된 자기 견해'이기에 단순히 주관적인 견해를 서술하지 말아야 한다. 비교의 강박에 빠져 합당한 논리와 객관적인 근거를 확보하지 못한 채 성급하게 자신의 주관을 노출하면서 답안을 작성해서는 안 된다.

많은 학생들은 '비교하라'는 논제 서술 과제와 맞닥뜨리면 열일 제쳐놓고 비교 대상과 비교 내용을 도식화하려 든다. 비교 대상을 명확히 설정하는 것도 중요하지만, 그보다 더 중요한 것이 바로 **비교할 대상들로부터 타당한 근거를 확보하고, 여기에 자기 생각을 보태가며 충실하게, 설득**

력 있게 논증하는 것이다. '비교하라'는 논제의 요구는 설명 글이 아닌 논증 글(주장과 근거의 글 묶음으로, 설명적 논증)로 서술되어야 한다는 사실을 학생들은 반드시 알고 있어야 한다.

다음으로 논제의 요구에 맞는 **글의 진술 방식을 결정해야** 한다. 말했듯이 비교를 할 때는 둘 또는 그 이상의 비교 대상이 지닌 특성을 차례로 서술하기도 하고, 때에 따라서는 항목별로 나누어 번갈아 기술하기도 한다. 항목별 비교는 두 대상의 차이점을 선명하게 드러낼 수 있다는 장점을 지닌다. 특히 대조를 통해 두 대상의 차이점을 부각하고자 한다면 항목별 비교가 효과적이다. 앞 [사례2]가 그 예이다.

일단 글의 진술 방식을 정했다면, 이후 유의해야 할 것은 **대상을 동등하고, 공정하며, 일관되게 기술해야** 한다는 점이다. 우열을 염두에 둔 비교라면 조금은 달라질 수도 있겠으나, 일반적으로는 항목별 비교든 대상별 비교든 관계없이 **비교 대상의 서술 순서나 분량, 즉 비교할 내용을 동등하게 안배해야** 균형 잡힌 글이 된다.

이를 위해서는 **비교표를 작성하는 것도** 좋은 방법이다. 글을 쓰기 전에 비교표를 작성하면 글은 더욱 짜임새를 갖출 수 있다. 비교대상별 또는 비교기준별 비교표를 만들 때는 글을 쓰는 목적별로 적합한 비교 대상을 설정한 다음, 비교 대상의 특성을 다각도로 살펴 그 특성을 항목화하고 정리하는 과정을 필요로 한다.

이때 항목을 분류하고 정리하여 비교표를 만들 때는, 항목을 **상위 개념과 하위 개념을 따라 체계적으로 분류하면서 정리하는 것뿐 아니라, 그 배열 순서를 결정하는** 것도 중요하다. 개념(주제 개념과 관점·논점)의 배열 순서는 곧 비교할 내용의 서술 순서로 이어지고, 이를 통해 논리적이고 체계적인 답안 서술은 가능해진다. 단, 비교 목적(또는 비교 기준)을 염두에 두고 비교 대상을 정해야 하며, 비교 내용 또한 비교 목적(또는 비교 기준)에 맞아야 한다.

비교표 작성 연습의 일환으로, 다음 빈 칸의 내용을 각자 채워 보자.

	중등교육	대학교육
교육 내용		분화된 전공 교육
교육 목표		전문지식인 및 전문직업인의 양성
교육의 질		비교적 전문적인 지식인
학생의 태도		개인의 의무와 권리 중시
학교의 태도		개인의 책임 중시

	책	텔레비전
시간적 제약		
공간적 제약		
감각의 활용		
감각의 만족		
정보의 양		
정보의 질		
사고에 미치는 영향		

	연극	영화

	책	신문	인터넷

⑤ 연세대 세 제시문 '비교하라' 논제 서술형 문제 답안 작성의 포인트

연세대 인문논술 1번 문제 '비교하라' 논제 서술형 문제의 개략적인 특징은 다음과 같다.

[연세대 1번 문제 기출 예시]

①제시문 (가), (나), (다)는 '평화'에 대한 다양한 주장을 포함하고 있다. 각 제시문을 **비교·분석**하시오. (연세대 2017 인문 수시 문제1)

②제시문 (나)와 제시문 (다)에 나타난 '문화'와 '문화변동'에 관한 서로 다른 관점을 **비교**하고, 각 관점에 근거해서 제시문 (가)에 나타난 마콘도 마을의 상황을 **설명**하시오. (연세대 2017 사회 수시 문제1)

③'예술적 성취'에 대한 제시문 (가), (나), (다)의 **논지를 비교, 분석**하시오. (연세대 2016 인문 수시 문제1)

④제시문 (가), (나), (다)는 '진정성 있는 사람'에 대한 서로 다른 관점을 보여준다. 이 세 가지 **관점**의 차이를 **설명**하시오. (연세대 2016 사회 수시 문제1)

⑤제시문 (가)와 (나)는 '현대사회의 불확실성이나 위험'에 대하여 서로 다른 세 가지 주장들을 소개하고 있다. 이러한 주장들의 **유사점과 차이점을 비교**하시오. (연세대 2017 사회 편입 문제1)

⑥'**진실**'에 초점을 맞추어 제시문 (가), (나), (다)의 **관점을 비교, 분석**하라. (연세대 2016 인문 편입 문제1)

⑦제시문 (나)에서 소개된 '감시시설'과 제시문 (가)에서 논의한 '빅데이터'의 **유사점들과 차이점들을 서술**하시오. (연세대 2016 사회 편입 문제1-1)

- 문제 안에서 '공통 주제'를 밝히되, **형이상학적 물음**이 주종을 이룬다.

→ 형이상학적·철학적 물음을 공통 주제로 하여 논제를 구성하기에 문제에서 개념적 지시어를 밝히는 것이 일반적이다. 그렇더라도 주제 개념이 관념적·추상적인 탓에 논술자가 **주제 개념을 논제의 물음에 맞게 개념화하고, 주제 개념을 따라 논의를 심층화·다각화하여 논증하는 것은 상당히 버겁다.**

- 일반적으로 **세 개의** 제시문을 주고, 각각을 **비교·분석**할 것을 문제에서 요구한다.

→ 각 제시문의 핵심 논지를 정확히 이해한 후, 이를 바탕으로 '**주제 개념**'에 담긴 여러 논의점들(관점·논점·쟁점)을 특히 차이점을 중심으로 **다각적으로 서술**할 것을 요구한다. 이때 각 제

시문에는 다양한 논의점이 혼재되어 있기 때문에 이것을 **핵심 사안별(즉, 비교 기준)로 묶어 구분해 낼 수 있어야** 하는데, 문제는 이것이 쉽지 않다는 것이다.

연세대의 '비교하라'는 논제 서술형 문제 해결의 포인트는 이것으로, 먼저 비교 목적에 맞는 비교 기준(세부 논점)을 적절히 설정하고, 이후 그 기준에 맞게 비교 대상을 구분(즉, 제시문 특정)한 후, 이어서 비교 내상별 비교할 내용(즉, 공통점과 차이점)을 정확히 서술할 수 있는가가 관건이 된다. 따라서 연세대 '비교하라'는 논제 서술형 문제는 **'비교 기준별 기술 방식'**으로 기술되는 것이 일반적이다.

■ 주제 개념의 상세로서의 **논점을 세분화**(세부 논점, 관점)해서 찾아 밝힌 후 이를 개념화하여 체계적으로 정리할 수 있어야 하며, 그것에 맞추어 타당한 **논리적 근거**를 제시해야 한다.

→ 개념에 대한 올바른 이해가 중요하다. 주제 개념으로부터 이어지는 유개념(범주와 부류)과 종차(개별적 특성)는, **'공통 주제-비교 기준(관점)-비교 대상(제시문 특정)-비교 내용(세부 논지)'**으로 이어진다. 따라서 각 과정에서의 **내용적인 층위와 범위를 명확히 구분하고 동등하게 설정**할 수 있어야 한다(특히, 비교 기준이 되는 관점·논점을 적절히 끼워 넣어야 한다). 그리고 그것에 맞추어 비교할 내용을 타당하고 풍부한 논거로 뒷받침하면서 글 내용을 기술해야 한다.

■ 당연히 제시문을 '**비교하고 또 비교**'해 가면서 논점과 논거를 찾아 구체적으로 밝혀야 한다.

→ 만약 문제 안에 '비교하라'는 문안이 직접 명기되었을 경우(물론 모든 문제에 해당하는 것은 아니지만), 제시문의 심도 깊은 분류·비교·분석 과정을 통해 '비교 기준'과 '비교 대상'을 명확히 설정한 후, 이를 기반으로 '공통 주제-**비교 기준으로서의 논의점(관점, 세부 논점)-비교 대상별 논의의 요지(세부 논지)'**를 담은 **'비교 기준별'** 설명 방식을 활용하여 글 내용을 체계적으로 서술해야 한다(물론, 이는 다양한 비교 유형 중의 하나일 뿐이며, 다양한 비교 분석을 통한 개념의 심층적 분석을 요구하는 것이 연세대 인문논술 문제의 특징이기도 하다).

이때 비교 기준을 명시하는 논의점(용어 또는 서술) 파악이 어려운 이유는 **그것을 지칭하는 적절한 용어나 서술이 제시문에 명기되어 있지 않은 경우가** 일반적이기 때문이다. 따라서 이것을 여하히 찾아 밝혀낼 수 있는가가 연세대 '비교하라' 유형의 논술 문제 풀이에 있어서의 가장 큰 관건이자 핵심 포인트가 된다.

■ 논점(관점)의 파악은 '맞다, 틀리다'는 식의 사안이라기보다는 **'적절·타당한가, 더 적절·타당한가'**가 관건으로, 논점을 지지하는 논거가 적절하고 타당하면 그것으로 족하다.

→ 연세대 입학담당자가 밝혔듯이, 논술 문제의 명확한 정답(즉, 주제 개념과 논의점을 비교하여 구체화한 적절한 용어와 서술어)은 따로 두지 않으며, 그 **논의점을 뒷받침하는 적절하고 타당하며 설득력 있는 근거(논거)**를 제시하면, 그것만으로도 작성 답안은 높은 평가는 물론 독창성까지도 인정받게 된다.

❻ 연세대 논술 1번 문제 '비교하라' 논제 서술형 문제, '삼자 비교' 풀이 요령

(1)포인트1_ **삼자 비교를 위한 형식적인 틀은 없다.**

… 제시문을 억지로 도식화해 가면서 비교하려 들지 말 것.

(2)포인트2_ **비교 기준 설정이 중요하다.**

… 비교 목적에 맞춰 논의점을 정확히 파악해야 한다.

(3)포인트3_ **비교 대상을 동등하고, 공정하며, 일관되게 서술해야 한다.**

… 제시문의 핵심 논지를 정확히 이해한 후, 이를 비교 기준에 맞추어 판별해 낼 수 있어야 한다.

(4)포인트4_ **논거의 충실성에 달렸다.**

… 비교 대상별 관점 차이를 다각적으로, 구체적이며, 충실하고, 타당하게 서술해야 한다.

(1)포인트1_ 삼자 비교를 위한 형식적인 틀은 없다

다음은 〈연세대 2016 사회 수시 논술 관련, 선행 학습 영향 평가 결과 보고서〉에 실린 내용으로, 대학에서 밝힌 채점 기준의 일부이다.

세 가지 제시문의 핵심 논지를 정확하게 이해하고, '진정성 있는 사람'에 대한 상이한 관점의 차이를 다각적으로 서술할 경우. 단, 제시문들을 비교할 때 꼭 (가)와 (나), (나)와 (다) 혹은 (가)와 (다)로 두 개씩 짝을 지워 병렬적으로 비교·분석할 필요는 없다… 채점 기준 (上)

이것이 무얼 의미하는 걸까? 연세대 '비교하라' 논제 서술형 문제는 제시문을 세 개 주고서 이를 서로 견주어 가며 답(논증)할 것을 요구한다. 따라서 비교 대상인 제시문들은 다음과 같은 다양한 비교 스펙트럼을 구성할 수 있다. 이는 각 제시문 안에는 비교할 그 '무엇', 다시 말해 비교할 '거리(a, a', a''…)'가 여럿 들어 있을 수 있음을 뜻한다.

연세대 '비교하라'는 논제 서술형 문제의 경우에는, 양자 비교든 삼자 비교든 관계없이, 비교 기준에 근거하여 각 제시문에 담긴 논의점(관점·논점·쟁점)을 보다 심층적·다면적으로 파고들어가며 비교 논증해야 한다. 때문에 ㈎의 '비교 대상별 기술 방식'을 사용하여 제시문별 비교 내용을 일괄적·일률적으로 비교하기에는 다소 무리가 따른다.

이는 다음 두 가지 이유 때문이다. 첫째, 앞서 말했듯이 제시문이 세 개 주어지는 탓에 비교 대상을 ㈏, ㈐, ㈑처럼 '다양한' 스펙트럼으로 특정할 수 있다. 물론 그 '다양함'은 비교 기준(관점, 세부 논점)에 철저히 귀속되며, 각 제시문 안에는 각각의 비교 기준에 부합하는 '다양한' 비교 내용(대비점과 논의점)이 혼재되어 기술되어 있다. 따라서 그 부분들을 비교 기준에 맞게 일괄 정리하여 개념화한 후, 비교 대상별로 제시문을 서로 견주어 가면서 관련한 내용을 체계적으로 서술하면 된다.

만약 비교 기준과 비교 대상을 일치시키려고 들(비교 기준을 세우지 않는다는 말이 더 적절할 듯하다) 경우에는 ㈎의 '비교 대상별 기술 방식'으로 글 내용을 기술하면 된다. 제시문들을 읽고 내용면에서의 유사점과 차이점을 구분 짓는 적절한 논의점(즉, 비교 기준)을 정확히 설정하기 어렵다면, 각 제시문별로 이를 포괄적으로 비교하면서 글 내용을 기술하는 것도 생각할 수 있을 것이다. 이 역시 '비교'라는 설명의 진술 방식의 하나이기 때문이다.

그렇더라도 알고 있어야 할 것은 이것이다. 먼저 이런 식의 비교는 아래 연세대 설명처럼, '제시문의 논의점을 적극 비교·대조하기보다는 **제시문 각각의 논의점을 단순 요약하고 글 내용을 병렬적으로 나열하는 수준에 그치고** 만다. 한마디로, '비교하라'가 아닌, '설명하라'의 글처럼 되어버리는 것이다. 따라서 이런 식의 단순 비교는 연세대의 당초 출제 의도에서 벗어날뿐더러, 대학이 제시문의 여기저기에 의도적으로 배치해 놓은 논의점들을 찾아서 이것들을 적절히 비교할 수 없게 만듦으로써, 논술자로 하여금 끝내 '논점 이탈' 내지는 '논리의 결여'를 일으키게 만든다. 결국 ㈎의 '비교 대상별 기술 방식'은 연세대 '비교하라' 논제 서술 과제를 해결하기에는 그리 적절치 않음을 알 수 있다. 참고로 '논점 이탈', '논거 부족', '논리의 비약'은 논술 답안 작성에서 가장 피해야 할 것들이다.

둘째, 연세대의 경우 제시문 가운데 **어느 하나는 대립하는 두 논점을 함께 담아** 출제한다(반드시 그런 것은 아니다). 무슨 말인가 하면, 제시한 어느 한 지문에 양립하는 두 관점(세부 논점)을 함께 담아 출제함으로써, 이것이 다른 제시문의 어느 하나와 내용(즉, 관점, 세부 논점)면에서 각각 관계를 맺게끔 글 내용을 구성한다는 것이다. 이를 다음 예를 통해 설명하면 다음과 같다. 제시문 (가)에 담긴 두 관점을 (가)-a, (가)-a'라고 하자. 이때 (가)-a는 세부 비교 기준 A의 관점에서 볼 때 제시문(나)-b와는 '이런저런 측면에서' 유사점을 보이는 반면, (가)-a'는 세부 비교 기준 A'의 관점에서 볼 때 제시문(나)-b'와는 또 '이런저런 측면에서' 차이를 보일 때, 둘은 아래의 ㈃의 기술 방식처럼 비교될 수 있다. 이는 연세대 '비교하라' 논제 서술형 문제에서 가장 보편적으로 나열되는 비교 기술 방식이라 할 수 있는데, ㈃는 아래 [사례5]의 필자 예시 답안을 도식화한 것이다.

양립하는 두 관점이 공존하는 것을 두고 '딜레마의 상황'이라고 하는데, 연세대 '비교하라' 논제 서술형 문제의 가장 큰 특징의 하나가 바로 이것이다(참고로, 딜레마는 그리스어로 '두 개'라는 뜻의 '디(di)'와 '명제'라는 뜻의 '레마(lemma)'의 합성어다. 따라서 딜레마의 상황을 논리적으로 '모순'된 상황으로 받아들여서는 안 된다). 말하자면, 연세대는 특정 제시문 안에 딜레마의 상황을 만들어 놓은 다음, 그 양립하는 상황(주장)과 다른 제시문 내용과의 논리상의 차이점을 찾은 후, 제시문들을 서로 견주어 가면서 세밀하게 비교하라고 묻는다. 그렇게 되면, 딜레마의 상황을 담은 제시문은 비교 기준별로 각기 다른 비교 대상과 차이점을 견주게 되는데, 이때 그 제시문에 함축된 논리상의 미묘한 차이점(이것을 '숨은 결론'이라고 한다)을 갖는 문장들을 찾아 글 내용을 체계적으로 비교하면서 논증하기란 결코 쉽지 않다. 이를 다음 [사례5] 예시 답안과 제시문(가)를 통해 확인할 수 있을 것이다.

[사례5]의 제시문(가)는 김훈의 소설 『남한산성』의 일부를 발췌한 글이다. 글을 따라 읽다보면, 주전파인 김상헌과 주화파인 최명길 둘 다 '화친'의 필요성에 대해서는 의견의 일치를 보이면서도, 세부적으로는 "싸워가며 화친을 모색해야 한다", "죽고 나서 화친하면 뭣하냐"라고 말하면서 갑론을박하고 있음이 파악된다. 이때 글을 읽고 제시문에 명시적으로 담긴 두 관점을 살피는 것은 물론이고, 글의 속내, 다시 말해 '숨은 결론(함축)'까지 도출해 낼 수 있어야 한다. 그 핵심은 바로 강대국인 청나라와 대척하고 있는 상황에서는 영구 평화란 결코 실현되기 어려우며, 설령 어렵사리 적과 화친을 맺어 평화 상태를 유지하더라도 이는 일시적일 뿐으로, **결국에는 평화가 깨지고 만다는** 사실이다.

아래 제시문(가)의 밑줄 친 부분을 긴밀히 살피면 위 설명의 추론이 가능한데, 그 추론 결과가 중요한 이유는 다름 아닌 비교 기준 설정과 관계되기 때문이다. 참고로 제시문(나)는 칸트의 『영구평화론』에서 발췌한 것으로, 핵심 논지는 "민주정치 체제에 기반한 국가 간 협력을 통해 영구평화가 실현될 수 있다"라는 내용이다. 따라서 제시문(가)의 숨은 결론(추론한 내용)과 제시문(나)의 논지를 견주어 살피면, 두 제시문 내용이 **평화의 '실현 가능성'이란 비교 기준을 따라 서로 다른 관점을 드러낸다는** 사실을 이끌어 낼 수 있을 것이다. 그리고 평화의 실현 가능성 면에서 같은 관점을 보이는 제시문(다)와도 평화의 '지속 가능성' 측면에서 차이를 보인다는 사실을 도출해 낼 수 있을 것이다.

실제, 이제까지의 설명과 관련한 부분이 곧 [사례5] 문제의 가장 중요한 출제 의도라고 보면 된다. 이렇듯 딜레마의 상황을 담은 제시문일수록 글 내용을 깊고 세밀하게 읽으면서, 그와 동시에 다른 제시문과의 연관관계를 파악하는데 힘을 쏟아야 한다. 논술 답안의 변별력은 바로 이 지점에서 갈린다는 사실을 논술자인 학생들은 분명히 알고 있어야 한다.

제시문 (가)

(…중략…) 예조 판서 김상헌이 손바닥으로 마루를 내리쳤다. 김상헌의 목소리가 떨려 나왔다. "화친이라 함은 국경을 사이에 두고 논할 수 있는 것이온데, 지금 적들이 대병을 몰아 이처럼 깊이 들어왔으니 화친은 가당치 않사옵니다. 심양에서 예까지 내려온 적이 빈손으로 돌아갈 리도 없으니 **화친은 곧 투항일 것이옵니다. 화친으로 적을 대하는 형식을 삼더라도** 지킴으로써 내실을 돋우고 싸움으로써 맞서야만 화친의 길도 열릴 것이며, 싸우고 지키지 않으면 **화친할 길은 마침내 없을 것이옵니다.** 그러므로 화(和), 전(戰), 수(守)는 다르지 않사옵니다. 적의 문서를 군병들 앞에서 불살라 보여서 싸우고 지키려는 뜻을 밝히소서" (…중략…)

최명길은 더욱 낮은 목소리로 말했다. (…중략…) 최명길은 김상헌의 말에 대답하지 않고 임금을 향해 말했다. "예판이 화해할 수 있는 때와 화해할 수 없는 때를 말하고 또 성의 내실을 말하나, **아직 내실이 남아 있을 때가 화친의 때이옵니다.** 성 안이 다 마르고 시들면 어느 적이 스스로 무너질 상대와 화친을 도모하겠나이까."

(…중략…)

[사례5] 제시문 (가), (나), (다)는 평화에 대한 다양한 주장을 포함하고 있다. 각 제시문을 **비교·분석**하시오. (연세대 2017 인문 수시)

제시문들은 '평화'에 대한 다양한 주장을 담고 있는데, 이를 비교·분석하면 다음과 같다. 먼저, 평화의 '실현 가능성' 측면에서 볼 때, (나)와 (가), (다)는 대비된다. (나)는 국가 간 협력을 통해 영구 평화가 실현될 수 있다고 주장한다. (나)에 따르면, 민주 공화제 하에서 국민들은 자신은 물론 국가 간 상호 이익에 위배되는 원치 않는 전쟁에 결코 동의하지 않을 뿐 아니라, 자유 무역을 통한 국가의 부의 유지를 위해서도 전쟁의 발발을 반대한다. 그 결과, 모든 국가는 시민의 권리 보장을 위해 국제적 유대를 강화하는 방향으로 나아가고, 그에 따라 모든 적대 행위는 종식되고 영구 평화는 이뤄질 수 있다고 주장한다.

반면 (가), (다)는 국가 간 이해관계의 충돌로 인해 영구 평화는 현실적으로 어렵다고 본다. (가)의 주전론자인 김상헌과 주화론자인 최명길은 청나라의 항복 요구를 문서를 놓고 서로 다른 해결책을 제시하며 대립하지만, 그럼에도 양측 모두 평화가 실현될 수 없음을 내면적으로는 인식하고 있다. 다만, 당장의 이익을 위해 적과 화친함으로써 일시적으로나마 평화를 유지하는 것이 이득인가, 아니면 대의명분에 따라 당장 나가 싸우는 것이 이득인가를 놓고 고민하면서 대립하고 있을 뿐이다. 또한 (다)에 따르면, 인류 번영이 평화의 가장 굳건한 토대라는 오늘날의 지배적인 신념이 지지받는 이유는 과학 기술 발달로 인한 지속적인 풍요가 분쟁을 불러오지 않을 거라는 전제에서 비롯된다. 하지만 물질적 자원이 계속 고갈되면서 무한대의 경제 성장은 불가능해지고, 그로 인해 경제적 이익 확보를 위한 강자의 탐욕과 질투심이 끊임없이 분쟁과 갈등을 일으키면서 평화가 깨지게 된다는 것이다… [비교 기준 A에 따라… [대상 (가)의 a, 대상 (다)의 b] vs. 대상 (나)의 c] (가), (다)는 영구 평화는 실현되기 어렵다고 보지만, 노력 여하에 따라 어느 정도는 지속될 수 있다고 본다. 그럼에도 (가), (다)는 평화의 '지속 가능성'을 바라보는 시각에서 다음과 같은 차이를 드러낸다. (가)는 적을 물리칠 수 있는 내적 역량을 키우지 않는 한 화친을 통한 분쟁과 갈등 해결은 미봉책에 불과하며, 힘없는 평화는 결코 오래가지 못한다고 주장한다. 반면, (다)는 인간의 탐욕과 이기심을 잘 억제한다면 영구 평화는 불가능하더라도 인류 이성의 노력 여하에 따라 상당 기간 평화 상태를 유지할 수 있을 것이라고 희망 섞인 주장을 펼친다… [비교 기준 A를 다시 상세한 세부 비교 기준 A'에 따라... 대상 (가)의 a' vs. 대상 (다)의 b']# 이상을 고려할 때, 평화 유지를 위한 '해결 방안'에 있어서, (가)는 '실리 추구', (나)는 '민주주의', (다)는 '욕망 억제'를 그 해결책으로 제시한다. (가)의 최명길은 강자인 청국과 일단 화친하고 후일을 도모하는 것이 국익을 위해 이롭다고 주장하면서 현실적인 이익을 앞세운다. (나)는 국민이 대표성을 갖는 민주적인 공화제를 채택해야 전쟁을 억제하고 평화를 유지할 수 있다고 주장한다. (다)는 진정한 평화의 토대를 구축하고 갈등 요소를 해결하기 위해서는 먼저 강자의 욕망부터 줄여야 한다고 역설한다… [비교 기준 C에 따라… 대상 (가)의 a″ vs. 대상 (나)의 b″, 대상 (다)의 c″] … [필자 예시 답안]

따라서 연세대 논술 공부에서 학생들이 반드시 깨달아야 할 것은 다음과 같다. '삼자 비교'를 위한 형식적인 틀이라든가, 방법적 요령으로서의 공식내지는 비법은 없다. '삼자 비교'라는 것도 결국에는 제시문을 세 개 주고 그것에 담긴 논의점(비교 내용, 즉 유사점과 차이점)을 비교 기준에 맞게 글 내용을 찾아 밝혀가며 체계적으로 정리하라는 것이지, 다른 그 무엇도 아니다. 그 논의점 은 주제 개념을 따르되, 철저히 비교 기준에 부합하는 것이어야 한다. 논제의 논의점이 특정 비교 기준에 부합하고, 비교 대상에 맞추어 적절하고 타당한 논거로 뒷받침될 수 있으면, '비교 기준별 기술 방식'은 얼마든지 다양한 모습으로 비교의 틀을 형성할 수 있다.

사정이 이러한데도 불구하고 굳이 (앞서 예시한 연세대 설명처럼) 제시문을 둘씩 억지로 나눠가 며 도식화한다거나, '특정 관점, 대립하는 관점, 둘을 종합하는 관점'의 식으로 애먼 변증법적 논 리를 들먹이며 글 내용을 유형화하려 든다면, 이것이야말로 특정 사고에 얽매여 자칫 올바른 논 증을 망칠 수 있음을 분명히 알고 있어야 한다. 오직 정확한 독해력으로부터 비롯되는 올바른 판 단 능력만이 문제 해결의 관건으로, 논술에서 괄호 넣기 식으로 유형화한 수준 낮은 글쓰기는 절 대 금물이다.

따라서 연세대 논술 답안을 보다 잘 작성하기 위해서는, 비교 기준을 적절히 잘 설정하고, 그것 에 맞게 각각의 제시문 내용을 꼼꼼히 찾아 살펴가며 비교 대상(즉, 제시문 특정)을 구분 짓고, 대 상별로 비교할 내용을 논리에 맞게 체계적으로 서술하면 된다. 당연히 비교할 대상은 전적으로 비교 기준을 따르며, 이를 따라 저마다의 다양한 비교 스펙트럼을 설정하면 된다.

이런 이유로 문제와 제시문을 읽고 논제의 요구에 맞게 비교 기준을 얼마만큼 잘 설정한 후 이 를 여하히 자기 언어로 표현할 수 있는가가 또한 관건이 된다. 제시문을 읽고 또 읽은 후, 그 안에 들어있는 논점과 논지를 잘 비교하고 분류하고 분석하여 비교 기준을 찾아낸 후, 이를 개념화하 여 적절한 용어로 서술하고, 그것에 맞게 비교 대상을 효과적으로 구분하는 작업을 단계적으로 실행해 나가야 한다. 이것을 연세대 인문 논술 1번 문제의 풀이에 대한 요령이냐고 묻는다면, 그 렇게 봐도 된다.

(2)포인트2_ 비교 기준 설정이 중요하다

'비교하라'는 논제 서술형 문제를 풀 때 알고 있어야 할 중요한 것이 있다. 그것은 **디테일의 힘** 이 크게 작용한다는 사실이다. 이를 이해하려면, 연세대 논술의 가장 큰 특징이 바로 '다면사고' 형 논술이란 사실을 깨달아야 한다. 그 핵심은 개별 교과 과정에서 습득한 지식을 창의적으로 통합하고 다면적으로 사고함으로써, 출제자가 요구하는 의도를 정확히 포착하는데 있다.

한마디로 비판적 글 읽기를 통해 지문에 들어있는 세세한 논점들을 정확히 포착하란 얘기다. 앞서 연세대가 "지문 내용을 평면적으로만 이해하고 논점을 포착하는 데 실패함으로써 적절한 대비점과 논의점들을 찾아내지 못한 답안이 많았다"라고 지적한 것에서 알 수 있듯이, 많은 학생들은 "제시문의 논의점들을 적극 비교·대조하기보다는, 세 제시문을 단순 요약하고 병렬적으로 나열"하는데 급급함으로써, 제시문 내용을 다면적·심층적으로 파고들지 못하면서 자신의 논리적인 추론 능력이 부족함을 스스로 드러내고 있다.

이것을 확인하는 것은 어렵지 않다. 앞서 연세대 '비교하라' 논제 서술형 문제 풀이의 핵심이자 관건은 '비교 기준'을 얼마만큼 정확히, 올바르게 설정할 수 있는가에 달렸다고 말했다. 연세대의 '비교하라'는 서술 과제는 주제 개념을 상세하여 이를 심층적으로 파고들며 답할 것을, 그것도 비교 기준에 맞추어 대상별 비교 내용을 보다 구체적이면서도, 체계적으로 서술할 것을 요구하는 경우가 일반적이다. 연세대 비교 서술형 문제를 풀기 어려운 이유가 이 때문으로, 비교 기준을 추론한 후 이를 적절한 어휘로 개념화해야 하기에, 그 체감 난이도는 상당하다.

그런데 학생들은 논의의 핵심이자 판단의 준거가 되는 '비교 기준'을 어떤 식으로 파악하고 또 이것을 어떠한 용어(와 어휘)로 개념화하여 서술하고 있을까? 깊게 생각하지 않고, 그저 습관화된 사고로, 아니면 도식적으로 비교 기준을 설정하고 또 그것에 맞추어 대충 논거(비교 내용, 즉 차이점과 공통점)를 이끌어 내려고 드는 것은 아닌가?

만약 그렇다면, 그 결과는 어떠할까? 이것을 확인하기 위해 다음 [사례6] 예시 답안들을 각각 비교하여 살펴보자. [사례6]의 ①은 필자가 작성한 예시 답안이고, ②는 다른 논술학원에서 작성한 강사 예시 답안이다. 논의의 핵심만을 말하면, ②처럼 '비교 기준'을 애매하게 설정할 경우, 답안은 다음과 같은 문제점을 드러내게 된다.

먼저 **비교 기준을 명확하게 설정하지 못함으로써 비교 기준의 중첩이 일어나고, 그에 따라 같은 내용을 거듭 되풀이하면서 설명하는 '동어반복'의 오류를** 범하게 된다. [사례6]의 ②는 먼저 '죽음을 인식하는 주체'를 비교 기준으로 설정한 후, 이에 근거하여 '인간- (가)와 (다) vs. 고릴라(동물)- (나)'를 비교 대상으로 구분하는 한편 비교 대상인 인간과 동물 간의 '죽음에 대한 해석을 각각 달리한다'라고 주장하면서 논의(즉 비교 내용, 차이점)를 펼치고 있다(비교 기준1). 그리고는 이어서 '인간의 죽음에 대한 해석 차이'를 또 다른 비교 기준으로 설정한 후, (가)와 (다)를 비교 대상으로 구분하여 논의를 거듭하고 있다(비교 기준2).

그렇게 해서, ②는 '죽음에 대한 해석'을 비교 기준으로 설정한 후, 비교 대상을 '인간과 동물, 인간과 인간'으로 구분함으로써, 비교 내용을 중복하여 설명하는 결과를 가져오고 말았다. 이는 비교 기준별 비교 내용, 즉 논지의 핵심을 살피면 단박에 드러난다. 비교 기준1의 '죽음은 삶을 초월한 상태이거나(가), 삶과 단절된 상태이다(다)'와 비교 기준2의 '죽음은 삶을 초월한 상태이면서 동시에 삶의 연장이다(가) vs. 죽음은 삶과의 단절이기에 부정적으로 인식된다(다)'라는 서술은 궁극적으로는 같은 내용을 반복하여 설명하는 것일 뿐, 크게 다르지 않다.

그 결과 비교 대상별 비교 내용, 즉 유사점과 차이점이 분명하게 드러나지 않으면서 논의의 '공정성'을 훼손하고 말았다. 앞서 설명한 것처럼, 비교의 공정성 문제는 비교 대상별 비교 내용의 **우열을 가리기 위한 목적일 경우에 더욱 민감한** 문제가 된다. 당초부터 '죽음을 인식하는 주체에 있어 (가)와 (다)는 인간을 (나)는 고릴라를 보여준다'라고 비교 대상을 비교 기준으로 범주화하는 것 자체가 문제된다. (2)는 비록 범주는 대등할지 모르나 공정성에 문제가 있어 비교 자체가 의미 없는 경우라 할 수 있다.

일반적으로 비교와 대조의 대상들은 **'같은 범주에 속하는'** 것이어야 하며, **'하나의 기준이 적용되어야'** 한다는 것을 원칙으로 한다. 이를테면 동물의 범주에 속하는 개와 고양이, 곤충의 범주에 속한 나비와 거미를 비교해야 한다. 또 개와 고양이의 울음소리를 기준으로 비교하거나 외양을 기준으로 비교해야지, 두 기준을 혼용하여 '개는 멍멍하고 짖는데, 고양이는 잘록하니 날렵하다'는 식으로 비교하는 것은 잘못된 비교에 해당한다. 좋은 비교와 대조를 활용하기 위해서는 비교 대상의 특성을 면밀히 관찰하고 분석하는 것이 중요하다. 그래야만 비로소 대상별 유사성과 차이가 선명해지며, 대상을 비교하는 이유와 의의가 뚜렷하게 드러난다.

다음으로, **비교 기준이 불분명하고 부정확할수록 비교 대상은 동등하고, 공정하며, 일관되게 기술하기 어렵다.** 앞에서 설명한 것이기에 여기서는 생략하겠지만, 그렇더라도 [사례1]의 ㈐의 답안을 통해 다음과 같은 강조점을 직접 확인할 수 있을 것이다. 제시문에 드러난 비교 기준을 정확히 살피면서 논점을 좀 더 심층적으로 그리고 다각적으로 논증해야 함에도 불구하고, 그렇지를 못하고 대충 어림짐작으로 비교 기준을 설정한 후 그것에 맞게 답안을 작성하게 되면 자칫 논리는 겉돌고 논증은 공허해지고 만다.

중요하고 또 중요하기에 거듭 강조하는 것이지만, 연세대 '비교하라' 논제의 해결은 '비교 기준' 설정 능력에 달렸음을 분명히 알고 있어야 한다. 특히 추상적·형이상학적인 주제를 주고 글 내용을 '비교하라'고 묻는 유형의 논제일수록, **'비교 기준'이 명확해야 논의를 구체화하면서 체계적으로 논증할 수** 있다는 사실을 반드시 기억할 것.

[사례6] 제시문 〈가〉, 〈나〉, 〈다〉에 나타난 죽음에 대한 태도를 **비교**하시오. (연세대 2011 인문 수시 문제1)

① (가), (나), (다)는 죽음을 바라보는 서로 다른 태도를 보여준다. (가)에 의하면, 인간은 죽음을 자신의 고유한 삶을 넘어서서 생각하는 특수성을 띤다. 즉, 인간 존재를 영구히 보존하는 방식으로 매장을 선택하게 되는데, 이는 죽음이 끝이 아니며, 죽은 자와 함께 머무르고자 하는 인간됨의 근본 현상에 따른 것이다. (나)에 나타난 관찰 결과 역시 죽음에 대한 또 다른 태도를 보인다. 집단 내의 한 고릴라가 죽게 되면, 우두머리의 하나가 죽은 고릴라를 계속해서 때리고, 다른 고릴라들은 주위에 몰려들어 이런 행동을 지켜보며, 죽은 고릴라와 가까운 고릴라들이 신체적인 접촉을 하는 등의 지속적인 관심을 보이는 등, 죽은 고릴라에게서 모종의 반응을 이끌어내려 한다. (다)에 의하면, 사람들이 죽음에 대한 생각 자체를 기피하는 것은 삶에 대한 애착 때문인데, 그렇기에 그 애착은 삶의 즐거움이 아니라 죽음에 대한 공포를 피하고자 더욱 삶에 집착하는 그런 애착으로 나타난다.

이렇듯 (가), (나), (다)는 죽음에 대한 **인식**과 이를 받아들이는 **태도**, 죽음의 본질적 **특수성**에 있어서 차이를 보인다. (가)는 죽음을 긍정적이고 수용적으로 보는 반면, (다)는 부정적이고 배타적으로 인식한다는 점에서 대비된다. 반면, (나)는 삶과 죽음의 경계를 제대로 인식조차 못한다. 이런 점에서 볼 때, **사람과 동물은 죽음에 대한 인식에 있어 차이를 보이며, 또한 사람 간에서도 인식의 차이는 극명히 엇갈림을** 알 수 있다.

이는 죽음을 받아들이고 수용하는 태도에 있어서도 마찬가지이다. 먼저, 인간의 죽음에 대한 수용 태도는 복잡한 양상을 드러낸다. (가)는 죽음을 삶의 일부, 또 다른 삶의 연장으로 받아들인다. 그렇기에 죽은 자를 산 자 옆에 꽉 붙잡아 놓고자 한다. 즉, 죽음은 죽음 이상의 그 무엇으로 승화되어야 한다고 본다는데, 그렇기에 죽음은 영원불멸하기에 자연적 삶의 본능을 거스르는 매장 문화를 통해서까지 실천해야 하는 인간 윤리로 이어진다. 반면, (다)는 죽음을 느닷없이 다가오는 공포로 여기고, 죽음에 대한 생각 자체를 기피하고 배척하려 든다. 즉, 죽음은 우리의 현세적 삶에 결코 도움이 되지 않으므로 이에 대한 일체의 생각과 서둘러 단절해야 한다고 본다. 죽으면 그것으로 끝이라는 것이다. 이렇듯 죽음에 대해 복잡한 감정을 표출하는 인간과는 달리, 동물의 경우에는 그렇지 않고 본능에 충실한 모습을 보인다. (나)에서처럼 동물은 단순히 움직이지 않는다고 해서 이것을 죽음으로 받아들이지 않고, 계속해서 관심을 보이며 죽은 대상으로부터의 반응을 이끌어내려 한다. 동물에게 있어서의 죽음은 처음에는 단지 움직임이 일어나지 않는 삶의 비일상적인 상황으로 인식되다가, 결국 시간의 흐름과 함께 자연 질서의 한 현상으로 인식되면서 마침내 죽음을 받아들이게 된다. 그리고는 점차 일상으로 돌아오게 되는 것이다.

이상을 통해 사람과 동물 간에 죽음을 바라보는 뚜렷한 차이는 결국 **이성과 본능, 사고와 감정의 작동 관계**

에서 비롯됨을 알 수 있다. 즉, 사람은 죽음에 대해 감정을 넘어 선 이성의 힘이 작동되는 반면, 동물의 경우에는 본능적인 느낌에 충실하게 행동할 뿐이다. 그 결과 인간은 죽음을 매장 문화라는 인간만의 독특한 사회규범으로 보편 윤리화시켰다. 이것이 죽음을 또 다른 삶의 연장으로 승화시킴으로써 인간성의 한계를 극복하고자 함이든, 아니면 죽음에 대한 공포로부터 벗어나고픈 인간 본연의 속성에 따른 것이든, 오직 인간이기에 죽음을 특별하게 받아들이고 문화화하려 든다. … **[필자 예시 답안]**

■ 죽음에 대한 인식_ (가) vs. (나) vs. (다)

· (가): 긍정적이고, 수용적이다.

· (나): 삶과 죽음의 경계를 제대로 인식하지 못한다.

· (다): 부정적이고 배타적이다.

■ 죽음을 받아들이는 태도_ [(가) vs. (다)] vs. (나)

· (가): 죽음을 삶의 일부, 또 다른 삶의 연장으로 받아들인다. 그렇기에 죽은 자를 산 자 옆에 꽉 붙잡아 놓고자 한다.

· (나): 단순히 움직이지 않는다고 해서 이를 곧바로 죽음으로 받아들이지 않고, 한동안 계속해서 관심을 보이며 반응을 이끌어 내려 한다.

· (다): 죽음을 느닷없이 다가오는 공포로 여기고, 죽음에 대한 생각 자체를 기피하고 배척하려 든다.

■ 죽음의 특수성_ (가) vs. (다) vs. (나)

· (가): 죽음은 영원불멸하기에 자연적 삶의 본능을 거스르는 매장 문화를 통해서까지 실천해야 하는 인간 윤리이다. 즉, 죽음은 죽음 이상의 그 무엇이 있다.

· (나): 죽음은 움직임이 일어나지 않는 삶의 비일상적인 상황이어서, 폭행을 가해서라도 움직이게 만들어 놔야 한다고 본다. 그렇더라도 결국 죽음은 자연 질서의 한 현상일 뿐이라는 사실을 인식하게 된다.

· (다): 죽음은 결코 우리의 현세적 삶에 도움이 되지 않으므로 서둘러 단절해야 한다. 즉, 죽으면 그것으로 끝이다.

② 제시문들은 '죽음'이라는 공통 주제를 중심으로, 죽음에 대한 서로 다른 인식이나 반응을 보여주고 있다. 죽음을 인식하는 주체가 인간이냐 동물이냐에 따라 다른 해석이 나타난다. 또한 인간들 사이에서도 죽음에

대한 해석이 서로 다르다는 것을 알 수 있다. 이러한 과정에서 특히 죽음과 삶과의 관계도 서로 다르게 해석한다.

먼저 죽음을 인식하는 **주체**에 있어 (가)와 (다)는 인간을 (나)는 고릴라를 보여준다. 이를 통해 인식 주체에 따라 죽음에 대한 **해석**이 달라짐을 알 수 있다. (가)와 (다)는 죽음을 삶을 초월한 상태이거나 삶과 단절된 상태로 인식한다. (가)에서는 이것이 삶과 죽음을 사유할 수 있는 인간의 특수성 때문이라고 설명한다. 이와는 달리 (나)에서는 고릴라의 죽음을 일상적인 반응이 없는 비일상적인 상태로 본다. 건강한 고릴라가 죽은 고릴라에 대하여 반복적인 폭력을 행사하는데, 이는 죽은 고릴라에게 반응을 이끌어 내기 위한 것이다. 일상적인 상황에서라면, 폭력에 대한 반응이 있었을 것이기 때문이다. 또한 죽은 고릴라의 새끼가 어미의 젖을 먹으려고 하는 행위나 어린 고릴라들이 지속적인 관심을 보이는 것은 죽음을 수용하는 것이 아니라 부정하는 행위로 볼 수 있다. 즉, 고릴라들에게 죽음은 삶의 일상성에서 벗어난 비일상적인 상태라고 볼 수 있다.

다음으로는 인간의 죽음을 **해석**하는 것도 서로 다르다. (가)에서는 인간이 죽음을 삶을 초월한 상태이며 동시에 삶의 연장으로 받아들인다고 본다. 특히 매장 풍습은 죽은 사람을 산 사람과 함께 두고자 하는 것으로, 삶과 죽음이 단절된 것이 아닌 연속적인 것으로 인식하는 것을 알 수 있다. 이는 자연의 법칙을 거스르는 것이다. 반면 (다)는 인간이 죽음을 회피하거나 거부하려는 것을 보여준다. 죽음은 삶과의 단절이기 때문에 인간은 죽음에 대한 공포를 갖게 된다. 특히 무덤은 죽음을 삶 속으로 끌어들이는 행위가 아니라 삶의 영역에서 격리하는 것이다. 이는 죽음을 부정적인 것으로 인식하는 특성을 보인다. … **[모 편입논술 학원에서 작성한 예시 답안]**

- ■ 죽음을 인식하는 주체_ [(가), (다)]…인간 vs. (나)…동물
- • (가)와 (다): 죽음은 삶을 초월한 상태이거나(가), 삶과 단절된 상태이다(다).
- • (나): 일상적인 반응이 없는 비일상적인 상태이다.

- ■ 인간의 죽음에 대한 해석_ (가) vs. (다)
- • (가): 죽음은 삶을 초월한 상태이면서 동시에 삶의 연장이다.
- • (다): 죽음은 삶과의 단절이기에 부정적으로 인식된다.

(3)포인트3_ 비교 대상을 동등하고, 공정하며, 일관되게 서술해야 한다

그렇다면 '비교하라'는 서술 과제는 답안을 어떤 식으로 작성해야 할까? 공통 주제가 묻는 다양한 비교 기준에 맞게끔 비교 대상별로 비교할 내용(관점, 세부 논점)을 찾아 밝혀가며 심층적으로 논증해야 하는 경우에는 글의 논리적인 흐름과 답안의 체계적인 구성에 무척 신경 써야 한다. 그만큼 논리가 도출되는 과정이 복잡하기 때문으로, 특히 비교 기준 각각을 개념적으로 규정하고 적절한 용어로 찾아 밝히는 것은 아직 논리 훈련이 덜 되어 있는 학생들에게 있어서는 가장 해결하기 어려운 과제이다.

이제까지 설명했듯이, 연세대 인문 논술 1번 문제 '비교 분석'하라는 서술 과제의 요구를 충족하는 답안은 크게 다음 두 형식으로 서술된다. 그 하나는 제시문 전체를 관통하는 논의의 구심점이 되는 공통 주제의 하위 개념이자 소주제의 역할을 담당하는 비교 기준을 설정한 후, 그것에 맞게 비교 대상별 비교 내용을 담은 논의점들을 찾아 밝히되, 특히 차이점에 주목하여 글 내용을 서술하는 것이다.

다른 하나는 비교 기준을 생략하고 비교 대상별로 비교할 내용, 즉 공통점과 차이점을 찾아 밝히면서 글 내용을 서술하는 것이다. 그렇더라도 첫 번째 방법으로 답안을 작성하는 것이 좀 더 높게 평가받을 수 있음은 물론이다. 다시 말해 비교할 논점을 명확히 제시하면서 답안을 작성해야 보다 잘된 논증을 구성하고 체계적인 논술 답안을 작성할 수 있다.

이때, 두 번째 서술 방법은 특히 다음을 주의해야 한다. 첫째, 논리적인 오류를 피하고 논리의 흐름을 따라 답안을 구성하기 위해서는 반드시 **'비교 기준+ 비교 대상별 논의점(논지와 논거)' 순으로 글 내용을 서술해야** 한다. 만약 그렇지를 않고 이를 뒤바꿔 '비교 대상별 논의점+비교 기준' 순으로 답안을 서술할 경우에는 글의 체계가 제대로 잡히지 않고, 전체적인 맥락에서 글의 논리적인 흐름을 깨뜨릴 수 있다.

다시 말해, 합격 답안으로 이끌기 위해서는 **'공통 주제→비교 기준(관점·논점)→(비교 대상별) 비교 내용(공통점과 차이점)'**의 순서로 답안을 구성해야 논리의 체계가 제대로 잡힌다. 이때 **비교 기준을 명확히 설정하고 이를 어떻게 적절한 용어로 정리하여 서술할 수 있는가가** 답안 평가에 있어서의 플러스알파를 받는 요인으로 작용한다. 그 플러스알파가 무엇을 의미하는지는 굳이 말하지 않아도 알 수 있을 것이다.

둘째, '비교 기준'과 '비교 내용' 간에는 **논리의 정합성과 논의의 일관성을 유지해야** 한다. 무슨 뜻인가 하면, 비교 기준과 비교 내용은 주제가 논의하고자 하는 주된 관심사 내지는 주제 개념의 지향성('관점·논점'이라고 보면 된다)을 특정한 방향으로 깊게 끌고 들어가면서 논증하기 위해 구분 지어 놓은 사고 체계로, '비교 기준'과 '비교 내용' 간에는 특정 관점에 맞게 논의해야할 비교 내용들이 논리적으로 연결되게 마련이다. 따라서 둘 사이에는 반드시 내용면에서 연관되고 또 논리적으로 일관되어야 하며, 개념적으로도 '상위 개념(유개념)-상위 개념에 종속된 하위 개념(종개념)'으로 체계적으로 질서 있게 연결되어야 한다. 그래야만 잘된 논증을 이끌어 낼 수 있다.

이제, 이것이 무얼 의미하는지를 살펴야 할 것 같다. 다음 [사례7]의 학생들이 작성한 연세대 합격 답안 및 필자가 작성한 예시 답안을 서로 견주어가며 읽어 보자. 이때 비교 기준을 설명하는 적절한 개념어, 단락별 논증 구성 형식 및 답안 기술 내용에 특히 주목해서 개별 작성 답안을 주의 깊게 읽어보기 바란다. 그리고 이어서 학생 작성 답안별로 그 안에 담긴 관점 및 세부 논점에 대해 필자가 이를 개념적으로 도식화하여 설명한 것도 함께 살펴보기 바란다.

[사례7] 제시문 (가), (나), (다)에 공통된 **주제어를** 찾고, 이를 바탕으로 제시문 (가), (나), (다)를 **비교하시오.**
(연세대 2013 인문 수시 문제1)

① 제시문 (가), (나), (다)의 공통 주제어는 아름다움이다. (가)는 매화의 아름다움, (나)는 부석사의 아름다움, (다)는 여성의 아름다움을 다루고 있다. 세 제시문은 공통적으로 아름다움에 관하여 논하지만, 각기 아름다움의 의미나 본질에 있어서는 차이를 보인다. 아름다움에 있어서의 인위성 개입 여부로 본다면, (가)는 (나), (다)와 대비되고, 그 인위성의 진정성 여부로 본다면 (나)는 (다)와도 구분된다.
먼저 아름다움에 있어서의 **인위성 개입 여부**라는 기준에서 본다면, 인위성을 철저히 거부하는 (가)는 그렇지 않은 (나), (다)와 구분된다. (가)는 문인화가가 매화를 인위적인 기준에 부합하기 위해 변형 또는 파괴하는 걸 비판한다. 즉 매화의 아름다움은 휘어지거나 틀어지거나 성기어야만 발현되는 것이 아니라고 보는 것이다. 매화는 순리대로 존재하는 것이 아름답다고 보며, 따라서 아름다움에 있어서의 인위성은 배격되어야 한다는 것이다. 반면에 (나)와 (다)는 아름다움에 있어서의 인위성의 개입을 인정한다. (나)에서는 부석사가 더욱 아름다울 수 있는 이유를 인간에 의한 인위적인 개입을 통한 부석사와 자연의 조화 때문이라고 본다. (다)에서는 우아함은 여성이 행하는 인위적인 행동을 통하여 구현된다고 본다.
하지만 (나)와 (다)가 모두 아름다움에 있어서의 인위성의 개입을 인정하지만, 그 **인위성의 진정성 여부**라는 기준에서 본다면, (나)와 (다)는 대비되기도 한다. 즉 철저하게 계산된 인위성인 (다)와 그렇지 않은 (나)로 대비된다. (나)는 자연과 건축물과의 조화를 중요시하는 입장이다. 따라서 이는 진정한 의미에서의 인위와는 거리가 있기 때문이다. 물론 부석사의 제작이나 배치 등은 분명히 인위성의 개입이지만, 궁극적인 의도는 자연과의 조화에 있으므로 인위성과는 다소 거리가 멀다고 볼 수 있는 것이다. 반면에 (다)는 여성이 타인에게 우아하고 아름답게 보이기 위하여 치밀한 계산을 한다고 보는 입장이다. 그러므로 진정한 의미에서의 인위성이 개입된다고 볼 수 있는 것이다(출처: 대치동 ○○논술학원). … **[연세대 수시 일반 선발 합격 학생의 답안1]**

※합격 답안을 비교 기준을 따라 비교 내용의 핵심(또는 논점상의 차이점)을 도식화하면,
- **아름다움에 대한 인위성 개입 여부에 따라 구분할 경우… 인위성 거부(가) vs. 수용(나, 다)**
- **인위성의 진정성 여부에 따라 구분할 경우… 계산된 인위성(다) vs. 자연과의 조화를 중시(나)**

② 주어진 제시문들은 공통적으로 '순리의 아름다움'에 대하여 서술하고 있다. 그리고 각 제시문들은 이에 대한 다양한 예시를 담고 있다.

제시문 (가)는 매화에 대한 이야기를 통하여 순리의 아름다움을 말한다. 제시문 (가)의 저자는 매화에 대한 사람들의 인위적 행동을 비판한다. 이 인위적 행동이란 매화를 휘어지고 틀어지고 성기게 하는 작업이다. 이 행동들은 매화를 병들게 한다. 그리고 제시문 (가)의 매화들은 모두 병에 들어있다. 작가는 매화들을 인위로부터 해방시켜서 그들을 회복시키기로 다짐한다. 그 회복은 매화를 자연의 순리에 맡길 때 찾아온다.

제시문 (다)는 르네상스 시대 때에 여성들의 우아함을 설명하면서 순리의 아름다움을 말한다. 그 당시 여성들은 '아무런 티도 안 냄'을 연기해서 우아함을 다른 사람들로부터 획득하였다. 이런 '아무런 티도 안 냄'은 사람의 순리대로 살아가는 것과 같다. 반면 '꾸민 듯함'은 사람들의 인위를 표출하는 행동이다. 이러한 인위는 우아함과 먼 상태이다. 즉, 순리에서 벗어난 행동은 아름답지 않다는 것이다.

각 제시문들은 모두 '순리의 아름다움'에 대하여 서술한다. 하지만 서로 차이가 존재한다. 제시문 (가)는 <u>인위적 행동을 제거했을 때</u> 매화가 순리의 아름다움을 획득할 수 있다고 말한다. 그러나 제시문 (나)의 무량수전은 계획과 계산이라는 <u>인위를 통해</u> 순리의 아름다움을 획득했다. 또한 제시문 (다)도 <u>연기라는 인위를 통해</u> 순리의 아름다움을 획득했다. 그리고 제시문 (나)는 <u>주변과의 조화를 통해</u> 아름다움을 창출했다. 하지만 제시문 (다)는 <u>독자적으로</u> 아름다움을 창출했다. 이를 통해 부분적으로 보는 서양인들과 그림 전체를 보는 동양인의 특성도 알 수도 있다(출처: 대치동 ○○논술학원). … **[연세대 수시 일반 선발 합격 학생의 답안2]**

※합격 답안을 비교 기준을 따라 비교 내용의 핵심(또는 논점상의 차이점)을 도식화하면,

- **순리의 아름다움 차이(1)··· 인위적 행동을 제거해야(가) vs. 계산적 인위를 통해(나) vs. 꾸민 듯 안 꾸민 인위를 통해(다)**
- **순리의 아름다움 차이(2)··· 주변과의 조화를 통해(나) vs. 독자성 발휘를 통해(다)**

③ (단락1) 제시문 (가), (나), (다)의 공통 주제는 '자연스러움과 아름다움'이다. 그러나 각 제시문은 자연스러움과 인위적 요소의 관계에 대한 **인식에서 차이점**을 보인다.

(단락2) (가)에서 <u>인위적 요소는 자연스러움의 저해요인</u>이다. 반면 (나), (다)에서 인위적 요소는 <u>자연스러움에서 아름다움을 이끌어 내는 요인</u>이다.

(단락3) 그러나 (나)와 (다)는 자연스러움에서 인위적 요소의 기능에 대해 서로 다른 관점을 보인다. (나)에서 인위적 요소의 기능은 <u>자연스러움과의 조화</u>이다. (가)와 같이 아름다움의 기준이 순리이기 때문이다.

(단락4) (다)의 입장에서 인위적 요소의 기능은 <u>자연스러움의 본질</u>이다. 꾸민 듯함과 아무렇지 않은 듯함의 본질은 행동을 꾸미는 것으로 같지만, 표면으로 드러나는 것의 차이이다. 따라서 인위적 요소는 표면적으로 드러나느냐의 여부에 따라 자연스러움의 본질로서 기능한다(출처: 대치동 ○○논술학원). ··· **[연세대 수시 일반 선발 합격 학생의 논술 답안 레이아웃]**

※합격 답안을 비교 기준을 따라 비교 내용의 핵심(또는 논점상의 차이점)을 도식화하면,

- **아름다움에 대한 인식의 차이에 따라 구분할 경우··· 인위적 요소는 아름다움의 저해 요인(가) vs. 아름다움을 이끌어 내는 요인(나, 다)**
- **아름다움을 유발하는 인위적 요소의 기능에 따라 구분할 경우··· 자연스러움과의 조화(나) vs. 자연스러움의 본질(나)**

④ 제시문(가), (나), (다)는 공통적으로 아름다움에 대해 각자의 의견을 제시하고 있다. <u>제시문(가)와 (나)는 둘 다 자연과 아름다움의 관계를 중시한다.</u> 자연과의 조화나 자연스러움 등이 아름다움의 척도가 되는 것이다. 그러나 <u>제시문(가)가 아예 어느 부분도 손대지 않은 절대적인 자연 상태를 추구한다면, 제시문(나)는 일정량의 인위를 인정한다.</u> 제시문(가)의 서술자는 본연 그대로의 모습인 곧은 매화를 일부러 구부리고 잘라 내는 등의 인공적인 행위를 강하게 지적하면서, 조금의 꾸밈조차 없는 자연 상태가 가장 아름다운 것임을 주장한다. 반면 제시문(나)의 서술자는 무량수전이 주변의 능선과 풍경에 완벽히 조화를 이루도록 제작자의

의도에 의해서 고안되고 건축되었기 때문에 아름답다고 생각한다. 무량수전은 비록 인공물이지만, 주변 환경과 잘 맞도록 곱게 다듬어진 건축물이라고 할 수 있다. 이런 점에서, 아름다움을 갖추기 위해서는 자연 상태에 인위적인 손길이 필요할 수 있음을 주장하는 것이다.

아름다워지기 위해 어느 정도의 가꿈을 추구하는 제시문(나)의 이러한 관점은 제시문(다)와도 상통한다. 궁정 여인들은 우아함, 즉 아름다움의 미덕을 갖추기 위해서 속으로는 어떤 생각을 하고 무슨 의도를 가지더라도 겉모습만은 태연하고 자연스럽게 유지하도록 부단히 노력했다. 자칫 조잡할 수도 있는 속마음, 즉 그들 본연의 상태를 그대로 내보이지 않고, 다듬어 정제된 모습을 보여줌으로써 우아함의 미덕을 갖출 수 있었던 것이다. 제시문(다)가 가꿈의 초점을 자연스러운 연기에 맞춘 것과 달리 제시문(나)는 가꿈의 초점을 자연의 순리에 맞는지에 맞추었다는 차이점은 있지만, 두 제시문은 근본적으로 아름다움을 위한 인위적인 가미를 인정하고 있다. … **[필자가 가르친 학생으로, 수능 만점 받은 OO외고 학생이 작성한 예시 답안]**

※합격 답안을 비교 기준을 따라 비교 내용의 핵심(또는 논점상의 차이점)을 도식화하면,

- **자연스런 아름다움이냐 인위적인 아름다움이냐… 절대적 자연미(가) vs. 인위적인 아름다움(나, 다)**
- **인위적 아름다움에 대한 차이… 자연스럽되 형식적인 아름다움을 추구(다) vs. 인위적이되 자연미·조화미를 추구(나)**

→ 참고로 〈사례7〉의 예시 답안은 이것을 작성한 학생이 고3 들어 논술을 공부하기 시작한 어느 시점에 연습 과제로 작성한 답안이라, 그 완성도 면에서 다소 미흡한 감이 없지 않다. 그렇더라도 글의 전체를 보면, 이 학생의 논리적 사고력은 물론 문체 등에 있어서 예사롭지 않음을 간파할 수 있을 것이다.

위의 예시 글들을 통해 다음과 같은 중요한 사항을 미루어 짐작할 수 있을 것이다. 참고로 이렇듯 많은 사례를 들어가며 설명하는 이유는, 연세대 합격권에 드는 답안을 어림잡아 파악하되, '비교 기준'의 설정이 답안 작성에 얼마만큼 중요한지를 설명하기 위함이다.

첫째, 논술 전형을 뚫고 합격한 학생들의 답안은 모두 저마다의 **'비교 기준'별 논점이 명확하다**. 그리고 그 비교 기준을 중심으로 비교 대상별 비교할 내용, 즉 세부 논지 차이를 효과적으로 논증하고 있다. 그렇게 해서 비교 기준에 대한 개념적 타당성 내지는 설득력, 용어의 적절성은 각자 저마다의 차이를 달리하고 있는데, 그 정도 차이에 따라 논거의 타당성 내지는 설득력 또한 일정 부분 질적 차이를 드러내고 있다.

둘째, 전체 논의의 흐름과 답안 구성에 있어서는 학생별로 크게 차이나지 않는데, 이는 문제(논제)와 지문의 난이도가 낮아지면서, 작성답안의 질적 변별력이 크게 떨어진 결과이기도 하다. 실제 많은 학생들이 작성한 연습 답안을 살펴보면, 내용면에서의 질적 수준은 별 차이 없으며, 거의 엇비슷한 내용으로 논리를 구성하고 답안을 작성하고 있음을 드러난다.

이는 중요한 의미를 내포한다. 문제가 쉬워질수록(엄밀히 말해 제시문이 쉬운 것이겠지만) 논술로 합격한 학생과 그렇지 않은 학생간의 실력을 가늠하는 변별력은 그다지 차이나지 않는다. 그렇다면 합격·불합격을 판가름하는 준거가 되는 그 '무엇'은 과연 무엇일까?

그것은 바로 **비교 기준이자 판단의 준거가 되는 제 관점(논점)을 추론하고 개념화하여 이를 적절한 용어로 찾아 밝히고, 이를 근거로 비교 대상별로 세부 논지(or 소주제) 및 논거별 차이점을 논증 형식에 맞게 얼마만큼 효과적으로 구성하고 있는지** 여부이다. 위 사례의 학생 합격 답안들을 보면 이를 확인할 수 있는데, 연세대 논술 문제처럼 논의점들을 세밀하게 비교해가며 논증해야 하는 경우에는 이제까지 강조한 내용이 반드시 답안에 구체적으로 드러나도록 글 내용을 기술해야 한다.

이는 한 단락에는 반드시 하나의 주장을 담아야 한다는 논증의 기본 원칙에 비추어 생각할 때도 그렇다. 무슨 뜻인가 하면, 단락을 구성하는 기준이 되는 것은 어디까지나 설정된 비교 기준을 담은 관점·논점이지, 결코 세부 논지(내지는 공통 주제에 종속된 소주제적 개념으로서의 그 무엇)와 논거가 될 수 없다. 만약 이를 어길 경우에는 단락을 구성하는 논리 체계는 헝클어지게 된다. 따라서 이를테면 다음과 같이 단락을 구성하여 글 내용을 기술함으로써 논리적으로도 개념적으로도 모순됨이 없어야 한다. 이는 연세대 논술 문제 풀이에 있어 가장 중요한 포인트라 할 수 있다.

- 단락1_ 아름다움(공통 주제)을 … 미적 가치(비교 기준)의 관점에서 … 자연미 vs. 예술미 내지는 인위적 아름다움(소주제)로 구분되며… 제시문은 다음과 같은 차이를 보인다… 비교 내용의 논증(1)
- 단락2_ 또한 … 미의식의 관점에서… 내용미 vs. 형식미 vs. 조화미(소주제)로 구분되며… 제시문은 다음과 같은 차이를 보인다... 비교 내용의 논증(2)

앞부분 어딘가에서 비교 기준을 잘못 잡아 논증을 펼칠 경우에는 각각의 단락이 '했던 얘기 하고 또 하고'를 반복하는 동어반복이라는 일종의 순환 논증의 오류에 빠질 수 있다고 말했는데, 이것이 의미하는 바가 바로 위 지적이다.

아래의 ⑤는 필자가 작성한 예시 답안으로, 이를 통해 추론을 통한 비교 기준 및 세부 논의점의 설정과 그것에 부합하는 적절한 개념 규정, 그리고 이를 통한 차이점 분석이 연세대 논술 답안 작성에 있어 얼마만큼 중요한지를 미루어 짐작할 수 있을 것이다. 실제, 연세대 논술 시험의 합·불합격 여부는 바로 이 지점에서 갈린다고 해도 과언은 아닐 것이다. 먼저 논제분석 결과부터 살펴보자.

[논제 분석_ 공통 주제+ **비교 기준+ 비교 내용(+논점 상의 차이점)+** 논제 서술 과제(설명하라)]

→ 논제_ (미학적 관점에서 아름다움에 대한) 다양한 **관점 차이를 비교 분석**하라.

■ 공통 주제_ 아름다움… 제시문 전체를 읽고 추론해 낼 수 있어야 하지만, 곧바로 드러난다.

■ 비교 기준_ 미적 가치, 미적 취향 판단 etc. … 제시문을 읽고 공통 주제를 관통하는 **비교 기준이자 판단의 준거를 찾아낸 후, 이를 개념화하여 적절한 용어로 서술**할 수 있어야 한다. … 두 번째 해결 과제로 제시문을 읽고 찾아 적절한 용어로 밝히기가 무척 어렵지만, 문제의 특성상 생략해도 무방하다… 추론을 통해 찾아 밝혀야 할 핵심 내용(2)

■ 비교 내용(소주제)_ 자연미 vs. 예술미, 내용미 vs. 형식미 vs. 조화미 etc. … 공통 주제에 대한 개념 이해를 통해 밝혀야 할, 각각의 제시문 안에 담긴 소주제이자 핵심 개념, 따라서 제시문을 읽고 **이를 찾아낸 후, 그 개념을 담은 적절한 용어로 명확하게 밝히는** 것이 중요하다… 첫 번째 해결 과제로 찾아 밝혀야 할 할 핵심 내용(1)

■ 논점상의 차이점_ 비교 기준 및 비교 기준에 의거하여 (가), (나), (다)의 차이점을 다자 비교… 세 번째 해결 과제로, 이것에 맞춰서 적절한 논거를 제시해 가며 논증해야 한다… 세 번째 해결 과제로 논증해야 할 핵심 내용(3)

※(1), (2) 둘 중 하나를 생략해도 무방하며(아래의 *부분처럼), 또한 둘을 합해 서술해도 된다. 중요한 것은, **각각을 여하히 세분화하여 개념화한 후 이를 적절한 용어로 밝히고, 그것에 부합하는 논거를 잘 서술할 수 있는가 여부**이다.

⑤ (가), (나), (다)는 아름다움을 판단하는 가치와 기준에 있어 다음과 같은 관점 차이를 보인다. (먼저 아름다움에 대한 **미적가치** 그 자체에 주목할 경우)*(가)는 자연이 본래 갖고 있는 순수한 아름다움으로서의 **자연미**를 (나), (다)는 인간에 의해 창조되는 정신적 소산으로서의 인위적인 아름다움인 **예술미**를 추구한다. (한편 아름

다움에 대한 미적 가치 판단, 다시 말해 **美의식**의 관점에서 아름다움을 구분할 경우)*(가)는 내면적인 아름다움으로서의 **내용미**를 (다)는 외형적인 아름다움으로서의 엄격한 **형식미**를 (나)는 내적·외적 아름다움을 아우르는 **조화미·균형미(조형미)**를 중시한다.

즉 (가)의 화자는 사물의 본질은 도외시한 채 형식적 예술 미만을 중시하는 문인화가들의 편벽한 취미 판단이 자연 그대로의 아름다움을 왜곡시키고 있다고 비난하면서, 자신은 그러한 잘못된 생각을 바로잡는데 소임을 다하겠노라고 하여, 내용미에 충실할 것임을 다짐한다. 한편 (다)의 르네상스 시대의 궁중 여인들은 최대한 티 안내고 자연스럽게 꾸민 인위적인 아름다움으로서의 우아함을 추구하고 있는데, 이는 그만큼 타자의 시선을 고도로 의식하고 계산하여 만들어 낸 형식적인 아름다움이다. 비록 궁중 여인네들은 물론 타자의 눈에는 그 아름다움이 역설적으로 자연스런 아름다움으로 인식되지만, 그렇기에 그것을 인식하는 사람들의 감성적 수용 능력으로서의 미적 가치 판단은 그만큼 객관적이지 못하다.

그렇더라도 내용美와 형식美는 상호 작용하면서 아름다움의 가치를 높일 수 있는데, 이는 (나)를 통해 확인된다. 즉, (나)는 자연과 건축물과의 조화를 통한 인공적인 형식미에 더해, 건축물에 담긴 종교적 숭고미까지 충실하게 담아냈기에 내용미까지도 포괄했다. 이렇듯 (나)는 주체와 객체, 자연과 대상, 내용과 형식의 완벽한 조화를 통한 아름다움을 구현해 냈다는 점에서 내용미와 형식미 각각을 강조하는 **(가), (다)와 차이**를 보인다. 다시 말해 감성적 수용 능력과 이성적 판단 능력의 합일, 내용미와 형식미의 조화를 통해 인위적인 아름다움임에도 불구하고 내용미와 형식미를 아우르는 예술적 조화미로 거듭난 것이다.

그 결과 인위적이되 자연스러운 아름다움인 (나)는 자연스럽되 인위적인 아름다움인 **(다)와는 당연히 차이**를 보인다. 이는 그만큼 예술적 아름다움은 자연적 산물의 모방, 즉 대상을 그대로 모방하는 과정이라기보다는, 자연적 생산과정의 모방, 즉 자연에 추가된 새로운 그 무엇으로서의 대상을 창조적으로 재현해 내는 것을 뜻하며, 그렇기에 그만큼 예술가의 역할과 소임이 강조된다… **[필자 예시 답안]**

※예시 답안을 '비교 기준+비교 기준(소주제)'으로 분개하면,

- **(미적가치에 따라 구분할 경우)*… 자연미(가) vs. 예술미_또는 인공미(나, 다)**
- **(미의식의 관점에서 구분할 경우)*… 내용미(가) vs. 형식미(다) vs. 조화미(나)**
- **(미적가차+미의식에 따라 구분)*… 인위적이되 자연스런 아름다움(나) vs. 자연스럽되 인위적인 아름다움(다)**

*( )는 생략해도 무방함.

여기까지의 설명을 고려할 때, 다음과 같은 문제 해결의 또 하나의 핵심 포인트를 도출할 수 있겠다.

■ **개념은 적절한 용어로 명확하게, 동등하게 규정되어야 한다.**

즉, 논제의 물음에 담긴 비교 기준과 비교할 내용을 포괄하는 제 관점은 개념적으로 명확하게 규정되어야 함은 물론, 그것도 개념 정의항(유개념과 종차)에 맞게 적절한 용어로 정의·서술되어야 한다.

다음은 〈연세대 2015 사회 수시 문제1〉에 대한 여러 작성 답안이다. 각각의 답안을 읽고, 내용과 형식면에서 잘된 점과 잘못된 점에 대해 각자 생각해 보기 바란다. 그 생각의 포인트는 다음 두 가지다. 첫째, **제시문에서 비교할 논의점을 정확히 찾아낸 후 이를 적절한 용어로 규정하고 있는가** 여부이다. 둘째, 그 **용어(개념)를 따라 비교 대상별 논의점이 동등하고, 공정하며, 일관되게 기술되고 있는가** 여부이다.

[사례8] '차이'와 '갈등'의 관점에서 제시문 (가), (나), (다)의 <u>핵심 논지를 비교·분석</u>하시오. (연세대 2015 사회 수시 문제1)

① '차이'와 '갈등'의 관점에서 (가), (나), (다)의 핵심 논지를 비교·분석하면 다음과 같다. 먼저 **'차이를 인식하는 연원'은** 크게 <u>'가치관이나 신념체계', '이해관계', '개인적인 성향'</u> 차이에서 비롯된다. (가)에 따르면, 개인의 사회화의 과정에서 내면화된 동질성과 동일성이 나와 타자와의 차이를 구별 짓는 핵심 기제로 작용한다. (나)에 따르면, '편 가르기' 및 '집단 이기주의' 현상처럼, 사회 내의 잘못된 제도나 관행 때문에 발생하는 구조적 갈등으로 인해 개인 및 집단 간의 이해를 달리하면서 차이와 차별이 발생한다. (다)는, 인간 본성으로서의 공감 능력에 대한 개별 성향 차이가 나와 타자와의 관계를 규정하면서, 그에 따라 차이와 차별이 발생할 수 있음을 보여준다.

한편 차이에 대한 인식이 **'어떻게 갈등 상황을 유발'**할 수 있는가의 측면에서 볼 때, <u>'다수의 논리', '역차별', '자기중심적 사고'</u>는 갈등을 증폭시키는 요인으로 작용한다. (가)의 개인에게 내면화된 동질성이 '다수의 원리'로 표출되면서 자신들의 이익을 추구해 나가고 소수자에 대한 지배를 정당화하는 기제로 작용할 때, 다름과 차이로 나타나는 소수자는 편견과 차별, 억압의 대상이 되고 그에 따라 구성원 간의 갈등은 증폭된다. (나)의 평등과 다양성을 명분으로 선천적으로 부여받은 능력으로서의 개별적 차이를 인정하지 않는 보편성의 강제 또한 갈등을 일으키는 요인으로 작용한다. 인간은 선천적으로 차이가 존재함에도 불구하고 평등만을 강조하며 소수자에 대해 지나치게 배려할 경우, 이것이 오히려 역차별로 인식되면서 다수의 반발을 불러오고 사회 갈등을 일으키는 요인으로 작용할 수 있다. (다)의 공감 능력은 타인을 향한 감정 이입을 통해 자기중심적인 사고에서 벗어나게 만들지만, 그렇더라도 공감 능력은 사람마다, 각자 처한 상황에 따라 다를 수 있다. 나와 타자 간에 소통되지 않는 공감은 자칫 인간관계 속에서 서로 간의 불신이나 오해를 불러일으키고, 그로 인해 서운함이나 분노 등 부정적인 감정으로 이어지면 갈등은 더욱 깊어진다.

이상을 고려하여 차이에서 비롯되는 **'갈등을 해결하는 바람직한 방식'**을 살피면 '관용과 배려', '제도 개선', '소통'으로 집약된다. (가)의 갈등이 발생하는 가장 큰 원인은 차이와 다름을 인정하지 않는 자기중심적 사고에서 비롯되며, 이는 개인은 물론 사회적으로도 부정적인 결과를 초래한다. 따라서 이를 극복하기 위해서는 차이와 다름을 인정하고 받아들일 수 있는 사회적 환경과 바람직한 가치관을 조성하는 한편, 이를 통해 상대방의 입장이나 의견을 존중하는 관용의 자세와 상호 간에 배려하는 마음을 갖도록 해야 한다. (나)의 갈등은 잘못된 제도나 관행 등 사회 구조적인 요인으로 인해 발생하는 경우가 많기에, 이를 적극 개선함으로써 차이가 갖는 긍정적 기능을 높여나갈 수 있어야 한다. 즉 차이와 다양성은 차별과 억압이 아니라 개인의 이익과 사회 발전에 기여하는 핵심 기제임을 인식하고, 이를 사회 구성원 모두의 객관적인 사회 정의에 합치되도록 사회 제도로써 확립해 나갈 때, 갈등은 해결될 수 있다. (다)의 '공감' 능력은 갈등을 해소하는 주된 요인으로 작용하지만, 그렇더라도 소통 능력의 부재에서 비롯되는 편향된 감정 이입은 오히려 갈등을 유발하는 요인으로 작용할 수 있다. 따라서 자신의 입장이 아닌 타자의 입장에서 생각하고 행동하는 자세를 갖는 한편, 공동체의 일원으로서 타인에 대한 무한한 책임이 있다는 '타자의 윤리'로 타인을 대할 때, 갈등은 어떤 식으로든 해결될 것이다… **[필자 예시 답안1]** ※배경지식과 관련한 보충 설명을 위해 예시 답안을 길게 작성함.

② '차이'와 '갈등'의 관점에서 (가), (나), (다)의 핵심 논지를 비교·분석하면 다음과 같다. 먼저, '차이'의 강조가 '갈등'에 미치는 영향력을 살피면 **(가)는 부정적, (나)는 긍정적, (다)는 상호성**을 갖는다고 본다. (가)에 따르면, 다름과 차이의 강조는 갈등을 일으키는 부정적인 요인으로 작용한다. 개인의 사회화의 과정에서 내면화된 동질성과 동일성이 나와 타자와의 차이를 구별 짓는 핵심 기제로 작용하면서, 사회적 가치에 부합하는 적격자는 수용하고, 적합하지 않은 자는 적합한 자로 바꾸려 하며, 전환 불가능한 자는 차별하고 배척하려 든다. 반면 (나)에 따르면, 다름과 차이의 강조는 갈등을 해소하는 긍정적인 기제로 작용한다. 차이와 다양성은 차별과 억압이 아니라 개인의 이익과 사회의 발전에 기여하는 핵심 기제로, 차이를 인정하고 받아들이는 사회적 분위기나 제도 마련을 통해 갈등은 해결되고 바람직한 삶을 이룰 수 있게 된다. 한편 (다)에 따르면, 다름과 차이는 개인의 성향과 이해의 정도에 따라 갈등을 해소할 수도, 갈등 요인으로 작용할 수도 있다. 공감이라는 인간 본성에서 비롯된 감정은 자기와의 차이를 기준으로 타자를 인식하는 인간의 고유한 성향으

로, 인간은 이를 통해 타자의 특수성과 차이를 인정하고 기꺼이 이를 받아들이거나, 또는 개인적인 이해나 감정, 상황에 따라 타자와의 차이를 제한적·선별적으로 수용하거나 배척하려 든다.

다음으로 갈등을 해결하는 방식에 있어서의 차이점을 살피면, <u>**(가)는 '국가 및 사회적 차원의 노력'(나)는 '집단적 차원의 관용과 배려'(다)는 '개인적 차원의 소통 능력'**</u>을 필요로 한다. (가)에 따르면, 가치관이나 신념 체계의 차이로 인해 개인적 또는 사회적 상호작용 및 이해관계와 관계없이 갈등은 얼마든지 일어날 수 있으며, 따라서 이를 해결하기 위해서는 사회적 차원의 갈등 해소 노력이 따라야 한다. 차이와 다름을 인정하고 받아들일 수 있는 사회적 환경과 바람직한 가치관을 조성하는 한편, 이를 통해 상대방의 입장이나 의견을 존중하는 관용의 자세와 상호 간에 배려하는 마음을 갖도록 해야 한다. (나)에 따르면, 차이를 인정하고 수용하는 관용과 배려의 정신을 통해 갈등은 해결되고, 상호 조화와 공존을 이뤄나갈 수 있다. 특히 잘못된 제도나 관행 등 사회 구조적인 요인으로 인해 갈등이 발생하는 경우가 많기에, 이를 적극 개선하여 사회 구성원 모두의 객관적인 사회 정의에 합치되도록 사회 제도로써 확립할 때, 갈등은 해결될 수 있다. (다)에 따르면, 인간의 보편 감정으로서의 공감 능력의 확장을 통해 차이를 이해하고 상호성을 인정할 때, 갈등은 해결된다. 타자와의 차이를 인정하고 받아들이는 보편 감정으로서의 '공감' 능력은 갈등을 해소하는 주된 요인으로 작용하지만, 소통 능력의 부재에서 비롯되는 편향된 감정 이입은 오히려 갈등을 유발하는 요인으로 작용할 수 있다. 따라서 자신의 입장이 아닌 타자의 입장에서 생각하고 행동하는 자세를 가져야 하며, 공동체의 일원으로서 타인에 대한 무한한 책임이 있다는 '타자의 윤리'의 마음가짐으로 타인을 대할 때, 갈등은 어떤 식으로든 해결될 것이다… **[필자 예시 답안2]**

③ 세 제시문은 차이가 인간 간에 갈등을 유발한다고 보는 점에서 궤를 같이 한다. 그러나 (가)와 (나)는 드러난 **차이가 유발한 결과**에서, (나)와 (다)는 **갈등의 해소 방식**에서 차이를 보인다.

우선, <u>(가)에서는 선호하는 화가라는 작은 차이가 차별 대우라는 갈등을 불러왔다.</u> 차이가 명시적으로 드러난 것이 갈등을 유발한 것이다. 허나 (나)에서는 오히려 인종·문화 차이를 드러내는 활동이 많을수록 갈등이 줄어드는 통계를 보였다. 더욱더, 오히려 차이를 숨기는 활동을 할수록 갈등은 잦아지는 결과가 나타났다. 이는 (나)는 (가)와는 달리 기업이란 집단 내에서 관측된 결과이기 때문이다. 앞으로도 서로 같이 일해야 하기에 기업의 직원들은 차이에 대해 차별로 대응하는 (가)와 같은 대처를 하지 않는다. 오히려 차이를 숙지하고 존중해, 내재적인 갈등 원인을 없애려고 노력한다. 그렇기에 <u>(나)는 (가)와는 정반대의 결과를 보였으며, 인종 차이를 드러내지 않았을 때 갈등이 거세진 것은 무지에 의한 것이라는 추정이 가능하다.</u>

(나)와 (다)는 모두 차이로 인해 발생한 갈등의 해소 방법을 이야기 한다. 그러나 <u>(나)는 차이를 확실히 드러내</u>

고 인식시키는 것이 상호 존중에 의해 갈등을 줄일 수 있다고 하는 반면, (다)는 공감이 갈등을 해소하는 방법이라 말한다. (다)에 의하면, 사람은 타인의 고통, 기쁨 등을 직접적으로 경험해 느껴볼 수는 없지만, 역지사지의 상상을 통해 유사한 감정을 느껴볼 수 있다고 말한다. 이상의 사항을 정리해 보면, (나)의 차이의 인식과 (다)의 공감은 별개나 상충되는 것이 아니라 동시에 일어나야 하는 것임을 알 수 있다. 예를 들어 힌두교도와 식사를 할 때, 교리에 따라 소고기를 먹으면 안 된다는 것을 안다고 해도 그에 공감하지 못한다면 먹는 것과 종교가 무슨 상관이냐며 무심해질 것이다. 역으로, 아무리 공감하려한들 힌두교도들이 소를 신성시한다는 사실을 모른다면 갈등은 일어날 것이다. 그렇기에 (나)와 (다)의 갈등 해소 방법은 통합적으로 이루어져야 한다… **[필자가 가르친 학생의 작성 답안]**

④ 세 제시문은 차이가 인간 간에 갈등을 유발한다고 보는 점에서 궤를 같이 한다. 그러나 (가)와 (나)는 드러난 차이가 유발한 결과에서 (나)와 (다)는 갈등의 해소 방식에서 차이를 보인다.

우선, (가)에서는 화가에 대한 개별적인 선호 차이가 상대를 구별 지으면서 차별이라는 갈등을 불러왔다. 차이가 명시적으로 드러난 것이 갈등을 유발한 것이다. 하지만 (나)에서는 오히려 인종·문화 차이를 드러내는 활동이 많을수록 갈등이 줄어드는 통계를 보였다. 더욱 더, 오히려 차이를 숨기는 활동을 강화할수록 갈등은 잦아지는 결과가 나타났다. 이는 (나)는 (가)와는 달리 기업이란 집단 내에서 관측된 결과이기 때문이다. 앞으로도 서로 같이 일해야 하기에 기업의 직원들은 차이에 대해 차별로 대응하는 (가)와 같은 대처를 하지 않는다. 오히려 차이를 숙지하고 존중함으로써, 내재적인 갈등 원인을 없애려고 노력한다. 그렇기에 (나)는 (가)와는 정반대의 결과를 보였으며, 인종 차별을 드러낼수록 갈등이 거세질 것이라는 생각은 편견에 불과하다는 추정이 가능하다.

(나)와 (다)는 모두 차이로 인해 발생한 갈등의 해소 방법을 이야기 한다. 그러나 (나)는 차이를 확실히 드러내고 인식시키는 것이 상호 존중에 의해 갈등을 줄일 수 있다고 보는 반면, (다)는 공감이 갈등을 해소하는 방법이라 말한다. (다)에 의하면, 사람은 타인의 고통, 기쁨 등을 직접적으로 경험해 느껴볼 수는 없지만, 역지사지의 상상을 통해 유사한 감정을 느껴볼 수 있다고 말한다. 이상의 사항을 정리해 보면, (나)의 차이의 인식과 (다)의 공감은 별개나 상충되는 것이 아니라 동시에 일어나야 하는 것임을 알 수 있다. 예를 들어 힌두교도와 식사를 할 때, 교리에 따라 소고기를 먹으면 안 된다는 것을 안다고 해도 그에 공감하지 못한다면 먹는 것과 종교가 무슨 상관이냐며 무심해질 것이다. 역으로, 아무리 공감하려한들 힌두교도들이 소를 신성시한다는 사실을 모른다면 갈등은 일어날 것이다. (나)와 (다)를 통해 알 수 있듯이, 갈등의 해소 방법은 통합적으로 이루어져야 하며, 타자의 입장에서 생각하고 타자를 존중하는 자세를 가질 때, 갈등은 해소될 수 있을 것이다. … **[학생의 작성 답안을 필자가 간략히 첨삭한 글]**

⑤ 제시문 (가)는 갈등이 합리적인 이유에 기인하기보다는 사소한 차이를 인식하는 데서 시작될 수도 있다는 점을 보여준다. 피실험자는 두 집단의 대상에게 15점을 부여하게 되는데 이때 15점이라는 점수는 둘로 동등하게 나누어질 수 없는 점수로, 피참여자에게 어느 한 쪽을 더 선호할 것을 강제하고 있다. 실험 결과 피실험자는 사소한 미적인 주제에 대해서도 차이보다는 동질감을 느끼는 집단을 선화한 것을 알 수 있는데, 이것이 만약 실제 상황이고, 사회의 여러 의사 결정 구조에 적용될 경우 형평성의 문제를 낳아 갈등을 유발할 수 있음을 상상해볼 수 있다.

반면 제시문 (나)는 차이를 드러내는 것이 오히려 갈등을 해결할 수 있는 길이라고 주장한다. 그림2는 인종 간의 차이를 드러낼수록 갈등이 감소한다는 것을 보여주며, 반대의 경우 갈증이 증가한다는 것을 그림1에서 확인할 수 있다. 이는 곧 차이가 공공연하게 존재하는데도 불구하고 차이를 드러내지 않는 것은 현실 회피에 불과하다는 의미이며 반대로 차이를 드러냈을 때 이를 개방적으로 인식하고 이를 극복하기 위한 노력이 가시적으로 시행될 수 있음을 나타낸다. 따라서 제시문 (나)는 차이의 존재가 그 자체로 갈등의 필연적 원인이라고 볼 수도 없으며, 소통 없이 쌓여온 차이가 갈등을 일으키는 것이라는 점을 상기한다.

이때 제시문 (다)는 차이를 극복할 수 있는 방법으로 '현실적인 상상력'을 통한 공감을 제시한다. 상황이 다르더라도 상대의 감정에 자신의 감정을 이입함으로써 타인을 이해하고 때로는 도움과 화해의 손길을 제시할 수 있다는 것이다. 그러나 제시문에서도 밝히듯이 상상을 통한 감각이 자신의 감각을 넘어설 수 없다는 것을 명시한 것은 타인을 이해하는 것과 직접 그 상황에 놓이는 것은 근본적인 차이가 존재한다는 한계를 제시한다. … [대치동 모 논술학원에서 제시한, 연세대 경영학과 논술 전형 합격생의 복원 답안으로, 필자가 보기에는 결코 합격 답안으로 인정할 수 없는 부족 답안이다. 하여, 이 학생의 내신 성적 또는 수능 성적이 그저 궁금할 따름이다.]

(4)포인트4_ 논거의 충실성에 달렸다

다시금 연세대 논술 문제의 특징에 대해 살펴보자. 연세대 인문 논술은 일반적으로 형이상학적인 물음을 주제로 하여 논제를 구성하기에, 그에 따른 논의 역시 다분히 관념적이고 추상적인 방향으로 흐를 수 있다고 강조했다. 하지만 논제의 물음에 대한 논증은 구체적이고 명확해야 하며, 특정 비교 기준이자 판단 근거에 맞게끔 논점을 심층적으로 이끌고 나가면서 글 내용을 기술할 수 있어야 한다. 공통 주제가 특정하는 제 비교 기준에 맞게, 경우에 따라서는 세부 논점과 논지까지 찾아 구체적으로 논증해야 하는 이유가 여기 있다.

주제 개념이 형이상학적이라 함은 논제를 구성하는 핵심 개념(공통 주제+제 관점)을 인식론·존재론·가치론 등 철학적 근본 물음에서 가져온 것이라고 보면 되는데, 철학적 전문 용어가 갖는 개념 이해와 개념 규정의 어려움으로부터 학생들의 고민은 시작된다. 그렇게 해서 발문의 물음을 이해하고 논제의 요구에 맞게 논술 답안을 작성하는 과정은 무척 버거울 수밖에 없지만, 그렇더라도 당황할 것은 없다.

그 이유는 제시문의 난이도가 그리 높지 않기 때문이다. 만약 주제 개념이 형이상학적 물음을 묻는데다가 제시된 지문까지 어렵다면, 십중팔구의 학생들은 제시문에 담긴 내용조차 제대로 파악하지 못함으로써 급기야는 논제의 요구와는 동떨어진 답안을 기술하고 만다. 하지만 최근의 연세대 논술 시험은 지문 난이도를 대폭 낮췄기 때문에 이제 제시문을 해석 못해 논점 이탈로 빠지는 등의 오류를 겪는 학생들은 거의 없다. 적어도 합격권에 근접한 답안을 작성할 수 있는 수준의 학생들인 경우에는 그렇다.

그런데 그럼에도 불구하고 아직도 많은 학생들이 연세대 논술 문제를 어렵게 느끼는 이유는 왜일까? 이는 크게 다음 두 가지 이유 때문이다. 첫째, 제시문을 세 개 주고 이것들을 다중비교하면서 논증할 것을 요구하고 있기 때문이다. 그렇게 해서 **비교 기준을 잘 세운 후에 세부 논지까지 심층적으로 파악하여 답할 것을 요구**하고 있는데, 그 어려움은 이미 앞에서 설명했다.

둘째, 1,000자의 비교적 긴 답안을 작성해야 하기에, 답안 전체를 일관되게 논증하는 것이 상당히 까다롭기 때문이다. 전제에서 결론으로 나아가는 과정까지의 논증을 여하히 잘 구성해나가면서 긴 글로 답안을 작성하려면, 그만큼 **글 솜씨가 빼어나야 함은 물론 논리적 사고 체계가 잘 잡혀 있어야** 한다. 문제는 이게 어렵다는 것이다.

따라서 적어도 연세대 논술의 경우에는 일찍부터 폭넓게 독서 습관을 쌓은데 더해, 뛰어난 논리력을 바탕으로 체계적으로 글을 써온 학생이어야 만 제대로 된 논술 답안을 작성할 수 있다. 실제 합격한 학생들의 답안을 보면 **'논거의 충실성' 면에서 빼어난 답안을 작성한** 경우가 특히 많은데, 이것이 의미하는 바를 굳이 말하지 않아도 이해할 수 있을 것이다. 논거가 충실하다는 것은 곧, 논증 글이 내용면에서 빼어남은 물론, 글 흐름의 일관성 및 논리성, 문장력과 적확한 어휘 선택 등 형식적인 면에 있어서도 남다름을 보여주는 척도가 된다.

이런 이유로 충실한 논거 제시 능력은 연세대 논술 합격을 위해 반드시 필요하고 또 기필코 해결해야만 하는 또 하나의 핵심 포인트다. 그 핵심 포인트를 다음 [사례9]의 학생 작성 답안을 통해 살펴보자. 참고로 [사례9]는 '비교하라'가 아닌 '평가하라'는 논제 서술 과제를 담은 문제이지만, 논거 제시 능력을 살피는 데는 어느 것이더라도 상관없다. 이때 학생들이 작성한 답안 내용의 골격을 그대로 살려가며 고쳐 바로 잡은 필자의 글과 비교하여 살핀다면, 학생들의 작성 답안에서 무엇이 어떻게 잘못됐는지를 가늠할 수 있을 것이다.

[사례9] 제시문 (다)의 연구 결과 바탕으로 (라)의 <u>주장을 **평가**하시오</u>. (연세대 2016 사회 편입논술)

①-1. 제시문(다)의 관점에서 (라)의 주장은 타당하지 않다. <u>(라)에 따르면 약탈적 범죄란 개인의 동인보다는 환경적 요소가 더 강한 범죄 발생의 원인이다</u>…㉮ 이는, 범죄 발생의 원인이 되는 필연적 요소를 상정한 것이기 때문에 범죄의 인과관계를 상정한 것이 된다. <u>하지만 (다)의 실험 결과로 분석하면 환경이 유사한 A, C 지역과 B, D 지역 모두 범죄율의 증감이 상이하게 나타난다</u>…㉯ 이는, <u>CCTV 설치나 주변 환경의 조건 등은 범죄 발생의 인과적 원인이 아니라 많은 원인들 중 하나의 개연성을 갖는 특징에 불과하다는 것을 방증하는 것이다</u>…㉰ 즉, 범죄 변화율과 환경적 조건은 인과관계가 아닌 상관관계로 규정되는 것이기 때문에 (다)의 관점에서 (라)의 주장은 타당하지 않다… **[학생 작성 답안1]**

①-2. (라)는 약탈적 범죄는 인적 요인에서 비롯되며, '동기화된 범죄자, 적당한 목표물, 보호자의 부재'라는 세 인적 요인이 특정 시공간적 상황과 맞닥뜨릴 때 범죄 발생률은 증가한다고 주장한다. 하지만 (다)의 연구 결과는 (라)의 주장이 타당하지 않음을 보여준다. (다)에 따르면, 'CCTV와 같은 환경적인 요인 외에도 지리적 요인이나 인구 통계학적 요인이 범죄 발생률과 밀접하게 관계된다. 즉, **CCTV 설치 유무와 주변 환경은 범죄 발생률의 증감과 관계하는 여러 요인 가운데 하나일 뿐이며, 따라서 이들 요인만을 갖고서 그것이 범죄 발생에서의 인과성을 갖는 유일한 요인이라고 보는 것은 옳지 않다.** <u>(다)의 연구 결과처럼, (라) 역시 환경적 요인과 같은 범죄 발생을 일으키는 다른 많은 요인들을 간과한 채, 단순히 인적 요인만을 갖고 범죄 발생률을 판단하는 오류를 범하고 있다. 즉, 상관관계를 인과관계로 규정하는 오류를 범하고 있다.</u> 인적 요인은 범죄 발생과 관련한 많은 요인 가운데 일부일 뿐이기에, 범죄를 일으키는 요인 간의 상관관계를 놓고 이것을 인과관계로 규정하는 (라)의 주장은 타당하지 않다… **[학생 작성 답안1을 필자가 고쳐 쓴 글]**

①-1을 보면, ㉮는 내용면에서의 논리의 오류다. 약탈적 범죄는 환경 요인보다 인적 요인이 주된 원인으로 작용하기 때문이라고 서술하는 것이 타당하다. ㉯는 불필요한 내용인데다가, '하지만'이라는 역접의 접속 표현을 담은 글이 기술됨으로써, 논증을 깨뜨리고 말았다. ㉰는 내용면에

서는 괜찮지만, 모호한 문장이다. 논리적으로 옳은 문장으로 다듬어야 한다. 그렇게 해서 다시 고쳐 쓴 글이 ①-2로, 밑줄 친 부분처럼 주장(결론)을 뒷받침하는 타당한 근거(전제), 즉 타당한 논거(정당한 이유)를 답안에 채워 넣어야 논증은 설득력을 갖는다.

②-1. (다)의 연구 결과를 통해서 볼 때, (라)의 주장은 상관관계를 인과관계로 인식하는 오류를 범하고 있다. (다)에서 CCTV 설치가 범죄 감소에 직접적인 원인이 되지 않았다. (라)에서도 역시 약탈적 범죄의 세 가지 요건인, 동기화된 범죄자, 적당한 표적 대상, 범죄자의 보호자 부재가 충족된 상황에서 인간이 반드시 약탈적 범죄를 일으키는 것은 아니다. **물론** 이러한 요건을 갖춘 사람들이 범죄를 저지를 가능성이 높은 것은 사실이긴 하다. **하지만** 이러한 조사 결과는 범죄자가 이미 범죄 행위를 저지른 이후에 밝혀진 것이다. 이에 범죄자들을 조사했을 때, 범인은 범행 동기가 있었을 것이고, 범죄를 저지른 사람들이기에 표적 대상이 있었을 것이다. 또 범인은 보호자, 즉 범죄인의 범행을 감시할 수도 있었을 대상이 없는 상태에서 범죄를 저지르기 쉬운 것은 당연하다. 따라서 약탈적 범죄자들이 이 세 가지 요건을 갖추고 있었을 가능성이 높은 것은 연관이 있으나, 이 세 요건이 충족되면 인간이 반드시 범죄를 저지른다는 것은 잘못된 해석이다… **[학생 작성 답안2]**

②-2. (다)의 연구 결과를 통해 볼 때, (라)의 주장은 상관관계를 인과관계로 인식하는 오류를 범하고 있다. (다)에 따르면, CCTV 설치가 범죄 감소 원인의 전부는 아니다. (라) 역시 약탈적 범죄의 세 가지 요건인, 동기화된 범죄자, 적당한 표적 대상, 피해자의 보호자 부재가 충족된 상황일지라도, 그것이 반드시 약탈적 범죄율을 높이는 것은 아니다. **물론** 이러한 요건이 갖춰진 경우에 사람들이 범죄를 저지를 가능성이 높은 것은 사실이다. **하지만 이러한 요건이 특정 시간, 특정 공간과 맞닥뜨릴 때 범죄 발생 가능성은 높아지는 것이기에, 다른 외생 변수의 역할 또한 무시할 수 없다.** 약탈적 범죄자들이 이 세 요건을 갖출 때 그들이 범죄를 저지를 가능성에 대한 상관성을 높이기는 하겠지만, 이 세 요건이 모두 충족된다고 해서 그것이 인간으로 하여금 반드시 약탈적 범죄를 저지르게 한다는 인과성을 높이는 것은 아니다. (라)의 주장은 범죄 발생 요건과 범죄율이라는 두 요인 사이의 원인과 결과라는 논리적 인과관계가 성립하지 않으며, 따라서 (라)의 주장은 타당하지 않다… **[학생 작성 답안2를 필자가 고쳐 쓴 글]**

②-1은 '주장-근거-반론-재반론'의 논증 구조를 취한다. 이는 논증을 구성하는데 있어서 매우 효과적인 방법이다. 하지만 필자가 학생 작성 글에서 삭제 줄을 그은 부분은 내용면에서 모호한

진술로, 그에 따라 전제에서 결론으로 나아가기까지의 과정에 대한 내용면에서의 논증 구성이 잘 못되고 말았다. 따라서 필자가 삭제 줄을 그은 부분을 덜어낸 다음 답안을 ②-2처럼 고쳐 바로잡 으면 글 내용은 한결 이해하기 쉬워진다. 이를 통해 알 수 있듯이, 논증을 구성할 때 어쭙잖은 전 제를 잔뜩 내세운다고 해서 그 논증이 타당하고, 충실하며, 실득력을 갖는 것은 아니다. 논증을 구성하는데 불필요한 내용은 전부, 남김없이 삭제하는 것이 더 효과적이다.

③-1. (다)의 결과를 통해 (라)를 보면 상관관계를 인과관계로 혼동하는 오류를 범함을 확인할 수 있다. 이는 결과의 원인을 지나치게 제한적으로 생각하는 데에서 기인한다. (라)는 범죄의 원인을 가해자의 동기, 피해 자, 보호자의 부재와 같이 개인적, 내면적 요인에서만 찾고 있기 때문이다. 하지만 약탈적 범죄는 인적 이유 외에도 다양한 원인이 존재한다. 여기에는 강도 등의 재산범의 동기가 되는 사회의 경제적 상황이나 국가의 경제 정책, 크게는 자본주의 또는 자유주의와 같은 지배 담론이 있다.
이런 (라)의 주장은 굉장히 위험하다. 사회의 부조리나 구조적 결함에서 오는 문제마저 개인의 탓으로 돌리 게 되기 때문이다. 이와 같은 관점이 확산된다면 사회는 정체되고 불합리한 상태에서 진보하지 못하게 된다. 따라서 (다)의 결과를 바탕으로 (라)의 주장은 타당하지 않다… **[학생 작성 답안3]**

③-2. (다)의 결과를 통해 (라)를 보면 상관관계를 인과관계로 혼동하는 오류를 범하고 있음이 확인된다. 이 는 결과의 원인을 지나치게 제한적으로 생각하는 데에서 비롯된다. (라)는 범죄의 원인을 가해자의 동기, 피 해자, 보호자의 부재와 같이 개인적, 내면적 요인에서만 찾고 있다. 하지만 약탈적 범죄는 인적 요인 외에도 다양한 원인이 존재한다. **여기에는 강도, 금융사기의 직접적 동기를 유발하는 사회의 경제 상황이나, 아동 성범죄나 사이코패스와 같은 반사회적 인격 장애를 일으키는 보다 근원적인 원인으로서의 사회·문화적 요인 이 그것이다.**
이런 이유로, 범죄 발생 동기를 개인적인 요인으로 한정하는 (라)의 주장은 타당하지 않다. 범죄를 유발하는 구조적인 요인을 간과한 채 사회의 부조리나 구조적 결함에서 오는 문제마저 개인의 탓으로 돌리게 됨으로 써, **개인에 대한 지나친 감시가 사생활 침해 및 정보 판옵티콘과 같은 또 다른 사회 문제를 불러일으킨다.** 따 라서 (다)의 결과를 바탕으로 할 때, (라)의 주장을 전적으로 받아들이는 것은 타당하지 않다… **[학생 작성 답안3을 필자가 고쳐 쓴 글]**

③-1은 논거로 제시된 사례의 구체성이 떨어져 논증이 효과적으로 이루어지지 않은 경우다. 사

례를 들어 논거의 타당성을 제시하고자 할 때에는, 그것이 구체적이고 또 누구라도 알 수 있는 것이어야 한다. 그래야만 논증은 설득력을 갖는다. 그렇게 해서 글 내용을 좀 더 고쳐 바로잡은 것이 ③-2다.

④는 필자의 예시 답안으로, 밑줄 친 부분이 주장을 뒷받침하는 논거에 해당한다. 참고로 이 문제를 해결하는데 있어서의 핵심 포인트는 다음과 같다. 즉, 제시문 (라)의 핵심 내용인 "약탈적 범죄는 '동기화된 범죄자(가해자), 적당한 목표물(피해자), 보호자의 부재'라는 세 요인이 크게 작용한다"라는 의미를 주제 개념인 '인과관계와 상관관계'에 적용하여 판단할 수 있는 능력이 그것이다. 따라서 제시문을 읽고 "약탈적 범죄를 유발하는 원인을 **개인적인 요인으로 한정하여 설명할 수 없다**"라는 유의미한 결과를 추론해 낼 수 있는지 여부가 중요하다.

(5)비교 논증에 정답은 없다

여기까지의 설명을 통해 강조할 것은 다음과 같다. 그것은, 연세대 논술 문제처럼 짙은 형이상학적 주제를 다루고, 게다가 1,000자 내외의 비교적 긴 답안을 작성해야 할 경우의 답안 작성 요령과 관련한 대답(진술)이다. 그 핵심은 **비교의 기준이 되는 논의점들을 명확히 설정해야 하며,**

이에 부합하는 비교 내용(세부 논지) 역시 논리적으로나 개념적으로나 내용은 물론이고 범위와 속성면에서 일치하고, 일관되며, 동등하고, 타당해야 한다는 것이다. 이때 전제에서 결론으로 나아가기까지의 논증 과정에 형식적인 오류가 없어야 할 뿐더러, **설득력 있고 타당한 뒷받침 근거를 논거로 제시함으로써 내용면에서도 충실해야** 한다. 실제, 연세대 논술 시험의 합격·불합격 여부는 이것으로 결정된다고 해도 과언은 아닐 것이다.

이상을 고려할 때, 연세대 '비교하라' 논제 서술 과제를 해결하기 위해 특히 강조할 사항은 다음과 같다.

즉, 논리의 정합성과 일관성, 논거의 타당성과 적절성을 갖춰야 논증은 형식적 오류를 피하고 내용면에서도 충실해진다.

논거의 충실성에 덧붙여 반드시 알고 있어야 할 것들이 또 있다. 현행 대입논술은 이른바 '답'이 있는 시험이란 분명한 사실이다. 이는 출제 의도와 채점 기준이 그만큼 명확하고, 그것에 맞게 문제와 제시문을 통해 답안의 방향성을 어느 정도는 제시한다는 의미이기도 하다. 그렇기에 학생들은 대학이 논술 시험을 통해 묻고자 하는 출제 의도와 채점 기준에 맞게 답안을 작성해야지, 그렇지 않고 자기 멋대로 답안을 작성하려 들면 결코 합격 답안에 이를 수 없다.

결국 논술 문제를 풀이하는데 있어서의 가장 큰 관건이자 중점 해결 과제는 **출제 의도를 얼마만큼이나 정확히 꿰뚫고 그것에 적절히 대응할 수 있는가에** 달렸음을 알 수 있다. 그 핵심은 논술 시험을 통해 출제자가 묻고자 하는 것들을 문제와 제시문을 통해 밝혀내는 것으로, 이것이 곧 '논제 분석'이다.

그런 점에서 볼 때, 출제 의도의 파악은 곧 **문제와 제시문, 제시문과 제시문 간의 연관관계를 파악하는** 노력과 일맥상통한다. 즉, 문제와 제시문에 들어있는 연결 고리(논제가 묻는 공통 주제가 묻는 중심 개념과, 그 개념이 지향하는 관점이자 세부 논점을 담은 하위 개념으로서의 소주제)를 따라 제시문의 핵심 내용을 논증하는 것이다. 그리고 이것들을 문제의 지시와 요구에 맞추어 글 내용을 적절히 요약하면서 글의 핵심 논지를 논리적으로 연결시키면, 그것이 곧 출제자가 요구하는 답안이 된다.

이때, 연세대 '비교하라' 논제 서술형 문제의 경우에는 제시된 세 지문 가운데 어느 한 지문 안에 '딜레마의 상황'을 탓에 데다 글 내용을 해석하기 상당히 까다로운 것이 일반적이라고 강조했다. 바로 **이 제시문에 출제자의 의도가 집약되었다고 보면** 틀림없다. 따라서 학생들은 이 제시문을 거듭 세밀히 읽어 내용을 완전히 파악할 수 있도록 노력해야 한다. 실제, 연세대 '비교하라' 논제 해결의 성패는 이 제시문의 독해 능력에 달렸다고 해도 과언은 아닐 것이다.

이상의 설명을 염두에 둔다면, 논제 분석을 통해 발문의 물음을 **'공통 주제(비교 목적)−관점·논점(비교 기준)−논지와 논거(비교 내용)'로 재구성한 후, 각각의 대답이 개념적으로 일치하고 논리적으로 오류가 없도록 글 내용을 기술해야** 출제 의도에 맞는 잘된 논술 답안을 작성할 수 있음을 이해할 수 있을 것이다. 이때 평가의 가장 큰 포인트가 바로 출제 의도를 따라 논제가 묻는 공통 주제에 대한 궁극적인 지향으로서의 제 관점(논의점)을 개념적으로 잘 요약하면서 답안을 서술하는 것이다. 논술에는 답이 있다는 의미가 이를 두고 하는 것일 정도로, 논술 답안 작성에서 비교 기준 설정(비교할 논의점 파악)은 무척 중요하다.

이런 이유로 해마다 연세대 논술 시험이 끝나면, 많은 학생들이 비교 기준에 대한 적절성(특히 세부 논점에 대한 비교 서술)을 놓고서 이것이 맞았네, 틀렸네 하면서 '갑논을박'을 하고 있다. 그런데 문제는 과연 이것이 연세대 논술처럼 '다면사고형' 문제의 경우에도 '딱 맞아떨어지는가' 하는 것이다.

무슨 뜻인가 하면, 연세대 논술처럼 심층적이면서도 다면적인 사고로써 논제를 분석해야 하는 경우에는 그에 따른 논의점 역시 다각도로 이해될 수 있으며 또 마땅히 이해되어야 한다. 앞서 예로 든 '연세대 2013 인문 수시 1번 문제'의 예시 답안의 경우, 관점(비교 기준별 세부 논점)이 저마다 조금씩은 이해와 해석을 달리하고, 달리할 수 있다. 예를 들어 아래의 Case1과 Case2는 비교 기준을 '자연스런 아름다움'과 '인위적인 아름다움'으로 동일하게 설정하고 있다. 이때 Case1은 비교 대상을 '(가) vs. (나), (다)'로 분류한 반면, Case2는 비교 대상을 '(가), (나) vs. (다)'로 달리 구분하여 비교하고 있음을 알 수 있을 것이다.

■ Case1_ 아름다움의 구분⑴

- 미적 가치⋯ 자연미 vs. 인공미(자연스런 아름다움 vs. 인위적 아름다움)

- 예술미⋯ 형식미(감성적 수용 능력으로써의 객관적인 형식성을 강조) vs. 내용미(미적 가치 판단으로써의 주관적인 인식 능력을 강조) vs. 조화미(형식미+내용미)

■ **Case2_ 아름다움의 구분(2)**

- 미적 가치… **자연미**(순수한 자연미) vs. **예술미[인위적이되 자연스런 아름다움(나) vs. 자연스럽되 인위적인 아름다움(다)]**
- 예술미… 형식미(감성적 수용 능력으로써의 객관적인 형식성을 강조) vs. 내용미(미적 가치 판단으로써의 주관적인 인식 능력을 강조) vs. 조화미(형식미+내용미)

그렇다면 Case2는 관점(논점)을 잘못 분류하여 비교한 것일까? 이는 그렇지 않다. 아래의 〈필자 예시 답안2〉에서 알 수 있듯이, 필자 역시 Case2와 같은 분류를 따라 제시문을 비교하면서 예시 답안을 추가로 서술한 바 있다. 아름다움을 판단하는 기준이란 게 어디까지나 우리 인간들의 이해를 돕기 위해 편의상 구분한 관념적 허구에 불과하며, 따라서 **이를 판단하는 관점에 따라 얼마든지 아름다움에 대한 개념적 범주를 달리 적용할 수** 있음은 당연하다. 이를 테면, 아름다움에 대해 다음과 같이 개념적 범주 내지는 용어를 달리 사용해서 구분할 수 있는데, 그렇더라도 이것을 두고서 맞았다, 틀렸다고 단정 지을 근거는 어디에도 없다. 오직 논리적인 타당성만이 문제가 될 뿐이다.

아름다움을 판단하는 기준, 즉 미적 가치 구분에 따라 (가), (나)는 자연스런 아름다움을 (다)는 인위적인 아름다움을 추구한다. 그렇기에 (가), (나)는 내면적인 아름다움으로서의 내용미가 (다)는 외형적인 아름다움으로서의 형식미가 보다 강조된다. 그렇더라도 예술적 아름다움으로써의 내용美와 형식美는 상호 작용하면서 연결되어 서로 영향을 주고받게 되는데, 이는 (나)를 통해 확인된다. 즉, (나)는 자연과 건축물과의 조화를 통한 형식미로써의 균형적인 아름다움에 더해, 건축물에 담긴 종교적 숭고미까지 충실하게 담아냈기에 내면적인 아름다움까지도 포괄했다. 즉, (나)는 주체와 객체, 자연과 대상, 내용과 형식의 완벽한 조화를 통한 아름다움을 구현해냈다는 점에서, 순수한 자연스런 아름다움이자 내면적인 아름다움으로써의 내용미만을 강조하는 (가)와는 차이를 보인다. 또한 그렇기에 인위적이되 자연스러운 아름다움인 (나)는 자연스럽되 인위적인 아름다움인 (다)와 차이를 보인다. … **[필자 예시 답안2의 일부]**

※비교되는 제 관점을 개념적으로 분개하면,

- 미적 가치에 따라 구분(1)… 자연스런 아름다움(가, 나) vs. 인위적인 아름다움(다)
- 미적 가치에 따라 구분(2)… 순수한 자연스런 아름다움이자 내면적인 아름다움으로서의 내용미를 강조

따라서 중요한 것은 다음과 같다. 형이상학적 물음을 주제로 하여 출제되는 경우 주제 개념은 그만큼 추상적이고 관념적이어서, 그 개념에 종속된 제 관점(비교 기준으로서의 세부 논점) 역시 논의의 포인트를 좁혀가며 찾아 밝혀야만 논증은 보다 현실성과 구체성을 갖게 된다. 그리고 그렇게 해서 파악된 제 관점은 어디까지나 문제의 요구와 제시문 내용에 근거해서 그 논리의 정합성을 따라 파악되고 서술될 수 있을 뿐이며, 이를 판가름하는 준거는 오직 **'개념(주제 개념)과 개념(관점)의 연관성', '논거의 타당성과 충실성, 그리고 설득력'에** 달렸다. 다시 말해, 개념으로부터 관점(논점), 논점에서 논지로 나아가는 과정이 타당하고, 충실하며, 설득력 있으면, 비교 논증은 힘을 받는다. 이른바 '논리는 세우는 것이다', '논리는 만드는 것이다'라는 의미가 이를 두고 하는 것으로, 그만큼 논리적으로 사고하고 체계적으로 글을 서술하는 능력이 중요하다.

따라서 논술 답안을 작성할 때에는 먼저 비교 기준을 특정하는 논의점(관점·논점)부터 잡고, 이어서 그것에 맞게 비교할 내용을 논증해 나가면 된다. 이렇게 해서 작성한 답안의 '전제'에서 '결론'으로 나아가기까지의 과정이 얼마나 충실하고, 설득력 있으며, 타당한가 여부가 실제 논술 합격·불합격을 가늠하는 잣대가 된다.

이를 위해서는 논증을 구성하는 **'주장–근거–해설(이유–뒷받침 문장)'에** 대해 이를 **'함축, 숨은 전제, 예시, 인용, 부연, 묘사'** 등 다양한 설명 방법을 사용하여, 제시문별 핵심 내용을 연결하면서 논거의 질적 수준을 높여나가면 된다. 그것이 곧 잘 쓴 연세대 '비교하라'는 논제 서술형 과제의 충족 답안으로, 부단한 글 읽기 및 쓰기 연습을 통해 향상된다.

04

논증 지시어(2)
– 설명하라

'설명(說明)'은 사물이나 개념에 대하여 이를 알기 쉽게 풀이하는 진술 방식으로 내용 이해와 지식 전달을 목적으로 한다. 어떠한 대상, 즉 사물이나 개념, 대상이나 현상, 사실이나 사건 등에 대해 기술하면서 그 본질을 밝히는 것이 설명으로, '~은 무엇인가'에 대한 대답에 해당한다.

설명은 어떤 문제나 물음에 대한 해설 또는 대답(의 진술)이다. 사물의 본질, 의미, 구성, 작용, 현상, 이유, 근거, 가치, 중요성, 기능, 목적 등 여러 물음에 대한 대답이 곧 설명이다. 설명을 위해서는 일반적으로 **정의와 지정, 예시와 인용, 비교와 대조, 분류와 구분, 인과 분석, 묘사적 설명과 서사적 설명, 논증** 등 다양한 글쓰기 방법(설명의 진술 방식)을 활용한다.

이를 부연하면, '설명'한다는 것은 상대가 알지 못하는 사항이나 설령 안다고 해도 어설프게 알고 있는 사항에 대해 '정의'를 내리거나, 이미 알고 있는 것과 '비교'하거나, 실제 '사례'를 제시하거나, 통계 자료를 '인용'하거나, 이유나 원인의 순서를 세워 주장을 '증명'하거나, 인과관계를 '분석'하거나, 자신의 주장과 생각을 납득하고 이해하게 만들어서 그 타당성을 인정받도록 '논증'하거나 하는 등으로, 설명의 다양한 진술 방식을 사용하여 글을 읽는 독자의 이해에 호소하는 것이다.

여기서 알고 있어야 할 중요한 것이 있다. 설명과 논증의 관계가 그것이다. 설명과 논증은 각각 설명문과 논술문의 기본 서술 방식, 즉 글쓰기의 방법을 구성한다. 설명은 주제(논제)를 해설하거나 이를 분명히 밝히는 문장 기술 방식의 한 종류이다. **설명은 '이해'에 호소한다.** 설명은 주제를 풀어 밝혀서 이해로 이끈다. 한편 논증(論證) 역시 이해를 포함하지만, 그것은 **어떤 진리나 주장을 '설득'하는** 것을 목적으로 한다. 그 목적은 설득이지 단순한 설명은 아니다. 논증의 기본은 어디까지나 증거에 의한 논리적인 호소, 즉 설득에 있다.

대입논술에서 설명과 논증은 긴밀히 관계한다. 왜냐하면 대입논술은 설명과 논증의 진술 방식(서술 방법)을 사용한 설명적 글쓰기이기 때문이다. 설명적 글쓰기는 어떤 특정한 정보를 전달하는 언술 행위로써, 무엇보다 정확한 사실 전달과 자기 견해의 논리적인 전개가 중요하다. 즉, 대입논술은 먼저 제시된 지문을 읽고 그 안에 실린 어떤 사실(이를테면, 주제 개념)에 대한 객관적인 설명을 기술한 다음, 이를 바탕으로 특정 조건(논제의 물음이 그것이다)에 맞게 그 사실을 입증할만한 이유나 근거를 제시하도록 출제의 방향이 설정되어 있다.

　논증은 어떤 문제에 대한 의견이나 판단의 대립을 담는다(그 판단의 진술이 바로 '명제(命題)'이다). 이때 **의견, 주장에 대한 판단의 대립은 논증을 다른 진술 방식과 구별하는** 조건이 된다. 그렇더라도 순수한 형태의 논증만으로 된 것은 거의 없으며, 다른 진술 방식, 특히 '설명'의 도움을 크게 받는다. 논증이 다른 진술 방식의 도움을 받는다 하더라도 그 주된 의도는 독자로 하여금 확신을 갖게 하고 독자를 설득하는 데 있다. 따라서 논증의 방법을 주된 진술 방식으로 하는 논술문 속에는 설명글이 반드시 포함된다. 즉, 대입논술 답안은 **설명할 부분은 설명하고(이해시킬 부분은 이해시키고), 논증할 부분은 논증하는(설득할 부분은 설득하는)'** 복합적인 진술 방식을 따른다. 이를 아래 [사례1]의 필자 예시 답안을 통해 확인할 수 있을 것이다. 아래 글의 ⓐ에 해당하는 부분은 설명의 방법 가운데 **'정의'의 진술 방식을 중심으로 기술한** 설명글이다. 이에 비해 ⓑ는 '비교하라'는 논제 서술 과제의 지시를 따라 서술한 논증글로 **'비교'의 진술 방식으로 '논증하라'는** 것이 논제의 요구이자 논증글의 요체이다. 즉, 논술 문제 안에 열거된 '비교하라'는 논제 서술 과제(논증지시어)는 곧 '비교의 진술 방식으로 논증하면서 답안을 서술하라'(이어서 설명하겠지만, 이 역시 '설명'의 진술 방식을 사용한 글쓰기다.)는 요구이다.

[사례1] ⓐ**국가와 개인의 권리에 대한** ⓑ**(가)와 (나)의 입장을 비교 논술하시오.** (경희대 2015 사회 편입논술 문제1)

(가), (나)는 '국가와 개인의 권리'에 대해 상반된 관점을 갖는다. (가)에 따르면, 국가는 사회 구성원 간의 합의에서 비롯된 정치 체제로, 국가 권력의 행사는 사회 계약을 통해 합의된 전체 의지로서의 '일반 의지'를 따를 때 그 정당성이 확보된다. 주권이란 일반 의지의 행사이기에 양도할 수 없으며, 따라서 주권자 전원이 각자의 권한을 국가에 위임하기로 계약을 맺은 정치 사회의 주권 의지인 '일반 의지'에 위배되는 특수 의지, 다시 말해 공공의 이익을 해치는 명령이나 행위는 결코 통용될 수 없다. 반면 (나)에 따르면, 국가는 '만인의 만인에 대한 투쟁'의 상태에서 벗어나기 위해 개인들이 가지는 자연권은 물론 폭력을 행사할 수 있는 일체의 권리까지 국가에 양도하기로 합의한 정치 체제이다. 따라서 개인은 자신의 권리를 넘겨준 국가에 절대 복종해야 하며, 계약을 위반하는 어떠한 저항이나 불복종은 용인될 수 없다…ⓐ

(가), (나)는 국가는 사회 구성원들의 계약에 의하여 성립된 정치 체제라고 보는 점에서 공통된 관점을 지향

하지만, 다음 면에서 차이를 보인다. 먼저 '개인의 권리 양도'에 따른 대표성에 있어, (가)는 사회 계약은 개인이 자연권의 일부를 일반 의지에 기대어 국가에 위임한 형태이기에 국가는 '다수결의 원칙'에 따라야 한다고 하여, 주권이 국민에게 있음을 분명히 한다. 반면, (나)는 사회 계약은 개인이 자연권 전부를 국가에 양도한 것이며, 따라서 개인은 국가의 명령에 무조건 복종해야 한다고 하여 주권이 통치자에 있다고 본다. 그 결과 '개인의 권리 행사'의 확장 가능성에 있어, (가)의 개인의 권리는 개인의 자유와 이익 차원을 넘어서 공동선을 추구하는 더 큰 자유와 이익으로 확장된다. 반면 (나)는 개인은 국가의 이름으로 자행되는 모든 폭력과 압제 앞에 무력화되고, 그에 따라 개인의 권리는 제한받게 된다…ⓑ … **[필자 예시 답안]**

1 '설명하라'의 의미

[사례1]에서 알 수 있듯이, 대입논술에서 설명은 논증, 묘사, 서사와 같은 다른 진술 방식(서술 방법) 속으로 흡수되는 경우와 반대로 설명이 이러한 다른 진술 방식을 보조로 끌어들이는 경우가 있다. [사례1] 답안의 ⓑ가 전자의 경우라면, ⓐ는 후자의 경우라 할 수 있겠다. 이때 ⓐ는 '설명'의 방법을 따라 기술한 설명글로, 사실 전달에 그 목적을 둔다. 이에 비해 ⓑ는 '설명하라'는 논제의 물음을 따라 서술한 논증글로, 어떤 주장을 증거에 의해 설득하는 것을 목적으로 한다.

만약 발문에서 '설명하라'는 요구가 논제 서술 과제로 주어졌다면, 이는 일반적으로 전자의 경우에 해당한다. 즉, '설명하라' 자체가 논증 글쓰기의 한 방법이자, 설명의 진술 방식을 논증의 방법으로 끌어와 글 내용을 기술하는 것이다.

이때, 논증은 '어떤 주장이 옳다는 것을 근거를 들어 증명하거나 정당화하는 서술 방식'이란 점을 고려할 때, '설명하라'는 논제 서술 과제에는 반드시 주장(논제)에 대한 **'증명'이 전제되어야** 한다. 그것도 그 누구라도 글 내용을 이해하고 수긍할 수 있도록 **'객관적'으로, '공정'한 근거를 들어가며** 증명해야 한다. 다만, **특정 정보에 대한 정확한 사실 전달에** 더 무게를 둔다는 점에서 '비판하라', '평가하라', '견해를 제시하라'처럼 자기 견해의 논리적인 전개, 즉 설득을 중시하는 논제 서술 과제와는 다소 차이난다.

그런 점에서 볼 때, '설명하라'는 논제 서술 과제는 '논증하라'는 요구라기보다는 **논의하라, 논술하라는 요구에 더 가깝다.** '논의(論議)한다'는 것은 자기의 의견이나 주장이 옳고 바르다는 것을 굳건한 근거나 이유를 세워 말하는(기술하는) 것으로, 이때 말하는 논의는 **설명(즉, 이해)과 설득(즉, 논증)의 중간 성질을 갖는다고** 할 수 있다. 따라서 대입논술에서 요구하는 '설명하라'는 논제 서술 과제는 설득적 논증이라기보다는 **'설명적 논증'에 더 가깝다.** 즉, 어떤 명제를 증거에 의하여 논리적, 객관적으로 서술하는 것이 '설명하라'는 논의, 즉 설명적 논증이다.

무엇인가를 논의할 때에는 정확한 사실을 명확하게, 보다 강력하게 서술하지만, 상대가 그것을 믿거나 말거나, 그런 것들을 의식할 이유는 하등 없다. **사실(과 논리)에 바탕을 두고 대상(과 개념)을 객관적으로 냉정히 서술해 나가는** 것이 중요하므로, 설득의 경우처럼 감정적으로 상대에게 호소하지는 않는다. 말하자면 수학의 증명이나 판사의 판결문과 같이, 사실을 입증하고 추론함으로써 그 결과를 상대의 판단에 맡기는 것이다. 다시 말해, **오직 제시문 내용에 근거하여 그 안에 들어 있는 사실적 진술을 논제의 물음에 맞게 타당하고, 충실하며, 설득력 있게, 글 내용을 객관적으로 서술하면(설명하면)** 그것으로 충분하다.

따라서 '설명하라'는 논제 서술 과제는 정확한 지문 독해력, 합리적인 추론과정, 그리고 그것을 뒷받침해 줄 수 있는 객관적인 논거, 이 모든 것들을 설명의 방법으로 정확하고 논리정연하게 표현할 수 있는 능력을 필요로 한다. 이를 통해 지식을 정확하게, 조리 있게, 쉽게 표현할 수 있는 기술적인 능력을 중점적으로 살피는데 논술 평가의 주된 목적을 둔다. 이런 이유로 효과적인 설명이 이루어지기 위해서는 다음과 같은 조건이 충족되어야 한다. 여기서 가장 중요한 것은 글쓴이가 **설명하고자 하는 대상(즉, 제시문 내용)에 대해 잘 알고 있어야** 한다는 사실이다. 그 이유는 대상의 성격과 본질, 그리고 그 대상을 구성하고 있는 여러 요소들 사이의 인과관계 등에 대해 깊게 이해하지 못하고서는 글 내용을 요령 있게 설명하기 어렵기 때문이다.

대입논술에서 '설명하라'는 논제 서술 과제는 설명하고자 하는 대상에 담긴 특정 주제 개념 및 세부 관점에 철저히 귀속된다. **설명의 근거는 제시문에서 전부 주어지며,** 따라서 학생들은 반드시 **제시문의 입장에서 공정하고 객관적으로 답안을 작성해야** 한다. 글 내용을 효과적으로 설명하기 위해서는 무엇보다 정확하고(Correct), 명료하고(Clear), 간결해야(Concise) 하는 이른바 '3C의 원칙'을 준수해야 한다.

또 설명글에서는 가급적 **글쓴이의 주관을 배제해야** 한다. 물론 아무리 객관적인 태도를 유지하려고 노력한다 해도 설명 과정에 주관이 개입되는 것을 전적으로 막을 수는 없다. 하지만 설명이란 서술 방식 자체가 읽는 이의 이해를 돕기 위한 것이므로, 가능한 객관적이고 공정한 입장에서 글 내용을 기술해야 한다.

다음으로 강조할 것은 **일관성과 논리성의** 문제이다. 곧 글의 처음부터 끝까지 일관된 주제의식 하에 대상의 여러 가지 측면들을 설명해 나가지 않으면 안 된다. 이와 함께 대상에 대한 지식을 조리 있고 요령 있게 서술할 수 있는 능력도 중요한 의미를 지닌다. 이러한 조건들이 제대로 갖춰지지 않으면 설명은 피상적인 수준에 머물게 되며, 결국에 가서는 대상에 대한 이해 자체를 그르치는 결과를 낳기도 한다. 그렇게 되면 글 내용은 뒤죽박죽 엉망이 되기 십상이고, 평가자는 그 글의 내용을 이해하지 못하면서 논술자의 주장에 전혀 공감할 수 없게 된다.

이상의 내용을 염두에 두고 다음 [사례2]의 두 예시 답안을 비교해 보자.

[사례2] ⓐ제시문 (가)의 실험 결과를 **적용**하여, ⓑ제시문 (나)에 나타난 일본의 선택과 제시문 (다)에 나타난 '을'의 선택을 **설명**하시오. (연세대 2011 인문 모의 문제1)

① (가)의 실험 결과에 따르면, 인간은 이익보다는 손해에 훨씬 더 민감하고 더 크게 느끼는 경향을 나타낸다. 그 결과 인간은 이익이 기대되는 경우에는 상대적으로 손해가 적은 보다 안전한 선택을 손해가 예상되는 경우에는 최소한의 이익이라도 내기 위해 위험한 선택을 택하려 든다. 즉, **이익과 손실 간에는 '생각의 준거점'이 차이를 보이는데,** 특히 이익보다는 손실의 고통이 더 큰 탓에 이성적 판단보다는 감성적 판단이 앞설 수 있으며, 그 결과 더 많은 위험을 감수하려는 경향을 보인다. …ⓐ

(가)의 실험 결과는 **인간의 선택적 행동이 반드시 합리적이지는 않음을** 보여주는데, 이는 (나), (다)에 나타난 각각의 선택을 통해 확인된다. (나)의 일본의 선택은 궁극적으로는 손해가 예상됨을 알면서도 불구하고, 그 손실의 고통에서 벗어나기 위해 최소한의 이익을 기대하며 **위험 추구 성향**을 드러내는 행동이다. 만약 일본이 미국과의 장기전에서 승리할 수 있다고 확신한다면, 당연히 위험 회피 성향을 보일 것이다. 이 경우 일본은 피해가 예상되는 전쟁을 일으키기보다는 미국과의 협상을 통해 해결하기를 원하고, 이것이 해결되지 않을 경우에 한해서만 불가피하게 전쟁을 하려 들 것이다. 그런데 일본 군부 지도자들은 미국과의 협상이 애초부터 불가능할 것으로 생각했고, 전쟁이 오래갈수록 예상되는 손실의 고통이 더욱 커진다는 사실을 너무 잘 알고 있는 탓에 전쟁 패배에 따른 엄청난 후폭풍을 감수하면서까지 위험한 선택을 하였다. 즉, 일본은 자신들이 선제공격할 경우에 초반 승기를 잡을 가능성이 높으며, 이를 통해 유리한 협상 고지를 점할 수 있을 것이라고 판단하여 위험을 감수하면서 진주만 기습을 감행한 것이다. 이처럼 일본은 (가)의 상황2의 A를 선택했는데, 그 결과는 우리가 아는 바 그대로 패망으로 이어졌다.

반면 (다)의 "을"의 선택은 이익이 확실히 기대되는 상황에서 보다 안전함을 추구하려는 위험 회피 성향에 따른 행동을 나타낸다. '을'은 값비싼 약초는 아니지만 쉽게 찾을 수 있는 평범한 약초를 캐러 평탄한 길을 찾아 나서는데, 이는 기대할 수 있는 이익이 적더라도 확률이 높은 쪽을 선택한 경우라고 할 수 있다. 즉, '을'

은 (가)의 상황1의 B처럼 비록 금액은 적지만 확실한 이익을 선호하는 **위험 회피적** 이익 추구 성향을 보이고 있다…ⓑ … **[필자 예시 답안]**

② 제시문 (가)에서 상황1은 80%에 해당하는 사람들이 기대이익은 적지만 위험률이 없는 B를 선택한다. 그 이유는 11,000원의 기대 이익이 10,000원의 기대 이익보다 월등한 정도로 크지 않기 때문이다. 따라서 90%의 위험률을 부담하면서 A를 선택하는 것보다 100%의 이익이 보장된 B를 택하게 된다. 반면 상황2는 75%에 해당하는 사람들이 기대 손실은 크지만 위험률은 낮은 A를 선택한다. 그 이유는 11,000원의 기대 손실이 10,000원의 기대 손실보다 월등히 크지는 않기 때문이다. 따라서 100%의 확률로 10,000원을 잃는 것보다 10%의 위험률을 감수한다면 손실이 없는 A를 택하게 된다. 즉 상황1은 이익이 발생하는 경우 사람들은 위험 회피적인 태도를 보이는 반면, 상황2는 손실이 발생할 경우 사람들이 위험을 추구하는 태도를 보인다…ⓐ 위 실험 결과를 (나)와 (다)에 적용한다면 상황1은 (다)에서 을의 선택과 유사하며, 상황2는 (나)에서 일본의 선택과 유사하다. (다)의 을은 희귀한 약초를 캐기 위해 깊은 산에 들어가는 위험을 피하고 낮은 산에서 흔한 약초를 캐는 것을 선택했다. 희귀한 약초의 기대 이익이 크지만 위험률이 높으며 빈손으로 돌아올 가능성도 많다. 따라서 위험률이 낮고 안정적인 이익을 취할 수 있는 흔한 약초를 선택한 것이다. 그러므로 을의 위험 회피적이고 안정 지향적인 선택은 상황1과 대응된다. (나)에서 일본은 전쟁을 포기하고 미국에게 항복했을 경우에 발생하는 100%의 손실보다 미국을 선제공격 했을 때 얻게 될 70~80%의 승리 가능성을 믿고 진주만 기습을 감행했다. 즉 20~30%의 위험률만 감수한다면 손실이 발생하지 않을 것이라 여겼기 때문에 일본은 위험 지향적인 선택을 한 것이다. 따라서 이는 상황2와 대응된다…ⓑ … **[논술학원 작성 예시 답안]**

[사례2]의 발문의 물음을 논제의 요구에 맞게 풀어 서술하면 다음과 같다. "(가)의 실험 결과에서 드러난 핵심 개념 및 양립하는 두 관점을 파악하고, 이를 (나)와 (다)의 선택적 상황에 맞게 대응하면서 글 내용을 살핀 후, 그것이 타당한 이유를 설명의 방법으로 논증하라"는 것이 논제의 요구이다. (가)는 행동경제학과 관련한 실험 내용으로, 주제는 '인간 행동의 비합리성', 이를 설명하는 두 관점은 '위험추구성향과 손실회피성향'이다.

[사례2] 예시 답안 ①과 ②를 통해 알 수 있듯이, '위험추구성향과 손실회피성향'이라는 두 관점을 (나)와 (다) 각각에 적용하여 관련짓는 것은 어렵지 않다. 하지만 논제 서술 과제가 '설명하라'는 것에서 알 수 있듯이, 답안 내용은 주제를 풀어 밝히면서 내용적인 '이해'를 충실하고, 타당하며, 적절하게 이끌어야 한다. [사례2] 문제는 특히 제시문(나)의 내용을 주제개념에 맞게 타당

한 근거와 이유를 들어가며 충실히 적용·설명할 것을 요구하고 있는데, 그 핵심 내용을 어떻게 서술했는가에 따라 답안은 차이 났을 것이다. 다시 말해, 학생들이 작성한 개별 논술 답안의 평가는 차이를 달리했을 것이다.

이 경우 아래의 두 답안의 일부인 ⓐ, ⓑ를 읽어 어느 것이 설명의 본질에 더 충실했는지를 가늠하는 것은 그리 어렵지 않을 것이다. 강조할 것은 '설명하라'는 논제 서술 과제의 물음에 충실하려면, 말 그대로 '내용 이해'와 '지식 전달'의 목적 그 자체에 충실하게 답안을 기술해야 한다. 즉, **정확한 사실 전달과 그 뒷받침 근거의 논리적인 전개에 충실해야** 한다.

일본의 선택은 궁극적으로는 손해가 예상됨을 알면서도 불구하고, 그 손실의 고통에서 벗어나기 위해 최소한의 이익을 기대하며 **위험추구성향**을 드러내는 행동이다. 만약 일본이 미국과의 장기전에서 승리할 수 있다고 확신한다면, 당연히 위험회피성향을 보일 것이다. 이 경우, 일본은 피해가 예상되는 전쟁을 일으키기보다는 미국과의 협상을 통해 해결하기를 원하고, 이것이 해결되지 않을 경우에 한해서만 불가피하게 전쟁을 하려 들 것이다. 그런데 일본 군부 지도자들은 미국과의 협상이 애초부터 불가능할 것으로 생각했고, 전쟁이 오래갈수록 예상되는 손실의 고통이 더욱 커진다는 사실을 너무 잘 알고 있는 탓에, 전쟁 패배에 따른 엄청난 후폭풍을 감수하면서까지 위험한 선택을 하였다. 즉, 일본은 자신들이 선제공격할 경우에 초반 승기를 잡을 가능성이 높으며, 이를 통해 유리한 협상고지를 점할 수 있을 것이라고 판단하여 위험을 감수하면서 진주만 기습을 감행한 것이다…ⓐ … **[필자 예시 답안의 일부]**

일본은 전쟁을 포기하고 미국에게 항복했을 경우에 발생하는 100%의 손실보다 미국을 선제공격 했을 때 얻게 될 70~80%의 승리 가능성을 믿고 진주만 기습을 감행했다. 즉 20~30%의 위험률만 감수한다면 손실이 발생하지 않을 것이라 여겼기 때문에 일본은 위험 지향적인 선택을 한 것이다…ⓑ… **[논술학원 작성 예시 답안의 일부]**

2 '설명하라'는 다양한 지시어

'설명'이란 용어는 무척 다양한 의미로 사용된다. 설명은 단어의 의미, 용어의 정의, 과학적 원리, 사건의 경위, 사회적·경제적 현상의 원인과 결과에 대한 해설이나 대답은 물론이고, 넓게는 사물이나 대상 혹은 인물에 대한 묘사('묘사적 설명'이라 한다), 사건 혹은 상황의 인과관계에 대한 서사('서사적 설명'이라 한다), 심지어는 자신의 견해나 입장에 대한 해명(논증이라 한다)까지를 모두 포함하는 언어적 개념이다.

따라서 '설명하라'는 논제 서술 과제 역시 다음과 같은 다양한 지시어를 포괄한다. '설명하라'는 직접적인 지시어는 물론이고 **'기술하라', '서술하라', '논술하라', '추론하라', '해설하라', '해석하라', '근거를 제시하라'**는 지시어 역시 '설명하라'는 논제 서술 과제에 준해서 생각해야 한다. 이를 다음의 '설명하라'는 논제 서술 과제와 관련한 다양한 발문(논증) 지시어를 통해 확인할 수 있을 것이다.

⑩[그림1]을 〈제시문4〉의 (나)와 〈제시문5〉의 (가)를 바탕으로 **해석**하고, 〈제시문4〉의 관점에서 볼 때 [그림2]에서 야기될 수 있는 문제를 **추론**하시오. (한국외대 2017 인문1 수시 문제4)

① ⓐ(가)에 제시된 장소의 개념을 바탕으로 ⓑ(다)의 도표를 **설명**하시오. (건국대 2017 인문 수시 문제1)

(가)에 따르면, '장소'란 인간이 공동체 일원으로서 타자와 관계 맺음하며 살아가는 특정 공간으로, 인간 경험에서 비롯되는 긍정적 유대감으로서의 '장소애(場所愛)'가 장소의 정체성을 형성한다. 이에 따를 때, 뉴타운 사업에 대한 주민의 높은 기대감을 보여주는 (다)의 〈도표〉는 다음과 같이 설명될 수 있다…ⓐ
(다)에 나타나는 주택 가치 상승, 노후 주택 개선, 공원 녹지 확대 및 문화생활 증진에 대한 높은 기대감은 사람들이 '집'을 얼마만큼 특별한 장소로 여기고 있는지를 여실히 보여준다. 사람들은 집이라는 특정 장소를 통해 세계를 바라보며 세계와 관계를 맺는데, 집 및 집을 둘러싼 환경의 내재 가치가 높을수록 사람들은 스스로를 더욱 특별한 존재로 여기게 된다.
하지만 자료는 그와 동시에 공동체 증진에 대한 기대가 다른 항목에 비해 상대적으로 낮게 나타나고 있음을 보여준다. 이는 뉴타운이 현대 사회의 획일화되고 상품화된 가짜 장소이자, 장소의 정체성을 상실한 비유대적 공간임을 일깨운다. 뉴타운 사업에 대한 주민의 높은 기대는 비록 자산 가치나 편리함, 쾌적성, 안정성 면에서 특별한 '장소성'을 지닌 물리적 공간으로서의 가치를 지닐 수는 있다. 그렇더라도 이는 인간의 상호 작용을 통해 형성되는 긍정적 유대감인 '장소의 정체성'과 공동체적 가치로서의 정서적 유대인 '장소애'를 결여한 획일화된 공간이자, '무장소성'의 허구적인 공간에 불과함을 자료는 시사한다…ⓑ… **[필자 예시 답안]**

①은 '설명하라'는 논제 서술 과제의 전형을 보여준다. 설명과 논증의 관계는 논리 면에서, 다른 어느 서술 방식보다 긴밀히 관계된다. 논증의 방법으로 기술된 논술문, 특히 대입논술 답안 속에는 설명을 도입하지 않을 수 없다.

②의 예시 답안의 단락2와 단락3, 즉 ⓑ에는 뉴타운 사업 추진에 따른 '장소' 개념의 변화에 대한 긍정적인 측면과 부정적인 측면이 서술되어 있다. ⓑ는 **논증글 속에 도입된 설명글로**, '설명하라'는 논제 서술 과제는 ①의 필자 예시 답안처럼 '비판하라' 또는 '평가하라'는 논제의 요구까지 포괄적으로 수용한다. 물론 비판의 근거는 단순한 '자기 견해'의 피력이 아니라, 논제의 지시를 바탕으로 제시문에 담긴 내용을 따라 논의한 그 무엇이어야 한다.

② ⓐ아래 〈자료〉가 보여주는 현상을 상세히 **해석**하고, ⓑ해석을 활용하여 [문제1]의 한 입장을 **옹호**하시오.

(성균관대 2016 인문 모의 문제3)

②-1. 〈자료〉에 따르면, 첫 번째 전화 찬스에서 힌트를 얻는 경우가 두 번째 전화 찬스에 비해 모든 출제 영역에서 정답률이 높은 것으로 나타났는데, 이는, 평범한 다수보다는 똑똑한 한 사람이 더 뛰어난 지적 능력을 발휘할 수 있음을 보여준다. 또한 시사·상식 및 대중가요·영화 출제 영역에서는 첫 번째 전화 찬스와 두 번째 전화 찬스의 정답률에 차이가 거의 없는 반면, 정치·경제, 고전문화·예술, 군사·안보 출제 영역에서는 정답률이 크게 차이를 보이는 것으로 나타났다. 이는, 대중의 지혜를 모았을 때 전문가보다 더 뛰어난 결과가 나오는 게 아니라 오히려 지식의 하향 평준화를 가져올 수 있음을 보여주는데, 전문 지식을 요하는 분야일수록 특히 더하다.

〈자료〉는 집합적 의견으로써의 **'집단 지성'**이 초래할 수 있는 문제점을 보여준다. 즉 문제 상황을 신중하게 생각하지 않고 단지 만장일치를 추구하는 경향을 보이는 **'집단 사고'**가 그것이다. 이에 따를 경우 사람들은 어떤 문제에 대해 쉽고 편하게 합의하려 드는 경향이 있어서, 그에 따른 문제점을 심사숙고하지 않고 군중 심리에 따라 쉽게 남의 의견을 좇는 **동조 현상**을 보인다. 규칙2에서 '정답 여부에 상관없이 가장 많은 시청자가 투표한 답에 투표한 사람들 중 몇 명을 뽑아 선물을 지급'하고 또 '여러 번 투표에 참가'할 수 있도록 한 점에서 알 수 있듯이, 그저 선물에 눈이 먼 사람들이 묵시적 합의를 통해 정·오답 여부에 관계없이 어느 한 답안에 몰표를 줌으로써, 그 결과 정답률이 낮아졌음을 알 수 있다…ⓐ

따라서 〈자료〉는 (1), (2), (4)처럼 개별 지성이 집단 지성보다 뛰어나다고 보는 입장을 지지한다. 즉 다수는 지성의 합을 높일 수 있지만 때로는 집단적 비합리성을 보일 수 있으며, 따라서 '하나의 의견을 가진 전문가보다 다양한 의견의 평균이 더 뛰어나다'는 집단 지성 만능주의 사고는 자칫 전체를 위험에 빠뜨릴 수 있다. 〈자료〉에서 알 수 있듯이, 특히 집단 지성을 활용해 의사 결정을 할 때에는 만장일치의 환상에 빠져서는 안 되며, 특히 전문 분야일수록 분야의 축적된 지식과 활용 능력을 갖춘 전문가에게 맡겨 해결토록 하는 것이 개인은 물론 사회 전체의 이익을 위해 보다 바람직하다…ⓑ … **[필자 예시 답안]**

②-2. 〈자료〉의 첫 번째 찬스는 전문가의 **개별 지성**을 두 번째는 대중의 **집단 지성**을 보다 더 중시하는 방식이다. 그러나 통계에 의하면 대다수의 참가자는 첫 번째를 즉 개별 지성을 더 신용하는 경향을 보였다. 이는 크게 두 가지 원인을 갖는다. 우선 퀴즈의 유형이 첫 번째 원인으로, 정치·경제·예술 등 전문적인 분야에 대해 대중보다 전문가가 더 신용도가 높은 것은 당연하다. 이를 입증하듯 상식·대중가요 등 대중적인 지식 분야에 관해서는 양 찬스가 비슷한 선호도를 보였다. 두 번째 원인은 규칙의 결함이다. 정답 여부와 상관없이 단순히 많은 투표를 받은 항목에 투표를 해야 선물을 받을 수 있기에, 정답을 맞히기보다 상품을 목적으로

<u>중복 투표를 행하는 사람들이 생길 수 있다</u>. 이상의 두 원인 때문에 집단 지성에 대한 신용도는 낮을 수밖에 없다.

하지만 상기의 상황만을 근거로 집단 지성이 개별 지성보다 뒤떨어진다고 판단하는 것은 옳지 않다. 사회의 다양한 문제 상황은 퀴즈 같이 명확한 답이 존재하는 객관적인 문제가 아니며, 보다 더 적절한 해결책을 모색할 것을 요구한다. 그런 상황을 해결함에 있어 개인의 인지적 자원은 전문가라 할지라도 턱없이 부족하다. 또한 다양한 분야가 얽힌 문제가 사회적 문제의 대부분을 이루는데, 이 경우 한 분야의 깊은 지식보다 다양한 분야를 아우를 수 있는 집단 지성이 더 빛을 발할 것이다… **[학생A 작성 답안으로, 잘 쓴 답안]**

②-3. 〈자료〉에서 두 번째 찬스를 이용한 사람들보다 첫 번째 찬스를 이용한 사람이 모든 분야에서 더 높은 정답률을 보였다. 이를 통해 집단의 지성보다 개인의 지성이 더 지혜롭다고 보는 〈제시문 1, 2, 4〉를 옹호할 수 있다. 모든 분야에서 집단의 지성을 활용한 것보다 개인의 지성을 활용했을 때 정답률이 더 높았다. 개인의 지성을 이용할 경우 고전문화/예술 87%, 군사/안보 81%, 정치/경제 79%의 순으로 높은 정답률을 보였다. 반면 집단의 지성을 활용할 경우 대중가요/영화 78%, 시사/상식 77%로 대중적인 성향을 띠는 것은 첫 번째 찬스와 비슷한 정답률을 보였으나 고전문화/예술 37%, 군사/안보 40%, 정치/경제 42%로 전문적인 지식을 요하는 분야는 첫 번째 찬스와 비교해 현저히 낮은 수준의 정답률을 보였다. 첫 번째 찬스를 이용한 참가자는 지성이 높은 사람을 찬스에 미리 투입할 것이다. 그러나 두 번째 찬스는 전문적 지식을 요하는 문제는 잘 맞추지 못하였다. 또 선물을 받기 위해 진짜 정답보다는 시청자가 많이 투표한 답을 우선시해 투표하였을 수도 있다. … **[학생B 작성 답안으로, 부족 답안]**

②는 성균관대 '자료 해석'형 논제의 전형으로, 이 역시 '설명하라'는 논제 서술 과제의 하나라고 보면 된다. 자료해석 논제의 풀이 요령에 대해서는 뒤에 자세히 설명하겠지만, 그와 별도로 성균관대가 제시하는 자료해석 논제 풀이 요령을 언급하면 다음과 같다.

[성균관대가 제시하는 자료 해석 논제 풀이 요령]

설명형은 그림이나 통계적 자료를 통해 문제의 사실이나 현상을 제시하고, 이를 제시문 속에 들어 있는 원리적 견해나 이론에 근거하여 설명 혹은 예측하게 하는 문제 유형입니다. 이 유형은 원리 혹은 이론으로부터 설명항을 연역해 낸다는 점에서 자연과학적 설명이나 예측과 그 논리적 구조에 있어서 동일합니다.

■ **자료 해석 및 활용의 중요성**

최근 대입논술 시험의 두드러진 특징 중 한 가지는 <u>통계 수치, 그래프 등 데이터를 분석하거나 그것을 활용하여 문제를 해결하는 형식, 즉 자료 해석 과정이 포함되어 있다는</u> 점입니다. 이러한 자료 해석 과정을 포함시켜 수험생이 다양한 종류의 텍스트를 해석할 수 있는 능력이 있는지, 또 해석된 자료와 이론 혹은 원리 간의 연관성을 파악하는 능력이 있는지를 검증하기 위함입니다.

이러한 과정이 필요한 이유는 다양한 학문 영역에서 그래프, 도표 등의 자료를 활용하는 경우가 대단히 많아졌고 연구 결과가 통계로 처리되고, 또 이를 기반으로 일이 진행되는 현대 사회에서 자료 해석 능력은 학문적 의사소통을 위해 꼭 갖추어야 할 필수 소양이 되고 있기 때문입니다. 이에 따라 논술 시험에서도 그와 같은 자료들을 활용하는 문항의 출제 빈도가 높아지고 있습니다.

자료 해석 과정은 다음 두 가지 방식으로 논술 문항에 포함됩니다.

- 관련 자료를 해석해서 특정한 견해나 이론을 지지 또는 비판하는 방식(평가형 문항)

- **<u>관련 자료를 통해 주어지는 문제 사실 또는 현상을 올바로 해석하고, 그에 대한 설명을 제시하는 방식</u>** (설명형 문항)

■ **문제 질문 방식의 예**

- 예1: 아래 그림들이 결합해서 보여 주는 현상을 설명하시오. 단, [문제 1]의 두 입장 중에서 이 현상을 보다 적절히 설명하는 입장에 근거하시오. [2010학년도 수시 논술 '인문 1']

- 예2: 〈그림 1〉의 결과가 왜 발생하는지, 앞의 〈제시문 1〉에서 〈제시문 4〉까지의 논점과 연관시켜 설명하시오. [2011학년도 모의 논술]

- 예3: 〈자료〉가 보여 주는 두 현상을 [문제 1]의 입장들과 연관시켜 각각 설명하시오. [2014학년도 수시 논술 '인문 1']

■ **답안 작성 포인트**

이 문제 유형에서 고득점 비결은 우선 <u>피설명항으로서 현상의 특징을 주어진 자료에 대한 상세한 분석을 통해 파악하여 기술하고, 또 제시문에 들어 있는 원리나 이론이 어떻게 해서 그 현상의 설명 기반이 되는지를 가능한 한 자세히 밝혀주는</u> 데 있습니다.

■ **주의 사항**

'설명하시오'라는 구절이 문항에 들어 있다고 해서 모두 이 유형에 속하는 것은 아닙니다. '설명'이란 용어가

참고로 ②를 해결하는데 있어서의 포인트는 문제에서 〈자료〉가 보여주는 현상을 **상세히 해석
하라**'는 요구의 충족 여부다. 이때 관건은 '상세히'가 의미하는 바를 정확히 파악하는 데 있다. 이
를 위해서는 아래의 제시된 자료의 **〈규칙1, 2〉의 밑줄 친 부분을 반드시 답안에 끌고 들어와 이
를 재해석하면서 글 내용을 기술해야** 한다. 위 필자 예시 답안의 밑줄 친 내용이 그것이다.

명심할 것. 문제에 들어있는 토씨 하나라도, 그리고 제시된 자료에 붙은 괄호 안의 부연 설명까
지도 결코 소홀히 다룬다거나, 어물쩍 흘려 넘겨서는 안 된다. 그 부분이 바로 출제자가 의도하는
답안 내용이자, 다른 학생들의 답안과 차별화하는 핵심 포인트다.

〈자료〉

생방송 '도전! 퀴즈왕' 프로그램에는 객관식 문제 풀이에서 참가자가 답을 결정하지 못할 때 사용할 수 있는
두 가지 찬스가 있다. 첫 번째 찬스는 <u>참가자가 미리 선택한 사람과 직접 통화하여 힌트를 얻는</u> 것이고, 두
번째 찬스는 <u>일반 시청자들의 ARS 투표 참여 결과를 이용해 힌트를 얻는</u> 것이다. 문제는 다섯 영역에서 출
제되는데, 아래의 두 규칙에 따라 진행되는 문제 풀이에서 첫 번째 또는 두 번째 찬스를 사용하여 얻은 힌트
를 통해 참가자가 정답을 맞힌 비율을 다음과 같다.

〈규칙 1〉 참가자는 방송 시작 전 첫 번째 찬스를 사용할 때 <u>통화할 대상자를 **미리 지정**</u>할 수 있다.

〈규칙 2〉 ARS 투표에 참여하는 일반 시청자는 <u>주어진 시간 내에 **여러 번** 투표에 참가할 수 있으며, 방송이 끝
난 뒤 정답 여부에 상관없이 가장 많은 시청자가 투표한 답에 투표한 사람들 중 몇 명을 뽑아 선물을 지급</u>한다.

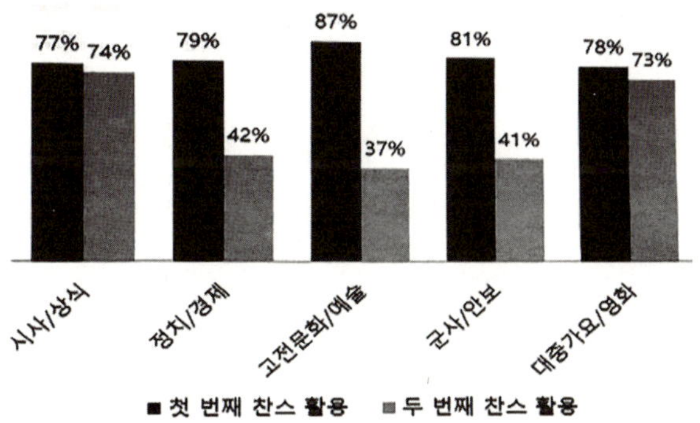

그렇게 해서 앞의 ②-2와 ②-3의 두 학생 작성 답안을 살펴보면, 어느 학생의 글이 잘 쓴 글이고 또 어느 학생의 글이 잘못 쓴 글인지를 단박에 파악할 수 있을 것이다. 설명형의 자료 해석 문제에서 가장 피해야 할 것은 **자료를 해석하는데 급급하여 논의의 핵심을 제대로 설명하지 못한 채 내용을 단순 나열하는** 식의 답안 작성이다.

②-3의 답안이 그러한데, 많은 경우 학생들은 자료의 핵심만을 단순·명료하게 해석하지 못하고 자료에 나타난 수치를 장황하게 나열하면서 중언부언하는 서술 태도를 보인다. 이는 자료 자체에 대한 이해 부족에서 비롯되는 것으로, 해석된 결과와 이를 뒷받침하는 근거를 논증 형식의 문장으로 바꿔 서술하지 못하면서 발생하는 현상이다. 자료 해석도 중요하지만, 그 해석된 결과를 얼마만큼 정확히, 조리 있게, 쉽게 표현할 수 있는 기술(記述)적인 능력을 갖췄는가는 대단히 중요한 의미를 지닌다.

(나)를 근거로 (라)에 나타난 국가A의 인공지능 사용 정책에 대한 찬성률 추이와 그 원인을 설명하면 다음과 같다. 먼저, 인공지능 사용 정책에 대한 찬성률은 세대별로 크게 차이를 보인다. (라)에 따르면, 젊은 세대는 전문직 업무를 대신할 수 있는 인공지능 도입에 크게 찬성하는 경향을 보이지만, 연장자일수록 이에 찬성하려 들지 않는 경향을 보인다. 즉, 집단별 '이해관계'에 따라 크게 차이를 보인다. 이는 (나)에서 알 수 있듯이, 문화 변동은 한 사회의 구성원 전체가 아닌 특정 세대, 특정 집단을 중심으로 일어날 수 있음을 보여준다. IT 디지털 기술로 무장한 젊은 세대는 인공지능 정책의 도입이 가져올 변화를 적극 수용하고 이를 통해 자신을 혁신하려는 '문화 수용' 자세를 보이는 반면, 기성세대는 그렇지를 못하고 변화에 두려움을 느끼면서 소극적인 자세를 취하려 든다.

다음으로, 동일 세대 내에서는 연령 변화에 따른 인공지능 사용 정책의 찬성률에 유의미한 변화가 나타나지 않는다. 이는 (나)에서 알 수 있듯이, 일단 어떤 한 시대의 보편 가치로 수용된 문화의 경우에는 집단 간, 세대 간 이해를 불문하고 사회적 압력, 과거에 대한 애착 등의 이유로 쉽게 바뀌지 않으며, 더군다나 나이를 들수록 그러한 현상은 한 사회나 공동체를 안정적으로 유지하기 위한 규칙이나 규범으로 더욱 고착될 수 있음을 보여준다. 그런 점에서 볼 때, 문화 역시 사회화와 마찬가지로 사회적 상호작용 과정이자 학습 과정이란 사실을 일깨운다.

끝으로, 인공지능 사용 정책 실시 이후 국가A의 대학진학률은 지속적으로 감소하였다. 이는, 문화의 다양한 부문들은 상호 의존적이기에, 한 부문에서의 변화는 다른 부문에서의 변화를 필요로 한다는 (라)의 주장을 뒷받침한다. 즉, 인공지능 사용 정책에 따른 물질문화의 변화로 인해 사회 구성원들은 그것에 맞게끔 비물질문화에 대한 의식 변화를 일으키게 된다. 인공지능이 도입되면서 전문 지식의 효용 가치가 낮아짐에 따라, 사회 구성원들은 단순히 전문 지식 습득을 위한 목적으로 대학에 진학하려들기 보다는, 새로운 변화의 흐름에 맞춰 일찍부터 전문 실무 지식을 쌓는 등으로 보다 실리를 찾으려 든다. … **[필자 예시 답안]**

③은 연세대 설명형 문제의 전형을 보여준다. 연세대 사회계열 논술 문제 역시 성균관대와 마찬가지로 자료를 제시하면서 논제의 물음에 맞게 핵심 내용을 설명할 것을 요구한다. 연세대 자료 해석 문제는 **'자료의 핵심 요지 해석→ 제시된 근거에 맞게 재해석→ 이를 논제의 물음에 맞게 논리적으로 재구성'하는** 과정을 밟아가며 답안을 체계적으로 서술하는 것이 포인트다. 그 방법적 요령은 뒤에 자세히 설명한다.

④ ⓐ제시문 (라)의 〈그림 1〉과 〈그림 2〉에 나타난 특징들을 분석하고, ⓑ이를 제시문 (가)와 (나)에 <u>근거하여 해석</u>하시오. (연세대 2016 사회 수시 문제2)

〈그림1〉과 〈그림2〉의 실험 결과는 상황 변화에 따른 인간 행동 향상을 보여주는데, 그 특징을 분석하면 다음과 같다. 〈그림1〉에 따르면 사람들이 외부 시선에 대한 긍정적인 반응을 기대할 때 자발적 선행은 늘어난다. 이때 마을1처럼 기부 횟수가 상대적으로 적은 집단 내의 구성원들은 외부의 긍정적 시선을 의식하여 기부 횟수를 늘리려 들지만, 마을2처럼 기부 횟수가 많은 집단의 경우에는 타인의 시선을 그다지 의식하지 않고 자기 소신껏 기부 행위를 하려 든다.
한편 〈그림2〉에 따르면, 사람들이 외부의 부정적인 시선에 노출될 때, 규칙을 준수하려는 의무감은 높아진다. 특히 마을1처럼 평소 규칙을 잘 준수하지 않는 집단 내 구성원일수록 외부의 부정적 시선을 민감하게 의식하여 규칙을 더 잘 준수하려 들지만, 마을2처럼 남의 시선을 의식하지 않는 사람들이 많은 집단 내의 구성원일수록 외부의 부정적 시선에 아랑곳하지 않고 평소대로 행동하려 든다. 따라서 <u>〈그림1, 2〉의 실험 결과는 인간 행동의 양상은 상황 변화에 따라 **준거점을 달리하며**, 특히 외부의 긍정적 시선보다 **부정적 시선에 사람들이 더 크게 반응함을** 보여준다</u>…ⓐ
〈그림1〉과 〈그림2〉에 나타난 특징을 (가), (나)에 근거하여 해석하면 다음과 같다. <u>먼저 〈그림1, 2〉에서 드러나</u>

는 마을1 구성원들의 행동 양식은 (나)의 인간관에 부합한다. 마을1에 속한 구성원처럼 외부의 긍정적 시선을 의식하여 기부 횟수를 늘리려 들거나, 또는 외부의 부정적 시선에 민감하게 반응하여 규칙을 준수하려 드는 행동 양식은, **(나)에서처럼 인간의 진정성은 내면의 울림보다는 겉모습을 통해 규정된다는 가치관에 따른 것이다**. 즉, 마을1 사람들이 선행의 실행과 규칙 준수에 더 잘 반응하는 이유는, 그들이 사회적 상호 작용 과정에서 마주치게 되는 타인의 시선을 의식하여 스스로의 인간됨을 이해하고 규정하려 들기 때문이다.

한편, 〈그림1, 2〉에서 드러나는 마을2 구성원들의 행동 양식은 (가)의 인간관에 부합한다. 마을2에 속한 구성원처럼 타인의 긍정적 시선을 의식하지 않고 자기 소신껏 기부 행위를 하려 들거나, 또는 부정적 시선에 아랑곳하지 않고 평소대로 행동하려 드는 행동은 **(가)에서처럼 진정성 있는 사람이란 곧 자기 스스로에게 진실한 사람이라는 자기 확신에서 비롯된다**. 그렇기에 그들은 특정한 외적 상황이나 시선에 휘둘리지 않고 자기 스스로에게 정직한 삶을 살아가려 들며, 이를 통해 스스로 내면의 만족을 느끼면서 신념에 따라 행동하는 것이다…ⓑ … **[필자 예시 답안]**

④역시 연세대 자료 해석 문제로 ③의 '설명하라'는 논제 서술 과제보다는 좀 더 객관적인 시각에서 타당한 근거를 제시하며 자료의 핵심 논지를 해석하라는 요구일 뿐, 다른 것은 없다. 많은 학생들이 자료 해석 문제를 힘들어 하는 이유는 자료를 읽어 그 해석된 결과를 텍스트로 작성하는 능력이 딸리기 때문이지, 다른 이유는 없다. 문장력을 길러야 하는 이유가 여기 있다.

⑤ ⓐ제시문 [가]의 내용이 초래할 수 있는 사회 문제를 **설명**하고 ⓑ그 해결 방법을 제시문 [나]에 근거하여 **제시**하시오. (경희대 2016 사회 편입 문제1)

(가)의 '링겔만 효과'란 집단 구성원이 늘어남에도 불구하고 집단의 역량은 그것에 비례하여 증가하지 않는 현상을 말한다. 이는 개인 혼자서 일할 때보다 집단 속에서 함께 일할 때 노력을 덜 기울이기 때문에 나타나는 현상으로, **'무임승차'** 현상의 전형을 보여준다. 무임승차란 개인이 어떤 재화의 소비로부터 이득을 보았음에도 불구하고 이에 대한 대가를 지불하려들지 않는 행위를 말하는데, 이는 사회적 자원의 효율적 배분을 깨뜨리려 **시장 실패**를 가져오는 나쁜 결과를 초래한다…ⓐ

(나)의 '성과 연봉제' 도입은 (가)의 무임승차 현상으로 인한 시장 실패(정부 실패)를 막기 위한 해결 방안이 될 수 있다. (가)에 따르면, 무임승차 현상이 발생하는 원인은 개인 차원의 성과와 보상 체계가 미흡한 때문인데, 특히 공무원 조직처럼 기존 연봉제가 직급과 재직 기간에 맞춰 획일적으로 적용되고 있는 경우에는 경

⑤는 '설명하고, 근거를 제시하라'는 복합 논제를 담고 있다. 이때 발문의 물음을 보면, 'ⓐ(가)의 사회 문제를 설명하고, ⓑ그 해결 방법을 (나)에 근거하여 제시하라'는 논제의 요구를 담고 있다. 즉, 논제 서술 과제의 물음은 둘 다 '설명하라'는 요구이자, 설명의 방법을 사용하여 답안 내용을 서술하라는 의미이다.

그렇다면 ⓐ와 ⓑ의 '설명'은 각각 어떤 면에서 차이 날까? 먼저 ⓐ는 제시문(가)에 담긴 현상 (링겔만 효과)의 의미를 '정의'의 진술 방식을 사용하여 명확히 규정(즉, 개념화)한 후, 이를 사회 문 제에 적용하여 구체적으로 설명(해석)하라는 요구이다. 이를 대상을 '일반화'하여 설명하는 진술 방식이라고 하는데, 그렇게 해서 (가)의 현상을 일반화하여 설명한 결과가 바로 '무임승차 현상이 초래하는 시장 실패'이며, 이것이 곧 제시문(가)의 중심 생각이자 논제의 '주제 개념'이다. 즉, ⓐ는 대상을 일반화(구체적인 것을 일반화하는 설명 방식)하여 '주제 개념'을 찾아 밝히기 위한 '설명글'이 라고 보면 된다(앞서, 설명은 주제를 풀어 밝혀서 이해로 이끈다고 강조했다).

한편, ⓑ는 논증글(설명적 논증)이다. ⓑ는 논제의 핵심 물음인 '무임승차 현상이 초래하는 시장 실패'를 해결하기 위한 방안을 제시문(나)에 근거하여 제시하라는 요구로, 이에 대한 논리적인 이 유를 제시하는 것이 논제의 요구이기에 '논증'의 추론 방식을 사용하여 글 내용을 기술하게 된다. 이때 논증의 관건은 자신의 주장을 얼마나 잘 설득하는가 하는 것으로, 그 주장을 적절히 뒷받침 하는 근거(논거, 이유)를 설명의 진술 방식으로 여하히 잘 제시해야 하고, 전제(근거)로부터 결론(주 장)이 이끌어지는 추론 과정을 분명히 드러내야 한다. 그런 점에서 볼 때, '타당한 근거를 제시하 라'는 논제 서술 과제 역시 '설명하라'는 범주에 속한다고 할 수 있다.

직하지 않다고 본다. 이에 대해 (나)와 (사), (라)와 (바), (마)와 (다)는 서로 대응해 가며 다문화 갈등이 일어나는 원인과 그 해결 방안을 제시하고 있는데, 그 핵심을 설명하면 다음과 같다.

먼저 (나), (사)는 다문화 갈등의 원인과 해결 방안을 '개별' 차원에서 논의한다. (나)에 따르면, 다문화 갈등은 '대화와 상호 작용' 부재의 교류 없는 삶에서 비롯된다. 자기와는 다른 사람들을 낯설어하면서 비슷한 사람들과만 어울리는 단절된 삶의 방식을 고수하려 들수록 교류는 단절되고 갈등은 증폭된다는 것이다. 따라서 다문화 갈등을 극복하기 위해서는 (사)에서처럼 '차이와 다름'을 인정하는 열린 자세로 타자와 진정으로 소통할 수 있어야 하는데, 이를 위해서는 친밀감과 공감의 유대감을 높일 수 있는 소통의 장을 제공하는 커뮤니케이션 기술을 발전시켜 나갈 필요가 있다.

다음으로 (라), (바)는 다문화 갈등의 원인과 해결 방안을 '공동체적' 차원으로 확장한다. (라)에 따르면, 다문화 갈등은 자신이 속한 집단 구성원과의 동질성은 강조하는 반면, 자신이 속하지 않은 집단 구성원과는 차이와 차별을 두는 식으로 나와 타자를 범주화하여 인식하는 편향적 사고에서 비롯된다. 따라서 다문화 갈등을 극복하기 위해서는 (바)에서 말하듯이, 나와 타자는 공동체 안에서 함께 살아갈 운명을 타고 났으며, 세상에는 반드시 나와 타자가 공존한다는 동질 의식을 일깨우는 인간 보편 감정으로서의 공감 능력을 향상할 필요가 있다.

끝으로 (마), (다)는 다문화 갈등의 원인과 해결 방안을 '구조적'인 관점에서 접근한다. (마)에 따르면, 다문화 갈등은 타자의 이익을 나의 손실로 인식하면서, 타자를 마치 '제로 섬' 게임의 경쟁자로 받아들이는 배타적인 태도에서 비롯된다. 따라서 다문화 갈등을 극복하기 위해서는 (다)에서 강조하는 것처럼, 상호 존중을 바탕으로 경쟁이 아닌 협력의 구도를 형성하기 위한 구성원들의 의지적 노력이 따라야 한다. 즉, 연대와 소속 의무가 강조된 공동체 의식을 강화할 필요가 있는데, 이를 위해서는 공동체 구성원의 도덕적 책임 의식을 높일 수 있도록 국가가 적극 나서야 한다. … **[필자 예시 답안]**

⑥의 '논술하라'는 논제 서술 과제 역시 ⑤의 '타당한 근거를 제시하라'와 같은 차원의 논의를 요구한다. 다만 ⑥은 논의(설명적 논증)를 단순히 제시문별로 타당한 근거를 제시하면서 설명하는 데 그치는 것이 아니라, 그 판단의 준거(비교 기준)를 찾아 이를 제시문별로 대응해 가며 설명하라는 요구라는 점에서 ⑤와 차이를 보이는데, 그렇더라도 본질적인 의미에서는 같다.

⑦ ⓐ제시문 (마)의 사례를 바탕으로 제시문 (라)의 '비평'에 나타날 수 있는 **특성을 서술**하고, ⓑ이러한 특성을 고려하여 20세기 미술을 감상할 때 요구되는 태도를 제시문 (바)에 **근거하여 서술**하시오. (중앙대 2017 인

(마)는 새로운 상황과 경험을 접하면서 나타날 수 있는 **인식 주관의 변화 양상**을 보여준다. 초보 운전사로서 자동차가 주는 편리함과 불안을 동시에 느끼던 '나'는 점차 자동차를 편안한 감성적 기계로 인식하게 된다. 그러던 어느 날 고속도로를 운전하던 중 풀벌레들을 해치는 경험을 겪게 되고, 이후 자동차를 생명을 해치는 기계로 바라보게 된다. 자동차에 대한 '나'의 인식이 새로운 경험과 상황에 따라 바뀌듯이, 예술 작품에 자격을 부여하고 의미를 해석하는 지적 행위인 (라)의 예술 비평 역시 고정된 것이 아니다. 예술 작품에 대한 개인의 경험 및 상황에 따라 해석과 평가가 다를 수 있고, 같은 대상에 대해서도 그것을 어떻게 바라보느냐에 따라 동일인의 해석이 달라질 수도 있다…ⓐ

(바)는 20세기 미술작품을 감상할 때 어떠한 태도가 요구되는가에 대한 근거를 제시한다. 해석의 다양성과 수용자의 참여, 작가와 감상자의 소통을 중시하는 현대 미술의 특성을 고려할 때, 예술은 자기 완결성을 지닌 작품으로 간주되기보다는 그 경계가 점점 더 넓어지고 또 개방되어 가는 '열린 작품'으로 받아들여야 한다. 따라서 현대 미술 작품을 제대로 감상하기 위해서는, 작품을 작가의 관점에서 바라보는 능동적인 자세를 갖추고, 편견과 선입견을 버리고 열린 마음으로 작품을 새롭게 해석하려고 노력하는 한편, 항상 배우고 수용하는 태도로 예술의 다양성과 다원성을 이해하기 위해 노력할 필요가 있다…ⓑ … **[필자 예시 답안]**

㉠의 '서술하라'는 논제 서술 과제 역시 '설명하라(설명적 논증)'는 지시어의 범주에 속한다. 즉, '비교와 대조', '분류와 구분', '분석'과 같은 설명의 다양한 진술 방식을 사용하여 글 내용을 객관적으로 기술함으로써, 대상과 개념을 알기 쉽게 풀이할 것을 요구한다.

㉠은 '설명하라'는 논제 서술 과제를 해결하는데 있어서 **'통합 및 적용' 능력의 중요성을** 알려준다. 설명 가운데 가장 단순한 것은 '그것(대상에 담긴 주제 개념)은 무엇(논제의 물음에 대한 대답)인가'라는 질문에 대하여 대답하는 것으로서의 '동일성 확인'의 방법이다. 이를테면, ㉠의 제시문 (마)에 나타난 사례(대상)를 (라)의 예술 비평에서 나타날 수 있는 특성과 연결하고, 이어서 그 특성을 (바)의 미술 작품을 감상할 때 요구되는 태도와 연결하여, 전체를 하나의 주제 개념 하에 그것도 논제의 물음에 맞게 일관되게 서술(설명)할 수 있어야 한다.

이것이 곧 논제의 물음으로, 이를 해결하기 위해서는 제시문과 제시문의 핵심 내용(논지)을 주제 개념을 따라 통합·전이·적용하면서 효과적으로 서술해야 한다. 다시 말해 **글(답안)의 처음부터 끝까지 일관된 주제 의식 아래서 대상의 여러 측면들을 정확하고, 명료하며, 간결하게 설명**

해 나가지 않으면 안 된다. 만약 이를 어길 경우 설명의 일관성과 통일성, 그리고 논리성은 깨지고, 더불어 설명은 피상적인 수준에 머물게 되며, 결국에 가서는 논제의 물음에 이해 자체를 그르치는 결과를 낳는다.

⑧ 제시문 [가]와 [나]의 핵심어를 찾아 맥락상의 <u>공통적인 주장을 **기술**</u>하시오. (동국대 2016 인문1 수시 문제2)

(가), (나)의 핵심 주제어는 '**이타주의**'로, '참여', '협조', '신뢰' 등 인간이 사회 내에서 더불어 함께 살아가는데 필요한 사회 자본으로서의 **호혜적 이타주의**가 개인은 물론 공동체의 조화로운 발전에 기여한다고 주장한다. 인간의 정신은 이기적 유전자에 의해 만들어졌지만, 그와 동시에 인간은 사회적 본성을 가지고 태어난다는 것이다. 그 결과, 사회성과 협동성, 신뢰성을 지향하는 인간 행위의 동기로서의 이타주의적인 사고는 구성원 간의 유기체적 조화와 균형을 가져오며, 공동체의 발전에 기여한다고 주장한다… **[필자 예시 답안]**

⑧의 '기술하라'는 논제 서술 과제 역시 '설명하라'의 범주에 속한다. 제시문들에 담긴 공통적인 주장(논지)을 요약하여 기술하라는 요구인 점에서, '기술하라'는 논제 서술 과제 역시 '설명하라'는 지시적 물음(요구)의 하나라고 볼 수 있다.

⑨ ⓐ[그림 1]을 〈제시문 4〉의 (나)와 〈제시문 5〉의 (가)를 <u>바탕으로 **해석**</u>하고, ⓑ〈제시문 4〉의 관점에서 볼 때 [그림 2]에서 야기될 수 있는 <u>문제를 **추론**</u>하시오. (한국외대 2017 인문1 수시 문제4)

[그림1]에 따르면, 신생에너지 세계 시장 규모가 해마다 지속적으로 확대되고 있는데, 그 이유를 〈4-나〉와 〈5-가〉를 통해 설명하면 다음과 같다. 〈5-가〉의 주장처럼, 현대 사회로 발전할수록 인간은 점점 더 많은 에너지를 필요로 하는데, 이는 인간의 삶을 편리하고 풍요롭게 하기 위해서는 더욱더 과학 기술에 의존하는 삶을 살아갈 수밖에 없음을 보여준다. 이때 일반 에너지가 아닌 신재생에너지의 생산 규모의 지속 확대를 논의하고 있음에 주목할 필요가 있다. 이는 〈4-나〉에서 알 수 있듯이, 과학 기술 발달로 야기되는 환경 파괴를 막고 환경 문제를 해결하기 위해서는 그 대안으로 친환경에너지 및 재생가공에너지와 같은 대체에너지를 개발하는 한편, 이를 통해 인간과 자연의 조화와 공존을 도모하려는 생태 중심주의 사고로 인간의 인식이 전환되고 있음을 보여준다…ⓐ

[그림2]는 보건·의료 관련 실험 동물의 개체수가 해마다 증가하고 있음을 보여준다. <u>과학 기술 발전에 부정적</u>

ⓐ는 '자료를 특정 관점에서 해석(설명)하고, 이를 바탕으로 야기될 수 있는 문제를 추론하라'는 것이 논제의 요구이다. 이때 ⓑ의 '추론하라'는 논제 서술 과제 역시 '설명적 논증'을 요구한다는 점에서 '설명하라'는 지시적 범주에 포함될 수 있다.

'설명하라'는 논제 서술 과제를 해결하는데 추가적으로 알고 있어야 할 것이 있다. 우리는 사고를 하는 과정에서 어떤 생각을 근거로 해서 다른 생각을 이끌어 내는 경우가 있다. 이런 사고 과정을 '추론(推論)'이라고 하는데, 논증은 추론의 과정을 언어로 표현한 것이다. 즉, 추론은 어떤 주장과 관련하여 그것을 설명하는 논거(또는 논지)와 논거(또는 논지) 사이의 관계를 명백히 드러내면서 하나의 결론을 이끌어 내는 논리적인 사고 과정이다. 대입논술에서 **제시문의 연관관계 파악이 중요한 이유가** 이것이다.

올바른 추론을 위해서는 확보된 논거를 해석하고 의미를 부여함으로써 논거의 내용은 물론이고 논거와 논거 사이의 관계를 정확히 파악하는 한편, 이를 설명의 자료로써 적절히 활용할 수 있어야 한다.

만약 추론이 글쓴이의 멋대로 이루어진다면, 그 추론을 통해서 얻어지는 결론의 타당성은 옳게 인정받기 어렵다. 부정확한 지식과 불확실한 정보에 따른 추론, 다시 말해 제시문의 내용을 정확히 파악하지 못한다거나, 출제자의 의도를 올바로 파악하지 못한 상태에서 이루어지는 추론은 잘못된 결론을 가져오게 된다. 따라서 추론에는 무엇보다도 대상(과 개념)에 대한 정확한 지식과 정보, 그리고 대상(과 개념)들 사이의 내적 인과관계에 대한 올바른 해석이 전제되지 않으면 안 된다. 추론은 제시문의 입장에서 글 내용을 객관적으로 서술할 것을 요구한다는 점에서 '설명하라'는 지시어, 즉 설명적 논증에 부합한다.

이상의 설명을 염두에 두고 ⓐ의 필자 예시 답안의 ⓑ를 살펴보자. 답안은 '과학 기술 발전에 부정적인 입장(제시문4의 논지)'에서 제시된 자료(그림2)에 나타난 현상을 해석함으로써 그것이 의미하는 바를 도출(인간 중심적 사고)하고, 그 해석된 결과를 바탕으로 새로운 의미를 부여하면서 자기주장(인간과 자연의 공존을 저해하고 생태계의 위기를 초래)의 타당성을 기술하고 있다. 이를 통해 알 수 있듯이, 추론의 과정은 지극히 합리적이고 객관적이어야 하며, 출제자의 의도에 부합하는 보편성을 가져야 한다. 이를 아래 대학 설명에서 확인할 수 있을 것이다.

[한국외대 제시 논술 시험 문제 유형 Tip]

적용 추론형 문제는 도표나 그래프, 또는 이들이 포함된 지문과 연관하여 주어진 자료에 대한 분석을 요구하는 문제가 출제될 가능성이 높습니다. 이 유형의 핵심은 <u>제시문을 통해 습득된 정보를 토대로 새로운 사실을 도출해 내는 것입니다</u>. 우선, 자료에서 주어진 명제 조건을 확인하고 적용의 내용과 대상이 무엇인지 명확히 파악해야 합니다. 질문에 이미 절반의 답이 들어있다고 볼 수 있으므로 문제를 여러 번 읽어 출제자의 의도를 완벽하게 이해해야 합니다. 무엇을 어디에 적용하여 추론해 나갈 것인지 숙지하고 단계적으로 답안을 서술해 가야 합니다. <u>적용 추론형 문제는 출제자가 의도한 답안의 방향이 어느 정도 정해져 있는 바</u>, 자료의 단순 이해보다는 비판적, 창의적 사고력을 발휘하여 단계적, 논리적 서술에 무게 중심을 두고 명확한 언어로 간결하게 표현할 수 있어야 합니다.

⑩ ⓐ제시문 [가]~[다]를 바탕으로 영화 '명량'의 허구성을 **추론**하여 **기술**하고, ⓑ제시문 [라], [마]를 참조하여 역사적 사실을 바탕으로 한 영화의 허구적 표현에 대한 수용 태도에 대하여 **논하시오**. (동국대 2016 인문 모의 문제3)

영화 '명량'에서 배설은 철저히 악인으로 묘사된다. 더군다나 배설은 영웅 이순신과 대비되는 인물로 설정되고 있는데, 이는 그를 공공의 적으로 만듦으로써 영화의 극적 효과를 높이려는 의도에 따른 것으로, <u>역사적 사실과 실제 영화의 내용은 상당한 괴리를 보인다</u>. 즉, (가)에서 배설은 이순신의 암살을 기도하는가 하면 거북선을 불태우는 대역 죄인으로 나오지만, (다)에 따르면 그는 단지 상부의 명령을 어기고 도망치는데 급급한 인물로 묘사되었을 뿐이다. 이를 통해 '명량'은 '역사적 사실' 그 자체에 충실하기보다는, 영화의 흥행을 위해 작가의 해석적 상상력을 동원하여 만든 영화일 뿐이라고 추론할 수 있다…ⓐ

<u>문제는 관객들이 영화 '명량'의 허구적 표현을 역사적 사실로 받아들일 가능성이 크다는 것이다. 따라서 (라), (마)를 참조하여 대중의 바람직한 수용 태도를 정립할 필요가 있다</u>. 특히 역사적 실존 인물이 등장하는 영화의 경우에는, 관객들이 영화의 허구성에 함몰되어 이를 그대로 믿고 받아들이는 경향이 강하다. 이런 이유로, <u>관객들은 '사실로서의 역사'와 '해석으로서의 역사'를 구분해서 생각할 수 있도록 비판 의식을 길러나가야 한다</u>. 이를 통해 영화의 허구적 표현을 올바르게 인식하고 객관적으로 수용할 때, 역사 인식은 바로

⑩의 ⓐ의 '추론하라'는 논제 서술 과제의 지시적인 물음 역시 '설명적 논증'을 하라는 요구라는 점에서 ⑨와 별반 다를 바 없다. "논증은 어떤 명제에 대하여 논거를 서술하는 활동의 의미한다"라는 정의에 의거하여 생각할 때, 어떤 명제를 증거에 의하여 논리적·객관적으로 서술하는 단계에 까지 이르면 그것으로 충분하다. 그것이 곧 '설명적 논증'으로, 제시문 내용을 바탕으로 증명할 내용을 객관적으로 서술하면 된다.

이에 비해 ⓑ의 '논하라'는 논제 서술 과제의 지시는 조금 성격이 다르다. 여기서의 논하라는 요구는 '비판하라'는 내용까지 포괄한다. '비판'의 사전적 정의는 '대상이 되는 사물의 옳고 그름을 가리어 판단하거나 밝힘'인데, 그렇더라도 그 비판의 근거는 전적인 자기 견해가 아니라, 제시문의 입장에서의 옳고 그름에 관한 판단을 기초로 해야 한다.

다만, 논증의 주된 의도가 독자에게 확신을 주고 독자를 설득하는데 있음에 비추어 생각할 때, **'비판하라'는 논제 서술 과제는 설명적 논증에서 한 걸음 더 나아가 '설득적 논증'으로 이어져야** 한다. 무슨 뜻인가 하면, 논증의 기본은 어디까지나 증거에 의한 논리적 호소에 있음을 고려할 때, 독자(즉, 평가자)가 공감할 수 있을 정도로 효과적인 표현 방법이 따라야 논증은 성과를 거둘 수 있다. 아무리 훌륭한 사상, 판단, 의견, 주장이라 하더라도 그것을 표현하는 효과적인 방법을 모른다면 독자를 설득할 수 없다는 사실을 이해하고, 글의 논리적인 서술과 체계적인 구성에 힘을 기울이면서 답안을 작성해야 한다. 그렇더라도 그 논리의 근거는 어디까지나 제시문 내용에 근거해야 함은 물론이다.

여기까지의 해설을 통해 알 수 있듯이, **'설명하라'는 논증 지시어는 다양한 의미로 해석될 수 있으며, 이는 문제와 제시문 간의 연관관계에 따라 규정된다.** 때문에 논술자인 학생들은 문제에서 '설명하라'는 논제 서술 과제가 제시된 경우, **그것이 논제의 물음에 대한 단순한 '설명'을 요구하는 것인지(설명적 논증), 아니면 설명에 더해 '비판'적인 논증에까지 이르러야 하는 것인지(설명적 논증+설득적 논증), 아니면 설명과 비판에 더해 '자기 견해'까지 추가로 제시해야 하는지(설명적 논증+설득적 논증) 등등을, 문제와 제시문을 거듭 읽으면서 간파할 수 있어야** 한다. 중요하고 또 중요한데, 실제 이 부분에서 평가가 갈릴 수 있다.

'설명하라'는 논제 서술 과제의 해결이 생각 밖으로 어려운 이유가 이 때문인데, 그 '설명하라'는 지시어를 따라 얼마만큼 깊게 그리고 체계적으로 생각하면서 논증하느냐에 따라 개별 답안의 충실성과 완성도는 차이날 수밖에 없다. 이 점을 학생들은 반드시 알고 있어야 한다.

❸ 자료를 해석하여, 논증하라

(1)주어진 상황을 정확히 추론해 내는 능력을 묻는다

자료 해석 문제는 크게 '자료 해석'과 '상황 판단'을 묻는 출제 유형으로 구분된다. '연세대 사회계열 2번 문제'는 **상황 판단을 요하는 자료를 중심으로** 출제된다. 즉, 논리적 추론을 요하는 상황 자료를 제시하고, 그 상황에 맞게 대상을 이해하고 적용하여 새로운 문제점을 발견토록 유도한다. 그리고 그 과정에서 문제 해결 능력까지 평가할 수 있도록 함으로써, 학생들의 수준 높은 사고 능력을 측정한다. 물론 자료 해석과 상황 판단을 복합적으로 묻는 경우도 있다.

상황 판단형 문제는 인문·사회·경제·자연과학 등 다양한 분야에서 접하게 되는 현실의 시대 상황, 구체적인 사회 이슈, 각종 정책에 대한 의사 결정 사례 등을 소재로 삼아 출제된다. 따라서 학생들은 평소 사회 문제에 관심을 갖고 문제의 본질, 그 대안 및 실행 전략, 그리고 실행과 집행에서 나타날 수 있는 결과 등을 예측하면서 글을 읽고 쓰는 연습을 해나갈 필요가 있다. 특히 다양한 분야의 독서를 통해 정보 속에 숨어있는 내재적 요인들을 끌어내고, 이들 간의 논리적인 관계를 추론을 통해 밝혀낼 수 있도록 훈련할 필요가 있다.

학생들이 상황 판단형 논술 문제를 풀기 어려워하는 것은 다음 이유 때문이다. 첫째, 가치판단의 제 관점에 따라 자료가 달리 해석될 수 있도록 유도하는 이른바 **딜레마의 상황을 자료에 담아 출제하기** 때문이다. 딜레마의 상황이란, 자료 해석에 있어서의 판단의 근거가 되는 변인들을 어떠한 기준에 맞추어 설정하고 또 그것에 맞게 서술해야 할지를 헷갈리게 만듦으로써, 그에 따라 '해석의 오류'를 일으킬 수 있는 여지를 제시된 자료 곳곳에 장치해 놓은 경우를 뜻한다(하지만 최근의 교과 논술은 그렇지를 않고 평범한 수준의 해석을 요구하는 경우가 더 많다).

예를 들어 다음 [사례3] 문제의 제시 자료처럼, 자료를 구성하는 변인을 세 개 제시함으로써 판단과 해석의 기준을 흩뜨리는 경우가 그것인데, 그렇게 해서 학생들은 선뜻 판단을 못 내리고 혼란에 빠지고 만다. 이때 자칫 판단 기준을 잘못 잡아 해석할 경우에는 순환의 오류와 같은 논리 체계의 혼동이 일어나면서 잘된 논증을 망치고 만다.

둘째, 자료 해석을 통해 논제의 물음을 논증하고 또 그 논증에 합당한 논거를 제시해야 하기 때문이다. 따라서 이를 해결하기 위해서는 그만큼 **논리적인 사고력**은 물론 **뛰어난 서술 능력**이 뒷받침되어야 한다. 특히 연세대 사회 2번 문제처럼 '1000자 답안'을 채워야 하는 경우에 학생들이 느끼는 중압감은 상당하다. 자료 해석형 문제는 **자료의 핵심 요지만을 압축하여 해석할 수 있어야 하며, 이후 그 해석된 내용을 주제 개념을 따라 재해석하는 한편, 다시금 이를 논제의 요구에 맞게 재구성하면서 논리적·체계적으로 글 내용을 서술해야** 한다. 이러한 문제 풀이 과정은 생각 이상으로 까다롭다. 더군다나 자료에 담긴 해석된 내용을 논제 서술 과제에 맞추어 논리적으로 서술한다는 것은, 평소 글쓰기 연습에 숙달되지 않은 학생들의 입장에선 여간 곤혹스런 일이 아닐 수 없다.

따라서 평소 이런 유형의 문제를 많이 접해가며 철저히 대비하지 않으면, 논술 답안 작성은 그만큼 힘겨울 수밖에 없다. 이때 염두에 둘 것은 상황 판단을 요하는 자료 해석 문제 역시 인문 논술 문제와 마찬가지로 먼저 논제에 담긴 **'개념(즉, 주제 개념과 관점을 담은 세부 개념)'부터 살피고, 그런 다음 그것에 맞게 제시 자료를 해석해야** 한다. 만약 그렇지를 않고 자기 멋대로 자료를 해석하려들다가는 자칫 논점을 이탈하거나 중언부언하는 답안으로 이어질 수 있다.

이를 아래의 [사례3] 문제에 대한 모 논술 강사 예시 답안을 통해 확인할 수 있을 것이다. [사례3]의 경우, (라)를 '낙관성과 현실성(주제)에 대한 인식에 있어서의 상관관계(관점)'에 맞게 자료를 해석하고 그 안에 담긴 핵심 논지를 추려낸 후, 이를 (가-1)과 비교하여 그 차이점을 중심으로 논의를 이어나가야 한다. 만약 이러한 과정 없이 그야말로 자료 해석 그 자체에 충실할 경우, 아래 예시 답안처럼 자료에 대한 단순 설명에 치중하다가 뚜렷한 결론 없이 그냥저냥 끝을 맺고 말 수 있다.

(라)는 현실성과 낙관성이라는 변수가 시험 성적이라는 결과에 미치는 영향을 보여준다. 시험 성적은 현실성과 뚜렷한 상관성을 갖는다. 현실성이 높은 집단이 낙관성의 정도와 무관하게 모두 더 높은 성적을 기록했으며, 낙관성 정도가 낮은 집단의 성적 합은 7.7로 높은 집단의 합인 7.0보다 0.7점 높은데 비해, 현실성이 높은 집단은 9.0으로 현실성이 낮은 집단의 5.7보다 3.3점이 높다. 그러나 낙관성의 정도에 따른 편차가 낙관성이 낮은 집단에서는 0.3점으로 미미하지만 낙관성의 정도가 높은 집단에서는 3.0으로 10배의 차이를 보이며, 이 편차는 낙관성 정도가 높은 집단에서 현실성 정도가 높은 집단은 더 높은 성적을, 현실성 정도가 낮은 집단은 더 낮은 성적으로 극단화된 결과이다…① (이하 중략) … **[모 논술 강사 예시 답안]**

이를 위 예시 답안의 전반부와 아래 [사례3]의 필자 해석의 결론 부분과 비교해서 살피면 무엇이 어떻게 차이 나는 지를 파악할 수 있을 것이다. 참고로 자료를 해석할 때 염두에 두어야 할 것이 몇 가지 있는데, 이는 다음과 같다.

먼저 **자료의 핵심 내용을 파악한 후, 이를 크고 굵게 정리할 수 있어야** 한다. 자료에 나타난 수치를 세세하게 명기하면서 서술하기보다는 그 수치가 의미하는 핵심 내용을 해석한 후 이를 적절한 서술어로 풀어쓸 수 있어야 한다. 즉, 비교 기준을 잘 세우고 그것에 맞추어 자료를 크고 넓게 조망함으로써, 그 핵심만을 추려가며 서술해야 논증은 뚜렷해진다. 중요하다.

[사례3] ⓐ제시문 (라)를 <u>해석</u>하고, ⓑ이를 바탕으로 제시문 (가-1)을 **평가**하시오. (연세대 2013 사회 수시 문제2)

■ (가-1)의 논지_ 자신에 대한 긍정적 평가와 미래에 대한 낙관적 신념이 더해질수록 학생들은 육체적 건강과 정신적 역경에 더 잘 대처하게 되며, 그 결과 시험에서 더 좋은 성적을 받는다. 그렇기에 자존감과 행복은 현실에 대한 정확한 인식에서 비롯되는 것이 아니다.

→ 즉, 학생들의 성적은 **낙관성의 정도**와는 높은 상관관계를 갖지만, **현실 인식의 정도**와는 낮은 상관관계를 갖는다.

제시문 (라) 시험을 치른 학생들을 '낙관성'과 '자기 능력에 대한 인식의 현실성'을 기준으로 네 집단으로 나누어 시험 성적을 분석하였다. 다음 도표는 집단별 시험 성적의 평균값을 보여준다. 성적은 점수가 높을수록 우수한 것으로 해석한다.

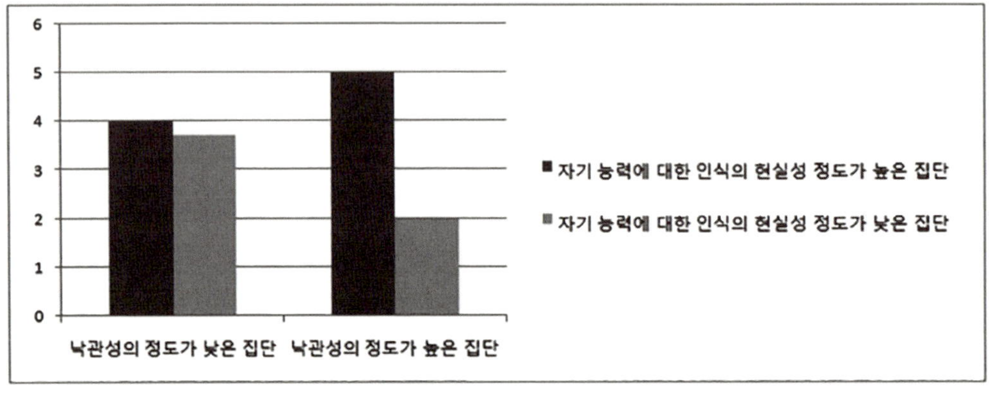

- 낙관성의 정도가 낮은 집단 내의 학생들은 자기 능력에 대한 인식의 현실성 정도가 낮은 집단에 속하거나, 또는 높은 집단에 속하거나 관계없이 모두 시험 성적이 엇비슷하게 나타난다.

→ 낙관적으로 생각하려들지 **않는** 학생들은 자기 능력에 대해 정확히 알고 있든 그렇지 않든 관계없이 적극적으로 시험 성적을 올리고자 노력하지 않는다. 즉, 자기 능력을 잘 알고 있는 학생도, 그렇지 않은 학생도 성적이 향상될 거라는 생각을 갖지 않고 그저 습관대로 공부할 뿐이다.

- 낙관성의 정도가 높은 집단 내의 자기 능력에 대한 인식의 현실성 정도가 높은 집단에 속하는 학생들은 시험 성적이 높게 나타난다.

→ 낙관적으로 생각하는 학생으로 자기 능력에 대해 잘 인식하고 있는 학생들은 **긍정적인 사고**를 갖고 적극 노력한 결과, 매우 높은 성적을 보인다.

- 낙관성의 정도가 높은 집단 내의 자기 능력에 대한 인식의 현실성 정도가 낮은 집단에 속하는 학생들은 낮은 시험 성적을 나타낸다.

→ 낙관적으로 생각하는 학생으로 자기 능력이 떨어짐에도 불구하고 **근거 없는 지나친 자신감**을 갖는 학생들은, 비록 긍정적인 사고로 적극 노력하더라도 성적은 오히려 더 떨어진다.

- 낙관성의 정도 차이에 관계없이 자기 능력에 대한 인식의 현실성 정도가 높은 집단에 속한 학생들이 낮은 집단에 속한 학생들보다 더 높은 시험 성적을 나타낸다.

→ 낙관성의 정도 차이보다는 **자기 능력에 대한 현실적 인식**이 시험 성적에 더 많은 영향을 미친다. 즉, 자기 능력에 대해 잘 인식하고 있는 학생들이 육체적 건강과 정신적 역경에 더 잘 대처하게 되며, 그 결과 시험에서 더 좋은 성적을 받는다.

■ 결론_ ⑴학생들의 성적은 **낙관성의 정도**는 물론, **현실 인식의 정도**와도 정(正)의 상관관계를 갖는다.

　⑵학생들의 성적은 낙관성의 정도보다는, **자기 능력에 대한 현실 인식의 정도**와 더 높은 상관관계를 갖는다.

※(가-1)의 논지와 (라)의 해석의 결과를 서로 비교해 가며 살펴야 논제의 물음과 논증의 핵심이 바로 보인다.

다음은 위 설명을 토대로 기술한 필자 예시 답안이다.

(가-1)에 따르면, 학생들의 성적은 낙관성의 정도와는 높은 상관관계를 갖지만, 현실 인식의 정도와는 낮은

상관관계를 갖는다. 즉, 학생들은 자신에 대한 긍정적 평가와 미래에 대한 낙관적 신념이 더해질수록 육체적 건강과 정신적 역경에 더 잘 대처하게 되며, 그 결과 시험에서 더 좋은 성적을 받는다. 그렇기에 자존감과 행복은 반드시 현실에 대한 정확한 인식에서 비롯되는 것은 아니라고 주장한다…ⓐ

하지만 (라)의 분석 결과는 (가-1)의 이 같은 주장을 반박한다. (라)에 따르면, 학생들의 성적은 낙관성의 정도는 물론, 현실 인식의 정도와도 정(正)의 상관관계를 갖는다. 그럴더라도 학생들의 성적은 <u>낙관성의 정도보다는, 자기 능력에 대한 현실 인식의 정도와 더 높은 상관관계를 갖는다.</u> 즉, 낙관적인데다가 자기 능력에 대해 강한 현실적인 자신감을 갖는 학생들은 긍정적인 사고를 갖고 적극 노력하기에, 높은 성적을 보인다. 그렇더라도 그 자신감은 어디까지나 현실적인 낙관성에 따른 것이지, 결코 (가-1)처럼 현실성을 결여한 막연한 장밋빛 환상에 있지 않다. 자기 신념의 실현 가능성은 어디까지나 자신을 정확히 파악하고 평가하는 것에서부터 출발하기 때문이다.

이런 이유로 (라)의 자기 실력을 정확하게 인식하지 않고 근거 없는 낙관으로 일관하면서 강한 자신감을 내보이는 학생들의 경우에는, 시험 성적이 오르기는커녕 낙관적이지 못한 학생들보다도 훨씬 낮은 시험 성적을 보인다. 이는 (가-1)의 자기에 대한 지나친 긍정적 평가와 미래에 대한 과도한 낙관적 신념, 그리고 자기 자신이 주변을 통제할 수 있다는 지나친 자신감은, <u>그만큼 현실에 대한 정확한 인식을 결여한 비현실적인 낙관성에 따른 것임을 보여 준다.</u> 즉, 미래에 대한 막연한 장밋빛 환상에 기대어 실질적인 노력은 기울이지 않은 채, 자신은 능력이 뛰어나기에 당연히 시험을 잘 볼 수 있을 거라는 비현실적인 생각이 그것이다.

결론적으로 (라)의 관점에서 볼 때, <u>(가-1)처럼 철저한 자기 인식이 따르지 못하는 근거 없는 낙관성은 '긍정적 환상'이라기보다는 차라리 '헛된 망상'으로 보는 게 더 적절하다.</u> 자존감과 행복은 현실에 대한 정확한 인식에서 비롯되는 것이기에 그렇다… ⓑ … **[필자 예시 답안]**

(2)포인트1_ 자료는 핵심만을 단순 명료하게 해석해야 한다

자료 해석 문제는 인문·사회·문화·경제 등 다양한 영역의 자료를 다루게 된다. 다양한 분야의 폭넓은 자료들이 제시되므로 이것들을 전부 살피면서 공부하기는 현실적으로 어렵다. 따라서 이보다는 논술 시험으로 빈번히 출제되는 **핵심 주제 및 특정 개념어를 중심으로** 관련한 다양한 배경지식을 쌓아나가는 것이 더 효과적인데, 이때 그 개념어·주제어와 관련한 여러 자료를 접하면서 내용 이해와 분석 능력을 함께 기르면 된다.

이를 위해서는 먼저 논술 문제로 출제되는 '자료'부터 이해할 필요가 있다. 왜냐하면 자료 해석 문제 역시 논술로 자주 출제되는 주제나 개념·이론을 토대로 하여, 이를 특정 자료에 담아 출제하는 것이기 때문이다. 즉, 논술에 등장하는 모든 자료는 논술 문제 출제를 위해 선택된 것들로, 당연히 제시 자료에 실린 내용(논제와 관점에 담긴 개념을 반영한, 말하자면 제시문의 핵심 내용과 같다)에는 그 자료를 작성하고 출제한 평가자의 생각이 반영되어 있다. 그렇기에 그 자료들은 출제에 필요한 모든 정보를 담게 마련이며, 논제 역시 자료의 세부 내용과 긴밀히 관계한다.

이처럼 자료해석 문제 역시 일반 논술 문제와 마찬가지로, 문제에서 주어진 지시와 정보를 이용하여 논제를 해결할 수 있도록 글 내용을 구성하면 된다. 따라서 문제 안에 포함되어 있는 추가적인 정보, 이를테면 설명이나 개념, 판단 기준, 공식, 규칙 등을 정확히 파악할 수 있어야 한다. 결국 모든 자료해석 문제는 **자료 자체에 대한 이해력을** 전제한다는 사실을 알 수 있다. 즉, 주어진 자료에 대한 이해력을 갖추고 있지 않으면 이를 정확히 해석할 수 없다. 따라서 이 능력을 기르는 것이 논술 문제 풀이에 있어서의 중요한 과제가 된다.

자료 해석 문제로 빈번하게 출제되는 관련 개념이나 핵심 이론은 해마다 반복 출제되고 있으며, 앞으로도 계속해서 출제될 가능성이 매우 높다. 그렇기에 논술 기출 문제를 통해 그것들을 자연스럽게 익혀둔다면, 논술 시험장에서 이를 담아 출제한 그 어떤 자료와 마주쳐도 거뜬히 해결할 수 있을 것이다.

자료를 정확히 이해하고 올바르게 해석하기 위해서는 축적된 폭넓은 배경지식을 현실에 적용하고, 이를 통해 자료를 객관적으로 분석·판단할 수 있어야 한다. 그리고 그 과정에서 해석된 결과와 이를 뒷받침하는 근거를 논제 서술 과제에 맞게 작성하되 이를 **논증 형식의 문장으로 바꿔 서술할 수** 있어야 한다. 자료 해석에 대한 문제 해결의 실질적인 포인트는 이것이다.

이를 아래 [사례4]의 필자 예시 답안을 통해 확인할 수 있을 것이다. 앞서 설명한 것처럼, 연세대 자료 해석 문제는 '㉮**자료의 핵심 요지 해석→ ㉯해석된 결과를 제시된 근거에 맞게 재해석→ ㉰이를 논제의 물음에 맞게 논리적으로 재구성**'하면서 **논술하는** 과정을 밟아가며 체계적으로 답안을 서술(논증)하는 것이 포인트다.

아래 필자 예시 답안은 자료의 해석된 결과를 바탕으로 각 단락을 구분한 후, 각각의 내용을 '㉮→㉯→㉰'의 순서로 서술하면서 논증(설명)하고 있다. 그렇게 해서 논리는 체계적이며, 내용은 충실하며, 논증은 강화되고 있음을 확인할 수 있을 것이다.

[사례4] 제시문 (라)의 국가 A가 국가 B보다 평화 지수가 **낮은** 이유 또는 국가 B가 국가 A보다 평화 지수가

높은 이유를 제시문 (가), (나), (다)의 주장을 <u>근거로 하여</u> **설명**하시오. (연세대 2017 인문 수시 문제2)

제시문 (라)

아래 그림은 평화에 영향을 미칠 수 있는 요인들과 그 결과인 평화 지수를 보여 준다. 평화 지수는 국내외적인 갈등 요소를 고려하여 한 국가가 평화를 유지할 수 있는 능력의 정도를 측정한 지표다. 국가 A와 국가 B의 다른 조건들은 동일하다고 가정한다.

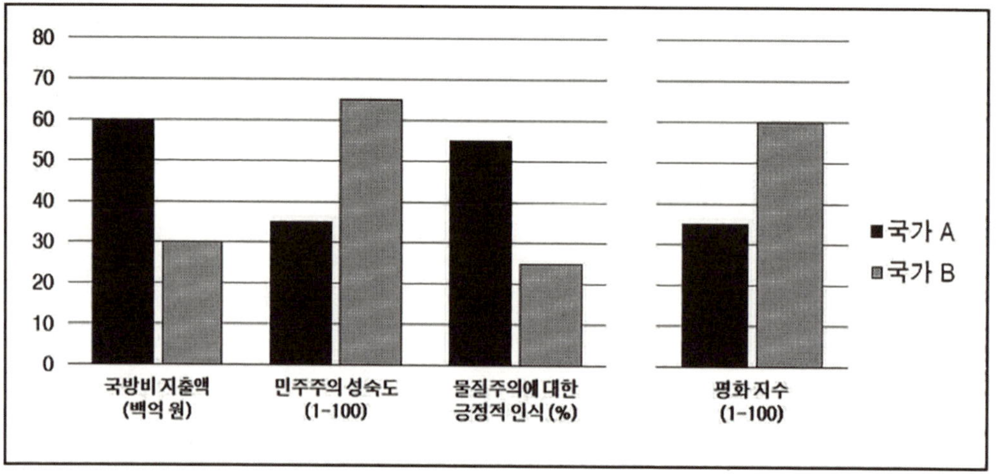

- 제시문(가)의 핵심 내용 요약_ 청나라의 항복 요구를 문서를 놓고, 주전론자인 김상헌과 주화론자인 최명길은 서로 다른 해결책을 제시하며 대립한다. 김상헌은 싸우는 것만이 당면한 살길이라고 말하면서 끝까지 항전하자고 주장하는데 반해, 최명길은 일단 화친하고 후일을 도모하는 것이 국익을 위해 이롭다고 주장한다.

- 제시문(나)의 핵심 내용 요약_ 평화는 일시적인 전쟁의 중지가 아니라 모든 적대 행위가 종식될 때에나 가능하다. 국가 간 무력 위협의 가능성이 상존하는 상태에서의 적대 행위의 중단은 결코 평화를 보장하지 못한다. 영구 평화를 위해서는 모든 국가의 정체치제가 민주적인 공화제여야만 가능하다. 민주 공화제 하에서 국민들은 자신은 물론 국가 간 상호 이익에 위배되는 원치 않는 전쟁에 결코 동의하지 않을 뿐 아니라, 자유 무역을 통한 국가의 부의 유지를 위해서도 전쟁의 발발을 반대하기 때문이다.

- 제시문(다)의 핵심 내용 요약_ 인류 번영이 평화의 가장 굳건한 토대라는 오늘날의 지배적인 신념이 지지

받는 이유는 과학 기술 발달로 인한 지속적인 풍요가 분쟁을 불러오지 않을 거라는 전제에서 비롯된다. 하지만 물질적 자원은 계속 고갈되고, 그에 따라 경제적 이익 확보를 위한 인간의 탐욕과 질투심은 끊임없이 분쟁과 갈등을 일으키게 된다. 따라서 진정한 평화의 토대를 구축하고 갈등 요소를 해결하기 위해서는 먼저 강자의 욕망부터 줄여야 한다.

다음은 위 설명을 토대로 기술한 필자 예시 답안이다.

(가), (나), (다)의 주장에 근거할 때, (라)의 국가A가 국가B보다 평화 지수가 낮은 이유는 다음과 같이 설명될 수 있다. 먼저, ㉮국가A는 평화 유지를 위해 비록 많은 국방비를 지출하고 있지만, 그럼에도 불구하고 평화 지수는 낮다. (가)는 그 이유가 어디에서 비롯되는가를 보여준다. 즉, ㉯(가)에서처럼 국내외적인 갈등 요소가 상존하면서 정치적으로 불안정하게 되면, 국가가 평화 유지를 위해 아무리 많은 국방비를 쏟아 붙더라도 결코 타국의 무력 위협으로부터 벗어날 수 없으며, 그에 따라 국민들의 불안감은 좀처럼 해소되지 않는다. ㉰ 즉, 경제력이 아무리 뒷받침되더라도 정치적으로 혼란하고 국론이 한 방향으로 결집되지 않는다면, 그 국가가 평화를 유지할 수 있는 능력으로서의 평화지수는 크게 낮아진다.
이런 이유로 정치적 불안감을 해소하기 위해서는 국민의 민주주의 성숙도가 높아야 하는데, 국가A는 그렇지를 못하면서 낮은 평화 지수를 보이고 있다. 국민의 민주주의에 대한 성숙도가 높은 국가들은 거의 예외 없이 (나)처럼 민주 공화제를 정체 체제로 채택한다. 민주 공화제 국가는 대의 정치를 통해 견제와 균형을 이루기 때문에 정부는 국민이 동의하지 않거나 원치 않는 전쟁을 일방적으로 선포할 수 없다. 하지만 국가A는 민주주의 성숙도가 낮은 탓에 국민이 자칫 대중을 선동하는 정치에 휘말릴 수 있으며, 게다가 이것이 국가 간 무력 위협의 가능성을 높이면서 국가 평화 지수를 낮추는 요인으로 작용하게 된다.
물질주의에 대한 높은 긍정적인 인식 또한 국가 평화 지수를 낮추는 요인으로 작용할 수 있다. (다)에서 알 수 있듯이, 국가 간 경제적 이익 확보를 위한 탐욕과 이기심은 끊임없이 국가 간 분쟁과 갈등을 일으키게 된다. 물질적 풍요를 추구하고 물질만능주의가 지배하는 국가일수록 이웃한 가난한 국가에 대해 끊임없이 지배하고 착취하려 든다. 하지만 그럴수록 국가A는 진정한 평화의 토대를 구축하고 갈등 요소를 해결하려 노력하기보다는 전쟁을 추구하려 든다. 그 결과 국가A의 높은 국방비 지출과 분쟁 확산은 국민들을 오히려 물질적으로 빈곤한 상태로 만들뿐 아니라, 국가적 경제 불안을 가속하면서 궁극적으로 평화 지수를 크게 낮추게 된다… **[필자 예시 답안]**

특히 통계 자료는 객관적이고 설득력 있는 근거로 자주 인용된다. 대입논술에서 제시되는 통계 자료들은 특정 주장이나 개념, 그리고 사회적 통념을 뒷받침하거나 혹은 반박하는 내용을 담고 있다. 하지만 통계와 관련한 자료를 정확히 해석하여 이를 글로써 설명하기란 무척 어렵다. 게다가 논술자가 그 자료들을 쉽게 이해할 수 없는 경우 또한 적지 않다. 따라서 제시된 자료에 담긴 핵심 내용을 객관적으로 해석한 후 이를 타당한 논증 형식을 따라 체계적으로 서술하는 것이, 통계 자료를 분석하는 첫 단계이자 중점 해결 과제가 된다.

통계 자료는 일반적으로 다음을 염두에 두고 분석해 나가면 된다.

첫째, 통계 자료는 출제 의도에 맞게 계량화한 객관적인 수치이다. 통계 자료의 분석은 출제 의도에 맞게 의미 있는 결과를 도출하는 과정으로, 이는 논제의 요구와도 부합한다. 논제가 거시적인 관점을 지향하고 있음을 고려할 때, 통계 자료의 분석 역시 자료의 세부적인 내용에 집중하기보다는 전체적인 경향을 이해하면서 **크고 넓게 조망하여 파악해야** 한다. 통계 자료의 해석을 통해 밝혀진 결과는 곧 **제시문에 실린 논의점 및 논제가 묻는 관점에 부합하는** 수준이어야만 하기 때문이다.

둘째, 주어진 통계 자료를 바탕으로 변인들 사이에 어떤 상관관계 및 인과관계가 있는지를 파악하는 것은 자료를 통해 사회 현상을 보다 심층적으로 접근할 수 있게 만드는 핵심 요소이다. 따라서 통계 자료의 변인들 사이의 상관관계와 인과관계를 파악하는 것은 통계 분석에서 매우 중요하다. 상관관계는 보통 강한 상관성과 약한 상관성으로 구분되는데, 특히 전자에 주목해서 파악해야 한다. 그렇게 해서 상관관계를 한두 개 정도로 좁혀 분석하면, 논의(논지)와 논증의 핵심(논점)이 분명하게 드러난다.

셋째, **통계 자료가 예측과 크게 어긋나는 경우, 이것을 반드시 밝혀 규명해야** 한다. 통계 자료의 내용이 일반적인 통념이나 상식 수준에서 예측한 수치 결과와 크게 차이 날 경우, 그것이 바로 **논제가 묻고자 하는 내용일 가능성이 높기** 때문이다. 만약 그렇지 않을 경우, 이는 자료 해석을 통해 논제에 담을 핵심 주장(논지)을 반박하는 근거가 되는 것이기에, 이를 재반박하여 논증을 강화시킬 수 있는 재료로 사용할 수도 있다. '창의적 적용' 능력을 묻는 문제에서 이런 유형의 통계 자료를 많이 출제하는 이유가 이 때문이다.

넷째, **급격한 수치 변화를 보이고 있는 부분이 있다면, 그 증감에 유의할 필요가** 있다. 급격한 변화에는 이를 유발하는 부수적인 원인이나 촉매의 역할을 하는 별도의 원인이 있을 수 있는데, 때로는 **그것이 논제가 묻는 논점·논지가 될** 가능성도 있다. 따라서 단순히 주어진 자료만으로 변화 추이를 분석하기보다는, 관련한 배경지식과 시사 상식을 동원해서 그러한 현상이 왜 발생했는지를 총체적으로 파악하고 분석하는 등으로, 자료를 **사회 현상 및 사회적인 문제와 연결하여 생각할 수** 있어야 한다.

다섯째, 통계 자료를 분석할 때 중요한 것은 변화의 절대적인 수치가 아니라 상대적인 비교 수치라는 점, 그리고 변화하는 발화 지점에 대한 맥락적인 이해를 요한다는 점이다. 이는 논점 이탈을 막기 위해서도 중요한데, 이를 위해서는 제시 자료에서 두드러지게 나타나는 그 어떤 특정 요인을 그 밖의 다른 요인과 연관지어가며 분석할 수 있어야 한다. 이를테면 그 제시 자료와 함께 출전한 다른 지문, 또는 그 제시 자료에서 드러나는 어떤 특정 관점이나 쟁점, 견해를 지지하는지, 아니면 반박하는지를 서로 연관지어가며 세밀히 파악할 필요가 있다.

다음은 〈서강대 2015 논술가이드〉에 실린 내용으로, 이를 통해 자료 해석의 방향성과 요령을 파악할 수 있을 것이다.

[표와 그래프의 해석]

많은 학생들이 표나 그래프가 나온 논술을 싫어한다. 너무 어렵고 복잡하여서 문제를 풀 엄두가 나질 않는다고 토로한다. 그렇다면 표나 그래프는 정말 어려운 것일까? 다음의 질문과 답변은 그 것이 진실이 아닐 가능성을 보여준다. 표나 그래프는 왜 그릴까? 정보를 이해하기 쉽게 보이기 위한 것이다. 이 말은 표나 그래프로 보면 어렵고 복잡한 것에 보다 더 쉽게 접근할 수 있다는 말이다. 실제로 표나 그래프가 어렵게 느껴지는 이유는 표나 그래프를 읽는 방법에 익숙지 않아서다. 낯설음이 어려움으로 다가오는 것이다. 그러니 두려움을 접고 표나 그래프를 읽는 방법을 알아보기로 하자.

■ 제목에 주목하라

앞서 우리는 [바]와 [사]의 제목만으로 논제와 이들의 관계를 비교 대조한 바 있다. 어떻게 그것이 가능한 걸까? 이 사실은 표나 그래프에서 '제목'이 차지하는 부분이 얼마나 큰지를 보여준다. 표나 그래프의 수치 등은 제목의 내용을 표현한 것이니 당연한 일이다. 표 제목이나 그림 제목은 정보를 구체화해 주는 중요한 장치다.

[바] 직종별로 살펴본 영국 대비 아일랜드 노동자 임금 비율의 추이, 1880~1910년

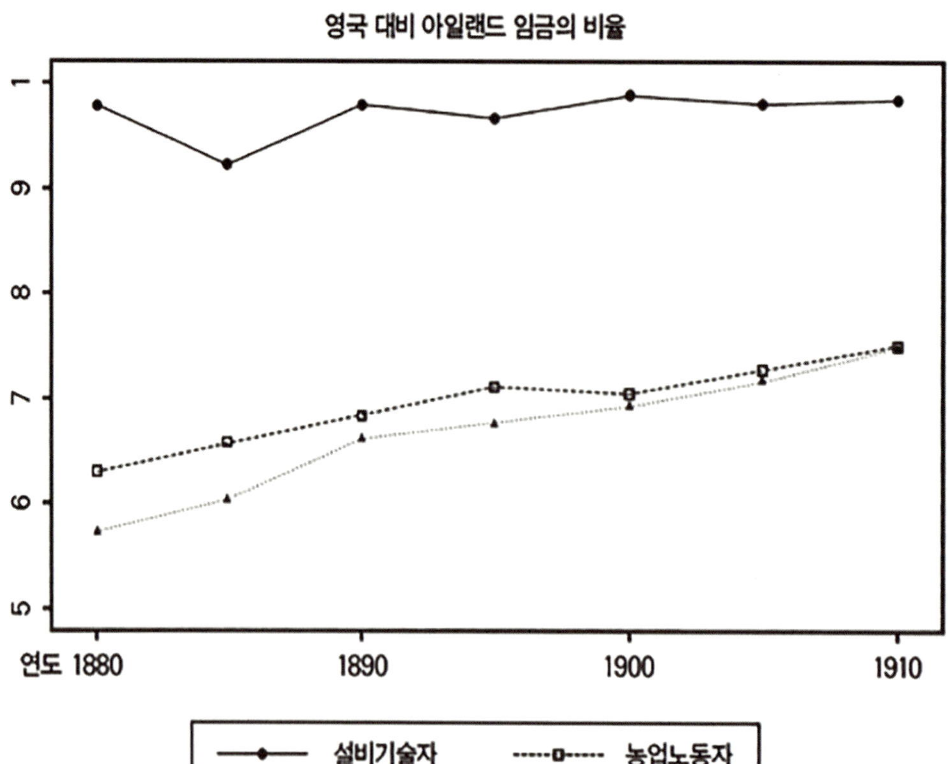

[사] 19세기 말과 20세기 초 주요 국제 교역 상품의 가격 추이

상품명	생산시	소비시	소비자 대비 생산자 가격 수준			
			연도	차이	연도	차이
밀	시카고	리버풀	1870	58%	1912	16%
양모	보스턴	런던	1870	59%	1912	28%
선철	필라델피아	런던	1870	85%	1913	19%
쌀	랭군	런던	1873	93%	1913	26%
면화	알렉산드리아	리버풀	1872	63%	1912	5%
가죽	부에노스아이레스	런던	1870	28%	1913	9%

■ **분류 기준에 주목하라**

[바]처럼 그래프가 여러 개 중첩되어 나타나거나 [사]처럼 복잡하게 제시되어 있을 때에는 그래프의 하단이나 표의 상단에 나타난 항목들에 주목하여야 한다. 이들 항목은 표나 그래프의 정보를 나누는 분류 기준이 된다. 분류 기준들의 관계를 이해하면 표의 해석이 쉬워진다. 예를 들어 하단의 표는 생산지와 소비지의 연도별 차이를 보여준 것이다. 이를 기준으로 표의 첫 줄을 읽으면 아래와 같다.

상품명	생산시	소비시	소비자 대비 생산자 가격 수준			
			연도	차이	연도	차이
밀	시카고	리버풀	1870	58%	1912	16%

⇨시카고에서 생산되어 리버풀로 팔려나가는 밀은 1870년도에 생산지보다 58% 높았지만, 1912년도에는 그 차이가 16% 높았다.

■ **차이에 주목하라**

비교, 대조 활동이 얼마나 많은 정보를 주는지에 대해 앞서 확인한 바 있다. 표나 그래프는 그런 비교, 대조가 더 쉽게 이루어질 수 있도록 수치나 그림으로 바꾸어 제시한 것이다. 최댓값이나 최솟값 등의 차이를 비교, 대조하는 것이 중요하다. 예를 들어 정보들 중 유의미한 차이를 나타내는 지점이 어디인지, 무엇인지를 읽는 것이다. 그래프 [바]에서 주목할 만한 차이는 1880년도와 1910년 도 사이에 변화가 나타나는 것과 그렇지 않은 것이다. 육체노동자와 농업노동자 임금은 높아진 동시에 둘 간의 간격이 없어진 반면 설비기술자는 거의 차이를 보여주지 않는다. 이들 차이에 주목하면 '설비기술자: 육체노동자, 농업노동자'의 차이점이 무엇인지에 대한 문제를 제기할 수 있고 이 를 제시문 [나]의 숙련성과 연결할 수 있게 된다.

(3)포인트2_ 논증 구조를 단순하게 가져가야 한다

자료 해석 문제는 현황·비교·변화를 나타내는 다양한 자료를 제시하고, 표·그래프·그림을 활용하여 단일 또는 복합적인 유형으로 논제의 물음을 구성한다. 그렇게 해서 이해, 적용, 분석, 평가 등 다양한 방법으로 자료 해석 문제를 출제하는데, 이 역시 논술 평가 항목인 '분석적 이해-비판적 평가-창의적 적용'의 범주에서 크게 벗어나지 않는다.

이처럼 자료해석 문제는 **다양한 형식으로 출제되며, '종합평가'를 묻는 문제가** 주종을 이룬다. 즉, 주어진 자료를 피상적으로 읽어 살피거나 또는 주어진 개념이나 법칙·원리 등을 단순 적용하여 논제의 물음에 대답하기보다는, 개별 자료와 정보를 결합하고 통합하여 새로운 차원의 자료나 정보를 구성하면서 답할 것을 요구한다. 나아가 이를 바탕으로 어떤 특정한 결론을 도출해 내는 능력이나, 합리적이고 올바른 의사 결정 및 판단 능력을 측정하는 형식으로 문제를 구성하여 출제한다.

이런 이유로 논술자인 학생들은 자료 해석 문제를 여전히 낯설게 느끼고 또 문제 해결이 어렵다고 생각한다. 객관식의 찍는 문제에 익숙한 학생들의 입장에서는 자료를 해석하는 것 자체가 버겁거니와, 자료를 정확히 해석하면서 글 내용을 기술하기란 여간 힘들지 않기 때문이다. 그렇더라도 방법은 있다. 오히려 이런 문제일수록 조금만 신경 써서 자료를 해석한다면 쉽게 해결되는 게 또한 자료 해석 문제의 특징이자 이점이기도 하다.

중요한 것은 자료 해석 문제 역시 문제와 제시문, 제시 자료의 연관관계를 살피면서 논증해야 한다는 것이다. 즉, 발문 물음과 제시 자료를 견주어가며 **'개념–관점–논증'**을 찾아 살피는 일련의 논제 분석 과정을 통해 자료를 정확히 해석하고, 답안을 논리적으로 서술해야 한다. 이때 제시 자료에 담긴 핵심 내용을 논제에 담긴 개념(이것을 문제 안에서 밝히거나, 이것을 찾아 정의하라는 문제가 앞 문항에 주어진다)에 맞추어서 두세 가지 포인트로 정리할 수 있어야 한다. 이것이 곧 **논제의 관점·쟁점·논점으로, 문제 해결을 위한 가장 큰 관건이자 핵심 해결 과제**가 된다. 이후 이를 토대로 제시문의 해석된 내용을 논증 형식으로 구성하고, 논제 서술 과제에 맞게 체계적으로 서술하면, 완성도 높은 한편의 논술 답안이 된다. 자료 해석 문제는 특히 다음을 염두에 두고 자료를 해석하고 요약·서술하면 보다 좋은 결과를 이끌어낼 수 있다.

첫째, 자료를 정확히 분석하여 그 해석된 결과를 **논증 형식에 맞게** 기술하되, 어디까지나 문제에서 지시하는 **논제의 요구와 지시를 따라** 자료를 해석한 후 그것에 들어있는 관점(논점, 더 나아가 논지)부터 파악하고, 이어서 그 핵심 내용을 요약·정리해야 한다. 즉, 주어진 자료를 해석한 후 이를 '주장'과 '근거'의 형식을 따라 요약해야 하는데, 이를 위해서는 먼저 제시 자료에 담긴 의미 (즉, 논지)를 정확히 해석해 낸 다음, 이를 따라 뒷받침 논거를 제시해 나가는 게 효과적이다. 이때 중요한 것은 '개념 정의-관점 파악-논증 구성'의 내용적인 일치다.

아래의 [사례5]는 논술 답안을 작성할 때, 논제 분석 과정의 핵심인 '개념 정의'와 '관점 파악'이 라는 두 측면을 일치시키는 연장선상에서 주어진 제시 자료를 분석한 후, 그 분석된 결과를 논증 구조에 맞춰서 서술해야 한다는 사실을 잘 보여준다. 즉, 제시문(가)의 담긴 핵심 개념 및 관점을 자료(나)에 그대로 투영한 후, 그것에 맞게 제시 자료를 객관적으로 분석·서술해야 잘된 논증 글 쓰기로 이어진다.

그렇게 해서 제시문(가)에는 모방에 대한 인식 및 가치판단과 관련한 상반된 두 관점(긍정적· 부정적, 논의의 '지향점'이라고 보는 게 더 적절하다)을 담고 있음이 확인되는데, 이것을 그대로 끌어 와 자료(나)를 분석할 경우, [사례5]의 예시 답안은 어디까지나 **있는 그대로의 사실만을 갖고 객 관적으로 살펴야** 함을 다시 한 번 일깨운다. 이는 (나)에 따르면 '조직 혁신을 위한 모방성의 정도 차이는 어디까지나 기업가의 자유의지이자 가치판단에 따른 사안'일 뿐임을 알 수 있다. 그리고 이와 같은 대답이 곧 자료(나)의 분석 결과이자 논제의 핵심 내용으로, 이를 '분석하라'는 논증 지 시어에 맞게 연결해 가면서 글 내용을 서술할 수 있어야 한다(필자 예시 답안 참조).

한데, 그렇지를 않고 제시문(가)의 두 관점을 끌어와 자료(나)를 분석하되, 모방성과 기업가 정 신과의 상관성을 단순한 정비례의 관계로 지레짐작하여 꿰맞추면서 생각하려 든다면, 그만큼 분 석 결과가 논점과는 일정 부분 차이(물론, 전적으로 잘못된 해석은 아니며, 다만 논리적 타당성과 설득 력이 부족함을 드러내는 것일 뿐이다)를 보일 수밖에 없다.

자료(나)의 해석에 있어서의 중요한 포인트는 기업가는 모방성이 크든 적든 관계없이 항상 기 업가 정신이 왕성할 수밖에 없다는 것이다(만약 그렇지 않다면, 기업을 운영할 이유가 하등 없질 않은 가?). 따라서 외부 혁신을 위해 기꺼이 모방을 따를 것인가 아니면 내부 안정을 위해(물론 이것 역 시 자의적인 판단일 뿐이겠지만) 모방하기를 주저할 것인가는 **전적으로 기업가의 가치판단에 달린 것이지, 결코 모방의 옳고 그름을 따져 묻고자 함이 아니라는** 사실이다.

- 기업가가… 높은 모방성을 보일 경우… 높은 외부 채용훈련 혁신을 가져온다… 이는 기업가 정신이 왕성 할수록 더 그렇다.

- 기업가가⋯ 낮은 모방성을 보일 경우⋯ 외부 채용훈련 혁신이 낮다⋯ 기업가 정신이 왕성한지 그렇지 않은지는 알 수 없다.

제시문과 마찬가지로 제시자료는 '논제-논점-논지·논거'의 **내용과 층위에 맞게 정확하고 객관적으로** 해석함으로써, 명료하고 타당한 논증을 이끌어야 한다. [사례5]는 이를 잘 보여주는 좋은 문제이다. '연세대 사회계열 논술 2번 문제'는 물론이고 다른 상위권 대학의 자료해석 문제 역시 이 정도의 수준(사실 사례5는 문제 수준이 무척 높다)을 유지할 것임을 생각한다면, 이 문제를 눈여겨 볼 필요가 있다.

[사례5] [가]를 참고하여, [나]에 나타난 모방성과 기업가 정신, 혁신과의 관계를 <u>분석</u>하시오. (건국대 2013 인문 모의 문제1)

- (가)의 핵심 요약:

플라톤에 따르면, 모방은 실제 이미지가 갖는 진리와 본질을 왜곡시키는 저속한 행위에 지나지 않다. 반면 아리스토텔레스에 따르면, 모방은 인간에게 지식과 즐거움을 주는 본능적인 행위이자 동기부여의 원천이다.

[나] 최근 사회복지조직에 대한 관심이 증가되면서, 사회복지조직이 어떠한 혁신 노력을 기울이고 있으며, 그러한 노력을 통해 어떤 성과를 얻고 있는가에 관한 많은 연구들이 진행되고 있다. 아래의 도표는 <u>사회복지조직의 혁신에 영향을 미치는 요인들에 관한 연구 결과</u>이다.

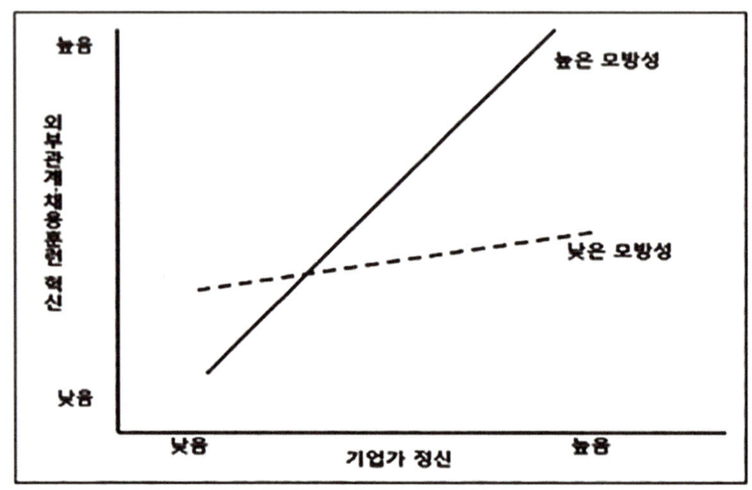

■ 자료 해석:

⑴사회복지조직의 혁신을 위한 높은 모방성을 가질수록 기업가 정신과 외부 관계·채용훈련 혁신은 <u>정비례의 관계를 갖는다.</u>

- 즉, 모방을 통해 사회복지조직을 혁신하고자 하는 경향이 강할수록 위험을 감수하고 받아들이려는 기업 내부의 혁신성과 진취성은 그만큼 커지며, 이에 따라 기업을 둘러싼 외부 기관들과의 관계는 물론 직원의 채용·훈련과 관련하여 변화를 도모하려는 계획 및 실행 횟수는 늘어나게 된다.
- 이는 (가)의 모방은 인간에게 지식과 즐거움을 주는 본능적인 행위이자 동기부여의 원천이라는 아리스토텔레스의 주장과 일맥상통하는 것으로서, 혁신과 관련한 외부 교육이 직원들에게 즐거움이자 배움의 동기부여를 제공한데 따라 그만큼 높은 혁신을 이룬 것으로 분석된다.

⑵사회복지조직의 혁신을 위한 낮은 모방성을 가질수록 <u>기업가 정신에 관계없이 외부 관계·채용훈련 혁신은 낮다.</u>

- 즉, 모방을 통해 사회복지조직을 혁신하고자 하는 경향에 소극적일수록 최고경영자의 경영 이념에 맞춰 내적 혁신을 이루려는 경향을 보이며, 이에 따라 외부 기관에 협조를 구하여 변화를 도모하려는 계획 및 실행 횟수는 줄어들게 된다.
- 이는 (가)의 모방은 실제 이미지가 갖는 진리와 본질을 왜곡시키는 저속한 행위에 지나지 않는다는 플라톤의 지적처럼, 외부 관계·채용훈련을 통한 혁신은 최고경영자가 표방하는 조직의 경영 이념을 그만큼 왜곡시킬 수가 있기에 이를 받아들이기를 주저하는 조직 내부의 폐쇄성 등이 작용한 데 따른 것으로 볼 수 있다.

⑶높은 모방성은 기업가 정신을 끌어올리고, 이것이 다시 외부 관계·채용훈련의 증가를 가져 오는 <u>선순환 구조를 낳는다.</u>

- 즉, 조직의 혁신에 있어서 기업가 정신이 절대적인 영향을 미치며, 이것이 외부 관계·채용훈련의 증가를 가져와 혁신의 시너지 효과를 배가시킴을 의미한다.
- 이는 모방에 대한 욕구가 강할수록 이것이 배움과 교육의 기회 확대에 따른 지식의 습득과 즐거움으로 이어지고, 이것이 조직 내의 혁신을 위한 강한 동기로 작용함을 의미한다.

둘째, **논증 구조를 단순화할** 필요가 있다. 논점(논지)을 한두 포인트로 압축하되, 각각의 논점에 맞게 타당하고 적절한 논거를 이어나가면서 한두 문장으로 짧게 요약하는 것이 좋다. 만약 그렇지 않을 경우, 논증 구조가 뒤섞여 자칫 자료 해석이 불분명해 지고 논거는 초점을 잃을 수 있다. 이에 대한 예시는 생략한다.

그렇더라도 강조할 것은, 현행 대입논술에서 자료 해석형 문제는 그다지 높은 수준의 해석을 요구하고 있는 것은 아니라는 사실이다. 이 보다는 **정확한 해석 및 이에 근거한 타당하고 적절한 논거 제시에** 무게를 두고 있다. 따라서 처음부터 지레 겁먹지 말고 차근차근 훈련해 나간다면 좋은 성과를 얻을 수 있다.

셋째, 종합 평가형의 문제는 **복합적인 논증 구조로** 답안을 작성할 것을 요구하는 경우가 많다. 즉, 둘 이상의 자료(및 제시문)를 주고서 그 안에 들어있는 여러 논지와 논거를 결합하여 새로운 주장을 구성할 수 있는 능력을 묻거나, 어떤 주어진 기준에 맞게 제시 자료에 실린 주장이나 결론 자체를 평가할 것을 묻는 종합 평가형 문제의 경우에는 그만큼 복합적인 논증 구조 형식을 취한다. 이와 같은 복합 논증의 물음에 대한 대답은 **'주장–근거–반론–재반론'의** 형식으로 작성하는 게 효과적이다.

어느 한 관점에서 주어진 자료를 활용하여 다른 한 관점을 비판하거나 평가하는 식의 문제일 경우에 특히 그러한데, 이때 자료 안에 딜레마의 상황을 갖는 논지를 구성함으로써 논술자인 학생들에게 고도의 논리 전개 능력을 묻는다.

이 경우, 그러한 **딜레마의 상황이 주장하는 논거의 '반론'이 되기에,** 이것을 반드시 해결해야 만이 전체 논증 구조는 매끄럽게 연결될 수 있다. 따라서 이 **반론에 대한 재해석을 통해 '재반론'의 논거를 만들어 내는** 것이 문제 해결의 또 다른 포인트이다. 좋은 논증을 위한 조건의 하나인 '반론 가능성 재우기'의 핵심은 이것이다.

끝으로 정리하자면, 어떤 한 입장이나 주장을 비판하는 글을 쓸 경우에, 가장 먼저 생각해야 할 것이 있다. 그것은 제시문을 분석하여 핵심 논지를 설정한 후 글의 전체적인 방향을 잡아나가는 것이다. 이후 그 논지를 뒷받침하는 논거를 담은 설명글을 작성하면서 논증을 체계적으로 이어나가면 된다. 이때 가급적 제시문의 양측 입장을 인용하되, 여기에 더해 그림과 도표에 나타난 내용을 구체적으로 분석하면서 문장을 덧붙여 나가는 것이 효과적이다.

(4)포인트3_ 비교 기준을 잘 세워야 한다

이제 앞서 설명한 [사례5]의 예시 답안을 통해 자료 해석 문제에서 자칫 발생할 수 있는 해석상의 오류에 대해 살펴보자. 이를 위해 먼저 필자 예시 답안과 학생 작성 답안을 비교하면서, 자료 해석 문제를 풀이할 때 빈번하게 발생하는 오류의 전형을 설명한다. 이는 다음과 같다.

① (나)에 따르면, 높은 모방성은 외부 관계·채용훈련을 통해 사회 조직을 혁신하려는 왕성한 기업가 정신이 반영된 결과로서, 이는 모방은 인간에게 지식과 즐거움을 주는 본능적인 행위이자 동기부여의 원천이라는 (가)의 아리스토텔레스의 주장에 상응한다. 즉, 기업가는 조직 혁신을 위해 왕성한 의욕을 갖고 외부 관계·채용훈련을 밀어붙이고, 그것이 직원들에게 즐거움이자 배움의 동기를 부여함으로써 조직은 더욱 높은 혁신을 이루게 된다.

반면 낮은 모방성은 기업가 정신의 정도와는 관계없이 외부 관계·채용훈련 혁신에 소극적이기 때문인데, 이는 모방은 실제 이미지가 갖는 진리와 본질을 왜곡시키는 저속한 행위에 지나지 않는다는 (가)의 플라톤의 주장과 궤가 같다. 즉, 기업가는 외부 관계·채용훈련을 통한 혁신이 오히려 조직을 더 위태롭게 만들 수 있다고 생각하고 이를 받아들이기를 주저하는 등의 조직 내부의 폐쇄성이 작용한 때문이다.

따라서 (나)는 외부 관계·채용훈련을 통해 사회 조직을 혁신하려는 모방성의 정도는 <u>기업가의 의지와 **가치판단**</u>에 따라 결정됨을 보여준다. 즉, 외부로부터의 모방을 통해 조직을 혁신하고자 하는 기업가 정신이 강할수록 그에 비례해서 직원들의 배움과 교육 기회의 확대로 이어지고, 그것이 다시 조직 혁신을 위한 강한 동기이자 동력으로 작용하게 된다… **[필자 예시 답안]**

② (나)는 기업가의 진취성에 따라 '모방'에 대한 인식이 다르다는 것을 보여 준다. <u>기업가 정신이 낮을수록 낮은 모방성을 추구할 때보다 높은 모방성을 추구할 때 기업의 혁신과 변화가 낮다. 이는 경영자가 무사안일주의를 추구할수록 '모방'을 단순히 인위적인 산물, 복제품에 불과하다고 인식하고, 그에 따라 모방을 추구할수록 창조되는 것은 없고 인위적인 것만 많아진다고 생각함으로써 그만큼 변화와 혁신에 소극적인 태도를 갖기 때문이다.</u> 따라서 이는 (가)에서 플라톤이 모방이 본질을 왜곡시키는 기능을 한다며 비판한 것과 일맥상통한다.

그러나 낮은 모방성을 취하는 것만이 능사는 아니다. 기업가 정신이 낮을 때는 낮은 모방성을 견지함에도 불구하고 그만큼 혁신에 적극적인 태도를 보이지만, 이것이 일정 시점이 지난 이후부터는, 다시 말해 기업가 정신이 왕성해질수록 높은 모방성에 비해 외부 채용의 혁신에 소극적인 태도를 보이기 때문이다. <u>이는 기업가의 진취성이 높아질수록 모방을 통한 발전을 하지 않고 자기 신념만을 고수하는 것은 한계가 있음을 시사한다.</u> 즉, 기업가 정신이 높아질수록 높은 모방성을 추구할 때 발전과 혁신이 가파르게 증가한다. 이는 (가)에서 아리스토텔레스의 모방과 상통하는데, 아리스토텔레스는 모방이 교육에 기여하고 즐거움을 준다고 긍정한 점에 비춰 볼 때 특히 그러하다.

이상을 고려할 때, 결국 기업가 정신이 높을 때 모방을 통해 배움을 얻고 새로운 가치를 창출해 혁신을 이루는 것임을 알 수 있다… **[학생 작성 답안]**

먼저 ②의 학생 작성 답안을 전제와 결론의 논증 형식으로 구분지어 정리하면 다음과 같다.

- **■ 논증1**
- • 전제1_ 기업가 정신이 낮을수록(조건1), 즉 기업가가 무사안일주의를 추구할수록, **(낮은 모방성을 추구할 때보다, 높은 모방성을 추구할 때_조건2)** 기업의 혁신과 변화가 낮다.
- • 전제2_ 이는 (가)의 플라톤의 관점처럼, 기업가는 모방을 추구할수록 창조되는 것은 없고 인위적인 것만 많아진다고 생각하기 때문이다.
- • 세부 결론_ 그 결과 기업가 정신이 낮을수록 기업가는 변화와 혁신에 소극적인 태도를 갖는다.
- **■ 논증2**
- • 전제1_ 기업가 정신이 높아질수록, 높은 모방성에 비해 (낮은 모방성을 추구할 때) 외부 채용의 혁신에 소극적인 태도를 보인다(기업의 혁신과 변화가 낮다).
- • 전제2_ 기업가의 진취성이 높아질수록 모방을 통한 발전을 하지 않고 자기 신념만을 고수하는 것은 한계가 있기 때문이다.
- • 전제3_ 이는 (가)의 아리스토텔레스의 관점처럼, 기업가 정신이 높아질수록 (모방을 긍정적으로 보고) 높은 모방성을 추구하면서 발전과 혁신이 가파르게 증가한 결과이다.
- • 세부 결론_ 기업가 정신이 높아질수록, 높은 모방성을 추구할 때, 발전과 혁신이 가파르게 증가한다.
- **■ 결론_ 기업가 정신이 높을 때, 모방을 통해 배움을 얻고, 새로운 가치를 창출해 혁신을 이룬다.**

이 학생은 자료를 해석함에 있어서, 높은 모방성과 낮은 모방성을 표시하는 그래프의 Cross(X자)의 위, 아래 부분의 차이에 주목하고 이를 기준점으로 삼았다. 그렇게 해서 마치 수학 문제 풀이하듯이 자료를 해석했다.

그런데 학생의 작성 답안을 읽어도, 논리가 그다지 썩 명쾌하게 와 닿지 않는 건 왜일까? 더군다나 위 학생 답안은 필자가 글의 전체 논조는 유지한 채 글 내용의 상당 부분을 가다듬은 것으로, 처음 작성한 답안의 경우에는 더더욱 읽고 해석하기 어려웠다. 무엇이 문제일까?

이는 위의 논증 방법(추론 방식)으로 분개하여 정리한 내용을 통해 알 수 있듯이, 일종의 **'순환의 오류(반드시 그렇다는 것은 아니다)'에 빠진** 때문이다. 논증에 있어서의 오류는 쉽게 말하자면 '좋은 논증을 방해하는 것'을 의미한다. 위의 경우에는 좋은 논증의 네 가지 조건의 하나인 전제와 결론의 관련성을 어긴 것으로서, 말하자면 순환의 오류 가운데에서도 이를테면 **'수용 가능성의 오류'에 빠진** 셈이다.

수용 가능성의 오류란 전제 자체의 오류를 말하는 것으로, 위 학생 답안의 경우에는 일종의 **'이중 의미의 오류'에 빠졌다고** 볼 수 있다. 즉 전제에 서로 다른 조건 둘을 함께 뒤섞어가며 글 내용을 기술함에 따라 논리가 모순을 드러내게 된 것이다(물론 이 역시 논리적으로 정확한 설명은 아니지만, 그렇더라도 이런 식의 설명 또한 일견 타당하다).

이것, 설명하면 한도 끝도 없으니, 이쯤해서 끝마치는 것으로 하고, 이를 통해 강조하려는 것은 다음과 같다. 즉, 이런 식으로 **세 개의 변인**으로 이루어진 상황 자료를 해석할 경우, 자료 전체를 해석하는데 있어서의 **기준점을 명확히 설정**해야 함은 물론, **단선 구조의 논증을 지향**해야 한다. 무슨 말인가 하면, 한 논증에서 하나의 단어나 어휘를 서로 다른 의미로 사용할 때 발생하는 오류인 '이중 의미의 오류'를 피해야 하듯이, 서로 다른 의미를 갖는 전제를 섞어 넣고서 자료를 해석하려 들어서는 안 된다. 이중 의미의 오류는 아래의 예와 같은 것으로, 위의 학생 답안 역시 이와 별반 다르지 않다.

- 전제1_ 인간은 모두 신이 될 수 있다.
- 전제2_ 신은 영생불멸한다.
- 결론_ 인간은 영생불멸할 수 있다… 오류

따라서 위 문제(자료)의 해석 결과를 논증 구조로 다시 올바르게 정리하면 다음과 같다.

- 전제1_ 기업가 정신이 높을수록 → 높은 모방성을 갖게 되면 → 높은 외부 혁신이 일어난다.
- 전제2_ 기업가 정신이 높아짐에도 불구하고 → 낮은 모방성을 갖게 되면 → 낮은 외부 혁신이 일어난다.
- 결론_ 모방성과 기업가 정신과는 높은 인과관계를 갖지만, 혁신성과 기업가 정신과는 상관관계가 낮다.
(즉, 기업가가 높은 모방성을 추구하는가, 낮은 모방성을 추구하는가는 어디까지나 기업가 외부 혁신의 추구에 대한 의지와 판단, 가치관에 따른 문제일 뿐이다.)

→ 예를 들어, 극도의 보안을 요하는 업체인 '안랩'의 사주인 안철수 씨의 경우, 기업가 정신이 낮은가? 결코 그렇지 않을 것이다. 한데 그럼에도, 외부 혁신에 적극적인가? 이 또한 그렇지 않을 것이다. 그렇게 되면 이 기업의 정체성과 존립 기반에 문제가 생긴다.

여기까지의 설명을 통해 강조하려는 것은 다음과 같다.

첫째, 자료 해석 문제일수록 **판단의 기준을 명확히 설정해야** 함은 물론, **논리를 단선적으로 명쾌하게 끌고 나가야** 한다. 상황 판단 자료 해석 문제의 경우에는 특히 그렇다.

둘째, 그렇게 해서 **전체 논증에 오류가 없도록 해야** 한다. 즉, 전제에서 결론으로 나아가는 과정이 일관되고, 타당하며, 설득력 있어야 한다. 이를 위해서는 그만큼 해석된 자료를 논리적·논증적으로 풀어 서술할 수 있어야 한다.

셋째, 이런 문제일수록 자료 해석의 옳고 그름을 떠나 **해석의 타당성과 설득력에 보다 무게를 두어야** 한다. 논리란 일단 '옳고 그르다'의 문제(이것을 논점 이탈이라고 한다)를 걸러내고 나면, 이후부터는 그 논증에 대한 타당성, 즉 '좋음과 더 좋음'에 대한 선택의 문제로 전환되고, 이를 통해 답안이 평가된다. 이것, 무슨 말인지 이해할 수 있을 것이라고 기대하며, 만약 그렇지 않을 경우에는 위 설명을 거듭 읽으면서 생각을 거듭하기 바란다.

[성균관대가 제시하는 자료 해석 문제 풀이 요령]

최근 대입논술 고사의 두드러진 특징 중 한 가지는 통계 수치, 그래프 등 데이터를 분석하거나 그것을 활용하여 문제를 해결하는 형식, 즉 자료 해석형 문항을 출제하는 대학이 늘어나고 있다는 점이다. 자료 해석형 문항은 독립적 문제로 출제되기도 하지만, 경우에 따라서는 <u>'설명형'이나 '평가형'또는 '대안 제시형'등의 문항들 안에 포함되어 복합적으로 출제되기도</u> 한다.

통계표, 그래프 등의 자료를 활용한 자료 해석 문제를 출제하는 이유는 수험생들에게 <u>다양한 종류의 텍스트를 해석할 수 있는 능력이 있는지</u>, 또 해석된 자료와 이론 혹은 원리 간의 연관성을 파악하는 능력이 있는지를 검증하기 위함이다. 근래에 들어와 다양한 학문 영역에서 그래프, 도표 등의 자료를 활용하는 경우가 대단히 많아졌다.

뿐만 아니라 모든 결과가 통계로 처리되고, 또 이를 기반으로 일이 진행되는 현대 사회에서 자료 해석 능력은 학문적 의사소통을 위해 꼭 갖추어야 할 필수 소양이 되고 있다. 이에 따라 논술 시험에서도 그와 같은 자료들을 활용하는 문항의 출제 빈도가 높아지고 있다.

자료 해석형 문제는 대체로 아래의 세 가지 방식으로 출제된다.

- 자료 분석을 통한 현상의 변화 혹은 그 추이를 파악하는 방식
- 관련 자료를 해석해서 특정한 견해나 이론을 지지 또는 비판하는 방식
- 관련 자료를 활용하여 주어진 문제 상황에 대한 해결책을 제시하는 방식

여기서는 자료 분석을 통한 현상의 변화 혹은 그 추이를 파악하는 방식의 예시 문항들을 살펴보겠다.

■ 자료 분석을 통한 현상의 변화 혹은 그 추이를 파악하는 방식

관련 자료의 정밀한 분석을 통해 그 자료와 연관된 현상의 추이를 포착해야 한다. 이는 어떤 상황 혹은 현상적 변화를 보다 정확하게 파악하는 일로서, 그러한 상황이나 변화를 (다양한 이론이나 원리를 적용하여) 설명하기에 앞서 전제되는 인지 과정이다. 따라서 수험생들은 관련 자료의 수치적 변화 추세, 특히 특정 항목 수치의 유지 또는 변화 또는 자료의 변수들 사이의 상관관계에 주목하여 정확하게 분석해야 한다.

■ 관련 자료를 해석해서 특정한 견해나 이론을 지지 또는 비판하는 방식

특정 제시문의 내용에 대해 관련 자료(제시문, 통계표, 그래프, 그림 등)를 근거로 반론을 제시하거나 지지하는 내용의 글을 써야 한다. 대립되는 견해를 담고 있는 제시문을 활용하여 비판하거나 추가적인 반박 근거나 사례를 활용하여 비판하는 유형인 비판적 평가(부정적 평가)의 경우, 비판하려는 제시문 자체의 결함이나 한계를 드러내 그것을 상세히 밝혀야 한다. 만약 자료를 활용할 경우라면 자료가 어떤 점에서 제시문의 내용과 상충하는지를 명확하게 언급하는 것이 중요하다. 한편 제시문을 지지하는 근거나 사례를 활용하여 주장을 옹호하는 유형인 옹호적 평가의 경우, 비판이 아닌 옹호의 경우에도 사정은 유사하며, 자료가 어떤 점에서 제시문을 지지하게 되는지, 그 논리적 연관성을 상세히 밝힐수록 좋다.

■ 관련 자료를 활용하여 주어진 문제 상황에 대한 해결책을 제시하는 방식

대안을 제시할 때는, 원칙적이고 당위적인 차원에 그치지 말고 가능한 구체적인 대안을 제시하여야 하며, 관련 자료를 통해 자신이 제시한 대안의 타당성을 뒷받침하는 근거들을 제시함으로써 그 대안이 매우 그럴듯한 해결책이 될 수 있음을 설득해야 한다. '대안 제시형' 문항은 다음을 특히 조심해야 한다. 아무리 창의성 있는 글을 요구한다고 하더라도 글 전체가 완전히 새로운 아이디어로 구성될 수는 없을 것이다. 주어진 제시문의 아이디어를 더 심화시키거나 다른 영역으로 확대 적용하는 것도 창의적인 글을 쓰는 방식이다. 창의성을 지나치게 의식한 나머지 책임지지도 못할 독특한 주장을 하는 것은 오히려 감점의 대상이 된다.

■ **자료 해석형 문항 대비 방법**

통계 수치 및 그림과 같은 자료에 대한 분석 및 해석 능력을 묻는 문항에 효과적으로 대비하기 위해서는 수험생은 평소 아래의 사항들을 고려하면서 학습에 임하는 것이 필요하다.

- 통계 자료에 대한 체계적인 분석과 평가를 위해서 수학의 '확률과 통계' 부분에 있는 기본적 지식을 습득해 두어야 한다.

- 자료에 대한 올바른 해석을 위해서는 광범위한 배경지식이 필요하다. 이러한 배경지식은 평소 개별 교과 내용들에 대한 심화 학습을 통해 습득해야 한다. 그리고 이렇게 학습된 지식을 관련 자료에 투영하는 연습을 해야 한다. 자료에 드러나 있는 수치적 정보의 해석만으로는 그 안에 내포된 의미들을 충분히 알 수 없기 때문이다. 이를 위해 각 교과의 교과서에 나오는 다양한 통계 자료를 꼼꼼히 분석해 보는 것도 한 가지 방법이 될 수 있다.

- 평소에 언론 매체나 정부에서 제시하는 여러 자료들을 주의 깊게 살피고 이를 분석, 평가하는 습관을 기를 필요가 있다. 또한 그 자료들과 관련해서 정부나 언론에서 내린 해석과 결론의 타당성을 비판적으로 검토하는 연습도 중요하다.

- 주어진 자료에서 숨어있는 가정이 무엇인지를 추정해 보는 연습도 필요하다. 또 관련 자료가 의미하는 바를 자신의 말로 기술하는 연습도 필요하다. 단순히 제시된 자료의 의미를 파악하고 있는 것과 그 의미를 명료하게 서술하는 것과는 차이가 있기 때문이다.

05

논증 지시어(3)
– 비평하라

'비평(批評)'은 어떤 대상(과 개념)에 관한 선택, 분석, 판단 행위라 할 수 있다. 비평은 대상의 의미를 해석하고 분석하는 과정을 통해, 그 대상의 좋고 나쁨과 같은 일련의 가치판단을 행하는 지적 활동이다. 이를 위해 비평은 텍스트의 표면적인 의미를 파악하는 '이해'에서 한걸음 더 나아가 그것에 담긴 심층적인 의미를 적극 '해석'하는 한편, 대상의 가치를 '판단'하고 '평가'하는 과정을 거치게 된다.

비평에는 두 가지 기능이 있다. **'해석'과 '판단'**이 그것이다. 비평은 해석에서 한 걸음 더 나아가 '가치'의 문제를 고민해야 한다. 즉, 비평은 **해석에만 머무르지 않고, 가치판단에 의한 평가가 이루어져야** 한다. '해석'이 대상의 내용을 밝히는데 주력하는 행위라면, 그 대상이 대체로 어떤 가치를 지니고 있는가를 판단하여 그것에 합당한 가치를 부여하는 것은 '평가'에 해당한다.

이때, 판단이나 평가를 위한 원리나 기준이 제시되어야 할 필요가 있다. 좀 더 범위를 좁혀서 말하면, 대상에 대한 가치 평가, 이에 대한 이론적 근거 제시가 적절하게 이루어질 때 비평은 정당화될 수 있다.

강조하면, 가치 평가는 비평을 비평답게 만드는 궁극적 기능이라 할 수 있다. 올바른 가치평가를 위해서는 반드시 **타당한 준거나 기준이 제시되어야** 한다. 그리고 이를 **뒷받침하는 근거가 명확하고, 충실하고, 타당하며, 설득력 있게 제시되어야** 한다. 가치판단의 어려움은 그 기준 설정 및 그것에 합당한 논거 제시의 어려움에서 비롯된다. 글쓴이의 비평적 자질과 냉정하고 객관적인 사고력을 요구하는 이유가 이 때문이다.

비평 글쓰기는 크게 학술적인 비평 글과 대중적인 평론으로 나누어 설명될 수 있다. 학술적인 비평 글은 전문가 집단 내지 엘리트층을 대상으로 하는 논증 글쓰기(설명적 논증)의 형태를 취하며, 그 소통 방식 또한 제한적이다. 또 학술적인 글의 바탕이 되는 비평의 방법론은 매우 전문적이고 주제 역시 세부적이면서도 포괄적인 탐구를 조건으로 한다. 반면, 대중적인 비평은 객관적이고 학술적인 가치를 지향하기 보다는, 자신의 주관적인 가치판단을 객관화하여 상대를 설득하는 비판적 글쓰기(설득적 논증)가 중심을 이룬다.

대입논술에서 '비평하라'는 논제 서술 과제를 수행하기 위해서는 어떤 글쓰기를 해야 할까? 이는, 학술 비평 글쓰기처럼 **논증 글쓰기의 형태를 취하는** 한편, 대중 평론 글쓰기가 자칫 간과할 수 있는 **평가의 객관성을 엄격히 유지하는** 글쓰기라 할 수 있다. 이를 위해서는 다음을 특히 고려하면서 글을 써야 한다.

어떤 대상을 비평하기 위해서는 먼저 **그 대상에 대한 올바른 이해(특히, 개념적 이해)가 이루어져야** 한다. 글을 쓸 때 대상의 단순한 해설에 그치고 마는 것이 아니라, 그 대상에 대한 내용과 정보를 확실히 알고 그 의미를 정확히 풀어낼 수 있어야 한다. 또한 **확고한 이론적 근거와 판단 기준을 갖고 대상을 논해야** 한다. 자칫 주관적으로 흐를 수 있는 가치판단의 결과를 객관화하면서 독자를 설득해야 하기 때문이다. 이를 위해서는 다른 무엇보다 자신의 경험과 주관적 지식에 대한 나름의 비판적인 시각을 갖고 있어야 한다.

비평에서 엄격한 가치 기준, 합리적인 판단은 평가의 객관성을 위해 무엇보다 중요하다. 제시된 자료를 종합하고 상황을 판단하는 능력은 모두 논리적인 사유에서 비롯된다. 논리적으로 생각한다는 것은 대상에 대해 객관적으로 이해하고, 대상을 이치에 맞게 판단하고 추론함을 의미한다.

따라서 대입논술의 '비평하라'는 과제를 수행하기 위해서는 다음을 특히 염두에 두고 글을 써야 한다. 즉, **문장은 간단명료해야** 하고, **논지는 분명해야** 하며, **용어는 개념을 명확히 규정해야** 하고, **논증은 객관적이고 실증적으로** 이뤄져야 한다.

1 '비평하라'의 의미

대입논술에서, '비평하라'는 논제 서술 과제는 논증 글쓰기의 형태로 구현된다(그 점에 있어서는 '설명하라', '비교하라'는 논제 서술 과제 역시 마찬가지다). 즉, 논증의 과정을 거치면서 논리적으로 타당한 순서를 밟으면서 체계적으로 글을 기술해야 한다.

'설명하라' 또는 '비교하라'는 논제 서술 과제는 어떤 명제(즉, 논증의 결론과 주장)를 합리적인 근거(논거)에 의하여 객관적으로 서술하는 단계에까지 이르는 의미로써의 '설명적 논증'에 해당한다. 이에 비해 '비판하라, 평가하라, 견해를 제시하라'와 같은 '비평하라'는 의미의 논제 서술 과제는 설명적 논증에서 한 걸음 더 나아가 독자로 하여금 논술자의 의도를 받아들이도록 설득하기 위해 **자기주장을 좀 더 확실히 내세운다는 점에서 '설득적 논증'에 가깝다고** 할 수 있다.

이런 이유로 '비평하라'는 논제 서술 과제는 비평의 근거로서의 자기 견해를 확실히 내세울 수 있어야 한다. 그렇더라도 그 견해는 논술자의 자기 주관에 따른 것이 아니라, 출제자의 의도에 부합할 수 있도록 **철저히 문제(논제의 물음)와 제시문의 입장을 따라야 한다. 반드시 제시문의 논지에 의거하여 대상을 비판하고 평가해야** 한다. 출제자는 이를 염두에 두고, 비평의 근거를 담은 제시문을 제시하는 한편, 제시문별 관점(논점)에 맞추어 논제의 물음을 논리적으로 비평할 것을 요구한다. 따라서 문제의 물음은 다음과 같은 형태로 구성된다.

    …를 **바탕**으로

        근거하여

        고려하여… **비판**하라.

             평가하라.

             지지하라, **옹호**하라, **반박**하라.

             견해를 제시하라.

             문제를 해결하라.

설득적 논증이 의미하는 바를 아래 [사례1] 문제와 필자 예시 답안을 통해 설명하면 다음과 같다.

[사례1] ⓐ제시문 [바]의 관점을 **바탕**으로, ⓑ제시문 [다], [라], [마]에 나타난 상황을 **비판**하시오. (경희대 2017 인문 수시 문제2)

(바)는 스스로 자기 삶의 주체가 되어, 진정한 '나'를 찾는 참된 삶을 살 것을 역설한다. '나'는 세속의 이익과 권력, 명예 등에 쉽게 굴복하기 때문에, 자칫 잠시라도 주의하지 않으면 진정한 '나'는 상실된다. 그렇기에 천하 만물 중에 지켜야 할 것은 오직 '나'뿐이며, 현실의 위협과 욕망에 휩쓸려 자신을 잃어버리지 않아야 한다고 말한다…ⓐ

삶의 주체성을 강조하는 (바)의 관점에서 볼 때 (다), (라), (마)에 나타난 상황은 다음과 같은 비판이 따른다.

(다)는 진정한 '나'를 찾기 위한 화자의 내적 고민을 추적한다. 당대의 지식인인 화자는 동경과 서울을 오가

면서 식민지 조선의 참담한 현실과 마주하게 되고, 마음속에서 일본에 대한 적개심과 반항심이 일어나는 자신을 발견한다. 그리고 그 적대적 감정의 근원이 내면의 이성으로부터 비롯되는 것이 아니라, 탄압과 압제에 따른 외적 반발 심리에서 유발되고 있음을 깨닫는다. 화자는 자신이 망국의 백성이란 사실을 깨닫고 현실의 모순과 부조리에 대해 강한 저항 감정을 드러내고는 있지만, 그럼에도 그 현실인식은 어디까지나 개인감정에 머물고 있다는 점에서 한계를 보인다. 이런 화자의 태도는 진정한 자아의 각성을 통해 현실을 극복하고 현실 변화를 꾀하려는 대자적 지식인으로서의 자세가 아닌, 현실의 상황을 외면한 채 단지 소극적인 차원에서 자기감정에 충실한 소극적인 자세에 불과하다. 그런 점에서 화자는 (바)의 '나'를 지키는 주체적 삶의 태도에까지 이르지 못하는 나약한 지식인으로서의 한계를 드러낸다.

(라)는 전근대적 가치관에 묶여 자기 삶의 주체가 되지 못하고 살아가는 현대 여성의 자화상을 보여준다. 시적 화자는 출근길 버스에서 졸고 있는 구자명씨의 모습을 통해 힘든 하루를 보내는 맞벌이 여성의 모습을 섬세하며 묘사함으로써, 여성에게 무조건적인 희생을 강요하는 현대 가족제도에 대해 비판적인 시각을 드러낸다. 이렇듯 가족의 안락을 위한다는 명목으로 자신의 주체성과 자율성을 희생당하고 사는 여성의 삶은, (바)처럼 스스로 자기 삶의 주체가 되어 진정한 '나'를 지키는 삶의 태도라 볼 수 없다.

(마)는 부정의한 사회 현실을 외면하고 마치 아무 일이 없다는 듯 살아가는 소시민적 삶의 태도를 보여준다. 사람들은 그것이 잘못된 태도임을 알면서도 진정으로 믿을 것은 오직 자신밖에 없다고 느끼면서, 외부세계에 관여하기를 그만두고 자신의 삶으로만 숨어들 뿐이다. 하지만 그럴수록 사람들은 (바)처럼 '자기 삶의 주인이 되지 못하고' 소극적이며 타율적인 삶을 살아가게 될 뿐이며, 결국에는 사회를 점점 더 나쁜 방향으로 나아가게 만든다. 따라서 더 나은 세상을 살기 위해서는 무엇보다 세상을 보는 냉소적인 태도를 타파하는 한편, 사회 문제에 대해 확실히 자기 목소리를 내는 실천적 삶을 추구함으로써, 진정한 자아를 실현하기 위해 노력해야 한다…ⓑ … **[필자 예시 답안]**

[사례1]에서 제시문(바)의 핵심 논지는 '삶의 주체성'을 주제로 하여, 인간은 스스로 자기 삶의 주체가 되어 진정한 '나'를 찾는 참된 삶을 살아가야 한다는 것이다. 논술 시험을 치르는 학생들은 (바)의 핵심 논지를 토대로 제시문(가), (나), (다)에서 드러나는 문제 상황을 비판하는 방식으로 논의 핵심을 논증해 나가야 한다. 즉, 문제의 출제 의도에 맞게 답안을 서술해야 한다.

[사례1]의 필자 예시 답안을 단락별로 구분하여 글 구조를 살피면 다음과 같다. ⓐ는 주제 개념(및 세부 논점)을 담은 설명글로, ⓑ의 '비판하라'는 논제 서술 과제를 해결하기 위한 방향성으로서의 일련의 판단의 준거를 제시한다. ⓑ는 논증글(엄밀히 말하면, 논증 형식에 맞게 쓴 설명글)로, 밑

줄 친 부분이 바로 각각의 단락의 핵심 논지(논점)이자, 명제(주장 글)에 해당하는 글이다. 참고로 ⓑ의 각 단락은 논증 형식 가운데 귀납 추론에 따라 서술한 글이다.

[사례1] 필자 예시 답안의 밑줄 친 '명제'에 해당하는 부분은, '비판하라'는 논제 서술 과제에 대한 **제시문별 논증의 '결론'이자 논증의 '결과'를 문장으로 기술한 것으로, 추론을 통해 판단의 결과로써의 자기 견해를 분명하게 제시하고** 있다. 물론 그 견해는 출제 의도에 부합하는 것이어야 한다. 이를 통해 알 수 있듯이, '비평하라'는 논제 서술 과제는 일반적으로 글(제시문) 내용의 옳고 그름, 좋고 나쁨에 대한 판단은 물론이고, 그 글이 지향하는 바는 무엇이고 한계는 또 무엇인지를 분명하게 규정할 것을 요구한다.

따라서 '비평하라'는 논제 서술 과제를 해결하기 위해서는 먼저 **비판적 평가를 위한 가치판단의 기준부터 세우는** 한편, 이를 통해 자신이 받아들여야 할 내용이 어디까지인지를 검토하여 그 한계를 분명히 할 필요가 있다. 이런 이유로 비판적 사고를 '비판하는 내지는 비난하는 사고'와 혼동하여, 비판을 반박과 동일한 것으로 오해하면 안 된다. 다시 말해, 비판적 평가 역시 내용면에서의 **객관성을 유지해야** 한다.

비판적으로 평가할 때에는 다음을 특히 유의해야 한다. 제시문 내의 주장 가운데 틀린 부분이 없는지를 살피고, 틀린 것에 대해서는 왜 틀렸는지에 대한 이유와 근거를 명확하게 제시해야 한다. 단지 어떤 부분이 틀렸다고만 주장한다면 이는 그만큼 근거가 떨어지는 주관적인 주장일 뿐이며, 결국 좋은 논증을 방해할 뿐이다.

이런 이유로 **평가의 날카로움을 뒷받침할 적절한 근거를 제시하는 것은** 무엇보다 중요하며, 나아가 더 좋은 대안을 제시할 수 있는 부분이 있다면 그것을 찾아내고 이에 대한 더 나은 해결책을 제시할 수 있어야 한다. 이때 역시 자신이 제시하는 대안이 왜, 어떻게 더 나은지에 대한 든든한 근거를 뒷받침하여 제시해야 좋은 평가를 받을 수 있다.

[비판적 평가 과정]

- 제시문에 담긴 주장과 근거를 파악하고 이를 **논증 형식(결론–전제–뒷받침 근거)으로 요약**한다.

- 그 주장의 내용이 정확한지 살펴, 이를 합리적으로 받아들일 수 있는지를 따진다. 즉, 주장이 논제가 묻는 **논지에 부합되는지를** 따져 살핀다.

- 결론의 적절성을 따져, 이것이 논제가 묻는 관점에 부합되는 **적절한 결론인지를** 검토한다. 예를 들어 논제의 요구가 '안락사'를 법적으로 인정할 것인지에 대한 관점을 밝혀 따지는 것임에도 불구하고, 안락사

는 도덕적으로 정당화될 수 있다는 주장을 펼친다면, 이는 논의의 초점에서 벗어난 것이기에 결코 적절한 결론이라 할 수 없다.

- 결론과 근거 사이의 적절성을 따져 살핀다. 즉, **근거가 논제의 결론을 정당화하는지에 대한 논증의 정확성을 검토**한다. 나아가 제시문의 내용과 텍스트 밖의 현실과의 관계를 따져가며 적용할 수 있는지를 살피는 것도 적절성여부를 살피는데 있어 중요한 포인트가 된다.

- 이렇게 해서 **답안 전체의 논리의 일관성과 객관성을** 살핀다. 앞뒤 흐트러짐 없이 전체가 논리적으로 일관된 논의를 하고 있지 않고 모순된 내용이 있다거나 논점과 논지가 불일치를 보인다면, 이는 결코 잘된 논증이 못된다. 또한 자신에게 유리한 주장만을 객관적인 근거 없이 자의적으로 흐르고 있다면, 이 또한 객관성을 벗어난 것이기에 잘못된 글로 평가받을 수밖에 없다.

- 할 수만 있다면, 자기 나름의 독특한 관점에서 접근하여 문제를 깊이 있게 파악하고 다각적으로 해결책 및 대안을 제시하면, 높은 평가를 받을 수 있다.

2 '비평하라'의 다양한 지시어

'비평하라'는 논제 서술 과제는 **'평가하라'**, **'비판하라'**, **'지지하라'**, **'옹호하라'**, **'반박하라'**, **'견해를 제시하라'**, **'문제를 해결하라'**와 같은 다양한 지시어를 포괄한다. 이는 다음의 대입논술의 발문에 담긴 다양한 '비평하라'는 논제 서술 과제의 지시어를 통해 확인할 수 있을 것이다.

[비평하라 기출 문제 예시]

①제시문 (라)를 **바탕으로** 제시문 (가), (나), (다)의 논지를 **평가**하시오. (연세대 2016 인문 수시 문제2)

②제시문 (라)의 르블롱 씨가 경험하는 내적 갈등을 분석하고, 이를 **바탕으로** 제시문 (나)와 (다) 각각의 주장이 지닌 **한계를 서술**하시오. (연세대 2015 인문 수시 문제2)

③제시문 (다)의 연구결과 **바탕으로** (라)의 주장을 **평가**하시오. (연세대 2016 사회 편입 문제2)

④제시문 (다)의 요지를 제시문 (가)와 제시문 (나)의 관점에서 **비판**하시오. (연세대 2013 편입논술 문제2)

⑤(가)와 (나)의 논지를 **바탕으로** (라) 글의 견해에 대한 **자신의 입장을 논술**하시오. (건국대 2017 인문 모의 문제2)

⑥(라)에 등장하는 파수꾼3의 행위를 제시문 (마)에 **근거하여 옹호**해 보고, 파수꾼 3의 인식의 **한계를** 제시문 (바)와 (사)를 통합적으로 고려하여 **서술**하시오. (중앙대 2017 인문2 수시 문제2)

⑦[문제 1]의 두 입장 중 하나를 **활용하여**, 〈보기〉의 법률에 대한 찬성 또는 반대 입장 중 하나만 **선택하여**

<u>논술</u>하시오. (성균관대 2016 인문3 수시 문제4)

⑧〈보기〉는 유권자 선호 분포와 선거 결과에 대한 어떤 이론의 설명을 담고 있다. 이 이론에 근거하여 [문제 1]의 두 입장 중 하나를 제시문(들)을 활용하여 <u>**비판**</u>하시오. (성균관대 2016 인문3 수시 문제2)

⑨)보기〉를 참고하여 〈사례 1〉과 〈사례 2〉를 비교 설명하고, 각각의 사례를 이용하여 [문제 1]의 〈제시문 2〉의 견해를 <u>**지지**</u> 또는 <u>**반박**</u>하시오. (성균관대 2016 인문3 수시 문제3)

'비평하라'는 논제 서술 과제는 크게 다음 두 유형으로 구분하여 살필 수 있다. 첫째는, 아래 [사례2] 문제처럼, 글쓴이 **각자의 관점에서 자유롭게 평가하고 따져보는** 접근 방식이다. 그렇더라도, 자기 입장에서 평가한다고 해서 논술자 마음대로 평가해도 된다는 뜻은 아니다. 각자 자신의 주관적인 견해를 밝히되, 출제자가 충분히 동의할 수 있는 객관적 근거를 들어가면서 논증할 내용을 설득력 있게 평가해야 한다.

[사례2] 제시문은 미국의 경제대공황 시대를 배경으로 한 소설의 일부이고, 위 그림은 제시문 전반부의 주요 배경이 된 지역의 기후 환경을 보여주고 있다. 제시문과 그림을 참고하여 다음의 <u>논제에 **답**</u>하시오. (서울대 2012 인문 정시 문항1)

- 논제 1. 제시문에 나타난 상황들의 원인을 <u>**분석**</u>하여 <u>**설명**</u>하시오.
- 논제 2. 주민들이 원거주지에서 살기 어렵게 된 가장 핵심적인 원인이 무엇이라고 생각하는지 <u>**근거를 들어 논**</u>하시오.
- 논제 3. 제시문에 나타난 '이주'와 '잔류'의 행위를 <u>**비교**하여 **논**</u>하시오.

둘째는 **문제 안에 특정 관점(논점)을 설정하여 제시한 후**, 그것을 바탕으로 논제 서술 과제를 논증하라는 접근 방식이다. 특정 제시문(들)의 관점이나 견해를 다른 제시문의 관점이나 견해를 활용하여 비평하게 된다.

이러한 논술 방식은 논술자인 학생들로 하여금 문제를 읽고 평가 대상인 논제와 제시문 내용을 정해진 관점에 따라 파악한 후, 그것에 맞게 일련의 과제를 논증할 수 있도록 조처하기 위해, 출제자가 문제를 그럴듯 의도적으로 구성하고 배치한 이른바 출제 의도에 따른 것이다. 즉, 학생들로 하여금 논점 이탈 없이 제한된 출제 범위 안에서 답안을 작성하도록 유도하고, 그와 더불어 논술 평가의 객관성과 변별력을 높이고자 한데서 비롯된 결과이다. 다음은 그 예시인데, 현행 대입논술은 대학을 불문하고 한 결 같이 이와 같은 유형으로 문제를 구성하여 출제한다.

- (가)의 관점을 토대로 (다)의 대립을 그림2를 활용하여 설명하고, **이를 바탕으로** (나)를 **비판**하라. (숙명여대)
- → **특정 관점에서+비판하라**
- (라), (마)에 담긴 개념의 공통된 특징을 제시하고, 이를 **(다)의 관점에서 비판**하라. (이화여대)
- → **특정 관점에서+비판하라**
- 제시문 **(라)를 바탕으로** 제시문 (가), (나), (다)의 논지를 **평가**하시오. (연세대)
- → **특정 관점에서+평가하라.**
- **(가)**와 (나)의 논지를 **바탕으로** (라) 글의 견해에 대한 **자신의 입장을 논술**하시오. (건국대)
- → **특정 관점에서+견해를 제시하라.**

이때, 특정 관점을 활용하여 논증할 것을 요구하는 두 번째 유형은 다시 다음 두 경우로 나뉜다. 하나는 상반된 입장(관점)을 담은 제시문들을 주고, 이것들 가운데 **어느 한 입장을 논술자가 자유롭게 선택하여 다른 입장을 비평하도록** 유도하는 경우이다. 다른 하나는 **출제자가 상반된 입장 가운데 어느 하나를 지정한 후** 이것에 근거하여 논술자로 하여금 다른 한쪽의 입장을 비평하도록 유도하는 경우이다.

전자의 경우에는 논술자가 자신의 판단에 유리한 관점을 자유롭게 선택하여 논술할 수 있는 이점이 있는 반면(⑦, ⑧이 이에 해당한다), 후자의 경우에는 특정 관점에 종속된 자기 견해를 드러내야 하는 것이기에 그만큼 제한적이다. 그렇더라도 논술하기 까다롭기는 두 경우 모두 마찬가지다(①~⑥이 이에 해당한다). 한국외대는 비판 평가형 문제 유형 Tip에서 이를 다음과 같이 설명하고 있다.

[한국외대 제시 비판평가형 문제유형 Tip]

비판 평가형 문제는 논지에 동의하거나, 또는 논지의 부당함을 지적하는 과정에서 얼마나 논리적이고 설득력 있게 논술할 수 있는가를 평가하기 위한 문항입니다.

서로의 상반된 입장의 제시문이 주어지고 하나의 입장을 자유롭게 선택해 상대방 의견을 비판하게 하는 경우, 자신의 관점을 충분히 대입하여 논술할 수 있습니다. 이와 달리 **상반된 의견 중 하나를 지정해서, 자신의 견해와 상관없이 한쪽 입장을 비판하도록 하는** 경우도 있습니다. 그러므로 '나의 의견에 대한 반대 입장에서 어떤 논리를 적용하여 비판할 수 있는지 평소 연습해보는 것이 중요합니다.

특정한 입장의 장단점과 예시를 서술할 때, 제시문에 **이미 거론된 내용들만 반복해서 언급한다거나 지나치게 판에 박힌 사회 현상만을 논술할 경우, 식상한 글이 될 수** 있습니다. 장단점에 대한 창의적인 분석과 참신한 예시를 위해서는 사회 현상에 지속적으로 관심을 가지고 관련된 글을 읽거나 토론을 통해 입장을 논리적으로 표명하는 연습이 필요합니다.

이는 아래의 [사례3]을 통해 좀 더 구체적으로 파악된다. 문제의 ⓐ제시문 (바)가 말하고자 하는 바를 '서술하라'는 주문은 '문제 안에 어떤 특정 관점(문화상대주의 관점)을 정해주고, 그 개념적 의미를 찾아 밝혀 서술하라는 요구이다. 따라서 이것부터 먼저 찾아 밝힌 후, 이어서 이를 근거로 ⓑ제시문 (다)~(마)의 논지를 **비판적으로 '서술(평가)'하면** 된다. 필자 예시 답안의 밑줄 친 부분은 비판적 평가를 담은 명제의 진술이며, 각각의 이어지는 문장은 그 논리적 근거를 서술한 것이다.

[사례3] ⓐ제시문 [바]가 말하고자 하는 바를 **서술**하고, ⓑ이를 근거로 하여 제시문 [다]~[마]의 논지를 **비판하시오.** (경희대 2015 사회 모의 문제2)

문화적 정체성이자 민족의식의 핵심은 다른 문화를 인정하고 한 국가 내에서 공존을 도모하는 관용의 원칙을 따를 때 성립한다··· **문화상대주의** 관점, 문화변동의 관점(**문화공존**, A+B=A+B)··· **[제시문 (바)의 핵심 요약]**

(바)는 민족문화의 바람직한 발전 방향에 대해 설명한다. 한 나라의 문화 발전은 다른 문화와의 차이를 인정하고 이를 자신의 문화 속에 용해시키면서 보편적인 차원으로 종합할 때 가능하며, 그와 같은 노력이 오랜 시간에 걸쳐 형성·축적 되어 나타난 결과가 곧 민족문화이다. 그렇기에 민족문화의 토대가 되는 문화적 정체성이자 민족의식의 핵심은, **다른 문화를 인정하고 한 국가 내에서 공존을 도모하는 관용의 원칙에 따를 때 성립한다**···ⓐ

(바)의 **문화상대주의** 관점을 따를 경우 (다), (라), (마)는 다음과 같은 비판이 따른다. 먼저 <u>(다)의 자문화중심주의 관점에서 우리 문화만을 지나치게 고집하여 외래문화를 무조건 배격하는 태도는 옳지 않다.</u> 오늘날의 세계화 시대에 우리에게 필요한 것은, 전통적인 민족문화와 보편적인 세계문화의 조화로운 공존을 추구하는 열린 태도이기 때문이다.

<u>그렇더라도 다른 나라나 민족의 문화를 무비판적·무조건적으로 수용하는 태도 또한 옳지 않다.</u> 민족문화에

③ 비판하라

'비판하라'는 논제 서술 과제는 양립하는 견해를 담고 있는 제시문들을 활용하여 어느 한 견해의 문제점이나 한계를 밝히는데 중점을 둔다. 이를 위해 논술자는 제시문 간의 논리적 연관성을 상세히 살피면서 견해의 옳고 그름을 논증해 나가야 한다.

'비판하라'는 서술 논제(논제 서술 과제)를 해결할 때 반드시 주의해야 할 것이 있다. 답안 작성자인 논술자의 입장이 아닌, **반드시 제시문의 입장에서 '옳고 그름'을 판단하여** 답안을 작성해야 한다. 즉, 비판의 근거는 문제 안에 주어진 **'전제 조건(~을 바탕으로, ~을 활용하여, ~에 근거하여)'**을 담은 제시문의 관점이나 견해에 따른 것이어야지, 결코 자기 견해가 위주가 되어서는 안 된다.

설령 "다음 제시문들에 나타난 …의 특징을 분석하고, 그 밑에 깔려있는 공통된 논리를 **자신의 관점에서** 비판하시오"라는 문제가 주어졌더라도, 그 비판의 근거가 전적으로 자신의 주관적인 관점에 따른 것이어서는 안 된다. 어디까지나 문제가 특정하는 제시문에서 비판점을 찾아낸 후 그것에 근거하여 비판해야 한다. 그 이유는 '비판하라'는 논증 지시어는 **'특정 조건에 따라 주어지는 비판점을 찾아야 한다는 점에 구속된 자기 견해'**이기 때문이다. 만약 제시문 내용에서 벗어난 비판을 행한다면, 이것이 곧 자의적 해석에 따른 논점을 흩트리는 식의 비판이다.

'비판하라'를 포함한 비평적인 논증에 있어 주의해야 할 중요한 다른 한 가지는 단순히 주어진 제시문의 의견에 찬성한다거나 반대한다거나 하는 식의 입장 표명에만 그쳐서는 안 된다는 점이다. 지지와 반박 역시 일종의 주장이기 때문에, 이것을 표현하는 과정에서도 **반드시 지지와 반박**

의 근거를 제시해야 한다.

대상을 효과적으로 지지하기 위해서는 이미 밝혀진 근거를 강화하는 사례를 찾거나 새로운 근거를 찾는데 주력해야 한다. 한편 효과적으로 반박하거나 반론을 펼치기 위해서는 상대방의 주장과 근거의 관계가 부적절함을 밝히거나, 근거가 주장을 충분히 지지하지 못하고 있음을 지적해야 한다. 그 근거가 명시적이든, 숨은 전제이든 관계없이 그렇다.

[반론 글쓰기의 유형]

- 자신의 주장 제시– 예상되는 반론을 정리하여 제시– 이를 재반박
- 상대방의 주장이나 의견을 요약– 상대방 주장의 모순점을 지적하고 비판– 그에 대한 자신의 반론 제시
- 논제가 묻는 다양한 관점(논점)의 장점을 서술– 논제가 묻는 다양한 관점(논점)의 단점을 서술– 장점과 단점을 분석하여 종합적인 결론 제시

이상의 설명을 염두에 두고 다음 [사례4]의 예시 답안을 살펴보자.

논증의 핵심은 다음과 같다. 좋은 논증을 위해서는 논리가 일관되고, 타당하며, 충실하고, 설득력을 가져야 한다. 이를 위해서는 제시문들을 철저히 분석하고 그 연관관계를 정확히 파악하는 한편, 이를 통해 논증을 찾고, 재구성하고, 평가하는 일련의 논리적 추론 과정을 밟는다. 이러한 작업을 **'논증의 재구성'**이라고 한다. 결국 좋은 논증은 설득을 위한 주장이 얼마만큼 논리적으로 타당한지 여부에 달렸으며, 그 주장은 설득 가능한 근거를 담아 합리적인 방식으로 제시되어야 한다.

논증의 재구성은 **'해석→재해석→재구성'의 과정을** 밟는다. [사례1]의 경우, ㉮먼저 판단(비판)의 '기준' 또는 '근거'로 제시한 지문 (가)와 (나)의 글의 중심 생각(주제 개념)과 판단(비판) 대상인 제시문(다)의 핵심 요지(논점)를 전부 파악한 후**(해석)**, ㉯이어서 비판 근거인 (가)와 (나)의 중심 생각을 비판 대상인 (다)의 논지에 맞게 다시금 충분히 논의하고**(재해석)**, ㉰마지막으로 각각의 제시문에 담긴 논증할 내용(주장과 근거)을 추론의 과정을 밟아가며 논리적·체계적으로 통합·적용하면서 서술하는 과정을 밟는다**(재구성)**.

논증을 밝힐 때 이런 과정을 밟는 것이 특히 중요한 이유는, 논리의 일관성을 유지하기 위해서다. 잘된 논증을 위해서는 다른 무엇보다 **글(논술 답안) 전체가 하나의 생각(주제 개념)을 중심으로 일관되게 서술되어야 한다. 즉, 다른 주제, 다른 개념, 다른 글감으로 구성된 제시문을 하나**

의 주제로 통합하여(주제 개념에 맞추어) **글 전체가 한 방향으로 나아갈 수 있도록** 답안을 작성해야 한다. 만약 이것이 잘못될 경우, 글의 논리는 깨지고, 주장은 불분명해지며, 논거는 부실해 지면서, 논증을 약화시키는 나쁜 결과로 이어진다. 실제, 잘된 논증과 잘못된 논증, 잘 쓴 논술 답안과 부실한 논술 답안은 바로 이 지점에서 갈린다고 해도 과언은 아닐 것이다.

이를 아래 [사례4]를 통해 확인할 수 있을 것이다. 다음은 필자 예시 답안 구성 논리의 프레임을 옮겨 적은 것으로, 글 전체의 논리가 하나의 생각(주제 개념)을 중심으로 일관되게, 체계적으로 서술되고 있음을 알 수 있을 것이다. 이때 관건은, ⓑ와 ⓒ의 '논거'에 해당하는 부분을 얼마만큼 중심 생각(주제 개념)에 맞게 통합해 나가면서 서술할 것인가 하는 것으로, 이것이 잘못되면 전체 글 흐름은 두서없이, 제각각 딴 방향을 향하게 된다.

[ⓐ공자는 진정한 의미의 사변철학을 펼친 철학자가 아니기에 그의 명성은 상당 부분 거품에서 비롯된 것이라는 (다)의 주장은(비판 대상), ⓐ**'특정 관점에서 단순히 피상적으로 판단하고 상대방을 폄하하는 학문적 자세이기에 옳지 않다]**… (글 전체의 결론). [왜냐하면 ⓑ(가)의 **'상대주의'** 관점을 따를 경우(비판 근거1– 주장, 논점) … **이런저런 이유로**(근거, 논거), 또한 ⓒ(나)의 **지식의 '가치중립성'**의 관점에서 볼 때(비판 근거2– 주장, 논점) … **이런저런 이유로**(근거, 논거) 비판받을 수 있다]… (결론의 뒷받침 근거)

[사례4] 제시문 (다)의 요지를 제시문 (가)와 제시문 (나)의 **관점**에서 **비판**하시오. (연세대 2013 편입논술 문제2)

(다)는 공자의 철학적 명성을 폄하하는 내용을 담고 있다. 공자가 중국은 물론 서구에서도 명성을 떨친 가장 큰 이유는, 그가 도덕철학의 완성을 위해 중국 고대의 전통적 문헌에 주석을 단 다수의 저작물을 남긴 때문이라고 말한다. 하지만 그 저작물들은 공자가 그의 제자들과 나눈 대화 내용으로서 어느 민족에게서나 볼 수 있는 일상적인 교훈으로서의 세속적인 지혜만을 담고 있으며, 따라서 내용면에서 사유를 중시하는 도덕철학이라고 할 만한 것은 전혀 눈에 띄지 않는다고 주장한다. 오늘날 공자의 원전이 번역되지 않았더라면 공자의 명성을 유지하는데 오히려 더 유리하지 않았겠는가라고 판단하는 사람들이 많은 이유가 여기 있다는 것이다.

이렇듯, ⓐ공자는 진정한 의미의 사변철학을 펼친 철학자가 아니기에, 그의 명성은 상당 부분 거품에서 비롯된 것이라는 (다)의 주장은 (가),(나)의 관점에서 볼 때 다음과 같은 비판이 따른다. ⓑ먼저 (가)의 **'상대주의'** 관점을 따를 경우, 인식은 사람에 따라, 그리고 경우에 따라 달라지는 상대적이고 주관적인 것에 불과하다.

이를테면 서양은 사고함에 있어 전체보다는 부분을 보며 범주를 중시하고 논리를 중시하며 분석적으로 사고하는 경향을 보이지만, 반대로 동양은 부분보다는 전체를, 그리고 관계와 중용에 기초한 사고를 중시한다. 그렇더라도 서양적 사고와 동양적 사고 둘 중 어느 것이 더 우월하다는 근거는 없으며, 다만 서로가 장단점을 가지고 있으므로 그 둘은 상대주의 관점에 따라 상호보완적 관계에서 판단해야 한다.

그렇기에 서구의 사상가들이 공자의 철학은 실용적인 가치만을 추구하는 세속적인 학문이기에 자신들의 학문에 비해 떨어진다고 생각하는 것은, 어디까지나 이성 중심의 자신들의 철학만이 절대적이며 합리적인 가치로 인식하는 편협한 사고에 지나지 않다. 서양인이 볼 때 현실 세계와 밀착된 일상화된 지혜로서의 동양적 사고는 논리와 체계가 떨어지는 것이라고 하여 그만큼 세속적인 가치로 여길 수 있지만, 이는 다른 한편으로는 타자와의 깊은 공감 능력에 바탕을 둔 관계 중심의 철학에서 비롯된 사고이기에, 이성적 사유를 뛰어 넘는 더 큰 울림으로서의 철학적 사유를 우리에게 전달할 수 있다.

한편, ⓒ(나)의 **지식의 '가치중립성'**의 관점에서 볼 때에도 (다)는 다음과 같은 비판이 따른다. 어떤 주어진 현상에 대한 올바른 판단을 유도하고 어떤 문제에 대한 합리적인 해결책을 모색하는데 있어서의 가치중립적인 관점은 과학적 탐구와 마찬가지로 철학적 사유에 있어서도 중요한 역할을 한다. '나'와는 다른 철학적 사고가 잘못된 것이라는 태도는 특정 가치에서 나오는 편견을 강요하는 것으로, 올바른 철학적 사유를 부정하는 것이다.

진리란 보편성과 객관성이 중요한 요건으로, 가치중립은 진리 추구를 목적으로 하는 학문 탐구에 있어서 반드시 지켜져야 할 조건이다. 가치중립을 위해서는 학문을 탐구할 때 개인적인 취향이나 가치관, 이념이 개입되어서는 안 된다. 그것은 철학자들에게 요구되는 윤리적 덕목이다. 철학자들은 철저히 가치중립적이고 객관적인 태도를 견지함으로써, 자신은 옳고 남은 잘못됐다는 이분법적인 편협한 사고에서 벗어나, 새로운 사실이나 주장을 편견 없이 수용하고, 사회와 문화를 상대적으로 인식하며, 인류의 보편 가치에 비춰 차이를 인정할 줄 아는 개방적인 태도를 가져야 한다. 따라서 ⓐ'(가), (나)의 관점에서 볼 때, (다)처럼 특정 관점에서 단순히 피상적으로 판단하고 상대방을 폄하하는 학문적 자세는 옳지 않다… **[필자 예시 답안]**

4 평가하라

'평가하라'는 논제 서술 과제는 양립하는 견해를 담고 있는 제시문들을 활용하여 평가 기준을 설정하고, 그것에 맞게 평가할 대상의 가치나 유용성, 효과, 중요성 등을 판단하는데 중점을 둔다. 이를 위해 논술자는 제시문 간의 논리적 연관성을 상세히 살피면서 견해의 옳고 그름을 논증해

나가야 한다.

'평가하라'는 논제 서술 과제는 그 해결 방법에서 '비판하라'는 논제 서술 과제와 크게 다를 바 없다. 다만 평가하라는 논제 서술 과제는 단순히 평가 대상을 '비판하는' 것에서 더 나아가, '옹호하라', '지지하라', '반박하라', '견해를 제시하라', '한계를 서술하라'와 같은 유형으로 외연이 확장된다. 그렇더라도 논제를 해결하는 방법에 있어서는 근본적으로 같다. 이를 아래의 성균관대 제시 자료를 통해 확인할 수 있을 것이다.

[성균관대가 제시하는 '평가하라' 문제 풀이 요령]

평가형 문항은 주로 논리적 평가, 즉 제시문에서 저자의 견해가 제대로 정당화되는지 여부를 판단하여 그 문제점이나 한계를 밝히거나 옹호하는 것을 요구하는 문제 유형입니다. 평가형 문제는 제시문 자체에 대한 평가 그리고 관련 자료와 제시문 간의 논리적 관계에 근거한 평가로 나뉘며, 수험생은 **특정 제시문의 내용에 대해 관련 자료(제시문, 통계표, 그래프, 그림 등)를 근거로 반론을 제시하거나 지지**하는 내용의 글을 써야 합니다.

- **비판적 평가(부정적 평가)**: 대립되는 견해를 담고 있는 제시문을 활용하여 비판하거나 추가적인 반박 근거나 사례를 활용하여 비판하는 유형
- **옹호적 평가**: 제시문을 지지하는 근거나 사례를 활용하여 주장을 옹호하는 유형

■ **문제 질문 방식의 예**
- 예1: 아래의 〈보기 1〉에 소개된 '사회적 기업'의 지속 가능성을 [문제 1]의 두 입장 각각에 **근거**해서 **평가**하시오. [2011학년도 수시논술 '인문 3']
- 예2: 〈설명〉과 〈그림 1〉을 **활용**하여 [문제 1]의 한 입장을 **비판**하시오. [2010학년도 수시논술 '인문 2']
- 예3: 아래 자료 중 하나를 **활용**해서 [문제 1]의 두 입장 중 한쪽을 **옹호**하시오. [2009학년도 수시논술 '인문(오전)' 변형]

■ **답안 작성 포인트**

이 문제 유형에서 고득점 비결은, 비판적 평가(부정적 평가)의 경우, **비판하려는 제시문 자체의 결함이나 한계를 드러내 그것을 상세히 밝히는** 데 있습니다. 만약 자료를 활용할 경우라면 **자료가 어떤 점에서 제시문의 내용과 상충하는지를 명확하게 언급**하는 것이 중요합니다. 비판이 아닌 옹호의 경우에도 사정은 유사하며,

'평가하라'는 서술 논제(논제 서술 과제)를 해결할 때 역시 '비판하라'와 마찬가지로, 답안 작성자인 논술자의 입장이 아닌, 반드시 제시문의 입장에서 '옳고 그름'을 판단하여 답안을 작성해야 한다. 즉, 비판의 근거는 문제 안에 주어진 **전제 조건(~을 바탕으로, ~을 활용하여, ~에 근거하여)'**이 지시하는 제시문의 관점이나 견해에 따른 것이어야지, 제시문 내용과 관계없이 자기 견해를 위주로 기술해서는 안 된다.

'평가하라'는 논제 서술 과제 해결에 있어서의 가장 중요한 포인트는 **평가 기준, 즉 '가치 판단'의 준거를 잘 세우는** 것이다. 그리고 그것에 맞추어서 논제의 물음에 답하고, 논증을 구성해 나가야 한다. 만약 그렇지 않고 판단의 준거를 잘못 잡을 경우, 이어지는 논증은 깨지고 논리는 길을 잃고 헤매고 만다.

다음 [사례5]는 이를 잘 드러내는 문제이다(앞에서 다루었던 문제지만, 내용 이해를 위해 중요한 문제라 거듭 설명한다). 제시문(다)의 연구 결과는 '인과관계와 상관관계의 혼동에 따른 오류' 가능성에 대한 내용이다. 이 연구 결과를 바탕으로 제시문(라)의 주장을 평가하란 것이 논제의 요구이다. 참고로 (라)는 '영어 지문'이지만, 그럼에도 학생들이 글 내용을 이해하는 것은 그리 어렵지 않다.

그런데 문제는, 많은 학생들은 글을 읽어 눈에 확 들어오는 부분, 다름 아닌 "약탈적 범죄는 '동기화된 범죄자(가해자), 적당한 목표물(피해자), 보호자의 부재'라는 세 요인이 특정 시간 및 공간과 맞닥뜨릴 때 발생할 가능성이 높다"라는 글 내용에 함몰된다는 사실이다. 그러고는 이 세 요인을 어떻게든 답안에 끌고 들어와 이를 중심으로 서술할 것인가를 골몰한다.

하지만 이 부분에 바로 출제자가 파 놓은 함정이 들어 있다. 말했듯이, '평가하라'는 논제 서술 과제를 해결하는데 있어 염두에 두어야 할 것이 바로 **평가 기준, 즉 판단의 준거부터 따져 살피는** 것이다. 따라서 학생들은 약탈적 범죄를 유발하는 이 세 요인이 판단의 준거인 '인과관계와 상관관계의 혼동'과 어떤 관계 맺음을 하는지를 깊게 생각해야 한다. 그러고는 이 세 요인이 다름 아닌 '범주의 오류(개념 범주화의 오류)', 다시 말해 특정 대상(개별 요인)에 국한된 사례를 대상 전체에 확대 적용하는 오류를 범하고 있음을 간파해야 한다. 그리고 그것에 맞게 논증을 끌고 나가야 한다. 그 자세한 내용은 아래 필자 예시 답안의 밑줄 친 부분을 읽고 확인하기 바란다. 덧붙여, 실제 논술 평가는 바로 이 부분에서 갈렸을 것이다.

[사례5] 제시문 (다)의 연구 결과 **바탕으로** (라)의 주장을 **평가하시오.** (연세대 2016 사회 편입 문제2–2)

(라)는 '약탈적 폭력에 의한 범죄'에 대해 설명한다. 약탈적 범죄는 누군가가 의도를 갖고 타인 및 타인의 재산에 위해를 가하는 위법 행위로, 사람들의 일상 활동 속에서 날마다 일어나는 구조적인 범죄이다. 우리가 일상에서 직접적으로 맞닥뜨리게 되는 약탈적 범죄는 **'동기화된 범죄자(가해자), 적당한 목표물(피해자), 보호자의 부재'**라는 세 요인이 특정 시간 및 공간과 맞닥뜨릴 때 발생할 가능성이 높다. 이 세 요인 중 어느 하나만 미흡해도 이는 약탈적 범죄를 실패로 이끌 수 있지만, 반대로 특정 시간과 공간에 목표물이 표적화되거나 보호자가 부재하였을 경우에는 이것이 범죄자의 범행 유인을 끌어 올려 결과적으로 범죄율을 크게 높이게 된다.

(다)의 연구 결과는 (라)의 주장이 **인과관계와 상관관계를 구분하지 못하고 혼동**하여 사용함으로써, 그에 따른 오류를 범하고 있음을 보여준다. (라)는 '동기화된 범죄자(가해자), 적당한 목표물(피해자), 보호자의 부재'라는 세 요인이 원인이 되어 약탈적 범죄가 발생하게 된다고 주장한다. 하지만 이 세 요인은 모두 **'개인**(가해자, 피해자, 보호자)'에 국한되는 것으로, 따라서 (라)는 약탈적 범죄의 발생 원인이 **특정 '개인' 즉 인적 요인에서 비롯되는 것으로 판단하는 오류를 범하고** 있다.

하지만 약탈적 범죄를 유발하는 원인을 개인적인 요인으로 한정하여 설명할 수는 없다. 예를 들어 성범죄나 금융사기와 같은 약탈적 범죄의 경우에는 **사회·문화적인 요소나 환경적인 요인이 원인**이 되어 일어나는 경우가 빈번하다. 게다가 **생물학적 원인, 심리학적 원인, 사회학적 원인**이 복합적으로 작용하여 발생하는 경우가 일반적이기에, 범죄를 유발하는 제 요인간의 인과관계를 확인하는 것은 그만큼 불분명하고 또 어렵다. 이런 이유로 (라)의 주장을 전적으로 받아들이는 것은 타당하지 않다. 범죄를 유발하는 다른 요인과의 상관관계를 더욱 살펴 따져가며 판단함으로써, 주장의 신뢰성을 높여야 한다. … **[필자 예시 답안]**

[사례6]은 복합 논제를 제시하고 논제를 다양한 방식으로 평가할 것을 요구한다. 그것도 500~600자의 짧은 답안에 담아 서술해야 한다. 이런 유형의 문제에 답하기 위해서는 제시문 요약 능력이 뛰어나야 할뿐 아니라, 글의 표현 능력 또한 상당한 수준에 이르러야 한다. 게다가 논증 능력도 뛰어나 글 내용 전체를 주제 개념을 중심으로 일관되고 충실하게 기술할 수 있어야 한다.

이런 유형의 문제일수록 논술자인 학생의 사고력은 물론이고 논리 체계가 한 눈에 들어날 수 있는 것이기에, 답안 분량이 적고 또 제시문 내용이 쉽다고 해서 논술 문제를 결코 만만히 봐서는 안 된다. 이 문제 풀이의 관건은 제시문 간의 논리적 연관관계를 잘 파악해서, 이를 여하히 논제의 물음에 맞게 논리적으로 풀어낼 수 있는가에 달렸다.

[사례6] 제시문 (라)에 등장하는 파수꾼 3이 촌장과 대화한 후 취한 행위에 대해서는 상반된 견해가 있을 수 있다. ⓐ파수꾼 3의 행위를 제시문 (마)에 **근거하여 옹호**해 보고, ⓑ파수꾼 3의 인식의 **한계**를 제시문 (바)와 (사)를 **통합적으로 고려하여 서술**하시오. (중앙대 2017 인문2 수시 문제2)

이리 떼가 없다는 진실을 외면하고 촌장의 거짓말에 동조하는 (라)의 파수꾼3의 행동은 행위의 동기나 행위 그 자체보다는 결과를 중시하는 (마)의 결과론의 관점에서 볼 때 옳은 행위로 간주될 수 있다. 파수꾼3은 비록 촌장의 논리에 동조하여 진실을 외면하려 들었지만, 마을이 언제든지 불안하고 위태로운 상황을 맞이할 수 있다는 경각심을 마을 사람들에게 일깨움으로써, 혼란을 피하고 안정을 유지하는 좋은 결과를 낳았다. 그렇기에 파수꾼3의 행위는 결과적으로 옳은 행위라고 볼 수 있다…ⓐ

이러한 파수꾼3의 생각은 (바),(사)의 관점에서 다음과 같은 한계를 보인다. (바)처럼, 유한한 존재인 인간은 자신이 원하는 삶과 정면으로 위배되는 상황에 직면한다. 그렇더라도 결코 진실을 부정하거나 외면하려 들기 보다는, 희망을 갖고 진실과 정직하게 마주하여 현실의 고통과 역경을 이겨내려는 불굴의 의지를 가져야, 인간은 도덕적으로 가치 있는 삶을 살아갈 수 있다. 또한 (사)에서 확인할 수 있듯이, 작은 힘들이 모여 가치를 공유하고 네트워크로 서로를 연대할 때 변화와 혁신은 일어나고, 궁극적으로 사회는 발전한다. 하지만 파수꾼3의 행동은 현실의 모순을 극복하려는 강인한 의지력과, 타인과의 연대 의식을 통해 공동체적 윤리 의식을 공유하려는 자세를 상실한 채, 나약한 소시민적 자아상의 전형을 드러내고 있는 점에서 비판받을 수 있다…ⓑ … **[필자 예시 답안]**

5 견해를 제시하라

'견해를 제시하라', '문제를 해결하라'는 논제 서술 과제는 '비평하라'에서 좀 더 나아가 논술자인 학생들로부터의 어느 정도의 창의적 문제 해결 능력을 묻기 위해 출제한다. 그렇더라도 대입논술에서 요구하는 창의성은 문학·예술에서 요구하는 창의적 발상이 아닌, 새로운 문제를 해결하기 위해 기성 지식을 최대한 활용하고 응용할 수 있는 고차원적인 운용 능력을 일컫는다. 이를테면 기존에 습득한 정보를 다른 관점에서 새롭게 해석하여, 그 지식 가치를 극대화할 수 있는 운용 능력으로써의 창의적인 문제 해결력이 그것이다.

이런 맥락에서 볼 때, 창의성 발현을 위해서는 새로운 관점(물론 이때 말하는 관점은 사고의 태도나 지향점을 의미한다)에서 논제의 물음에 접근할 필요가 있다. 즉, 논제를 재해석하고 논점을 새롭게 활용할 수 있는 독특한 **사고 전환 능력을 필요로** 하는데, 이는 한 영역에서 배운 내용을 다른 영역에 응용해서 생각하는 영역전이 능력과도 부합한다. 현행 교과 논술이 곧 영역 전이의 통한 통합사고 능력을 묻는 점에 비추어 생각할 때 특히 그러하다. 따라서 학생들은 교과목을 통합해 가며 적극적이면서도 비판적으로 사고함은 물론, 다양한 영역으로 관점을 전환하고 영역을 융합해서 사고하는 훈련을 해나가야 한다.

다음 [사례7]은 '견해를 제시하라'는 논제 서술 과제가 학생들로 하여금 어느 정도의 창의성을 필요로 하고 또 얼마만큼의 논리력을 요구하는지, 표현력은 또 어느 수준에까지 이르러야 하는지에 대한 일련의 준거를 보여 준다. 그렇더라도 그리 걱정할 것 없다. 이 정도로 높은 수준의 문제는 다시 말해 논술에서 요구하는 많은 능력을 복합적으로 쏟아낼 것을 요구하는 문제는 앞으로는 여간해서는 출제되지 않을 것이기 때문이다.

[사례7] [가]와 [나]의 논지를 바탕으로 [라] 글의 견해에 대한 **자신의 입장을 논술**하시오. (건국대 2017 인문 모의 문제2)

(라)의 저자는 라다크를 통해 서구 산업 문화가 가져온 폐해가 무엇인지 알게 된다. 그것은 무분별한 개발을 통한 획일적이고 단일한 문화의 확산이었다. 한 문화는 파괴될 때마다 여러 세기 동안 누적되어 온 지식도 말살한다. 점점 더 많은 사람들은 자기의 것을 잊어버리고 오로지 경쟁에 몰입하며 탐욕스럽고 자기중심적으로 변해가는 것이다. 그러한 산업화와 개발의 과정에서 자기중심적인 성향들을 인간의 본성이라 여기게 되는데, 저자는 이것이 심각한 문제임을 알게 된다. 무분별한 개발이 우리에게 어떻게 들어왔는가를 무시하고, 모든 문제를 우리 개인의 문제나 선천적 결함으로 돌리는 것이 얼마나 잘못되었는가를, 저자는 라다크의 예를 통해 다시 바라보게 된다.

어떤 사회 현상에 대한 판단은 **'상대주의'** 관점에서 모든 가능성을 열어두어야 한다는 (가)의 관점과, 사물을 고착된 그 무엇으로 보는 극단적인 사고에서 벗어나 철저히 현실적인 기반 위에서 **'상호 관계성'**을 따져 살펴야 한다는 (나)의 관점에서 볼 때, (라)의 저자의 생각은 다음과 같은 한계가 따른다. 사람들은 누구나 자기가 원하는 지역, 문화에서 살 권리가 있으며, 그에 맞는 환경을 향유할 자유가 있다. 만약 저자처럼 라다크의 공동체적 가치를 존중하고 서로 도우며 살기를 원하는 사람들은 기꺼이 문명적으로 불편한 삶을 감내하려 들 것이다. 하지만 이와는 달리 문명화된 서구 도시 문화에 익숙한 사람들은 당장의 생활의 불편함을 감수하려 들지 않을 뿐 아니라, 라다크에서의 생활을 오히려 퇴행적인 삶이라고 인식하려 들 수도 있다. 이런 이유로,

저자의 생각은 특정 사회 특정 시대의 구성원 다수가 옳다고 믿는 사고라고 단정할 수 없으며, 이를 강제하는 어떠한 사고와 행위도 용납될 수 없다.

따라서 우리가 살아가면서 맞닥뜨리는 많은 것들에 대해서는 이를 철저히 현실 기반 위에 놓고서 상호 관계를 따져가며 냉정히 살필 필요가 있다. 저자는 현대인들이 현대 사회의 문제점을 직시하고 지속 가능한 미래의 대안이 실은 오래전부터 이미 존재하고 있었음을 깨닫게 되기를 희망한다. 하지만 장자의 '나비의 꿈'에서 알 수 있듯이, 어떤 것이 현실이고 또 어떤 것이 꿈인지 그 경계가 불분명한 경우가 실제 삶에서는 상당하다. 라타크에서의 느린 삶은 바쁜 일상에서의 탈출을 꿈꾸는 사람들에게는 자기만족과 위안을 주는 동시에 현대 사회의 문제에 대한 일종의 대안으로 생각되겠지만, 그렇더라도 그러한 생활을 대책 없이 감행했을 때 개인이 감당해야 하는 대가 또한 무시할 수 없으며, 경우에 따라서는 현실의 많은 것들을 한꺼번에 잃을 수도 있다. 인식 주체로서의 현실 감각이 중요한 이유가 이 때문으로, 결국 저자가 경험한 라다크의 생활은 우리로 하여금 '잃어버린 나'를 깨닫게 하는 동시에 삶의 활력을 불어넣는 긍정적인 기제로 작용하면, 그것으로 충분하다. … **[필자 예시 답안]**

'견해를 제시하라'는 식의 창의적 평가를 묻는 논제 서술 과제는 **제시문을 분석하는 능력과 논제의 요구를 합리적으로 해결하는 능력을 동시에 평가할 수** 있기 때문에, 논술 문제의 마지막 문항에 그것도 복합 논제의 일부로 구성하여 출제하는 경우가 일반적이다. 따라서 이를 해결하기 위해서는 제시문의 핵심 내용을 파악하는 능력은 물론, 이것에서 한 단계 더 깊이 들어가 눈에 보이지 않는 본질적인 문제까지 파악하고 접근할 수 있도록 깊게 사고하는 능력을 길러야 한다.

그렇더라도 대부분의 경우, 이러한 논증 평가 유형을 담은 서술 과제가 요구하는 창의력은 특별난 그 무엇이 결코 아니다. 즉, 논술 평가 주체인 대학이 논술자인 학생들에게 요구하는 창의력은 어디까지나 **주어진 논제의 지시와 범위 안에서, 그것도 자신이 내세우는 주장에 부합하는 타당한 근거를 좀 더 참신하게 제시하라는** 것이지, 논제의 요구와 지시를 무시하고 자신만의 엉뚱한 답안을 작성하란 의미가 아니다.

그만큼 현행 대입논술에서 요구하는 창의력은 별안간의 새로운 지식이 아니라, 어디까지나 이미 세상에 드러나 있는 기성 지식을 갖고 여기에 새로운 생각을 보탤 수 있는가의 능력을 묻는 것이라고 보는 것이 더 옳을 듯하다. 물론, 제시문의 함축적 의미를 파악하여 이를 교과 내용의 핵심 개념과 연결하는 것만으로도, 충분히 창의적인 그 무엇으로 평가를 받는 게 또한 지금의 논술이다. 이를 아래의 서강대 설명을 통해 확인할 수 있을 것이다.

따라서 '견해를 제시하라'는 서술 논제를 해결하기 위해서는 자신의 견해를 담은 확실한 근거를 제시하고, 더 나아가 이를 해결하기 위한 적절한 방법을 모색하라는 요구를 충족시킬 수 있어야 한다(물론 이는 어디까지나 '문제를 해결하라'는 과제가 주어졌을 경우에 한해서다).

그렇더라도 알고 있어야 할 것은, 그 견해란 것은 어디까지나 논제의 요구에 철저히 귀속되며, 출제자의 의도를 벗어난 채 자기만의 생각에서 자기 멋대로 서술한 그 무엇이어서는 안 된다. 많은 학생들이 출제 의도를 무시한 채 자기 생각만 일방적으로 펼치는 경우가 많은데, 그럴 경우 **단락과 단락의 연결이 자연스럽지 못하고, 때론 반락별로 논리의 흐름이 단절된 양상으로** 치닫는다. 한마디로, 논증이 일관되지 못하면서, 논리가 깨지고 마는 것이다.

이를 다음 [사례8]의 학생 작성 답안과 필자 예시 답안을 통해 확인할 수 있을 것이다(ⓑ에 해당하는 답안 서술 부분). ①, ②의 학생 작성 답안의 무엇이 문제인지에 대해서는 서강대 채점 총평을 읽어 확인하기 바란다. 한편, ③의 필자 예시 답안을 보면, ⓑ는 ⓐ에서 논의한 내용(밑줄 친 부분)을 그대로 확장하면서 그리고 '주제 개념'에 대한 자기 견해를 보태가며 서술한 것이다. 이를 통해 답안 서술을 살피면, 논리의 일관성을 유지하면서 논의를 확장해 나가고 있음을 확인할 수 있을 것이다.

먼저 스테이시가 올린 사적인 사진이 다른 교사와 대학 당국에까지 공적으로 알려진 것은 [다]의 사적 영역과 공적 영역의 경계가 허물어진다는 주장으로 설명할 수 있다. 둘째로 대학 당국과 다른 교사는 스테이시의 사진만으로 스테이시가 사진을 찍을 당시의 상황, 즉 오리지널 텍스트의 맥락을 파악할 수 없다. 이는 [라]의 브리콜라주가 오리지널 텍스트와 분리된 결과로 설명 할 수 있다. 마지막으로 스테이시가 친구들에게 보여주기 위해 자신의 사진을 올린 것으로 보아 스테이시는 [마]의 디지털 네이티브처럼 자아 표현에 충실하고 대중 지향적이라고 말할 수 있다.

[나]에서는 쏸즈강의 죽음이 언론에 보도되어 전과 달리 중앙 정부의 재조사로 그의 죽음과 연루된 사람들이 죄를 치르는 상황을 보여준다. 이 상황은 먼저 [마]로 설명할 수 있다. 쏸즈강의 부모님이 그의 억울한 죽음을 알리기 위해 그들의 의견을 언론에 알렸기 때문이다. 둘째로 이 상황은 [다]로도 설명이 가능하다. 쏸즈강의 죽음이 언론에 한번 보도되자 다른 언론들이 잇따라 이 사건을 보도했기 때문이다. 이는 모든 정보가 노출되고, 쌍방향의 정보 전달이 이루어진다고 볼 수 있다…ⓐ

인터넷 매체에서의 소통은 사회적으로 긍정적인 기능을 한다. 사회 통합에 기여하기 때문이다. 매체 소통은 시공간의 제약이 없기에 사회적 파급력이 높다. 따라서 모든 정보가 자유롭게 소통된다. 이러한 특성은 전과 달리 사회적 약자의 의견이 사회에 표출될 수 있는 기회가 많아짐을 뜻한다. 이 의견들은 매체를 통해 퍼져 다양한 의견이 사회에 반영된다. 또한 매체 소통은 다양한 인간관계를 형성하여 사회 통합에 기여한다. 매체의 특성으로 사람들은 더 많은 사람의 의견을 받아들일 기회가 많아지고, 전과 다른 의미 형성, 맥락을 파악할 기회도 많아진다. 이러한 과정이 반복되면 타인의 의견을 이해하는 능력이 형성되어 사회 통합에 기여하게 된다…ⓑ **[서강대 제시 모의 논술 평가 중위권 학생의 작성 답안A]**

<u>첫째 단락과 둘째 단락에서 논의한 내용이 셋째 단락과 전혀 무관하다는</u> 점도 문제다. 세 번째 단락에서 '인터넷 공간의 소통이 사회 통합에 기여한다'는 이 글의 주장은 사실 앞의 두 단락에서 분석했던 내용들과는 전혀 상관이 없는 새로운 논의에 해당한다. 이처럼 **<u>각 단락의 내용 사이에 어떤 연결 고리도 찾을 수 없다면</u>**, 이것은 결코 좋은 평가를 받을 수 없다. 출제자의 의도에 대한 깊은 고민 없이, 단순히 문제가 요구하는 대로 정답을 맞히는 데에만 급급하기 때문에, 답안에 깊은 생각을 담아낼 수도 없는 것이다. (서강대 채점 총평)

② 제시문 [가]의 스테이스 스나이더는 '알 권리'에 의해 손해를 입었다. 그녀는 단순한 친목을 목적으로 술에 취한 모습을 인터넷에 표현하였다. 하지만 처음의 의도가 친구와의 친목이었어도 인터넷에 올라온 사진

한 장만으로는 그 맥락을 알 수 없다. 그렇기에 그녀의 사진은 '학생들에게 유해한 모습을 보여 직업윤리에 어긋나는 행위'를 하였다고 해석될 수 있다. 후에 그녀는 그 사진을 삭제함으로써 그 모습을 없애려고 했으나 그녀가 사진을 업로드한 순간 홈페이지의 DB에 저장되어 자신의 홈페이지에서는 그 사진을 삭제하여도 인터넷 자체에서는 삭제할 수가 없게 되었다. 즉, 잊혀지기에 실패한 것이다.

반면에 제시문 [나]의 쑨즈강 사건은 '알 권리'에 의해 진상이 밝혀지게 되었다. 맨 처음, 쑨즈강 사건의 진실을 규명한 것은 언론이었지만, 그 확산은 인터넷에 의한 것이었다. 그리고 인터넷에서 자신의 의견을 표현하는 세대들에 의해 중국 정부 또한 여론이 자신들을 비난하고 있음을 파악하여 진상 규명에 힘을 쓰게 된다. 정부와 쑨즈강 부모 간의 사적인 영역이라고 할 수 있는 부분이 공적인 영역으로 확산되어 나타난 긍정적인 영향이다…ⓐ

최근 사람들 간의 대부분의 소통은 인터넷에서 이루어지고 있다. 심지어 인터넷에서 만난 남녀가 SNS를 통해 사랑을 키우고, 실제 오프라인에서 결혼을 하는 일도 있다. 이는 인터넷이라는 매체가 타 매체에 비해 접근성이 높고, 쌍방형적으로 소통이 이루어지고 있기 때문이다. 즉, 사람들이 적극적으로 정보와 활동의 주체가 될 수 있는 매체라는 것이다. 게다가 파급력과 확산력이 높아서 평범한 시민의 말이어도 SNS 등을 통하여 부당함을 고발하는 말 등을 여러 사람들에게 알릴 수 있게 된다. 일부 사람들은 그 파급력 때문에 옳지 않은 정보나 경솔한 발언들도 널리 퍼지고 잊혀지지 않는다는 것을 근거로 들어 인터넷 소통은 부정적이라고 이야기한다. 하지만 오히려 그런 옳지 않은 발언들도 널리 퍼질 수 있다는 사실을 유의하기에 사람들이 인터넷에서 글을 쓸 때 더욱 신중한 태도를 가질 수 있게 된다…ⓑ … **[서강대 제시 모의 논술 평가 중~하위권 학생의 작성 답안B]**

답안 사례(1)에서도 언급된 문제지만, 학생 답안의 각 단락이 서로 연결되지 않는 것도 문제가 될 수 있다. 특히 이 답안의 경우, 앞의 두 단락과 마지막 단락 사이의 연결이 자연스럽지 못하다. 또한 하나의 단락 안에서도, 문장과 문장 사이의 연결이 자연스럽지 않다. 문장 차원의 문제도 있다. 마지막 단락을 보자. "①최근 사람들 간의 대부분의 소통은 인터넷에서 이루어지고 있다. ②심지어 인터넷에서 만난 남녀가 SNS를 통해 사랑을 키우고, 실제 오프라인에서 결혼을 하는 일도 있다. ③이는 인터넷이라는 매체가 타 매체에 비해 접근성이 높고, 쌍방형적으로 소통이 이루어지고 있기 때문이다." 여기에서 ①~③ 문장은 학생 답안의 전체 흐름과 연관지어 생각해 본다면 전혀 필요가 없다. 특히, '알 권리'와 '잊혀질 권리'로 논의를 전개하고 있는 이 답안에서 ①, ② 문장은 주제와 상관없는 내용이다. 또한 ①, ② 문장의 원인으로 ③ 문장이 제시된 것도 논리적으로 타당한 것인지 생각해 볼 일이다. 인터넷 매체의 특징인 접근성, 쌍방향 소통으로 인해, SNS를 통해 만난 남녀가 결혼까지 했다는 것은 명백한 논리의 비약이다. (서강대 채점 총평)

③ (가), (나)는 정보사회에서 나타나는 상반된 '소통' 양상을 보여준다. (가)는 정보화가 가상공간에서의 소통에 미치는 부정적 측면에 대해 설명한다. 즉, 가상공간에서 실행된 사적 행위의 결과물은 개인의 의도 및 의지와는 다른 목적으로 무분별하게 유통될 수 있다고 말한다. (라)는 이를 뒷받침한다. 이에 따르면, 정보사회에서 사람들은 디지털 정보가 쏟아내는 무수한 정보 가운데 불필요한 지식은 버리고 필요한 것만을 연결 지어 새로운 지식을 만들어내는 경향을 보인다. 즉, 사람들은 정보 생산자의 의도와는 다른 맥락에서 끊임없이 정보를 재해석하려 드는데, 그렇게 해서 생성된 정보는 당초의 의도와는 얼마든지 다른 의미로 유통되고 또 사실을 왜곡함으로써, 개인은 그에 따른 많은 피해와 불이익을 볼 수 있다.

반면 (나)는, 인터넷 가상공간은 시공간을 초월한 평등하고 신속한 정보 교류를 통해 결집성이 강한 네트워크형 조직을 형성한다면서, 그것이 갖는 소통의 긍정적인 측면을 역설한다. 이는 (다), (마)를 통해 확인된다. (다)에 따르면, 정보사회는 시공간을 초월한 정보의 공유와 유통을 통해 사적 공간을 공적 공간으로 확장·재편한다. 사적 영역과 공적 영역의 경계가 허물어짐으로써, 개인은 사적인 공간에서도 얼마든지 공적인 영향력을 행사할 수 있게 된다. (마)는 이러한 현상을 가속하는 주체에 대해 설명한다. 디지털 네이티브 세대는 대중 지향적이고 자아 표현에 충실한 성향을 보이며, 기성세대와는 전혀 다른 소통 방식과 사고 양식을 통해 새로운 방식의 인간관계를 형성한다. 결국 이들의 가상공간에서의 활발한 소통은 시민 사회의 정치 참여를 활성화하고, 전자 민주주의의 실현 가능성을 높이는 요인으로 작용한다…ⓐ

(바)는 '인터넷 매체에서의 올바른 소통'에 대한 일련의 준거를 제시한다. 인쇄 매체와 마찬가지로 인터넷 매체 역시 언어를 통해 소통함으로써 인간관계를 형성하고 사회적 관계 맺음을 한다는 점에서 같다. 특히 쌍방향성과 분산성을 특징으로 하는 인터넷 매체는 시공간을 초월한 자유롭고 평등한 의사소통이 가능한 공간을 열어줌으로써, 그에 따른 사회적 파급 효과가 매우 크다.

이런 이유로 정보사회에서 올바른 정보 처리 능력으로서의 소통 능력을 기르는 것은 매우 중요하다. 이를 위해서는 인터넷 공간의 수많은 인신공격과 거짓 정보의 무책임한 남발이 합리적인 의사소통을 촉진하기보다는 오히려 장애물로 작용하고 있음을 깨닫고, **타인의 사생활을 침해하거나 개인 정보를 악용하지 않도록** 이용자 스스로 자정하는 능력을 기르는 한편, **타인의 권리를 존중하는 윤리의식**을 함양할 필요가 있다. 또 구성원 각자가 인터넷 매체가 갖는 순기능을 높일 수 있도록 올바르고 **합리적인 의사소통 능력**을 높여나갈 때, 바람직한 정보사회를 가로막는 **정보 격차와 정보 불평등은 해소**되고, 인터넷이라는 **참여와 연대의 공론장을 통한 새로운 민주주의 모델로써의 전자민주주의는 실현**될 수 있을 것이다…ⓑ … **[필자 예시 답안]**

논증 지시어(4)
– 활용하여, 논술하라
_고려대 신유형 논술 문제 해결의 포인트

고려대 편입논술은 다음 두 차원에서 고려될 수 있다. 그것은 '통합 논술'의 형태이거나, 또는 '신유형'의 형태이다. 둘의 차이는 다음과 같다.

	통합 논술	신유형(고전 논술)
논제 제시	구체적이다	개략적이다
논점 파악	발문의 지시를 따라야 한다	논술자 스스로 정한다
논지 설정	제시문 내용을 따른다	제시문 내용을 활용한다
논거 제시	제시문 내용+ 자기 생각	논술자의 지식+자기 생각
논증 지시어	"요약하고, 설명하고, 비판하라"…	"논술하라"
답안 구성	발문의 물음을 따라 기술	'서론–본론–결론'의 형식으로 기술
논제와 제시문의 연관관계	긴밀하게 관계된다	느슨한 연결 고리를 갖는다.
제시문 활용에 대한 발문의 지시	제시문에 '근거하여'	제시문을 '활용하여'
제시문 특정	답안에 반드시 제시문을 특정해야	특정해도 되고, 안 해도 된다
발문 물음의 예	제시문①의 논지를 **바탕으로** ②에 소개된 자발적 결사체들의 특성을 **비교 설명**하고, 그 결사체들의 공익 실현 가능성과 그 한계를 ③의 **관점에서 논술**하시오.	제시문 ①, ②, ③을 **활용**하여, '공동체와 여론 형성'에 관하여 **논술**하시오.

먼저 지난해(2018학년도) 처음 치른 고려대 편입논술은 통합 논술 형태로 출제됐으며, 그것도 이해력을 중시하는 고려대 논술의 특성이 가장 잘 나타난 2010~2012학년도 출제 유형을 따랐

다. 그것은 난이도 높은 제시문을 주고 독해와 요약 능력을 묻고(문제1, 400자), 이어서 그 제시문 내용을 활용하여 주어진 논제에 답할 것을 요구하는 유형이다(문제2, 1200자).

통합 논술과 관련한 내용은 이 책의 모든 내용을 포괄하는 것이기에 여기서는 생략하고, 이제부터 고려대 신유형 논술의 '논술하라'는 논증 지시어가 의미하는 바를 중심으로 한 편의 잘 쓴 논술문을 작성하는 방법적 요령에 대해 간략히 설명한다. 그 이유는 고려대 신유형 논술 또한 상황에 따라 앞으로 언제든지 출제될 가능성이 높기 때문이다.

2015학년도 입학 논술 시험부터 새롭게 선보인 고려대 '신유형' 논술은 엄밀히 따져 예전 고전 논술(~2007)을 그대로 답습한 것이라 할 수 있다. 신유형 논술은 **주어진 논제에 대해 완성도 높은 한 편의 논술문을 작성**'할 것을 요구한다.

예전 통합 논술은 3~4개의 제시문 내용을 이해하고 그것들 간의 논리적 연관관계를 파악할 것을 요구하는 형태를 취한다. 통합 논술은 답안의 구성 및 답안에서 다룰 내용이 이미 논제에 제시되어 있으며, 논술자인 학생들은 이를 따라 답안을 작성하면 되었다. 그렇게 해서 통합 논술은 다음과 같은 역량을 갖추면 되었다.

- 제시문을 이해하고 분석하는 능력
- 개별 교과목에서 습득한 지식을 상호 연계 또는 통합하여 사고할 수 있는 능력
- **논제로 주어진 주제 및 세부 개념들을 논리적으로 연계하여** 주어진 문제를 해결하는 능력

그에 비해 신유형은 보편적인 의미의 '잘된 글'을 작성할 것을 논술자에게 요구한다. 답안이 잘된 글로 평가받으려면 구성면에서 완결되어야 하며, 국어 문법면에서 정확한 문장들로 이루어져야 한다. 주어진 **논제에 대한 논의 과정은 논술자 스스로 구축해야** 한다. 그 과정은 논리적으로 타당해야 하며, 창의적이어야 한다. 제시문은 그 과정에서 참고 문건으로 고려될 뿐이다.

여기서 주목해야 할 것은 '논제에 대한 논의 과정을 논술자 스스로 구축'한다는 의미이다. 이는 논제 구성의 핵심인 **논점(관점)과 논제 서술 과제(논증 지시어)를 논술자 스스로 알아서 설정하고 알아서 채택하라는** 요구이다. 문제에서는 논제 구성의 단초를 제공할 수 있는 개략적인 주제만 제시할 테니, 나머지 것들은 **제시한 글감(지문)에서 찾아 스스로 논제를 구성하고 또 그것에 맞게 답안을 작성하라는** 요구이다. 그렇게 되면 신유형 논술에서 갖춰야 할 역량은 다음과 같이 바뀌게 된다.

- **논제를 스스로 구성하고 글 내용을 조직함으로써** 한 편의 완결된 논술문을 작성할 수 있는 능력
- 제시문을 참고하여 **논제의 물음과 관련되는 개념들을 논술자 스스로 도출하고 활용하면서** 의미 있는 결론을 이끌어내는 능력
- **개별 기성 정보와 지식을 활용하고 종합하여** 새로운 차원의 지식으로 체계화하는 능력

1 논제의 재구성

고려대는 통합 논술과 신유형 논술을 '음식'에 비유하면서, 중점 평가 요소의 변화에 대해 다음과 같이 설명한다. 먼저, 이전의 통합 논술은 요리사들이 정성껏 만든 서너 가지의 **요리(논술로 말하면, 논점·관점·쟁점과 관련한 개념을 담은 키워드)**를 상에 차려 논술자인 학생들에게 보여주고 다음과 같은 명시적인 혹은 암묵적인 질문에 대한 학생의 작성 답안을 평가한다.

- 각 요리에 들어간 재료(**논지와 논거**)들은 무엇인가

- 재료들이 어떤 비율로 배합되었는가

- 각 재료들이 상에 차려진 전체 요리에서 담당하는 맛은 어떤 것인가

- 각 재료들이 다른 재료들에 끼치는 영향은 어떤 것인가

- 상에 차려진 전체 요리는 과연 어떤 것인가

- 그 요리에 대해 수험생은 어떤 평을 내리고 있는가

신유형 논술은 이 과정의 역(逆)이라 할 수 있다. 이미 만들어진 요리 대신 학생들은 요리를 만들기 위한 여러 **재료(논술로 말하면, 주제와 관련한 다양한 소재와 제재, 논지와 논거)**들을 제공받는다. 학생들은 이 재료들을 이용하여 자신만의 요리를 만들고, 평가자는 그 요리의 맛을 평가한다. 논술 고사 출제진은 다음과 같은 평가 요소들을 염두에 두고 논술 문제를 구성한다.

- 제공된 재료들의 성격을 정확히 알고 있는가

- 제공된 재료들 중 어떤 것을 사용하였는가

- 선택한 재료들을 어떤 비율로 배합하였는가

- 요리를 어떤 식으로 상에 차려 내놓았는가

- 요리가 남의 것과 다른 독창적인 맛이 있는가

- 요리가 정말 맛있는가

- 미리 마련해 놓은 식탁에 어울리는 요리를 만들었는가

이를 좀 더 쉽게 설명하면 이렇다. 예전 통합 논술은 이를테면 '한식을 만들지, 아니면 중식을 만들지'와 같이 요리 제목을 구체적으로 지정하여 그것에 맞게 답할 것을 묻는 것이라면, 신유형 논술은 '요리와 관련한 여러 재료를 줄 테니, 어떤 요리를 만들 것인지'는 학생 스스로 알아서 결정하여 답하라는 요구와도 같다.

그렇게 해서 발문의 물음은 다음과 같은 짧은 형식의 진술로 바뀌었다. 참고로 고려대는 유사한 시험의 형태가 해마다 거듭됨에 따라 학생들이 그 형태를 겨냥하는 '맞춤형' 시험 준비를 하는 폐단을 막고자 하는 취지에서 문제 출제 유형을 바꾼 것이라고 그 이유를 설명한다.

[고려대 신유형 논술문제 예시]

- 제시문 ①, ②, ③, ④를 **활용**하여, **'바람직한 공적 결정'**에 관해 **논술**하시오. (고려대 2017 인문 수시, 1000±50자)

- 제시문 ①, ②, ③을 **활용**하여, **'공동체와 여론 형성'**에 관하여 **논술**하시오. (고려대 2016 인문 수시, 1000±50자)

- 제시문 ①, ②, ③을 **활용**하여 **'사회적 합의와 법'**에 대해 **논술**하시오. (고려대 2016 인문 모의, 1000±50자)

- 제시문 ①, ②, ③을 **활용**하여 **'더불어 사는 삶을 어떻게 이룰 수 있는지'**에 대해 **논술**하시오. (고려대 2015 인문A 수시)

- 제시문 ①, ②를 **활용**하여 **'좋은 삶을 어떻게 만들어 갈 것인가'**에 관하여 **논술**하시오. (고려대 2015 인문B 수시, 1000±50자)

- 제시문 ①, ②를 **활용**하여 **사회 발전**에 관해 **논술**하시오. (고려대 2015 인문 모의, 1000±50자)

고려대 신유형 논술의 핵심을 한마디로 요약하년, **'논술자 스스로 논제를 재구성하여 논술하라'**는 진술로 집약된다. 다시 말해, '문제와 제시문을 활용하여 논술자 스스로 논제의 물음을 재구성하고, 그 물음을 따라 자기 생각을 논술하라'는 것이다.

그렇다면 신유형 논술에 맞춰서 답안을 작성하기 위해 논술자인 학생들은 어떻게 해야 할까? 이를 위해서는 고려대의 설명을 들어봐야 할 것 같다. 다음은 〈2015학년도 고려대 모의 논술 자료집〉에 실린 대학 설명을 필자가 재해석한 내용이다.

… 고려대 인문 모의 논제1이 수험생에게 요구하는 바는 '<u>주어진 주제에 대해 완성도 높은 한편의 논문을 작성</u>'#1하는 것이라고 밝혔다. 종전 유형이 답안의 구성과 거기서 다룰 내용이 이미 논제에 제시되어 있었고 수험생들은 그에 따라 답안을 작성하면 되었다. 그에 비해 새로운 유형의 논제는, **성격이 다른 글 2개를 제시하고, 그것들을 활용하여 글과 느슨하게 연결된 주제에 관해 자신의 생각을 전개토록** 함으로써, <u>**보편적인 의미의 '잘된 글'**</u>#2을 쓸 것을 수험생들에게 요구한다고 밝혔다…

… 그에 따라 학생들은 <u>주어진 주제에 대한 논의 과정을 스스로 구축</u>#3해야 하는 부담이 추가되었고, 그 논의과정이 논리적으로 타당해야 하며 창의적이어야 한다. 따라서 주제와 관련하여 수험생 <u>스스로 논의를 구성하고 제시지문을 주체적으로 포섭하면서 글을 작성해야</u> 만이 좋은 평가를 받을 수 있다…

… 이런 이유로, 다음에 언급하는 경우에 해당하는 답안은 좋은 점수를 받지 못한다.

①제시지문을 단순 요약하고 정리한다.

②제시지문을 주제에 맞춰서 편집한다.

③<u>제시지문 간의 논리적 연관관계를 찾는다.</u>#4

④제시지문에 대한 자신의 생각을 밝힌다.

⑤제시지문의 주요 문장을 그대로 옮겨 쓴다.

위 설명을 염두에 두고, 특히 #부분에 주목하여 어떤 식으로 문제를 해결해 나갈 것인지에 대해 간략히 살펴보자. 그 핵심만을 아주 간략히 살펴, 논술 답안을 효과적으로 작성하는 방법적 요령을 핵심 포인트만 간추려 설명하면 다음과 같다.

#1주어진 주제에 대해 <u>완성도 높은 한편의 논문을 작성해야</u>

결론부터 말하면, 현행 통합 논술에 비해 차이 나는 것은 아무 것도 없다. 즉 고려대가 제시하는 신유형 논술 문제 역시 이 책을 통해 설명하는 논술 문제 풀이의 핵심을 염두에 두고 공부하면, 그것으로 완성도 높은 한편의 약식 논술문, 즉 고려대가 요구하는 논술 답안을 작성할 수 있다.

㉮개념 이해… **주제**의 선정… 주제 개념의 서술(설명글)… 도입부(서론)

㉯관점 파악 및 논증 구성… **쟁점**의 명확한 설정과 이에 대한 **논증**(1)… 쟁점(관점)의 서술(설명글)과 논증(논증글)… 본문(본론)

말했듯이, 논술문을 잘 쓰기 위해서는 먼저 논제부터 명확히 설정해야(파악해야) 한다. 즉, 먼저 주제와 쟁점부터 정확히 파악하고 설정한 후, 이후 그것에 맞춰서 타당하고 객관적인 논증을 구성해야, 완성도 높은 한편의 소논문이 작성될 수 있다.

이때 특히 염두에 두어야 할 것은 다음 두 가지다. 첫째, **논술문의 구조와 구성 틀을 어떻게 짜 나갈 것인가를** 결정하는 일이다. 특히 **쟁점(논점)의 명확한 설정은 바로 논술문(논술 답안)이 어떤 논리적 구조를 지녀야 하는가를 결정하는** 주된 요인이기에 무척 중요하다. 왜냐하면 쟁점이 명확하게 드러나야 만이 이후 전개되는 논의 핵심으로서의 논증은 효과적으로 기술될 수 있기 때문이다.

#3주어진 주제에 대한 논의 과정을 스스로 구축해야

이것이 의미하는 바는 다음과 같다. 고려대 신유형 논술 문제는 성격이 다른 제시문들을 갖고, 그것들을 활용하여 제시문 내용과 느슨하게 연계된 주제 개념에 대해 살피면서, 자신의 생각을 체계적·논리적으로 펼쳐나가야 한다. 따라서 학생들은 주제 개념에 맞게 제시문 내용을 주체적으로 포섭하고 또 **스스로 논의를 구성**하면서 한편의 완결된 논술 답안을 작성해야 한다. 그래야만 평가자로부터 좋은 점수를 얻을 수 있다.

즉, 주제 개념에 의거하여 논의를 구성하고 논증 방법을 따라 글 내용을 서술하라는 의미는 곧, **제시문을 읽고 그 안에서 유추할 수 있는 여러 논점(다양한 견해)을 찾아낸 후**, 그 가운데에서 수험생 자신이 사용할 무기, 다시 말해 논증을 구성할 핵심 요소로서의 **쟁점을 수험생 스스로 명확히 설정**하고 그것에 맞게 논리를 내세우라는 주문이다.

참고로, 제시문을 통해 논술자인 학생들이 고려할 수 있는 논점들(다양한 견해와 쟁점)은 다양하다(고려대는 학생들로 하여금 다양한 논점들을 생각해 볼 수 있게끔 제시문 내용을 구성하였을 뿐 아니라, 고려해 봄직한 논점들을 일련의 논증 평가 항목으로 밝히고 있으니, 이를 직접 대학 홈페이지에 들어가 확인해 보기 바란다). 따라서 학생들은 제시문을 통해 판단 가능한 다양한 견해들을 스스로 찾고 또 구상할 수 있어야 한다. 그렇게 해서 생각에 생각을 거듭하여 **'쟁점(관점)'부터 먼저 설정**하고, 이어서 그 관점(쟁점)을 담은 핵심 개념어나 관련한 용어를 찾아내고, 계속해서 전체 논리 구조가 일관되도록 논증 구조를 구상하는 과정을 밟아나가면 된다.

　　결국 **제시문을 읽고 주어진 주제에 맞게 핵심 쟁점**(관점·논점)**을 논술자인 학생 스스로 설정하는** 작업이 바로 고려대 논술 문제 풀이의 핵심이란 사실이 재확인된다. 이를 염두에 두고 전체 논리 구조가 일관되고, 구체적이며, 명확해야 잘된 논증, 잘 쓴 논술문으로 평가받게 된다.

　　둘째, 고려대가 강조하는 보편적인 의미의 '잘된 글'은 잘된 논증, 잘 쓴 논술문을 의미한다. 말하자면 구성면에서 완결되어야 하며, 정확한 문장으로 타당한 논리를 전개해야함을 뜻한다. 그 의미는 대학에서 제시한 논제를 기본으로 하여, 그 기본 논제에 담긴 공통 주제를 따라 제시문 간의 연관관계를 살펴가며 다양한 논점을 추출한 후, 그 논점의 일부 또는 전부를 취사선택 및 보충하여 논제를 **[공통 주제+쟁점·관점+논증(논지+논거)]**의 형식으로 **재구성**하고(다시 말해, 문제에 주어진 논제를 해제하여 자기 논리로 새롭게 재구성한 후), 그것에 맞게끔 논리적으로 서술하라는 주문과도 같다.

　　실제, 고려대 신유형의 논술 문제 풀이의 핵심은 이것으로, 논제를 여하히 잘 구상하여 재구성한 후, 그것에 맞추어 답안을 작성하는 것만으로도 내용적으로나 형식적인 면에서나 대학이 요구하는 우수 답안에 근접할 수 있다. 이때 논증의 핵심을 이루는 '논거'를 효과적으로 잘 서술할 경우, 대학이 논술 시험을 통해 요구하는 보편적인 차원의 언어 능력과 논리 구성력, 지식 처리 능력, 창의성 등을 두루 인정받아 합격 답안으로 선정될 수 있을 것이다.

　　이는 실제 대학이 제시한 '2015 인문 모의' 학생 우수 답안과 부족 답안 사례를 통해 확인 가능한데(필자가 운영하는 논술카페에 들어가 확인해 보기 바란다), 우수 답안의 경우에는 아래의 경우처럼 논술자가 그만큼 논제에 대해 명확히 파악한 후 이를 논리적으로 재구성(즉, '개념-관점-논증'의 형식에 맞추어서 답안을 논리적·체계적으로 재구성)했음이 드러난다. 반면, 부족 답안의 경우에는 그렇지를 못하고 제시문 내용을 단순 요약하거나, 제시문을 활용하지 않은 채 자기 생각만을 일방적으로 나열하고 있음이 확인된다(답안을 다운받아 직접 확인하기 바란다).

　　[문제1-1] 제시문 ①과 ②를 활용하여 사회 발전에 관해 논술하시오.

　　→ [사회 발전+(①기술+②제도)적 관점에서+㈎문제점(기득권의 반대와 저항)을 서술하고, ㈏극복 방안(대중의 이

2 '논술하라'의 의미

앞서 말했듯이, 고려대 신유형 논술은 한마디로 논술자인 학생 스스로 '논제를 재구성'할 것

을 요구한다. 신유형 논술은 논제와 함께 논술자가 읽을 글감(제시문)을 제시하고, 그것을 바탕으

로 한 편의 완결된 논술문을 작성하도록 유도한다. 따라서 학생들은 논제의 지시를 따라 제시문

을 분석하고 그것에 근거하여 논술문 형식으로 답안을 기술해야 한다. 이때, 논술자인 학생들은

제시된 2~3개의 짧고 쉬운 내용의 글감을 '활용'하여 논제의 물음에 답하면서 소논문 형식으로

답안을 작성하면 된다.

발문의 물음은 제시문 내용을 **'활용하여'**, 특정 '논제(주제 개념을 담은 명제)'를 **'논술하라'**는 형태

가 일반적이다. 여기서 '논술하라'는 서술 과제는 논제를 얼마만큼 조리 있게 자기 생각으로 만들

어 내고 또 그것에 맞게 글 내용을 여하히 잘 표현할 수 있는가를 살펴보자는 것이다. 이를테면

논점을 확정하고 논제 서술 과제를 설정하는 등 답안을 작성하는데 있어서의 모든 과정과 작업

을 전적으로 논술자인 학생의 역량에 맡김으로써, 글을 쓰는 능력뿐 아니라 논리 체계를 구성하

는 능력과 자질까지 대학은 평가하겠다는 것이다.

따라서 통합 논술에 비해 신유형 논술이 갖는 결정적인 차이는 논제의 물음에 대한 **'논점' 채택**

과 '논지' 설정 능력이라 할 수 있다. 통합 논술은 주어진 제시문 내용에서 이를 찾아 밝혀야 하므

로 '독해력'이 중요한 반면, 신유형은 논술자 스스로 논의 과정을 구축하고 그것에 맞게 논점과 논

지, 논거를 구성해야 하므로, 논제와 관련한 풍부한 배경 지식과 더불어 글의 체계적인 서술 능력

이 관건이 된다.

알고 있어야 할 것은 신유형 논술 문제의 '논술하라'는 지시어는 '설명'과 '논증'을 포괄하는 의

미이자, 제시문 내용과 주제 개념에 맞게 논제를 재구성한 결과를 논술자 스스로 밝혀가며 글 내

용을 서술하라는 요구라는 점이다. 그렇기에 **'논술하라'는 지시어가 갖는 내포적인 의미와 그 진술 범위는 전적으로 논술자가 알아서 결정할** 일이다.

이를테면 논제로 제시된 주제 개념의 핵심 쟁점 또는 문제점에 대해 '설명'하고, 그것이 갖는 한계를 '비판'한다든가 또는 '분석'한다든가, 아니면 여기서 한 걸음 더 나아가 대안을 제시하는 등으로, '문제 제기'에서 '해결'에 이르기까지 일련의 논증 과정은 전적으로 논술자 스스로 알아서 결정하면 된다. 물론 이는 논점을 확정하는 사전 작업에 철저히 귀속되며, 이를 바탕으로 '논술하라'는 지시어를 새롭게 재구성하면 된다.

❸ 제시문 활용

말했듯이, 통합 논술은 논제와 제시문 간의 긴밀한 연관관계에 바탕을 두면서, 제시문 내용을 갖고 논제의 물음을 해결할 것을 요구한다. 이에 비해 고려대 신유형 논술은 제시문 내용을 참고 및 활용은 하되 단지 이를 **논제 해결을 위한 판단의 근거 내지는 힌트로만 사용할 것을** 요구한다.

제시문과 전혀 관련을 맺지 못한 채 제시된 주제에만 의지하여 논술을 전개해서도 안 되지만, 제시문 내용을 그대로 옮겨오거나 제시문의 논지를 맹목적으로 추종하는 경우 역시 논제가 요구하는 바에 부합하지 못한다. **제시문은 전적으로 논술자 스스로 구축한 논의 과정에 포섭되어야** 한다.

이런 이유로, 다음에 언급하는 경우에 해당하는 답안은 좋은 점수를 받지 못한다.

- 제시문을 단순 요약하고 정리한다.
- 제시문을 주제에 맞춰서 편집한다.
- 제시문 간의 논리적 연관관계를 찾는다.
- 제시문에 대한 자신의 생각을 밝힌다.
- 제시문의 주요 문장을 그대로 옮겨 쓴다.

참고로, **제시문 간의 논리적 연관관계를 찾아 서술할#4** 경우에는 좋은 점수를 받지 못한다고 했는데, 이는 주의를 요한다. 이는 기존 유형의 문제에서 요구하는 것처럼 주어진 논제의 물음을 따라 제시문 간의 논리적인 연관관계를 애써 찾으면서, 마치 톱니바퀴가 물리듯이 유기적으로 긴밀히 연결해 가며 서술하지 말라는 주문이지, 제시문들을 논리적으로 관련지어가며 글 내용을 기술하지 말라는 의미는 아니다.

무슨 뜻인가 하면 이렇다. 제시문은 논술 주제와 내용면에서 느슨하게 연결된 형태로 출전되는 것이기에 그만큼 다양한 해석이 따를 수 있다. 대학은 이를 노리고 그 해석과 관계되는 다면적이고 다각적인 논증 능력을 수험생들로부터 평가하겠다는 것이다. 따라서 논술자인 학생들은 제시문 안에서 주제와 관련한 다양한 쟁점(관점)을 찾거나, 설정하거나, 재해석할 수 있어야 한다. 그리고 그렇게 해서 주제와 쟁점 간의 논리적 간극을 빈틈없이 채워나가면서 논리를 만들고 논증을 구성할 수 있어야, 출제자의 의도와 기대는 충족된다.

마치 예전 바칼로레아 논술로 돌아간 듯한 느낌을 받는 이유가 이 때문인데, 그만큼 주제와 관련한 배경지식이 풍부하고, 게다가 논리적으로 사고할 줄 아는 학생이 고려대 논술 답안 작성에 유리한 고지를 점하게 되었다. 이런 이유로 고려대가 말하는 것처럼, 논술학원에서 '맞춤형'으로 시험을 준비해 온 학생들은 거의 예외 없이 걸러질 것으로 보인다.

4 소논문 작성

고려대 신유형(고전 논술) 답안은 소논문 작성 요령을 따른다. 서론·본론·결론 형식의 하나의 완결된 글로서의 소논문을 작성해 하기 위해서는 다른 무엇보다 '개요 짜기'에 공을 들여야 한다. 약식 소논문을 작성할 때 알고 있어야 할 것이 있다. 그것은 글의 **본론 부분은 논증 형식에 맞게 글 내용을 체계적·논리적으로 기술해야** 한다는 것이다. 소논문 작성의 기본 절차 및 서술 방법은 다음과 같은데, 이를 아래 [사례1]의 문제에 적용하여 설명하면 다음과 같다.

[소논문 답안 작성의 기본 방향]

㈎논제의 핵심 파악

→ 제시지문을 읽고 논제의 의미를 정확히 파악하고, 논의의 방향을 설정한다. 제시지문을 읽고 '더불어 사는 삶'의 의미와 가치에 대해 생각하고(제시문③을 활용), 이를 '어떻게 이룰 수 있는지'에 대한 구체적인 방향성과 실천 과제를 논의한다(제시문① ②를 활용).

㈏논제와 관련된 주제의 설정(논제)

→ 문제에서 '더불어 사는 삶을 어떻게 이룰 수 있는지'에 대해 논술하라고 주어졌다.

㈐주제의 하위 분석(논점의 파악)— **가장 중요하며, 이를 중심으로 논의를 전개하면서 강한 논증을 펼쳐야** 한다. 제시된 지문① ② ③을 활용하여 적절한 논점을 도출해내야 한다.

→ ㈑ 참조.

㈑**간단한 개요의 마련(서론 쓰기: 문제 제기)**

→ 현대 사회의 개인주의 사상의 만연으로 인해 발생하는 문제 제기… 200〜300자

㈒**개요에 따른 단락별 전개(본론 쓰기: 논의 전개)… 600〜800자**

→ ■단락1: '더불어 사는 삶'이란 무엇이며, 왜 이것이 중요한가… 제시문③을 활용하여 <u>'더불어 사는 삶'을 살아가야 할 필요성</u> 또는 <u>'더불어 사는 삶'의 의미와 가치</u>에 대해 논의

→ ■단락2: '더불어 사는 삶'을 이루기 위한 해결방안 제시1_ 제시문②를 활용하여 <u>공공선의 실현</u>에 대해 역설

→ ■단락3: 더불어 사는 삶'을 이루기 위한 해결방안 제시2_ 제시문①을 활용하여 <u>지구공동체적 시민공동체의 형성</u>의 필요성에 대해 언급

㈓**마무리(결론 쓰기: 강조와 부연)… 200〜300자 내외**

→ 이를테면, '공정'으로서의 정의를 강조하며 마무리

[사례1] 고려대 2015 인문 수시A] 제시문 ①, ②, ③을 **활용**하여 '더불어 사는 삶을 어떻게 이룰 수 있는지'에 대해 **논술**하시오. (고려대 2015 인문 수시A 문제1)

현대 시민사회에서 개인주의는 개인의 정치·경제적 자유와 권리를 보장하고 물질적 풍요와 편리를 가져다주었다. 하지만 지나친 자유경쟁과 개인의 이윤추구로 인해 이기주의의 확산, 빈부격차의 증대, 인간 소외의 심화 등 심각한 부정적인 측면을 야기하는 한편, 이로 인한 많은 사회 문제와 사회 갈등을 초래한 것 또한 사실이다.

따라서 그러한 문제점을 극복하고 더불어 사는 삶을 이루며 살아가기 위해 노력할 필요가 있는데, 이를 위해서는 인간 본성에서 비롯되는 타자와의 공감 능력으로서의 **사회적 감정**에 주목할 필요가 있다. 즉 타자를 배려하는 '사회적 감정'을 현대 사회의 윤리적 가치관으로 채택하여 사회적 유대를 강화하고 참된 공론장을 형성해나갈 때, 개인 및 특정 집단의 이익보다 사회 전체의 이익을 먼저 생각하는 성숙한 시민의식은 확립될 수 있다. 사회적 감정은 사람들로 하여금 타인의 복리에 관심을 갖고 타인이 추구하는 가치에 대해 일체감을 느끼게 하는 보편윤리로, 현대 사회에서 사람들의 마음속에 사회적 감정이 강화될수록 사회적 유대는 강화되고 평등한 사회관계가 유지되며, 그에 따라 사회는 더욱 발전할 것이다.

사회적 감정은 어디까지나 '더불어 사는 삶'을 이루기 위한 필요조건에 불과하며, 다음과 같은 **실천**이 따라야 한다. 먼저 자유, 평등, 사회정의라는 공공선의 실현을 통해 사회적 차원에서 개인의 무분별한 이익 추구 행위를 억제하고 합리적인 선에서 공익과 사익의 조화를 이룰 수 있는 공정한 룰을 수립해나가야 한다. 특히 사회공동체의 이익을 해치는 기득권층의 집단이기주의를 강력히 통제할 수 있어야 하는데, 이것이 사회제도로 확립될 때 공공선은 실현 가능해진다.

한편 더불어 사는 삶은 어느 한 국가 내에서만 국한되는 가치가 아니라, 전 지구적 차원에서 고려해야 할 공동체적 가치로 확산될 수 있어야 한다. 초국적 기업과 자본을 앞세운 선진국의 경제적 이윤 추구가 개발도상국의 노동시장을 불안하게 만들고 저임금 구조를 고착화하는 한편, 인권을 악화시키고 사회불안을 일으키는 등 많은 문제점을 야기하고 있는 현실에서, 더불어 사는 삶은 그만큼 공허하다. 따라서 이를 극복하기 위한 방안으로서의 **시민공동체**를 형성할 필요가 있는데, 특히 지구촌 전체의 공공선을 중시하면서도 개별 사회나 국가의 자율성과 경제·문화적 수준을 높이려는 노력이 필요하다.

더불어 사는 삶은 현대 사회에서 개인과 사회의 갈등을 해결하고 평등한 사회관계를 이루기 위한 기본 덕목임에는 분명하다. 그렇더라도 그것이 개인의 자유추구 가치를 지나치게 제한하거나 전체의 이름으로 개인의 희생을 강요한다면, 이 역시 '공정'으로서의 정의의 원칙에 위배됨은 물론, 사회구성원의 행복을 저해하는 나쁜 결과를 가져올 수 있다. 따라서 이를 해결하기 위해서는 사회구성원 모두의 객관적인 사회정의에 합치되도록 하는 법적·제도적 대안 마련에 힘써야 한다… **[필자 예시 답안]**

참고로, 한편의 완결된 소논문을 작성하기 위해서는 '서론-본론-결론'의 글 내용을 다음과 같은 방향으로 전개하면서 기술하면 효과적이다. 그 자세한 설명에 대해서는 생략한다.

[소논문 작성 형식]

■ **서론**: 문제 제기

(1)주제 또는 논제와 관련한 일반적인 상황 제시(정황 설명)

(2)관련한 문제점이나 중요한 포인트 제시(문제 제기)

(3)과제의 제시(필요시)

■ **본론**: 논의 전개

(1)유형①: 소주제 → 소주제 → 소주제

(2)유형②: 비판 → 주장

⑶ 유형③: **현상 → 원인 → 해결책**

⑷ 유형④: 화제 → 의미

⑸ 유형⑤: 내용1 → 내용2 → 내용3(대등한 연결)

■ **결론**: 강조와 부연

⑴ 요약(주장) + 전망(부연)

⑵ 요약(부연) + 전망(주장)

⑶ 요약(주장)

⑷ 전망(주장)

PART
5

논술 문제 풀이와
논술 답안 작성

한편의 잘 쓴 논술 답안을 작성하기 위해서는 **'출제 의도 파악→ 논제 분석→ 개요 짜기→ 논술 답안 작성'**의 과정을 밟는다. 그 일련의 풀이 과정을 답안 작성 흐름을 따라 설명하면 다음과 같다.

대입논술의 특징

현행 대입논술은 **답이 있는 시험**이다(그 점에 있어서는 편입논술 또한 다를 바 없다). 대입·편입논술(이하 대입논술이라 칭한다)은 각 대학별로 신입생을 공정하게 선발하기 위해 실시하는 시험이다. 때문에 출제 주체인 대학은 채점 편의를 도모하고 논술 시험이 초래할 수 있는 시비 소지를 없애기 위해 질문 방식을 표준화할 필요성을 갖는다.

결국 대입논술 역시 수능과 마찬가지로 **객관적인 평가 기준을 토대로 출제하며**, 이를 위해 대학은 문제에 대한 답을 제시문 안에 담아 구조화하여 출제한다. 이는 출제자가 문제와 제시문 안에 최소한의 정답의 '기준'을 숨겨 놓았음을 의미한다.

따라서 역으로 이를 수험생의 입장에서 생각할 경우, **'정답의 기준'이 되는 포인트만 정확히 짚어낼 수 있다면** 논술 답안을 작성하는데 큰 어려움이 없으며, 또한 그렇게 해서 작성한 답안이 대학으로부터 높은 평가를 받는다.

그렇다면 그것이 뭘까? 바로 논제가 묻고자 하는 **핵심 개념**('출제 의도를 담은 주제 개념'이라고도 볼 수 있다)과 그것이 지향하는 중점 해결 과제인 **소주제적 개념**(관점, 논점, 쟁점)에 대한 정확한 이해다. 실제, 이것만 제대로 짚어낼 수 있다면, 이후부터는 일사천리로 답안을 작성해 나갈 수 있다.

즉, 현행 대입논술은 문제와 제시문을 읽고 논의하고자 하는 중심 주제이자 따져 밝혀야 할 중점 해결 과제인 **'논제'를 정확히 분석**한 후, 그것에 맞게 논술 답안을 체계적으로 작성할 것을 요구한다. 논술 문제에는 필연적으로 제시문을 관통하는 공통된 주제와 그 주제가 지향하는 핵심 쟁점을 담는다. 따라서 이것들을 정확히 파악한 후 관련한 적절한 개념어 내지는 주제어를 사용하여 글 내용을 기술할 수 있어야 올바른 논술 답안을 작성할 수 있다.

이 각각의 **개념어·주제어**는 마치 서술형 수학 문제 풀이에 있어서의 공식과도 같은 말하자면 논술 시험에 있어서의 정답의 기준이 되는 가늠자라고 보면 된다. 이런 이유로 대입논술은 수능의 연장선에서 수능을 심화하여 치르는 시험이라고 보는 게 적절할 듯하다.

이처럼 대입논술 답안 작성 과정은 수학 서술형의 문제를 푸는 것과 흡사하다. 수학 문제를 풀 때에는 관련한 이론과 공식을 잘 숙지하고 있어야 함은 물론 그것을 응용하여 문제를 정확히 풀어야 정답을 찾아낼 수 있다. 대입논술 역시 답을 유도하는 일련의 장치를 마치 수학 공식처럼 문제와 제시문 곳곳에 배치해 놓고는 논술자인 학생들로 하여금 그것들을 찾아낸 후 이를 논제의 물음을 따라 서술하도록 유도한다. 당연히 그 답안은 그만큼 개념어를 중심으로 체계적으로 구성되고 논리적으로 서술될 수밖에 없다.

따라서 이렇게 생각하면 된다. 만약 논술 시험지를 받아들고서는 문제와 제시문을 뚫어지게 살폈음에도 불구하고 논제가 묻는 개념어나 관련한 적절한 용어를 찾아 낼 수 없다면, 이는 그야말로 수학 이론과 공식을 모르는 채 문제를 풀려고 드는 것과 다를 바 없다. 그 결과가 어떠할 것인가는 굳이 말하지 않더라도 짐작할 수 있을 것이다.

정리하면, 대입논술은 먼저 출제 의도와 출제 방향부터 설정한 후 그 지시적 요구에 맞게 문제를 출제한다. 제시문 역시 출제 의도에 맞게 출전하며, 그것도 문제의 지시(발문의 물음)를 따라 순차적으로 배열함으로써, 답안을 체계적으로 작성하도록 유도한다. 이처럼 문제와 제시문, 그리고 출제 의도는 서로 긴밀히 관계된다. 따라서 **문제와 제시문을 읽고 출제 의도를 파악하는 것은 무척 중요하다는** 사실을 반드시 알고 있어야 한다.

'무엇'을 묻고
– 출제 의도 파악

현행 대입 통합 논술은 **논제(문제에서 묻는 논·쟁점들 가운데 가장 핵심적인 사안을 명료하게 구분하고 규정하는 진술문으로 보면 된다)를 구조화하여 설정한 후**, 그 물음의 핵심을 문제에 담아 출제한다. 따라서 문제와 제시문을 읽고 논제의 물음을 풀어내면, 그리고 그것이 묻는 것들을(요구와 지시) 순차적으로 살피는 것만으로도, 문제 풀이는 얼추 끝난 셈이다. 즉, 별도의 개요 짜기 과정을 거칠 필요 없이 곧바로 문제를 풀어가면서 답안을 작성할 수 있다. 이로써 논제 분석 과정에서 '글쓰기의 절반'이라는 개요 짜기는 사실상 완결된다(논술 문제를 풀 때에는 **논제 분석과 개요 짜기를 동시에 한꺼번에 수행할 수 있어야** 한다).

문제 파악과 논제 분석 과정은 결코 복잡하지 않다. 문제가 묻는 내용을 올바르게 파악했다는 것은 곧 논제 분석을 제대로 끝마쳤다는 뜻과 같기 때문이다. 먼저 문제 분석을 통해 문제의 요구와 지시가 의미하는 바를 파악하고, 이어서 논제 분석을 통해 문제에 들어있는 각각의 요구와 지시를 논제의 물음으로 구조화하여 일치시키면 된다. 그것이 곧 논술 문제에서 논술자인 학생들이 대답(글쓰기)해야 하는 해결 과제이자 따져 밝혀야 할 근본 물음이다. 그리고 **그 해결 과제이자 근본 물음이 바로 '출제 의도'라고 보면** 된다.

결국 **'출제 의도 파악=문제 분석=논제 분석'**이라는 등가의 관계가 성립한다. 이때 각각을 해결함에 있어, 정작에 논술자인 학생들이 힘들어 하는 것은 바로 문제 해결의 전제 요건이 되는 제시문 독해와 요약이다. 실제 이것만 무리 없이 끝낸다면 발문의 물음에 대한 진술인 논제를 정확히 이해하는 것도, 제시문의 연관관계를 따라 글 내용을 분석하는 것도 그다지 어렵지 않다. 이는 **출제 의도의 파악과 문제 분석과 논제 분석은 지문을 읽고 해석하는 독해력에 절대적으로 기댄다는** 의미이기도 하다.

즉, 제시문을 읽어 글 내용을 제대로 해석하고, 논제 분석과 제시문 분석을 통해 일련의 문제 풀이 과정을 정확히 끝마친 이후에 출제자가 요구하는 논제와 논점, 논지에 집중해서 글을 쓰면,

그것이 곧 합격을 보장하는 우수 답안이 된다. 그렇기에 독해·요약 훈련을 통해 실력을 끌어올리는 것은 온전히 논술을 공부하는 학생 스스로 감당하고 노력해야만 하는 몫이자 해결 과제로, 결코 피해갈 수 없는 논술 공부에 있어서의 가장 중요한 과업이다.

따라서 이를 위해서는 먼저 논술 문제가 어떻게 만들어지는지, 즉 출제 과정을 주의 깊게 살필 필요가 있다. 이것을 살피면 출제 의도 파악과 일련의 논술 문제 풀이 과정에 대한 이해는 한결 쉬워진다. 즉, 출제 지문과 문제를 살펴 공통 주제와 그 하위 주제를 정확히 파악하고, 논제와 논점을 정확히 이해하는 것만으로도, 학생들은 문제 해결에 한걸음 더 가까워진다.

논술 문제는 일반적으로 다음과 같은 주제와 논제를 뽑아, 이를 제시문에 담아 출제한다.

[논술 문제에 담고 있는 주제와 논제, 출제되는 제시문]

①**주제의 설정과 논제의 구성**⋯ 현대사회가 안고 있는 문제점, 현안과 관련한 담론을 주제로 설정한 후, 이를 논제로 적절하게 구성하되, 다음 조건을 충족한다.

- 문제로 다루고자 하는 주제와 논제가 교과 범위 내에 포함됨은 물론, 개별 교과 과목 안에 공통적으로 들어있는지를 확인한다. 그리고 이것이 교과서에서 핵심 개념이나 기본 이론으로 중요하게 다뤄지고 있는지를 살핀 후, 이를 통합 논술에 맞춰서 다양한 형식과 방법으로 묶는다.

- 또한 문제로 다루고자 하는 주제와 논제가 최근 1~2년 이내의 우리 사회의 정치·경제·사회·문화적 이슈이면서, 서로 견해가 대립되는 쟁점을 형성하고 있는지를 살핀다.

②**논제가 지향하는 관점(쟁점)의 설정**⋯ 인문·사회과학에서 중요하게 다루는 핵심 개념·이론을 주제어로 삼아 논제를 추출하되, 다음 조건을 지향한다.

- 교과서 수준을 뛰어넘어 좀 더 근원적인 해결책 혹은 철학적 질문을 구하는 논술 주제어를 논제에 담아 출제한다.

- 그리고 그 논술 주제어에 담긴 핵심 개념(상위 개념)과 그 개념의 인식론적 가치판단으로서의 이항 대립적인 쟁점(하위 개념)을 추출하고 이를 문제에 담아 구조화한다. 그 이유는 무엇보다 주제어가 갖는 개념의 추상적인 의미를 하위 개념으로 끌어와 구체화함으로써, 이어지는 제시문 분석을 통한 논증구성을 돕기 위함이다.

- 즉, 논점이 서로 대립되거나 딜레마의 상황으로 제시문을 구성하여 대입논술 문제 풀이 과정을 유형화·표준화하고, 이를 통해 학생들의 논리적 사고력과 문제 해결 능력을 측정하고자 하는 출제 의도를 지향한다.

③**제시문의 구성과 배치**⋯ 다수의 지문을 제시하고, 제시문 간의 연관관계를 통해 논제를 추론하는 능력인

논증력을 묻되, 다음 조건에 맞추어 난이도를 조절한다.

- 출제되는 각각의 문제에 맞춰 논제를 **'개념 정의─논점 파악─논증 구성'** 형식으로 연결할 수 있도록 제시문 내용을 의도적으로 구성한다. 또한 분석적 이해, 비판적 평가, 창의적 적용이라는 대입논술 평가 기준에 맞춰서 제시문을 순차적으로 배열하여 이를 개별 문제와 연계함으로써, 출제 의도를 명시적 또는 암묵적으로 드러낸다.

- 고전·명저·영어 지문 등의 비문학은 물론 시·소설·희곡 등의 문학 작품을 담은 제시문과 도표·그림 등의 자료를 출전함으로써 출제의 난이도를 조정한다.

④문제에 실릴 문안의 완성… 문제에 실리는 자구 하나하나는 출제자가 문제의 출제 방향과 출제 의도에 맞게 마지막까지 심혈을 기울여가며 정교하게 짜 맞추기 한 것이기에 **발문에 담긴 글자 하나도 흘리지 말고 살피되**, 특히 다음을 염두에 두고 문제에 담긴 속내까지 읽어내야 한다.

- 각각의 문제는 주어진 전제 조건에 따라(전제 조건) 제시문 간의 연관관계를 비교하는 과정을 통해(비교 분석), 따져 밝혀야 할 핵심 내용을 논증 형식으로 찾아 연결한 후, 이를 논제 서술 과제(논증 지시어)에 맞게 풀어내는(논제 서술), **'조건─분석─서술'**이라는 일련의 형식적인 틀을 담고 있다. 그리고 이것들을 제대로 읽어내는 것이 곧 출제 의도의 파악이자 논제 분석이며, '조건─분석─서술'의 연결 고리가 곧 논제 분석을 통해 밝혀낸, 곧 문제와 제시문에 담긴 논점이다.

- 따라서 '요약·비교·분석·비판·평가·대안 제시' 등을 요구하는 논제 서술 과제는 각 문제에 주어진 해결 과제에 대한 방법적인 접근이지, 결코 이것이 문제 해결의 본질이 될 수 없다. 이런 이유로 만약 이것을 자칫 문제 유형 또는 논제 유형으로 인식하고 접근했다가는, 내용적인 측면보다는 형식적인 측면에 치중하는 오류를 범할 수 있기에 주의해야 한다.

- 즉, 논제 서술 과제의 진술에 맞게 작성한 답안은 말 그대로 문제에 들어있는 전제 조건과 비교 분석 과정을 통해 밝혀낸, 각각의 제시문에 담긴 논증을 어떤 형식으로 구성하고 표현할 것인가에 대한 완결적인 의미를 갖는다. 그럴더라도 문제 안에 주어진 '조건'과 '비교'라는 지시 사항을 이행하는 치열한 사고 과정 없이는 제시문 간의 논리적 연관관계를 올바르게 파악할 수 없다. 또한 그런 식으로 작성한 답안은 논리적으로도 많은 결함과 문제를 낳을 소지가 다분하다.

- 더군다나 대입논술이 **'분석적 이해─비판적 평가─창의적 적용'**이라는 일련의 사고 능력을 문제에 순차적으로 담아, 다시 말해 문항으로 계속 연계시켜가며 출제되고 있는 점을 고려한다면, 논제 서술 과제(논증 지시어)를 고정된 문제 유형으로 인식하면서 개별적으로 풀이하려 드는 논술 공부는 결코 바람직하지 않다. 특정 주제와 관련한 논술 문제는 추가되는 문항을 통해 계속 연결되면서 논리적인 사고를 강화하고,

위 설명에서 알 수 있듯이, 논술 출제자는 논술 주제와 논제, 그리고 논제가 묻고자하는 관점·쟁점을 담은 각각의 제시문을 어떤 의도를 갖고 문제 안에 구조화하여 출제하게 된다. 이는 중요한 의미를 갖는다. 그 이유는 문제와 제시문 안에 답안 해결을 위한 모든 것들이 들어있으며, 게다가 수험생들이 답안을 논리적으로 쓸 수 있도록 일련의 형식적인 틀까지도 배려하고 있음을 암시하기 때문이다.

답이 있는 논술 시험에서 그것도 문제와 제시문에 답안 작성을 위한 내용적·형식적인 면에서의 방법적인 힌트까지도 친절하게 밝히는 등으로 멍석을 잔뜩 깔아놓았음에도 불구하고 학생들이 이것을 받아먹지 못한다면, 이를 어떻게 받아들여야 할까? 그것은 출제자의 배려를 무시하는 행동이자 헛된 논술 공부를 하고 있음을 학생 스스로 드러내는 것과 다름없다.

한데, 그럼에도 불구하고 왜 학생들은 논술을 어렵다고만 할까? 출제 의도를 담은 답이 설정되어 있고, 또 그 대답의 진술로서의 논제를 문제 안에 친절하게 쥐어주는 논술 시험에서 학생들이 쉽게 답을 못 찾는 이유는 도대체 뭘까?

앞에서도 설명했지만, 이는 다음 두 가지 이유 때문이다. 첫째는, **지문 독해력이 딸려 제시문을 읽어도 무슨 뜻인지 도통 알아듣지 못하기** 때문이다. 그리고 그로 인해 논제의 지시 및 요구에 맞게 **제시문의 핵심 내용**(글의 요지)**을 찾아내 적절히 요약하지 못하기** 때문이다.

둘째는, 논제의 주제 개념을 정확히 이해한 후 **이를 '정의'의 진술 방식을 중심으로 글 내용을 체계적으로 정리하는 능력이 부족한** 때문이다. 이는 다른 무엇보다 관련한 배경지식이 딸린 데서 오는 필연적인 귀결로 이미 알고 있는 지식과 정보를 주어진 논제의 물음에 맞게 효과적으로 활용하지 못한 때문이다. 이때의 배경지식이란 학교에서 배우는 여러 교과의 기본개념과 원리를 말하는 것이고, 지식을 효과적으로 활용한다는 것은 통합교과적인 관점에서 문제에 체계적으로 접근할 수 있음을 뜻한다. 배경지식이 딸려 제시문의 핵심 내용을 개념어나 키워드를 중심으로 효과적으로 요약하지 못할 경우에는, 그것에 비례하여 논증을 구성하는 능력(글의 중심 생각을 밝히는 능력)은 크게 떨어지고, 답안 내용의 질적 수준 또한 형편없이 낮아진다.

논제에 대한 개념 이해와 제시문 독해력은 서로 관계하면서 문제 해결 능력에 적극 개입한다.

만약 논제의 의미를 이해하였더라도 그 안에 들어있는 핵심어를 개념화하여 규정하기 어렵다거나, 또는 제시문이 복잡해 이를 읽고 해석하기 힘들 경우, 이후의 문제 풀이 과정은 더욱 험난해진다. 문제와 제시문 간의 연관관계가 어떻게 구조적으로 관계 맺음 하는지를 파악하는 것 역시, 논제의 개념에 대한 올바른 이해와 제시문의 정확한 해석이 따르지 않으면 불가능하다.

만약 논제 또는 논술 주제어(논제 설정을 위해 동원된 제재題材)가 철학적인 물음과 관련한 것이라면, 그 주제 개념이 의미하는 바를 정확히 이해하는 것이나, 또는 논제의 물음의 핵심을 개념화하여 한두 문장으로 짧게 요약하는 것은 생각 밖으로 까다롭다. 논제의 지시를 따라 출전하는 제시문 역시 철학적·사상적인 글에서 발췌하여 물을 수밖에 없기 때문에 이를 올바로 이해하고 해석하기 힘들다. 그런 점에서 논제가 묻는 개념과 제시문 독해는 동일한 연장선상에서 파악되고 또 이해되어야 한다.

(1)출제 의도의 파악은 문제 분석에 달렸다

말했듯이, 대입논술에서 문제 분석의 가장 큰 목적은 **출제 의도를 파악하기** 위함이다. 대입논술은 먼저 출제 의도와 출제 방향부터 설정한 후 그것에 맞게 문제의 내용과 발문의 물음을 구성한다. 제시문 역시 그 출제 의도에 맞춰서 선정됨은 물론 그것도 문제의 지시와 요구에 맞게 순차적으로 배열된다. 문제와 출제 의도는 서로 밀접한 관련성을 갖기에 논술 시험을 치르는 학생들은 당연히 출제 의도를 따라 답안을 작성해야 한다.

즉, 논술 출제 의도를 파악하기 위해서는 먼저 **문제의 물음부터 살피고(발문의 물음에 대한 이해)**, 이어서 이를 토대로 **논제를 분석하여(발문 물음과 제시문 간의 연관관계 파악)** 논·쟁점의 핵심을 찾아내고, 계속해서 제시문에 들어있는 논증할 내용(논지와 논거)을 찾아 밝힌 후 이를 논증지시어(논제 서술 과제)에 맞게 서술하면, 그것이 곧 논술에서 요구하는 답안이 된다.

이렇듯 출제 의도는 문제의 방향성과 답안의 수준을 가늠하는 준거가 된다. 따라서 논술자인 학생들은 반드시 출제 의도에 맞게 답안을 작성해야 한다. 만약 그렇지 않고 자기 멋대로 문제를 풀어댈 경우에는 논술자가 아무리 고생해가며 답안을 작성했을지라도 결국에는 무용지물이 될 수밖에 없다. 그만큼 출제 의도의 파악이 중요한데, 현행 대입논술은 답이 있는 시험이기에 특히 그렇다.

결국 논술 문제를 풀이하는데 있어서의 첫 번째 과정이자 관건은 **출제 의도를 얼마만큼 정확**

히 꿰뚫고 있는가에 달렸음을 알 수 있다. 그 핵심은 논술을 통해 **출제자가 묻고자 하는 논제의 물음을 문제와 제시문을 읽고 찾아 밝히는** 것으로, 이것이 곧 '논제 분석'이다. 논제 분석은 **문제의 핵심 내용과 지시 이행 사항에 대한 올바른 이해에서 비롯되는 것이기에, 발문 물음에 대한 해제와 다를 바 없다.**

그런 점에서 볼 때, **출제 의도의 파악은 곧 문제와 제시문, 제시문과 제시문 간의 연관관계파악과** 일맥상통한다. 즉, 문제와 제시문에 담긴 연결 고리(즉, 논제가 묻는 개념과 그 개념이 지향하는 관점)에 맞춰서 제시문의 핵심 내용을 논지와 논거라는 논증 구조로 파악하는 과정이 그것이다. 그리고 그 파악된 내용을 체계적으로 정리·요약한 후, 이를 문제의 지시를 따라 논리적으로 연결하면, 그것이 곧 출제자가 요구하는 답안이 된다.

따라서 출제 의도를 파악했다는 것은 곧 **문제의 요구와 지시를 제대로 이해했다는** 뜻이자, **논제를 올바르게 분석했다는** 의미임을 반드시 명심해야 한다. 그와 더불어 이는 **제시문의 논지를 여하히 잘 파악할 수 있다는** 뜻이자, **답안의 개요 짜기를 상당 수준으로 구상할 수 있다는** 것이며, **논제의 요구 사항에 부합하는 글쓰기가 가능하다는** 의미다. 그렇기에 출제 의도 파악은 문제 해결을 위한 방법론을 찾는 것과 다를 바 없다.

실제, 출제 의도 파악은 '논제'와 '논점', 즉 문제에서 다루어야 할 중심 주제(논의해야 할 공통 주제)와 세부 주제(논의되어야 할 요점 또는 문제점을 담은 쟁점·관점)를 문제와 제시문을 읽고 찾아 밝히는 것만으로도 충분하다. 논제와 논점은 문제에서 직접 드러나는 경우도 있지만, 논술자인 학생들이 제시문을 읽고 이를 직접 찾아 밝혀내야만 하는 경우도 있다. 만약 후자의 경우라면, 제시문을 좀 더 정확히 독해할 수 있어야만 한다.

이때, **논제는 제시문을 통틀어 하나의 공통된 주제를 지향함을 원칙으로** 한다. 하지만 논점은 논제 안에 한 개가 들어있을 수도(주제를 묻고 답할 경우이다), 두 개가 들어있을 수도(일반적이다), 여러 개가 들어있을 수도 있으며(세부 논점을 묻는다), 이는 제시문과 대응하여 결정된다. 만약 제시문을 읽고 논점을 여러 개 찾아 답해야 하는 경우에는 각각의 논점에 맞추어서 제시문을 1:1로 대응해가며 논증을 구성해야 하기에, 그만큼 논술 답안 작성은 복잡하고 어려워진다. 연세대 '비교하라'는 논제 서술 과제를 풀기 까다로운 이유가 이 때문인데, 어느 것이든 문제와 제시문 내용에 근거하여 파악해야 함은 물론이다.

(2)문제에 실린 조사 하나까지 정밀하게 분석하라

이렇듯 문제 안에는 출제 의도가 반드시 담겨있게 마련이어서, 문제만 꼼꼼하게 분석하면 논제를 파악하는 것은 그리 어렵지 않다(물론, 문제와 제시문, 제시문과 제시문의 연관관계를 파악해야 출제 의도는 좀 더 분명해진다). 따라서 학생들은 **먼저 문제부터 꼼꼼하게 읽으면서 출제 의도를 정확히 파악해야** 한다. 만약 그렇지 않고 제시문에 먼저 눈길이 가다가는 문제 분석의 결과라 할 수 있는 논제 분석에 실패하면서 급기야 논점을 이탈하는 실수를 범하고 만다.

이때, **문제 안의 조사 한 개, 토시(자구) 하나까지도 소홀히 하지 않고, 문제를 꼼꼼히 읽으면서 제시된 글감을 분석해 나가야** 한다. 출제자들은 당초의 출제 의도와는 다르게 문제가 해석될 여지를 없애기 위해 문제에 들어있는 문구 하나하나까지도 신중에 신중을 기하며, 그렇게 해서 문제와 제시문 간에는 논리적 연관관계가 빈틈없이 채워지게 된다. 이런 이유로 학생들은 절대 문제를 대충 읽어서는 안 된다. 그런 식으로 읽어서는 문제가 지시하는 의미를 올바로 파악하기 어렵다는 사실을 반드시 알고 있어야 한다.

거듭 강조되고 또 주의해야 할 것은 논술 문제를 풀 때 먼저 **문제부터 읽어 논제(공통 주제+관점+논제 서술 과제)의 물음을 정확히 파악한 이후에 제시문에 눈을 돌려야** 한다는 사실이다. 출제자는 문제의 방향부터 정한 다음에 이것을 토대로 제시문을 구성한다. 따라서 먼저 문제부터 읽어 출제 의도와 출제 방향을 파악한 이후에 그것에 맞게 제시문의 글 내용을 파악해야 한다. 만약 그렇지 않고 제시문부터 읽는다면, 문제 풀이 순서가 뒤바뀌는데서 비롯되는 여러 오류를 피할 수 없다. 같은 주제로 여러 문제를 구성하여 출제한 경우라면, 문제 전체와 제시문 전부를 살피면서 논제, 평가 항목, 제시문 간의 연과관계 등등을 동시에 그리고 한꺼번에 파악할 수 있어야 한다. 중요하다. 문제의 출제 의도를 따라 글 내용을 파악하지 않을 경우에는 제시문의 이해와 해석이 어려울 뿐더러, 논제를 잘못 해석하거나 논점을 이탈하는 오류를 범할 수 있다. 문제의 전제 조건과 지시 사항에 맞추어서 제시문을 의도적으로 배치한 점을 고려한다면 특히 그렇다. **문제와 제시문을 번갈아가며 읽는 동안 제시문 간의 논리적 연결 관계는 무난히 파악되며**, 이후의 논제 분석은 어렵지 않게 해결된다.

제시문의 핵심 내용이자 논증(주장과 근거)을 구성하는 부분(곧, 글의 중심 생각)은 출제 의도의 방향성과 밀접하게 관련되어 있기에, 제시문을 읽을 때에는 글의 중심 생각을 이루는 논점과 논지 파악에 힘써야 한다. 이때 제시문 내용이 지나치게 어렵다는 생각이 들 때에는 어떻게 해야 할까? 그럴 경우에는 너무 글 내용에 파묻히거나 또는 지나치게 자구에 함몰되기 보다는 한 발짝 뒤로 물러나서 글 전체를 살피는 여유를 갖도록 한다. 이때 항상 출제 의도를 머릿속에서 되새김 질하고, 그와 동시에 다른 제시문과의 연관관계를 따져 살피면, 제시문은 생각보다 쉽게 이해될 수 있을 것이다. 이렇게 놓고 생각하면, 앞서 **출제 의도 파악과 문제 분석은 곧 등가의 관계**라고 한 의미를 수긍할 수 있을 것이다.

(3)문제의 지시를 따라 제시문을 살펴라

현행 대입논술은 다면적인 사고력을 평가하는 통합 논술 차원에서 출제된다. 이때 '이해력', '분석력', '비판력', '창의력'이라는 논술의 핵심 평가 영역은 '요약하라', '비교·분석하라', '비판 및 평가하라', '견해를 제시하라'는 논제 서술 과제(논증 지시어)를 활용하여 다양하면서도 복합적으로 출제 유형 및 출제 방식을 엮어낸다.

모든 유형의 문제는 지문 독해력(이해력과 분석력)을 묻고 평가하는 것을 기본으로 하되(즉, 분석적 이해라는 평가 항목을 공통적으로 그것도 기본으로 깔고 묻는다), 그것에 기초해서 논증 능력 및 문제 해결 능력(비판적 사고와 뒤집어 생각하기, 대안 제시 능력)을 추가적으로 묻고 평가한다. 즉, 다면 사고형 문제가 출제의 주종을 이룬다. 이런 이유로, 이제 제시문의 독해·요약과 비교·분석 능력의 함양은 출제 유형이나 논제 서술 과제에 관계없이 반드시 해결해야만 하는 중점 해결 과제가 된지 오래다.

따라서 논술자인 학생들은 먼저 발문의 물음을 읽고 이것이 제시문과 어떠한 연관관계를 맺고 있는지부터 파악하고(논제 분석), 논제가 묻는 핵심 개념이나 관점·쟁점을 찾아 밝힌 후(논점 파악), 그것에 맞춰서 제시문에 담긴 중심 내용을 주장과 근거를 담은 논증 구조를 만들어가며 답안을 작성해야 한다. 이어서 논의를 확장하여 문제 해결을 위한 대안과 해결 방안을 제시할 수 있어야 한다. 결국 올바른 글 읽기가 선행되지 않으면 논술 문제를 올바로 풀어낼 수 없다는 사실을 깨닫고, **논제 분석을 통해 제시문 간의 연관관계를 파악해 나가는** 분석적 글 읽기 훈련에 적극 힘을 쏟아야 한다.

여기서 다시 **'제시문 간의 연관관계 파악'에 주목할** 필요가 있다. 논술 문제가 특정 출제 의도와 채점 기준에 부합하는 일련의 틀(출제 유형)을 따라 구조적으로 출제되고 있는 점도 눈여겨봐야 한다. 모든 논술 문제는 그 문제 안에 들어있는 주제는 물론이고, 그리고 출제 유형과 논제 서술 과제에 관계없이 **"주어진 조건하에(조건)+제시문을 읽고+이를 분류·비교·분석하여(분석)"**라는 요구와 지시가 붙는다. 그리고 그 지시를 따라 제시된 논제를 '설명하거나, 비판하거나, 평가하거나, 대안을 제시하라'와 같은 **논제 서술 과제의 진술 방식**(논증 지시어)**을 따라 구체적으로 논증하면서 글 내용을 서술할** 것을 요구한다.

이는, 대입논술에서 각각의 제시문은 어디까지나 문제를 이해하고 논제를 분석하기 위한 의도적인 목적에 맞게 출제되고 또 배열된다는 사실을 다시금 일깨운다. 다시 말해, 논의의 핵심인 공통 주제를 담아 이를 개념적으로 설명하는 제시문(즉 문제의 진술의 일부로서의 '전제 조건'에 해당하는 부분과 관련한 제시문)과, 그 공통 주제를 따라 진행되는 논의점(관점·논점·쟁점)들을 살피기 위한 목적으로써의 '분류·비교·분석'과 관련한 제시문들이 문제와 더불어 빠짐없이 주어진다. 물론 문제에 들어있는 요구 조건 및 지시 사항은 그 전부가 어느 한 제시문에 다 담겨 출제되거나 또는 그 일부가 개별적으로 제시문별로 실려 출제되는 것이 일반적이다.

따라서 제시문을 읽을 때 각각의 제시문이 어떤 목적으로 왜 출제됐는지를 정확히 꿰뚫고 그것에 맞게 글 내용을 해석할 수 있어야 한다. 그래야만 제시문을 좀 더 깊게 들여다 볼 수 있다. 만약 문제의 물음이 주어진 어느 한 제시문을 읽고 주제 개념을 파악한 후, 그 개념의 의미를 요약하라는 요구였음에도 불구하고 이를 잘못 받아들이거나 자의적으로 해석할 경우, 주제와 관점 파악에 중점을 두는 논제 분석은 그만큼 힘들어진다.

정리하면 발문의 물음에는 **'전제 조건(조건)−비교 분석(비교)−논제 서술(서술)'**이라는 일련의 해결 과제이자 서술 항목을 담아 출제된다. 이때 각 항목은 교류가 가능하며, 문제를 출제할 때 일부 항목을 생략할 수도 하나의 제시문에 여러 논제 서술 과제가 혼합된 형태(복합 논제)로 묶어 출제할 수도 있다. 예를 들어 '제시문(가)를 읽고 이를 요약하라'는 단순 논제형의 문제가 주어졌더라도, 이때 '제시문(가)를 읽고'라는 지시어는 그 지문에 실린 핵심 주제 개념을 따라 글의 중심 생각을 요약하라는 '전제 조건'을 담고 있다. 그렇기에 어찌 보면 이 문제의 근본 출제 의도는 이해력을 중점적으로 묻기 위한 가장 강력한 지시 이행 사항으로서의 전제 조건을 담은 것이기도 하다.

따라서 학생들은 먼저 문제부터 읽으면서 그 안에 전제된 다양한 조건 및 요구부터 면밀히 검토하고, 그 조건 및 요구가 지시하는 바에 따라 제시문들을 철저히 비교·분석한 후, 논제 서술 과제에 맞추어서 순차적으로 답안을 작성해 나가야 한다.

아래의 각 대학별 기출 문제, 출제 유형을 통해 확인되듯이, 문제를 구성하고 있는 항목과 묻고자 하는 지시 및 요구는 하나같이 판에 박은 듯 엇비슷하다. 지금 대학에서 출제하고 있는 논술 문제는 주제를 달리하고, 관점(논점)을 제시문 안에 감추고, 논제 서술 과제(즉, 논증 지시어)를 다양화하여 발문의 물음을 엮은 후, 그것에 맞게 논리적·체계적으로 답할 것을 묻는다. 그렇더라도 각각은 내용면에서 그다지 차이 없다. 즉, 현행 논술 문제의 대부분은 제시문을 통한 독해·요약과 제시문들의 분류·비교·분석을 공통 해결 과제로 깔고, 여기에 일련의 논제 서술 과제를 발문의 물음에 담아 출제한다.

그렇기에 중요한 것은 요구 조건과 지시 사항 그리고 논제 서술 과제를 달리하여 출제한 각각의 문제에 맞게끔 제시문을 읽고 요약할 수 있는 학생들의 논제 대응력이자, 논증 구사력이다. 논증은 제시문에 대한 정확한 이해 및 이에 근거한 정제되고 압축된 사고의 표현이라 할 수 있는데, 이 역시 문제 안에 제시된 다양한 조건과 제시문 내용을 면밀히 분석하고 검토한다면 어렵지 않게 해결할 수 있다. 또한 문제가 요구하는 모든 비판의 근거 역시 논술자 자신의 상식에서 찾기보다는 주어진 제시문에서 찾을 수 있도록 출제한다. 따라서 학생들은 이를 무시하고는 자의적으로 문제의 물음을 판단하고 답하는 우를 범해서는 안 된다.

[각 대학의 논술 문제 출제 유형]

- <u>(라)의 설명을 이용하여 (가), (나), (다)의 주장을 논의하라.</u> (연세대)

→ 논지와 논거를 적용하여+제시문들을 분류·비교·분석하여+비판

- (나), (다)의 주장을 비교하고 <u>(가), (나), (다) 모두 참고하여</u> (라)를 해설하고, XX에 대한 자신의 견해를 제시하라. (고려대)

→ 제시문들을 분류·비교·분석 후+논지와 논거를 적용하여 <u>설명하고</u>+<u>평가</u>

- <u>(가)의 논거를 바탕으로</u> (나), (다)를 비교 평가하고, OO의 해결 방안을 제시하라. (한양대)

→ 주어진 전제 조건 하에+제시문들을 분류·비교·분석하여+<u>평가하고</u>+<u>문제 해결</u>

- <u>(가), (나)의 문제와 원인을 정리,</u> 해결책으로 제시된 (다), (라)의 한계 설명, 대안을 (마)의 논거로 제시하라. (서강대)

→ 제시문들을 분류·비교·분석하여 요약한 후+<u>비판적으로 설명하고</u>+<u>문제 해결</u>

- <u>(가)를 이용하여</u> (나), (다)를 해석하고 <u>(라)의 OO의 관점을 적용하여</u> (나), (다)를 논하라. (동국대)

→ 주어진 전제 조건 하에+제시문들을 분류·비교·분석하여 <u>요약한 후</u>+논거를 적용하여+<u>평가</u>

- <u>도표(1), (2)와 도표(3), (4)가 문제1의 각각의 견해를 지지하는 이유를 상세하게 설명하라.</u> (성균관대)

→ 제시문(제시 자료)들을 분류·비교·분석한 후+<u>평가하고</u>+<u>설명</u>

- <u>(나)를 요약한 뒤</u>, 견해가 다른 것을 (가), (다), (라)에서 택일하여 그 차이점을 구체적으로 밝혀라. (서울시립대)

→ 주어진 전제 조건 하에+제시문들을 분류·비교·분석하여+<u>설명</u>

- (마), (바)의 논지의 공통점과 차이점을 설명하고 <u>(마), (바)를 통합적으로 고려하여 (가)의 논지를 비판하라.</u> (중앙대)

→ 제시문들을 분류·비교·분석하여+논점을 찾아 <u>요약 정리한 후+비판</u>

발문(發問)의 물음에 대한 이해

논제를 이해하려면 먼저 문제부터 살펴야 한다. 다음은 주요 대학 논술의 발문 물음으로, 다음과 같은 의미 있는 사실을 이끌어 낼 수 있다.

[주요 대학 논술 문제 예시]

①한양대 2017 인문 모의

- [문제1] ⓐ〈가〉와 〈나〉의 논지를 **요약**하고 ⓑ그에 대한 자신의 **의견**을 진술한 뒤, ⓒ그 의견을 기준으로 하여 〈다〉에 제시된 사례의 마지막 빈 칸에 들어갈 주인공 '시리'의 대사를 <u>적어보고</u>, ⓓ그 논리적 **근거를 서술**하시오.

②연세대 2016 인문 수시

- [문제1] '예술적 성취'에 대한 제시문 (가), (나), (다)의 논지를 **비교, 분석**하시오.

- [문제2] 제시문 (라)를 바탕으로 제시문 (가), (나), (다)의 <u>논지를 **평가**</u>하시오.

③성균관대 2017 인문 모의

- [문제1] 〈제시문 1〉~〈제시문 5〉는 안락사의 필요성에 관한 견해를 담고 있다. 이 제시문들을 서로 다른 두 입장으로 **분류**하고, 각 입장을 **요약**하시오.
- [문제2] 아래의 〈자료1〉과 〈자료2〉는 서로 다른 두 집단에서 불치병으로 인한 생명 연장 치료가 바람직하지 않은 이유에 대한 의식 조사 결과를 보여주고 있다. ⓐ각 집단의 의식 조사 결과들 **각각**이 [문제 1]의 두 입장 중 어느 입장을 **지지**하는지 밝히고, ⓑ이를 이용하여 〈자료3〉이 보여주는 안락사에 대한 견해의 변화를 **설명**하시오.
- [문제3] 아래 〈보기〉의 정책에 대해 찬성과 반대 중 **오직 한 입장**만 취하고, [문제 1]의 두 입장을 **모두 활용**하여 그 입장을 **정당화**하시오.

④서강대 2016 인문 수시

- [문제1] ⓐ[다]의 두 입장을 [가]와 [나]의 관점에서 **대비**하고, ⓑ이를 바탕으로 [라]의 **쟁점**에 대한 자신의 **견해를 논술**하라.
- [문제2] ⓐ[가]~[마]의 **논거**를 활용하여 ⓑ[바]와 [사]에 나타난 19세기 말 세계화 추이의 공통된 특징을 **논**하라.

첫째, **발문의 물음이 길고, 평가할 내용이 구체적으로 기술(記述)되어** 있음을 알 수 있다. 이는 답안의 형식 및 내용은 물론이고 논의 전개 방향까지 기술(技術)적으로 제한하기 위한 의도에서 비롯된 것으로, 이렇듯 출제자인 대학은 논증의 결론 도출 과정을 특정 방향으로 유도함으로써 채점의 공정성과 평가의 객관성을 확보하려 들고 있음을 알 수 있다.

따라서 논술자인 학생들은 문제를 잘 읽고 문제가 요구하는 사항이 무엇인지 정확히 파악한 후 그것에 맞게 답안을 작성해야 한다. 논술은 답(출제자가 요구하는 필요한 내용)이 있는 글쓰기란 점을 잊어서는 안 된다. 출제자가 요구하는 핵심 내용이 빠져 있다거나, 문제와 제시문, 제시문과 제시문 간의 연관관계 또는 논리적인 연결의 흐름이 깨진 답안이 의외로 많은데, 이런 경우 아무리 글을 잘 써도 궁극적으로 좋은 평가를 받을 수 없다.

이때, 발문의 물음에서 제시문들의 논리적 관계를 파악할 수 있는 힌트를 적지 않게 알려주기 때문에, 학생들은 문제부터 정확히 읽어야 한다. 제시문 간의 논리적 관계는 발문의 방향성과 긴밀히 연결된다. 따라서 발문의 요구와 지시를 정확히 읽으면 **답안을 몇 단락으로 구성하면 좋은지, 각 단락별로 논거들은 어떤 제시문에서 어느 부분을 추출해야 하는지, 문제의 요구와 지시**

에 따라 글 내용은 어떻게 구성해야 하는지에 대해 파악할 수 있다. 그런 다음 논제의 진술을 따라 답안을 순차적으로 작성하면 된다.

둘째, **주제는 발문에 직접 명기된** 경우도 있고, **제시문을 읽고 직접 주제 개념을 찾아 밝혀야 하는** 경우도 있다. 앞서 예시한 주요 대학 논술문 가운데 ②, ③은 전자의 경우이고 ①, ④는 후자의 경우이다. 전자의 경우, 즉 출제자가 발문에서 주제를 직접 드러내는 것은 다음 이유 때문이다. 즉, ②처럼 주제 개념이 보편 지식이나 철학적 물음을 담고 있어 이것을 밝혀야만 논의가 원활하게 이어질 수 있다고 판단하는 경우, 또는 ③처럼 교과서에 실린 핵심 개념이나 사회적 이슈·쟁점과 관련된 담론을 주제로 삼아 출제하되 그 논의의 핵심(서로 견해를 달리하는 관점)으로서의 세부 주제어를 파악하는 것이 더 중요하다고 판단하는 경우가 그것이다.

②의 경우에는 주제 개념이 추상적·관념적인 탓에 그것의 하위 세부 개념 역시 그만큼 구체적이지 못하다. 따라서 세부 개념을 담은 논점을 설정하기 무척 까다로운 것이 일반적인데, 그 점에 있어서는 논증 또한 마찬가지다. 대개 이런 문제는 발문이 짧고, 제시문도 이해하기 어렵고, 주제 또한 지나치게 관념적인 탓에 답안을 서술하기 상당히 까다롭다.

③은 교과서의 탐구 활동과 읽기 자료에 실린 주제 개념을 확장하여 논제로 출제한 경우이다. 이때 대학은 교과목에 실린 내용을 갖고 그 주제 개념을 현실에 적용하는 문제를 자주 출제한다. 그 이유는 논술 출제의 주된 목적과 방향을 주제 개념의 탐구 능력에 두기보다는 그림·도표와 같은 다양한 자료를 활용하여 텍스트를 분석하고 연계하면서 문제를 해결할 수 있는 능력을 살펴려들기 때문이다. 따라서 이런 유형의 문제를 접하는 학생들은 다른 무엇보다 텍스트 분석 및 적용 능력을 길러야 한다.

한편, 후자인 ①, ④처럼 문제에서 주제를 직접 밝히지 않는 경우도 있다. 문제에서 주제 개념을 드러내면 논술 답안 작성에 너무 많은 힌트를 주게 된다거나, 주제 개념을 드러내는 것만으로도 곧바로 논술 문제 풀이에서 가장 중요한 세부 개념(관점)을 떠올릴 수 있을 정도로 개념과 개념 간의 관련성이 클 경우에 출제자는 이를 문제에서 생략하려 든다.

이런 경우에는 문제 안에 전제되는 다양한 조건과 그것이 지시하는 제시문과의 연관관계를 살펴 주제 개념을 찾아내야 한다. 앞서 예로 든 주요 대학 논술 문제의 발문에서 ⑤에 해당하는 '[가]와 [나]의 논지를 요약하고', '[다]의 두 입장을 [가]와 [나]의 관점에서 대비하고', 그리고 '[가]~[마]의 논거를 활용하여'가 전제 조건을 담은 지시어(문구)가 그것으로, 제시문을 읽고 논지, 관점, 논거를 파악하는 과정에서 주제 개념은 물론, 그것에 종속된 하위의 개념을 담은 관점·

논점·쟁점 또한 자연스럽게 드러나게 된다.

따라서 이렇게 생각하면 된다. 주제 개념(주제어, 핵심어)이 발문에 명시적으로 드러나 있든 그렇지 않든 관계없이, '주제 개념'에 대한 설명은 제시문에 반드시 들어 있으며, 이것을 찾아 밝히는 것에서부터 문제 분석은 시작된다. 하지만 이보다 더 중요한 것은 주제 개념의 인식론적 가치판단을 돕기 위해 설정된 '하위 개념(관점·쟁점·논점)'이다. 이는 **발문에서는 직접적으로 드러나지 않으며, 발문의 '전 제조건'에 담아 출제되는** 것이 일반적이다.

그렇기에 관련한 제시문을 읽고 그것을 찾아 밝혀야 함은 물론, 이를 적절한 개념어로 서술하거나 개념화하여 설명할 수 있어야 한다. 만약 이것을 규명하는데 실패할 경우, 결코 논술 답안으로 좋은 평가를 받을 수 없음은 물론, 이어지는 논증 또한 올바로 이루어지기 어렵다. 교과목에 실린 핵심 개념의 이해가 중요한 이유가 여기 있다. 따라서 적어도 관련 개념에 담긴 기본 의미 정도는 빠짐없이 알고 있어야 한다.

셋째, 주제는 전체 문제에서 공통되게 주어지거나, 문제별로 따로 또는 문제의 일부를 묶어가면서 제시되는 경우도 있다. 사례의 ①, ②, ③은 전자의 경우이고, ④는 후자의 경우이다. 그렇더라도 알고 있어야 할 것은 어느 경우든 '분석적 이해(이해)-비판적 평가(평가)-창의적 적용(적용)'이라는 논술 평가 항목을 따라 그 전부를 한 문제에 실어 평가하거나, 또는 같은 주제 밑에서 문제별로 평가 항목을 구분하여 실은 후 순차적으로 평가한다는 사실이다.

논술 평가 항목은 논제의 다양한 서술 방법(즉, 논제 서술 과제를 담은 논증 지시어)을 통해 구현된다. 이때 한 문제에 하나의 평가 항목을 묻는 경우를 '단일 논제', 둘 이상의 평가 항목을 묻는 경우는 '복합 논제'라고 한다. 물론 한 문제에서 둘 이상의 평가 항목을 묻는 경우, 다시 말해 복합 논제로 문제를 구성한 경우도 있다. ①을 보면, 문제 안에 분석적 이해(요약하라), 비판적 평가(근거 제시), 창의적 적용(사례 제시)의 세 평가 항목이 빠짐없이 들어있음을 알 수 있다. 따라서 학생들은 문제의 요구를 따라 각각의 평가 항목을 순차적으로 해결하면서 답안을 서술해야 한다. 문제에서 복합 논증을 묻는 경우에는 글 구성 및 논리 구조를 얼마만큼 체계적으로 작성할 것인가가 관건이 된다.

논술 평가 항목을 담은 발문의 요구를 **논제 서술 과제의 다양한 진술 방식(논증 지시어)**이라고 하는데, 이것에 맞게 올바르고, 적절하며, 타당하게 논증을 펼쳐야 답안은 좋게 평가받는다. '요약·비교·분석·해설·비판·평가·견해 제시'라는 일련의 평가 항목을 담은 논제 서술 과제의 진술 방식은 각 문제에 주어진 해결 과제에 대한 방법적인 접근이자, 제시문의 핵심 내용을 어떤 형식으로 구성하고, 표현하며, 논증(서술)할 것인가에 대한 완결적인 의미를 갖게 된다. 이 역시 문제와 제시문, 제시문과 제시문과의 연관관계를 잘 따져 살피면서 파악해야 함은 물론이다.

이렇게 해서 발문의 요구와 지시를 제시문과의 연관관계를 살펴 체계적으로 정리하면 **[주제 개념**(공통 주제)**+세부 개념**(관점·쟁점·논점)**+논제 서술 과제의 진술 방식**(요약하라, 설명하라…는 논증 지시어)**]**의 형식으로 재구성된다. **이것을 올곧게 풀어 서술한 것이 바로 '논제'이며, 이를 출제 의도에 맞게 체계적으로 분석하는 과정이 곧 '논제 분석'이다.**

중요하고 또 중요한 것은 다음과 같다. 논술 답안을 작성할 때 **가장 먼저 해야 할 것이 바로 '문제 분석'을 통해 발문의 물음을 '논제화'하는** 것이다. 문제를 분석한 결과를 짧은 진술문의 형식으로 풀어낸 것이 바로 '논제'로, 이는 논제 분석을 통해 구현된다. 다시 말해, 발문의 물음을 문제와 제시문과의 연관관계를 살펴 문제를 '논제화'하는 과정이 곧 '논제 분석'으로, 논제 분석을 통해 발문의 물음부터 체계적으로 정리한 후, 이를 토대로 논제의 물음에 맞추어 질서정연하게 답안을 작성하면 된다.

논술 답안을 잘 쓰려면, 먼저 **문제와 제시문을 살펴 이를 논제의 물음으로 만들고, 그 축약된 결과를 짧은 진술문으로 재정리하는** 것부터 시작할 것. 그 진술문에는 '주제+관점+논증 지시어'를 담는다는 사실을 반드시 명심할 것.

논제 분석이 중요한 이유

앞서 강조했듯이, 대입논술은 '무엇'에 대해 이를 '어떻게' 해결해야 하는지를 발문의 물음을 통해 분명히 제시한다. 이를 제2장에서 다룬 〈서강대 2015 인문 모의 문제1〉을 [사례1]로 하여 설명하면 다음과 같다. "제시문(다)의 두 입장을 제시문(가)와 (나)의 관점에서 대비하고, 이를 바탕으로 제시문(라) 쟁점에 대한 자신의 견해를 논술하라"는 것이 문제의 요구이다. 이때, '(다)의 두 입장'이 '무엇'에 해당하는 부분이며, '(가)와 (나)의 관점에서 대비하고'와 '이를 바탕으로 제시문(라)의 쟁점에 대한 자신의 견해를 논술하라'가 곧 '어떻게'에 해당하는 부분이다.

그렇다면 '무엇'에는 무엇을 담고(묻고) 있고, '어떻게'는 또 무엇을 담고(답할 것을 요구하고) 있을까? [사례1]은 주제 개념이 발문에 직접 드러나 있지 않다. 이는 논술자가 제시문(다)를 읽고 주제 개념(기업 활동의 목적)의 하위 개념으로서의 어떤 두 관점(세부 개념)을 찾아 밝히는 과정에서 주제 개념은 자연스럽게 드러나게끔, 출제자가 의도적으로 발문의 물음을 구성했기 때문이다. 제시문(다)를 읽고 찾아낸 두 세부 개념(이익 극대화 vs. 사회적 책임)을 제시문(가)와 (나) 각각의 논점과 견주어가며 차이점을 비교하고, 이어서 각각의 개념을 (라)의 쟁점 상황(사용자와 고용자의 갈등 상황)에 적용하여 논술(견해를 제시)하라는 것이 논제의 요구이다.

따라서 제시문 간의 관계를 살펴 문제의 물음을 살피면, "기업 활동의 주된 목적인 이익 극대화와 사회적 책임의 두 관점을 (가), (나)에 담긴 두 시각에 각각 연결하면서 비교 설명하고, 이를 바탕으로 (라)에서 드러나는 소설 속 인물 간의 갈등 상황의 어느 한 입장을 지지하면서 글 내용을 **비판적으로 해석하고, 이어서 이를 뒷받침하는 타당한 견해를 제시**하라"는 복합 논제로 정리된다. 이를 도해하면, [**주제 개념**(기업 활동의 목적)+**세부 개념**(이익 극대화 vs. 사회적 책임)+**논제 서술 과제의 진술 방식**[제시문(가)와 (나) 각각의 입장을 비교·설명하고, 제시문 (라)의 쟁점에 대한 견해를 제시하라)]의 문장으로 압축된다. 말했듯이, **논술 문제를 풀 때 가장 먼저 해야 할 것이 바로 논제 분석을 통해 발문의 물음을 합리적으로 재구성하는** 과정이다. 이 점을 반드시 명심해야 한다.

거듭되는 얘기지만, '명제'는 논증을 통해 증명하거나 입증해야 할 판단 요소로, 논증하고자 하는 개별 사실을 하나의 문장으로 약술한 글이다. 이것을 대입논술에서는 '논제(論題)'라고 하는데, 논제는 문제의 물음을 제시문과의 연관관계를 따져가며 논의에 맞게 재구성한 논리적 진술이라고 보면 된다. 즉 '**논제(論題, Subject)는 논술에서 논의하고자 하는 중심 주제는 물론이고 따져서 밝혀야 할 핵심 과제까지 담은 진술문**'이라 할 수 있다. 이는 이미 앞에서 설명한 내용을 재진술한 것이다.

논제의 방향성을 규정하는 주제는 문제의 물음에 직접 드러나 있는 경우와, 제시문을 통해 주제를 찾아내야 하는 경우로 구분된다. 논제는 문제별로 다양하게 주어질 수 있으며, 문제에 담긴 주제가 곧 논제가 되는 경우도 있다(이를 테면, '제시문을 읽고 그 핵심 내용을 요약하라'는 식의 단독 서술 과제가 주어질 경우).

　문제 전체를 일관하는 큰 주제(공통 주제)의 지배를 받아, 제시문들 간의 연계된 기본 개념이나 핵심 쟁점의 해결 과제가 곧 논제의 핵심 물음이 된다. 그렇기에 논제는 인문·사회·과학·예술 등 전 분야에 있어서의, 서로 대립되는 관점이나 상반된 견해를 담거나(예를 들어, 성장이 먼저냐, 분배가 먼저냐…), 하나의 공통된 기본 개념이나 핵심 주제어(예를 들어, 고령화 사회의 노인 복지 문제에 대한…)를 논제로 삼아 문제를 출제하게 된다.

　따라서 논제를 올바르게 이해하기 위해서는 교과서 공부를 통해 기본 개념을 충실히 이해할 필요가 있다. 즉, 논제에 대한 개념적 이해와 지적 인식이 따라야만, 논제의 방향성을 제대로 읽어 낼 수 있다. 문제의 '출제 의도'란 것은 곧 출제자가 제시한 논제의 방향성을 일컫는데, 출제 의도를 제대로 파악했다는 것은 곧 문제와 제시문을 읽어 주어진 논제를 올바르게 이해하면서 적절한 논의점을 추출했다는 뜻이다.

　논제는 **개념, 사실, 가치, 정책** 중의 한 차원을 주제로 하여 질문 형식으로 묻는다. 예를 들어, '아름다움은 어떠한 관점에서 의미와 의의를 갖는가(개념: 연대 2013 인문 수시)', '인구문제의 딜레마 극복을 위한 방안은 무엇인가(사실: 한양대 2012 인문 모의)', '상품화는 어떠한 의미를 갖는가(가치: 고려대 2013 인문 수시)', '다문화주의는 어떠한 관점을 지향하는가(정책: 이화여대 2013 인문 수시)'의 질문이 그것이다. 같은 주제를 다룰지라도 이 넷의 물음의 차원이 각기 다를 수 있음을 인식하고, 그것에 맞게 답안을 해야 만이 논점 이탈의 오류에서 벗어날 수 있다.

　따라서 논술을 공부하는 학생들은 **문제와 제시문을 읽어 '논제'를 재구성하는 과정을** 반드시 수행해야 한다. 논제 속에는 논술자가 써야 하는 답안의 내용과 방향이 포함되며, 논제 이해는 좋은 답 글을 쓰기 위한 가장 중요한 요건이 된다. 서강대는 "우수 답안은 논제와 제시문을 제대로 이해하는 것에서 시작 한다"라고 하여, 논제 이해의 중요성에 대해 다음과 같이 강조하고 있다.

[논제 이해] 논술은 주어진 논제에 알맞은 글이어야 한다. 이런 당연한 사실이 실제 논술문에 반영되지 않는 경우가 많다. 이런 경우는 대개 논제가 자신이 이전에 다루었던 내용과 동일하다는 착각에서 비롯된다. 배경지식이 충분하다고 자신하여 논제와 상관없는 내용을 장황하게 서술하게 되는 것이다. 이런 글은 논제 일치도에서 낮은 점수를 받을 수밖에 없다. 좋은 논술은 주제문이 명확한 글이고 주제문의 설정은 **논제 이해로부터 출발**해야 한다. 아무리 멋진 글이라 할지라도 주어진 논제에 맞지 않는 글이라면 좋은 평가를 받을 수 없다. 글을 둘러싼 맥락을 제대로 이해하지 못한 글이기 때문이다. 논제를 읽으면서 논제를 해결하기 위해

논제 분석은 **주어진 논제('무엇'에 대해 이를 '어떻게 해결'할 것인가)에 대한 방법적 구조화의 과정으로**, 이를 통해 **논제에 담아야 할 세부 내용을 파악할 수** 있다. 즉, 문제가 요구하는 다양한 전제 조건에 맞추어, 그리고 제시문 간의 연관관계를 분류·비교·분석하는 과정을 통해, 따져서 밝혀야 할 핵심 내용을 찾아내는 과정이 곧 논제 분석이다.

논제 분석은 논제와 제시문에 담긴 공통 주제와 관점을 따져 밝힌 후, 이를 논제 서술 과제별 진술 방식에 맞게 논리적으로 연결시킴으로써 완결된다. 그렇기에 논제 분석 과정에서 제시문을 관통하는 공통 주제와 그 주제에 종속된 세부 주제(관점)는 물론, 그것들을 여하히 제시된 논증 평가 항목에 맞게 기술할 것인가에 대한 방법적인 해결책까지도 모색할 수 있게 된다. 결국 논제를 올바르게 분석한다면 문제 풀이를 위한 기초 공사는 개략적으로 끝난 것이며, 이후부터는 논제의 물음에 맞춰서 답안 내용, 즉 논증을 내용적으로 충실하게 구성하는 일만 남게 된다.

다음은 [사례1] 문제의 논제 이해와 관련한 서강대의 설명이다.

[논제 이해와 논술] 논제를 제대로 이해해야 한다는 것이 어떤 의미인지를 구체적으로 알기 위해 다음의 예시 문항을 활용해 보기로 하자.

[사례1] ⓐ[다]의 **두 입장**을 [가]와 [나]의 관점에서 **대비**하고, ⓑ이를 바탕으로 [라]의 쟁점에 대한 **자신의 견해를 논술하라**. (서강대 2015 인문 모의 문제1)

[문제1] 속에는 많은 정보가 들어 있다. 복잡한 정보를 이해하기 위해서는 (문제의 요구를) 나누어 보는 것이 좋다. 논제의 질서에 따라 논제를 둘로 나누어 보자. 그리고 나누어진 것 중에서 더 중요한 부분을 결정 해보자. 이 논제에서 중요한 것은 '[라]의 쟁점에 대해 자신의 견해'를 제시하는 것이다. 그런데 이 논제의 관계를 보면 견해를 제시하기 위해 필요한 활동이 있다. 그것이 논제의 앞부분이다(문제의 ⓐ에 해당하는 부분의 내용 파악이 그것이다). 이 활동을 수행한 결과를 토대로 자신의 견해를 제시해야 하는 것이다.

그렇다면 논제의 앞부분은 우리에게 어떤 정보를 주는가? 먼저 [다] 속에 두 가지 입장이 제시되어 있다는 것이 중요 힌트가 된다. 제시문은 대조 관계로 구성되어 있을 가능성이 높다. 동시에 [가]와 [나]의 관점을 추출해 내면 역시 대조 관계에 놓인다는 사실도 중요 정보다. 여기서 유념할 사안은 [가], [나], [다]가 **다른 종류의 글**이라는 점이다. 이 점은 **대조되는 관점을 표현하는 핵심어가 다르게 표현될 수** 있다는 점을 반영한다. **대조 관계에 놓이는 핵심 정보를 추출하고 핵심 정보들을 연결해 내는 활동이 중요하다는 점을 고려해야 한다.**

이러한 활동이 수행되고 나서야 [라]의 쟁점에 접근할 수 있다. 여기서 또 글의 종류에 주목하여야 한다. 장르가 다른 글에서는 표현의 방식이 달라지기 때문이다. [라]처럼 소설인 경우에는 앞서 [가], [나], [다]에서 추출한 관점을 대변하는 인물이 누구인가에 초점을 맞추어 대조적 관점을 적용해야 한다. 이런 과정은 논제 속에 전제되어 있거나 함축되어 있는 정보를 밖으로 드러내기 위한 사고 과정이다. 길게 서술되어 있지만, 사고의 과정이 길게 이루어져야 한다는 말은 아니다. **논제 속에 함의된 행동의 방식이나 사고의 과정, 그리고 거기서 예측되는 정보들을 풀어내는 과정이 논제를 제대로 읽는 과정이다.** 앞서 논의한 과정을 그림으로 그려보면 [그림1]과 같다. (그림1 내용 생략)

[그림1]에서 보인 것처럼 부분을 분할하고 제시문들 사이의 관계를 연관 짓고 집중해야 할 사안이 무엇인지를 보여주는 것이 논제다. 이를 제대로 이해하기 위해서는 논제 이해 과정 자체도 훈련되어야 한다. 이 훈련이 별도로 이루어진다고 생각할 필요는 없다. 수험생들이 공부하는 과정 자체가 언어로 제시되어 있는 정보 속에서 정보 사이의 위계를 확인하거나 중요 정보를 선택하는 과정이다. 수험 생활을 통해서도 논제의 이해 활동을 훈련할 수 있는 것이다. (서강대 2015 논술가이드)

(1)논제 분석은 제시문 간 연관관계 파악에 달렸다

논술 문제의 올바른 풀이는 **논제 분석력**에 달렸다. 그 핵심은 문제를 읽고 그 안에 들어있는 **'전제 조건–비교 분석–논제 서술'**의 요구 조건에 맞게 각각을 **'개념 정의–관점 파악–논증 구성'**의 요소별로 대응해 가며 논증하는 데 있다. 이때 가장 관건이 되는 것이 바로 **제시문 간의 연관관계를 파악하는 능력**이다. 이는 특히 다음 이유 때문이다.

논제를 분석할 때는 문제 안에 제시문 간의 관계 설정을 규정짓는 다양한 전제 조건이 따라 붙는다. 예를 들어,

- (라)의 설명을 이용해서 '무엇'을…
- (가), (나), (다)의 하나를 선택해서 '무엇'에 대해…

- (가), (나)를 활용하여 '무엇'을… 등등이다.

문제에 들어있는 '전제 조건'과 관련한 서술은 공통 주제에 대한 '핵심 개념' 및 더 나아가 그것이 지향하는 근본 물음으로서의 '관점·쟁점'을 담아 논술자에게 답할 것을 묻는다. 위 예시의 '무엇'에 대한 부분이 그것이다. 그렇기에 문제에서 제시한 전제 조건이 달라지면 논제를 "어떻게 해결할 것인가"에 대한 논증 분석과 평가 방법 또한 당연히 달라질 수밖에 없다. 주제가 똑같음에도 불구하고 내용면에서 전혀 다른 답안으로 기술되는 이유가 이 때문이다.

여기에 더해, 전제 조건으로써 찾아 밝혀야 하는 핵심 쟁점·관점은 제시문을 통해 구현된다. 즉, 제시문을 서로 유기적으로 연결해 가며 그것들을 구성한다. 따라서 제시문을 읽고 그 안에 들어있는 핵심 쟁점·관점을 찾아 밝히고 이를 적절한 용어로 서술할 수 있어야 논제 분석은 가닥이 잡힌다.

이런 이유로 **제시문 간의 연관관계를 파악하는 논제 분석의 과정이 중요하다고** 그토록 강조하는 것이다. 논제 분석은 제시문을 올바르게 이해하고 글 내용을 정확히 해석해야만 가능하며, 이후 그 해석된 결과를 논증 지시어에 맞게 체계적으로 서술함으로써 논증은 구체화된다. 어찌됐든, 논제 분석에서 가장 어려운 부분은 **제시문을 읽어 소주제적 관점을 정확하게 파악하는** 것이고, 다음으로 **그 관점에 맞추어서 제시문의 핵심 내용을 논증 형식으로 체계적으로 정리하고, 순차적으로 서술하는 과정으로** 보면 된다.

[논제 분석의 핵심_ 제시문을 '개념 정의–관점 파악–논증 구성'으로 연결하여 답안 도출]

- 논제 분석⑴: **개념 정의_** 문제가 묻는 핵심 주제에 대한 개념 이해 및 개념 정의

- 논제 분석⑵: **관점 파악_** 논제에 들어있는 핵심 쟁점 및 관점·논점 파악

- 논제 분석⑶: **논증 구성_** 제시문에 들어있는 핵심 내용을 논증 형식으로 구성하여 자기주장 글로 요약

다음은 논제 분석 사례이다.

[사례2] 〈제시문A〉와 〈제시문B〉의 **공통 논제**를 <u>우리말로 제시</u>하고, 〈제시문A〉와 〈제시문B〉의 <u>요지를 각각 서술</u>하시오. (한국외대 2014 인문 모의 문제1)

<제시문A> **<u>Social welfare</u>** <u>can be established just by</u> **the intervention of the state**. The state should provide education, healthcare, unemployment benefits, and old age pensions for all. These are fundamental rights in a humane society. <u>Such state-run welfare services are the property of the nation and therefore should be available to all</u>. They are the physical manifestations[1] of the responsibility of society to each of its members. Thus the state should ensure the welfare for its people. It is a myth that the market can guarantee the welfare. <u>The market cannot replace the active role of the state for social welfare.</u>

영문 해석:

<u>사회 복지(Social welfare)는 국가의 개입에 의해서만 확립될 수 있다.</u> 사회 복지는 인간적인 사회를 위한 근본적인 권리이기에, 국가는 사회 구성원 모두를 위한 교육, 의료 보험, 실업 급여, 노후 연금 등을 제공해야 한다. 그러한 <u>국가가 운영하는 복지 서비스는 국가의 자산으로서, 국민 모두에게 제공되어야 한다.</u> 이는 국가가 그 구성원 각각을 위한 사회적 책임을 진다는 실질적인 표시로서, 따라서 국가는 마땅히 국민을 위한 복지를 책임져야 한다. 이런 이유로 시장이 복지를 책임질 수 있을 거란 생각은 신화에 불과하며, <u>시장은 사회 복지를 위한 국가의 적극적인 역할을 결코 대신할 수 없다.</u>

핵심 요약:

사회 복지는 인간적인 사회의 근본적인 권리이기에, 사회 구성원 모두에게 폭넓게 제공되어야 한다. 이런 이유로 사회 복지 서비스를 시장의 자율 기능에 맞길 수는 없으며, 국가가 적극적으로 개입하여 운영해야 한다.

<제시문B> The increasing welfare bill paid by the state distorts the autonomous mechanism of the market. **<u>Social welfare</u>** <u>can be achieved by</u> **the power of the market**. The market must be allowed to flourish, and will do so if unhampered[1] by state intervention. **The virtues of the market** are said to include rational distribution as well as economic growth. Privatization[2] of healthcare, education, and pensions brings competition to the market and leads to better and cheaper services. <u>If left to itself, the market will deliver the greatest good to society. The market can function as a social safety net better than the state.</u> The thesis of the minimal state is closely bound to a distinctive view of the market as a self-generating mechanism.

영문 해석:

국가가 지불하는 복지 지출의 증가는 시장의 자율 기능을 왜곡시킨다. 사회 복지는 시장의 힘에 의해서 성취될 수 있는데, 국가가 개입해서 방해하지만 않는다면 시장은 번성하고 또 마땅히 그렇게 될 것이다. 시장의 미덕은 경제 성장뿐만 아니라 합리적 분배를 포함하는데, 의료·교육·연금 서비스의 민영화는 시장의 경쟁을 가져와 보다 좋고 저렴한 서비스를 가져다준다. 따라서 시장 그 자체로 놓아둘 때, 시장은 사회에 최상의 재화를 가져다 줄 것이며, 국가보다도 사회 안전망(Social safety net)으로써 더 잘 기능할 수 있다. 이처럼 최소 국가론은 시장이 자생적 메커니즘으로서의 본질적 특성과 밀접하게 관련되어 있다.

핵심 요약:

사회 복지는 시장의 힘에 의해 성취될 수 있는데, 자율적 시장 기능이 재화의 합리적 분배를 가져와 질 좋고 저렴한 복지 서비스를 제공하게 된다. 따라서 시장은 국가보다 사회 안전망으로서 더 잘 기능할 수 있다.

■ 제시지문의 **공통 논제**를 우리말로 제시하기 위해서는,

· 논제는 주제에 담긴 문제 상황, 즉 **쟁점**을 포함하는 어젠다(의제, 즉 문제에서 다루는, 따져 밝혀야 할 핵심 과제)를 서술한 것이다. 그렇기에 제시문의 공통 논제를 제시하라고 함은, 각 제시문 안에 담긴 공통된 주제와 그 주제를 통해 밝히고자 하는 핵심 쟁점(관점, 논점)을 포함하여 이를 서술하라는 뜻이다.

· 따라서 공통 논제를 우리말로 제시하기 위해서는 먼저 각 제시문을 읽고 공통된 주제를 담은 핵심어(또는 서술어)를 찾아낸 후, 이어서 서로 양립 또는 대립하거나, 특정한 관점을 지향하는 개념에 집중해서 이를 찾아내 적절한 개념어로 재구성해야(개념어가 분명하게 명기된 경우에는 그대로 쓰면 된다) 한다. 그리고 이것들을 연결하여 서술하면 된다.

· 이를 염두에 두고 〈제시지문A, B〉를 살피면, 공통 주제와 주제어는 Social welfare, 즉 **'사회 복지'**란 게 곧바로 드러남을 알 수 있다. 그리고 이어서 그 주제어가 지향하는 쟁점을 담은 개념어인 '국가와 시장', '국가 개입과 시장의 힘, 내지는 미덕(즉, 자율적 시장 기능)'을 찾아내고, 대립되는 두 관점을 통합하여 '사회 복지의 **수행 주체**'라는 적절한 개념어를 추론해 내면 된다.

· 이렇게 해서 공통된 논제를 끌어내 서술하면, **'사회 복지의 수행 주체는 국가인가, 시장인가', '사회 복지의 확대를 위해서는 국가 개입이 우선하는가, 시장의 자율 기능에 맡겨야하는가'**가 된다. 여기까지의 진행이 바로 '논제 분석' 과정이다.

(제시지문A, B)는 사회 복지의 수행 주체로써 국가와 시장 중에 어느 것이 우선하는가를 공통된 논제로 다루고 있다. (A)에 따르면, 사회 복지는 인간적인 사회의 근본적인 권리이기에, 사회 구성원 모두에게 폭넓게 제공되어야 한다. 따라서 사회 복지 서비스를 시장의 자율 기능에 맡길 수는 없으며, 국가가 적극적으로 개입하여 운영해야 한다는 입장이다. 반면 (B)에 따르면, 사회 복지는 시장의 힘에 의해 성취될 수 있는데, 자율적 시장 기능이 재화의 합리적 분배를 가져와 질 좋고 저렴한 복지 서비스를 제공하게 된다. 그렇기에 시장은 국가보다 사회 안전망으로서 더 잘 기능할 수 있다는 입장이다. 이처럼 (A)는 사회 복지의 확대를 위해서는 국가 개입이 우선되어야 한다고 보는 반면, (B)는 시장의 자율 기능에 맡겨두어야 한다는 점에서 상반된 관점을 갖는다.

거듭 강조하지만, 논술 문제 풀이는 정확한 **논제 분석력**에 달렸다. 그 핵심은 문제를 읽고 그 안에 들어있는 '전제 조건-비교 분석-논제 서술'의 요구 조건에 맞게 각각을 '개념 정의-관점 파악-논증 구성'의 요소별로 대응해 가며 체계적으로 기술하는 데 있다. 그리고 그중 가장 관건이 되는 것이 바로 **제시문 간의 연관관계를 파악하는 능력**이다. 이제부터 이를 하나하나 살펴보자.

(2)논제 분석은 독해 능력에 달렸다

현행 대입논술은 하나의 공통된 주제 및 이와 관련한 논제를 교과목에 실린 다양한 개념과 연계하여 출제한다. 따라서 문제 해결과 관련한 일련의 논의 과정 역시 통합 교과의 차원에서 살펴야 한다. 무슨 뜻인가 하면, 출제되는 문제 전체를 관통하는 핵심 주제를 따라 제시문들을 서로 견주면서 따져 밝혀야 할 사안인 논제는, 교과 내용에 기초한 기본 개념·이론 및 서로 견해를 달리하며 대립하는 핵심 관점·쟁점·문제점을 담게 마련이다. 그리고 이 모든 것들은 제시문을 통해 구현된다.

이때, 출제 의도는 쉽게 드러나지 않는다. 그 이유는 특정 주제와 논제, 논지와 논점을 문제와 제시문에서 쉽게 찾기 어렵도록, 발문의 물음과 제시문 내용을 복잡하게 비틀어 놓았기 때문이다. 따라서 논술 문제의 답안 작성은 이를 일련의 순서를 따라 정확히 풀어내는 과정이기도 한데, 그 핵심이 되는 것이 바로 **'논제 분석'**과 **'제시문 독해'**다.

여기서 주목해야 할 것은 앞서 강조한 것처럼, 정확한 논제 분석에 앞서 반드시 해결되어야 하는 선결 과제인 제시문 내용 파악(즉, 제시문의 독해와 요약)이다. 만약 제시문을 정확히 독해하고 요약할 수 있다면, 논제 분석은 어렵지 않게 해결된다. 그런데 제시문 해석은 교과 내용에 담긴 기본 개념을 충분히 알고 있어야만 해결되며, 논제 분석 역시 제시문별 핵심 논지를 통합하여 문제와 제시문, 제시문과 제시문 간 상호 연관관계를 파악할 수 있어야 한다. 그래야만 글의 내용면에서의 이해는 보다 확실해진다.

따라서 논술 문제 풀이는 **'논제에 대한 개념 규정과 관점 파악→제시문 간의 연관관계 파악→제시문의 정확한 독해와 요약→교과서에 실린 기본 개념의 통합과 영역 전이를 통한 심층적·다각적 이해→다시, 논제 분석'**이라는 일련의 구조적인 학습 패턴으로 귀결된다. 이를 통해 볼 때, 결국 논제 분석은 글(제시문) 내용을 통합하면서 살펴야 보다 효과적임을 알 수 있다.

다음은 '성균관대 2012 인문 모의고사' 문제(발문의 물음)를 순차적으로 나열한 것이다. 참고로 밑줄 친 부분은 '폭력'을 주제로 한 논의의 핵심을 담은 논제를 필자가 개별 문제별로 찾아 밝힌 것이다. 비록 이와 관련한 용어를 문제에서 밝히지 않았더라도, 학생들은 주어진 제시문과 자료를 읽고 이를 어렵지 않게 파악할 수 있었을 것이다. 아래 예시의 각 문제만을 읽고서도 출제 의도와 제시문 간의 연관관계를 파악하는 것은 그리 어렵지 않을 것이다.

[성균관대 2012 인문 모의 문제 예시]

- **[문제1]** 아래의 〈제시문1〉에서 〈제시문4〉를 하나의 주제(→폭력을 바라보는 두 시각_ 긍정적 vs. 부정적)에 관한 상반된 두 입장으로 **분류**하고, 각 입장을 **요약**하시오.
- **[문제2]** [문제1]의 한 입장에 근거하여, 〈보기1〉의 무력 개입의 정당성을 **평가**하시오.
- **[문제3]** 아래 〈표1〉과 〈그림1〉, 〈그림2〉는 공통적으로 하나의 현상(→폭력이 또 다른 폭력을 부르는 악순환 현상)을 보여준다고 할 수 있다. 그 현상이 무엇이며, 어떤 점에서 그렇게 해석 가능한지 상세히 **밝**히시오.
- **[문제4]** 아래 〈표2〉와 〈표3〉을 활용하여 '정의 실현을 위한 폭력 사용'에 대한 자신의 견해를 **논술**하시오.

결국 출제 의도라든가, 논제 분석이라는 것도 궁극적으로는 제시문에 대한 정확한 독해와 요약을 바탕으로, 여기에 더해 제시문의 핵심 내용을 통합하여 살피면서 필요한 답을 구하는 데 있음을 알 수 있다. 글 내용의 핵심을 설명하는 개념어·주제어는 교과 과목에서 중점적으로 다루고 있는 것이라고 앞서 여러 차례 강조했다. 예시로 든 문제들을 보면, '폭력'이라는 공통 주제어(제재 題材로 제시됐다)를 '정의(엄밀히 말해, 사회윤리)'라는 교과목에서 중요하게 다루는 핵심 개념을 중심으로, 그와 관련하여 서로 대립 또는 양립하는 두 하위개념, 이를 테면 '목적론적 윤리관'과 '의무론적 윤리관'의 관점에서 제시문 내용을 통합한 후, 그 통합된 내용을 평가 항목에 맞추어서 적용·기술할 수 있게끔 출제자가 심사숙고하여 만들어낸 것이다. 당연히 관련한 개념어·주제어를 정확히 알고 있는 학생일수록, 그만큼 문제를 해결하기 쉬웠을 것이다.

다음 [사례3]과 [사례4] 문제에 대한 중앙대의 문제 해설 또한 **'개념 정의–관점 파악–논증 구성'**이라는 일련의 논제 분석 과정을 순차적으로 해결해 나가는 것이 답안 작성에 얼마나 중요한지를 보여준다. 이를 필자의 예시 답안을 통해 확인할 수 있을 것이다. 참고로 중앙대 해설의 괄호 부분은 필자가 내용을 이해하기 쉽게 도식화하여 정리한 것이다.

[사례3] 제시문 (가), (나), (다), (라)의 논지 차이를 하나의 <u>완성된 글로 **작성**</u>하시오. (중앙대 2011 인문 수시 문제1)

■ 중앙대 해설

이 문제는 '자유'라는 공통 쟁점과 관련하여(→공통 주제에 대한 **개념 이해와 개념 정의**), 제시지문(가), (나), (다), (라)에 담겨있는 다양한 입장과 관점들의 차이를 정확하게 읽어내고(→제시문 비교 분석을 통한 **논점 파악**), 그것을 하나의 완성된 글로 서술해 내는 능력을 측정하기 위한(→제시문에 담긴 핵심 내용을 **논증 형식으로 구성**) 목적으로 출제되었다. 따라서 이 문제에 대한 올바른 접근이 이루어지기 위해서는 먼저, 각 제시문의 일차 독해 과정에서 '자유'라는 공통 쟁점을 정확하게 파악해 내야 한다(→**개념 정의**). 그리고 다음 단계에서, 이 주제와 관련된 다양한 입장과 관점들이 어떻게 나타나고 있는지 정리해야 한다(→**관점 파악**). 각각의 제시지문에서 모든 강제와 구속으로부터 해방된'무제한적인 자유의 추구', '외부적 개입을 최소만 허용'하는 자유, 공동체와 타인을 고려한 개인적 자유에 대한'외부의 적극적 개입', 전체주의 권력 하의 개인적'자유에 대한 극도의 부정'이라는 양상으로 나타나고 있다. 이를 비교·대조를 통해 논리적으로 추론하여 그 내용을 완성된 글로 작성하여야 한다(→**논증 구성, 특히 논지 파악**).

■ 필자 예시 답안

제시지문은 공통적으로 자유의 의미와 그것에 담긴 다양한 가치에 대해 설명한다. (가)에 의하면, 자유는 인간을 억압하는 세상의 모든 구속으로부터 벗어나기 위해 행하여지는 무제한적이고 비제약적인 가치이다. 즉 종교, 국가, 삶, 탐욕과 굶주림 등에 대한 일체의 사유나 어떠한 이념적인 구속이 없이 모든 사람들이 자유롭고 평화롭게 사는 이상적인 공동체 세계를 지향하는 의미로서의 자유이다. 이는 (나)의 자유지상주의자의 입장에서 보다 뚜렷하게 나타난다. 오직 개인의 행복을 증진시키는 수단으로서의 개인의 자유를 강조하는 자유주의자들은 개인의 독립성과 자율적 가치를 강조하고, 국가의 간섭에서 벗어나는 개방적인 사회 공동체를 옹호한다. 하지만 (다)에서처럼 사회는 개인들의 행위와 상호작용에 의해 구성·유지·발전되기 때문에, 타인과 관계하는 공동체적 삶속에서의 개인의 자유는 일정 부분 제한될 수밖에 없다. 그럴더라도 (라)에서처럼 인간행동의 자발성을 빼앗는 압제권력 하에서 행해지는 자유는 인간적 자유와 삶을 부정하고 말살하기에 본래의 가치를 잃고 무의미해진다. 결국 자유의 의미와 가치는 개인과 사회의 관계 속에서, 이것을 어떻게 규정지을 것인가의 문제로 귀결된다.

[사례4] 제시문 (마)와 (바)의 논지에서 나타나는 공통점과 차이점에 대해 **설명**하고, 제시문 (마)와 (바)를 통합적으로 고려하여 제시문 (가)의 논지를 **비판**하시오. (중앙대 2011 인문 수시 문제1)

■ 중앙대 해설

이 문제는 감시 통제를 통한 지배하는 힘으로서의 근/현대적 '권력'의 성격과 본질을 유비적 맥락에서 통합적 사고를 통해 추론한 뒤, 이를 바탕으로 문학적 함축을 담고 있는 텍스트의 논지를 비판적으로 전망하는 사고 능력을 측정하기 위한 목적으로 출제되었다. 일단, 각 제시문의 일차 독해 과정에서 지문(마)와 (바)가 근대 사회와 현대 사회에서 나타나고 있는 공통 쟁점으로서의 '권력' 문제를 다루고 있음을 파악한 뒤(→**개념 이해 및 개념 정의**), 감시 통제의 근본 도식(모델), 감시 통제의 대상과 수단·방법, 감시의 범위 등의 측면에서 그 두 개 권력 발현 방식의 공통점과 차이점을 유비적 사고를 통해 정확하게 구별·분류하여 정리(→**관점 파악 ①- 논증 구성… 제시문 (마), (바) 비교 분석**)해야 만 한다. 이를 바탕으로 다음 단계에서, 제시문(마)와 (바)는 근대 사회 이후 현대 사회에 이르기까지 개인적 권리와 자유에 대한 감시와 통제가 권력의 기반이 되어 왔으며 감시와 통제의 수단이 날로 발전되어 왔다는 점을 도출(→**관점 파악②- 논증 구성… 제시문 (마), (바) 비교 분석**)해야 한다. 이러한 관점에서 제시문(가)에서 추구하는 국가와 종교 등 세상의 모든 제도적 구속으로부터 해방된 개인의 무제한적인 자유는 현실적으로 실현되기 어렵다는 사실을 유추(→**관점 파악③- 논증 구성… 제시문 (가) 분석**)할 수 있어야 한다.

■ 필자 예시 답안

(마)와 (바)는 공통적으로 개인의 자유와 권리를 침해하는 감시와 통제가 권력의 기반으로 작동하여 왔으며, 그 감시와 통제 방법이 갈수록 정교하고 교묘해지고 있음을 나타낸다. 그럴더라도 이는 감시·통제의 수단과

방법, 대상과 범위에 있어서 차이를 보인다. (마)에 의하면, 감시와 통제는 특정한 물리적 공간이라는 제한적인 범위 내에서 가시적으로 이뤄지고 있다. 반면 (바)에 따르면, 감시·통제는 컴퓨터 네트워크를 통해 비가시적으로 행해지고 있기에 대상이 이를 인지하기가 어렵다. 또한 이는 개인의 신용 상태 등과 같은 세세한 부분뿐만 아니라, 개인의 잦은 이동성에도 불구하고 모든 행위를 추적하고 기록하는 등으로 보다 효과적 통제할 수 있기에 그만큼 더 치밀하고도 교묘하게 이뤄진다.

이러한 (마), (바)의 논지를 통합적으로 고려한다면, (가)에서 말하는 것처럼 종교, 국가, 삶, 탐욕과 굶주림 등에 대한 일체의 사유나 어떠한 이념적인 구속이 없이 모든 사람들이 자유롭고 평화롭게 사는 이상적인 공동체 세계를 지향하는 의미로써의 자유, 인간을 억압하는 세상의 모든 구속으로부터 벗어나기 위해 행하여지는 무제한적인 자유의 추구는 현실적으로 실현되기 어렵다.

'어떻게' 답하나
– 논술 문제 풀이의 포인트

출제 의도를 파악하고 그것에 맞게 논제를 정확히 분석했다면, 문제와 제시문을 살펴 출제자가 의도하는 답안의 방향성을 어렵지 않게 읽어낼 수 있을 것이다. 그리고 그것에 맞춰서 답안을 서술할 수 있을 것이다. 그 핵심 해결 과제는 다음 세 가지 물음에 여하히, 효과적으로 답할 수 있는가 여부이다.

[논술 문제 풀이를 위한 핵심 해결 과제]

■ 각 제시문을 문제에서 요구하는 논지·논점에 맞게 연결해가며 해석할 수 있는가?

… 문제의 출제 의도를 정확히 파악하고 **논제를 개념화**하여 정리·서술하는 **논제 분석력_** 정확한 **개념 정의** 능력의 중요성이 강조된다.

특히 문제와 제시문 간의 연관관계를 살피는 **논제 분석 과정을 통해 출제 의도를 정확히 파악하고**, 이어서 논제의 물음을 담은 **개념들(주제와 관점)을 올바로 이해한 후** 이를 '정의'의 진술 방식을 중심으로 압축·정리하고, 여기에 더해 **제시문을 정확히 독해하고 요약하는** 능력만 제대로 갖추었다면 논술 합격에 이르는 길은 그리 멀지 않다. 논술 학원에서 그토록 강조하는 '개요 짜기'라는 것도 따지고 보면, 문제에서 전제한 다양한 조건(이것을 종합하여 문제 해결의 방향성을 제시한 담론이 곧 '논제'이다)을 분절하여 순차적으로 풀어나가다 보면 자연스럽게 해결되는 것이기에, 개요 짜기의 구조화에 특별히 신경 쓸 것 없다.

개요란 글(논술 답안)을 쓰기 전에 글 전체의 윤곽을 머릿속에 그리고, 그 내용을 도식화해 간략히 작성한 것을 말한다. 즉, 글의 중심 내용을 머릿속에서 생각한 후 그것을 어떻게 글로 기술할 것인지를 미리 간추려 그려보는 것이 곧 개요다. 집을 짓기 전에 설계도부터 그리는 것이 중요하듯이, 글을 쓸 때도 개요를 구상해야 답안을 체계적으로 작성할 수 있다. 그래야만 글의 전체 흐름을 유지할 수 있으며, 글의 체계와 균형을 잡아나갈 수 있다. 중요한 내용을 빠뜨리지 않고, 불필요한 내용이 중복되는 것도 막을 수 있다. 특히 글쓰기 훈련이 부족한 학생이라면 개요 짜기를 통해 글의 논리 체계를 도식화하는 과정을 거치는 것이 답안 작성에 효과적이다.

대입논술에서 개요 짜기는 논제 분석 과정만 잘해내면 그것으로 충분히 가능하다. 문제에는 이미 답안 작성을 위한 얼개와 그 작성 순서가 구조화되어 순차적으로 배열되어 있는데, 이를 체계적으로 정리한 것이 곧 논제의 물음에 대한 대답이다. 그렇기에 논제의 물음에 대한 핵심 진술 내용을 **논의의 흐름에 맞게 체계적으로 정리한다면**, '개요 짜기'까지도 함께 끝내는 셈이다. 때문에 개요 짜기를 한답시고 공연히 많은 시간을 들여가며 힘을 들일 이유는 하등 없다.

따라서 **문제 해결의 모든 키를 쥐고 있는 것이 바로 제시문이란 사실을** 이해하고 있어야 한다. 제시문 내용만 제대로 해석하여 글 내용의 핵심을 찾아낼 수 있다면 이후의 모든 것들은 막힘없이 풀린다. 실제, 제시문은 논술 공부에 필요한 모든 것을 담고 있기에, 제시문을 잘 분석하면 출제 의도를 짐작할 수 있는 실마리의 여분마저도 얻을 수 있다.

또한 제시문은 문제에 들어있는 전제 조건들을 순차적으로 해결해 나가는데 있어서의 일련의 **연결 고리를 담게** 마련인데, 그 연결 고리라 할 수 있는 교과 과정의 핵심 개념과 이론을 중심으로 제시문 내용은 펼쳐진다. 논제의 물음을 담은 제 개념의 이해가 제시문 분석에서 무엇보다 중요하다고 강조하는 이유가 이 때문이다. 설령 교과목에서 크게 다루지 않는 개념이라 하더라도, 그 핵심 논지(쟁점)가 교과목의 연장선상에서 다루어지고 있는가를 살펴야 하는 이유 또한 이 때문이다.

만약 문제에서 창의적인 해결 과제가 주어졌더라도, 이때 역시 제시문의 개념적인 이해가 중요하기는 마찬가지다. 제시문 내용을 잘 이해하고 그 핵심 논의점들을 잘 정리해서 답안을 작성하되, 제시문 간의 연관관계에 주목하면서 주어진 논제의 논의를 연장한 결과물로써의 가며 자기주장을 한 줄이라도 보탤 수 있다면, 그만큼 창의성 높은 답안으로 평가받을 수 있다.

이렇듯 제시문만 꼼꼼히 파악하고 해석할 수 있으면 충분히 답안을 작성할 수 있는 게 현행 논술이기도 하다. 따라서 만약 문제와 함께 제시문이 여러 개 주어지거나, 또는 제시문이 길고 글 내용이 복잡하더라도 하등 겁먹을 이유 없다.

그럴수록 문제 해결은 오히려 더 쉬워진다. 논술자인 학생의 입장에서 볼 때 이는 논제를 설명하는 내용이 폭넓게 제시되는 것이고, 문제를 출제한 의도를 드러내는 실마리가 그만큼 많이 노출된다는 뜻이기도 하기 때문이다. 제시문을 읽고 글 내용을 해석하는 연습은 다른 무엇보다 중요하다.

논제 분석 역시 무척 중요하다. 앞서 강조했듯이, 논제 분석은 문제가 요구하는 조건과 지시에 맞추어 **제시문 간의 연관관계를 분석**하는 한편, 이를 통해 따져 밝혀야 할 핵심 내용을 찾아내는 과정이다. 따라서 이 역시 제시문의 정확한 해석과 논리적인 분석에 달렸음을 알 수 있다.

즉, 대입논술은 먼저 문제부터 읽고 출제 의도를 파악한 후, 이어서 출제자가 의도하는 논제의 요구 사항에 맞추어 제시문을 읽어 이를 해석하고, 다시 이 둘을 연결해 가며 논제를 분석한 후, 그것에 맞게 자신의 견해를 논리적으로 밝혀나가면 된다. 다시 말해, 논제의 요구와 지시를 바르게 이해한 후, 그것에 기초하여 제시문을 정확히 독해·요약하고, 이를 바탕으로 자신의 주장을 글로 옮기되, 그 주장에 대한 타당하고 충실한 근거를 제시하면서 답안을 논리적으로 서술해 나가면 된다.

따라서 논술 문제를 풀 때에는 다음 셋에 힘을 쏟아야 한다. 첫째, 문제와 제시문을 읽고 **논제를 개념화하여 올바르게 규정할 수** 있어야 한다. 둘째, 문제와 제시문, 제시문과 제시문 간의 연관관계를 살펴 **논제를 올바로 분석할 수** 있어야 한다. 셋째, **제시문 내용을 정확히 해석하고 요약할 수** 있어야 한다. 이 셋만 올바로 해낼 수 있다면, **논증 구성 능력**이나 **논거 제시 능력** 등 그 밖의 다른 모든 것들은 자연스럽게 해결된다.

이런 이유로 개요 짜기를 한답시고 공연스레 어떠한 프레임을 동원해 가며 쓸데없이 시간을 허비한다거나, 문제 풀이 과정에서의 어떠한 원리·원칙이나 방법론을 들먹여 가며 자신의 생각을 어떠한 틀에 가둬놓으려 들어서는 안 된다. 오직 위의 셋만을 생각하면서 공부해 나가면 된다.

거듭 강조하지만, 논술 문제 풀이에 있어, 문제를 너무 복잡하게 생각하려 든다거나, 문제를 복잡하게 구조화하거나 도식화하려 들어서는 안 된다. 복잡하게 생각해야 할 것은 오직 위의 세 가지다. 특히 제시문의 **독해와 요약**은 너무도 중요한데, 이 능력을 어떻게 키워나갈 것인가 하는 문제가 논술 공부에서 그만큼 절대적이다.

(1)논술 문제 풀이의 핵심_ '문제 분석=논제 분석=문항 분석'의 내용 일치

대입논술은 문제와 제시문 안에 답이 주어진다고 강조했으니, 이제부터 그 답을 찾아가는 과정을 살펴보고, 이것이 맞는 말인지를 확인해보자. 그리고 올바른 답안 작성을 위한 방법론에 대해 살펴보자. 이 책의 앞부분에서 강조한 논증 글쓰기 방법을 충분히 숙지했다면, 지금부터 설명하는 내용을 따라 공부해 나가면 그것이 곧 효율적이면서도 효과적인 논술 공부가 될 것이다. 또한 혼자서도 능히 공부해 나갈 수 있도록 길을 열어 줄 것이다.

덧붙여 밝혀둘 것이 있다. 쉬운 논술을 지향하는 최근의 출제 경향에 대한 반작용으로, 학생들의 심층적인 사고력을 정확히 판단하기 위한 대학의 고민은 시작됐는데, 그에 따라 앞으로는 기존 출제 형식에서 벗어난 다양한 유형의 문제가 출제될 것으로 보인다. 물론 이번 고려대 논술 시험에서 확인할 수 있듯이, 편입논술의 경우에는 독해와 요약 능력을 중점 평가하는 정통 통합 논술로 회귀할 가능성 또한 배제할 수 없다. 그렇더라도 이 역시 근본 기저에 있어서는 특별히 다를 바 없기에, 이제부터 설명하는 내용에 집중하면 그것으로 충분하다.

앞서 여러 차례 반복 설명하면서 강조했듯이, 대입논술은 **'이해-평가-적용**(분석적 이해-비판적 평가-창의적 적용)**'**이라는 일련의 평가 기준을 따라 문제를 해결하라는 요구가 (문제 안의) 세부 문항(물음)별로 엮이고, 그렇게 해서 개별 문제 속에는 **'조건-분석-서술**(전제 조건-비교 분석-논제 서술)**'**이라는 지시 이행 사항이 (문제 안의) 세부 문항별 물음의 내용을 이루면서 단계적으로 제시된다.

그 결과, 논술 문제 풀이의 핵심인 논제 분석 과정에서는 **'개념-관점-논증**(개념 정의-관점 파악-논증 구성)**'**이라는 세 요소가 단계별로 결합되면서 질문의 성격 및 답안 구성을 돕는다. 이어지는 논증 글쓰기 과정에서는 **'논지와 논거, 논점'**이란 요소가 서로 어우러져 글의 질적 수준을 결정짓는다. 그리고 모든 문제 풀이의 중심에 '논제, 논점, 논지, 논거 그리고 논증'이라는 논술 용어가 개입하기 때문에, 그만큼 관련한 개념에 대한 정확한 이해와 적절한 판단력이 요구된다.

여기까지가 논술 문제 풀이의 핵심이자 전부다. 즉, 문제를 읽고 '조건-분석-서술'이라는 지시 및 요구에 맞게 **논제의 물음을 올바르게 파악하고**, 이어서 제시문을 읽고 '개념 정의-관점 파악-논증 구성'이라는 **일련의 논제 분석 과정을 따라 글 내용을 정확히 독해하고**, 그 해석된 결과를 '이해-평가-적용'이라는 평가 기준에 맞춰서 **순차적으로 요약하되, 이를 논제 서술 과제의 진술 방식(즉, 논증 지시어)을 따라 체계적으로 서술하면**, 그것이 곧 모범 답안이 된다(이때, 논제 분석에 있어서의 '평가' 기준과 문항 분석에서의 '평가하라'는 논제 서술 과제는 당연히 다른 개념 내지는 의미다).

따라서 '조건-분석-서술'='개념-관점-논증'='이해-평가-적용'이라는 등가의 관계가 성립한다고 봐도 무방한데, 이것을 굳이 논술 문제 풀이를 위한 일련의 원칙이자 해법으로 간주할 수 있는가 라고 묻는다면, 그렇게 봐도 좋다. 하지만 그 해결을 위해서는 제시문의 **독해와 요약 능력이 그만큼 절대적이며**, 논술 개념어·주제어와 관련한 **일정 수준의 지식이 뒷받침되어야** 한다는 점을 생각한다면, 반드시 그렇다고 단정 지을 근거 또한 없다. 답을 문제와 제시문 안에 친절하게 쥐어주는 데도 학생들이 답안을 제대로 작성하지 못하는 이유가 여기 있다.

[논술 문제, 무엇을 묻고, 어떻게 답하나 = '문제 분석=논제 분석=문항 분석' 간의 내용 일치 = 개요 짜기]

■ **문제 분석**: '조건+분석+서술'_ **출제 의도** 및 제시문 간의 연관관계 파악

㈎ **'무엇'**에 대해… 【**'제시문'**에 담긴_ **'공통 주제'**에 대하여_ 이를 어떤 **'관점'** 하에】… **전제 조건+비교 분석**

(나)이를 '어떻게' 해결… 【어떤 '근거'로부터_ 어떤 '주장'을_ 어떻게 '제시'할 것인가】… 논증 찾기(논제 서술 과제의 진술 방식에 맞추어)

■ 논제 분석: '개념+관점+논증'_ 논제(공통 주제+관점+논증 서술 과제)의 도식화

(가)'무엇'에 대해… 【'제시문'에 담긴_ '공통 주제'에 대하여_ 이를 어떤 '관점' 하에】… 개념 정의+관점 파악

(나)이를 '어떻게' 해결… 【어떤 '근거'로부터_ 어떤 '주장'을_ 어떻게 '제시'할 것인가】… 논증 구성(논제 서술 과제의 진술 방식에 맞추어)

■ 문항 분석: '이해-평가-적용'_ 문항별 논증 평가 항목을 따라 단락 구성 및 답안의 구조화

(가)'무엇'에 대해… 【'제시문'에 담긴_ '공통 주제'에 대하여_ 이를 어떤 '관점' 하에】… 논제가 묻는 명제(공통 주제+관점)가 문제별(세부 문항별) 요구 조건 및 지시 사항과 일치하는지 여부 확인(전제 조건+비교 분석=개념 정의+관점 파악)

(나)이를 '어떻게' 해결… 【분석적 이해-비판적 평가-창의적 적용】… 논제 평가 항목별 해결 과제를 담은 논제 서술 과제별 진술을 통해 논증(단순 논증 or 복합 논증) 도출_ 논증 평가

논술 문제 풀이를 위한 일련의 방법적인 해결책을 찾고 또 확인하는 것은 그다지 어렵지 않다. 다음은 논술 문제 풀이에 있어서의 일련의 방법적인 해결 과제이자 핵심 설명으로, 사례는 〈건국대 2012 인문 예시〉 문제를 각각의 문제 해결의 핵심 포인트를 따라 도해한 후, 그것에 맞게 작성한 필자의 예시 답안이다.

[사례5] ⓐ글 [가]에 제시된 '대체'와 '보완' 개념을 적용하여, ⓑ글 [나]의 두 도표에 나타난 유선 전화와 휴대 전화 사용상의 특징을 분석하시오. (건국대 2012 인문 모의 문제1)

→• ⓐ가 지시하는 전제 조건에 따라(전제 조건), ②의 자료를 비교 분석하여(비교 분석), 따져서 밝혀야 할 핵심 내용을 논증 형식으로 찾아 연결하고 이를 논제 서술 과제에 맞게 답안을 작성(논제 서술)하면 된다… 조건-분석-서술… 【문제 분석】

→• ⓐ(주제_대체와 보완)에 담긴 개념을 적용(개념 정의)해서, ⓑ의 자료에 나타난 특징을 분석(관점=세부 논점 파악)하여, 이를 논증 형식(논지와 논거)에 맞추어 요약하되, 논제 평가 항목별 해결 과제를 담은 논제 서술 과제(논증 구성_분석하라)에 맞게 답안을 작성하면 된다… 개념-관점-논증… 【논제 분석】

→• ⓐ제시문(가)에 담긴 개념 이해에 근거하여 그에 대한 정의를 내리고(분석적 이해), ⓑ그것을 바탕으로 제시문(나)의 논지를 해석하고 분석 평가(비판적 평가)하라는 문항으로 구성하여, 분석적 이해 능력과 비판

적 평가 능력을 함께 평가… <u>이해-평가</u>… 【**문항 분석**】(문제1의 전형으로, 단순논증 평가 방식을 취하지만 실제로는 복합논증을 묻는다)

(가)의 대체와 보완의 관계를 (나)의 유선 전화와 휴대 전화 사용자 추세에 대입하여 분석하면 다음과 같다. 먼저, 전 세계적으로 유선 전화 사용자는 정체되는데 비해, 휴대 전화는 급증하는 추세에 비춰볼 때, 둘 사이에는 어느 정도는 <u>대체적 관계</u>가 있다. 이는 세계화에 따라 이동성이 크게 늘면서, 휴대 전화의 **유용성**이 증가한 때문이다. 하지만 이것만을 갖고서 앞으로 휴대 전화가 유선 전화를 대체할 것이라고 섣불리 단정할 수는 없다. 선진국의 경우, 유선 전화 사용자가 여전히 50%를 유지하고 있는데, 이는 그만큼 휴대 전화와 구별되는 유선 전화만의 **고유한 가치** 때문이다. 예를 들어, 휴대 전화 사용료가 지나치게 높아 여전히 유선 전화를 사용할 가치가 충분하다든가, 가정 내에서의 공유된 사용 가치로서의 역할이 여전한 게 그것이다. 따라서 선진국의 경우에는 둘은 앞으로도 계속해서 <u>보완적인 관계</u>를 가질 가능성이 높다.

반면, 개발도상국의 경우에는 선진국과는 달리 나타나는데, 특히 2005년 이후 휴대 전화 사용 비율이 크게 증가하고 있는 반면 유선 전화는 정체되고 있다. 따라서 이 둘 사이에는 어느 정도의 <u>대체적 관계</u>가 작용한다고 볼 수 있다. 이는 중국·인도 등 개발도상국의 개인 소득이 크게 증가하면서, 사용에 편리할 뿐만 아니라 많은 기능을 갖춘 휴대 전화를 선호한 데 따른 결과이기도 하다. … 【**필자 예시 답안**】

【**사례6**】ⓐ글 [가], [다]와 관련하여, ⓑ글 [라]에 그려진 삶의 방식을 **평가**하고, ⓒ미디어 문화의 바람직한 미래상에 대한 <u>자신의 **견해**를 **논술**</u>하시오. (건국대 2012 인문 모의 문제2)

→• ⓐ가 지시하는 전제 조건에 따라(**전제 조건**) 제시문(가), (다)를 비교 분석하여(**비교 분석**), ⓑ따져서 밝혀야 할 핵심 내용을 논증 형식으로 찾아 연결하고 이를 논제 서술 과제에 맞게 답안을 작성(**논제 서술**)하면 된다… <u>조건-분석-서술</u>… 【**문제 분석**】

→• ⓐ에 나타난 개념 간의 상관관계를 논제 분석한 후(**개념 정의-세부 논점 파악**), 이를 ⓑ에 다시 적용하여 분석·평가하고(**논증 구성1**), ⓒ의 조건을 더해(**논증 구성2_ 논증의 확장**) 답안 글을 쓰면 된다… <u>개념-관점-논증</u>… 【**논제 분석**】

→• ⓐ의 제시문(가), (다)에 담긴 개념 이해에 근거하여 이를 해석(**분석적 이해**)하고, ⓑ그것을 바탕으로 제시문(라)의 논지를 평가(**비판적 평가**)하고, 여기에서 더 나아가 ⓒ까지 문제 해결(**창의적 적용**)하라는 문항으로 구성하여, 분석적 이해 능력과 비판적 평가 능력은 물론 창의적 적용 능력까지 함께 평가… <u>이해-평가-적용</u>… 【**문항 분석**】(문제2~의 전형으로 복합논증 평가 방식으로 묻는다)

(다)에 따르면, 전자 서점 내의 종이책과 전자책은 서로 조용히 평화롭게 공존하고 있다. 그럼에도 기존의 인쇄 매체가 새로운 전자 매체로 대체되는 현상이 가속화된다고 주장한다. 이를 (가)의 관점에서 본다면, 갈수록 매체의 효용성이 중시되면서 새로운 것이 오래된 것을 대체하는 관계를 보이겠지만, 그렇다고 해서 기존 매체가 지닌 고유의 아날로그적인 가치마저 사라지는 것은 아니다. 그렇기에 이것이 반드시 대체적인 관계로 진행된다든가, 아니면 앞으로도 계속해서 보완적인 관계를 가질 거라고 쉽사리 단정을 지을 수 없다…①

이는 (라)에 그려진 삶의 방식을 통해 확인된다. 오래된 오디오에서 흘러나오는 음악을 즐기고, 만화책을 읽으며 낄낄거리고, 폐기 처분되기 일보직전의 비디오 영화 감상을 하고, 손수 일기와 엽서를 쓰는 일련의 아날로그적인 취미 생활은 시간의 흐름을 넘나드는 화자만의 고유한 삶의 가치를 부여한다. 이런 관점에서 본다면, 적어도 (라)의 화자에 있어서는 새로운 매체가 기존의 매체를 결코 대체할 수 없을 것이다. 물질적인 효용성이 강조되기보다는, 정신적·감성적 가치가 그만큼 중시되고 있는 것이다. <u>그런 점에서 (라)의 화자에 있어서의 두 매체 간의 관계는 대체적인 관계라기보다는 상호 보완적이라고 봐야 할 것이다</u>…②

그럼에도 (다)에서 전망한 것처럼, 새로운 매체가 기존의 매체를 급속히 잠식해가고 있는 것이 현실이다. 그렇다고 해서 반드시 그럴 것이라고 단정을 지을 근거 또한 없다. TV가 급속히 보급되면서 라디오를 듣는 사람들이 사라질 것이라고들 말했지만, 현실은 그렇지를 않고 서로 공존하면서 각자의 영역을 굳건히 지켜나가고 있다. 중요한 것은, <u>기존 매체와 신규 매체 간의 가치와 효용성의 관계를 어떻게 설정하여 서로 공존하고 발전해 나갈 것인가</u>이다. 이를 위해서는 매체 자체가 지닌 고유의 가치를 잃지 않으면서도 효용성을 최대한으로 높여나갈 수 있어야 한다. 이를테면 고도로 집중을 해가며 읽어야 하는 전문 서적의 경우에는 가독성이 높은 인쇄 매체, 즉 종이책으로 출판되는 게 보다 바람직하다. 또한, 대중적인 책들은 원본을 인쇄 매체로 발간하여 보존 가치를 높이면서도, 복사본을 함께 발행함으로써 범용적인 효용성까지도 추구하는 방향으로 모색할 수가 있다. 이런 식으로 자리매김을 하게 된다면, 인쇄 매체와 전자 매체가 서로 공존하면서 상호 보완적인 관계를 유지해 나갈 수 있을 것이다…③ … **[필자 예시 답안]**

먼저 [사례5] 문제1의 예시 답안을 살펴보자. 참고로 문제1은 출제 유형이 자료 해석을 요구하는 문제여서, 제시문 없이 아래 핵심 내용을 이해하는 데는 약간의 어려움이 따를 것이다. 그렇더라도 위 예시 답안을 보는 것만으로도 충분히 설명이 가능할 것이라고 판단된다. 그 핵심은 다음과 같다.

- 개념 정의… 제시문(가)에 담긴 '대체'와 '보완'에 대한 개념에 담긴 속뜻을 파악하고,
- 관점 파악… 이를 통해 **'효용성'**과 **'가치'**라는 상반되는 관점을 추출한다.

위의 핵심 내용 설명을 통해 알 수 있듯이, 제시문(가)의 '대체'와 '보완'이라는 주제어에 대한 개념 규정을 통해 각각 '효용성'과 '가치'라는 관점에 조응한다는 것을 파악하고 또 그것들에 관계하는 어휘를 생각해 내는 것만으로도, 문제 해결의 칠부 능선은 이미 올라선 셈이다, 그리고 이것을 (나)의 실험 결과에 각각 대입하여 논증 방법에 맞게 풀어내기만 하면, 그것으로 논술 답안은 올바르게 작성된다.

그렇기에 굳이 답안에 (가)의 '대체'와 '보완'에 대한 개념을 따로 정의하여 서술하지 않고 '효용성'과 '가치'를 연결 짓는 것만으로도 얼마든지 높은 평가를 받을 수 있다(답안 글자 수를 고려할 때, 이를 서술하는 것보다는 오히려 생략하는 게 더 적절하다). 제시문(가)의 어느 곳에도 이 두 개념어를 지칭하는 직접적인 언급도, 유사한 어휘·문구도 없는 점을 고려한다면, 실제 이 문제 풀이의 성패는 특정 관점(주제 개념의 상세)을 지칭하는 적절한 개념어의 선택에서 판가름 났을 것이다.

[사례6]의 문제2 역시 그러한데, 이를 굳이 설명을 하지 않더라도 아래의 설명을 통해 확인할 수 있을 것이다. 문제2의 경우에는 ⓑ'평가하라'와 ⓒ'견해를 제시하라'는 논제 서술 과제가 복합적으로 제시되었다. 따라서 문제가 비판적 평가와 창의적 적용 능력을 함께 평가하려는데 있음을 간파하고, 이에 맞게끔 답안을 구성해 나가야 한다.

위 [사례5, 6]을 통해 확인할 수 있듯이, 논술 문제 풀이를 위한 일련의 요구 조건과 지시 사항은 **'조건-분석-서술'**로 구조화되어 문제에 담겨 출제되고, 논술 문제 풀이 과정인 논제 분석은 **'개념-관점-논증'**의 요소 간 결합으로 이뤄진다. 따라서 각각을 논제 서술 과제(즉, '조건-분석-서술'에서의 '논제 서술'이라는 요구를 담은 논증 지시어)에 맞춰서 순차적으로 해결하면 그것으로 논술 답안은 완결된다.

이때 **'전제 조건-개념 정의', '비교 분석-관점 파악', '논제 서술-논증 구성'**은 각각 짝을 이뤄가며 조응하는데, 이는 논제 분석과 개요 짜기가 궁극적으로는 같은 의미를 갖고, 또한 문제와 제시문이 구조적으로 설계되어 출제되고 있음을 증명하는 것이기도 하다. 그리고 같은 주제 개념을 따르되, '분석적 이해-비판적 평가-창의적 적용(이해-평가-적용)'이라는 평가 항목의 일부 또는 전부를 담은 문제가 단계별로 그리고 순차적으로 제시됨으로써, 논술 문제는 완결된다.

(2) '이해-평가-적용' 항목에 맞춰 객관적으로 서술

논술 평가항목인 **분석적 이해-비판적 평가-창의적 적용** 능력을 살피기 위해 대학은 문제별로, 그리고 문제의 문항(문제의 지시 및 요구 항목)에 맞게 제시문들을 구성하는 유형적인 특징을 보인다. 문제별로 또는 각 문항별로 평가 항목을 따라 제시문을 구성하고, 이를 발문의 물음(즉, 문항)을 따라 단계적으로 해결토록 제시하는 출제 유형이 그것이다.

그렇게 해서 한 문제별로 하나의 평가 항목을 주고 이를 해결하도록 지시하거나**(단일 논증을 담은 단순 논제)**, 또는 한 문제 안에 다수의 평가 항목을 제시하고 이를 순차적으로 해결하도록 지시한다**(다중 논증을 담은 복합 논제)**. 어느 것이든 '이런 저런 식으로 서술하라'는 논증평가 항목별 서술 과제(논제 서술 과제)의 지시(논증 지시어)를 따라, 주어진 문제를 설명하거나, 비판하거나, 평가하거나, 견해를 제시하는 식으로 논술 답안을 기술해야 한다.

다음은 그 사례이다. 참고로 '이해-평가-적용' 능력을 묻는 평가 항목 전부를 한 문제 안에서 복합적으로 해결하도록 제시하는 경우는 동국대·숭실대처럼 문제마다 주제와 논제를 달리하여 출제하는 경향에서 일반적이다.

어느 쪽이든 '개념 정의-관점 파악-논증 구성'이라는 논제 분석 과정은 물론, '전제 조건-비교 분석-논제 서술'이라는 문제 분석을 위한 제 조건은 논술 문제 풀이를 위한 절차적 방법 및 그 풀이 과정에서 상호 간에 부합한다. 따라서 각각을 내용면에서 서로 일치시켜가며 살피는 것은 매우 중요하다.

전체 문제에 종속되는 또는 독립적인 문제로서의 각각의 문항 분석 시에 반드시 알고 있어야 할 중요한 것은 다음 두 가지다. 하나는, 문항 분석은 논술 답안의 **단락 구성은 물론, 그에 따른 적정 글자 수를 배분하는데** 있어서 아주 중요한 역할을 담당한다. 논술 답안을 쓸 때 한 단락을 구성하는 여러 문장들은 곧 문제의 요구 및 논제의 지시에 맞추어 글 내용을 적절히 구분해가며 서술한 결과물이기 때문이다.

즉, 논제의 물음의 핵심인 '공통 주제 및 관점'에 대한 제 개념을 규정하는 설명 글쓰기는 물론, 그것을 제시문별로 논증 형식(주장과 근거의 글 묶음)으로 구성하는 요약 글쓰기와, 이어서 논제 서술 과제의 진술 방식을 따라 작성하는 논증 글쓰기는 모두 단락을 구분해 가며 서술해야 하는 것이 일반적이다. 이때 글의 내용적인 부분은 물론 글자 수, 구성 방식에 있어 가장 역점을 두어야 할 것이 바로 문제 안에 들어있는 '이해-평가-적용'이라는 논증 평가 항목인데, 특히 단순 논증이나 복합 논증이냐에 따라 전체 글 구조와 의미 구성은 크게 달라진다.

이런 이유로 문항 분석을 할 때 **단락과 단락을 연결하는 논리의 흐름은 물론 전체 구성과 문장 배열, 글자 수 등 완결된 논술 답안을 위해 필요한 많은 것들을 충분히 고려해야** 하며, 이를 통해 논증의 일관성·완결성·연결성·통일성을 기해야 한다.

다른 하나는 모든 문제와 문항에는 "주어진 조건 하에+제시문을 읽고+이를 분류·비교·분석하여"라는 일련의 전제가 깔려있음을 이해하고, 이를 "논제 서술 과제의 진술 방식(논증 지시어)에 맞춰서 논증할 내용을 객관적으로 서술"해야 한다는 것이다.

여기서 객관적이라는 의미는 이렇다. 글의 요지를 전달하거나 설명할 때에는 전달자의 주관이 개입할 여지가 없으며, 심지어는 '자신의 관점'에서 비판하라는 것 역시 '반드시 비판점을 찾아내야 하거나, 또는 반드시 비판해야 한다는 점에 구속된 자기 견해'이기에 단순히 주관적인 견해만을 서술해서는 안 된다. 그 이유는 이미 앞에서 설명했다.

06

논술 문제의 풀이 과정 정리

(1)논술 문제의 풀이 과정에 대한 개념 정의

⑺출제 의도 파악(=문제 분석)

- 문제부터 읽고, 이어서 제시문을 빠르게 훑어가며 읽는 과정에서,
- 문제의 지시 사항인 '전제 조건+비교 분석'에 대해, 이를 설명하는 제시문이 각각 어느 것인지를 파악하고,
- 그에 따른 **'출제 의도'**를 파악한 후, **논제 분석** 및 **논제 확정(진술문)**으로 넘어가기 위한 사전 작업이다.

⑷논제 분석

- 문제에서 요구하는 전제 조건 및 지시 사항에 맞추어… 개념 정의

- 제시문 간의 연관관계를 파악하는 과정을 통해… 관점 파악

- 따져서 밝혀야 할 핵심 내용(논점과 논지)을 찾아내는 작업이다… 논증 구성(논증 분석)

㈐독해

- 제시문 간의 연관관계에 기초하여,

- 제시문을 '결론+전제', '주장+근거'를 중심으로 해석하는 '**논증 찾기**'의 과정을 통해,

- 제시문에 담긴 논제의 핵심 내용(글의 중심 생각)을 파악하는 작업이다.

㈑요약

- 제시문의 논증 찾기 과정을 통해 파악된 논증 구조(논지와 논거)에 의거해서,

- 이를 '결론(주장)과 전제(근거)'에 맞추어 논리적으로 연결하되,

- **핵심 어휘를 중심**으로 이를 자신의 언어로 짧게 재구성하는 '**논증의 재구성**' 과정이다.

㈒개요 짜기(+문항 분석)

- 논제 분석과 독해를 토대로 작성된 요약 글을,

- **문제의 지시 사항(즉, 전제 조건+비교 분석+논제 서술)에 맞게** 분절하여 연결시켜가며 단락을 구성하되,

- 이를 어떻게 탄탄한 논리로 구성할 것인가를 설계하는 '**논증 평가**'의 과정이다.

㈓답안 작성

- 개요 짜기에 맞춰 글을 구조화하되,

- 전체 글의 **정합성과 일관성, 연결성과 통일성을 유지**해 가며 체계적으로 논술 답안을 써나가는 과정이다.

⑵논술 문제의 풀이 과정 해설_ 120분이 주어진 경우(문제 전체)

【1단계】

- **문제 분석+논제 분석 과정_ 약 20분±**

①문제와 제시문 전체를 훑어보며, 각 문제별로 논제가 무엇인지, 제시문의 난이도는 어떠한지를 개략적으로 살피면서 <u>출제 의도를 파악</u>한다.

②문제의 요구 사항을 살피고, 문제에 주어진 전제 조건에 맞게 '무엇(논제)'을 '어떻게 해결'할 것인가를 <u>제시문 간의 연관관계를 살펴가며</u> 개략적으로 파악한다. 그렇게 해서 문제의 물음(요구와 지시)을 논제의 진술로 재구성한다.

③각 문제별로 <u>논제의 지시와 요구에 맞춰서 제시문들을 다시 읽는다.</u> 어디까지나 논제의 물음과 논의점을 따라 제시문을 읽어야 함을 명심해야 한다.

이때 수행해야 할 가장 중요한 작업은 주어진 문제와 제시문을 번갈아 읽으면서, **<u>중요한 단어(키워드)를 찾아내고, 그것과 관련하여 머릿속에 떠오르는 단어(관련 단어 및 핵심 어휘, 화제와 사례 등)를 문제지 여백에 되도록 많이 적는</u>** 것이다(머릿속에 떠오르는 것들을 잽싸게 적어 놓지 않으면, 이내 까먹는다).

문제와 제시문을 읽고 또 읽어 떠오르는 관련 단어를 적고, 그 단어에서 또 다른 단어를 떠올리는 방식으로 계속 적어나간다. 이후 여백에 적은 단어를 성격이 비슷하거나 논점이 가까운 것끼리 묶으면서, 그 단어가 꼭 필요한지를 검토하고, 거리가 먼 단어들은 과감히 지워버린다. 논제와 거리가 먼 불필요한 단어들은 글의 자연스런 흐름을 막는다. 다음으로, 묶은 단어들을 나중에 단락별로 나누는 한편, 그 과정에서 주제어와 소주제어(관점)를 확실히 파악하여 이를 언어화할 수 있을 것이다.

특히 '관점'을 나타내는 개념어 또는 어휘 파악이 중요한데, 이를 효과적으로 파악하는 방법은 다음 두 가지다. 첫째, **제시문의 어느 하나에는 반드시 관점을 설명하는 직접적인 키워드가 담겨 있게** 마련이다. 따라서 그것을 반드시 찾아내야 한다. 둘째, 그럼에도 이를 찾지 못하겠다거나, 그와 대립하는 적절한 키워드를 찾지 못하겠다거나, 아무 것도 생각나지 않으면, **가능한 모든 수단을 동원하라.** 예를 들어 어느 한 제시문이 뭔가 모르게 부정적인 뉘앙스를 풍기면, 이를 표상하는 키워드나 어구를 찾고, 다른 제시문에서 그와 반대되는 키워드나 관련 어구가 있는지를 살핀다.

특히 **판단의 준거가 되는 세부 논점을 파악하는 것은 무척 힘들고 또 이를 자기 언어화하기 어려운데,** 그럴수록 제시문 전체를 살펴가며 공통되는 키워드를 찾아낼 수 있도록 노력해야 한다. **<u>대립하는 소주제적 관점, 논점을 담은 키워드를 찾아 밝히지 못하거나 이를 자기 언어로 표현할 수 없을 경우,</u>** 논제 분석과 논증 구성은 애초부터 불가능하다는 사실을 절대 명심할 것.

④제시문의 중심 문장과 뒷받침 문장을 찾아내고, 결론(주장)과 전제(근거)에 해당하는 문장에 밑줄을 긋는다.

이때, 제시문 독해는 문제별로 순차적으로 해나간다. 이렇게 해서 문제 해결의 방향성을 어림잡되, 그 과정에서 논지를 제대로 파악함으로써 이후의 과정에서 논점 이탈에 빠지지 않도록 하는 것이 중요하다.

→ 그렇게 해서, 문제 분석 및 논제 분석한 내용을 일치시킨 후, **【(공통 주제)+(관점)+(논제 서술 과제)】**의 각 내용을 채워 넣는다… 여기에 더해 제시문 내용을 관점(논의점)별로 구분하면, 이로써 문제 해결을 위한 중요한 사전작업은 끝난다.

【2단계】

· 제시지문 독해와 요약 과정_ 약 50분±

⑤【(공통 주제)+(관점)+(논제 서술 과제)】에 의거하여 제시문을 세밀하게 읽고 해석한 후, '결론-전제'의 논증 구조를 갖는 개략적인 요약 글로 작성하되, 시험지 내의 제시문 옆 여분에 한 두 문장으로 적는다. 정리가 명료할수록 답안 작성이 쉽다.

⑥정리한 내용과 문제의 요구 사항, 논제와 대조한다. 대조 후 부족하거나 석연치 않은 부분이 있으면, 제시문을 다시 읽어 바로 잡는다.

→ 논제의 진술인 【(공통 주제)+(관점)+(논제 서술 과제)】에 맞춰 각각의 제시문을 읽고 해석한 후, 이를 논증 표준 형식에 맞게 요약한다.

【3단계】

· 개요 짜기 과정_ 약 10분±

⑦다시 문제를 읽고, 문제의 요구 사항을 분절하여 문제 풀이의 순서를 정한다. 이때, 요구 사항별로 답안 글을 어떻게 연결시켜 나갈지에 대한 연결 고리를 만들어 내는 것이 가장 중요하다. 개요를 짤 때에는 문제의 요구 조건별로 분량까지 계산해서 전체 분량을 맞춰나갈 수 있도록 해야 한다.

⑧문제에 담긴 전체 논의에 근거해서 논제 서술 과제별로 글 내용을 어떻게 기술해 나갈지를 구상한다. 그 과정에서 대안·견해 제시, 반론 제기 등 비판력·창의력을 묻는 물음에 대해 생각하고 정리한다.

→ 이때 **문항 분석(이해-평가-적용)**한 결과를 적용한다. 즉, 문항별 논증 평가 항목에 맞춰 단락을 구성하고 답안의 구조화하는 작업을 다시금 환기할 필요가 있는데, 이때 가장 중요한 것은 **단락별로 글자 수를 적절히 배분하는** 것이다. 그와 더불어, 한 단락에는 주제 문장(명제) 하나만 담고 나머지는 그 주제문을 뒷받침하는 글로 만든다. 그리고 **단락의 도입부는 반드시 명제(글의 주제문 및 소주제문)부터 쏟다.** 단락을 채울 때 앞의 1단계에서 정신없이 쏟아낸 후 취사선택한 단어들이 톡톡히 효자 노릇을 할 것이다. 그 단어들을 적절히 사용하면서, 그리고 단어에 적절히 살을 붙여나가면, 적어도 적정 분량을 채우는 것은 어렵지 않을 것이다.

· 답안 글쓰기_ 약 40분±

⑨정리된 요약 글을 토대로 문제 풀이의 순서를 따라 답안을 작성한다. 답안은 문제의 요구 사항을 빠짐없

이 담아내야 한다.

⑩글의 정합성과 일관성을 유지하기 위해 글을 다듬는다.

[제시문에 표시한 단어와 문제지 여백에 적은 단어를 성격이 비슷하거나 논점이 가까운 것끼리 묶어 생각하는 방법 예시]

예를 들어, '텔레비전 광고의 건전성'을 다룬 제시문들이 주어졌다고 할 경우, 다음과 같은 키워드를 생각해 볼 수 있다. 다음과 같은 방법으로 단어들을 묶어 생각하는 연습을 하면, 생각을 좀 더 논리적으로 정리할 수 있으며, 글을 좀 더 체계적으로 서술할 수 있을 것이다.

제시문에 담긴 키워드: 정보, 즐거움, 상품 정보, 생활필수품, 악영향, 기업, 광고, 성의 상품화, 선정적, 성적 언어 표현, 여성의 등장, 속옷 선전, 심한 노출, 성범죄, 성적 호기심 자극, 퇴폐 문화 수입, 윤리 상실, 소비 욕구, 충동구매, 건전한 광고 개발, 일본 광고 모방, 저속한 출연자 복장, 문화 오염, 가치관 타락, 광고 문화 주체성…

- 단어 사이의 관계가 명확히 나뉘어 대등하면 따로 묶어 생각한다. (상품 정보, 즐거움—성의 상품화, 성적 언어 표현)

- 긴밀히 연결되어 도저히 뗄 수 없으면 같이 묶어 생각한다. (가치관 타락, 윤리 상실)

- 논리적 순서가 필요하면 각각 따로 묶어 생각한다. (도입 단락, 주요 단락, 결론 단락: 악영향—성의 상품화—충동구매—가치관 타락—건전한 광고 개발)

- 예시, 설명 등은 각각 따로 묶어 생각한다. (부연 단락, 강조 단락: 성의 상품화—속옷 선전, 심한 노출—성적 호기심 자극, 저속한 출연자 복장)

- 덧붙이는 내용이면 따로 묶어 생각한다. (첨가 단락: 일본 광고 모방, 퇴폐 문화 수입)

- 중심 생각이 담긴 내용과 뒷받침 내용도 따로 묶어 생각한다. (중심 단락, 뒷받침 단락: 광고 문화 주체성—건전한 광고 개발)

(3)논술 문제의 풀이를 위한 방법적 요령

위의 논술 문제의 풀이 방법에 대한 절차적 개념 정의와 그에 따른 문제 풀이 과정을 압축하면 다음 세 가지 단계로 확 줄어들게 된다. 실제 논술 시험장에 들어가 문제지를 읽으면서 다음 세

가지만 머릿속에서 끄집어 낼 수 있다면, 그것으로 충분하다. 따라서 이것을 '논술 문제의 풀이를 위한 방법적 요령'이라고 정리하고, 그것에 맞추어 다양한 문제를 풀어가며 연습해 나가면 된다.

[논술 문제의 풀이를 위한 방법적 요령]

- **【1단계】** 출제 의도에 맞게 문제 분석 및 논제 분석한 내용을 일치시킨 후, **【(공통 주제)+(관점)+(논제 서술 과제)】** 의 각 내용을 채워 넣는다.

→ 문제지를 받아들자마자 문제의 바로 아래에 다음 내용을 빈칸을 만들어 적고, 이어서 문제와 제시문을 읽고 각각의 내용을 일치시켜가며 채워 넣는다.

㈎문제 분석: **【(전제 조건)+(비교 분석)+(논제 서술)】**

ǁ　　　　ǁ　　　　ǁ

㈏논제 분석: **【(개념 정의)+(관점 파악)+(논증 구성)】**

그렇게 해서, 아래의 논제를 **【(공통 주제)+(관점)+(논제 서술 과제)】** 에 맞춰서 진술문의 형태로 채워 넣고, 또한 관점별로 제시문을 구분하면, 답안 작성을 위한 기초 작업은 완성된다.

- **【2단계】** 논제의 진술인 **【(공통 주제)+(관점)+(논제 서술 과제)】** 를 따라 각각의 제시문을 읽고 해석한 후, 그 해석한 내용을 논증 방법(추론 방식)을 따라 기술한다.

→ 타당한 논거의 제시 능력과 추론을 통한 논증의 재구성 능력이 중요하다.

- **【3단계】** 이때 **문항 분석(이해-평가-적용)** 한 결과를 적용한다. 즉 **문제의 지시 사항(즉, 전제 조건+비교 분석 +논증 평가 항목을 담은 논제 서술 과제=논증 지시어)** 에 맞게 단락을 구성하되,

㈐문항 분석: **【(논제 서술 과제)=(이해)+(평가)+(적용)】** 에 의거하여 글 내용을 서술한다.

→ 단락 구성, 단락별(문제의 지시 조건별, 논제 서술 과제별) 적정 글자 수의 배분과 단락 간의 논리적인 연결이 중요하다.

논술 합격
답안의 요건

01

논술 합격을 위한
네 가지 포인트

논술 전형을 뚫고 그토록 바라는 대학에 합격하기 위해서는 논술 합격을 위한 방법적 요령, 특히 다음 네 가지 포인트에 주목하면서, 그 핵심 내용을 중점적으로 익히면서 공부할 필요가 있다. 각각을 간략히 설명하면 다음과 같다.

첫째, **'개념 이해와 개념 정의'**의 중요성이 강조된다. 잘 쓴 논술 답안은 개념(어)과 개념(어)의 연결을 통해 구현되고 또 서술된다. 문제와 제시문을 읽고 논제가 요구하는 답안을 충실히 채우려면, 글을 논리적으로 밀고 나갈 수 있는 핵심 동력이 있어야 한다. 그것이 바로 핵심어·개념어로, 시험을 치르는 내내 논제가 지향하는 근본 물음을 담은 적절한 개념어를 머릿속에 떠올리면서 답안을 서술하지 못할 경우, 그 시험은 이미 실패한 것으로 간주해도 틀림없다.

설상가상으로 논제의 물음을 담은 주요 개념을 적확한 용어로 찾아 밝히지 못하거나 또는 이를 적절히 구사하지 못할 경우에는 글을 쉽게 이어나갈 수 없을뿐더러, 답안은 분량을 못 채우고 또 내용적으로도 허술해질 수밖에 없다. 개념 이해력과 언어 구사력은 논술 합격을 위한 첫 번째 핵심 포인트이자 반드시 갖춰야 할 기본 역량으로, '개념 이해'와 '어휘 구사'의 중요성은 아무리 강조해도 지나치지 않다. 글의 이해력은 **개념의 개괄과 한정, 분류와 분석 능력이라고 해도 과언은 아닐 정도로** 개념화의 능력과 그것에 알맞은 적절한 언어 구사력은 중요하고 또 중요하다.

따라서 교과 과정에 나오는 핵심 개념어이자 논술 주제로 거듭 출제되는 중요한 용어에 대해서는 그것들을 빠짐없이 알고 있어야 함은 물론, 그 의미까지도 정확히 이해하고 있어야 한다. 그리고 논술 주제로 자주 출제되는 핵심 개념에 대해서는 그것과 관련한 주개념과 종개념, 상위 개념과 하위 개념, 유사 개념과 관련한 여러 용어에 대해서도 잘 알고 있어야 한다.

둘째, 지문의 핵심 내용을 논술 주제에 맞게 한 방향으로 일관되게 **'통합'**하고 **'재구성'**하여 서술할 수 있는 능력이 요구된다. 다시 말해, 현행 교과 논술이 지향하고 있는 대입 통합 논술, 다면 사고 논술의 방향성에 맞추어 인문·사회·자연·과학·예술·문학 등 다양한 교과 과목에서 발췌한 지문을 **한 주제로 통합하여 논증하고 또 그것에 맞게 답안을 서술할 수 있는** 능력이 요구된다. 이것이 논술 합격을 위한 두 번째 포인트다.

따라서 그 방법적 요령을 터득할 필요가 있는데, 이를 위해서는 다른 무엇보다 잘 쓴 논술답안을 분석해 가면서 공부할 필요가 있다. 즉, 주제별로 잘 짜인 완결성 높은 한편의 논술 문제와 기출 예시 답안을 읽고 이를 체계적으로 분석해 나가는 과정을 통해, **각 지문의 핵심 내용이 논제의 요구를 따라 어떠한 논리적인 관계맺음을 하고 또 어떻게 체계적으로 서술되고 있는지를** 파악할 필요가 있다.

특히 여러 분야의 지문에 담긴 공통된 핵심 개념어를 중심으로 말과 말, 글과 글이 어떤 식으로 이어지고 또 논리가 어떻게 전개되고 있는지, 그리고 단어와 단어의 의미가 어떻게 확장해 나가면서 글 내용을 풍부하게 만드는지를 중점적으로 살펴야 한다. 그러면서 때로는 잘 작성된 한편의 논술 답안을 직접 옮겨 써보는 등으로, 글 내용을 완전히 자기 것으로 만들려고 노력해야 한다.

그렇더라도 반드시 알고 있어야 할 중요한 것이 있다. 무릇 글은 개성의 표출이자 정체성의 일부와도 같기 때문에, 남의 글을 어쭙잖게 모방하는 과정에서 자칫 자기만의 독특한 개성(이를 '문체'라고 한다)을 잃는 우를 범해서는 안 된다. 특히 많은 학생들을 한데 모아 놓고 진행하는 대형 논술학원의 일방적이고 획일화·정형화된 강의와 수박겉핥기식으로 변죽만 울리는 첨삭 지도에 함몰되어서는 안 된다. 이를테면 논술 시험을 치르는 주변의 다른 학생들과는 차별화된 방식으로 답안을 작성할 수 있도록 자기만의 독특한 논술 답안 작성 비법을 가르쳐준다든지, 실전에서 적용할 수 있는 특화된 논술의 기술을 전수해 준다는 식으로 사탕발림하는 논술 강사의 수업에 현혹되어 자기 주도가 아닌 강사 주도의 논술 공부로 전락하고 말아서는 안 된다.

적어도 글쓰기에 있어서는 그런식의 비법 내지는 공식은 존재할 수 없으며, 오롯이 자기 힘으로 스스로의 생각을 밀고나가면서 글을 써야 한다. 마치 붕어빵을 찍어내듯 작성된 획일화된 답안은 채점 과정에서 예외 없이 걸러지기 마련으로, 많은 학생들을 한데 모아 가르치는 유명 강사의 수업에서 합격률(합격자 수가 아니다)이 갈수록 낮게 나타나는 현상이 이와 무관하지 않다. 거듭 강조하지만, 잘 쓴 논술 답안(이를테면, 대학이 제공하는 모범 답안)을 열심히 분석하면서 그 내용의 핵심을 자기 것으로 만들려고 노력하되, 저잣거리에서나 만나볼 법한 근거 없는 논술 비법을 맹신하고는 이를 맹목적으로 따라하려 들어서는 안 된다. 논술 평가자인 대학 교수들이 가장 경멸하는 글이 바로 이런류의 글임을 학생들은 반드시 알고 있어야 한다.

셋째, 논술 답안의 핵심인 **'논증 구성력', 특히 논거 제시 능력을 길러나가야** 한다. 대학에서 학생들에게 원하는 논술 답안은 어휘 구사력이 뛰어나면서도 내용면에서 알차고, 게다가 논리의 구성 능력이 탁월한 그런 답안이다. 논술 답안은 '개념과 논증', 다시 말해 '사실-주장-근거'와 관련한 논제의 물음을 얼마만큼 타당하고 설득력 있는 논리로 조리 있게 서술해 나갈 수 있는가를 묻는다는 사실을 반드시 알고 있어야 한다.

따라서 학생들은 양질의 문제와 잘 쓴 논술 답안을 통해 **글과 글, 논리와 논리가 논제의 요구와 지시(논제 서술 과제의 진술 방식)를 따라 어떻게 전개되고 있는지를** 자세히 살피면서 공부할 필요가 있다. 그리고 그 논리가 어떤 어휘와 개념을 중심으로 확장되고 있는지를 파악할 필요가 있다. 실제 이 부분은 논술 합·불합격을 가늠하는 데 있어서의 가장 큰 관건이자 핵심 포인트이기에, 더 이상의 말이 필요 없을 정도로 중요하고 또 중요하다.

넷째, 글의 구성과 논리의 흐름 등 **'형식적인 측면'에서의 문장 기술 능력** 또한 중요하다. 지문이 쉬워져 독해 능력의 변별력이 떨어진 탓에, 대학은 그것을 보정하는 차원에서 **글 내용을 체계적으로 구성하고 또 논리적으로 서술할 수 있는** 능력을 주의 깊게 살피려 든다. 대학은 논제의 물음을 따라 답안을 체계적으로 서술할 수 있는 능력을 중점적으로 평가하겠다는 의도를 공공연하게 드러내고 있다. 심지어는 맞춤법이라든가 '주어-술어'의 호응 등 형식면에서의 오류가 많을 경우 이를 평가에 적극 반영하여 불이익을 주겠다고 거듭 강조한다. 따라서 학생들은 이 부분에 대해서도 신경써가며 공부할 필요가 있다.

잘 쓴 논술 답안은
무엇이 다른가

잘 쓴 논술 답안은 다음과 같은 내용과 형식면에서의 충실함을 담고 있다. 다음 셋 중 어느 하나만이라도 확실하게 어필할 경우, 논술 합격은 그만큼 가까워진다.

[논술 합격 답안에서 나타나는 내용면에서의 특징]

- **논제의 충실성**이 돋보이는 답안으로 **'개념 정의—관점 파악—논증 구성'**이라는 논제의 제 요건을 확실하게 꽉 채운 답안. 한마디로 문제의 요구 조건을 빠짐없이 충족한 답안.
- **논증의 구성력**이 돋보이는 답안으로 특히 **논거를 타당하고 설득적이며 풍부하게 제시**하되 이를 사례, 증거, 비유, 반증을 들어가며 논리적으로 탄탄하게 작성한 답안. 즉 '전제에서 결론'으로 나아가는 과정의 논리적 인과관계에 빈틈이 없는 답안.
- **논거의 독창성**이 돋보이는 답안으로 특히 출제자가 문제를 통해 묻고자 하는 궁극적인 지향으로서의 **근본 물음이자 핵심 사상**을 이해하고 그것을 적절한 용어로 서술한 답안. 또는 답안에 그것이 짙게 묻어나는 문구가 드러나는 경우.

다음은 대학에서 제시하는 평가 목표와 채점 원칙으로, 이 모든 것들이 이제까지의 설명과 부합함을 이해할 수 있을 것이다. 그리고 그 핵심은 **'개념 이해, 논증 구성, 논거 제시' 능력에 기반한 논리적·비판적 글쓰기임을** 알 수 있다.

중앙대 통합 논술 평가 목표(출처: 중앙대 논술백서)

- 개별적인 지식보다는 지식 간의 관련성을 추론해 내는 능력을 평가한다.
- 지식 암기 능력보다는 문제 해결 능력을 평가한다.
- 비판적 안목, 치밀한 분석력, 창의적 접근 방식을 종합적으로 평가한다.
- 문제 해결 과정과 도출된 결과를 모두 평가한다.

결국, 잘 쓴 논술 답안에는 지식을 체계화줄 아는 능력으로서의 논리적 사고력이 짙게 묻어난다. 또 주제를 개념화하여 서술하는 능력이 뛰어나다. '개념화'란 인간이 경험하는 대상과 사건을 추상화하여 언어적 개념으로 바꾸는 과정으로, 개념화의 능력이란 지식과 정보의 의미 구조를 구체화하고 체계화하여 생각하는 능력이라 할 수 있다. 개념화의 능력은 **지식을 체계화하고 생각을 구조화하는데** 그만큼 절대적이다.

잘 쓴 논술 답안에는 논제가 요구하는 모든 내용이 빠짐없이 충실히 기술되어 있다. 그 답안에는 제시문의 지식과 정보가 체계적으로 요약·정리되어 있다. 이를 통해 알 수 있듯이, 논술 합격 답안에 이른 학생들은 문제의 핵심을 간파하는 능력이 그만큼 뛰어나며, 논제의 핵심 내용을 논리에 맞게 유기적으로 서술하는 능력이 남다르다.

그렇기에 잘 쓴 논술 답안에는 문제의 물음과 제시문 내용을 논리적으로 추론하고 사고하는 능력으로써의 지적 역량이 답안 구석구석에 드러나고, 그것도 빼어난 글 솜씨로 압축적·체계적으로 서술됨으로써, 글의 내용과 형식이 서로 조화를 이루게 된다. 그런 식으로 작성한 답안은 글 전체가 한 눈에 읽힘은 물론, 글의 논증 구조가 단박에 포착된다.

특히 '1000자 논술' 답안처럼 학생 수준에서 답하기에는 비교적 긴 글이면서 복합 논증을 묻는 경우에는 자칫하다가는 글과 글, 단락과 단락은 물론이고 글 전체의 연결 흐름이 깨지거나 매끄럽지 못할 수 있다. 게다가 이런 답안에서 논거마저 충실하지 못할 경우에는 글에 주장만 있고 근거는 없거나, 논의는 있되 논리는 없는 기형적인 현상을 보일 수 있다. 결국 이 모든 것들이 논증의 일관성, 단락의 통일성, 논리의 연결성을 해치게 되는데, 잘 쓴 논술 답안, 즉 합격 답안은 이 모든 것들을 충족하는 답안이라 할 수 있다.

요건①
– 내용과 형식을 아우르는 답안

글을 평가할 때는 글의 내용면과 형식면을 두루 살피게 된다. 잘 쓴 글은 그 내용이 뛰어날 뿐 아니라, 글 내용이 독자(평가자)에게 제대로 전달될 수 있도록 훌륭한 형식까지 함께 갖추고 있다. 내용이 참신하고 깊이가 있어도 형식을 제대로 갖추지 못했다면 글로써의 가치는 그만큼 떨어진다. 형식은 잘 갖췄지만 내용이 부실해도 마찬가지다. 형식과 내용 모두 제대로 갖춘 글이 잘 쓴 글, 좋은 글이다.

그렇다면 논술에 있어서의 잘된 글, 잘 쓴 답안의 내용과 형식은 어떠할까? 먼저 내용면에서 **충실성과 독창성을 갖춰야** 한다. 논제가 요구하는 사항을 빠짐없이 기술함으로써 평가 기준을 만족시켰을 때 그 내용은 충실한 것이며, 문제의 해결 방법이 참신하거나 독특한 관점을 지향할 때 그 내용이 독창적이라고 말할 수 있다. 그리고 그 핵심은 **'설명과 논증을 담은 논리적·체계적인 글쓰기'**다.

내용이 충실한 글을 쓰기 위해서는 무엇보다 논술 시험에서 다루는 주제, 좀 더 정확하게 말한다면 그 주제에 담긴 핵심 개념·이론 및 단어·용어에 대해 많이 알고 있어야 한다. 또한 그 주제에 대해 깊은 문제의식을 갖고 있어야 함은 물론, 그에 상응하는 통찰력도 함께 갖추고 있어야 한다.

하지만 관련한 정보와 배경지식을 아무리 재주껏 응용한다고 해도 문제 해결은 결코 쉽지 않다. 따라서 그 여백을 메울 수 있는 능력이 필요한데, 그것이 바로 상상력과 창의력이다. 독창성은 그런 능력을 극대화할 때 발현된다.

독창성은 평범한 사실 혹은 당연히 받아들여지고 있는 현상에 대한 의심에서 출발한다. 단순한 현상 이해에 머물지 않고, 보다 깊이 있고 다각적인 차원에서 그 현상을 분석하고 평가하려는 반성적 사고가 그것이다. 논의와 숙고 과정에서 자신의 주장에 깊이를 더함은 물론, 그 주장이 정당화될 수 있도록 비판적으로 사고함으로써, 독창성에 최대한 접근할 수 있다.

그렇더라도 대입논술에서 묻는 독창성의 운신 폭은 매우 제한적이다. 논제의 물음과 제시문 내용을 근거로 여기에 자기 생각을 조금 보태 참신한 생각으로 거듭난 정신 작용의 산물이라고 보면 된다. 그리고 그 무엇은 특히 논증의 (재)구성을 위한 추론적 사고가 중심이 되는데, 이것 역시 독해력 평가를 통해 확인할 수 있다는 것이 대학의 생각이다. 이런 이유로 심지어는 연세대와 고려대처럼 높은 사고력을 묻는 논술 문제를 출제하는 대학에서조차 창의력(예를 들어 '문제를 해결하라')을 논증 평가 항목으로 설정하여 묻는 경우는 드물다.

참고로, 독창성과 관련해서 한 가지를 덧붙이자면, 특히 연세대 논술에서 요구하는 독창성은 곧 **논거의 타당성과 설득력으로서의 그 무엇을 의미하는** 것이라 할 수 있다. 연세대 논제의 경우, 비록 제시된 특정 주제 개념을 따라 답안을 서술할 것을 요구하지만, 그 주제가 내포하는 개념은 다분히 추상적·관념적이기에, 그 서술 역시 그와 같은 방향으로 흐를 수밖에 없다. 따라서 이를 해결하기 위한 방안으로 주제 개념을 좀 더 구체화하는 역할을 담당하는 하위 개념인 논점(관점·쟁점)을 논제의 물음으로 끼워 넣고 이를 제시문에서 찾아 밝힐 것을 요구하되, 이것이 다양한 해석을 불러올 수 있도록 의도적으로 제시문 내용을 구성함으로써, 학생들의 사고력을 폭넓게 평가하고 있다.

이것이 연세대를 비롯한 최상위권 대학에서 다루는 논제의 가장 큰 특징의 하나다. 따라서 학생들은 그 개념적 의미를 충실히 해석하여 답안을 서술하되, 그 해석의 뒷받침 논거가 타당하고 적절하고 설득력이 있다면, 내용면에서 잘 쓴 논술 답안이자 독창성이 뛰어난 글로 인정받을 수 있다(물론, 잘 쓴 논술 답안을 이끄는 일련의 사고의 틀이자 규제 장치가 논제 안에 주어지기에, 그것에 맞게 답안을 작성하는 게 원칙이다).

잘 쓴 논술 답안을 위해서는 글의 형식적인 측면 또한 중요한데, 여기서 말하는 형식이란 주로 **표현의 명료성과 논리의 일관성을** 일컫는다. 요컨대 논술자가 밝히고 싶은 내용을 어떻게 하면 효과적으로 전달할 수 있는가를 고민해 가며 쓴 글이 그것으로, 그 결과는 **체계적이고 압축적이며 완성도가 뛰어난** 논술 답안으로 이어진다.

글의 표현이 명료하다는 것은 그만큼 글로 표현하는 주장이 애매모호하지 않다는 의미이다. '애매'란 다의적(多意的)이란 뜻으로, 하나의 표현이 두 가지 이상의 의미로 해석될 경우에 그 표현을 애매한 표현이라고 한다. 애매한 표현은 글을 읽는 이로 하여금 혼란에 빠지게 함으로써 궁극적으로는 글 자체의 신뢰를 떨어뜨린다. 따라서 하나의 표현이 반드시 하나의 의미를 갖도록 명확히 표현해야 한다.

한편 '모호'란 구체적으로 전달되는 정확한 정보가 없다는 뜻이다. 표현의 의미가 흐릿해서 도무지 감을 잡을 수 없거나, 아니면 제멋대로 해석될 여지가 있는 경우, 그 표현은 모호한 것이다. 이는 자기중심적인 태도에서 나온 결과로, 그만큼 글쓴이인 내 머릿속의 정보가 제대로 전달되지 못한 때문이다. 따라서 글 내용을 명료하게 밝히려면 '나(수험생)'가 아닌 '독자(평가자)'의 입장에 서서 생각하고 접근해야 한다.

잘된 글, 즉 논리적인 글을 쓰기 위해서는 애매하거나 모호한 어휘들을 피하여 문장과 문장, 단락과 단락이 서로 무리 없이 긴밀하게 연결되도록 하고, 글의 어느 부분도 논점에서 벗어나지 않도록 세심한 주의를 기울여야 한다. 또한 똑같은 내용이더라도 문장을 어떻게 쓰는 것이 더 잘 이해될지, 그리고 글과 글, 단락과 단락을 어떻게 구성해야 내 생각이 효과적으로 전달될지를 치열하게 고민하면서 써야 한다.

이를 위해서는 평소에 독서를 통해 나와 마주하는 세계를 깊고 넓게 통찰할 수 있도록 안목을 길러야 할뿐 아니라, 통찰한 내용을 개념화하여 명료하게 생각하는 습관을 들여야 한다. 그리고 명료화된 사고를 일관성 있는 논리 체계 속에 담아 표현할 수 있도록 훈련해 나가야 한다.

결국 표현의 명료함과 논리의 일관성은 답안을 **체계적·유기적으로 구성하고 서술하는** 능력으로 표출되는데, 이는 논제와 관련한 개념어들을 중심으로 문장에 살을 붙여가며 서로 긴밀하게 연결함으로써 잘된 논증을 담은 단락을 구성하게 된다. 그리고 단락과 단락을 논리에 맞게 체계적으로 배열함으로써, 답안 전체의 형식적인 측면까지도 아우르게 된다. 잘 쓴 논술 답안은 이러한 각고의 노력을 통해 만들어진다.

잘 쓴 논술 답안은

- 논증이 분명하게 드러난다.
- 논리가 일관되고, 글이 체계적이다.
- 표현이 명료하다.

요건②
– 출제 의도와 평가 기준을 충족한 답안

대입논술은 문제의 출제 의도를 정확히 파악하고 그것에 맞게 논리적으로 답안을 구성하는 것만으로도 합격 답안에 상당히 근접할 수 있다. 그 핵심은 논제가 묻고자 하는 주제 개념(출제 의도를 담은 '주제 의식'이라고도 볼 수 있다)에 대한 이해, 논제 파악의 핵심인 관점(논점·쟁점)의 설정, 그리고 파악된 제 개념(주제 및 관점)과 관련한 출제자의 물음을 논제 서술 과제의 진술 방식(논증 지시어)에 맞게 서술할 수 있는가 여부이다. 실제, 출제 의도만 제대로 읽어낼 수 있다면, 이후부터는 논제 분석은 물론이고 답안 작성까지 일사천리로 끝맺음할 수 있다. 출제 의도 파악과 관련해서는 이미 앞에서 자세히 설명했다.

한편, 논술 평가 기준에 맞춰서 출제되는 논제는 논증 능력을 통해 구현된다. 그리고 논증 능력은 논리적 사고력에서 비롯된다. 따라서 논증 능력을 기르기 위해서는 **'비판적 읽기', '논리적 서술', '창의적 문제 해결' 능력을** 동시에, 함께 높여나가야 한다. 비판적 글 읽기 능력이란 이해력·분석력에 기반한 성찰적이며 적극적인 글 읽기 능력을 말한다. 또 창의적 문제 해결 능력이란 독창성에 기반한 심층적이고도 다각적인 문제 해결 능력을 일컫는다. 그리고 논리적 서술 능력이란 논증력·표현력에 기반한 글의 조직적인 구성과 상황에 맞는 설득적인 표현 능력을 뜻한다.

이처럼 논술의 내용적인 측면을 강조할 때, 논술은 단지 사전적인 의미를 넘어 개념적으로 외연이 확장된다. 논술의 사전적 의미는 '제시된 주제에 관하여 자신의 의견이나 생각을 논리적으로 서술'하는 것이다. 이때 논리적으로 서술한다는 것은 단순히 자신의 생각을 밝히는 데 그치는 것이 아니라, 그 근거를 타당하고 적절하게 제시하면서 글 내용을 기술하는 것을 의미한다. 그만큼 적극적인 사고를 요하는 게 논술이다.

즉, 논술 평가자인 대학이 글쓴이인 논술자가 제기하는 주장과 그 뒷받침 근거를 기꺼이 받아들일 수 있어야 하는 것이기에, 결국 논술의 성패는 **자신의 주장을 입증하는 '논거' 제시 능력에 달렸음을** 알 수 있다. 그리고 그 논거는 논리적 사고 과정을 거치면서 내용의 풍부함을 더한다.

따라서 한 편의 글이 잘 쓴 논술 답안으로 평가받기 위해서는 자신의 주장을 명확히 제시하고 그 근거를 논리적으로 서술할 수 있어야 한다. 근거 없이 자신의 주장만을 나열하거나, 주장 없이 장황한 설명만 늘어놓는 글은 결코 잘 쓴 논술 답안으로 평가받을 수 없다. 이를 해결하기 위해서는 앞서 말한 것처럼, '비판적 읽기', '논리적 서술', '창의적 문제 해결' 능력을 두루 갖추어야 한다.

이렇게 놓고 볼 때, 결국 논술은 **'비판적 글 읽기(읽고)와 창의적 사고력(생각하고)을 기반으로 하는 논증적인 글쓰기(쓰는)'로** 거듭 정의된다. 즉, 논술 공부를 위해서는 읽고, 생각하고, 쓰는 공부가 동시에, 한꺼번에 이뤄져야 한다. 그런 학습 과정을 통해 문제와 지문을 읽고 신뢰할만한 전제(근거)를 도출하여 이를 글의 결론(주장)과 일치시킴으로써, 글 전체가 체계적이고 완결적으로 구성될 때, 그것이 곧 잘된 논증을 담은 논술 답안으로 평가받는다. 이때 신뢰할만한 전제란 우리의 일상적 신념과 생활 세계에 부합하는 것들이기에, 잘된 논술 답안을 쓰기 위해서는 늘 우리의 생활 세계를 성찰적으로 살피는 등으로, 비판적 사고력을 높이는데 힘을 쏟아야 한다.

[대입논술 평가 기준 및 평가 항목]

- **평가 기준_ 논제의 요구 사항(공통 주제+관점+논제 서술 과제)에 대한 개념적 이해와 서술 능력**

- **평가 내용_ 논증 능력(주장과 근거를 타당하고 적절하게 제시할 수 있는 역량)**

- **평가 항목_ 논리적 사고력(분석적 이해+비판적 평가+창의적 적용 능력)**

결국 대입논술은 그 평가 기준을 '논제'에 담아 구현하는 하드웨어적인 부분과 제 논증 능력을 평가 내용 및 평가 항목으로 하여 묻는 소프트웨어적인 부분이 결합하여, 일련의 답안의 준거 틀을 형성함을 알 수 있다. 하드웨어 부분은 답안의 방향성과 그 답안에 담길 내용을 미리 정해놓고 그것에 답할 것을 요구한다.

따라서 논술을 치르는 학생들이 이런 사실을 무시하고 자기 멋대로 답안을 작성하면, 결국 논점 이탈에 빠져 불합격하고 만다. 그런 점에서 볼 때, 대학의 논술 평가 척도이자 문제의 요구 사항을 담은 논제 분석은 **논술 합격을 위해 반드시 해결해야만 하는** 핵심 과제임을 이해할 수 있을 것이다. 이 점을 학생들은 반드시 명심해야 한다.

요건③
– 논제의 요구를 꽉 채운 답안

논술 답안을 올바르게, 정확히 작성하기 위해서는 일련의 분석 과정을 거쳐야 한다. 앞서 대입 논술은 문제와 제시문에 답안을 구성하는 준거를 담아 출제한다고 밝혔는데, 이것이 곧 출제 의도라고 말했다. 그렇기에 문제와 제시문을 읽고 출제 의도부터 찾아 밝히면 올바른 답안 작성을 위한 일련의 방법론을 생각해 낼 수 있고, 이후 이를 근거로 답안을 작성하면 그것이 곧 잘 쓴 논술 답안이자 합격 답안이 된다. 그 방법론이란 논술 문제 풀이를 위한 일련의 분석 과정을 두고 하는 말인데, 그 핵심 내용에 대해서는 이미 앞에서 자세히 설명했다.

그렇더라도 덧붙여 설명할 것이 있다. 먼저 **논제 분석은 문제, 즉 발문의 물음을 분석하여 이를 해제하는** 의미와도 같다. 따라서 문제 분석 및 논제 분석 과정의 결과물로써의 **'논제의 물음과 그 대답'을 깊고 충실히 생각하지 않은 채** 막연히 지레짐작하여 답안부터 작성하려 들다가는 크게 낭패를 볼 수 있다. 논제의 핵심과 방향성을 찾지 못한 채 서둘러 답부터 구하려는 이치와 같기 때문이다. 논제 분석은 곧 문제(발문의 물음)를 분석하는 것이며, 논제를 파악하는 것은 곧 문제가 묻는 핵심 내용이자 찾아 밝혀야 할 답안 내용의 파악이란 사실을 깨닫고, 반드시 분석된 논제의 결과물을 문제지의 어느 한 부분에 적어놓은 다음(그 이유는 논술 답안을 작성하는 동안 논제의 핵심 물음을 거듭 확인하기 위함이다), 그것에 맞춰서 답안을 풀어나가야 한다. 이것, 매우 중요하다.

앞서 말했듯이 '논제'는 논증에 의하여 그 진리성을 밝혀야 할 명제(즉, 주제 개념)를 명료하게 구분하고 규정하는 진술문으로 **'제시문을 관통하는 공통 주제+그 주제가 지향하는 쟁점(관점·논점)+논증 평가 항목별 지시 이행 사항을 담은 논증 지시어'**로 구성된다. 따라서 각각을 정확히 찾아 밝히지 않은 채 답을 구하는 것은 안개 속에서 미로를 헤매는 것과 다를 바 없다.

이와 함께 대입논술은 설명 글쓰기와 논증 글쓰기를 아우르는 형태의 글쓰기를 요구하고 있음을 인식하고, 그것에 맞게 답안을 작성해야 한다. 이를 위해서는 먼저 논술 문제 안에 들어있는

'조건-분석-서술'이라는 지시 이행 사항 가운데 **'전제 조건'에 해당하는 부분이 곧 논제에 대한 정확한 개념 이해를 토대로 그 핵심 내용을 객관적으로 명확히 설명하라는** 요구임을 깨달아야 한다. 그리고 그 전제 조건의 물음에 대해 이를 다양한 설명의 진술 방식을 사용하여 '확장된 정의'를 펼치는 등으로 **개념을 올바르게 규정해야** 함은 물론, 이후의 **'분석-서술'과 관련한 요구를 충족하는 논증 글쓰기로 연결시킬 수** 있어야 한다.

결국 논제의 요구를 꽉 채운 논술 답안은 **글의 전반부는 주제 및 관점에 대한 개념적 정의를 중심으로 기술한 설명글이, 후반부는 논제 서술 과제를 논리적·체계적인 방법으로 기술한 논증 글이 중심이 되어** 글 전체를 내용적으로나 형식적으로나 '수미일관'하는 모습을 보이게 된다. 논리적으로 잘 쓴 논술 답안은 이를 지칭한다.

06

요건④
– 논증 구성력이 돋보이는 답안

논술 합격 답안은 대학에서 요구하는 평가 기준, 즉 논제의 요구 사항을 충실하게 기술한 답안을 포함하되, 이에 더해 그 이상의 +∝가 담겨 있다. 그것이 무엇일까?

첫째, 앞서 설명했듯이, 대입논술 평가 기준에 맞추어 **문제의 질문(논제)을 충실하게 이행하면서** 작성한 답안이다. 대개 이런 답안은 개념(주제 개념)과 개념(하위 개념으로써의 관점·논점)이 서로 연계되면서 논리가 물 흐르듯 매끄럽게 이어지고, 개념어와 개념어를 중심으로 글 내용이 확장하면서 논증은 빈틈없이 채워진다.

실제, 논제의 요구에 부합하는 답안은 내용면에서나 형식면에서나 충실할 수밖에 없다. 글이 군더더기 없이 꽉 들어차 보임은 물론, 단락과 단락이 체계적이며 유기적으로 연결됨으로써 글 전체가 한눈에 읽힌다. 즉, 논제의 요구를 충실하게 이행해가며 기술한 답안만큼 확실한 합격 답안은 없다.

둘째, 논제에서 묻는 **핵심 논지가 빠짐없이 빼곡하게 들어있는** 경우로, 그것도 **적절한 용어와 어휘에 담겨 논리적·체계적으로 질서 있게 표현될 때**, 그 답안 역시 합격 답안으로 손색없다. 다시 말해, 핵심 개념어·주제어를 중심으로 글의 핵심 논지를 압축하여 서술하되, 여기에 더해 **그 논지를 뒷받침하는 '논거'를 충실하게 찾아 밝힌 답안**이 당연히 높은 평가를 받는다. 내용의 충실성이 이를 두고 하는 것으로, **탄탄한 논거 제시 능력이** 합격 답안을 가늠한다. 지금처럼 지문이 쉽고 짧아 이를 해석하는데 별 어려움이 없는 상황에서, 대학이 변별력을 높이는 수단으로 탄탄한 논거 제시 능력을 묻는 문제를 중점적으로 출제하는 것은 일견 당연하다.

물론 잘 쓴 논술 답안은 논리적인 추론을 통해 제시문에 담긴 함축과 숨은 전제의 의미를 잘 찾아내고, 이를 논제의 요구에 맞게 효과적으로 잘 조직할 수 있는 역량으로써의 **논증 (재)구성력**이 매우 뛰어난 그런 답안이다. 실제 이것만 제대로 이루어져도 잘 쓴 논술 답안으로 높은 평가를 받을 수 있는데, 문제는 이것이 생각만큼 쉽지 않다는 것이다.

셋째, 확실한 합격 답안에는 **독창성이 살짝** 묻어난다. 그 독창성이란 특출함에서 비롯되는 특별한 생각이 아니라, 논술 문제로 묻는 주제 개념을 연장하여 생각을 쥐어짜낸 결과물로서의 그 무엇일 뿐이다. 이를테면 논거의 진술을 보충하는 적절한 사례, 논증의 반박 가능성을 잠재우는 타당한 반론과 반례가 그것이다. 이렇게 놓고 볼 때, 대입논술에서 요구하는 독창성은 결국 **논거 제시 능력으로** 귀결된다(실제, 최상위권 대학의 합격을 가늠하는 가장 큰 잣대이자 관건이 바로 논거 제시 능력이다).

독창성과 관련해서 덧붙여 설명할 것이 있다. 현행 대입논술은 비록 문제와 제시문의 어디에도 밝히지는 않았지만, 그럼에도 논술 주제의 이면에 숨어 있는, 그리고 문제 전체를 관통하는 사상의 궁극적인 지향점으로서의 **근본 개념을 물음으로 하여 출제되는** 경우가 많다.

이는 최상위권 대학에서 인문학적 주제를 논제에 담아 출제하는 경우에 특히 그러하다. 만일 답안에 그 개념을 직접적으로 밝히거나 또는 그것을 설명하는 내용을 추가하면서 글 내용을 기술했을 경우, 출제자는 당연히 "아하! 이 학생이 내가 무엇을 묻는지를 알고 답하는구나!" 하면서 후한 점수를 줄 것임은 분명하다.

여기까지를 정리하면 이렇다. 잘 쓴 논술 답안, 특히 합격 답안에는 출제자가 흡족해 하는 그 무엇이 들어 있다. 그것은 다름 아닌 '출제 의도' 및 '평가 기준'과도 부합되는 그 무엇으로써의 플러스알파다. 그리고 그 플러스알파는 **'설득력 있는 타당한 논거'와 출제자가 당초 문제를 만들 때부터 생각해 둔 '근본 개념'이다.**

만약 학생 작성 답안이 논점을 이탈하지 않고 논증 또한 무리 없을 경우, 여기에 더해 앞서 말한 두 플러스알파 요건만 보태진다면, 논술 평가자는 "이 학생이 무엇을 알고 쓰는구나" 하면서 결코 이 학생을 놓치지 않는다. 설령 글이 어법에 맞지 않아 다소 투박하거나 논리적으로 조금 삐딱 빼딱거려도 높은 평가를 받는다. 그만큼 글의 충실성은 물론, 내용의 독창성을 인정하는 것이다. 물론, 이 부분이 논술을 공부하는 학생들에게는 가장 어려운 부분이겠지만, 그렇더라도 이를 항상 염두에 두고 치열하게 생각을 밀고 나가면서 공부해야 한다.

덧붙여 설명할 것이 있다. 지금처럼 논술 지문이 쉬워질수록 **논제 파악력**(즉, 논제가 요구하는 적절한 개념어를 지문에서 찾아내고 정의내릴 수 있는 능력), **지문 독해력**(즉, 지문에 담긴 핵심 논지를 끌어내 효과적으로 서술할 수 있는 능력), **논증 구성력**(즉, 논제의 요구 사항을 논증 형식을 따라 체계적으로 서술할 수 있는 능력)과 같은 내용적인 부분은 물론, 문장 표현력, 단락 구성력, 논리 연결 능력과 같은 형식적인 부분 등, 논술 시험 평가 항목의 전 영역에서 충실을 기할 수 있어야 출제자로부터 좋은 평가를 받을 수 있으며, 논술 전형을 뚫고 바라던 대학에 합격할 수 있다.

그에 따라 이를테면, 지문 독해력에 대한 변별력이 떨어지기에 여기에 더해 제시문 내용을 재구성하고 압축하여 자기 언어로 요약할 수 있는 능력이 보다 중요해졌다. 또한 논증 구성력에 대한 변별력이 낮아졌기에 여기에 더해 논거를 구체적이고 타당하며 설득력 있게 제시할 수 있는 능력까지 요구되고 있다. 이와 함께 예전에는 문제의 지시에 맞게 답안을 작성하기만 하면 됐지만, 이제는 이것만으로는 안 된다. 여기에 더해 답안의 논리적 연결 흐름을 따라 글의 전체 구성 및 구조를 일관되며, 체계적이며, 매끄럽게 전개하는 고도의 문장 표현력까지 필요해졌다.

따라서 이러한 대입논술의 변화 흐름에 맞추어 공부해야 할 필요성은 아무리 강조해도 지나침이 없다. 그리고 그 핵심은 아주 단순하다. 문제(정확히 말해 제시문)가 쉬울수록, 원칙대로, 곧이곧대로 공부해 나가야 한다. 논술 공부의 핵심인 '읽고, 생각하고, 쓰는' 연습을 꾸준히, 철저하게 공부해 나가야 한다. 특히 교과서에 담긴 핵심 주제어나 개념어는 빠짐없이 숙지하되, 대학 기출 문제를 통해 그것들이 어떻게 변형되고 응용되고 있는지를 살펴 확인하면서 공부해야 한다.

07

논술 합격 답안의 핵심 키워드
– '개념', '논증', '논거'

이제까지의 설명을 통해 논술 합격 답안을 가늠하는 핵심 키워드를 뽑아내면, **'개념', '논증', '논거'**라는 세 용어로 압축된다. 이제부터 논술 공부에서 이것들이 왜 중요하고, 논술 공부를 위해 이 셋의 무엇에 대해 이를 어떻게 이해하고 있어야 하는지에 대해 그 핵심만을 간략히 추려 살펴보자.

(1)개념_ 명확해야 한다

논술 문제의 올바른 풀이는 **정확한 논제 분석력에** 달렸다. 그 핵심은 문제를 읽고 그 안에 들어있는 '전제 조건-비교 분석-논제 서술'이라는 발문의 요구 항목을 따라 각각을 '개념 정의-관점 파악-논증 구성'이라는 논제를 이루는 구성 요소별로 대응해 가며 논증하는데 있다고 설명했다. 그중 가장 관건이 되는 것은 정확한 글 읽기를 통해 제시문 간의 연관관계를 파악한 후, 그 관계의 핵심을 이루는 글 내용을 논증 방법(추론 방식)을 따라 보다 효과적으로 요약하는 능력이다. 이는 서강대 논술 답안 채점 원칙의 하나로 제시된 '제시문 읽기를 통한 문제 발견 및 해석 능력', 중앙대 통합 논술 평가 목표의 하나인 '개별적인 지식보다는 지식 간의 관련성을 추론해 내는 능력'과 맥락을 같이 한다.

그렇다면 제시문 간 지식과 지식의 관련성을 추론해 내기 위한 일련의 사고의 틀, 바로 이것을 규정하는 그 무엇이 지문 안에 들어있다는 얘긴데, 그것이 뭘까? 그것은 주제 개념과 이를 확장한 **세부 개념을 담은 일련의 '개념어(키워드)'**다. 대입논술은 체계화된 지식의 결정체로서의 근본 개념과 핵심 이론을 공통 주제로 삼아 이를 논제로 엮어 출제하는 형식을 취한다. 따라서 논술자인 학생들은 논술 답안을 작성할 때 항상 논제에 담긴 핵심 개념을 정확히 이해하고 파악한 후, 이를 적절한 개념어로 규정하면서 글 내용을 축약할 수 있어야 하며, 그렇게 해서 그 개념의 집약이 논술 답안 도입부(서론)부터 확실하게 정리·서술되어 있어야 한다(앞서, 각 단락은 '명제'부터 분명히 기술되어야 한다고 거듭 강조했다). 즉, **논제(주제 및 관점)에 대해 이를 '정의'라는 설명의 진술 방식을 사용하여 답안 도입부에 압축적·체계적으로 요약·서술해 나가야** 한다.

이때, 논술 문제에 내포된 '전제 조건'과 '비교 분석'이라는 일련의 지시 사항이 곧 논제의 물음을 담은 제 개념을 규정하고 정의하라는(때로는 이를 답안에 기술하라는) 요구라고 보면 된다. 만약 작성한 답안에서 주제 개념에 대한 설명이 올바르게 정의되지 못했을 경우에는 그만큼 평가자로 하여금 개념 및 그것과 관련한 용어와 술어, 즉 개념어에 대한 근원적인 이해가 부족한 것으로 취급받고, 더 나아가 논제를 올바르게 파악하지 못한 것으로 평가받게 된다.

그렇기에 논술 문제 풀이의 핵심인 논제 분석에서 가장 중요한 것은, 논제에 담긴 핵심 개념이나 기본 이론, 중심 주제어에 대한 개념적 이해와 개념화의 능력, 그리고 그것들을 적절한 단어나 어휘로 기술할 수 있는 능력이다. 논제가 묻고자 하는 주요 개념이 무엇이며, 그 개념들이 어떤 의미로 사용되고 또 어떤 관점을 지향하고 있는지를 이해하여 이를 명확히 정의하는 과정은 제시문의 핵심 내용을 파악하기 위한 중요한 사전 작업이다.

개념(주제 개념과 세부 논점)을 잘못 이해한 상태에서 답안을 작성할 경우에는 논제의 물음과는 전혀 다른 내용을 담은 글로 치달을 수 있는데, 이것이 곧 '논점 이탈'이다. 따라서 개념에 대한 정확한 이해를 토대로, 출전한 각각의 제시문이 어떤 관점에서 어떠한 사실적 정보와 개별적인 견해를 담고 있는지를 분석하고 이해한 후 이를 바탕으로 글 내용의 핵심을 체계적으로 정리한다면, 제시문별 중심 내용을 보다 정확하고 구체적으로 파악할 수 있음은 물론, 논점 이탈도 피할 수 있다.

이처럼 논제의 개념 파악과 개념 정의가 잘못되면, 이후의 이어지는 논증 구성 역시 제대로 이뤄질 수 없음은 분명하며, 그것에 합당한 나쁜 결과로 귀착된다. 논제가 묻는 핵심 개념을 정확히 이해하고, 이를 **적합하고 적절한 단어로 명확히 표현하는** 연습의 중요성은 아무리 강조해도 지나침이 없다.

(2)논증_ 확실해야 한다

논증을 올바르게 이해하고 체계적으로 분석하는데 있어서의 관건이자 출발점은 글의 중심 생각, 즉 **논증을 이루는 '전제'와 '결론' 부분을 글(제시문)에서 여하히 잘 구분하고 또 이를 어떻게**

정확히 파악할 수 있느냐 하는 것이다. 제시된 어떤 한 지문 안의 주장과 근거는 그 지문에 실린 문장 전체의 결론과 전제에 해당하며, 지문 내에는 여러 개의 논증이 있을 수 있다. 즉, 복합 논증을 이룰 수 있는데, 이때 복합 논증 전체의 전제와 결론이 그 지문의 중심 주장과 뒷받침 근거가 된다. 다시 말해, **지문 안에서 중심이 되는 주장은 글 전체의 결론에 해당하며, 각각의 뒷받침 근거는 글 전체의 결론을 도출하는 전제가** 된다.

말했듯이, 하나의 논증에는 반드시 하나의 전제와 하나의 결론만 존재하는 것은 아니다. 여러 개의 전제가 있을 수 있으며, 전제와 결론의 순서가 뒤바뀔 수도 있다. 한 개 이상의 전제가 하나 이상의 문장에 있을 수 있으며, 하나의 문장에 여러 개의 논증이 있을 수도 있다. 그렇기에 특히 복합 논증의 경우에는 논증 간의 연관성을 고려하여 글 전체의 결론과 전제를 파악하고, 그것을 중심으로 논증을 구성해야 한다.

이런 이유로 논증 분석을 위해 반드시 단락별로 중심 글을 찾아가며 정리할 필요는 없다. 이를테면 글 전체를 이끄는 핵심 단락을 찾아낸 후 그 단락을 중심으로 논증을 파악할 필요 또한 있는데, 왜냐하면 글에 따라서는 주된 주장이 특정 단락에 집중되는 경우도 있기 때문이다. 이 경우 중심 주장 글을 포함한 주장과 전제 모두가 한 단락에서 밝혀질 수도 있다.

따라서 논술을 공부하는 학생들은 이를테면 단락별로 중심 주장 글을 찾은 후에 이것들을 연결하여 논증을 구성하면 된다는 식의 유형화한 학습을 맹신할 필요 없다. 글을 읽어 제시문의 논증 구조(주장과 근거, 결론과 전제의 글 묶음)를 올바르게 파악하기 위해서는 전체 주장이 집약되어 있는 중심 단락이 어디 있는지부터 찾을 수 있어야 한다. 만약 이것이 여의치 않을 경우에만 단락별로 글의 요지를 정리해 가면서 접근하는 것이 훨씬 효과적이다. 글의 내용과 구성이 천차만별이듯이, 글의 중심 생각을 담은 문장 또한 글쓴이 마음대로다. 게다가 글 안에 함축과 숨은 전제를 담고 있을 경우에는 이를 읽고 중심 생각을 정확히 찾아내기란 생각 밖으로 어렵다.

중요한 것은 글을 읽어 중심 생각을 수월하게 포착해 낼 수 있는 지적 역량이지, 어쭙잖게 분석 틀을 들이대며 생각 없이 글 내용을 파악하려 드는 나태한 태도가 아니다.

형식면에서의 논증 파악보다는 내용면에서의 논증 파악이 중요하단 얘기로, 이를 위해서는 지문 독해력을 통해 **전제로부터 결론으로 나아가는 논리를 일관되게** 유지하고, **그 연결 관계가 얼마만큼 타당하고 설득력이 있는가를** 스스로에게 끊임없이 되묻고 또 따져야 한다. 이때 논증의 일관성과 논리의 통일성을 유지하기 위해서는 제시문 내용을 해석하는데 필연적으로 개입할 수밖에 없는 자기주장을 철저히 객관화하여 논증 구조 안에 담아낼 수 있어야 한다.

결국 좋은 논증을 위해서는 자기주장을 여하히 설득 가능한 타당한 논리로 객관화시킬 것인가가 관건이 된다. 이를 치열하게 고민하며 확실한 논증을 이끌면서 답안을 서술할 때, 그것이 곧 잘 쓴 논술 답안으로 인정받는다.

(3)논거_ 타당하고, 충실하며, 설득력 높고, 독창적이어야 한다

좋은 논증은 자기주장을 뒷받침하는 논거의 일관성 여부에 크게 좌우된다. 이는 자기주장이 그 뒷받침 논거와 밀접하게 관련을 맺되, 내용면에서 일관되어야 한다는 뜻이다. 만약 자기주장과 그 뒷받침 논거가 내용면에서 적합하지 못하거나 논리면에서 일관성이 떨어지면, 그 논증은 결코 좋은 평가를 기대하기 어렵다. 이런 이유로 적절하고 적합한 논거 제시 능력이 잘 쓴 논술 답안을 위해 반드시 필요한 요건임을 깨닫고, 논거 제시 능력을 높이기 위해 힘써야 한다. 그래야만 자기주장이 논리적으로 타당하고 충실하며 설득력 있다는 긍정적인 반응, 다시 말해 좋은 논증이라는 평가를 받을 수 있다.

이것이 무얼 의미하는가 하면, 논지와 논거, 자기주장과 **이를 뒷받침하는 근거(논거)의 일관성만 제대로 유지한다면**, 전제의 수용 가능성과 결론 연관성, 전제의 충분함 등 좋은 논증을 위한 형식적 조건은 자연스럽게 충족된다는 뜻이다. 논술 불합격의 가장 큰 이유는 바로 논증의 일관성 부족에서 비롯된다. 즉, 논리와 논증의 일관성이 떨어지기에 논점을 이탈하고, 논리의 비약으로 치달으며, 또한 논리의 허결함을 보이는 것이지, 다른 이유 때문이 아니다.

물론, 논리의 허결함은 논거를 올바르게 제시하지 못하여 내용면에서 빈약함을 드러낸 때문이기도 하다. 이는 자기주장과 무관한 논거를 제시하거나, 자기주장을 제시하지 않은 채 단순히 제시문 내용을 그대로 따와 나열하는 나태한 서술태도에서 비롯된다. "주장만 있고, 논거는 없다"라는 식의 논리성 부족을 나타내는 표현 역시 논리의 일관성·통일성이 결여된 때문으로 보면 틀림없다.

대입논술에서 묻고 따져가며 찾아 밝혀야 할 전제는 전통 논리학에서 강조하는 형식면에서의 참·거짓 여부에 구애됨이 없이, 오직 **내용면에서의 논리적인 타당성만을** 문제 삼는다. 왜냐하면, 대입논술에서 논증해야 할 것들은 지금 우리 사회가 당면하고 있는 제 담론(이야기 주제, 즉 논제)과 문제의식, 그리고 쟁점 사항을 명제(즉, 출제자가 내세우고자 하는 주장이자, 논술로 출제되는 논제의 핵심 개념이 곧 명제라고 보면 된다)로 구성한 것이기에 당연히 참된 진실을 지향한다. 따라서 논증할 내용의 핵심 근거인 전제만 적절하고 타당하다면 결코 잘못된 결론이 도출될 수 없다. 단지 결론의 방향성을 달리할 뿐이다(이를테면, '묻지 마' 살인은 생득적인 이유에서 비롯된 것인가, 아니면 환경의 영향을 받은 때문인가, 등등). 즉, 주장의 정답은 없으며, 오직 논거에 의거하여 그 정당성 또는 진위 여부를 따질 뿐이다.

다시 말해, 논제의 물음에 대한 대답의 거의 전부를 구성하는 논증의 근거(논거)는 교과 과정에서 중요하게 다루는 개념·이론과 관련한 핵심 쟁점에 대해 논박한다. 이때 논거는 그 쟁점의 참·거짓 여부를 다투기보다는, 그것이 주장과 어떤 식으로 관계를 맺어 타당한 설득력을 갖는가를 논리적으로 묻고 따질 뿐이다. 그렇기에 논거의 진위 여부에 대한 시시비비는 적어도 대입논술에 있어서는 관심 밖이며, 해당 사항 없다. 오직 논리만 맞으면, 다시 말해 논증의 설득력만 확보되면, 그것이 곧 참이자 타당한 근거가 된다. 논리의 일관성과 설득력과 타당성만 담보되면, 논증은 그것으로 충분하다.

이런 이유로 논술자의 **어떠한 편견과 선입견도 제시된 논거에 개입해서는 안 되며**, 오직 논제가 요구하는 바에 따라 타당하고 충실하며 합리적인 논거를 제시할 수 있어야 한다. 논증은 객관적이어야 한다는 주장이 바로 이 뜻이다. 설령 소수의 의견이거나, 여론의 거센 비난을 받고 있는 의견이라고 해서 타당하고 적절한 논거를 제시하지 않고 무조건 반대하려 들거나 또는 이와 대립하는 의견을 생각 없이 지지하는 식의 개념 없는 논리 전개로는 결코 옳은 논증, 잘된 논증을 이끌 수 없다.

지금까지의 논의의 핵심을 정리하면 다음과 같다. 대입논술에 합격하기 위해서는 먼저 **'개념 이해' 역량부터 키우고, 이것을 바탕으로 '논증 분석' 능력을 높이고, 여기에 더해 논증의 확실성을 담보하는 탄탄한 '논거 제시' 능력을 길러야** 한다. 이를 위해서는 논술 문제 풀이와 논술 답안 작성의 핵심 키워드인 '개념-논증-논거'에 대한 정확한 이해를 바탕으로, 각각의 내용의 핵심을 체계적으로 학습하면서 논술 실력을 높여나가야 한다.

다음 [사례1]의 문제는 논제 분석에서 '개념 이해', '논점 파악', '논거 제시' 능력이 얼마만큼 중요한지를 일깨운다. 그리고 어떤 방식으로 논증을 구성하면서 답안을 서술해야 하는지를 잘 보여준다. 아래의 필자 예시 답안은 제시문에서 논증을 구성하는 부분(주장-근거-해설)을 정확히 찾아낸 후, 적절한 언어로 재구성해 가면서 서술한 것이다. 그렇게 해서 논술 답안에서 주장과 근거(결론과 전제)에 해당하는 부분은 제시문에서 필요한 부분만을 정확히 추출하여 이를 압축하·서술하는 한편, 또 다른 전제인 뒷받침 설명이자 정당한 근거에 해당하는 부분은 제시문 내용을 풀어가며 재해석하되 여기에 필자의 생각을 보태가며 서술했다. 이를 아래의 필자 예시 답안을 통해 확인할 수 있을 것이다. 그리고 그 과정에서 이제까지의 설명의 핵심을 단박에 파악하고 또 이해할 수 있을 것이다.

참고로 이 문제는 제시문 (다)의 요건(합리성의 종류)과 (라)의 글 내용 가운데 어느 일부를 선택한 요건에 맞는 뒷받침 근거로 적절히 그리고 타당하게 내세우면서 서술하느냐에 따라 얼마든지 논증 구성을 달리할 수 있다. 연세대 논술문제의 가장 큰 특징이 바로 이것으로, 결론(행위자 의사 결정과 합리성 간의 정합성)이 중요한 게 아니라, 그 결론을 도출하기까지의 과정에 대한 타당한 근거 제시가 중요하단 말뜻의 의미가 이것이다.

[사례1] 제시문 (라)에 등장하는 행위자는 크게 나누어 국가와 항공사들이다. 국가와 항공사들의 의사결정이 **각각** 제시문 (다)에서 소개한 네 가지 종류의 합리성 중에서 어느 것에 가장 가까운지를 <u>**밝히고**</u> 그 <u>이유를</u> <u>**설명**</u>하시오. (연세대 2017 사회 편입 문제2-1)

(다) 합리적 행위라 함은 행위자가 자신의 목적을 달성하기 위하여 여러 가능한 수단 중에서 최선의 것을 택하는 것이다. 우리는 행위자가 처해있는 상황에 따라서 다음과 같이 네 종류의 합리성을 구분할 수 있다. 우선 **극대화**(optimizing) **합리성**과 **자기만족**(satisfying) **합리성**으로 나누어 볼 수 있다. 예를 들어, '1보다 큰 가장 작은 실수를 찾아내라'와 같은, 정답이 존재하지 않는 문제를 풀려고 하는 경우를 생각해 보자. 만약에 이 문제의 답에서 1을 뺀 값을 구하고, 1을 이 값으로 나눈 액수만큼 상금이 걸려있다고 한다면, 대부분의 행위자들은 고민 끝에 상금을 극대화하는 선택을 포기하고, 어느 정도 본인이 만족하는 선에서 숫자를 그려 적어낼 것이다.

극대화 합리성은 다시 **모수적**(parametric) **합리성**과 **전략적**(strategic) **합리성**으로 나눌 수 있다. <u>전략적 합리성이란 타인의 행위가 본인에게도 영향을 미치는 경우에 해당하는</u> 합리성이다. 이 경우에는 타인의 결정을 고려해야만 합리적인 의사결정이 가능하다…① 예를 들어, 추석 귀향 때 어느 길을 택해야 가장 빨리 갈 수 있는가는 다른 사람들이 어느 길을 선택하는가에 달려 있다. 반면 <u>본인에게 주어진 환경이 타인의 결정에 따라 변하지 않고, 주어진 것으로 인식하는</u> 모수적 합리성의 경우에는 다시 **불확실성 상황**(uncertainty-related)과 **위험**(risk-related) **상황**으로 나누어볼 수 있다. <u>위험과 관련된 합리성의 경우에는 행위자가 (주관적으로라도) 가능한 여러 상황에 대한 확률을 계산할 수 있고</u>…② <u>확률을 전혀 예측할 수 없는 경우에는 불확실성과 관련된 합리성이 작동된다</u>…③ 아래의 표는 위에서 설명한 네 가지 종류의 합리성을 요약하고 있다.

optimizing			satisfying
parametric		strategic	
uncertainty-related	risk-related		

(라) 2010년 4월 14일 세계 항공사들은 일대 혼란을 겪었다. 아이슬란드 아이야프야플라예르쿠돌 화산폭발로 분출한 화산재로 승객들의 안전이 심각하게 우려되어 유럽을 지나가는 항공기의 운항이 취소되었다. 이에 따라 상당히 많은 여행객들이 관광지에 갇히게 되거나 버스를 타고 이동하였다. 화산재는 지하의 뜨거운 마그마가 화산폭발로 분출되면서 뿜는 암석 부스러기 중 하나이다. 화산재가 항공기에 치명적인 이유는 화산재에 포함된 규소라는 성분이 항공기 엔진에 들어가면 엔진을 멈추게 할 수 있기 때문이다. 유리의 원료가 되는 규소는 1,100도씨가 넘는 온도에서 녹고 비행기 엔진은 이보다 더 뜨거운 1,400의 온도에서 가동된다. 뜨거운 열에 녹은 규소는 엔진 구석구석에 들어가 엔진 작동을 마비시킬 가능성이 있다…@

하지만 중요한 것은 마비시킬 '가능성'이라는 것이다. 실제로는 화산재 때문에 추락할 비행기는 거의 없다. 정확한 위험은 화산재의 밀도, 항공기의 고도나 속도, 엔진 디자인, 레이더 성능, 그리고 비행 기술 등이 포함된 복잡한 방정식에 의해 결정된다. 이에 따른 정확한 위험확률을 계산하는 것은 거의 불가능에 가깝다…ⓑ 위험에 대한 확정적인 과학적 증거가 없는 상황에서 화산폭발 이후 유럽 국가들은 사전 예방 원칙에 입각해서 비행을 금지시켰다…ⓒ

한 컨설팅 회사에 따르면 비행금지가 3일간 지속될 경우 항공 산업은 최대 10억 달러의 손실을 볼 것으로 예상했다. 항공사들은 '비과학적' 사전예방 결정을 철회하도록 정부에 압력을 넣었고, 일부 항공사들도 4월 17일부터 직접 테스트 비행을 함으로써 과학적으로 문제가 없음을 증명하려고 하였다. 하지만, 여전히 기상학자들은 바람의 속도나 방향 등 기상상황에 따른 불확실성이 남아있기 때문에 조심해야 한다고 경고했다…ⓑⓒ 4월 18일부터 독일 등 일부 국가에서는 부분적으로 항공 운항이 재개되었으며, 영국에서는 4월 20일 운항이 허가되었다…ⓒ

(라)의 국가의 의사 결정은 두 경우로 나누어 설명할 수 있다. 먼저, 항공기 운항 금지 결정은 (다)의 **'극대화 합리성'**의 하위 개념인 **'모수적 합리성'**, 그 가운데 **'위험 상황'**에 따른 것이라 할 수 있다…**(주장: 제시문 다)** 이는 본인에게 주어진 있는 그대로의 현실을 인식하고는, 발생 가능한 여러 위험 상황에 대해 비록 주관적이지

만 나름의 확률을 계산하여 내린 결정이라 할 수 있다…**(근거: 제시문 다의 ②)** 즉, 국가는 화산재에 포함된 규소라는 성분이 항공기 엔진에 들어갈 경우, 엔진 작동을 마비시킬 가능성을 전혀 배제할 수는 없다는 나름의 분석적 판단 하에, 위험에 대한 확정적인 과학적 근거가 없는 상황임에도 불구하고 항공기 운항 금지를 결정한 것이다…**(해설: 제시문 라의 ⓐ)**

다음으로 (다)의 항공기 운항 재개 결정은 '**극대화 합리성**'의 하위 개념인 '**전략적 합리성**'에 따른 것으로 볼 수 있다…**(주장: 제시문 다)** 이는 타인의 행위가 본인에게도 영향을 미치는 경우에 해당하는 합리성으로, 타인의 결정을 고려해야만 합리적인 의사결정이 가능하다…**(근거: 제시문 다의 ①)** 즉, 국가는 위험에 대한 확정적인 과학적 증거가 있고 없음을 떠나, 항공사의 압력이나 기상학자의 견해를 고려하여 항공 운항을 금지하거나 운항 재개를 결정하려 들며, 그것이 합리적인 의사 결정이라고 받아들인 것이다…**(해설: 제시문 라의 ⓒ)**

한편, 항공사의 의사 결정은 (다)의 '**극대화 합리성**'의 하위 개념인 '**모수적 합리성**', 그 가운데 '**불확실성 상황**'에 가깝다…**(근거: 제시문 다)** 이는 자기의 이익(손실)을 최대화(최소화)하는 방향으로 의사 결정을 고려하되, 자신에게 주어진 환경이 타인의 결정에 따라 변하지 않고, 주어진 그대로 인식하는 행위라고 할 수 있다. 이 때 행위자는 위험 확률을 전혀 예측할 수 없는 경우이기에, 불확실성과 관련된 합리성이 작동된다…**(근거: 제시문 다의 ③)** 이를 반영하듯, 의사 결정의 주체인 항공사는 비행 금지로 인한 손실을 최소화하기 위해 정부에 압력을 넣고, 직접 테스트 비행을 함으로써 과학적으로 문제가 없음을 집요하게 증명하였다. 이는 위험 확률을 과학적으로 전혀 예측할 수 없는 상황에 대해 이를 불확실성과 관련한 합리성으로 뒤바꿔가며 자기에게 유리한 방향으로 상황을 전개한 결과이다. 그 결과, 일부 항공사는 마침내 정부로부터 항공 운항 재개를 승인받는데 성공했다…**(해설: 제시문 라의 ⓑ)**

PART 7

논증 강화와 논거 확장

방법①
– 개념화를 통해 논증을 확실하게 끌고 나간다

(1)개념어는 논증을 끌고 나가는 힘_ 개념화의 중요성

논술자가 논증을 확실히 내세울 수 있다는 것은 곧 논술 답안을 내용면에서나 형식면에서나 어디 하나 흠잡을 데 없이 서술할 수 있음을 뜻한다. 그 논술 답안은 그만큼 완결적인 의미를 갖는다. 그렇다면 글을 끝까지 끌고 나갈 수 있는 힘은 어디에서 나오는 걸까? 물론 이는 논리적·비판적 사고력에 기반한 독해·요약 능력과 체계적인 논증 능력에 따른 것이겠지만, 그렇더라도 직접 글을 작성하는데 있어서는 무언가의 '꺼리'가 있어야 할 게 아닌가? 그것 없이 무작정 답안을 끌고 나갈 수는 없다. 만약 그럴 경우, 그 글은 그만큼 공허해진다.

그 '꺼리'가 바로 **'개념'**이다. '개념'은 어떤 생각을 담은 의미소(素)다. 그 생각이란 구체적인 대상들의 공통점과 유사성을 추려낸, 즉 대상의 공통된 요소를 추상화하여 이를 종합하고 일반화한 것이다. 따라서 개념은 구체성과 추상성 둘 다 지닌다. 그리고 그것이 단어의 의미를 가질 때, 이것이 곧 개념어다.

무릇 단어와 단어는 서로 관계를 맺고 흐름을 이루면서 비로소 글로써의 의미를 갖게 되는데, 논술문이 지향하는 논증글은 그 의미의 명료성에 더해 사상적인 내용까지 포괄할 수 있어야 한다. 그렇기에 논술문에는 반드시 추리와 논증이 가능한 사유 형식의 표상으로써의 일련의 개념어가 개입할 수밖에 없으며, 그 개념어를 통해 세계(사물·현상·대상·사건)를 보다 명확히 인식하고 논의를 좀 더 깊게 밀고 나가려고 노력할 때 논증은 힘을 얻는다.

이런 이유로 논증은 곧 개념과 개념의 연결을 통한 사고의 확장을 이끌고, 개념어와 개념어의 연계를 통한 논리적인 인과관계를 구조화하는 일련의 사고의 틀이라 할 수 있다. 즉, 논증은 개념어를 사용해서 구현되는 논리적인 추론의 결과물로, 올바른 개념 인식 없이 잘된 논증은 펼쳐지기 어렵고, 적절한 개념어 없이 적확한 논증 글쓰기란 불가능하다.

이것을 확인하는 것은 어렵지 않다. 문제를 풀기 위해서는 문제가 질문하는 바를 논제의 서술 형식으로 전환해야 한다. 논제는 논증에 의하여 그 진리성을 밝혀야 할 명제(즉, 주제 개념)를 명료하게 구분하고 규정하는 진술문으로, 논술은 논제를 통해 구현된다. 논제를 문제의 질문에 맞게 재구성하면, **'제시문을 관통하는 공통 주제+그 주제가 지향하는 하위 개념을 규정하는 쟁점(관점·논점)+논증 평가 항목별 핵심 해결 과제를 담은 논증 지시어'**로 정리된다. 따라서 문제와 제시문을 통해 논제의 물음은 제대로 찾아 밝혀야만 한다. 만약 그렇지 못하고 답부터 구하려 드는 것은 마치 안개 속에서 미로를 헤매는 것과 다를 바 없다. 온전한 답을 찾을 수 없다는 얘기다.

이때, 제시문을 읽고 공통 주제와 관점을 담은 적절한 개념어가 생각나지 않는다면, 논술자는 이를 찾아 밝힐 수 있도록 필사적으로 노력을 기울여야 한다. 먼저 주제 개념(핵심어)을 찾아 논제가 묻는 핵심 개념을 파악하고 규정하면서 논의해야 할 논제의 명료성을 확보한 후, 이어서 그 논의를 보다 심층적으로 밀고 나가면서 논제가 제기하는 근본적인 전제나 쟁점, 화제, 문제점을 전부 끄집어낸다. 그리고 그것들을 선별하여 제시문의 중심 생각이자 논증의 핵심 내용을 구성하는 하위 개념인 소주제를 찾아 밝힌다. 이것이 바로 '관점'이다.

관점은 **논제가 갖는 추상성을 구체화하여 논증을 분명히 하고 논의의 중심 사상을 집약하는 논술 문제 풀이에서 가장 중요한 역할을 담당하는 작은 주제**이다. 그렇기에 관점은 논제에 담긴 주제 개념의 본질적인 이해를 위한 근본 쟁점이자 논의의 요점, 즉 세부 논점이라 할 수 있다. 그리고 그 쟁점·논점은 접근 방법이나 지시 대상, 인식 주체별로 서로 대립하는 관점을 갖는 것이 일반적이다.

이 주제와 관련한 핵심 개념 및 관점을 담은 세부 개념을 적절한 용어로 연결하면서 논증을 이어나가면, 그것이 곧 잘 쓴 논술 답안이 된다. 현행 대입논술은 문제를 풀기 쉽게 발문의 물음을 구조화하여 출제한다. 따라서 문제와 제시문을 읽어 **'주제 개념'과 '관점을 담은 세부 개념'을 논리에 맞게 긴밀히 연결**하고, 이것을 다시 제시문의 핵심 내용을 중심으로 논증 형식을 따라 체계적으로 기술하면, 그것이 그대로 논술 답안이 된다. 따라서 논술 문제 풀이의 포인트는 제시문에 들어있는 공통 주제와 관점(쟁점·논점)을 여하히 적절한 용어 또는 문구로 서술할 수 있는가에 달렸음을 알 수 있다. 그리고 각각의 개념(어)의 연장선상에서 적절하고 타당한 논거를 이어붙이면, 한편의 잘 쓴 논술 답안은 완결된다.

따라서 이렇게 생각하면 된다. 논제의 물음을 정확히 해결하기 위해서는 먼저 **문제의 질문을 논제의 요구와 지시에 맞게 풀어 서술**하는 과정부터 실행해야 한다(이것이 곧 **'논제 분석'**이다). 이를 위해 논제가 묻는 제 개념(즉, 공통 주제와 관점을 담은 하위 개념)을 제시문을 읽고 찾아낼 수 있도록 최대한 노력을 기울인다. 이 과정을 잘 해결한 후, 이어서 제시문별 중심 내용을 각각의 개념어에 맞추어 타당하고 적절한 방식으로 논증해 나간다. 이후 그 개념(어)들의 종차와 의미 관계를 따라 개별 특성과 세부 내용을 설명하면서 논거를 확장해 나간다. 이로써 전체 문장은 개념어와 개념어, 단락과 단락으로 긴밀히 연결되면서 보다 체계적으로 기술된다.

그것이 곧 잘 쓴 논술 답안, 잘된 논술문으로, 결국 논술 답안의 출발점은 적절한 개념어의 선택과 정확한 언어 구사에 달렸음을 알 수 있다. 거듭 강조하지만, 논제를 구성하는 적절한 개념어(서술을 포함한다) 없이는 논증을 끌고 나가는 힘도, 논거를 확장하는 역량도 결코 발현될 수 없다. 더불어 글의 구성도, 체계도 두서없는 방향으로 흐른다.

다음 [사례1]은 개념화의 중요성을 보여준다. 앞서 말했듯이, '개념화'란 인간이 경험하는 대상과 사건을 추상화하여 언어적 개념으로 바꾸는 과정으로, 개념화의 능력이란 지식과 정보의 의미 구조를 구체화하고 체계화하여 생각하는 능력이라 할 수 있다. 개념화의 능력은 **지식을 체계화하고 생각을 구조화하는데** 그만큼 절대적이다.

[사례1]은 문제에서 '평판'이라는 형이상학적 주제를 제시하면서, 이것이 각각의 제시문에서 어떠한 관점을 드러내는지를 찾아 적절한 개념어로 밝히고, 이어서 그 관점에 의거하여 관련 제시문 간의 논지 차이를 구체적으로 밝히라는 요구를 담고 있다. 따라서 이 문제 해결의 관건은 출전한 핵심 개념어를 활용하여 사고를 **확장하면서** 의미 있는 진술을 도출해 내는데 있음을 간파할 수 있을 것이다. 사례 글의 밑줄 친 부분이 그것이다.

[사례1] ⓐ평판에 관한 (1)의 관점에서 ⓑ(2)와 (3)을 **비교,분석**하고, ⓒ이에 대한 <u>자신의 **생각**을 **논술**</u>하시오.
(고려대 2013 인문B 수시 문제1의 복합 논제의 논제1 부분, 900±50자 중 450자 내외)
→ 논제1: 평판(공통 주제)의 순기능과 역기능의 관점에서(관점, ⓐ), (2)와 (3)의 논지 차이를 밝혀 비교 서술하라(논제 서술 유형, ⓑ)

(1)에 따르면, 사람들은 좋은 **평판**을 얻기 위해 치열하게 노력하고 경쟁하며, 그 과정에서 평판은 사회적 의미와 가치를 갖는다. 하지만 평판이 그 실재를 그대로 반영하는 것은 아니며, 따라서 평판의 신뢰도 문제는 갈수록 중요하게 대두된다…ⓐ
(1)의 관점에서 볼 때 (2), (3)은 다음과 같은 차이가 있다. (2)는 평판은 **거래를 통해 확대 재생산**된다고 하여

긍정적인 기능을 강조하는 반면, (3)은 평판의 **사실적 신뢰도를 문제시**하여 **부정적인 측면**을 역설한다. (2)에 따르면, 사람들이 기꺼이 남을 위해 선행하고 협력하는 이유는 평판이 가져올 미래의 혜택 때문이다. 즉, 사람들은 간접 상호주의적인 협력이 가져올 효과를 기대하여 기꺼이 비용을 들여가며 좋은 평판을 구매하려 든다. 한편 (3)에 따르면, 평판은 간접적인 것들에 의해서도 영향을 받을 수 있기에, 평판과 사실 사이에는 일정한 괴리가 존재할 수 있다. 즉, 평판이 부정확한 사실이나 소문에 의해 형성될 경우, 평판의 사실적 신뢰도는 크게 떨어질 수 있다…ⓑ … **[필자 예시 답안]**

(2)개념이 올바르게 정의되고 서술되어야 하는 이유_ 유개념과 종차

이제 우리는 개념(어)가 논증을 끌고 나가는 힘이자, 논술 문제 풀이의 열쇠임을 알았다. 논술 답안을 작성할 때 논술자인 학생들은 항상 논제가 제시하는 주된 용어(개념어), 이를 테면 주제어에 담긴 개념의 의미를 올바르게 파악하고 정의내린 후, 개념화한 글 내용의 핵심을 자기 언어로 정확히 표현할 수 있어야 한다. 논제를 정확히 분석하고 제시문을 올바르게 해석하기 위해서는 '주제 개념'과 '관점(논·쟁점)'을 개념화·범주화하여 유용하게 활용할 수 있어야하기 때문으로 그것의 집약이 **논술 답안의 도입부(서론)부터 확실하게 정리되어 명확히 드러나야** 한다.

다시 말해, 논술 문제의 해답을 효과적으로 드러내기 위한 가장 손쉬운 방법의 하나가 바로 **'개념 정의'**, 곧 개념을 명확히 규정하는 것이다. 논제에서 다루는 근본 개념을 올바르게 정의내리지 못할 경우, 이후의 작성 답안은 방향을 잃고 그야말로 엉망으로 치닫고 만다는 사실을 학생들은 반드시 염두에 두어야 한다.

개념을 정확히 규정하는 것은 곧 개념을 구성하는 두 가지 중요한 측면인 개념의 '내포(內包)'와 '외연(外延)'을 명확히 하는 것이다. 개념은 대상(논제의 지시어, 즉 주제어)의 고유한 속성을 반영하는 동시에 이러한 특유의 속성을 가지고 있는 대상도 반영하게 된다. 이때 개념이 반영하고 있는 **대상의 특유한 내용·속성·성질·특성을 개념의 '내포'라고** 하고, 그 개념이 반영하고 있는 **대상의 집합 또는 범위를 개념의 '외연'이라고** 한다. 예를 들어 채소라는 개념의 외연은 배추, 무, 양파 등 모든 개별적인 채소를 말하며, 내포는 '식용하기 위해 밭에서 기른 농작물'이라는 채소가 갖는 특성을 말한다.

개념의 내포와 외연은 상호 긴밀히 연관되어 있으며, 또한 서로를 제약한다. 개념의 내포가 확정되어 있다면, 일정 조건 하에서 개념의 외연도 잇달아 확정되며, 그 반대의 경우에도 마찬가지다. 그렇더라도 개념의 내포와 외연은 고정 불변한 것은 아니다. 대상이 변화·발전함에 따라 그것을 인식하는 사람들 역시 사고의 전환과 인식의 발전을 가져오고, 그에 상응하여 개념의 내포와 외연도 끊임없이 변화하게 된다. 개념의 맥락적인 이해와 개념화한 인식이 중요한 이유가 이 때문으로, 외연과 내포 관계를 명확히 구별하여 생각하지 않으면 판단을 내리는 과정에서 혼란과 오류를 겪게 된다. 모든 개념은 내포와 외연의 확정을 통해 구체화되고 명료하게 인식되기 때문이다.

이런 이유로 논술 답안 작성 시에는 개념의 외연과 내포를 명확히 해야 한다. 개념의 외연과 내포 관계를 명확히 해야 개념은 분명하게 규정되고 정의되며, 대상에 대한 올바른 판단과 논리적인 추론은 가능해진다. 개념의 외연과 내포, 즉 개념이 지칭하는 대상(주제어)과 그것의 내용적인 의미(그 주제어가 갖는 의미)를 확정하고 일치시키는 것을 **'개념규정'** 또는 **'개념화(개념 범주화)'**라고 하는데, 이것이 잘못될 경우 논술 답안의 내용적 의미와 형식적 구성 간의 오류가 일어난다.

개념은 또한 **'한정'과 '개괄'을 통해** 구체화되고, 확장된다. 개념의 한정이란 개념의 의의를 좁히기 위해 속성을 부가하는 작업, 즉 내포를 크게 하고 외연을 좁히는 논리적인 설명방법을 말한다. 개념의 개괄이란 개념의 내포를 감소시켜 개념의 외연을 확대하는, 다시 말해 외연이 좁은 개념으로부터 외연이 넓은 개념으로, 종개념으로부터 유개념으로 이행하는 설명 방식을 말한다(그런데, 논술은 개념 이해를 통해 논증을 구체화하는 것이기에, 개념의 개괄은 유개념과 종개념, 상위 개념과 하위 개념 간의 개념 규정을 명확히 구분지어 가며 생각하는 그 무엇으로 보면 된다).

개념의 한정은 개념의 외연(주제, 논제)을 일정한 범위 내로 규정함으로써 논증할 내용을 보다 명확히 밝히고, 그렇게 해서 논술에서 묻는 **'분석적 이해'라는 평가 항목에** 조응한다. 개념의 개괄은 문제에 대한 인식의 폭을 넓힘으로써 논증을 확장하는데, 그렇게 해서 논술에서 묻는 **'비판적 평가', '창의적 적용'이라는 평가 항목에** 조응한다.

어느 것이든, 개념을 혼동한다면 사고 과정에서 필연적으로 오류가 일어날 수밖에 없다. 따라서 개념을 정확히 정의하고 올바르게 규정해야 하며, 이를 위해서는 특정 개념을 규정할 때 동원되는 용어(개념어·주제어)의 의미를 좀 더 분명히 파악해야 한다. **무엇이 상위 개념이고 또 무엇이 하위 개념인지, 어떤 개념이 유개념이고 또 어떤 개념이 종개념인지를** 구분하고, 같은 층위에 있는 개념 간에는 어떤 속성 차이가 있는지를 파악하면, 보다 정확히(한) 개념(어)을 구사할 수 있다. 예를 들어, 1인 가족이나 비혼 가족을 가족 개념에 포함시킬 때, 이를 포괄하는 보편적 가족 개념을 어떻게 설명해야 타당한지를 따져 보거나(상위 개념과 하위 개념 간의 관련성을 갖는가?), 가정과 가구는 가족 개념과 어떠한 차이(유개념인가?, 종개념인가?)가 있는지를 살피면, 가족 개념의 의미는 좀 더 명확히 드러난다.

이는 논술 문제 풀이에서 대단히 중요하다. 만약 개념을 범주를 따라 올바르게 분류하지 않는다거나, 이를 알아보기 쉽게 구분하여 개념화하지 못할 경우, 논제가 다루는 상위개념과 하위의 세부 개념인 관점·쟁점(논점) 간의 논리적인 인과관계는 깨어지고, 급기야 논증 구조까지 흐트러뜨리면서, 전체적으로 답안이 뒤죽박죽되는 양상으로 치닫는다.

'범주의 오류'는 논술 답안에서 가장 빈번하게 일어나는 오류이기에 특별히 신경 써야 한다. 즉, '개념 범주화의 오류'는 논리적으로 다른 범주에 속하는 개념어를 같은 범주에 속하는 것으로 생각하여 발생하는 오류인데, 이를테면 상위 개념과 하위 개념을 뒤섞어 사용함으로써 발생하는 의미의 혼동이 그것이다.

개념을 파악하는데 있어 주의해야 할 또 한 가지는 같은 대상이라 하더라도 그 개념을 '정의'하는 수준과 내용이 글쓴이의 의도나 독자의 수준에 따라 달라질 수 있다는 것이다. 정의는 사물이나 대상을 가리키는 개념의 의미를 밝히는 방법이지, 사물이나 대상의 본질을 밝히는 데 있지 않기 때문이다. 다시 말해, 사물이나 대상이 지니고 있는 고정불변의 절대적인 속성(즉, 사실이나 가치)을 밝히는 것이 아니라, 용어나 개념이 자신의 의도대로 적당하게 사용될 수 있도록 그 뜻을 규정하는 것이 곧 '정의'라는 설명의 진술 목적이다.

따라서 제시문을 읽고 논제에 담긴 개념을 파악할 때는 앞서 설명한 것처럼 개념의 맥락적인 이해를 통해 그것이 지시하는 의미를 **객관적인 시각에서 파악할 수** 있어야 한다. 답안 작성을 위해 개념을 새롭게 정의하면서 글 내용을 기술할 때 역시 그 안에 들어있는 용어와 진술의 의미 하나하나를 꼼꼼히 생각하고 또 객관적으로 판단한 후, 문제에서 제시한 상황이나 조건에 맞게 기술해야 한다.

읽기도, 이해하기도 힘든 설명을 여기까지 장황하게 끌고 온 이유는 분명하다. 특히 연세대·고려대 인문 논술 문제처럼 형이상학적인 주제를 논제에 담아 세부 논점을 파고들어가며 세밀하게 논증할 것을 요구하는 경우, 자칫 개념 규정이 잘못될 경우 개념의 혼동을 가져와 글의 체계가 잡히지 않고 두서없는 방향으로 흐를 수 있음은 물론, 자칫 개념 범주의 오류를 범함으로써 논리를 뒤죽박죽으로 만들거나 주객전도식의 논증으로 치닫게 만든다. 아래 사례는 그것을 보여주는데, 이는 매우 중요하기에 좀 더 자세히 설명할 필요가 있다.

[사례2] ⓑ제시문 〈가〉, 〈다〉 각각의 입장에 근거하여 ⓐ제시문 〈라〉의 실험 결과를 **해석**하고, ⓒ이에 대한 자신의 **견해를 쓰시오** (연세대 2011 인문 수시 2번 문제의 학생 부족 답안과 필자 예시 답안)

사람은 일상 속에서 무의식적으로 **죽음**에 대해 생각하곤 한다. 그러나 각자가 처한 상황이 '배설'과 관련되어 있을 경우에는 이야기가 달라진다. 제시문〈라〉의 두 실험에 따르면 인간은 배설과 관련된 상황에서는 죽음에 대한 연상이 제한된다고 한다. 배설과 관련된 단어를 떠올리게 하거나 화장실과 가까운 곳에 있던 실험 대상자가 화장실과 멀리 있던 집단에 비해서 죽음에 관한 생각을 덜 한다는 것이다. 이러한 관점에서 볼 때 **배설**이 죽음에 관한 연상을 억제한다는 사실을 알 수 있다.

이는 제시문〈가〉와 〈다〉에 따라 다르게 해석된다. 우선 제시문〈가〉는 **죽음**에 대해 생각할 수 있는 능력이 **인간의 고유한 특수성**이라고 한다. 이는 합리적이고 이성적인 판단 능력에 기인한 것으로 볼 수 있다. 그런데 배설 행위는 동물이 지닌 본능적 욕구에 불과한 것이다. 그렇기 때문에 이러한 1차적 욕구가 죽음에 대한 사고 판단을 억제한다는 것이다.

반면에 죽음을 부정적으로 보는 제시문〈다〉에 따르면 **배설물** 자체에 대한 생각이 **죽음에 대한 연상을 억제**한다고 한다. 〈다〉에서는 죽음을 부패하는 것으로 보고 더럽고 기피해야 하는 존재로 인식한다. 배설물 또한 마찬가지로 사람들에게는 회피의 대상이고 혐오의 대상으로 여겨진다. 따라서 이러한 인식이 죽음에 대한 연상을 억제한다고 볼 수 있다. 이러한 다양한 해석 가운데 죽음에 대한 연상을 억제한다는 결과에 타당한 해석은 제시문〈나〉이다. … **[학생 작성 답안으로 부족 답안]**

실험1에 의하면, '배설물'과 관련한 표현을 떠올린 피험자 집단보다 '친구'와 관련한 표현을 떠올린 집단이 죽음과 연관된 단어를 더 많이 완성시켰다. 또한, 실험2에 의하면, 방금 화장실에서 나온 피험자 집단보다 화장실에서 멀리 떨어진 복도를 지나가는 피험자 집단이 죽음과 관련된 단어를 더 많이 완성시켰다…ⓐ

(가)에 따르면, 인간은 죽음을 자신의 고유한 삶을 넘어서는 어떤 관념으로 생각하는 특수성이 있는데, 이는 오직 인간만이 지닌 이성의 힘에 따른 때문이다. 그 결과 인간은 합리적인 생각과 판단과 선택을 내리게 되며, 결코 감정에 휘둘리지 않고 **이성적 판단에 따라 행동**한다. 이 같은 관점에서 볼 때에는 사건을 사건 그대로, 사물을 사물 그대로 인식하고 받아들이려는 경향이 강하다. 즉, 배설물과 관련한 표현을 떠올렸든 그렇지 않든, 방금 화장실에서 나왔든 그렇지 않든, 죽음과 관련한 완성된 단어 수는 같거나 엇비슷해야 한다는 것이다. 따라서 (가)의 관점을 따를 경우 실험1, 2의 결과에는 인간의 합리성에 어떠한 오류가 발생하고 있음을 보여준다.

(다)는 그 이유를 설명한다. (다)에 의하면, 죽음을 느닷없이 다가오는 공포로 여기고, 죽음에 대한 생각 자체를 기피하고 배척하려 든다. 그만큼 죽음을 부정적이고 배타적으로 보고 있는데, 이는 인간의 합리성에 '제한'이 가해진 결과이기도 하다. 즉, 인간은 자신의 마음속에 모순된 생각들이 대립을 일으킬 때, 이로 인한

심리적 고통을 모면하기 위해 긍정적인 이미지를 부정하는 정보들을 무시하고, 거부하며 최소화하려는 '인지부조화' 현상을 보인다. 또한 자신에게 불리한 것은 잊고 유리한 기억만 떠올리려는 선택적 회피 현상 때문이기도 한데, 그렇기에 배설물에 대한 나쁜 이미지로 인해 죽음이라는 단어를 애써 외면하고 회피하려 드는 것이다. 따라서 실험1, 2는 배설물, 화장실이라는 부정적 이미지를 애써 거부하며 최소화하려는 **인지부조화 현상이 선택적 회피라는 의도적 태도로 나타난 데 따른 결과임**을 보여 준다. 그 결과 죽음과 관련된 단어를 떠올리기를 적극적으로 외면하는 선택 집단이 그렇지 않은 집단과 뚜렷한 차이를 보이고 있음을 알 수 있다…ⓑ

이처럼 인간의 선택과 판단은 때론 **제한된 합리성에 따른 편향적인 가치관**을 나타내는데, 이는 인간이 이성적이고 합리적인 존재라는 기존의 철학적 전제와 전통적인 인간관과는 차이를 보인다. 즉, 우리는 믿고 싶은 것만을 받아들이려는 성향을 보이는데, 그 결과 이런 저런 핑계를 통해 자신을 합리화함으로써 우리의 합리적인 행동을 방해한다. 따라서 자신과 다른 사람의 '선택' 그리고 선택과 관련한 사회 현상을 실제적인 인간의 심리에 근거하여 이해하는 열린 자세가 필요하다…ⓒ … **[필자 예시 답안]**

[사례2]는 논제 파악(개념 이해 및 관점 파악)이 얼마나 중요한지를 보여주는 예시이자, 개념을 잘못 파악하고 규정했을 경우에 초래할 수 있는 개념 범주화의 오류를 보여준다. 지문(가), (다)는 인간의 '선택과 판단'에 대한 관점의 차이를 설명하고 있는데, 만약 제시문을 읽고 근대 주체 철학의 기본 관념인 **인간 이성의 '합리성'**과 최근 행동경제학·인지심리학적 관점에서 부각되고 있는 **인간 행동의 '제한적 합리성'**에 대한 개념을 떠올리기만 했더라도, 위의 학생 답안처럼 잘못 서술되지는 않았을 것이다.

학생 답안에서의 제시문 각각의 핵심 논지는 다음과 같은데, 실제 아래 내용만을 갖고서도 얼마든지 효과적으로 답안을 작성할 수 있었을 것이다. 참고로 [사례2]의 주제인 '인간 행위의 동기', '인간의 본성'과 관련한 내용은 대입논술에서 가장 빈번하게 출제되고 있는 주제이자 핵심 개념이기도 하다.

- (가)_ 인간의 이성은 합리적인 판단을 지향하기에, 죽음과 배설물과 같은 부정적인 이미지 역시 있는 그대로 받아들인다.
- (다)_ 인간은 때때로 자신에게 불리한 것은 잊고 유리한 기억만 떠올리려는 인지부조화 성향을 보인다.
- 실험 결과_ (다)처럼 인간의 선택과 판단은 때론 제한된 합리성에 따른 편향적인 가치관을 나타낸다. 즉,

학생 답안이 어느 정도로 문제가 있는지를 살피는 것은 그다지 어렵지 않다. 위 학생은 다음과 같은 삼단논법식으로 제시문(가), (다)의 논지와 논거를 제시했는데, 논리 전개상의 형식적 오류는 그렇다 치더라도 이것을 읽어 전제에서 결론으로 이어지는 논리의 설득력과 타당성을 한번쯤이나마 점검하기만 했더라도 무엇이 잘못되었는지를 미루어 짐작할 수 있었을 것이다. 앞서, 논리적 사고가 뒷받침되지 않는 어쭙지않은 삼단논법식의 사고가 논증을 망친다고 한 말이, 이것을 두고 하는 얘기다.

- 대전제_ 인간이 죽음에 대해 생각하는 능력은 인간 고유의 합리적이고 이성적인 판단 능력이다.
- 소전제_ 인간의 배설 행위는 (이러한 인간 고유의 특성이 아닌) 동물이 지닌 본능적 욕구이다.
- 결론_ (가)따라서 배설이라는 1차적 욕구는 죽음에 대한 사고 판단을 억제한다…죽음을 긍정적으로 본다.
  (다)따라서 배설물 자체에 대한 생각이 죽음에 대한 연상을 억제한다…죽음을 부정적으로 본다.

이보다 더 심각한 문제는 논술을 공부하는 많은 학생들이 개념을 규정하는데 있어서의 기준이 되는 **'피정의항—유개념—종차' 관계를 명확히 구분하여 파악하지 못하면서** 일어나는 '범주화의 오류'를 일으키고, 그에 따른 의미의 혼동과 논리의 오류를 적지 않게 범하고 있다는 사실이다. 여기서 '피정의항'은 정의할 용어이며, '유개념'은 범주와 부류, '종차'는 개별적 특성을 일컫는다. 이를테면 문학을 예로 들 경우, '낭만주의(개념의 피정의항)-예술사조(유개념)-환상·상상·감상을 중요시 한다(종차)'가 쌍을 이루면서 개념은 정의된다.

이것을 위 사례에 적용할 경우, 논제가 묻는 개념과 그것의 궁극적인 지향점은 '인간 행위의 특성(개념의 피정의항)-인간 이성의 합리성 vs. 제한적 합리성(유개념)-생각과 행동이 일치한다 vs. 인지부조화와 선택적 회피 현상이 나타난다(개념의 종차)'로 정리된다. 따라서 이러한 흐름과 논리 체계에 맞추어 제시문의 중심 내용을 논증하고 적절한 뒷받침 논거를 제시하면 된다. 이때 '죽음에 대한 인식'과 '배설 행위'는 **개념의 종차를 뒷받침하는 사례로 제시된** 것이다. 따라서 이것을 주된 개념인 양하여 답안을 서술하면 논증이 온전히 구성될 리 없으며, 논리 역시 뒤죽박죽 엉망으로 흐르고 만다.

이제, 학생 답안의 무엇이 잘못됐는지를 이해할 수 있을 것이다. 이런 식으로 어설프게 논증을 구성하고 논의를 전개해 나갈 경우에는 그 내용의 충실함도, 설득력도, 타당성도 기대하기 어려울 뿐 아니라, 전제에서 결론으로 나아가기까지의 논리의 연결 흐름 또한 깨지고 만다. 학생이 구성한 삼단논법의 사고가 이치에 닿지 않는 어설픈 논리로 치닫는 이유가 이 때문이다. 이렇듯 위 학생 답안은 개념을 올바르게 파악하지 못하고, 개념을 올바르게 분류·비교·분석하지 못하면서 '개념 범주의 오류'를 범한 전형적인 사례이다. 그 결과 학생 답안에 담긴 논리는 저마다 제각각 따로 놀고, 대상과 개념의 연결 관계가 일치하지 않는다. 이런 유형의 글은 많은 경우 인과적 설명(위장 논증)으로 치달을 뿐 아니라, 전제에서 결론으로 올바로 나아가지 못하고 중언부언하다가 끝을 맺는 경우가 일반적이다.

이는 아래의 논제의 진술을 통해서도 확인된다. 이를 통해 알 수 있듯이, 위 학생 답안은 논술 문제 풀이의 핵심 과제이자 관건인 논제조차 제대로 파악하지 못한 채 그저 답안을 채우기에 급급한 것으로 밖에는 달리 해석되지 않는다. 결국 논제 분석은 논술 주제를 담은 핵심 개념에 대한 올바른 이해, 그리고 그 개념을 적절한 언어로 명확히 정의내리면서 체계적으로 서술할 수 있는 능력에 전적으로 기댄다고 해도 과언은 아닐 것이다.

- 주제_ 인간 행위의 근원적 특성
- 관점(논점)_ 합리성 추구 vs. 제한적 합리성
- 논증 평가 항목별 논제 서술 유형_ 해석하고, 자기주장을 담아 설명하라(복합 논증)
- 논제_ 인간 행위 특성의 다양한 관점에서 실험 결과가 의미하는 바를 해석하되, 그에 대한 근거를 자기주장으로 밝혀라.

거듭 강조하지만, 개념은 올바르고 정확하게 규정되어야 하며, 적절하고 타당하게 서술되어야 한다. 개념을 정확히 이해하고, 이를 적합한 단어로 명확히 표현하는 연습의 중요성은 아무리 강조해도 부족하다. 이때 대상을 반영하고 있는 제 개념의 내포(즉, 사물의 특유한 속성으로서의 종차)를 밝히는 논리적인 방법이 곧 개념 정의를 통한 논거의 확장으로, 논제에 담긴 각각의 개념이 '피정의항(주제 개념 및 관점을 담은 하위 개념)-유개념(외연에 따라 구분되는 세부 개념, 즉 논점)-종차(내포에 대한 명확한 규정)'라는 일련의 개념 정의 기준에 맞춰서 순차적으로, 그리고 병렬적으로 서술할 때, 논거는 충실하고, 타당하며, 일관되고, 설득력을 갖춘다. 그렇게 작성한 답안이 곧 잘 쓴 논술 답안이다. 이해하기 어렵겠지만, 중요하다.

⑶개념의 확장이 곧 논증 능력이다

개념을 올바르게 정의하고 그것에 담긴 용어의 의미를 명확히 밝혀가며 글 내용을 기술하기 위해 논술자는 비교, 분류, 분석이라는 다양한 설명의 방법을 동원한다. 논제가 묻는 개념의 의미에 대해 명확히 정의내리고, 그것이 지시하는 내용을 분류·비교·분석의 방법을 써서 알기 쉽게 풀어내거나 자세히 서술하는 **설명적 글쓰기**가 그것이다.

다시 말해, 개념을 규정하고 설명하는 '정의항(즉, 유개념과 종차)'이 사전적인 해석만으로는 충분하게 그 의미를 담아내지 못할 경우, 제시문 내용을 예시하고, 비교·대조하고, 분류·구분하고, 분석하는 설명의 진술 방식을 구사하면서 개념을 확장할 수 있다. 그 과정에서 개념(과, 개념의 피정의항으로서의 개념어)은 설명 부족에서 오는 글 내용의 모호함을 보완해 나간다.

따라서 한 편의 잘 쓴 논술 답안을 작성하기 위해서는 먼저 **논제에 담긴 개념부터 올바르게 '정의'하는** 한편, 이후 비교·분류·분석이라는 설명글의 진술 방식(글의 내용면에서의 전개 방법)을 적절히 사용하여 그 개념에 담긴 용어의 의미를 명확히 서술해야 한다. 이는 이후의 이어지는 제시문별 논점과 논지를 파악하는데 있어서의 올바른 방향성을 제시함으로써, 잘된 논증을 위한 논술문 작성의 질적 수준을 향상한다.

논술 문제에 담긴 '조건-분석-서술'이라는 지시 이행 사항 가운데 **'전제조건'에 해당하는 부분이 곧 논제에 대한 정확한 개념 이해를 토대로, 그 핵심 내용(즉, 주제 개념)을 그 누구도 부정할 수 없을 정도로 객관적으로 설명하고 적절한 개념어로 찾아 밝히라는** 요구인 점에 주목할 필요가 있다. 그렇게 해서 각각의 설명의 진술 방법을 살펴 개념을 올바르게 정의하고, 이것을 이후의 '분석-서술'에 해당하는 논증 글쓰기로 연결할 수 있어야 한다.

이때 '분석'에 해당하는 부분은 추상적인 주제 개념을 구체적인 논증으로 끌고 가는 세부 개념으로서의 관점·쟁점·논점을 담은 적절한 개념어(설명적인 술어를 포함한다)를 찾아 밝히는 것이다. 그리고 '서술'에 해당하는 부분은 각각의 관점에 맞추어 논제 서술 과제(예를 들어, '비교하라', '비판하라' 등등)를 이행하라는 의미에서의 논증의 구체적인 진술이다.

결국 '분석'은 주제 개념을 세부 개념인 관점으로 외연을 확장하는(즉 상위 개념에서 하위 개념으로, 유개념에서 종개념으로 개념 인식의 층위를 넓히는) 과정이며, '서술'은 그렇게 해서 확장된 개념의 외연을 그 개념에 내재한 특유한 내용·속성·성질·특성으로서의 '내포'에 맞게 명확히 하고 구체화하는 과정이라고 보면 된다.

그렇게 해서 '조건-분석-서술'로 이어지는 문제의 질문은 '(주제)개념-(세부)관점-(개념과 관점의 상세로써의) 논증'이라는 논제의 구성 요소를 담은 질문의 대답으로 전환되는데, 이때 개념 이해 및 개념 정의와 관련한 제 문제가 해결된 이후에는 논제의 논증 과정만 남는다. 물론 논증 과정에는 논의의 말단적인 요소이자 문제 해결 과제인 '논증 평가 항목별 해결과제를 담은 논증 지시어'에 맞게 기술하는 구체적인 진술이 포함된다.

이 논증을 구성하는 부분이 바로 개념 확장을 통한 글 내용의 논리적 서술인데, 이때 살펴야 하는 것이 바로 글쓰기의 방법이다. 논술은 논증을 담은 비판적 글쓰기와, 그 논증에 대한 개념적 이해를 돕고 논증의 정당한 이유이자 타당한 근거를 보충하는 설명적 글쓰기를 아우르는 형태의 글쓰기다. 즉, 어떤 주장을 제기하고(이때, 그 주장에 대한 사실적 근거를 개념 정의하는 기술 방식으로써의 설명적 글쓰기가 동원된다) 왜 그 주장이 정당한가에 대해 논증하거나(이때 논증을 구성하고 논박하는 비판적 글쓰기가 실행된다), 또는 사회적인 제 현상에 대해 이를 어떻게 해석하고 설명하고 예측할 것인가를 논의하는(이때 그 논증의 연장으로서의 논거의 충실성을 기하는 설명적 글쓰기의 방법이 다시 동원된다) 글쓰기라 할 수 있다.

따라서 대입논술은 창작적 글쓰기(창의적 글쓰기가 아니다)를 제외한 설명적 글쓰기와 비판적 글쓰기로 문제의 요구와 지시, 특히 논제 평가 항목별 해결 과제를 담은 논증 지시어의 구체적인 진술을 이끌어낼 수 있어야 한다. 다시 말해, 논증할 내용을 '요약하라', '설명하라', '비교하라', '비판하라' 등의 논제 서술 과제의 진술 방식(논증 지시어)에 맞게 **두 종류의 글쓰기 방법을 적절하면서도 효과적으로 통합하는 방식으로 논술 답안을 작성해야** 한다.

학생들이 논술에서 맞닥뜨리게 되는 제시문 역시 **설명과 논증을 담은 글 묶음으로**(엄밀히 말하면 설명을 담은 글과 논증을 구성하는 글을 말한다), 지문을 읽어 각각의 글 묶음을 구분하고 또 이를 여하히 잘 찾아낼 수 있어야만 글 내용을 올바로 이해한 것이자, 내용면에서의 논리 구조를 정확히 파악한 것이라 할 수 있다. '설명과 논증'에 대한 부분은 이미 앞에서 자세히 언급했으니, 이를 되짚어 살피면서 거듭 확인하기 바란다.

방법②
– 논거를 구체화하면서 논지와 논점을 강화한다

(1)논거의 진술 방식을 고민하면서 써라

　논제 분석을 통해 문제 해결의 가닥을 잡은 후, 분석된 논제의 물음에 맞게 논의를 펼치면서 머릿속 생각을 체계화할 때, 논증은 자연스럽게 구체화되고 또 체계적으로 구현된다. 이를 위해 먼저, 논의되는 각각의 단계에서 논술자인 학생들은 논의의 핵심을 이루는 명제, 즉 주제 개념을 주의 깊게 살피면서 또 다른 차원의 다음 명제(즉, 소주제적 관점)를 이끌어낸다. 이어서 그 명제가 의미하는바(논증의 핵심 내용)를 제시문에서 찾아 충실하고 타당한 논거로 발전시켜 나가면, 이로써 논술 답안은 완결된다.

　앞서, 논증 파악 및 논증 구성을 위해 가장 중요한 것은 주제 및 관점에 대한 개념 이해와 개념 규정 그리고 어휘의 적확한 구사라고 말했다. 이는 다음 사항을 충족하는 선제적인 의미를 갖기 때문이다. 즉, 논제의 개념화 과정을 잘 끝마쳤다는 것은 곧 논제의 물음에 답할 내용의 전체상(전체 구조)을 파악했다는 의미이며, 그에 따라 중심 주제(핵심 개념)와 그것을 뒷받침하는 소주제(세부 개념, 즉 관점)를 적절한 용어로 명확히 설정할 수 있음을 뜻한다. 그리고 논제의 물음에 맞게 소주제별로 단락을 구성하고, 각각의 단락은 전체 글의 한 부분으로 긴밀하면서도 유기적으로 결합되어 하나의 완결적인 답안을 완성할 수 있음을 의미한다.

　한마디로 답안 **개요 짜기를 위한 얼개를 갖추었다는** 뜻이다. 글의 개요는 글 전체의 구성을 나타내는 뼈대이자 설계도로, 자신이 작성한 답안의 '스토리보드'라고 보면 된다. 개요 짜기는 글 전체를 통일되고 일관되게 유지토록 함으로써, 글 내용이 뒤죽박죽되지 않도록 막는다.

　그런 다음, 문제와 제시문을 살펴가며 파악한 논제의 물음에 대한 대답과 직접적으로 관계하는 핵심 개념어('개념적 서술'을 포함한다)를 중심으로 답안을 작성한다. 이때 하나의 소주제(이는 관점·쟁점을 의미한다)를 담은 개념어를 중심으로 하나의 단락을 구성하거나, 또는 하나의 소주제(이

때는 관점의 지향점으로서의 세부 논점 또는 논지를 의미한다)를 하나의 단락별로 나열하면서 글 내용을 기술한다. 그것이 곧 개요 짜기라고 보면 된다.

따라서 문제와 제시문을 읽고 먼저 논제의 물음부터 분석한 후, 논제의 물음을 담은 진술문(주제 개념을 담은 명제)을 확정하고, 그 내용의 핵심을 이루는 관점 또는 세부 논점을 담은 용어까지 찾아 밝히면, 이로써 답안 작성을 위한 기초 골격은 세워진 셈이다. 이때 단락의 핵심 내용을 포괄하는 의미 단위인 개념어의 내용적인 층위가 불투명하거나, 개념적인 범주가 명확하지 않을 경우에는, 글 전체의 내용은 물론 논증 구조의 형식마저도 엉망이 된다고 거듭 강조했다.

논제를 따라 개념을 확정하고 논의의 방향을 잡은 이후부터는, 그 골격에 맞추어 논증을 확장해 나가면서 답안을 서술하는 과정이 남았다. 하지만 문제는 이것이 생각만큼 쉽지 않다는 것이다. 게다가 최상위권 대학에서 요구하는 '1000자 논술 답안'은 내용을 충실하게 채워 넣지 않으면 답안 길이가 짧아져 글의 형식적인 면까지도 망칠 수 있는데, 이는 평소 글쓰기에 서투른 학생들의 입장에서 여간 곤혹스런 일이 아닐 수 없다.

논증을 확장(확정)해 나가는 과정은 곧 논점(및 논지) 하나하나를 충실하게 발전시켜, 주장을 뒷받침하는 타당한 근거로 채택하는 단계로 넘어가는 과정을 의미한다. 이때 처음 할일은 선택된 논점(관점·쟁점)을 완전한 명제, 즉 적절한 개념어로 완성하는 것이라고 말했다. 그 다음 단계는 이를 바탕으로 논증의 도달점이자 종결의 의미로써 주장(결론)을 확정하는 것으로, 이 역시 개념의 연장선상에서 주장을 펼쳐야 함은 지극히 당연하다.

그 다음 단계는 그 주장을 뒷받침할 수 있는 논거를 마련하는 것인데, 그 논거는 논술 평가자를 설득하기 위해 필요한 근거나 자료이어야만 한다. 마지막 단계는 주장을 믿을만한 것으로 만들어 주는 원인으로서의 정보나 증거, 자료를 담은 '근거', 그 근거로부터 주장으로 나아가는 '정당하고 충분한 이유' 그리고 그것을 다시 지지해 주는 '뒷받침 설명'(물론 필요한 경우에 한해서다)을 **전부 논거로 채택하여**, 이를 중심 주장과 연결 지어 완결된 논증으로 만들어나가면 된다.

위 단계를 밟아 개별 논거들을 구체화하여 주장과의 관련성을 발전시켜 나가는 과정을 통해 논증은 확장되고 논리는 완결된다. 이때 논증의 전 과정에서 중요한 것은, 논증을 구성하는 모든 진술은 그 누구도 부정할 수 없을 정도로 **'객관적'으로 간추려 정리되어야한다는** 사실이다. 만약 그렇지 않을 경우 논증은 그만큼 설득력을 잃고 만다.

무척 중요하기에 이제까지의 논의의 핵심을 거듭 정리하면 이렇다. 논술의 핵심은 **'논증을 구체화'하는** 것으로, 이는 궁극적으로 **'논거의 확장'을 통해** 구현된다. 논거의 확장은 전제에서 결론으로 나아가는 과정을 빈틈없이 채워나가는 과정에서 논증이 내용적으로 **타당함과 설득력**을 얻었음을 의미하며, 또한 글의 논리와 논증 체계가 **논리적인 서술**을 따라 제자리를 잡았음을 의미한다.

논리의 서술(즉, 논술)은 연역·귀납 추론과 유추, 변증법적 논리와 같은 **논증의 여러 추론 방법**과 정의·비교·분류 등 **설명의 다양한 진술 방식**을 포괄한다. 이때 제시문을 읽고 그 핵심 내용(즉, 독해와 요약, 개념 규정)을 간추릴 때에는 설명글, 즉 설명의 진술 방식으로 글 내용을 기술하면 된다. 그리고 그 설명글로 작성한 글 내용을 논제의 물음에 맞게 논증할 때는, 논증 방법(추론 방식)을 따르되, 이때 역시 설명의 다양한 진술 방식을 섞어가며 뒷받침글로 서술함으로써 논거의 확장을 꾀하게 된다. 그렇기에 논리적인 서술을 위해서는 설명의 방법과 논증의 방법을 아우르면서 글을 써야 하며, 그 과정에서 논거는 확장되고 논증은 구체화된다.

따라서 이제부터는 논증을 구체적으로, 그리고 객관적으로 확장해 나갈 수 있도록 글의 '**진술 방식**'을 진지하게 고민해야 한다. 글(과 논리)의 진술(전개) 방식은 우리가 대상을 느끼고 이해하고 판단하는 사고 과정과 긴밀하게 관련된다. 적절한 글의 진술 방식을 선택한다는 것은 곧 글을 통해 타인과 효과적으로 의사소통하기 위한 글쓰기 전략을 곧추세우는 과정이기도 하다.

논증의 확장에는 논거를 상세하면서 논지를 강화해 나가는 방법과 설명의 방법을 강화하면서 논거를 구체화하는 방법이 동원된다. 어느 것이든, 논증을 보다 잘 뒷받침할 수 있도록 **논거를 충실하고 타당하며 설득력 있게 확장하기 위한** 노력을 필요로 한다. 이런 노력만으로도 '1000자 논술' 답안은 내용적으로도, 형식적으로도 알차게 채워질 수 있다.

논거를 확장하는 각각의 진술 방식을 간략히 설명하면 다음과 같다. 그 구체적인 사례에 대해서는 대학에서 제시한 예시 답안을 갖고 이를 직접 찾아 살피면서 확인하기 바란다. 또 학생 스스로 직접 논술 답안을 작성하면서 공부하기 바란다. 그러는 동안 논증을 강화하고 논거를 확장하는 능력으로서의 논술 실력은 시나브로 향상될 것이며, 실제 '첨삭'과 관련한 많은 것들을 스스로 해결할 수 있을 것이다. 이때 앞에서 설명한 '설명과 논증', '논증 분석' 등 논술문 작성과 관련한 논술 기초 지식을 거듭 살펴가면서 공부한다면, 학습 효과를 더욱 높일 수 있을 것이다.

(2)'사실'로써의 논거 확장_ 예시

논술 답안을 작성할 때 **참신하고 적절한 사례를 근거로 들면서 자신의 주장을 뒷받침하는 것은** 논증의 신뢰성을 확보하는 중요한 방법이자, 논거의 확실성과 충실성 그리고 설득력을 높이는

데 더할 나위 없이 뛰어난 문장 기술 방식이다. 그렇더라도 문맥과 상황에 맞게 적절한 예시를 들어가며 논증을 펼쳐야 한다. 논술에서는 무엇보다 객관적 타당성과 논리적 인과성을 중시하기 때문이다.

이런 이유로 비유나 은유, 상징은 가급적 사용하지 않는 게 좋으며, 특히 자신의 교양이나 지식을 내세울 목적으로 불필요하거나 부적절한 인용을 끌어들여서는 안 된다. 어디까지나 자신의 주장을 구체적으로 전달하고, 논증할 내용을 보다 쉽게 이해하게 만드는 범위 내에서의 적절한 사례 제시에 국한되어야 한다. 너무 뻔하고 진부한 사례를 들거나 인용을 하는 것도 바람직하지 않은데, 이는 자칫 가점보다는 감점 요인으로 작용할 수 있다.

다음 [사례3]은 이를 잘 보여준다. [사례3]은 앞 [사례2] 문제에 대한 한 학생의 작성 답안이다. 이 역시 제시문을 생략하고 작성 답안의 일부만을 옮긴 것이기에 선뜻 이해하기 어렵겠지만, 그렇더라도 이어지는 설명을 통해 필자가 강조하려는 바를 포착할 수 있을 것이다.

[사례3] [사례2] 문제에 대한 한 학생의 작성 답안

… (중략) … 그러므로 우리는 **'하이데거의 실존주의'를 따라 살아야** 한다. 하이데거는 구체적인 삶 속에서 자기 스스로 살아가야 한다고 주장했다. 우리는 죽음의 두려움을 극복 하기위해 신이라는 형이상학적인 존재에 매달린다. 하지만 죽음을 애써 망각한 채 매달려도 죽음이 없어질 수 는 없다. 때문에 우리는 죽음을 인지한 채로 살아가야 한다. 물론 인간이 살아가면서 혼자 이겨내기에는 벅차고 힘든 상황을 마주 칠 수도 있고 초월적인 믿음이 마음을 편안하게 해줄 수는 있다. 하지만 이러한 의존적인 믿음은 상황을 본질적으로 극복해 나가지 못하고 망각하는 것일 뿐이다. 그러므로 인간은 현실을 직시하여 문제를 극복해야 한다… **[학생 작성 답안 가운데 부족 답안]**

… 이처럼 인간의 선택과 판단은 때론 제한된 합리성에 따른 편향적인 가치관을 나타내는데, 이는 인간이 이성적이고 합리적인 존재라는 기존의 철학적 전제와 전통적인 인간관과는 차이를 보인다. 즉, 우리는 믿고 싶은 것만을 받아들이려는 성향을 보이는데, 그 결과 이런 저런 핑계를 통해 자신을 합리화함으로써 우리의 합리적인 행동을 방해한다. 따라서 자신과 다른 사람의 '선택' 그리고 선택과 관련한 사회 현상을 실제적인 인간의 심리에 근거하여 이해하는 열린 자세가 필요하다… **[필자 예시 답안]**

[사례3]은 근대 주체 철학의 기본 관념인 '인간 이성의 합리성'과 최근 행동경제학·인지심리학

적 관점에서 부각되고 있는 '인간의 제한적 합리성' 간의 관계 설정을 묻는 문제다. 위 학생은 논의의 초점을 '인간 행동이 왜, 무슨 이유로 비합리성을 보이고 있는가'에 대한 인식론적 관점에 초점을 맞추기보다는 '죽음을 통한 인간의 실존적 고찰'이라는 존재론적 물음으로 치닫고 말았다. 그리고 그에 대한 답을 하이데거의 실존 철학에서 구하고 있다.

하지만 위 학생 답안의 밑줄 친 부분을 통해 알 수 있듯이 도무지 무슨 뜻인지 모를 정도로 중언부언, 횡설수설하고 있다. 이는 이어서 쓴 필자 예시 답안을 통해 확인할 수 있을 것이다. 위 학생은 논제와는 동 떨어진 주장을 펼치고, 더군다나 논지와는 관계없는 부적절한 예시를 들어가며 어려운 철학적 주장을 펼침으로써, 애매모호한 논리로 일관하고 있음은 물론, 논리의 정합성마저도 깨뜨리고 말았다.

소주제를 뒷받침하는 논거는 '사실 논거'와 '의견 논거'로 구분된다. '사실로써의 논거'는 다시 '증명'과 '증거'로 구분된다. 증명은 소주제 글에 담긴 견해를 객관적 사실의 원리에 따라 논리적으로 해명하는 것이며, 증거는 실제적 목격에 의거하는 방법이다. 증명이 됐든 증거가 됐든, 증명을 동원하든 증거를 내세우든, **'예시'의 방법을 사용해서 논거의 확장을 꾀한다는** 점에서는 마찬가지다.

즉, 제시문 내용과 관련한 구체적인 사례와 증거를 찾아 주장의 타당성을 입증하기 위해서는 실증·예증·반증 등을 담은 다양한 사실 논거 제시 방법이 동원된다. '실증'은 확실한 증거와 정확한 데이터를 제시하는 방법이며, '예증'은 어떤 사실에 대해 실례를 들어 제시하는 방법이다. '반증'은 어떤 주장에 대하여 그것을 부정하는 증거 또는 어떤 사실에 반대되는 증거를 제시함으로써 자신의 주장을 입증하는 것을 말한다. 어느 것이든, 구체적인 보기나 이유를 들어 **세부 사실과 특수성을 강조한다는** 점에서 공통적이다.

사실 논거의 확장에서 중요한 추가적인 사항은 **'반증 가능성**(반론의 설득 가능성)'을 잠재우는 것이다. '1000자 논술 답안'을 요구하는 종합 평가형(이를테면, 문제에서 '비교하고, 비판하라' 또는 '비교하고, 설명한 후, 평가하라'는 식의 논증 지시어가 제시된 경우)의 문제는 복합적인 논증 구조로 답안을 작성할 것을 요구하는 경우가 많다. 둘 이상의 자료를 주고서 다수의 논지와 논거를 결합하여 (예상되는 반론을 재반박하면서) 새로운 주장을 구성할 수 있는 능력을 묻거나, 제시된 글감이나 자료를 전부 활용하여 확정된 주장이나 결론 자체를 다시금 비판적으로 평가할 것을 묻는 종합 평가형의 논제인 경우에는 그만큼 복합적인 논증 구조 형식을 띠게 된다. 따라서 답안 역시 상황에 맞게 '주장-근거-반론-재반론'의 형식으로 작성하는 게 효과적일 수 있다. 물론 이때의 '반론-재반론'은 근거를 구성하는 '해설(이유와 뒷받침)' 부분이라고 보면 된다.

　어느 한 관점에서 주어진 자료를 활용하여 다른 한 관점을 비판하거나 평가하는 식의 문제의 경우가 특히 그러한데, 이때 자료 안에 **딜레마의 상황**(서로 양립하기 어려운, 헷갈리게 만드는 두 근거)을 갖는 논지를 구성함으로써 논술자에게 보다 높은 수준의 논증을 펼칠 것을 요구한다. 이 경우 그러한 딜레마 상황을 담은 어느 한 근거가 다른 근거에 대한 **'반론'**이 되는 것이 일반적이다. 따라서 이것을 반드시 잠재울 수 있어야 논증은 힘을 받는다. 이 반론에 대한 재해석을 통해 **'재반론'**의 논거를 만들어 내는 것이 문제 해결의 포인트다.

(3) '의견'으로써의 논거 확장_ 인용

　'의견 논거'는 권위 있는 사람들의 견해나 주장을 수용하면서 관점·논점을 담은 소주제의 견해에 논리적인 타당성, 곧 타당한 논거를 제시하는 방법이다. 이러한 논거는 무엇보다도 그것이 '진정으로 권위 있는 의견인가', '어느 한 시대에만 통용되는 의견은 아닌가', '여러 의견 가운데 어느 것을 선택할 것인가'라는 문제를 염두에 두면서 작성되어야 한다.

　그렇더라도 의견 논거는 출전된 제시문에 실린 다른 사람의 견해와 주장을 직접적으로 **'인용'**하면서 서술하는 게 일반적이다. 글쓴이는 의견 논거를 갖고 자신의 글을 논리적으로 증명하기 위한 근거로 삼거나 비판의 자료로 사용하며, 자신의 주장을 펼칠 수 있는 출발점으로 활용하기도 한다.

　인용은 크게 '직접 인용'과 '간접 인용'으로 나뉜다. **직접 인용은 원전의 표현 그대로를 직접 옮겨** 논거로 삼는 경우이다. 직접 인용은 짧은 언급이나 요약만으로는 불충분한 경우, 어떤 특별한 생각이 특정 표현 방법을 통해서만 나타났다고 판단될 때, 그리고 글쓴이가 저자의 표현을 그대로 옮겨야만 할 경우에 쓰인다. 직접 인용을 할 때에는 해당 대목에 **큰따옴표(" ")**로 묶어 드러내는 것이 보통인데, 대체로 하나의 완결된 문장을 인용할 때 큰따옴표를 사용한다.

　간접 인용은 글쓴이가 다른 사람의 글을 자신이 이해한 내용으로 바꾸어 표현한 후, 이를 논거로 삼는 경우이다(다른 사람의 생각이나 말을 인용할 경우 역시 마찬가지이다). 간접 인용에는 **간단한 언급이나 요약, 바꿔 쓰기** 등 여러 방식이 있다. 비교적 분량이 긴 참고 자료의 요지를 자신의 말로 요약해서 줄이는 경우나, 참고 자료 자체가 지닌 논리적 순서를 유지하면서 글 내용을 자신의 말로 의역해서 바꿔 쓰는 경우가 그것이다. 간접 인용 역시 큰따옴표를 사용하는 것을 원칙으로 한다.

한편, **작은따옴표(' ')**를 사용해서 인용할 경우가 있는데, 이는 따온(인용한) 말 가운데 다시 따온 말이 들어있거나, **중요한 부분을 두드러지게 '강조'하기 위하여** 사용한다. 어느 것을 사용하여 인용하든, 원문 속의 중심 단어는 그대로 사용하는 것이 일반적이며, 자신의 문장으로 재구성하여 인용 부분을 매끄럽게 연결해야 한다. 다음 [사례4]는 작은따옴표를 사용하여 논의의 핵심을 '강조'한 경우이다.

제시문에 들어 있는 내용을 적절히 인용해서 이를 의견 논거로 제시하는 방법은 논거의 풍부함과 충실성을 뒷받침하는 것이기에 바람직하며, 논증 구성에도 효과적이다. 그렇더라도 지문에 실린 다른 사람들의 견해나 주장을 맹목적·무비판적으로 그리고 마구잡이식으로 그대로 따다가 옮긴다면, 이는 자칫 역효과를 불러일으킬 수 있다. 단순히 지문 내용을 마치 자기 생각인 양 살짝 글 모양만 바꿔 서술한 '인과적 설명'에 불과하기에, 거짓 논증으로 평가받을 뿐이다.

따라서 제시문의 인용은 논증에 힘을 실어주기 위해 꼭 필요한 부분으로 한정할 필요가 있는데, 이때 글을 단순히 인용하는 것으로 끝마쳐서는 안 된다. 그 인용을 연장하여 논증을 한층 구체화할 수 있도록 생각을 좀 더 적극적으로 펼치고, 그렇게 해서 논증을 끝까지 밀고나가야 한다.

논증에서 인용구를 긴밀하게 활용할 수 있는 경우는 **제시문을 시·소설·희곡·신화와 같은 문학 작품에서 일부 발췌·출제한** 경우이다. 문학 작품 제시문은 논술자가 이를 읽고 해석하기 어려울 뿐 아니라, 그 안에 들어있는 중심 생각을 논증 방법으로 이끌면서 글 내용으로 구성하기 까다롭다. 문학 작품은 논리적인 서술보다는 주로 함축된 의미를 내포하기 때문으로, 때론 글쓴이가 사용하고 있는 말과 글보다는 보이지 않는 행간에서 더 많은 의미와 내용을 찾아 밝혀야 한다. 문학적인 언어들은 그 자체로 고정되어 있지 않은 탓에, 글과 글, 문장과 문장을 맥락으로 파악해야 그 의미를 올바로 읽어낼 수 있다. 설령 내용을 올바르게 파악했다손 치더라도 그 파악된 내용을 논증 형식에 맞춰 서술하기란 논술자의 입장에서 무척 힘에 부친다.

이때 제시문의 일부를 인용한 후 그것에 적절한 설명 또는 해석을 붙여가며 논증해 나간다면, 글의 내용과 형식 모두 매끄럽고 꽉 들어차 보이게 서술할 수 있다. 특히 연세대와 고려대 인문 논술 논제처럼 다분히 형이상학적 개념을 담은 데다 문학 작품 제시문까지 다발로 주어졌을 경우, 논제의 물음에 부합하는 적절한 논점을 찾지 못해 학생들이 느끼는 심적 피로감은 상당하다. 이때 제시문의 적절한 인용과 함께 그 연장선상에서 사고를 확장해 나가면서 적절한 근거를 갖다 붙인다면, 논증은 힘이 실리고 타당한 설득력을 얻는다. 따라서 이 부분에 대한 어느 정도의 연습이 필요한데, 이것을 해결하지 않고서는 최근의 새롭게 바뀐 논술에서 결코 좋은 결과를 기대하기 어렵다.

(4)추론을 통한 논거 확장_ 유추

앞서, 논증을 효과적으로 이끌어내기 위해서는 논증을 구성하는 다음 네 요소가 유기적으로 결합되어야 한다고 설명했다. 논증이 도달하고자 하는 결론으로서 글의 핵심 주제 개념에 대한 대답을 담은 **'주장'**, 그 주장을 믿을만한 것으로 만들어주는 원인으로서의 정보·증거·자료를 포괄하는 **'근거'**, 전제(근거)로부터 결론(주장)으로 나아가는 **'정당한 이유'** 그리고 그 근거나 정당한 이유가 재차 '하위 논증'에 의해 정당화되어야 할 필요가 있는 경우에 그 근거나 정당한 이유 등을 다시 지지해 주는 근거로써의 **'뒷받침 설명'**이 그것이다.

논증이 복잡할수록 글의 논증 구조를 정확히 파악하기 위해 노력할 필요가 있는데, 이를 위해서는 먼저 논증을 포함하고 있지 않은 글(해설 부분)부터 제외시켜야 한다. 단순한 배경지식적인 개념 설명이나 객관적 사실 그 자체가 이에 해당하는데, 그것에 대한 서술은 논증이 아니다. 따라서 이러한 부분은 과감하게 삭제하는 한편, 동일한 내용을 표현만 달리하면서 반복해서 언급하는 경우에도 이를 삭제하는 등으로, 논증을 가능한 단순화해야 한다.

그렇게 해서 논증의 방법을 극단적으로 단순화하여 서술한 것이 다음 예시들로, 주장과 근거의 인과관계만 들어맞으면 어떤 논증 형식으로 구성하더라도 상관없다. 그렇더라도 반드시 염두에 둘 것이 바로 **'주장을 어떻게 정당화'할 것인가에 대한 부분으로**, 주어진 근거와 전제로부터 어떻게 그러한 주장과 결론으로 이끌어 낼 수 있는지에 대한 정당한 이유를 제시해야 한다. 만약 그 정당한 이유를 뒷받침해 주는 근거가 있다면, 그 근거들을 남김없이 찾아 밝혀야 한다.

■ 논증1_ 주장-근거

외계인은 존재하지 않는다…주장(결론)

외계인이 존재한다는 증거는 없다…근거(전제)

■ 논증2_ 주장-근거-해설(이유)

소크라테스는 죽는다…주장(결론)

소크라테스는 사람이다…이유(전제2)

모든 사람은 죽는다…근거(전제1)

■ 논증3_ 주장-근거-해설(이유+뒷받침)

김OO는 무신론자다…주장(결론)

김OO는 탈북자다…근거(전제1)

북한에는 종교가 없다…이유(전제2)

북한은 유물론을 사상적 기반으로 하는 사회로, 종교를 인정하지 않는다…뒷받침 설명(전제3)

따라서 좋은 논증을 펼치기 위해서는 글을 심층적으로 분석하고, 글에 직접 드러나지 않는 부분까지 파악하는 과정을 필요로 한다. 글을 읽다보면 명시적으로 드러나 있지는 않지만, 논증 파악을 위한 중요한 단서이자 결론을 뒷받침하는 암묵적인 숨은 전제가 글 안에 들어있는 경우가 많기 때문이다. 논증을 재구성할 때 숨은 전제를 드러내 밝히면 글의 논지는 보다 분명해지며, 이때 논리성이 결여된 부분이 함께 드러나기도 한다.

논제의 물음에 대답하는 과정에서 주어진 논증을 더욱 강화하거나 논리를 명확히 내세우기 위해 전제를 재구성할 필요가 있는데(이것이 '논증의 재구성'이다), 이때 논증 분석을 통해 합리적으로 수용할 수 있는 전제를 덧붙이는 과정이 곧 글의 숨은 전제를 찾아내어 이를 보충하는 작업이다. 글의 숨은 의도, 즉 글에 드러나지는 않았지만 글쓴이가 궁극적으로 말하고 싶은 주장이자 글의 속뜻인 함축(숨은 결론)의 파악 또한 같다. 좋은 논증은 숨은 전제와 숨은 결론을 보충하여 타당한 논증으로 해석해야 함을 전제한다.

이미 앞에서 간략히 설명했듯이, '추론'이란 논거에 대한 논리적 타당성을 부여하는 작업이다. 이는 일반적인 원리를 전제로 하여 그것에 맞는 특수하고 개별적인 현상들을 제시하면서 전개하는 연역 추론(일반화→특수화)과 특수하고 개별적인 여러 현상들을 검토하여 거기서 하나의 일반 원리를 이끌어 내는 방법인 귀납 추론(개별화→일반화)이 있다.

귀납 추론은 우리가 흔히 말하는 삼단논법, 즉 '대전제→소전제→결론'의 형식을 취하는데, 그 방법적 추론을 다른 말로 '유추'라고도 한다. 유추 또한 어떠한 판단을 근거로 삼아 다른 판단을 이끌어 낸다는 점에서 '추론'과 의미를 같이 한다.

'유추(유비추리)**'**는 이미 잘 알려진 사실 또는 사실적 판단을 근거로 하여 새로운 사실적 판단을 끌어내는 방법을 말한다. 즉, 유추는 개별적이고 구체적인 사례들이 지닌 몇 가지 유사점(즉, 공통점)을 근거로 삼아, 그것들 사이에 또 다른 유사점이 있을 것이라고 판단하는 논증 방법이다. 그렇더라도 귀납·연역 추론과는 달리 어떤 친숙한 사실로부터 새로운 특수한(차원이나 범주가 다른 낯선) 사실을 이끌어 내는 것이기에 **논리적인 면에서의 인과성은 다소 떨어지되 나름의 개연성을 갖는 결론으로 귀결될 수** 있다는 점에서 추론과 차이난다(그런 점에서 볼 때, 친숙하지 않고 이해하기 어려운 대상을 유추할 경우 자칫 결론의 설득력을 약화시키면서 그에 따른 '논리의 비약'을 불러올 수 있으므로, 특별한 주의를 요한다).

그럼에도 불구하고 이는 중요한 의미를 갖는다. 대입논술에서 묻고 따지는 논증 과정은 과학적 사실 판단에 근거한 논리적 추론을 따른다기보다는 인문·사회 쟁점에 대한 사실 판단에 근거한 유추 해석을 지향하기 때문이다. 유추의 일반적인 의미가 '미루어 짐작하여 판단하다'라는 사실을 고려한다면, 우리의 일상에서 벌어지고 있는 일반 사회 현상은 논리적 인과율을 따로 칼로 무 썰듯이 명확하게 구분지어 판단할 수 없을 뿐 아니라, 그렇게 될 가능성 또한 희박하다.

위 〈논증3〉의 경우가 그러한데, '김OO는 무신론자이다'라는 주장에 아무리 합당한 근거와 이유, 뒷받침 설명을 하더라도 그 주장의 진위는 여전히 불분명하다. 비록 북한은 종교의 자유는 없지만, 그렇더라도 암암리에 종교 활동을 하는 신자는 반드시 존재하게 마련이다. 따라서 그 같은 주장을 확정할 수는 없다. 그럼에도 우리는 이 논증이 약하다고 보지 않는데, 그 이유는 '뒷받침' 문장을 통해 그만큼 타당함과 설득력을 얻었기 때문이다.

이런 이유로 공연스레 귀납·연역 추론을 들먹여가며 논리적인 모순 관계를 파 해치려 머리 싸매기보다는 전제에서 결론으로 나아가는 과정에서의 논리적 타당성과 설득력만을 묻고 따지면 그것으로 충분하다. 즉, 추론이 아닌 유추의 방법을 사용하여 오직 논리만을 빈틈없이 채워 넣으면 그것으로 족하다. 게다가 유추의 방법을 잘 활용하면 그만큼 참신한 논리로 받아들여지고, 통찰력과 재치를 인정받아 **독창적인 답안으로 평가받을** 수도 있다.

여기까지의 설명을 통해 알 수 있듯이, 어떤 논증이 부적절한 논증인가, 아니면 타당하지만 여러 전제들을 생략하고 있는 논증인가는 전적으로 그 논증의 맥락을 고려해서 판단할 일이다. 즉, 논리가 일관되면 그 논증이 비록 전제를 생략하고 있더라도 좋은 논증이 된다. 여기에 숨은 전제까지 찾아 넣으면 한층 탄탄한 논증 구조를 갖추게 되며, 또한 전제에서 결론으로 이어지는 논리가 일관되고 있는지에 대한 파악 역시 한결 쉬워진다. 이처럼 논리의 힘은 숨은 전제를 찾아 넣는 등으로 꽉꽉 채워 빈틈없는 논증 구조로 만드는데 달렸다. 결국 좋은 논증을 위해서는 많은 전제 가운데서 뺄 건 빼고, 찾아 더할 건 더해가며 논증 구조를 충실하고 매끄럽게 가다듬어야 함을 이해할 수 있을 것이다. 이것이 타당한 논증을 담은 내용 면에서의 글의 '요약'이다.

숨은 전제를 효과적으로 파악하기 위해서는 논제가 제시하는 맥락에서 접근할 필요가 있다. 이를테면 논제가 묻고자 하는 서로 다른 관점은 무엇인지, 서로 대립하는 전제를 내세운 경우 이것으로부터 도출하고자 하는 결론이 무엇인지를 잘 생각해서 판단해야 한다. 그 과정에서 생략된 전제를 덧붙일 경우에는, 이를 한정된 관점에서보다는 폭넓은 차원에서 일반화시켜야 한다.

그런 식으로 노력하면서 글을 쓰는 과정에서 '1000자 논술' 답안은 내용적으로도 알차고 또 글자 수 역시 무리 없이 채워 넣을 수 있다. 한데, 그렇지를 않고 제시문 안에 담긴 내용을 무분별하게 따와 마구잡이식으로 갖다 붙여가며 논증을 펼칠 경우, 그 논증은 타당성도 건전성도 담보하지 못하며, 결국 잘된 논증을 깨뜨리는 나쁜 결과를 불러올 뿐이다. **논증의 타당성은 전제**(근거·이유)**를 벗어난 결론**(주장)**을 제시하지 않는데** 있으며, 또한 **논증의 건전성은 거짓 전제**(근거·이유)**를 제시하지 않는데** 있음을 분명하게 인식하고 답안을 기술해야 한다. 추론과 관련한 사례를 담은 논술 예시 답안은 앞에서 많이 다루었으므로 여기서는 생략한다.

끝으로, 논술에서 유추의 방식으로 논증(추론)하는 것이 중요한 이유를 사례를 들어 설명하면 다음과 같다. 제시문 글감을 교과 과정 내에서 발췌·출제하는 현행 통합 논술의 경우, 대학은 출제의 난이도를 높이기 위해 점점 더 다음과 같은 방법으로 제시문 내용을 구성하려 든다. 즉, 글(제시문) 내용을 주제 개념에 맞게 추론(유추)해 나가면서 깊게 생각해야만 출제자가 원하는 답이 도출될 수 있도록, 특정 지문을 특정 목적에 맞게 의도적으로 재구성하여 출제한다. 이를테면, 높은 수준의 추론 능력을 필요로 하는 지문이 그것이다.

아래 [사례5]의 제시문(마)가 그것인데, 이를 이해하기 위해 먼저 [사례5]의 발문의 물음을 논제의 물음으로 재구성하면 다음과 같다. 이는 "(가)에서 제기하는 기후 협약이 제대로 이행되지 않는 이유에 대해, 이를 (나), (다), (라)에 담긴 개념(또는 논점, 논지)을 활용하여 설명한 후, 이 상황을 해결하기 위한 논리적 근거를 제시하는 제 관점을 (마), (바), (사)에 담긴 개념(또는 논점, 논지)을 참고하여 기술하라"는 진술이다.

[사례5] (가)에 따라 협상하기 어려운 이유를 (나), (다), (라)를 **활용**하여 **기술**한 후, 이 상황을 해결하기 위한 관점을 (마), (바), (사)를 **참고**하여 **기술**하시오. (서강대 2018 인문 모의)

제시문(마): 한 농구팀에서 체임벌린이라는 선수를 매우 필요로 한다고 가정해 보자. 그는 막대한 입장 수입을 올려줄 수 있기 때문이다. 체임벌린은 이때 누구보다도 많은 25만 달러를 벌어들이게 될 것이다. 이때 이러한 분배는 정의롭지 않은 것인가? 백만 명의 관람객은 체임벌린의 농구 경기를 관람하는 대가로 그 돈을 체임벌린에게 주기로 했다. 여기에 대해서 정의를 들먹이며 불평할 사람이 있을 수 있는가?

위 제시문(마)를 풀어쓰면 "재화에 대한 소유를 전제로 발생하는 교환 행위가 시장 메커니즘을 통해 공정하게 이루어지는 것이 곧 '정의'라 할 수 있다. 만약 국가가 나서 시장 메커니즘에 인위적으로 제한을 가한다거나, 사회의 이익을 위해 개인의 희생을 강요하는 것은 옳지 않다"라는 의미로, '소유권적 정의'의 관점에서 논제의 물음에 답하라는 것이 제시문을 출제한 이유다.

이때, 학생들이 (마)의 '소유권적 정의'의 관점이 문제의 주제어(제재題材라고 하는 것이 더 적절하다)와 어떤 관계 맺음을 하는지를 파악하는 것은 쉽지 않다. 더군다나 운동 선수(채임벌린)를 사례로 들어 '정의'의 개념을 설명하는 것이기에, 논술자인 학생들은 제시문의 핵심 정보를 논증하기 상당히 까다로웠을 것이다.

대학은 이를 노리고 이 제시문을 출제한 것으로, 학생들은 유추의 기본 개념인 "이미 잘 알려진 사실 또는 사실적 판단을 근거로 하여 새로운 사실적 판단을 끌어내는 방법"을 동원하여 제시문 내용이 의미하는 바를 정확히 해석해 낼 수 있어야 한다. 다음은 이것에 대한 서강대의 설명으로, 유추의 방법을 효과적으로 활용하여 글 내용을 해석하고 또 논증해야 출제자가 원하는 답을 이끌어 낼 수 있음을 확인할 수 있을 것이다.

한정된 지면을 통해 설명하는 것이라 선뜻 이해하기 어렵기에, 이 책으로 공부하는 학생들은 반드시 대학 홈페이지에 들어가 문제와 대학 해설을 다운받은 후, 이를 차근차근 살펴가며 전체 내용을 확인하기 바란다.

(5)강조를 통한 논거 확장_ 부연

이제까지 설명한 '예시', '인용', '유추'의 방법은 모두 **'재진술'**하는 방식을 통해 논증을 명료하게 다듬고 그것을 뒷받침하는 논거를 확장하는 방법이다. 논증을 명료하게 다듬는다는 것은 이미 말한 내용을 부연·상세하거나, 자신이 진술한 내용을 스스로 논박하면서 **논거를 강화하는 '강조'의 형식으로** 나타난다.

그 표현 방식들은 **서로 뒤섞여 기술되면서 확장되는데**, 아래의 [사례6]에서 알 수 있듯이 하나의 단락은 한 가지 방식으로 확장되기보다는 둘 이상의 방식이 혼합되어 확장되는 것이 일반적이다. 아래의 필자 예시 답안의 일부를 보면, ⓓ는 단락의 중심 주장, ⓐ~ⓒ는 그 근거이다. 이때 ⓑ와 ⓒ는 ⓐ의 내용을 부연해가며 재진술한 것으로, 논의를 거듭하는 과정에서 논거는 한결 타당하고 명료한 의미를 얻게 된다.

[사례6] 제시문(가)의 '동정'에 대한 시각을 통해 제시문(나)에 나타난 '돌봄(care)'의 행위를 **분석하시오.** (이화여대 2013 인문1 모의 문제1)

(… 중략 …) ⓐ(나)의 돌봄은 자기 위안적인 생각으로 행하는 맹목적인 행동에 지나지 않다. ⓑ**즉,** 이러한 돌봄은 결여된 자존감을 보상받으려는 기대심리의 감추어진 이면에 지나지 않다. ⓒ**다시 말해,** 사람들이 돌봄을 하나의 덕으로 여기고 이를 애써 실천하는 이유는, 타인으로부터 존경받기를 기대하는 결여된 자존감에 대한 보상심리 때문이다. ⓓ**그렇기에** 단지 도덕심 때문에 사람들을 돌봐야 한다고 생각한다면, 이는 타인의 감정을 무시한 것이기에 일방적으로 흐를 수가 있으며, 결국에는 돌봄의 관계를 단절시킬 뿐이다. (… 중략 …) … **[필자 예시 답안]**

방법③
– 설명의 방법을 강화하면서 논거를 구체화한다

(1) '정의'에 의한 확장

　논술 답안을 작성할 때는 논증의 방법뿐 아니라 다양한 설명의 방법을 함께 사용하여 글 내용을 기술하면서, 글의 형식면에서 적절성을 갖추어야 한다고 설명했다. 논증 방법(추론 방식)에는 귀납 추론과 연역 추론, 유추(유비추리), 변증법적 논리 등이 있는데, 이것들을 굳이 구분하고 따져 밝혀가며 논증할 필요는 없다고 설명했다. 오직 전제에서 결론으로 나아가는 과정까지의 논리적 타당성과 설득력만 담보되면 그것으로 충분하다고 강조했다.

　논거를 구체화하고 논증을 확장해 나가는 표현 방법으로써의 **설명의 방법(글의 진술 방식이자 글 내용의 전개 방법)은 논증의 뼈대는 물론 곁가지를 튼실하게 해주는** 중요한 역할을 담당한다.

게다가 이는 글의 질적 수준을 가늠하게 하는 바로미터이기도 하다. 따라서 글의 도입부부터 주제 개념의 이해에 바탕을 둔 개념 규정과 이를 뒷받침하는 적절한 용어 구사, 그리고 글 내용의 핵심 기술(설명)이 깔끔하게 이루어질 때, 그 답안은 높은 평가를 받을 수 있다. 만약 그렇지를 않고 도입부부터 중언부언하게 되면, 평가자는 이를 논제조차 제대로 파악하지 못한 답안으로 간주하고 만다.

논제에 담긴 개념을 올바로 규정하는 한편, '비교·분류·분석'이라는 설명의 다양한 진술 방식을 적절하게 사용하여 그 개념에 담긴 용어의 의미를 명확히 서술하는 것이야 말로 올바른 논술 답안을 쓰는 관건이자 논술 문제 풀이의 핵심이다. 또한 이는 이후의 이어지는 제시문별 관점 파악에 있어서의 올바른 방향성을 제시함으로써, 잘된 논증을 위한 논증 글쓰기의 질적 수준을 향상한다.

개념 정의에 대해서는 이제까지의 설명으로 충분하겠기에 생략한다. 다만 논술 답안 평가자들이 반드시 지적하는 사항의 하나가 있어서 이를 설명해야겠다. 그것은 바로 맥락에 맞지 않는 용어를 사용하는 답인이 많다는 것이다. 실제, 많은 수험생들이 용어의 의미를 제대로 이해하지 못한 채 답안을 작성함으로써, 굳이 밝히지 않아도 될 결점을 스스로 내보여 감점을 당하고 있다.

용어나 어휘의 의미를 제대로 모른다는 것을 평가자인 채점 위원들에게 알릴 이유는 하등 없다. 수험생들이 어려운 용어를 답안에 나타내려는 태도는 자신의 지적 수준이 높고 또 자기가 쓴 답안이 질적으로 뛰어나다는 것을 과시하기 위함이다. 그렇더라도 글의 맥락적인 이해에서 벗어난 용어의 오용과 남발은 평가자들이 싫어하는 표현 오류이기에 점수를 까먹는 요인이 될 뿐이다. 따라서 제대로 이해하지 못한 용어나 어휘는 답안에 쓰지 않아야 한다. 용어의 의미를 정확히 모르지만, 그럼에도 그 의미가 반드시 답안에 명기되어야 할 경우, 진솔하게 그 의미를 자기 글로 풀어쓰는 것이 평가 면에서 오히려 더 낫다.

모호한 용어보다는 구체적이고 분명한 쉬운 용어를 사용하자. 용어를 지나치게 좁히지 말고 구체적으로 정의 내리자. 다의성의 오류를 저질러서도 안 된다. 모호한 용어를 사용한 개념 정의는 이른바 '설득적 정의의 오류'에 빠지게 만든다. 용어가 확실하지 않으면, 이때 내릴 수 있는 선택은 두 가지다. 사용하지 않거나, 구체화하여 밝히거나.

거듭 강조하지만, 개념은 명확해야 하며, **가능한 쉬운 용어를 사용해야** 한다. 그리고 의미의 명확성을 기하기 위해서는 글 쓰는 이의 주관적인 판단이 배제되어야 한다. 모든 사람들이 공유하는 객관적인 의미만이 글의 명확성을 보장한다. 자의적으로 해석을 내리거나 알듯 모를 듯 자기만의 언어로 표현하는 개념 설명은 금물이다.

　덧붙여, 개념 규정을 잘하기 위하여 추가적으로 고려할 것이 있다. 사물이나 대상은 어떤 것이라도 다른 모든 것과 구별될 수 있는 **고유한 '특성'을 지니고 있는** 것이기에, 이러한 특성이 개념을 '정의'하면서 기술할 때 확실하고 분명하게 반영되어야 한다. 예를 들어 경제학의 용어의 하나인 '공공재'에 대해 정의한다면, 그 본질적 특성으로서의 비경합성과 비배재성 등에 대해 초점을 맞추어 설명해야 한다. 만약 그렇지를 않고 공공재에는 무엇이 있으며 어떠한 형태를 띠었는지 등등에 대한 일반적인 설명에 치우친다면, 공공재와 다른 재화(이를 테면 사회간접자본)와 결정적으로 구별할 수 있는 특징이 되지 못한다. 이처럼 개념을 정의하는데 있어 **'범주(유개념)'와 '개별 특성(종차)'을 분명히 하여 피정의항(즉 개념어)의 의미를 분명하게 드러낼 수 있어야만**, 개념을 규정하는 목적을 분명히 할 수 있다고 거듭 강조했다.

⑵ '비교와 대조'에 의한 확장_ 연세대 인문 논술 1번 문제 풀이의 핵심

　비교와 대조의 설명 방법을 통해서도 논증을 확장해 나갈 수 있다. 그 방법적 요령은 〈제4장〉에서 자세히 설명했으므로, 이를 참고하면 된다.

⑶ '분류와 분석'에 의한 확장

　분류와 분석의 설명 방법을 통해서도 논증을 확장해 나갈 수 있다. 그 방법적 요령 역시 〈제4장〉에서 자세히 설명했으므로, 이를 참고하면 된다. 분류와 분석은 논거 확장을 위해 매우 중요하기에, 다시 사례를 들어 한 번 더 강조하는 것으로 마무리한다.

　대입논술이 상위의 추상적인 개념(논제에 담긴 주제어)을 하위의 구체적인 개념(관점에 실린 세부 주제어)에 맞추어 순차적으로 연결해 나가면서 논증 형식을 구조화하는 데 있음을 고려할 때, 분류는 **주제 개념을 설명하기 위해 그 하위 개념들과의 연관성을 효과적으로 제시하는** 방법적인 서술 요령이라고 보면 된다.

> • 수능 언어영역은 문학파트와 비문학파트로 크게 나누어진다. 문학파트에는 현대문학, 시문학, 고전문학이 있고, 비문학파트에는 정치·경제·사회·문화 등 문학 이외의 영역을 포괄한다…ⓐ

위 ⓐ는 상위 개념, 유개념을 하위 개념, 종개념으로 나누어 설명하는 분류 방식을 사용하고 있다. 이에 비해 ⓑ는 반대로 작은 항목인 하위 개념, 종개념이 큰 개념인 상위 개념, 유개념으로 묶어가며 그 속성을 설명하는 분류 방식을 취하되, 각각의 작은 항목을 그것과 같은 층위에 있는 다른 작은 항목들과 함께 묶어 속성을 설명하는 분류 방식을 활용하고 있다. 이때, 논술에서 주로 쓰이는 것은 ⓐ처럼 상위 개념에서 하위 개념으로 구분해 가면서 서술하는 방식을 취하되, ⓑ 처럼 각각의 작은 항목을 그것과 같은 층위에 있는 다른 작은 항목들과 함께 묶어 속성을 설명하는 분류 방식을 활용하고 있음을 이해하고, 그것에 맞게 글 내용을 서술해 나가면 된다.

개념에 담긴 어떤 대상을 구분해서 글 내용을 기술하고자 할 때에는 그 개념을 구분 또는 분류하는 기준이 명확해야 하며, 그 기준 또한 일정한 방식으로 일관되게 유지되어야 한다. 이러한 기준이 잘 지켜지지 않으면, 구분 또는 분류되는 항목들은 서로 다른 기준을 따르게 되므로 적절한 진술과 올바른 설명에 이르지 못한다. 대상을 분류(또는 구분)하고자 할 때에는 다음 사항에 유의해야 한다.

첫째, 논증에 꼭 필요한 개념임에도 불구하고 제외되는 하위 개념 또는 대상이 없어야 하며, 둘째, 분류의 기준은 명확하고 객관적인 용어로 표현해야 하며, 셋째, 분류된 각각의 개념이나 대상은 동등한 지위를 지녀야 하며, 넷째, 분류된 개념이나 대상들 사이에는 겹침이 없어야 하며, 다섯째, 분류의 단계마다에는 분명한 위계 관계가 성립해야 한다.

이것을 확인하는 것은 어렵지 않다. 위 예시ⓐ를 다음과 같이 개념 정의하여 서술할 경우, 논리의 오류는 물론 논리의 일관성마저도 깨져, 결국 좋은 논증이 되지 못한다.

한편, 분석은 분류와는 다른 설명 방법(설명의 진술 방식)이다. 분류가 어떤 대상을 그것이 함축하는 상위 개념에 귀속시키거나 반대로 그것에 함축되는 하위 개념으로 나누어가는 과정이라면, 분석은 상하의 위계가 아니라 전체와 부분의 관계를 중심으로 서술하는 글쓰기 방법이다.

소설의 경우를 예로 들어 설명할 경우, 소설의 3요소를 주제, 구성, 문체로 파악하고 여기서 다시 구성의 3요소를 인물, 사건, 배경으로 파악해 나갔다면, 이것이 바로 분석을 사용한 서술 방법이다. 이와는 달리 소설을 길이에 따라 장편소설, 중편소설, 단편소설, 콩트로 나누었다면, 이것이 곧 분류의 서술 방법이다. 그렇더라도 둘은 상호성을 갖는데, 분류는 분석을 바탕으로 이루어지며, 분류는 다시 분석에 도움을 준다.

분류와 분석을 통한 개념 이해가 중요한 이유는 이것이 개념의 외연과 내포, 한정과 개괄을 파악하고 개념적으로 규정함으로써, **개념의 층위와 그것에 적합한 용어(어휘)를 명확하게 규정하여 글을 제자리에 정위치 시킨다는** 점이다. 그리고 이를 통해 '개념 정의-관점 파악-논증 구성'이라는 일련의 논제 분석 과정은 순차적으로 해결 가능해진다. 만약 그렇지를 않고 개념이 흔들리고 용어가 뒤섞일 경우, 이것이 바로 논리의 불일치이자 논리성 결여에 따른 논점 이탈이다.

그런 점에서 볼 때 분류와 분석은 논제 파악 단계에서부터 개입하여 이후의 답안의 모든 **방향성과 체계성, 통일성과 일관성을 결정하는** 아주 중요한 설명 방식이라 할 수 있다. 답안의 구성 및 내용의 충실함은 논증을 체계화하고 논거를 확장하는 방법적 요소인 제시문 분석과 이에 근거한 개념 분류에 전적으로 기댄다고 할 것이다. 따라서 문제와 제시문을 읽고 논제를 파악하는 과정에서 그야말로 치열하게 제시문을 분석하고 개념을 분류하는 작업(과정)을 수행해야지, 그렇지 않을 경우 답안은 그만큼 부실해진다는 사실을 반드시 염두에 두어야 한다.

(4)'서사와 묘사'에 의한 확장

'서사'란 시간의 흐름 속에서 사건이나 행위의 변화를 서술하는 방법으로, 우리의 일상에서 의미 있는 사건들을 선택하여 이를 맥락에 맞게 연결하는 과정으로서의 '사건의 시간적 진술'이 곧 서사다. 즉 서사는 사건이 일어난 '시간성' 및 그 시간의 흐름에 따른 '변화와 움직임'이 중요한 구성 요소로 작용하며, 그에 따른 '의미'와 '인과성'을 상조한다.

따라서 제시문을 읽을 때 '사건이 시간 순서에 따라 어떻게 연결되고 있는가?', '사건에 어떤 인과성(원인과 결과)이 부여되고 있는가?', '이야기를 통해 어떠한 변화가 나타나고 있는가?'에 주목하면서 접근해야 글의 이해는 물론이고, 글의 요약 또한 한결 수월해진다.

'묘사'란 사물이나 상황 또는 그것에서 받은 느낌을 언어적으로 재현해 내는 글쓰기 방법이다. 대상 자체의 모습을 사실적으로 그려내는 것이 아니라, 그것이 촉발하는 감각적인 느낌을 다양한

'비유와 상징'을 통해 표현하는 서술 방식(주관적 묘사)과 이와는 달리 어떤 대상이 지닌 정보를 정확히 전달하기 위해 그것에 대한 개인적인 느낌은 크게 드러내지 않으면서 그 '대상의 속성'을 사실적으로 기술하는 서술 방법(객관적 묘사)이 있다. 어느 것이든, 글에서 묘사가 잘 드러나 있는 부분을 찾고 그 속에 어떠한 감각적인 느낌이 표현되고 있는지를 구체적으로 살피고 또 밝혀내야 한다.

문학 작품은 글의 많은 부분이 서사글과 묘사글로 이루어져 있고, 글 내용 역시 은유와 비유, 상징과 함축이 많기에, 이를 읽고 해석하는 것도, 요약하는 것도 상당히 까다롭다. 글의 핵심 내용을 논증 형식에 맞게 정리하여 서술하기 어려움은 두말할 나위 없다. 따라서 설명의 또 다른 방법인 '서사'와 '묘사'를 정확히 이해하고 있어야만, 서사와 묘사의 다발로 이루어진 문학 작품 제시문의 올바른 해석·요약은 가능하고 논증은 확장되어 나갈 수 있다.

서사와 묘사로 이루어진 글의 핵심을 잘 포착하기 위해서는 글의 **시점·관점(화자의 '관점'을 말한다)을 정확히 파악해야** 한다. 즉, 화자의 시점을 파악하고, 사건과 대상에 대한 일관된 시각을 유지할 수 있어야 한다. 이를 통해 글 전체의 윤곽을 파악한 후, 그 핵심을 추려 서술하면, 글 내용은 크게 무리 없이 요약된다.

이때 추가적으로 고려되어야 할 것이 바로 논제가 묻는 '관점(관점·논점)'이다. 문학 작품은 상징과 비유가 많아 글을 해석하기 어렵고, 또한 글의 해석에 선입견이 개입할 여지가 많다. 이런 이유로 문학 작품이 제시문으로 출제됐을 때, 평소 글 읽기를 통해 체득된 문학 작품의 주제를 그대로 머릿속에 떠올린다거나, 또는 글을 읽을 때 처음 떠오른 자신의 생각들에 영향을 받는다면, 당초의 출제 의도로부터 벗어날 위험이 따른다.

따라서 오직 문제 안에 담긴 주제·논제가 지향하는 관점부터 파악한 후 그것에 맞추어서 문학 제시문을 해석하고 글 내용의 핵심을 논증해야 한다. 이것을 찾아내기 위해서는 **함께 출제된 다른 제시문, 특히 비문학 제시문부터 살피고 그 안에 담긴 관점(주제 개념 또 세부 개념)을 찾아 확인한 다음, 그 확인된 결과에 근거하여** 문학 제시문 역시 똑같은 방법으로 관점을 찾아내면 된다. 그리고 그 관점을 따라 문학 작품 제시문을 읽되, 서사와 묘사의 방법에 집중하여 제시문을 해석하고 요약하면 된다. 이 부분에 대해 자세히 설명하지 못하는 것이 못내 아쉽지만, 이 역시 지금까지 설명한 내용만으로도 충분하다는 판단이 들기에 생략한다.

다만, 아래 [사례7]의 중앙대 논술 문제에서 확인할 수 있듯, 상징의 다발로 이루어진 '시'를 읽고 그것에 담긴 핵심 내용을 논증 방법을 따라 적절하게 요약하기란 무척 어렵다. 이때 논제의 주제 개념을 따라가면서, 시에서 중요하다고 생각되는 문장과 상징어에 주목하여 이를 중심으로 글 내용을 요약하면, 글을 해석하는 것도 글 내용을 정리하는 것도 크게 무리 없을 것이다. 사례의 요약 글은 그렇게 해서 작성한 것으로, 참고로 논제의 주제어는 '신체'이며 주제 개념은 '실존'과 관련한 것이다. 이제, 이것에 근거하여 글 내용의 핵심을 한번 요약해보길 바란다. 훨씬 개념이 잘 잡히고 요약 글 또한 적절히 잘 기술될 것이다.

[사례7] 중앙대 2013 인문(3) 수시 제시문(마)와 필자 요약 글

제시문(마)

밤의 식료품 가게

케케묵은 먼지 속에

죽어서 하루 더 손때 묻고

터무니없이 하루 더 기다리는

북어들,

북어들의 일 개 분대가

나란히 꼬챙이에 꿰어져 있었다.

나는 죽음이 꿰뚫은 대가리를 말한 셈이다.

한 쾌의 혀가

자갈처럼 죄다 딱딱했다.

나는 말의 변비증을 앓는 사람들과

무덤 속의 벙어리를 말한 셈이다.

말라붙고 짜부라진 눈,

북어들의 빳빳한 지느러미

막대기 같은 생각

빛나지 않는 막대기 같은 사람들이

가슴에 싱싱한 지느러미를 달고

헤엄쳐 갈 데 없는 사람들이

불쌍하다고 생각하는 순간,

느닷없이

북어들이 커다랗게 입을 벌리고

<u>거봐, 너도 북어지 너도 북어지 너도 북어지</u>

귀가 먹먹하도록 부르짖고 있었다. 《북어》, 최승호)

핵심요약:

대가리는 죽음이 꿰뚫고, 혀는 딱딱하고, 눈은 말라붙고 짜부라지고, 지느러미는 빳빳한 북어의 모습은 마치 할 말 제대로 못하고, 꿈과 희망을 잃은 채 절망적인 모습으로 무기력하게 하루하루를 살아가고 있는 현대인과 다를 바 없다. 그렇기에 이 같은 북어의 모습은 곧 소외된 민중이자, 장애인이자, 소외되어 갈 곳 없는 우리의 자화상과도 같다.

PART 8

체계적인 논술 답안 작성 요령

평가 항목에 맞게 서술하라

대학은 논술 평가 항목인 **'분석적 이해-비판적 평가-창의적 적용'** 능력을 묻고 측정하기 위해, 여러 제시문을 갖고 이를 문제별 문항과 연계하면서 엮어나가는 형태로 문제를 출제하고 또 발문의 물음을 구성하는 유형적인 특징을 보인다.

그 유형은 문제별 문항을 통해 단계적으로 해결하도록 되어 있다. 문제의 문항별로 하나의 평가 항목을 제시하면서 그것에 답할 것을 지시하거나(**단순 논제**), 또는 여러 평가 항목을 한꺼번에 제시하고 그것들을 복합적으로 해결하도록 지시한다(**복합 논제**). 어느 것이든 '이런 저런 식으로 서술하라'는 논증 평가 항목별 해결 과제를 담은 논증 지시어를 따라, 주어진 문제를 설명하거나, 비판하거나, 평가하거나, 대안을 제시하면서 답해야 한다. 따라서 논제를 분석할 때 **'문항분석'까지 적절하게 이루어져야** 학생들은 올바른 논술 답안을 작성할 수 있다.

대입논술에서는 일반적으로 한 문제만 출제하는 경우는 거의 없다. 공통된 주제 하에 평가항목을 달리하는 논제를 여러 개 만든 후 이를 개별 문제에 담아 순차적으로 출제하거나, 또는 논제별로 주제를 달리하는 개별 문제를 출제하되 평가항목을 따라 발문의 물음을 구성한다. 어떤 유형의 문제를 출제하든, 문제 안에는(발문의 물음에는) 여러 질문 항목(이것을 편의상 '문항'이라고 하자)이 주어진다.

이때 어느 문제이든 관계없이, 그리고 문항이 단순하든 복잡하든 상관없이, 각각의 문제에 실린 논제의 물음을 항목별로 나열한 형태를 일컫는 제 문항을 분석할 때 반드시 알고 있어야 할 중요한 것은 다음 두 가지다. 첫째, 문항 분석은 논술 답안의 **단락 구성은 물론이고, 그에 따른 적정 글자 수 배분에 있어 아주 중요한 역할을** 담당한다. 논술 답안을 작성할 때 한 단락을 구성하는 여러 문장은 곧 문제의 물음과 논제의 지시에 맞게 작성할 내용을 구분해 가며 서술한 결과물이기 때문이다.

즉, 논제의 물음에 대한 대답(진술)에서, 개념 규정을 중심으로 글 내용을 기술하는 설명 글쓰기는 물론이고, 논증 평가 항목에 맞추어 논증을 펼치는 논증 글쓰기는 모두 단락을 구분하면서 서술해야 한다. 이때 글의 내용적인 측면은 물론이고 글자 수, 구성 방식과 같은 형식적인 측면 전체를 놓고 가장 역점을 두고 살펴야 할 것이 바로 논증 평가와 관련한 것으로, 단순 논증이냐 복합 논증이냐에 따라 글 전체의 구조와 글 내용의 구성은 크게 차이난다.

이런 이유로 문항 분석을 할 때 단락과 단락을 연결하는 논리의 흐름은 물론이고, 전체 구성과 배열, 글자 수 등 완결된 논술 답안을 위해 필요한 많은 것들을 충분히 고려해야 한다. 그렇게 해서 논증은 일관성·완결성·통일성을 이루어야 한다.

둘째, 모든 문제와 문항에는 "주어진 조건하에+제시문을 읽고+이를 비교·분류·분석하여"라는 일련의 전제와 지시가 깔려있음을 이해하고, 이를 "논제 서술 과제에 맞추어 글 내용을 **객관적으로 서술**"해야 한다.

여기서 객관적이라는 의미는 이렇다. 글의 요지를 전달하거나 설명할 때는 전달자의 주관이 개입할 여지는 없다. 심지어는 '자신의 관점'에서 비판하라는 지시적 요구 역시 '반드시 비판점을 찾아내야만 한다거나, 또는 반드시 비판해야 한다는 점에 구속된 자기 견해'이기에, 단순히 주관적인 견해만을 서술해서는 안 된다. 이것 또한 앞에서 거듭 강조했다.

02

단락 구성과 논리 연결에 신경 써라

논술 답안을 작성할 때에는 우선 문제가 요구하는 사항이 무엇인지부터 꼼꼼히 확인한다. 그리고 그 지시를 따라 찾아 밝혀야 중요한 것들이 무엇인지를 파악한 다음, 그것에 맞게 개요를 작성한다. 이는 논제 분석, 제시문의 독해·요약을 토대로 문제와 논제의 요구에 맞추어서 각각의 지시 항목들을 정확히, 체계적으로 기술(서술)해야 함을 의미한다.

실제, 대학에서 답안을 평가할 때 문제시하고 있는 것의 하나가 바로, 단락을 명확히 구분해가면서 서술하지 않은 답안에 대한 지적이다. 여기서 단락을 구분하여 글을 기술해야 한다는 의미는 원고지에 반드시 단락과 단락을 구분한 후 단락별로 줄바꾸기를 해가며 서술하라는 뜻만은 아니다.

단락을 나눈다(단락을 구분한다는 표현이 더 적절하다)는 것은 곧 '내용의 전환'을 의미한다. 문제의 요구와 지시를 따라 논의하려는 핵심 내용(논지와 논거에 해당하는 부분)을 명확히 구분하면서 글 내용을 기술하거나 또는 논제의 지시 사항 내에서도 논점별로 핵심 내용을 구분해 가며 글 내용을 체계적으로 정리할 필요가 있다. 이때 그 지시적 물음의 핵심 내용을 어떻게 설정하고 논리적으로 이어갈 것인가에 대해, 이를 어떤 형식적인 구조 틀로써 구분 짓는 행위라 할 수 있다.

따라서 단락을 적절히 나눈다는 것은 그만큼 논술자가 자신의 생각을 체계적이고 논리적인 방향으로 전개해 나가고 있음을 뜻한다. 단락은 논의의 내용을 담은 하나의 사고 단위인데, 단락을 나눈다는 것은 곧 '사고가 체계적으로 전환'되고 있음을 의미하며, 단락을 구분해 가며 글을 쓴다는 것은 그만큼 사고가 논리적으로 전개되고 있음을 뜻한다.

단락은 **하나의 핵심 개념(논제의 관점이 지향하는 세부 주제 또는 논점·쟁점은 물론 논지까지도 포괄하는 의미이다)을 중심으로 여러 문장이 모인** 것이다. 하나의 단락에는 반드시 핵심 개념(중심 생각)이 들어있으며, 이 핵심 개념을 표현하는 부분 이외의 요소들은 핵심 개념을 뒷받침하거나 부연하는 요소들이다. 따라서 단락을 구성할 때 가장 유의할 사항은 핵심 개념이 들어 있는 중심 문장과 뒷받침 문장을 여하히 잘 결합하는 데 있다. 중심 문장은 그 문단에서 말하고자 하는 중심 생각이나 주장을 표현하는 문장이다. 뒷받침 문장은 중심 생각이나 주장을 구체적인 근거를 들어 설명하는 문장이다. **중심 문장이 그 단락의 주장(결론)이라면, 뒷받침 문장은 근거(전제)가 된다고** 거듭 강조했다.

그렇게 해서 **단락은 통일성을 가져야** 한다. 단락의 통일성이란 한 단락 안의 모든 내용이 하나의 핵심 개념(관점·쟁점·논점·논지)에 집약될 수 있어야 함을 뜻한다. 따라서 한 단락의 핵심 개념은 하나여야만 한다. 단락이 통일성을 갖는다는 것은 또한 하나의 핵심 개념을 효과적으로 전달하기 위해, 그 핵심 개념을 뒷받침하는 요소(즉, 주장과 근거)들이 이와 관계있는 것들로 이루어져야한다는 것을 의미한다. 단락의 핵심 개념과 관계가 없는 사항들을 단락에 포함시킬 경우, 당연히 단락은 통일성을 잃게 된다.

단락의 통일성을 확보하기 위해서는 무엇보다 개념의 한계를 명확히 해야 한다. 또한 글을 쓸 때에도 단락의 처음에서부터 끝부분까지 항상 핵심 개념을 염두에 두고 있어야 함은 물론, 문체 역시 통일성을 잃지 않아야 한다. 하지만 단락이 통일성을 갖추고 있다고 해서 그 글이 완벽해 지는 것은 아니다. 단락 내의 각각의 문장들이 통일성을 이루고 있더라도 그것이 일정한 순서 없이 비논리적으로 나열되어 있다면, 그 단락은 그만큼 **일관성이 결여된** 것이다. 논리의 일관성이 결여 됐다는 의미가 바로 이를 두고 하는 말이다.

단락은 또한 **완결성의 의미도** 갖는다. 단락의 완결성이란 단락의 핵심 개념이 뒷받침 문장을 통해 구체적으로 해명되어야 함을 뜻한다. 핵심 개념은 중심 문장에서 표현되고, 중심 문장 내의 중심 주장 글에 담아 서술된다. 따라서 핵심 개념은 중심 문장을 통해 전체 단락의 내용을 어느 선까지 전개할 수 있는지가 결정되고, 그 안에서 단락의 의미는 명확해진다.

덧붙여, 핵심 개념을 담은 중심 문장이 분명히 드러나 있음에도 불구하고 뒷받침 문장의 내용을 명확히 이해할 수 있을 만큼 설명이 충분치 않다든지, 뒷받침 문장 안의 구체적인 내용은 풍부한데도 불구하고 이를 집약하고 통일할 만한 핵심 개념이 없다든지 하는 것은 모두, 단락의 완결성이 결여된 때문이다.

단락의 **연결성 또한** 중요하다. 단락 안의 각 문장은 유기적으로 관련되고 순차적·체계적으로 연결되어야 하는데, 이를 위해서는 단락 안의 여러 문장들이 그 의미와 논리를 서로 맞물어야 한다. 그리고 각 문장 간의 연결 관계는 겉으로 분명하게 드러나야 한다. 그렇게 해서 문장과 문장, 단락과 단락은 연결성을 갖는다. 연결성이 없는 단락은 관계없는 문장들의 무의미한 집합에 지나지 않다. 흔히 문맥이 통하지 않는다는 의미가 이를 두고 하는 것이다.

각 문장이 서로 연결성을 갖기 위해서는 앞 문장 내용의 일부분을 받아서 뒤 문장을 이어나가야 한다. 따라서 뒤 문장에는 대개 앞 문장 내용의 일부분이 반복되게 마련인데, 결국 단락의 연결성을 확보하는 데에도 어느 정도의 글 내용의 반복은 불가피하다. 그렇더라도 반복되는 부분이 지나치게 길어지면 글은 당연히 장황하고 또 단조로운 느낌을 주게 된다. 더군다나 대입논술의 경우에는 글 내용의 핵심만을 간략하게 추려가며 그리고 압축해 가면서 표현해야하기 때문에, 글 내용의 반복은 최대한 피해야 한다.

따라서 이를 피하기 위해서는 반복되는 부분을 적절한 지시어나 접속어로 바꿔주는 것이 좋다. 접속어를 사용하여 문장과 문장 간 논리적 인과관계를 확실히 밝혀주면 좀 더 짜임새 있는 형식의 분명한 내용을 담은 글이 된다(그렇더라도 굳이 드러내지 않아도 의미 전달에 무리 없는 불필요한 접속어는 과감하게 생략한다). 특히 **단락과 단락을 연결하는 논리의 흐름에 유의하면서** 답안을 작성해야 하는데, 이때 역시 적절한 접속 표현을 사용해 가며 글 내용을 논리적으로 매끄럽게 연결해 나갈 수 있어야 한다.

여기까지의 설명을 통해 알 수 있듯이, 논술 답안을 작성할 때 어느 한 단락을 이루는 문장들은 곧, 각각의 제시문에 담긴 핵심 개념(즉, 관점·쟁점·논점·논지)을 중심으로 이를 문제의 물음 및 논제의 지시를 충실히 따르면서, 글 내용을 논증 방법(추론 방식)에 맞게 체계적으로 구성하는 것과 같다. 이때 단락과 단락 역시 문제의 지시와 요구를 따라 적절한 접속 표현을 사용해 가면서 그리고 논리적인 인과관계에 맞게끔 구성하고 배열하면서, 글 내용 전체의 통일성과 논술 답안의 형식면에서의 일관성을 유지할 수 있도록 한다.

답안을 작성할 때의 유의 사항

논술 답안을 작성할 때에는 특히 다음에 유의해야 한다.

첫째, 답안은 철저히 문제의 **지시에 맞게 써야** 한다. 만약 그렇지를 않고 이를테면 '서론-본론-결론'이라는 형식적인 틀에 맞추어서 답안을 기술해야한다고 생각한다면(물론 그런 지시 사항을 문제에서 제시한 경우에는 예외다), 또는 아직도 그런 식으로 답안을 작성해야 한다고 주장한다면, 이는 둘 중 하나다. 멍청하거나, 아니면 사이비(似而非)거나.

논술 답안을 작성할 때 '서론-본론-결론' 식의 형식적인 구성이 설자리는 없다. 철저히 **본론 위주의 답안 작성을** 지향한다. 즉, 글의 도입 부분(서론)에서부터 문제에서 설정한 '전제 조건'에 맞게 글을 쓰면 된다. 이를테면 논제의 핵심 개념을 제시문에서 찾아 정의하거나, 또는 논제가 묻는 관점·쟁점을 도출하기 위해 제시문의 핵심 내용부터 요약하는 것이 그것으로, '제시문(가)에 따르면…' '제시문(가), (나)는 공통적으로…' 하는 식으로 단도직입적으로 글 내용을 기술해야 한다.

이어지는 글(본론 및 결론에 해당하는 부분) 역시 마찬가진데, 이 역시 전적으로 문제의 요구와 지시를 따라 제시문을 논증 형식으로 요약한 후, 이어서 그 요약된 결과를 논제 서술 과제의 진술 방식에 맞춰서 답안을 기술해 나가면 된다. 즉, 답안의 처음부터 끝까지 오직 문제의 요구와 지시를 따르면서 논리적으로 답안을 기술해야 한다.

그렇더라도 글의 도입 부분에서 특히 주의해야 할 것이 있다. 첫째, 많은 경우, 답안의 도입 부분은 논제의 개념을 효과적으로 드러내거나 논의의 주된 관점(논점)을 찾아 밝히는데 할애되며, 그렇게 해서 설명글의 형식에 맞게 객관적으로 기술되어야 한다. 이때 글의 핵심 내용을 제대로 요약하지 못한 채 자칫 단편적인 서술이나 인과적 설명으로 치닫고, 그렇게 해서 글 전체의 분량에 비해 도입부가 너무 길어질 경우, 평가자는 그만큼 답안의 완성도가 떨어진다고 생각하고는 그 답안을 낮게 평가하게 된다. 실제, 답안의 도입부를 효과적으로 서술하지 못해 감점을 당하는 학생들이 의외로 많은데, 이를 피하기 위해서는 무엇보다 글의 요약 능력부터 길러야 한다.

글의 도입부에 주로 들어갈 내용

- 개념 정의를 통해 논의의 대상(논제)을 제기하는 경우
- 개념을 정의하고 설명하는 문장(피정의항과 정의항)
- 이를 상세 설명하는 뒷받침 문장(즉, 또는 다시 말해 ~이다)
- 개념과 논제를 연결시키거나, 한정지시하는 문장

- 주장(논지)을 통해 쟁점을 제기하는 경우
- 논의할 내용의 핵심을 제시하는 문장
- 자신의 주장과 상반되는 견해나 사실을 제시하는 문장
- 이를 반박하는 문장

둘째, 문장과 문장, 단락과 단락의 **논리 연결과 논리의 흐름에 신경 쓰면서** 답안을 기술해야 한다. 답안 가운데는 한 문장 안에 여러 주장을 담고 있거나 논의의 핵심을 제대로 드러내지 못하는 경우가 많다. 또 표면적으로는 한 문장이지만, 사실은 그 안에 몇 개의 지시어(또는 연결어미)를 사용하여 여러 문장을 두서없이 연결하면서 기술하는 경우도 많다. 그렇게 되면 각 문장은 짜임새를 잃고, 내용적으로도 논리가 흐트러지고 만다.

이러한 문장 구조는 논증을 구성하는데 방해가 될 뿐이며, 더군다나 단락의 구조와 글의 구성을 애매모호하게 만듦으로써, 결과적으로 전체적인 논의의 흐름과 논리의 인과 관계를 엉망으로 만든다. 따라서 **논의하려는 핵심 내용을 '논제-관점·쟁점-논점-논증(논지·논거)'의 층위에 맞게 적절한 언어로 구성하고, 또한 각각의 문장을 내용면에서 서로 일치시켜가며** 서술하되, 필요하면 적절한 접속어를 사용하여 단락과 단락을 질서 있게 연결하면, 잘된 논술 답안으로 인정받는다.

셋째, **단락별 글자 배분에** 유의한다. 단락별 글자 수 역시 출제자가 요구하는 적정 답안 분량은 물론이고, 문제의 지시 및 논제의 요구에 철저히 귀속된다. 따라서 그 지시와 요구를 따라 단락을 구성하고 적정 글자 수를 배분해 가면서 답안을 작성해야 한다. 그렇더라도 알고 있어야 할 것이 있다. 대학에서 제시하는 답안 분량은 논술자인 학생들이 문제의 요구에 맞춰서 답안을 제대로 작성했을 경우를 가정하고 산출한 적정 작성 분량이란 사실이다.

이는 중요한 의미를 갖는다. 문제의 요구와 지시를 따라 단락을 구성하고 또 그것에 맞게 적정 글자 분량을 채우질 못할 경우, 지시 사항을 제대로 이행하지 못한 것으로 간주됨을 물론이고, 글 내용면에서도 그리 충실하지 못하다는 것을 논술자 스스로 드러내는 꼴이 되고 만다.

만약 학생들이 글 내용을 충실히 살펴가면서 그리고 문제의 요구에 맞게끔 적정 글자 수를 채워가며 답안을 작성하지 않은 채, 단지 문제에서 요구하는 글자 수를 채우는데 급급할 경우, 그렇게 해서 작성한 답안은 결코 좋은 평가를 받을 수 없다. 논제가 요구하는 바를 정확히 파악하고, 그 요구에 맞게 답안을 충실히 작성해야 한다. 글 내용이 이해되지 않거나 논제의 물음에 대답하기 어렵다고 해서 대충 얼버무려가면서 답안을 작성하는 것은 옳지 않으며, 그런 식으로 작성한 글은 결코 좋은 답안으로 평가받을 수 없다.

답안을 작성할 때에는 논제 분석 과정에 맞추어 글 내용을 구성하되, 논술할 분량 역시 개요 짜기를 한 결과에 맞춰서 적절히 안배해야 한다. 만약 답안 분량이 논제의 물음별로 균형을 이루지 못하면, 글의 어느 부분에선가는 반드시 내용면에서의 빈약함을 보이게 마련이다. 강조할 것은 논의해야 할 논점·쟁점에 대해서는 빠짐없이 대답해야 함은 물론, 논점별로도 균등하게 글자 수를 배분해야 한다는 사실이다. 이때 특별히 중요하다고 생각되는 논점에 대해서는 좀 더 많은 답안 분량을 할애해야 전체적으로 무난한 평가를 받을 수 있다.

04

결론을 끝맺는 방법

결론은 말 그대로 글을 끝마감하는 부분으로 본론에서 논의한 것들을 정리하는 글이 되어야 하는 게 일반적이다. 그런데 대입논술은 서론·본론·결론 할 것 없이 오직 문제의 지시와 요구에 맞추어서 논의할 내용의 핵심만을 압축 서술해야 한다고 말했다. 따라서 결론 부분(글의 마무리 부분이라고 하는 게 더 적절하다)이라고 해서 특별한 서술 요령이 따로 있을 수 없다.

설령 글의 앞부분에서 작성한 답안 내용이 어느 정도 지지부진하더라도 글의 끝마무리 부분에서 매끄러운 인상을 남길 수 있다면, 글의 전반적인 모양세가 비교적 명쾌한 느낌을 줄 수 있음은 분명하다. 반대로 결론에서 흐트러진 모습을 보여주게 되면 비록 앞부분 내용이 말끔하더라도 글의 전반적인 모양새가 지리멸렬한 듯한 인상을 주게 된다. 결론을 충실하게 마무리하여 잘 쓴 글이라는 인상을 줄 수 있어야 한다.

그럼에도 학생들이 글을 깔끔하게 마무리 짓지 못하고 쩔쩔매는 것은 크게 다음 두 가지 이유 때문이다. 첫째, **논의를 적절히 전개해 나가지 못함으로써**, 마무리 역시 그냥저냥 흐를 수밖에 없는 상황으로 치닫는 경우이다. 한 마디로, 문제를 제대로 풀지 못했다는 얘기다.

만약 문제가 요구하는 바를 올바르게 파악하고 글의 논의를 적절히 전개해 나갈 경우에는 결론 역시 충실히 마무리되겠지만, 그 반대일 경우에는 마무리 역시 그만큼 빈약할 수밖에 없다. 즉, 논제에 대한 깊이 있는 논의가 이루어졌다면 결론을 그만큼 좋게 끌고 갈 수 있지만, 논제를 제대로 분석하지 못한 상태에서 답안을 기술한 경우에는 그렇지 않다. 결론 역시 앞 내용을 별 의미 없이 동어반복하거나, 명확한 근거를 내세우지 못하고 억지 주장을 펼칠 가능성이 높다.

둘째, 문제의 지시와 요구를 따라 답안 분량을 적절히 배분해가며 글을 쓰지 못하고 **도입부부터 장황하게 서술함으로써**, 정작에 글을 마무리할 때에는 스리슬쩍 용두사미가 되고 마는 경우이다. 글의 앞부분이 지나치게 길어지면서 마땅히 해결해야 하는 핵심 과제인 논제 서술 과제별 진술 방식에 맞게 글 내용을 온전히 기술하지 못한 경우가 그것이다.

이는 많은 학생들이 논제에 대한 제 개념을 정확히 규정하지 못함은 물론, 제시문의 핵심 내용을 논증 평가 항목에 맞게 제대로 요약하지 못하고, 답안의 많은 부분을 단순 서술하거나 인과적 설명을 따로 글 내용을 지루하게 기술하기 때문이다. 이 역시 답안을 올바르게 끝마무리할 수 없음은 당연하며, 그렇게 해서 좀처럼 결론을 못 내리는 것은 전적으로 학생 각자의 논술 실력이 딸린 때문이지, 다른 이유 없다.

어느 쪽이든 답안을 작성하는 내내 발문의 물음에 제대로 답하지 못하면서 마침내 글자 분량이 턱없이 모자란다는 사실을 깨닫게 된다. 그렇게 해서 논술자인 학생들은 뒤늦게 글의 마무리 부분에서나마 이를 보충해야 한다는 생각을 갖는다. 하지만 그럴수록 더 나쁜 상황으로 치달을 뿐이다. 괜히 쓸데없이 앞에서 쓴 내용을 글 말미에 다시 집어넣고, 그것도 단어 몇 개만 살짝 바꿔가면서 질질 늘려 쓰는 경우가 많다. 하지만 그럴수록 꼭 필요한 추가적인 내용 이외의 것은 절대로 글에 담아서는 안 된다. 글을 제대로 끝맺었다는 인상을 줄 수 없을뿐더러, 동어반복으로 인해 글이 자칫 진부해질 수 있기 때문이다.

그렇게 해서 많은 학생들이 힘들어하는 것의 하나가 바로 결론 부분을 어떻게 서술할까 하는 것이다. 즉, 힘들여 논의를 전개하면서 글 내용을 정성껏 서술했음에도 불구하고, 정작에 마무리 부분을 적절히 끝맺지 못해 왠지 모르게 뒤가 켕기는 것이다. 이것, 어떻게 해야 할까? 앞서 말한 두 경우는 논술자인 학생 스스로 머리를 싸매가며 고민하면서 해결해 나가는 것밖에는 달리 도리가 없기에 언급을 생략하고, 여기서는 결론 쓰기에서 유의할 점, 내지는 좋은 결론의 요건에 대해서만 간략히 설명한다.

첫째, 앞에서 서술한 내용을 그대로 반복해서는 안 된다. 대입논술에서, 답안 앞부분의 내용을 다시 정리하여 마무리한답시고 이를 거듭 요약하여 기술할 경우, 이는 앞에서 언급된 내용의 동어반복에 불과할 뿐이다. 설령 결론에서 논제의 핵심 내용을 다시 요약·정리하더라도 그것은 앞에서 논증한 핵심 개념(논지, 논점을 담은 세부 주제)들을 단순히 모아 놓은 차원의 진술이어서는 안 되고, 그것들을 종합하고 분석하여 이끌어낸 새로운 차원의 개념적 진술이어야 한다. 그 대표적인 사례가 바로 문제 해결형 서술 논제에 있어서의 결론부에 대한 언술이다.

특히 500자 내외의 적은 분량의 답안을 기술할 경우, 그런 식의 마무리 요약은 결론의 적정량에 견주어볼 때 지나치게 많은 분량을 차지할 뿐이다. 이는 정작 결론부에서 다루어야 할 핵심 내용을 제대로 기술하지 못하거나, 아니면 결론 전체의 분량이 턱없이 길어지는 나쁜 결과를 불러온다.

둘째, **새로운 내용을 담아서는 안 된다.** 글의 마무리 부분인 결론에서 앞글에서 논의하지 않은 새로운 내용을 언급한다면, 전체적으로 글 구조가 어색할 뿐 아니라 글 내용이 명쾌하지 않다는 인상을 준다. 더군다나 글의 결론 부분에서 진지하고 구체적인 논의가 다시 진행되는 듯한 내용의 글을 기술한다면, 결국에는 이를 자세히 논의하지 않고 글을 중간에 끝맺는 것 같은 느낌을 줄뿐이다. 새로운 내용은 새로운 논의의 시작을 알리는 것이어서, 결론에서 새로운 논의를 시작한다는 것은 결국 글의 구성을 깨는 것과 다를 바 없다.

셋째, **지나치게 상식적이거나 상투적인 내용으로 끝맺어서는 안 된다.** 얘기하나마나한 상식적이고도 상투적인 내용을 결론에서 다룬다거나, 두루뭉술한 추상적인 결론을 내려서는 결코 좋은 평가를 받을 수 없다. '다 함께 노력하여 건강 사회를 만들어야 할 것이다', '~라는 사실을 깊이 명심해야 할 것이다', '~에 깊이 반성해야 할 것이다'는 식의 언급은 모두 앞부분까지의 내용만으로 끝을 맺기에는 무언가 찜찜하고, 그렇다고 해서 딱히 마땅한 끝맺음이 될 만한 내용이 생각나는 것도 아니고 하여, 대충 얼버무리며 끝맺으려는 상투적인 표현에 지나지 않다.

결론은 앞글 내용에서 필연적으로 이끌려나올 만한 것만을 담아야 하며, 만약 이런 생각이 딱히 떠오르지 않는다면 **그냥 글을 끝맺는 게** 더 적절하다. 답안에서 요구하는 내용과의 연관성이 크게 떨어지는 지엽적인 내용을 시시콜콜 쓴다거나, 상식적이고 진부한 내용을 의미 없이 덧붙여서는 안 된다. 그저 좋은 게 좋은 거란 식으로 얼버무려가며 애매하게 끝을 맺는다면, 그만큼 낮은 평가를 받을 수밖에 없다.

넷째, **부언·첨언을 결론에 붙일 경우에는 신중을 기해야 한다.** 결론을 쓸 때쯤 되어 앞 내용과 관련하여 좋은 생각이 떠오를 수 있는데, 그렇더라도 이를 결론에서 부언하거나 첨언할 때에는 신중을 기해야 한다. 글이 끝맺음을 하지 못하고 논의가 다시 또 공전하고 있다는 느낌을 줄 수 있기 때문이다. 따라서 글 전체의 맥락을 고려하여 논리의 흐름과 일관성을 단절하지 않은 경우에 한해서만 글 내용을 새로이 끼워 넣도록 한다.

이제까지의 설명에서 알 수 있듯이, 결론을 별 내용 없이 질질 늘려 쓰는 것은 옳지 않다. 설령 답안을 미처 다 채우지 못했거나 글의 결론 부분에 대한 서술이 다소 미흡하더라도, 차라리 글의 핵심 내용을 좀 더 알차게 꽉 채워가며 서술한다는 생각으로 답안을 작성하는 것이 훨씬 더 효과적이고 또 바람직하다(핵심 내용을 알차게 서술하다보면 문제에서 요구하는 답안 분량은 꽉 채워지게 마련이다).

아무튼 결론에서 깔끔하고 명쾌하며 구체적으로 끝맺음했다는 인상을 줄 수 있다면, 그것으로 글을 쓰는 목적은 달성한 것으로 봐도 된다. 즉, 문제의 요구에 맞추어 알맹이가 분명하고 내용이 탄탄하게 답안의 본론 부분을 쓴 다음, 자신의 주장을 분명히 하는 결론을 쓰는 게 짜임새 있는 논술 답안 적성의 포인트다. 이 역시 문제의 지시 및 요구가 있을 경우에 한하여 그렇다.

다음은 논술 평가 항목에 맞추어 결론을 구체적으로 끝맺는 방법에 대해, 이를 개략적으로 구분한 것이다. 아래의 끝맺음 방법은 주로 1000자 전후의 답안 가운데 글 내용 전체를 논리적인 흐름에 맞게 체계적으로 구성해야할 경우이거나, 또는 문제에서 특별히 결론 부분을 작성하라고 지시한 경우에 국한된다. 만약 답안분량이 500자 이내로 짧게 작성할 것을 요구하는 경우에는, 결론 부분을 별도로 구상할 필요 없이 오로지 문제의 지시를 따라 답안을 작성하면 그것으로 충분하다. 그 점에 있어서는 1000자 분량의 답안 역시 궁극적으로 그러하다.

[결론을 구체적으로 끝맺는 방법]

- **논제의 중요성**을 다시 한 번 강조하며 끝맺는 방법
- → '요약하라', '설명하라', '해석하라'와 같은 '이해—평가—적용' 능력을 평가하는 복합 논제 서술형 평가 문제의 경우
- **구체적인 결론(논점)**을 도출하며 끝맺는 방법
- → 주로, '비판하라', '평가하라'와 같은 비판적 평가 능력과 관련한 논제 서술형 평가 문제의 경우
- **핵심 내용(논지와 논거)**을 강조하는 방법
- → 주로, '요약하라', '비교하라'와 같은 **분석적 이해 능력**과 관련한 논제 서술형 평가 문제의 경우
- **대안이나 해결 방안**을 제시하며 끝맺는 방법
- → 주로, '문제를 해결하라', '대안을 제시하라'와 같은 **창의적 적용 능력**과 관련한 논제 서술형 평가 문제의 경우

끝으로, 논술 답안을 작성할 때의 추가적인 요령 한 가지를 보태면 다음과 같다. **답안의 도입부는 주제 개념을 중심으로 논의해야 할 핵심 내용을 축약하고, 답안의 끝맺음 부분은 논제의 핵심 질문을 재정리하여 기술토록 한다.** 즉, 글의 도입부에서는 논제에 담긴 주제 개념에 대해 이를 적절한 용어를 사용하여 글 내용의 핵심을 축약하고, 끝맺음 부분에서는 논제의 진술인 '주제 개념어+관점을 담은 용어+논증 지시어'를 적절하게 풀어가며 재진술한다.

그렇게 되면 글의 전체 구조와 의미 관계가 한층 체계적으로 기술됨은 물론, 글의 논리 역시 탄탄하게 드러나는 효과를 가져 온다. 특히 답안을 끝마쳤음에도 불구하고 분량이 약간 짧은 듯한

느낌을 준다거나, 마무리가 어딘가 모르게 다소 미흡하다고 생각될 때, 그리고 나열식의 논증을 함으로써 결론 없이 끝맺는 경우, 논제를 풀어 재구성하면서 서술하기 바란다. 꽤 그럴싸하게 끝맺음할 것이며, 생각 밖으로 크게 효과를 볼 것이다. 다음은 그것에 대한 필자 예시 답안의 끝부분을 기술한 것이다.

… 이상을 고려할 때, 개인이 사회에 대한 영향력은 **공동선** 추구라는 공동 목표를 달성하기 위한 개인의 **자율성**과 **타율성**의 정도 차이에 귀속됨을 알 수 있다. (연세대 2014 사회 수시 2번 문제)

… 이처럼 **상품화**는 인간의 **도덕적 신념**이나 인간을 둘러싼 **사회적 미덕**에 기초하는 것이기에, 다수가 옳게 받아들이는 상품만을 시장에서 거래해야 그 정당성을 부여받는다. 그리고 그에 따라 시장은 보다 활성화되고 자원은 **효율적으로 배분**되며, 개인과 사회의 **경제적 이익**은 더욱 확대된다. (고려대 2013 인문(A) 수시 1번 문제)

끝마치며 – 시험 보기 직전에 머릿속에 새겨두어야 것들

[잘 쓴 논술 답안의 요건 10]

1. 쉽게 읽혀야 한다.

2. 글을 읽어 뜻이 애매한 부분이 없어야 한다.

3. 비문과 얽힌 문장이 없어야 한다.

4. 글 구조는 체계적이어야 한다.

5. 문장과 문장, 단락과 단락은 매끄럽게 연결되어야 한다.

6. 주장(결론)은 명확하고 근거(전제)는 충실해야 한다.

7. 논리는 논제의 물음을 따라 질서정연해야 한다.

8. 논증은 일관되고, 타당하며, 충실하고, 설득력 있어야 한다.

9. 주제 개념을 따라 글 전체가 통일감을 주어야 한다.

10. 문제의 요구와 지시를 빠짐없이 채워 답안을 서술해야 한다.

[논술 합격 답안 작성을 위한 Tip 10]

1. 논술 답안 작성 전에 해야 할 것들.

    (1)발문의 물음을 **논제의 진술로 재구성**한다…[주제 개념–관점–논증 지시어]를 밝혀 문제 밑에 적어 놓는다.

    (2)제시문의 **핵심어를 전부 추출**하여 논제의 물음에 필요한 것만을 취사선택한다… 적절한 용어로 **개념화**

    하여 제시문 옆에 적어 놓는다.

    (3)제시문별 **논지를 한 줄 요약**한다… 제시문 옆에 적어 놓는다.

2. 답안 작성 중에 해야 할 것들.

    (1)**문제와 제시문의 관계, 제시문과 제시문의 관계를 확정**한다.

    → 문제와 제시문을 읽으면서 끊임없이 **출제자의 의도**를 생각한다. 출제 의도는 곧 논술 답안의 결론이므

    로, 먼저 문제부터 꼼꼼하게 읽으면서 출제 의도를 정확히 파악해야 한다. 이때, 같은 주제로 엮은 문

    제와 제시문 전체를 살피면, 출제 의도와 출제자가 원하는 답안을 좀 더 쉽게 파악할 수 있다.

    (2)논제의 지시를 따라 **단락을 나누어 서술**한다.

    → 단락은 논제의 지시를 따라 구분하되, 단락별 적정 글자 수 배분에 신경 써야 한다. 단락과 단락은 논

    리가 물 흐르듯이 이어져야 하므로, 각 단락의 첫 글에 특히 신경 써서 글 내용을 기술한다. 각 단락의

첫 문장은 반드시 핵심 주제와 소주제를 담은 명제를 기술한다.

⑶**설명할 부분과 논증할 단락을 구분**한다.

→ 설명글은 '정의'의 진술 방식을 중심으로 글 내용을 압축·서술한다. 논증글은 논증 지시어를 따르면서 글 내용을 기술하되, '논증 방법'을 따라 글의 논리 구조를 바로 세우면서 논증을 체계화한다. 각각의 단락에는 하나의 중심 생각, 곧 결론을 내세울 수 있어야 한다.

⑷**결론(명제)부터** 쓴다.

→ 답안(첫 단락)의 첫 문장은 주제 개념을 중심으로 논제의 물음을 풀어쓰고, 이후의 단락의 첫 문장은 논제의 물음을 항목화한 대답의 진술로써 소주제(명제)를 담는다. 결론은 가급적 단문으로, 핵심 개념어를 담아 짧게 써라. 논점(관점) 확정이 특히 중요하다.

⑸**논증 형식에 맞게 체계적으로 답안을 작성**한다.

→ **개념과 개념(주제 개념과 관점, 상위 개념과 하위 개념, 유개념과 종개념)을 논제의 물음을 따라 질서 있게 배열**한다. 그렇게 해서 개념어와 개념어가 글 전체에 고르게, 균형 있게 펼쳐지면서 확연히 드러날 수 있어야 한다. 그와 더불어 **논거 제시 능력**이 답안의 성패를 좌우함을 이해하고, 타당하고, 적절하며, 설득력 있는 논거를 논증 방법(추론 방식)에 맞추어 질서 있게, 체계적으로 배열한다.

3. 답안 작성을 끝마치기 전에 해야 할 것들.

⑴답안 전체의 문장을 다시 한 번 가다듬되, 특히 **접속 표현**에 신경 쓴다.

⑵발문의 물음과 단락별 논제의 진술이 **일치하는지를** 다시 한 번 확인한다.

논술에 꼭 나오는 핵심 개념어

01 사회이론

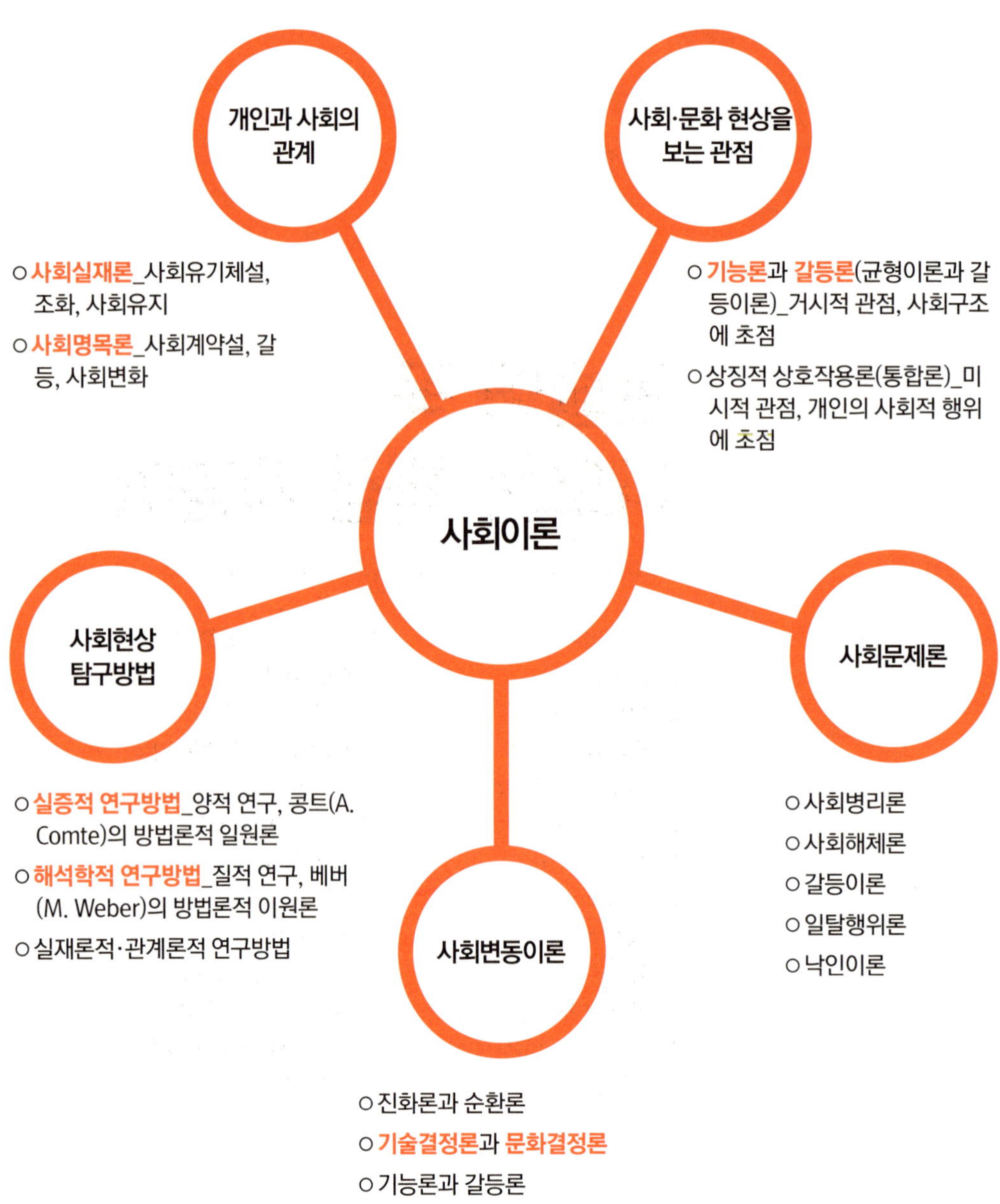

- **사회실재론**_사회유기체설, 조화, 사회유지
- **사회명목론**_사회계약설, 갈등, 사회변화

- **기능론**과 **갈등론**(균형이론과 갈등이론)_거시적 관점, 사회구조에 초점
- 상징적 상호작용론(통합론)_미시적 관점, 개인의 사회적 행위에 초점

- **실증적 연구방법**_양적 연구, 콩트(A. Comte)의 방법론적 일원론
- **해석학적 연구방법**_질적 연구, 베버(M. Weber)의 방법론적 이원론
- 실재론적·관계론적 연구방법

- 사회병리론
- 사회해체론
- 갈등이론
- 일탈행위론
- 낙인이론

- 진화론과 순환론
- **기술결정론**과 **문화결정론**
- 기능론과 갈등론

- 인간의 사회적 행동은 사회화의 산물인가, 진화의 산물인가?

- 사회를 이루는 본질은 통합일까, 갈등일까? 사회를 설명하는데 갈등과 균형 중 어떤 것이 적합할까?

- 사회는 개인들의 단순 합인가, 독립적 실체인가?

- 사회·문화 현상을 이해하는 관점에는 어떤 것들이 있을까?

- 사회·문화 현상에 대한 양적 및 질적 연구방법의 특성과 차이점은 무엇인가?

- 사회현상은 객관적 분석의 대상인가, 직관적 해석의 대상인가?

- 쌍둥이의 비슷한 성향은 유전자 때문인가, 사회·문화적 요인 때문인가?

- 일탈행동의 원인은 무엇이며, 그 대책에는 어떤 것들이 있을까?

- 사회변동은 무엇이며, 왜 일어날까?

- 사회문화 현상의 탐구에서 연구자가 지켜야 할 바람직한 태도와 윤리 문제는 무엇일까?

02 개인과 사회

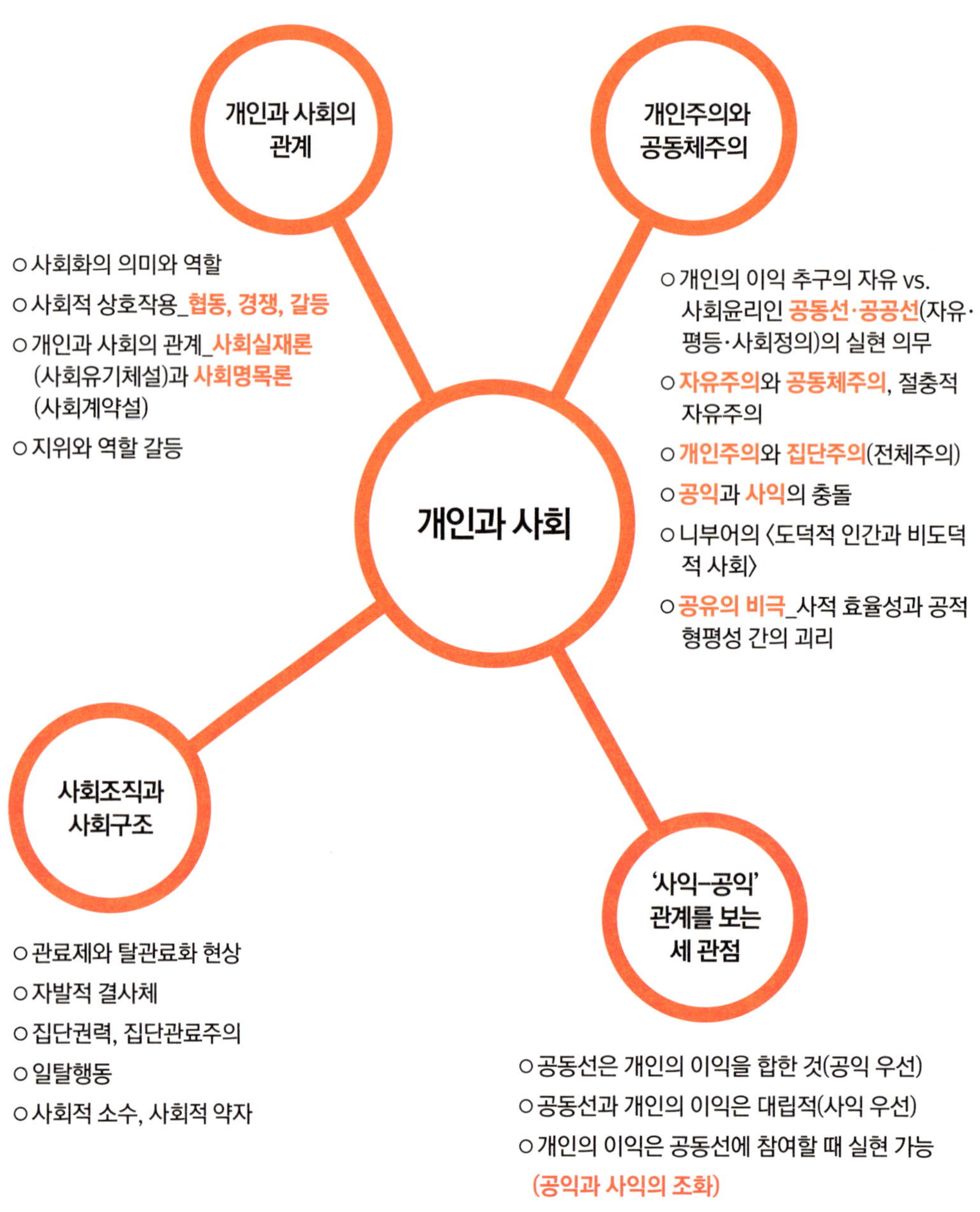

개인과 사회의 관계
○ 사회화의 의미와 역할
○ 사회적 상호작용_협동, 경쟁, 갈등
○ 개인과 사회의 관계_사회실재론 (사회유기체설)과 사회명목론 (사회계약설)
○ 지위와 역할 갈등
개인주의와 공동체주의
○ 개인의 이익 추구의 자유 vs. 사회윤리인 공동선·공공선(자유·평등·사회정의)의 실현 의무
○ 자유주의와 공동체주의, 절충적 자유주의
○ 개인주의와 집단주의(전체주의)
○ 공익과 사익의 충돌
○ 니부어의 〈도덕적 인간과 비도덕적 사회〉
○ 공유의 비극_사적 효율성과 공적 형평성 간의 괴리
개인과 사회
사회조직과 사회구조
○ 관료제와 탈관료화 현상
○ 자발적 결사체
○ 집단권력, 집단관료주의
○ 일탈행동
○ 사회적 소수, 사회적 약자
'사익-공익' 관계를 보는 세 관점
○ 공동선은 개인의 이익을 합한 것(공익 우선)
○ 공동선과 개인의 이익은 대립적(사익 우선)
○ 개인의 이익은 공동선에 참여할 때 실현 가능 (공익과 사익의 조화)

- 개인과 사회는 어떤 관계일까? '개인' 또는 '사회' 중에 어느 것이 우선하는가?

- 사회화를 바라보는 관점에는 어떤 것이 있을까?

- 사회화는 사회통합의 동력인가, 기존체제의 학습에 불과한가?

- 사회적 상호작용의 세 유형인 '협동·갈등·경쟁' 가운데 어떤 삶을 택할 것인가?

- 일상생활 속에서 사회적 상호작용은 어떻게 유형화될까?

- 지위와 역할은 무엇을 의미하며, 역할 갈등을 어떻게 해결해야 하는가?

- 개인과 사회의 합리적인 관계에 대한 가능성을 모색하기 위해서는 무엇을 고려해야 하는가?

- 공동선과 개인의 이익의 관계를 어떻게 보아야 할 것인가? 사회가 공익을 위해 개인의 이익을 제한할 수 있는가?

- 개인의 이익과 공동체 이익의 조화를 통한 '공동선'의 실현 방안은 무엇인가?

- 관료제 조직의 문제점은 무엇이고, 이를 개선하는 방안에는 어떤 것들이 있을까?

- 자율적 개인의 권리와 시민의 책무를 어떻게 조화시킬 것인가?

- 현대사회의 문제 가운데 하나인 저출산 문제를 개인적인 문제로 남겨둘 것인가, 사회가 나서서 해결할 것인가?

- 경쟁의 공정성과 경쟁 결과의 정당성을 판단하는 기준과 근거는 무엇인가?

- 공동체주의적 자유주의(절충적 자유주의)는 가능할까? 공동체주의와 자유주의에서 규정하는 '개인'은 어떠한 차이가 있으며, 공동체주의적 자유주의는 어떤 의미가 있는가?

- 소수집단의 차이는 그 자체로 존중되어야 한다는 말은 어떤 의미이며, 차이의 가치와 공공선의 관계를 어떻게 바라보아야 하는가?

03 문화와 사회

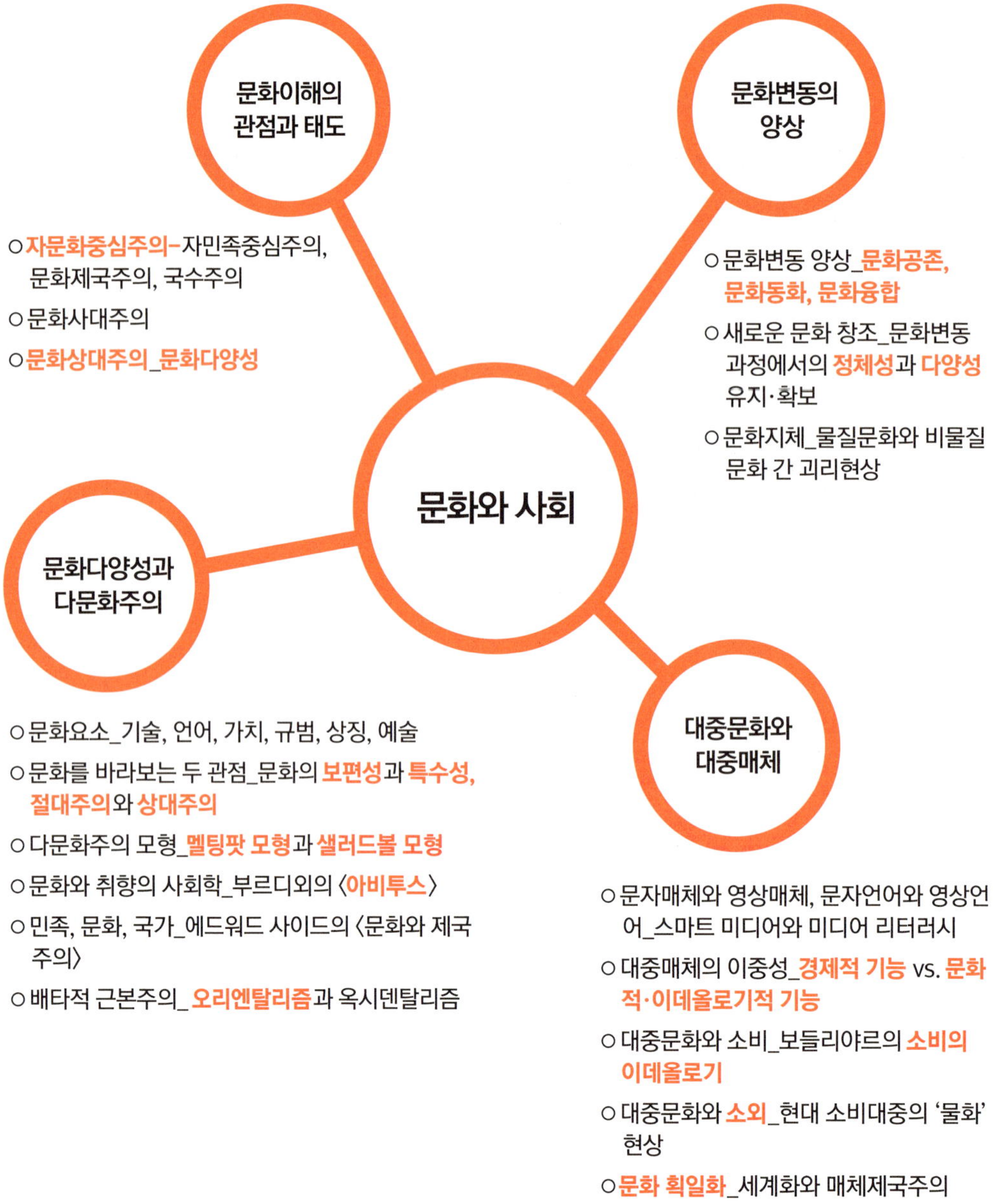

문화이해의 관점과 태도

○ **자문화중심주의**–자민족중심주의, 문화제국주의, 국수주의
○ 문화사대주의
○ **문화상대주의_문화다양성**

문화변동의 양상

○ 문화변동 양상_**문화공존, 문화동화, 문화융합**
○ 새로운 문화 창조_문화변동 과정에서의 **정체성**과 **다양성** 유지·확보
○ 문화지체_물질문화와 비물질 문화 간 괴리현상

문화와 사회

문화다양성과 다문화주의

○ 문화요소_기술, 언어, 가치, 규범, 상징, 예술
○ 문화를 바라보는 두 관점_문화의 **보편성**과 **특수성, 절대주의**와 **상대주의**
○ 다문화주의 모형_**멜팅팟 모형**과 **샐러드볼 모형**
○ 문화와 취향의 사회학_부르디외의 〈**아비투스**〉
○ 민족, 문화, 국가_에드워드 사이드의 〈문화와 제국주의〉
○ 배타적 근본주의_ **오리엔탈리즘**과 옥시덴탈리즘

대중문화와 대중매체

○ 문자매체와 영상매체, 문자언어와 영상언어_스마트 미디어와 미디어 리터러시
○ 대중매체의 이중성_**경제적 기능** vs. **문화적·이데올로기적 기능**
○ 대중문화와 소비_보들리야르의 **소비의 이데올로기**
○ 대중문화와 **소외**_현대 소비대중의 '물화' 현상
○ **문화 획일화**_세계화와 매체제국주의

- 문화다양성과 문화의 보편성은 어떤 면에서 서로 갈등하고, 또 어떤 면에서 서로 조화될 수 있는가?

- 문화를 바라보는 관점으로서의 잘못된 관점과 바른 관점에는 어떤 것들이 있을까?

- 문화변동은 무엇이고, 그 양상은 어떠한가?

- 세계화 속에서 한국 사회의 문화적 다양성과 정체성을 어떻게 유지해야 할까?

- 문화영역에서 불평등과 지배는 어떠한 형태로 존재하며, 이러한 불평등과 지배에서 벗어나려면 어떻게 해야 하는가?

- 대중문화의 긍정적 특징과 부정적 특징에는 무엇이 있는가?

- 문화제국주의가 민족문화에 미치는 영향과 그 대응책은?

- 대중매체가 지니고 있는 이중적 기능, 즉 경제적 기능과 문화적·이데올로기적 기능은 무엇을 담고 있으며, 양자가 서로 연관되어 있는 방식은 어떠한가?

- 세계화시대에 민족정체성은 어떠한 의미를 갖는가?

- 문화적 특수성은 절대적 가치인가?

- 오리엔탈리즘과 옥시덴탈리즘의 구체적인 예는 무엇이며, 이는 극복될 수 있을까?

- '가장 민족적인 것이 가장 세계적이다'는 말 속에서 문화의 고유성과 보편성은 어떻게 이해되고 있는가?

- 문화의 이중성이란 말은 어떤 의미인가? 문화는 어떻게 사회적 불평등을 재생산할까?

- 언어 다양성은 민족 간의 화합을 저해하는가? 언어 다양성에 따른 문제점을 극복하는 방법은 무엇인가?

- 소비사회에서 '소비의 균등화'와 '소비의 차별화'가 어떻게 일어나며, 어떤 의미를 지니는가?

- 현대사회에서 광고와 소비의 관계는 어떠하며, 그것이 자본주의 사회에서 어떤 역할과 기능(순기능과 역기능)을 지니고 있는가?

- 현대 소비사회에서 광고는 커뮤니케이션 수단인가? 자본주의 체제를 유지하기 위한 이데올로기에 불과한가?

04 국가와 개인

○ 국가 발생의 기원_아리스토텔레스의 국가론(공동체적 삶을 지향하는 인간의 정치적 본성), 사회계약론(개인의 기본권 보장), 마르크스주의 국가관(계급지배의 도구화)
○ 국가와 시민사회, **국가정체성**
○ 민족과 민족주의, 민족정체성
○ 세계화시대의 바람직한 **민족정체성**
○ 닫힌 민족주의_**자민족중심주의**(배타적 민족주의, 인종차별주의), 극단적 세계주의(보편주의, 극단적 국가주의)
○ 열린 민족주의_보편가치와 민족가치의 조화, **다양성**과 **주체성** 강조

국가와 민족

국가와 개인

여론과 언론

○ **인터넷 공론장**의 역할_긍정적 영향과 부정적 영향
○ 밴드왜건 효과와 침묵의 나선 **이론**_여론의 왜곡 가능성
○ 여론과 민주정치
○ **시민불복종**_소수자 의견이 존중되어야 하는 이유

○ 현대 민주주의의 원리_개인주의, 자유주의, 다원주의, 공동체주의
○ 대의 민주주의(직접 민주정치)의 한계
○ 정보화와 민주주의_**전자민주주의**의 실현 가능성
○ **SNS_소통**과 **참여**의 새로운 메커니즘

정보화와 민주주의

- 개인이 우선일까, 국가가 우선일까? 개인은 국가 속에서 어떠한 존재 가치를 갖는가? 국가가 개인의 행복을 보장하기 위해 존재하는가?

- 정부의 정책 수행과정에서 개인의 권리를 제한하는 것이 옳은가?

- 국가의 본질은 무엇이고, 국가권력의 정당성은 어디에서 나오는가?

- 국가는 늘 정의로울까? 법에 근거한 국가의 강제력은 언제나 정당한가? 만약 그렇다면 그 이유는 무엇인가?

- 권력은 강요에 기반하고 있는가, 동의에 기반하고 있는가? 국가권력의 남용을 막기 위한 국가와 국민의 역할은 무엇인가?

- 국가로부터 자율적인 시민사회는 가능한가, 아니면 국가의 권력은 시민의 자유를 위해 필요한가?

- 국가 정체성의 순기능과 역기능은 무엇이며, 올바른 국가 정체성의 형성을 위한 구체적 실천방안은 무엇인가?

- 다문화·세계화시대에 한국 민족주의가 나아가야 할 바람직한 발전 방향은 무엇인가?

- 대의 민주주의의 가능성과 한계는 무엇인가? 전자민주주의는 간접민주주의의 문제점을 극복하는 궁극적 대안이 될 수 있는가?

- 인터넷과 정보통신기술의 발달은 민주주의의 발달에 긍정적 영향을 미칠 것인가, 전자민주주의의 한계를 보일 것인가?

- 세계화·다문화시대에 민족정체성은 어떠한 의미와 기능을 가지며, 어떻게 확립되어야 하는가?

- 여론은 참된 민주주의를 구현하는가? 언론은 올바른 여론 형성과 참여민주주의 구현에 어떤 역할을 담당하는가?

- 언론의 잘못된 여론 형성을 막기 위해 국민들은 어떠한 노력을 해야 할까?

- 사회적 약자를 위한 복지 실현을 위해 국가가 해야 할 일은 무엇인가?

- 다수결의 원리는 현대사회의 문제해결을 위한 절대적으로 옳고 유일한 방식인가? 국가는 항상 다수의 의견을 따라야 하는가?

- 민족주의와 세계주의는 양립할 수 있는가?

- 우리에게 민족주의는 아직도 의미가 있는가? 통일의 과제와 관련하여 민족주의는 어떤 내용을 가져야 하는가?

- 국가 간 경계가 허물어지고 있는 이 시대에 왜 민족적, 인종적 갈등이 격화되고 있는가?

- 개별민족의 특성을 유지하면서 인류 전체의 평화와 공존을 이루는 것은 불가능한가?

05 사회갈등과 불평등

사회갈등의 원인
○ 현대사회의 부조리한 문제_소외, 차별, 갈등
○ 사회계층화 현상_계급과 계층, 계급갈등과 계층갈등
○ 양극화 현상을 보는 시각_선성장론 vs. 선분배론
○ 사회불평등 현상_계급현상의 고착화와 빈부격차의 심화
○ 개인주의와 집단이기주의 갈등
○ 공익과 사익의 충돌
○ 님비현상과 핌피현상
○ 노블레스 오블리주
○ 사회 안전망
다원화사회와 사회갈등
○ 차이와 차별, 역차별
○ 차별과 불평등
○ 다양성의 가치
○ 사회적 소수
○ 사회 정의_인권과 복지
사회갈등과 불평등
노동과 소외
○ 정보화 사회와 노동으로부터 소외
○ 소비와 소외
사회적 불평등을 바라보는 다양한 시각
○ 사회계층화 현상에 대한 기능론적 관점에서의 불평등
○ 갈등론적 관점에서의 불평등_마르크스의 계층론, 베버의 계급론, 부르디외의 문화자본론
위험사회
○ 자본주의 체제가 낳은 부정적 결과_황금만능주의, 물신숭배, 가치전도, 인간 소외 현상
○ 위험사회·피로사회_고독한 군중, 사물화, 도구적 이성
○ 성찰적 근대화_울리히 벡의 〈위험사회〉

- 사회갈등은 왜 일어나고, 갈등을 일으키는 현상에는 어떤 것들이 있는가?

- 사회계층 구조의 의미는 무엇이고, 그 유형과 특징은 어떠한가?

- 갈등 해결을 위한 바람직한 자세는? 갈등 해결의 구체적인 방안은?

- 현대사회의 계층과 불평등 현상을 어떤 관점에서 바라보아야 하는가?

- 불평등은 사회적 지위 및 역할 능력 차이에 따른 불가피한 현상인가, 기득권층의 특권 유지 및 강화를 위한 구조적 현상인가?

- 빈곤의 유형과 빈곤문제의 해결방안은 무엇인가?

- 구조화된 불평등으로서의 계층화 현상의 근원은 무엇인가?

- 학력은 개인의 능력에 따라 결정되는가, 가정의 사회·경제적 배경에 의해 영향을 받는가?

- 노동은 자아실현 수단인가, 경제적 삶의 조건을 확보하기 위한 수단인가?

- 노동의 진정한 의미는 무엇이고, 미래사회에서 인간이 노동의 주체가 되어 자아를 실현하려면 어떻게 해야 할까?

- 인간 노동은 과학기술로 해방될 수 있을까?

- 현대 대중사회에서 인간은 어떻게 소외되는가?

- 현대인은 '군중 속의 고독'을 느끼고 있다고 하는데, 이 말은 소외와 어떤 관련이 있는가?

- 소외는 개인의 심리 문제인가, 사회 구조적인 문제인가? 그 이유는 무엇인가?

- 현대 대중사회가 초래하는 위험을 극복하기 위해 개인과 사회는 각각 어떠한 노력을 기울여야 할까?

- 우리 사회의 양극화를 극복하려면 어떻게 해야 하며, 양극화를 해소하기 위한 방안은 무엇인가?

- 양극화 해소를 위해 사회적 약자를 어떻게 배려해야 하며, 어떤 방식으로 공정한 분배가 이뤄져야 할까?

- 사회적 소수자에 대한 차별의 원인과 해결방안은 무엇인가?

- 차별을 해소하기 위한 '역차별 대우'는 과연 정당한 걸까?

- '다름'과 '차이'는 곧 불평등을 의미하는 것인가? 정의로운 불평등이란 존재하는가? 정당화될 수 있는 불평등이 있는가?

- 조세 개혁과 부유세 도입을 통한 소득 재분배는 사유재산을 침해하는 부정적 기능을 하는가, 상대적 빈곤을 완화하는 긍정적 기능을 갖는가?

- 위험사회의 징후로는 어떤 것이 있으며, 이를 극복하고 올바른 진보를 이루기 위해서는 어떠한 노력이 필요한가?

■ ‘도구적 이성’이란 무엇이며, 그 의미는 무엇인가?

■ 여성고용할당제는 차별, 정의, 평등의 개념에서 어떻게 논의될 수 있는가?

06 사회제도와 정의

사회제도가 지향해야 할 가치

○ 사회제도가 지향하는 가치_인간 존엄성의 보호 및 증진, **공동선(공공선)**의 추구, 정의로운 사회제도로서의 공정(公正) 지향

○ 사회제도와 관련한 아도르노와 겔렌의 입장 차이

정의의 기준과 이론

○ 분배적 정의와 교정적 정의

○ 형식적 정의와 실질적 정의

○ **공정으로서의 정의**_롤스의 정의의 원칙

○ 롤스와 노직의 정의론 논쟁_**분배적 정의**인가, **소유권적 정의**인가, 평등주의자와 자유주의자의 대립

사회제도와 정의

인권 및 사회정의와 관련한 쟁점

○ 다문화사회의 인종차별 문제

○ 세계화로 인한 외국인 인권 문제

○ 고령화에 따른 노인 인권 문제

○ 사이버 폭력 및 인터넷 실명제 논란

○ 동물권과 관련한 생명윤리 문제

○ 양심적 병역거부 논란_권리와 의무 충돌

○ 낙태의 윤리적 쟁점들

○ 좋은 죽음에 대한 성찰_안락사·존엄사

법의 이념

○ 법의 이념_정의, 합목적성, 법적 안정성

○ 법의 요건_도덕적 정당성, 절차적 정당성, 강제력

○ 자연법사상과 법실증주의_법적 강제력의 근원

○ **시민불복종**_정부의 부당한 법규에 대한 소극적 저항, 공동선을 위해 다수에게 호소하는 비폭력적 행위

○ **공공성**을 지향하는 시민사회의 자발적 결사체_비정부기구(NGO)

- 사회제도에서 정의가 왜 중요한가? 어떻게 해야 정의로운 사회를 구현할 수 있을까?

- 사회제도가 인간의 자유를 구속하는가, 인간의 자율성을 위해 제도가 필요한 것인가?

- 사회 구조와 제도의 불공정으로 인해 발생하는 문제점은 무엇인가?

- 분배적 정의가 우선하는가, 소유권적 정의가 우선하는가?

- 분배정의와 복지를 어떻게 실현할 수 있을까?

- 다수결의 원칙에 따른 결정이 항상 정의로운가?

- 왜 법을 지켜야 하는가? 법의 평등성이 인간의 평등을 보장해주는가?

- 인권 및 사회정의와 관련한 문제들을 어떻게 해결해야 할까? 인권에 포함되는 권리들이 충돌할 경우 무엇을 기준으로 이를 조율할 것인가?

- 정부의 대형마트 규제는 시장의 자율성을 위반하는 행위인가, 영세 상인들의 생존권을 보장하기 위한 공적 행위인가?

- 유대인 학살 행위는 실무자인 아이히만 개인의 책임일까, 아니면 잘못된 나치정권으로 인한 사회제도의 책임일까?

- 법에 대한 존경심이냐, 정의에 대한 존경심이냐? 시민 불복종이 정당화되는 경우는?

- 소외집단 우대정책은 사회정의 실현과 어떤 관련성이 있는가?

- 사회발전을 위한 시민의 역할은 무엇이고, 참여방법에는 어떤 것이 있는가?

07 자유와 평등

자유와 평등의 개념

- 홉스, 로크, 루소의 자유론_사회계약론
- **공리주의**의 자유론
- 정의의 길_롤스의 **정의론**
- 경제에서의 자유와 평등의 문제_**성장**과 **분배**(경제적 **효율성**과 사회적 **형평성**)

자유론·평등론

- 도덕 판단의 기준_**자유의지**와 **결정론**
- **적극적 자유**와 **소극적 자유**
- 형식적 평등(**결과의 평등**)과 실질적 평등(**기회의 평등**)
- **자유주의**와 **평등주의**
- 개인과 자유의 관계_밀의 〈자유론〉
- 에리히 프롬의 〈자유로부터의 도피〉_자유와 복종의 갈림길에 선 근대인
- 칼 포퍼의 〈자유의 역설〉_개인의 자유와 사적 규제 사이의 갈등

자유와 평등

자유와 자율을 가름하는 도덕 판단의 기준

- 도덕적 갈등 상황의 발생원인_도덕규범과 도덕적 가치의 충돌
- 도덕이론_**목적론적 윤리설(결과주의)**과 **의무론적 윤리설(동기주의)**
- 도덕 강제의 원리_도덕을 법으로 강제(도박, 마약, 매매춘 처벌 등)
- 도덕적 자율성_자기결정 능력, 합리적 사고능력, 비판적 사고능력, 결과예측 능력, 타자의 입장에서 생각하는 능력이 필요
- 도덕적 행위의 정당화_동기론과 결과론
- 도덕 갈등 해결을 위한 판단과정_**사실판단, 가치판단, 도덕판단**
- **개인윤리**와 **사회윤리**, 시민윤리

인간과 자유

- 자유와 자율_자유 의지의 문제
- **자율**과 **타율**_도덕적 자율성
- 자유의 현실적 한계_도덕 강제의 당위성

- 자유와 평등은 인간의 이기심 및 이타심과 어떤 관계를 맺고 있는가?

- 인간 본성은 과연 무엇이며, 자유와 평등은 이러한 인간 본성에 비추어 결코 조화를 이룰 수 없는 것인가?

- 자유 민주주의 사회에서 가장 강조되는 자유의 의미란 무엇이며, 개인의 자유는 어떤 경우에 제한될 수 있는가?

- 도덕을 법으로 강제할 수 있는가? 도덕적 자율성에는 어떤 능력이 필요한가?

- 법에 복종하지 않는 행동도 이성적인 행동일 수 있을까?

- 자유와 평등은 양립할 수 없는가? 서로 대립하지 않고 조화를 이룰 수 있는 방법은 무엇인가?

- 자유와 민주적 가치가 실현되기 위해 필요한 '관용'이란 무엇이며, 왜 그것이 필요한가?

- 자유는 주어지는 것인가, 아니면 싸워서 획득해야 하는 것인가?

- 진정한 자유와 평등이란 무엇이고, 이것이 어떤 측면에서 지켜져야 하는가?

- 가상공간과 문학작품에서의 표현의 자유와 사회적 책임과의 관계를 어떻게 설정할 것인가?

- 사이버스페이스는 인간의 자유를 실현하는 수단이 될 수 있는가, 만약 이에 대해 긍정적이라면 어느 정도까지 가능하며, 그 한계는 무엇인가?

- 자유 민주주의와 자본주의의 진정한 인간화를 위해서는 어떠한 요건들이 갖추어져야 하는가?

- 의무론적 윤리관 적용의 난점에 대한 물음_ 어느 시대, 어느 지역에서나 타당한 절대적인 도덕법칙 또는 의무가 있는가? 만약 있다 하더라도 그 법칙 또는 의무를 어떻게 발견할 수 있는가? 만약 발견할 수 있다 하더라도 왜 우리가 그 법칙에 의무적으로 따라야만 하는가?

- 목적론적 윤리관 적용의 난점에 대한 물음_ 과연 모든 사람들이 합의할 수 있는 인생에 있어서의 객관적인 목적이 있는가? 비록 객관적인 목적이 있다 할지라도 그것이 무엇인지 어떻게 알 수 있는가? 목적을 달성함에 있어서 어떤 수단이 가장 정당한 것인가?

- 《논어》에서 공자는, 아버지가 양을 훔치면 자식이 숨겨주고, 자식이 그러하면 아버지가 숨겨주는 것이 정직이라고 말하는데, 이에 대해 도덕과 법의 입장에서 어떻게 평가할 수 있는가?

08 성장과 분배

○ 분배에 대한 입장 차이_**공리주의, 평등주의, 자유주의**

○ 선 성장론과 선 분배론_**성장**과 **분배**를 바라보는 두 입장, 경제적 자유주의와
  사회적 평등주의의 대립

○ 경제적 **효율성**과 사회적 **형평성**_경제구조에 대한 선택의 문제

○ 사회 불평등 현상과 분배 정의 실현_경제에 있어서의 자유와 평등의 문제

○ 성장과 분배, 그 조화의 길_앤서니 기든스의 〈**제3의 길**〉

- 성장과 분배, 어느 것을 우선할 것인가?

- 상생과 경쟁은 양립 불가능한가?

- 양극화에 따른 분배정의의 실패와 그로 인한 사회 불평등을 어떻게 극복할 것인가? 분배정의와 복지를 어떻게 실현할 수 있는가?

- 경쟁과 교육은 어떤 관계에 있을까?

- 기회균등 내지는 경쟁의 공정성이라는 관점에서 과연 자유경쟁 체제는 가능할까?

- 지속 가능한 발전은 과연 가능할까?

- 공리주의와 자유주의 간의 분배정의를 바라보는 시각 차이의 핵심은 무엇인가? 어느 쪽이 더 바람직하며, 그 근거는?

- 기업의 사회적 책임을 어디까지로 규정해야 하는가? 경제적 차원, 즉 이윤 극대화의 관점을 따를 것인가, 공동체의 이익이라는 도덕률의 적용을 받아야 하는가?

- 블록체인(분산된 공개장부) 기술은 투명하고 공정한 사회를 만드는 기반 기술로 활용됨으로써 건전한 상거래를 이끌고 직접 민주주의를 실현할 수 있을까?

09 세계화

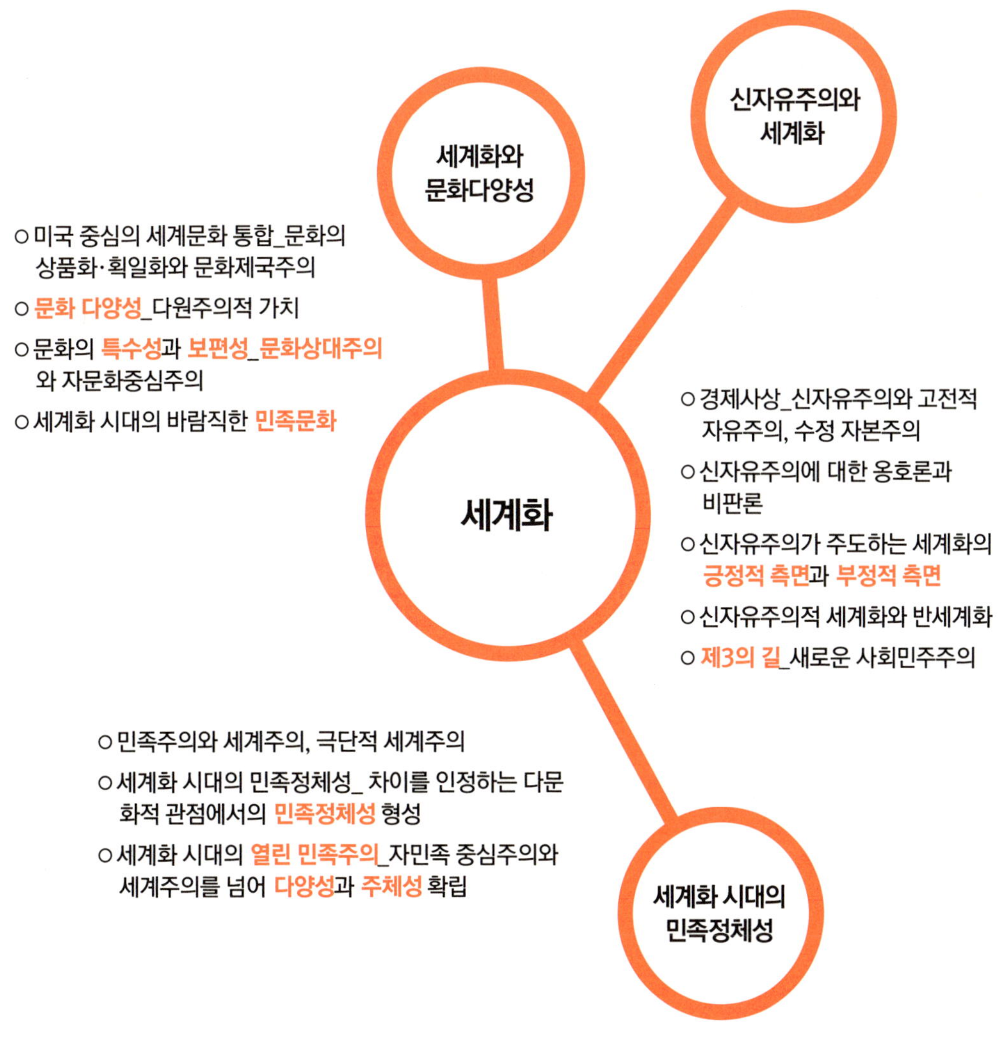
세계화와 문화다양성
신자유주의와 세계화
세계화
세계화 시대의 민족정체성
○ 미국 중심의 세계문화 통합_문화의 상품화·획일화와 문화제국주의
○ 문화 다양성_다원주의적 가치
○ 문화의 특수성과 보편성_문화상대주의와 자문화중심주의
○ 세계화 시대의 바람직한 민족문화
○ 경제사상_신자유주의와 고전적 자유주의, 수정 자본주의
○ 신자유주의에 대한 옹호론과 비판론
○ 신자유주의가 주도하는 세계화의 긍정적 측면과 부정적 측면
○ 신자유주의적 세계화와 반세계화
○ 제3의 길_새로운 사회민주주의
○ 민족주의와 세계주의, 극단적 세계주의
○ 세계화 시대의 민족정체성_ 차이를 인정하는 다문화적 관점에서의 민족정체성 형성
○ 세계화 시대의 열린 민족주의_자민족 중심주의와 세계주의를 넘어 다양성과 주체성 확립

【이슈 & 쟁점】

- 미국 중심의 세계 문화 통합을 어떻게 볼 것인가?

- 신자유주의의 긍정적 측면과 부정적 측면은 무엇인가?

- 세계화 속에서 한국 사회의 문화적 다양성과 정체성을 어떻게 유지해야 할까?

- 세계화는 문화 다양성을 해치고 각 나라의 다양한 문화를 획일화시키는가, 문화 다양성을 통한 진정한 인류 보편 가치 확립에 기여하는가?

- 세계화 시대에 문화적 고유성을 강조하는 문화상대주의란 어떤 주장이며, 그것이 갖는 장점과 단점은 무엇인가?

- 타문화의 특수성을 우선할 것인가, 인류의 보편가치를 우선할 것인가?

- 세계화 시대에 타문화를 대하는 우리의 올바른 자세는 무엇일까?

- '열린 민족주의'와 '닫힌 민족주의'의 관점에서 살필 때, 세계화의 흐름에 맞는 민족주의의 장래는 어떻게 변화될 것인가?

- 세계화 시대에 민족의 정체성과 기능은 어떤 모습으로 확립되어야 하는가?

- 자민족 중심주의와 세계주의 극복 방안은?

- 이상사회의 관점에서 선진국과 후진국은 서로 어떤 관계를 유지해야 하는가?

- 개화기 직전 조선시대의 사회적 상황과 오늘날 한국 사회가 당면한 세계화의 상황에서 나타나는 유사점과 차이점은 무엇인가?

- 세계화 속에서의 국민국가의 역할은 무엇인가? 국가의 역할이 소멸·쇠퇴할 것인가, 국가의 역할이 오히려 강화될 것인가?

- 신자유주의는 시장 유토피아인가, 경제와 삶의 불안정의 근원인가?

10 정보사회와 대중매체

- 대중문화의 긍정적 기능과 부정적 기능_**문화적 민주주의·다양화** vs. **문화의 하향평준화·상업화**
- 대중문화가 현대 대중사회에 미치는 영향_긍정적 측면과 부정적 측면
- 대중문화가 청소년 문화에 미치는 영향력_문화 편식 현상과 호기심·모방심리 확대

정보사회

- 정보사회의 전망_**낙관론**과 **비관론**, 순기능과 역기능(정보 불평등·정보 격차·**정보 판옵티콘**)
- 개별지성과 **집단지성**_브리태니커와 위키피디아의 예
- 집단지성과 **집단사고**
- 전자민주주의의 허와 실
- 인터넷 **공론장**_정보의 힘, 공론의 힘
- 지식·정보 사회의 **윤리 문제**

정보사회와 대중매체

대중문화의 이해

대중매체

- **미디어는 메시지다**_마셜 맥루한
- 미디어가 만드는 새로운 가족관계_사이버 공동체
- 기능론과 갈등론의 관점에서의 대중매체의 역할과 기능
- 카피라이트와 카피레프트_정보화 시대의 저작권 보호와 저작권 공유

【이슈 & 쟁점】

- 대중은 대중문화를 능동적·적극적으로 향유하는 주체인가, 수동적·무비판적으로 수용하는 객체인가?

- 대중문화는 인간이 주체가 되는 소비문화인가, 육체(몸)가 소비의 대상이 되는 자본논리에 종속된 문화인가?

- 대중문화의 긍정적 기능과 부정적 기능은 무엇인가?

- 정보화는 사회적 불평등을 재생산하는가?

- 정보 민주주의는 실현될 수 있을까? 정보화 시대의 이상적인 민주주의 실현을 위한 구체적인 방안은 무엇인가?

- 현대 정보화 사회의 미디어가 초래할 수 있는 지식 격차 문제를 해결하기 위한 방안은 무엇인가?

- 인터넷 실명제는 자체 언어 정화를 위해 반드시 허용되어야 하는가, 개인의 표현의 자유를 빼앗는 것이기에 허용되어서는 안 되는가?

- 대중매체의 역할과 기능은 무엇인가?

- 대중매체를 어떻게 비판적으로 수용할 것인가?

- '한류'의 긍정적 기능과 부정적 기능은 무엇인가?

- 대중문화의 주인은 문화산업인가, 대중인가?

- 욕망과 문화는 자본주의로부터 자유로울까?

11 현대사회의 윤리적 판단과 관련한 물음

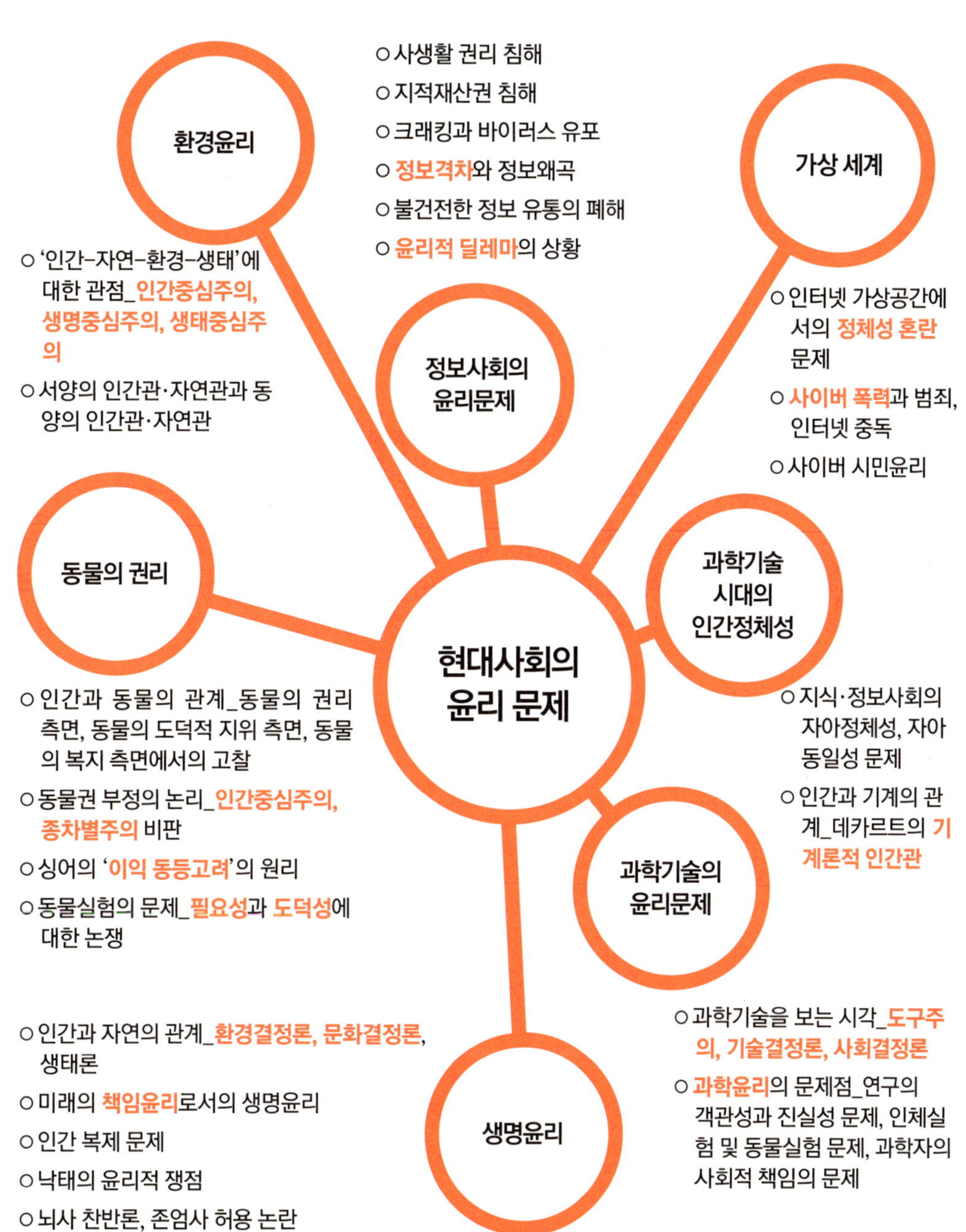

- 현대사회에서 발생하는 사회 윤리적 문제에는 어떤 것들이 있는가?

- 윤리적 딜레마의 상황을 어떻게 극복할 수 있을까?

- 옳고 그름을 판단하는 윤리적 기준은 무엇인가?

- 기계와 구분되는 인간의 정체성은 무엇인가?

- 유전자 복제를 통해 태어난 '나'는 나와 동일한 존재인가, 아닌가? 만약 동일한 존재라고 생각한다거나 아니라고 생각한다면 그 근거는 무엇인가?

- 가상공간이 청소년들의 자아정체성 형성에 미치는 영향은 무엇인가?

- 오늘날 우리 사회가 추구해야 할 인간과 동물의 바람직한 관계는 무엇인가?

- 과학 윤리를 강화하는 대안은 무엇이고, 과학 윤리를 세우기 위해 가져야 할 윤리 기준은 무엇인가?

- 훌륭한 업적을 일구어 낸 과학자가 연구 과정에서 빚은 비윤리적 행위는 용납될 수 있는가?

- 환경보호는 다른 모든 가치에 우선하는 인류의 절대적인 해결과제인가?

- 인류의 생존을 위협하는 환경파괴는 기술의 문제일까, 체제의 문제일까?

- 뇌사 허용은 죽음의 활용인가, 생명 경시 풍조의 조장인가?

- 안락사는 도덕적으로 허용될 수 있는가? 만약 안락사에 찬성한다면, 적극적이고 자의적인 안락사, 적극적이고 비자의적인 안락사, 소극적이고 자의적인 안락사, 소극적이고 비자의적인 안락사 중 어느 것을 찬성하는가? 그 근거는 무엇인가?

- 낙태를 찬성하거나 반대하는 견해의 주장과 근거는 각각 무엇인가?

- 정보사회에서 일어나는 윤리적 문제에는 어떤 것이 있으며, 이를 해결하기 위한 방안은 무엇인가?

- 오늘날 기술 지배 현상의 사례에는 무엇이 있는가? 또 기술이 인간과 자연을 지배하는 권력으로 작용하는 사례에는 어떤 것이 있는가?

- 사이버 공간이 사람들에게 올바르게 활용되기 위해서는 개인의 자유와 타율적 규제 간의 갈등을 어떻게 균형 있게 조정해야 할까?

- 인간과 동물은 어떤 측면에서 차이가 있을까? 그러한 차이는 동물에 대한 인간의 차별을 정당화할 수 있을까?

12 현대사회의 일상적 삶에 대한 물음

- 성 불평등의 원인과 해결방안은 무엇인가?

- 남성과 여성의 역할 구분은 정당한가? 상호 보완적 역할 분담인가, 여성에 대한 차별과 억압인가?

- 가족이란 무엇이며, 어떤 기능을 담당하는가?

- 가족 문제의 원인은 무엇이며, 이를 어떻게 해결해야 할까?

- 현대 사회의 가족 변화는 전통적 가족 제도의 붕괴인가, 가족 형태의 다양화인가?

- 안락사는 인간이 품위 있게 죽을 권리인가, 고통을 회피하려는 수단에 불과한가?

- 죽음은 우리의 삶에 있어서 어떤 의미를 갖는가? 삶과 죽음에 대한 가치판단의 기준은 무엇인가?

- 오늘날 제기되고 있는 가족 문제의 양상과 그 해결책은 무엇인가?

- 교육의 기회균등 문제, 어떻게 해결해야 할까?

- 현대 시민사회의 의미와 오늘날 시민사회가 갖춰야 할 바람직한 요건은 무엇인가?

- 오래 살면 과연 행복할까? 오래 사는 것과 잘 사는 것은 어떻게 다른가?

- 외모와 개인의 능력을 별개로 간주하는 자유의지론의 입장에서, 성형수술은 무한정 용인될 수 있는 것인가, 또 윤리적 의미는 상관할 바 아닌가?

- 죽음을 선택하는 행위를 인간 존엄성, 주체성 등의 문제와 연관해 이해하는 것은 합당한가?

- 유목은 새로운 문화적 현상인가, 세계화적 제국주의의 변형된 이데올로기인가?

13 인간 존재와 인간 본성에 대한 이해

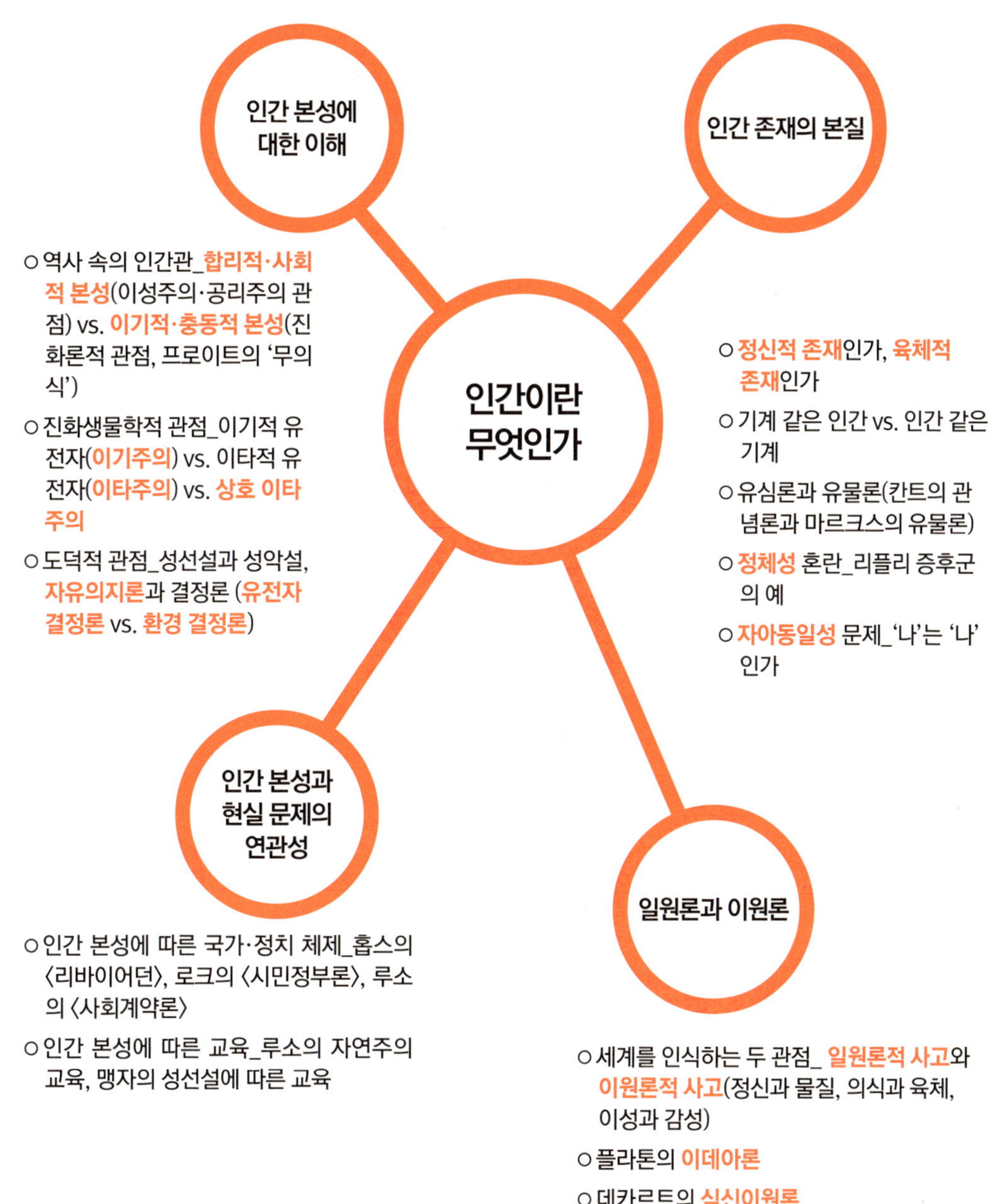

- 나의 행동은 자유의지에 따른 결과인가, 필연의 결과인가?

- 미래의 일은 결정되어 있는 것일까?

- 인간을 결정짓는 요소는 유전자인가, 환경인가? 인간 본성은 타고나는 것일까, 길러지는 것일까?

- 유전자와 개체, 인간의 정신, 문화, 사회까지도 생물학적 기초에 의거해 분석하려는 사회생물학(진화생물학)은 어떠한 위험성을 갖고 있는가?

- 생물학적 이타주의가 가능할까? 그 사례에는 어떤 것들이 있을까?

- 나를 구성하고 있는 실체는 무엇인가? 인간은 정신적 존재인가, 육체적 존재인가? 인간을 인간답게 하는 것은 정신인가, 육체인가?

- 내 몸은 진정 나의 것일까? 나를 나일 수 있게 하는 것은 무엇인가? 마음(정신)은 물질(육체)로부터 독립해서 존재하는가?

- 동·서양에서 '몸'은 어떤 의미일까?

- 갓 태어난 아기는 선할까, 악할까?

- 로봇을 인간과 동등한 존재로 인정할 수 있을까?

- 인간은 과학의 대상이 될 수 있는가?

- 인간 본성에 근거할 때 바람직한 교육은 무엇이며, 어떤 교육이 행해져야 할까?

- 죽음에 대한 선택은 죄악인가, 병리적 현상인가, 자유의지인가?

- 죽음 선택과 관련해 개인의 자유와 자율성은 어느 정도로 확보되어야 하는가?

- 자살방조죄는 유죄이지만 자살은 법적으로 유죄가 아니라는 사실은 무엇을 의미하는가?

- 덕치주의와 법치주의는 인간 본성에 대한 이해에서 어떠한 차이를 갖는가, 그리고 이로부터 도출되는 통치방식에는 어떠한 차이가 있는가?

- 인류의 진화는 인간의 이기주의 성향 때문일까, 이타주의 성향 때문일까?

14 인간 행동의 동기

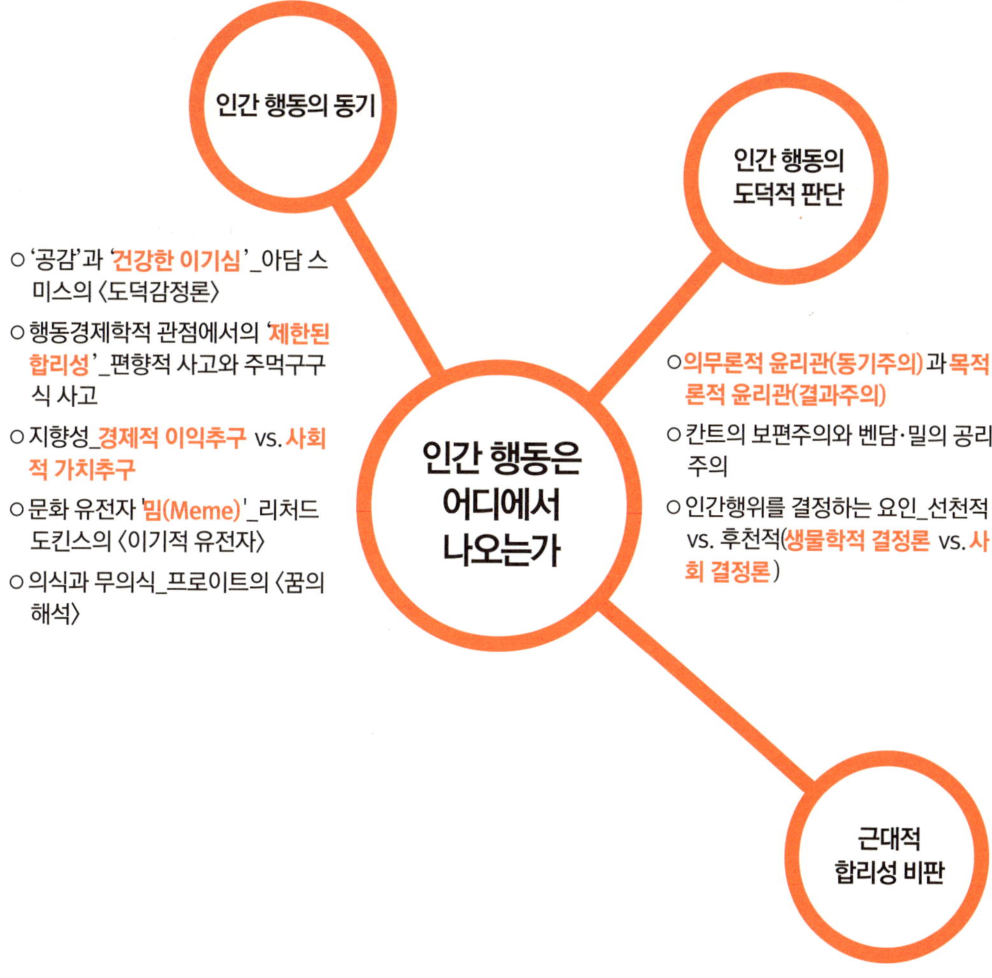

인간 행동의 동기
인간 행동의 도덕적 판단
인간 행동은 어디에서 나오는가
근대적 합리성 비판
○ '공감'과 '건강한 이기심'_아담 스미스의 〈도덕감정론〉
○ 행동경제학적 관점에서의 '제한된 합리성'_편향적 사고와 주먹구구식 사고
○ 지향성_경제적 이익추구 vs. 사회적 가치추구
○ 문화 유전자 '밈(Meme)'_리처드 도킨스의 〈이기적 유전자〉
○ 의식과 무의식_프로이트의 〈꿈의 해석〉
○ 의무론적 윤리관(동기주의)과 목적론적 윤리관(결과주의)
○ 칸트의 보편주의와 벤담·밀의 공리주의
○ 인간행위를 결정하는 요인_선천적 vs. 후천적(생물학적 결정론 vs. 사회 결정론)
○ 근대적 주체의 탄생_인간중심의 기계론적 세계관과 과학 중심적 사고, 이성중심의 계몽주의 사상, 도구적 이성
○ 근대적 주체개념의 비판_마르크스의 '자본주의에서의 소외', 프로이트의 '인간의 무의식', 니체의 '이성위주의 금욕주의 비판과 욕망의 긍정', '현대 사회구조의 훈육적 교조주의'를 비판하는 구조주의 철학
○ 포스트모더니즘_주체의 전복을 통한 합리성의 복원

- 스미스가 말하는 '보이지 않는 손'의 의미와 기능, 문제점은 무엇인가? '보이지 않는 손'이 제대로 작동하지 않는 경우는 어느 때인가?

- 도덕적 정당성의 근거는 동기인가, 결과인가? 행위의 동기와 결과 모두를 고려하여 도덕적 정당성의 근거를 판단해야 하는가?

- 모든 악은 인간 스스로 선택하는 것일까? 자신이 하는 일의 의미를 묻지 않고 악을 행할 수 있을까?

- 서양은 논리적이고 동양은 비논리적일까?

- 인간의 행위는 타고나는 것일까, 길들여진 것일까?

- 인간의 행위를 결정하는 요인에 대한 생물학적 결정론과 사회결정론은 어떻게 달리 보는가? 예를 들어 범죄적 인간은 선천전인가, 후천적인가, 아니면 선천적인 것과 후천적인 것의 상호작용인가?

- 인간은 과연 주어진 환경에 적응하기만 하는 수동적 존재인가, 아니면 환경을 창조하고 변형하는 능력을 가진 존재인가?

- 현대사회에서 과학과 기술이 갖가지 문제를 야기하게 된 배경을 근대 과학적 세계관과 관련하여 생각하면 어떤 것이 있을까?

- '포스트모던적'이란 말의 의미는 무엇이며, 근대성과 어떤 관련을 갖는가?

- 근대적 진보와 합리성의 관계란 어떤 것인가?

- 왜 인간은 때때로 비합리적인 행동을 하는 것인가?

- 유전자를 통한 생물학적 진화처럼, 문화적 양식이나 지식도 다른 사람들에게 복제되어 전달되고 전파되는가?

15 세상에 대한 올바른 인식

인식의 상대성

○ **개별·보편·특수**
○ **절대**와 **상대**
○ **주관**과 **객관**, **주체**와 **객체**
○ 상대주의의 다양한 관점_**인식론적 상대주의, 윤리학에서의 상대주의, 과학의 상대주의, 문화상대주의**
○ 보편자에 대한 철학적 견해_실재론과 명목론, 관념론과 유명론

사실과 해석 _역사인식

○ 사실과 해석에 대한 인식_칸트(사실 강조) vs. 토머스 쿤(해석 강조)
○ 역사 인식_**랑케(사실 강조), 콜링우드(해석 강조), 카(사실+해석 강조)**
○ 주관과 객관의 조화_상대주의 역사관(현상학, 해석학)

인식론적 물음

지식의 가치중립성

○ 과학적 지식의 가치중립성_**보편성**과 **객관성** 지향
○ 과학을 보는 시각_ 본질주의 과학관(과학은 절대 진리)과 **상대주의 과학관**(과학은 사회적 산물)
○ 서양의 과학관(자연은 인간이 극복할 대상)과 동양의 과학관(인간과 자연은 평등 관계)
○ 지식과 권력의 상관성_보이지 않는 규율권력, **판옵티콘**(푸코의 〈지식과 권력〉)
○ 탐구자의 가치중립적 태도_탐구자의 윤리적 책임의식과 개방적·성찰적 태도
○ **패러다임**과 정상과학_ 과학은 혁명적으로 발전한다(토머스 쿤의 〈과학혁명의 구조〉)

- 인식의 근원은 경험인가, 이성인가?

- 우리는 어떻게 해야 세상을 올바르게 인식할 수 있을까? 우리는 진리를 바르게 인식할 수 있을까? 사물에 대한 올바른 인식에 어떻게 도달할 수 있는가?

- 과연 보편적인 것은 존재하는 걸까?

- 우리가 하고 있는 말에는 우리 자신이 의식하고 있는 것만이 담기는가?

- 사실이 옳고 그르다는 판단의 객관적 기준은 무엇인가?

- 세계화 시대의 바람직한 역사관은? 민족주의 또는 국가주의에 바탕을 둔 역사관의 문제점은?

- 친일 문제 청산은 반드시 이루어져야 하는가? 사회적 혼란을 조장할 뿐인가, 정의사회 구현을 위해 반드시 필요한가?

- 역사의 진보는 필연인가? 만약 필연법칙이 있다면 그것은 어떻게 정당화할 수 있는가? 또 역사에 필연법칙이 있을 수 없다면 그 이유는 무엇인가?

- 역사적 사실은 진정 객관적일까? 역사가가 말하는 사실은 있는 그대로의 사실인가? 역사적 사실은 실증적으로 발견될 수 있을까?

- 과학적 사실은 언제나 가치중립적인가?

- 과학의 발전은 점진적인가, 혁명적인가?

- 과학기술은 절대적이고 객관적인 진리인가, 사회의 영향을 받는 상대적 지식인가?

- 과학의 진보는 항상 사회적·문화적 진보를 동반하는가, 아니면 양자는 근본적으로 상호 독립적인가?

- 서양의 기계론적 과학관을 극복하는 대안으로서의 동양적 과학관은 과학기술 발전에 따른 한계를 극복하기 위한 올바른 대안이 될 수 있는가?

- 과학에 정치적 이해관계가 개입되는 것은 정당한가?

- 과학 연구의 자유 보장과 과학 연구에 대한 사회적 적절하게 조화시킬 수 있는 방안은 무엇인가?

- 우리의 경험은 완전한 지식을 가져다 줄 수 있을까?

- '아는 것이 힘이다'라는 명제는 과학의 가치중립성을 지지하는 것인가, 반대하는 것인가? 그 이유는?

- 우리는 과학적으로 증명된 것만을 진리로 받아들여야 하는가?

- 관찰된 사실과 이론(가설) 사이에는 어떤 차이가 있을까?

- 진리는 권력으로부터 자유로울 수 있을까? 지식인은 정치적·사회적 권력관계로부터 자유로운가?

16 타자의 윤리

주체 윤리의 한계에 대한 비판

- **의무론적 윤리설**_칸트의 보편주의_'나'라는 이성 주체를 절대화 (동기주의)
- **목적론적 윤리설**_벤담·밀의 공리주의_목적에 의한 행위의 정당화 (결과주의)
- 타자에 대한 지배와 배제의 논리 확산_**오리엔탈리즘**과 **자민족중심주의**('우리'로부터 배제된 '너희'), 남성들에 의한 여성의 타자화, 인간으로부터 타자화된 자연)

현대 사회의 바람직한 윤리관

새로운 윤리관의 정립

- **타자의 윤리**_레비나스의 타자 중시 윤리관, 비대칭의 윤리
- 관계의 윤리_'나, 타자, 자연'이 하나 되는 **동양적 윤리관**
- 이성적 주체에서 타자를 배려하는 윤리적 주체의 재탄생
- 종교와 과학에 대한 네 가지 관점_갈등, 독립, 대화, 통합

인간과 자연의 조화

- 서구적 자연관_인간중심주의, 정복의 문화(**이분법, 기계론, 환원주의**)
- 동양적 자연관_생태 평등주의, 공생의 문화(경쟁·투쟁이 아닌 협력)
- 인간과 자연의 조화로운 삶 실현 방안_인간중심주의에서 **만물평등주의**로, 이분법적 사유에서 **전일적 공생주의**로, 기계론적 사유에서 **생태학적 사유, 유기체적 사고**로의 전환

- 세계화 시대에 윤리적 상대주의는 어떤 실천적 의미를 지니며, 그 한계는 무엇인가?

- 관계 중심적 성격을 특징으로 하는 동양적 인간관·자연관은 서양의 개인주의적 인간관·자연관과 비교하여 어떤 의미와 특징을 가지며, 그 한계와 문제점은 무엇인가?

- 인간과 자연이 공존하는 조화로운 삶을 실현하기 위해 필요한 인간의 관점 전환과 실천 행위는 무엇인가?

- 동·서양은 자연과 인간을 어떻게 이해할까?

- 종교와 과학은 양립 가능한가 아니면 양립 불가능한가?

- 하나의 세계를 과학적 관점에서 보면서 동시에 종교적 관점에서 바라보는 것이 가능한가? 예를 들어, 과학으로는 진화론적 관점에 서면서 종교적으로는 창조론의 관점에 서는 것이 가능한가?

- 도덕은 감정의 문제인가, 이성의 문제인가?

- 왜 우리는 타자 그 자체가 '윤리'라는 마음가짐으로 타인을 대하여야 하는가? 레비나스가 말하는 '비대칭의 윤리'가 의미하는 바는 무엇인가?

17 언어, 이미지, 예술

언어와 사고

- **언어가 사고를 결정하는가**(언어 상대성이론), **사고가 언어에 앞서는가**(인지결정이론)
- 언어의 기능_사회적 상징체계, 사회의 상징적 상호작용의 기본 도구
- 세계화·정보화 시대의 영어공용화론_민족어의 고유성·순수성의 파괴인가, 언어적 풍요·다양성의 확대인가
- **기표**와 **기의**, 랑그와 파롤_소쉬르의 언어학
- "말할 수 없는 것에 대해서는 침묵해야 한다."_비트겐슈타인의 언어철학
- 에토스, 파토스, 로고스_상대방을 **설득**하는 힘
- 지식과 권력_은폐된 권력의 세련된 지배

기호와 이미지

- 문자 언어와 이미지 언어의 특성_**기표**와 **기의**, 하이퍼텍스트
- 이미지는 **실재**의 반영인가, **환상**에 불과한가
- **시뮬라크르**와 시뮬라시옹_장 보드리아르
- 언어와 이미지의 구조적 관계_롤랑 바르트
- 미디어에 종속된 기호와 이미지_마셜 맥루한

미적 가치판단과 모방론·예술론

- 칸트와 헤겔의 미학이론_형식미와 예술미, 순수 예술론과 참여 예술론(예술의 **자율성**과 **사회성**)
- 아름다움을 규정하는 것은 **판단**인가, **감정**인가
- **미메시스**(모방)_예술은 모방인가, 재창조인가
- 진짜 같은 가짜, 가짜 같은 진짜_사본 vs. 사본의 사본(들뢰즈와 푸코의 시뮬라크르 개념)
- 도덕 판단과 심미적 판단
- 아우라_발터 벤야민
- 표절이냐, 창작이냐_패러디, 패스티시, 오마주
- 브레히트의 '낯설게 하기'

- 정보화 사회에서 나타나는 언어 변형 현상이 인간에게 미치는 영향은 무엇인가?

- 우리의 사고는 우리가 말하는 언어에 얽매여 있는가?

- 언어 없이도 인간은 자유로울 수 있는가?

- 지식과 권력의 측면에서 고찰할 때, 어떤 면에서 언어는 지배의 수단으로 작용하는가?

- (조지 오웰의 미래소설《1984년》에서 나타나는, 언어의 축약, 어휘의 폐기·축소와 조작·왜곡이 결국 인간의 사유능력을 박탈하는 상황 등등을 통해 고려할 때) 미래 사회에서의 언어와 인간의 관계는 어떠할까?

- 인터넷 신조어는 의사소통을 방해하는 언어파괴 현상인가, 새로운 언어문화를 만드는 언어 창조현상의 결과물인가?

- 아름다움을 평가하는 기준은 무엇인가?

- 예술과 외설의 경계는 구분 가능할까? 우리 사회는 예술 창작의 자유를 어디까지 규제할 수 있을까?

- 예술 표현의 자유와 사회의 관습이 상충하는 경우 어떠한 선택을 해야 하는가? 예술은 사회에 어떤 기여를 할 수 있을까?

- 예술적 감성은 특정한 예술 작품에서만 구현될 수 있는 것인가, 혹은 일상적 체험을 통해서도 얼마든지 가능한 것인가? 예술작품은 해석의 대상일까, 체험의 대상일까?

- 예술의 상품화와 상품의 예술화는 어떻게 다른가?

- 상상의 대상이 이미지라는 점을 고려할 때, 새로운 디지털 환경이 인간의 상상력을 강화하는가, 아니면 약화시키는가?

- 과학자에게 상상력은 불필요한가? 예술가에게 이성은 불필요한가?

- 발터 벤야민에 따르면, 복제기술 시대의 예술, 다시 말해 사진과 영화라는 복제 가능한 예술의 등장은 수용자로 하여금 과거의 세속화된 예술 숭배적 태도를 버리게 함으로써, 수용자가 이전보다 더 객관적이고 비판적인 태도를 취하게 되었다고 주장하는데, 이러한 주장은 현대에도 여전히 유효한가?

- 광고의 이데올로기적 기능은 무엇을 말하는가?

- 예술의 사회적 기능 및 정치적 기능이 가질 수 있는 긍정적 측면과 부정적 측면은 무엇일까?

- 팝아트 예술처럼, 평범한 대중들이 만드는 미술 작품을 예술작품으로 생각할 수 있는가? 만일 가능하다면 어떤 근거에서 그것이 가능한가?

- 예술과 사회와의 관계 속에서 생각할 때, 예술의 목적은 무엇일까?

- 미적 가치는 윤리적 가치와 다른가? 도덕 판단과 심미적 판단은 어떻게 다른가?

- 예술이 인간과 현실과의 관계를 변화시킬 수 있는가?

■ 아름다움은 대상 안에 있는가, 아니면 그 대상을 아름답다고 생각하는 사람들의 시야 안에 있는가?

■ 패러디는 모방을 통해 원본을 재창조하는 예술 활동인가, 유희와 오락에 함몰되어 원본을 훼손하는 단순 모방에 불과한가?

18 경제와 삶의 질

경제와 삶

희소성의 원칙과 경제적 선택

시장 실패와 정부 실패

바람직한 소비

경제성장과 삶의 질

○**기회비용**과 비용_편익 효과
○**정보의 비대칭성**(주인-대리인 관계)_레몬카 시장의 예(도덕적 해이, **무임승차** 문제, **역선택**의 문제)

○합리적 소비(주체적 소비)와 비합리적 소비(주체성을 상실한 소비)
○**과시소비와 모방소비**_베블런의 〈유한계급론〉
○**아비투스**_계층적 소비취향
○소비 이데올로기_차별화, 평균화 충동, 인정욕구
○윤리적 소비와 공정무역
○밴드왜건 효과와 스노브 효과

○**시장실패**의 원인과 결과_**불완전 경쟁**(독점과 과점), **외부 효과**(외부경제와 외부불경제), **공공재**(무임승차 심리)
○시장 기능 문제를 보완하기 위한 대책_정부 개입, 경제활동의 규범 강화, 시민운동
○**정부실패**와 그 대책_정부의 실패(과도한 규제 및 정보 부족, 정치적 이해, 시장 유인 동기 부족, 관료집단의 이기주의, 부정부패), 규제 완화, 공기업 민영화
○**공유의 비극**_사적 효율성과 공적 형평성 간의 괴리

○**이스털린의 역설**_소득과 행복과의 관계
○경제성장이냐, 환경보호냐
○스콧 니어링의 〈조화로운 삶〉
○헬레나 노르베리 호지의 〈**오래된 미래**〉
○복지권 논쟁_**보편복지**와 **선별복지**
○복지국가를 위한 사회보장제도_공공부조, 사회보험, 사회수당, 사회복지서비스

- 시장 실패의 원인은 무엇이고, 시장 기능 문제를 보완하기 위한 대책은 무엇인가?

- 정부 실패의 원인은 무엇이고, 그 대책은 무엇인가?

- GDP가 높아지면 그 나라 국민의 행복도가 높아질까? GDP는 삶의 질을 정확히 보여주는가?

- 합리적 소비는 항상 바람직한가?

- 소비가 미덕인가, 저축이 미덕인가?

- 현대 사회에서 소비 중독이 나타나는 원인과 그 대안은 무엇인가?

- 밴드왜건 효과와 스노브 효과는 윤리적 관점에서 볼 때 어떤 문제점이 있는가?

- 부유세는 소득 불평등을 해소하기 위한 대안이 될 수 있을까?

- '명품 패러디', 즉 '짝퉁' 선호 현상은 과시소비의 또 다른 표출인가, 더 나은 삶과 환경차원의 가치소비인가?

- 소비행위는 개인의 자유의지에 따른 것인가, 기업의 광고 전략에 의해 조직화된 의식의 산물인가?

- '공유의 비극' 현상은 왜 일어나며, 이를 막으려면 어떻게 해야 할까?

- 지속 가능한 발전이 반드시 삶의 풍요와 행복을 가져다주는가?

19 행동경제학과 관련한 이론과 실험

- 사람들이 언제나 옳게 행동하지는 않는 이유는 왜일까?

- 인간은 왜 비합리적인 의사 결정을 내리는가?

- 남의 떡이 커 보이는 이유는 왜일까? 남의 떡이 커지는 것을 눈뜨고 못 보는 이유는 무엇 때문일까?

- 사람들이 협력을 통해 모두에게 이로운 결과를 유지하는 것이 왜 어려운가?

- 인간이 개인적인 이익 못지않게 공정성을 중요하세 생각하는 이유는 무엇일까?

- 사람들이 이익보다 손해를 더 크게 느끼는 이유는 왜일까?

- 사람들이 처벌보다 보상에 더 잘 반응하는 이유는 왜일까?

- 왜 사람들은 권위에 무조건적으로 복종하려 드는 걸까? 권위에 대한 복종의 한계는 어디까지인가?

- 인간은 이성적 존재인가, 합리화하는 존재인가?

- 칭찬은 정말 고래도 춤추게 하는가?

- 개인적 차원의 합리성이 사회적 차원의 합리성과 반드시 일치하지 않는 이유는 무엇일까?

20 철학적 근본 물음(1)

○ **불안**과 공포
○ 실존적 한계상황_불안, 고독, 절망

○ **최고선**_아리스토텔레스의 니코마
  코스의 윤리학
○ 쾌락주의_에피쿠로스
○ 선의지_칸트

○ **욕망**과 **타자**
○ **소비**와 **욕망**
○ 욕망과 폭력

○ 언어와 소통_타인과의 진정한 관계 맺기
○ 타인과의 대화_상대적 앎과 객관적 앎을
  구별할 수 있는 능력
○ **SNS**_새로운 소통 공간

○ 다양한 인간 감정_**연민, 동정, 공감·동감**
○ 공감과 배려, 공감과 소통

- 인간은 다른 사람의 아픔을 어느 정도까지 공감할 수 있다고 보는가?

- 욕망은 언제나 규제되어야 하는가? 욕망은 이성, 행복, 감각 등과 각각 어떤 관계를 갖는가?

- 자신의 모든 욕망을 실현하는 것은 좋은 삶의 태도인가?

- 자본주의 체제에서 욕망이란 어떤 것이며, 자본주의적 욕망이 문제가 된다면 그 이유는 무엇일까?

- 타인을 욕망한다는 것은 그의 자유를 침해하는 것일까?

- 도덕적으로 행동한다는 것은 반드시 자신의 욕망과 싸운다는 것을 뜻하는가?

- 우리는 죽음의 공포에서 벗어날 수 있을까?

- 스마트폰과 SNS는 우리에게서 광장도 밀실도 빼앗아가는 소통의 블랙홀이 되고 있는 것은 아닌가?

- 우리는 자유로운가 아니면 자유롭다고 착각하는가? 자유롭지 않고서도 행복할 수 있는가?

- 우리는 타인의 행복에 이바지할 의무가 있는가?

- 이웃을 내 몸처럼 사랑할 의무가 있는가? 어떤 보답도 기대하지 않는 무조건적인 사랑이 가능한가?

- 의식은 자유의 원천인가, 구속의 원천인가?

21 철학적 근본 물음(2)

기억
○ 기억_정보와 경험
○ 기억_잃어버린 시간, 다시 찾은 시간
○ 망각의 힘_소멸과 부재

가치
○ 가치의 의미_욕구의 대상으로서의 가치, 규범으로서의 가치, 수단으로서의 가치
○ 학문에서의 가치_평가의 의미
○ 경제학에서의 가치_상품이 지니는 속성
○ 가치의 역설_사용가치와 교환가치

시간과 공간
○ 시간의 의식_절대적 시간과 상대적 시간
○ 시간의 의미_형식으로서의 시간과 실재로서의 시간

철학적 근본 물음

학문·교육
○ 학문의 목적_진리탐구 vs. 실용성
○ 지식인의 사회적 역할_실용적 지식인 vs. 비판적 지식인

실존
○ 본질과 실존
○ 실존_주체적 자기의식
○ 앙가주망(지식인의 사회적 책임)

폭력
○ 폭력과 권력의 구분_타자에 가해진 개인적인 힘 vs. 타자와의 동의에 기초하여 타자와 상호관계에서 발휘되는 힘
○ 법이 부과하는 폭력의 적법성_폭력을 부정하는 권력
○ 주관적 폭력과 구조적 폭력

- 시간은 우리 안에 있는가, 밖에 있는가? 크로노스적 시간과 카이로스적 시간의 차이점은 무엇인가?

- 과학기술 발달로 인한 시간과 공간의 변화가 인간의 삶의 방식을 어떻게 변화시켰으며, 어떠한 문제점을 초래했는가? 그 긍정적 영향(효율성·경제성·정확성·자율성의 확대)과 부정적 영향(인간성 상실, 인간 소외, 자아정체성 혼란)에 대해 설명하면?

- 학문 탐구 본연의 목적은 무엇이며, 또 지식인의 사회적 역할은 무엇인가?

- 인문학에도 효용성을 중시하는 시장 경제의 원리가 적용되어야 하는가?

- 정당한 폭력이란 존재하는가? 국가 이성의 이름으로 개별적 이익에 대항하여 행사되는 폭력이 정당화될 수 있는가?

- 학벌로 능력을 평가할 수 있을까?

- '실존은 존재에 앞선다'는 말의 의미는 무엇인가?

- 아담 스미스의 '가치의 역설'은 무엇의 중요성을 지칭하는 말인가?

22 논술시험에 자주 출제되는 핵심 용어

【이슈 & 쟁점】

- 왜 최고의 엘리트 집단이 최악의 어리석은 결정을 할까?

- '나'는 주체인가 타자인가? 자기의식을 구성하는 데 타인이 필요한 이유는 무엇인가? 나는 타인 없이 살 수 있을까?

- '생각하는 자신'과 '존재하는 자신'은 동일하다는 확신에 기초한 것인가?

- 왜 사람들은 각자 생각하는 대로 세상을 바라보는가?

- 엔트로피는 자연의 변화 방향이자, 인간의 문명을 위해서 자연이 치르는 대가인가?

- 왜 우리는 구조주의적인 틀 속에서만 생각하고 사유하려 드는가?

- 지식은 시대와 권력에 따라 구성된다는 의미는 무엇인가?

- 소수자란 단순히 수가 적은 사람들을 말하는가? 우리 사회에는 어떤 소수자들이 있을까?

사례별 기출문제 및 예시 답안 리스트

사례별 기출문제 및 예시 답안 리스트

제1장 논술 합격 답안 작성의 기술

[사례1] (가)와 (나)의 주장을 각각 **요약**하고, 그 **공통점**과 **차이점**을 쓰시오. 그리고 (가)와 (나)의 관점 가운데 하나를 택하여 (다)에 형상화된 '주인 여자'의 태도를 **옹호**하거나 **비판**하고, 그 논리적 **근거**를 쓰시오. (한양대 2017 인문 수시)

[사례2] 제시문 (다)의 연구 결과를 **바탕으로** (라)의 주장을 **평가**하시오. (연세대 2016 사회 편입 문제2-2)

[사례3] '고통'의 관점에서 제시문 (가), (나), (다)의 논지를 **비교 분석**하시오. (연세대 2015 인문 편입 문제1)

제2장 논술문 작성을 위한 글쓰기 방법론

[사례1] 제시문 [가]~[라]를 **근거**로 하여, [마]를 **비판**하라. (서강대 2015 인문1 수시 문제1)

[사례2] 제시문 [가]에서 다루는 문제와 관련한 **두 논점**을 [나]~[바]에서 찾아 **정리**하고, 이를 논거로 **활용**하여 국가가 [가]의 문제를 해결할 때의 어려움을 **논의**한 다음, 그 난관을 어떻게 극복할 수 있을지에 대한 자신의 **견해를 논술**하라. (서강대 2016 인문 모의 문제1)

[사례3] [가]와 [나]의 논지를 **바탕으로** [다]에 나타난 사회 현상에 대해 **논술**하시오. (건국대 2017 인문 모의 문제1)

[사례4] [다]의 **두 입장**을 [가]와 [나]의 관점에서 **대비**하고, 이를 바탕으로 [라]의 **쟁점**에 대한 자신의 **견해를 논술**하라. (서강대 2015 인문 모의 문제1)

[사례5] 제시문 ①과 ②를 **활용**하여 사회발전에 관해 **논술**하시오. (고려대 2015 인문 모의 문제1)

제3장 논술의 핵심을 구성하는 논증의 기술

[사례1] 제시문 [바]의 **관점**을 바탕으로, 제시문 [다], [라], [마]에 나타난 **상황**을 **평가**하시오. (경희대 2017 인문 모의 문제2)

[사례2] 과학·기술에 대한 〈제시문 4〉와 〈제시문 5〉의 **입장 차이**를 중심으로 각 제시문의 **논지를 비교 서술**

하시오. (한국외대 2017 인문1 수시 문제3)

[사례4] [가]와 [나]에 나타난 **현상**을 [다], [라], [마]를 **활용**하여 **분석**하고 …(서강대 2017 인문 모의 문제1)

[사례5] 사회 현상에 접근하는 〈제시문4〉와 〈제시문5〉의 상반된 연구 방법을 **비교·분석**하시오. (한국외대 2016 인문2 수시 문제3)

[사례9] 제시문 [가]와 제시문 [나]에서 현실 세계에 대하여 비현실 세계가 갖는 의미를 각각 **논**하시오. (이화여대 2018 인문 모의 문제1)

[사례10] 제시문 (사)에 나타나는 돈키호테 식의 리더십이 가져올 수 있는 긍정적인 **효과**를 제시문 (아)의 논지를 토대로 **설명**하라. (중앙대 2018 인문 모의 문제3)

[사례11] 제시문 [마]에서 논한 실존과 본질의 관계를 **바탕**으로, 제시문 [바]의 등장인물 네오를 **분석**하시오. (이화여대 2018 인문 모의 문제2-2)

[사례12] 제시문 (라)에 소개된 사건이후 화산 폭발에 대비하는 항공기 운항 정책을 수립한다고 가정하자. 제시문 (가)에 소개된 두 입장 중 하나를 **택**하고, 이 입장에 **근거**하여 정책을 **수립**하시오. (연세대 2017 사회 편입 문제2-1)

제4장 논제 서술 과제 진술 방식별 답안작성 포인트

1. 발문 지시어(1)_ 요약하라

①제시문 (1)을 **요약하시오**(400~450자) (고려대 2012 인문B 수시 문제1)

②제시문 [다]와 [라]의 내용을 **요약**하고, '기억'에 대한 관점의 **공통점과 차이점**을 **설명**하시오. (이화여대 2013 인문2 수시 문제1-2)

③〈제시문 1〉~〈제시문 6〉은 노동(직업)에 관한 견해를 담고 있다. 제시문들을 상반된 두 입장으로 **분류**하고, 각 입장을 **요약**하시오. (성균관대 2017 인문1 수시 문제1)

④〈제시문 1〉과 〈제시문 2〉의 **공통 주제**를 밝히고, 각각의 **요지를 서술**하시오. (한국외대 2017 인문2 수시 문제1)

⑤제시문 (가), (나), (다), (라)에는 다양한 대화의 모습이 나와 있다. '진정한 소통'이라는 측면에서 각 제시문에 나타난 대화의 **문제점**과 이러한 문제가 발생하게 된 **근본 원인**을 하나의 **완성된 글**로 **논술**하시오. (중앙대 2017 인문 모의 문제1)

⑥〈가〉의 필자가 말하고자 한 것을 간추려 **적으시오**. (숙명여대 2009 인문 수시2 1차 공통문항 문제1)

2. 발문 지시어(2)_ 분류하라, 분석하라, 적용하라

[사례2] 제시문 [가]~[마]를 비슷한 주장을 담은 내용끼리 **분류**하고, 각 제시문을 **요약**하시오. (경희대 2016 사회 모의 문제1)

[사례3] 〈제시문 1〉~〈제시문 6〉은 노동(직업)에 관한 견해를 담고 있다. 제시문들을 <u>상반된 두 입장으로</u> **분류**하고, (제시문의) 각 입장을 **요약**하시오. (성균관대 2017 인문1 수시 문제1)

3. 논증 지시어(1)_ 비교하라

[사례1] 제시문 [가]와 [나]에 나타난 '공존의 방식'을 **비교**하시오. (이화여대 2017 사회 수시 문제1-1)

[사례2] 제시문 [바]와 제시문 [사]에 나타난 '통제 방식'을 **대비**하여 논하시오. (이화여대 2016 인문1 수시 문제 3-2)

[사례3] (가)와 (나)의 주장을 각각 **요약**하고, 그 **공통점과 차이점**을 <u>쓰시오</u>. (한양대 2017 인문 수시)

[사례4] 제시문 [가]와 [나]에 나타난 '소통'에 대한 **관점**을 **비교 분석**하시오. (건국대 2010 인문 수시 문제1)

[사례5] 제시문 (가), (나), (다)는 평화에 대한 다양한 주장을 포함하고 있다. 각 제시문을 **비교·분석**하시오. (연세대 2017 인문 수시)

[사례6] 제시문 〈가〉, 〈나〉, 〈다〉에 나타난 죽음에 대한 태도를 **비교**하시오. (연세대 2011 인문 수시 문제1)

[사례7] 제시문 (가), (나), (다)에 공통된 **주제어**를 찾고, 이를 바탕으로 제시문 (가), (나), (다)를 **비교**하시오. (연세대 2013 인문 수시 문제1)

[사례8] '차이'와 '갈등'의 관점에서 제시문 (가), (나), (다)의 <u>핵심 논지를</u> **비교·분석**하시오. (연세대 2015 사회 수시 문제1)

[사례9] 제시문 (다)의 연구결과 바탕으로 (라)의 **주장을 평가**하시오. (연세대 2016 사회 편입논술)

4. 논증 지시어(2)_ 설명하라

[사례1] **국가와 개인의 권리에 대한** (가)와 (나)의 입장을 **비교 논술**하시오. (경희대 2015 사회 편입논술 문제1)

[사례2] 제시문 (가)의 실험 결과를 **적용**하여, 제시문 (나)에 나타난 일본의 선택과 제시문 (다)에 나타난 '을'의 선택을 **설명**하시오. (연세대 2011 인문 모의 문제1)

①(가)에 제시된 장소의 개념을 바탕으로 (다)의 **도표를 설명**하시오. (건국대 2017 인문 수시 문제1)

②아래 〈자료〉가 보여주는 현상을 <u>상세히 **해석**</u>하고, 해석을 활용하여 [문제1]의 한 입장을 **옹호**하시오. (성균관대 2016 인문 모의 문제3)

③제시문(라)에 나타난 국가 A의 인공지능 사용 정책에 대한 찬성률 추이와 그 원인을 제시문(나)에 **근거하여 설명**하시오. (연세대 2017 사회 수시 문제2)

④제시문(라)의 〈그림1〉과 〈그림2〉에 나타난 특징들을 분석하고, 이를 제시문 (가)와 (나)에 **근거하여 해석**하시오. (연세대 2016 사회 수시 문제2)

⑤제시문[가]의 내용이 초래할 수 있는 사회문제를 **설명**하고 그 해결방법을 제시문[나]에 **근거**하여 **제시**하시오. (경희대 2016 사회 편입 문제1)

⑥[나]~[사]는 [가]에 나타난 사회 문제와 관련된 설명이다. [가]의 사회 문제가 발생하는 원인과 그 해결 방법을 드러내는 제시문을 찾아 일대일로 대응하여 **논술**하시오. (예: 발생원인 [A]에 대응하는 해결방법 [B]) (서강대 2017 인문2 수시 문제2)

⑦제시문(마)의 사례를 바탕으로 제시문(라)의 '비평'에 나타날 수 있는 특성을 **서술**하고, 이러한 특성을 고려하여 20세기 미술을 감상할 때 요구되는 태도를 제시문(바)에 **근거하여 서술**하시오. (중앙대 2017 인문1 수시 문제1)

⑧제시문 [가]와 [나]의 핵심어를 찾아 맥락상의 공통적인 주장을 **기술**하시오. (동국대 2016 인문1 수시 문제2)

⑨제시문 [가]~[다]를 바탕으로 영화 '명량'의 허구성을 **추론하여 기술**하고, 제시문 [라], [마]를 참조하여 역사적 사실을 바탕으로 한 영화의 허구적 표현에 대한 수용 태도에 대하여 **논**하시오. (동국대 2016 인문 모의 문제3)

⑩[그림1]을 〈제시문4〉의 (나)와 〈제시문5〉의 (가)를 바탕으로 **해석**하고, 〈제시문4〉의 관점에서 볼 때 [그림2]에서 야기될 수 있는 문제를 **추론**하시오. (한국외대 2017 인문1 수시 문제4)

[사례3] 제시문 (라)를 **해석**하고, 이를 바탕으로 제시문 (가-1)을 평가하시오. (연세대 2013 사회 수시 문제2)

[사례4] 제시문 (라)의 국가 A가 국가 B보다 평화 지수가 낮은 이유 또는 국가 B가 국가 A보다 평화 지수가 **높은** 이유를 제시문 (가), (나), (다)의 주장을 근거로 하여 **설명**하시오. (연세대 2017 인문 수시 문제2)

[사례5] [가]를 참고하여, [나]에 나타난 모방성과 기업가정신, 혁신과의 관계를 **분석**하시오. (건국대 2013 인문 모의 문제1)

5. 논증 지시어(3)_ 비평하라

[사례1] 제시문 [바]의 관점을 **바탕**으로, 제시문 [다], [라], [마]에 나타난 상황을 **비판**하시오. (경희대 2017 인문 수시 문제2)

[사례2] 제시문은 미국의 경제대공황 시대를 배경으로 한 소설의 일부이고, 위 그림은 제시문 전반부의 주

요 배경이 된 지역의 기후환경을 보여주고 있다. 제시문과 그림을 참고하여 다음의 <u>논제에</u> **답**하시오. (서울대 2012 인문 정시 문항1)

[사례3] 제시문 [바]가 말하고자 하는 바를 **서술**하고, 이를 근거로 하여 제시문 [다]~[마]의 논지를 **비판**하시오. (경희대 2015 사회 모의 문제2)

[사례4] 제시문 (다)의 **요지**를 제시문 (가)와 제시문 (나)의 **관점**에서 **비판**하시오. (연세대 2013 편입논술 문제2)

[사례5] 제시문 (다)의 연구결과 **바탕으로** (라)의 주장을 **평가**하시오. (연세대 2016 사회 편입 문제2-2)

[사례6] 제시문 (라)에 등장하는 파수꾼 3이 촌장과 대화한 후 취한 행위에 대해서는 상반된 견해가 있을 수 있다. 파수꾼 3의 행위를 제시문 (마)에 **근거하여 옹호**해 보고, 파수꾼 3의 인식의 **한계**를 제시문 (바)와 (사)를 **통합적으로 고려하여 서술**하시오. (중앙대 2017 인문2 수시 문제2)

[사례7] [가]와 [나]의 논지를 바탕으로 [라] 글의 견해에 대한 **<u>자신의 입장</u>을 <u>논술</u>**하시오. (건국대 2017 인문 모의 문제2)

[사례8] [가]와 [나]에 나타난 현상을 [다], [라], [마]를 활용하여 분석하고, [바]를 참조하여 '인터넷 매체에서의 소통'에 대한 **<u>자신의 견해를 논</u>**하시오. (서강대 2017 인문 모의 문제1)

6. 논증 지시어(4)_ 활용하여, 논술하라… 고려대 신유형 논술

[사례1] 고려대 2015 인문 수시A] 제시문 ①, ②, ③을 **활용**하여 '더불어 사는 삶을 어떻게 이룰 수 있는지'에 대해 **<u>논술</u>**하시오. (고려대 2015 인문 수시A 문제1)

제5장 논술 문제 풀이와 논술 답안 작성

[사례1] [다]의 **두 입장**을 [가]와 [나]의 관점에서 **대비**하고, 이를 바탕으로 [라]의 쟁점에 대한 <u>자신의 **견해**를</u> <u>논술</u>하라. (서강대 2015 인문 모의 문제1)

[사례2] 〈제시문 A〉와 〈제시문 B〉의 **공통 논제**를 <u>우리말로 **제시**</u>하고, 〈제시문 A〉와 〈제시문 B〉의 <u>요지</u>를 각각 **서술**하시오. (한국외대 2014 인문 모의 문제1)

[사례3] 제시문 (가), (나), (다), (라)의 논지 차이를 하나의 <u>완성된 글로 **작성**</u>하시오. (중앙대 2011 인문 수시 문제1)

[사례4] 제시문 (마)와 (바)의 논지에서 나타나는 공통점과 차이점에 대해 **설명**하고, 제시문 (마)와 (바)를 통합적으로 고려하여 제시문 (가)의 논지를 **비판**하시오. (중앙대 2011 인문 수시 문제1)

[사례5] 글 [가]에 제시된 '대체'와 '보완' **개념을 적용**하여, 글 [나]의 두 도표에 나타난 유선전화와 휴대전화

사용상의 특징을 **분석**하시오. (건국대 2012 인문 모의 문제1)

 [사례6] 글 [가], [다]와 관련하여, 글 [라]에 그려진 삶의 방식을 **평가**하고, 미디어문화의 바람직한 미래상에 대한 자신의 **견해**를 **논술**하시오. (건국대 2012 인문 모의 문제2)

제6장 논술 합격 답안의 요건

 [사례1] 제시문 (라)에 등장하는 행위자는 크게 나누어 국가와 항공사들이다. 국가와 항공사들의 의사결정이 각각 제시문 (다)에서 소개한 네 가지 종류의 합리성 중에서 어느 것에 가장 가까운지를 **밝히고** 그 이유를 **설명**하시오. (연세대 2017 사회 편입 문제2-1)

제7장 논증 강화와 논거 확장

 [사례1] 평판에 관한 (1)의 관점에서 (2)와 (3)을 **비교·분석**하고, 이에 대한 자신의 **생각**을 **논술**하시오. (고려대 2013 인문B 수시 문제1의 복합논제의 논제1 부분)

 [사례2] 제시문 〈가〉, 〈다〉 각각의 입장에 근거하여 제시문 〈라〉의 실험 결과를 **해석**하고, 이에 대한 자신의 **견해**를 쓰시오. (연세대 2011 인문 수시 2번 문제의 학생 부족답안과 필자 예시 답안)

 [사례4] 제시문 (가), (나), (다)에 나타난 '결핍'의 함의를 각각 **분석**한 다음, 이를 토대로 세 제시문의 관점을 **비교, 분석**하시오. (연세대 2017 인문 편입 문제1)

 [사례5] (가)에 따라 협상하기 어려운 이유를 (나), (다), (라)를 **활용**하여 **기술**한 후, 이 상황을 **해결**하기 위한 관점을 (마), (바), (사)를 **참고**하여 **기술**하시오. (서강대 2018 인문 모의)

 [사례6] 제시문(가)의 '동정'에 대한 시각을 통해 제시문(나)에 나타난 '돌봄(care)'의 행위를 **분석**하시오. (이화여대 2013 인문1 모의 문제1)

편입논술 강의 안내

공부의 진정성이 남다른 학생들을 위한 특별한 논술 수업

누구나 논술을 가르칠 수 있지만,
아무나 가르칠 수 없는 게 또한 논술입니다.

논술 공부는 첫 단추를 어떻게 꿰는가가 아주 중요합니다.
이를 위해 학생들은 먼저 공부의 진정성부터 곧추세워야 합니다.

그런 학생들을 대상으로, 올곧게, 최선을 다해 가르칩니다.

■ 기초부터 차근차근 가르치지 않습니다.

편입논술 공부의 목적은 오로지 합격이지, 어쭙잖은 학문 연마가 아닙니다. 시험에 합격해야 그것이 진정한 실력입니다. 합격을 위한 논술 공부는 따로 있습니다. 논술 합격을 위해 꼭 필요한 핵심만을 추려 가르칩니다. 그리고 학생의 개별 수준에 맞춰 부족한 부분을 적극 보완해 나갈 수 있도록 체계적으로 가르칩니다. 그것이 논술 기본에 보다 충실한 학습이자, 가장 쉽고 효율적인 공부입니다.

■ 공부 주체인 '나'를 위한 수업이 되어야 합니다.

강사 편의의 판에 박힌, 획일화된 논술 강의로는 절대 실력이 늘지 않습니다. 학생이 원하는 모든 것, 열심히 노력해도 잘 안되는 부분을 아낌없이 채워줄 수 있는 논술 강의가 이루어져야 합니다. 강의를 듣는 내내 '아!'하는 깨달음의 감탄사가 이어질 수 있도록 가르쳐야 합니다.

■ '닥치고 글만 쓰는 바보'로 만드는 첨삭 지도는 안 받은 만 못합니다.

내용이 잘못된 답안은 첨삭이 무의미합니다. 자기 글의 '잘못된 부분'과 '나쁜 버릇'을 바로 잡아야만 글쓰기 실력은 향상됩니다. 학생 스스로 답안의 오류를 발견하고 이를 직접 고쳐나갈 수 있도록 최선을 다해 적극 지도해야 합니다. 논술 이론 설명과 글쓰기 지도와 배경 지식 습득의 모든 과정이 동시에, 한꺼번에 이뤄질 수 있는 깊이 있고 체계적인 강의가 수업 시간 내내 진행됩니다.

편입논술 강의 안내

- ■ 인원: 1팀 6명 이내
- ■ 장소: 지하철 2호선 선릉역
- ■ 수업: 토일 각 1팀, 주 1회 4시간+
- ■ 교재: 독학 편입논술, 핵심 개념어 110
- ■ 문의: 010-3235-0560, goodvalley@naver.com